红刺北 著

我要上学

3

No. 003

中国友谊出版公司

湿润的雨水浸润大地，
空气中弥漫着一股说不清道不明的生机，
这种混着雨林清新空气的味道，几乎散发到了极致，
闻着令人心生喜悦。

DANGER

"卫三和应星决谁更强？机甲单兵和主指挥的对战？"
标题下方是雨林赛场内卫三挟持应星决的那一幕……
整个画面简直像恶龙困住漂亮的高岭之花，将其留在地狱中，怪异又和谐，极吸引人注意。

CONTENTS 目录

■ 第七章
联合训练／001

■ 第八章
雨林赛场／107

■ 第九章
玄风赛场／279

EQUIPPE YSTEM: ***
S+ [Ⅰ ／ Ⅱ]
■ 646565
■ 9AD5DF

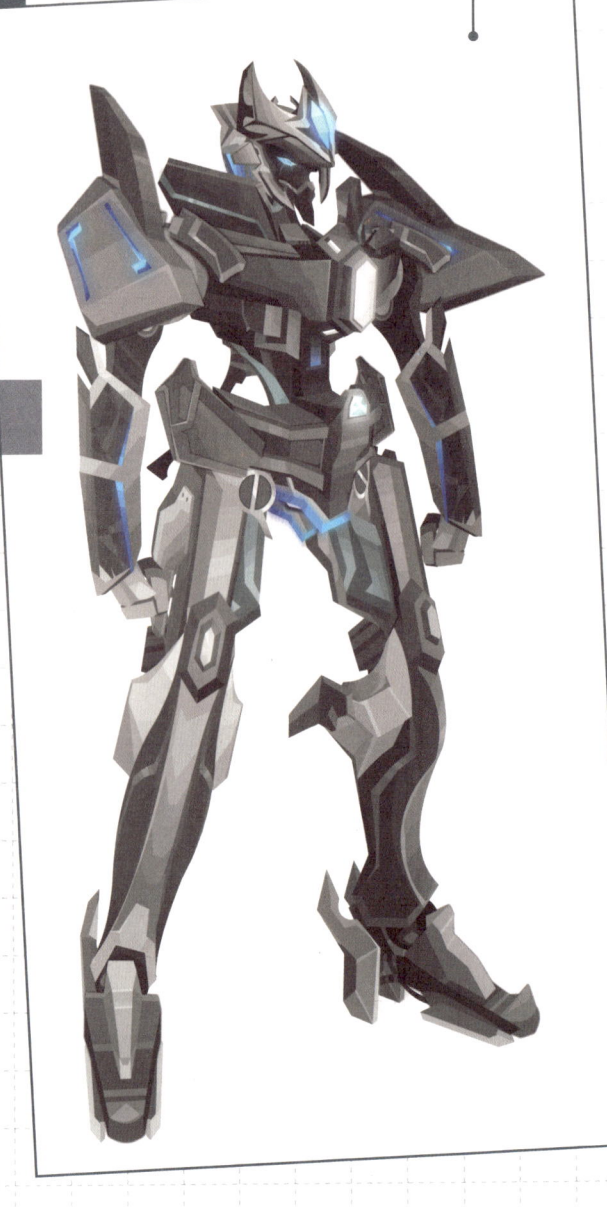

无 常

类超 3S 级机甲／中型机甲
武器：可分离匕首鞭
　　　须弥刀

设计者	卫三
持有者	卫三

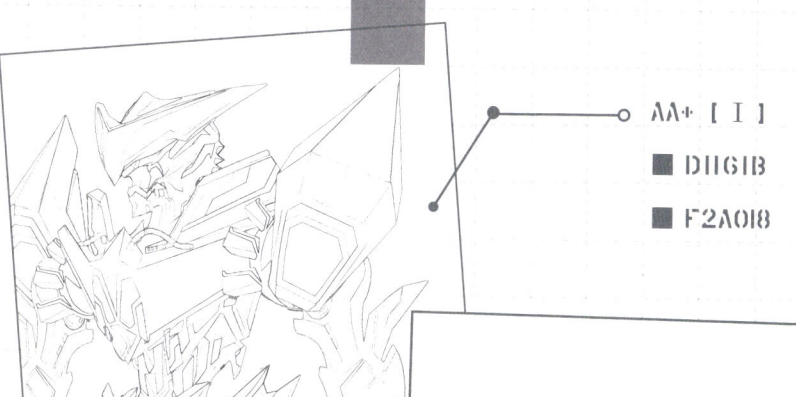

AA+ [I]
■ D1161B
■ F2A018

朱绛

3S 级机甲 / 中型机甲

武器：须弥刀

所属组织：达摩克利斯军校

曾经的持有者驾驶它
获得赫菲斯托斯大赛冠军

| 持有者 | 卫三 |

S-
■ 414342

■■■
达摩克利斯军校曾璀璨过，
更历经过星光黯淡，

但我相信，我们相信，
接下来将一起见证它再一次闪烁整个联邦。

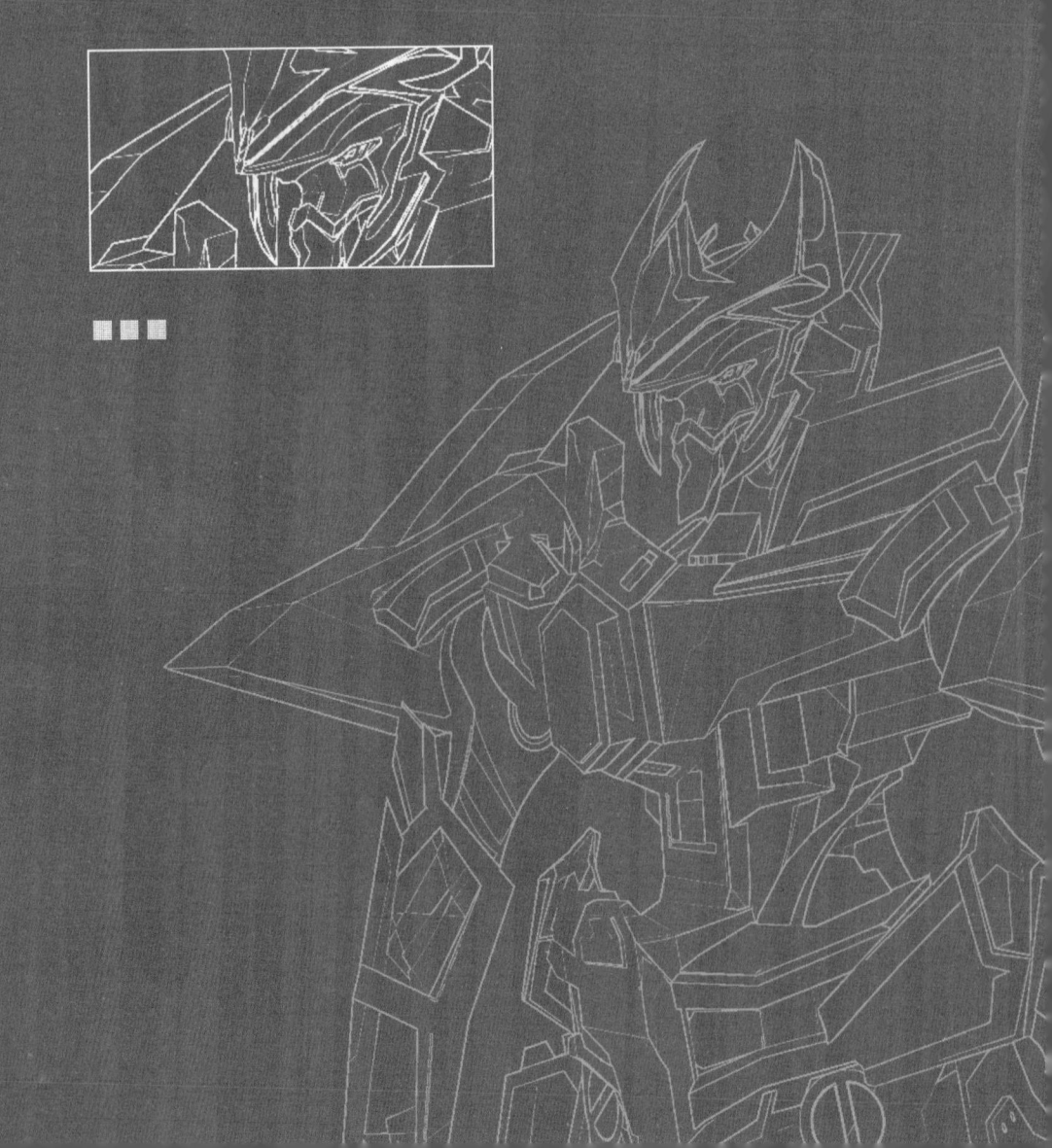

■■■

Weekly plan

Mon. 训练、✓

Tue.

Wed.

Thur. 参观季慈故居 ✓

Fri. 联合训练、☆☆☆

Sat.

Sun.

第七章

联合训练

总冠军一定是我们！

第 157 节

西塔星环境还算不错，因为之前在凡寒星死里逃生的几个军校队员，主办方决定给所有人放一天假，把演习场全封了，某些训练狂也没有机会训练，全被赶了出去。

"我看分明是西塔星联合主办方要我们在这里花钱。"廖如宁吐槽。因为昨天晚上的事，他一晚上没睡着，天一亮就准备去训练，结果门全关了。

"正好去外面逛一逛。"卫三打了个哈欠道，"之前不是说要让老师请吃饭？"

"卫三。"廖如宁严肃地望着她，"你现在还有心思逛？我们要抓紧时间训练。"

"……"

卫三双手揣衣兜里："好歹拿了第二次冠军，总要先去庆祝一次。"

"不行，我们先去找平通院那个……"廖如宁想说去试探小酒井武藏，被后面的声音打断。

"找平通院的人干什么？你们别想给我生事。"项明化和解语曼走过来，项明化上下打量五人，"昨天晚上睡那么早？我敲了半天门没人应。"

卫三、廖如宁几人："……"

"老师，凌晨几点很晚了。"应成河回道。

项明化哼了一声："正是听说你们每天要半夜才睡觉，我才去找你们。"

解语曼看着面前的几个学生，不由得皱眉。这些学生似乎突然和他们无端生出了一段距离，眼神中透出的不仅是陌生，还有……戒备。

金珂上前一步："老师找我们有什么事？"

"昨天晚上我们各军校和几个军区开了联合会议，几道重要防线外的星兽这段时间异动，甚至还出现进化的现象，所以军区那边希望主力队的成员要互相多熟悉，加强配合。"项明化说起这个，脸色也有点怪异，"总之提前让你们先接触，省得以后到军区的时候还要花时间磨合。"

几个人互相看了看，一时间没明白这个"互相多熟悉，加强配合"代表什么。

项明化咳了一声道:"意思是从下一个赛场开始五大军校的主力队员吃住训练要一起。"

"疯了吧!五大军校一起训练,天都能捅穿。"廖如宁下意识地道,被前面的金珂精准地踩了一脚,面目扭曲,感受到当初卫三的同款痛苦。

金珂微笑:"挺好的。我们可以学习其他军校主力队的优势。"

"你们的弱点也会被其他人看得清清楚楚。"解语曼道。

"他们的弱点同样会暴露。"金珂问两位老师,"联合训练后,老师也要联合指导?"

解语曼点头:"各军校会抽调最优秀的老师指导你们,为防止有些老师教导不尽心,除联合课,你们一概不能私下上训练课。"

卫三眼前一亮:"那我的新训练表作废了?"

解语曼:"……作废,不过你放心,联合训练没那么轻松。"

"昨天开会开到凌晨,会议一结束我就去找你们说这件事,但你们睡了。"项明化看着几个人,"今天好好玩一玩,老师们还要为联合训练做准备。"

卫三蹭上前:"老师,我们两次拿到冠军,学校有没有什么表示?"

解语曼瞥她一眼:"你想要什么表示?"

"也没什么,就是吃顿饭,买点西塔星特产。"卫三装模作样地叹了一口气,"特产就算了,我也没有那么多钱。"

"……"解语曼打开光脑,直接转了一笔钱给卫三,"校方的表示,你好好训练,后面还会有更大的表示。"

卫三低头看到光脑的提示,发出了没见过世面的声音:"老师,这么多钱?!"

五十万星币!

光吃吃喝喝就够好长一段时间了。

解语曼嫌弃她丢人:"赶紧走。"

五个人立刻掉头往演习场外走。解语曼视线掠过他们,突然喊道:"站住!"

卫三和几个人对视一眼,低声道:"跑!"

五个人一溜烟往演习场大门外跑。

"这是以为你要把钱拿回去。"项明化转身看着几人跑开的背影,失笑道。

解语曼眉头未松:"几个人的手掌都绑着绷带什么意思?今天感觉他们奇奇怪怪的。"

"估计心里又憋着坏。"项明化半点不吃惊,刺头不干点奇奇怪怪的事才是最奇怪的事,何况今年达摩克利斯军校主力队已经变成了一窝刺头。

"走吧。"解语曼摇头。

几个人出来，看着大街小巷来往的人，心情突然好了一点。

"联合训练是个机会。"金珂手里握着被廖如宁塞的一根烤串，认真道，"先从二十五人开始排除，除了卫三，我们暂时没有问题。"

廖如宁恍然大悟，难怪刚才金珂踩他脚："那第一个先试探小酒井武藏。"

"之前在西塔赛场外，我们离平通院不算远，卫三你没有觉得他……丑？"霍宣山问她。

卫三回忆入场那天："没注意，应该没什么特别的。"

"你那天光盯着应星决了。"廖如宁在旁边慢悠悠道。

卫三瞥过去："是看他腰间那支试管。"

五人走在大街上，见到不少军校生，有些人估计也是准备去训练，见到关了门，临时出来逛。

卫三走到一家卖西塔星特产的店，问能不能邮寄，打算寄给李皮和师娘。

应成河原本站在门口，忽然蹿进来，拉着几个人一起躲在柜台后："我看见平通院的人了，小酒井武藏就在那里。"

"我们跟上去？"廖如宁低声问。

"跟上去然后呢？"金珂反问他。

"然后让卫三好好看看，他有没有奇怪的地方。"

卫三："……我又不是探测仪。"

"先去试试。"廖如宁怂恿道。

几个人偷偷摸摸跟了出去，卫三临走前还把钱付了，嘱咐老板邮寄到3212星。借助路边的摊贩，五个人前后跟着。

"这不是达摩克利斯军校的人吗？在干什么呢？"

跟到一个十字路口时，肖·伊莱的声音突然响起，前面的平通院的主力队成员全部回头看过来。

卫三几个人只能纷纷直起身，走了出来。

"大街上，你走你的，我走我的，关塞缪尔什么事？"廖如宁转头看着肖·伊莱，双手抱臂，"还是你们嫉妒我们冠军的风采？"

"喊，嫉妒你们偷偷摸摸的风采？"肖·伊莱始终没吸取教训，三番五次地挑衅达摩克利斯军校的人。

"怎么办，偷偷摸摸也是冠军呢。"卫三微笑。

肖·伊莱："……不就是两个分赛冠军，有本事拿大赛总冠军。"

卫三看着他，慢条斯理道："我们拿到总冠军后，你要跪下来喊我们祖宗吗？"

肖·伊莱忽然跳脚："你拿你的总冠军，凭什么还要我跪下来？！"

高学林眼前一黑:"够了,我们走。"刚才肖·伊莱那句话一说出来,摆明了是相信达摩克利斯军校有能力夺总冠军。

肖·伊莱还想继续掰扯。

金珂视线来回在前面的平通院主力队和左边路口的塞缪尔军校主力队打转,开口道:"既然有缘碰上,不如一起逛逛。我对西塔星的风景和美食提前了解过一些。"

这话说出来,其他两所军校的人都信,毕竟达摩克利斯军校主力队这几个人,每到一个星系都要出去逛。

肖·伊莱居然有点心动,刚才塞缪尔主指挥高学林带着他们在附近瞎走了一圈,谈的还是西塔星赛场的事,他听得快烦死了。

输都输了,还要说出个三四五六。

金珂继续加了一把火:"各位想必也知道接下来的赛场,我们五大军校都会联合训练,其实说到底,等毕业,我们还有可能合作。现在难得放假,不如一起玩?"

其他人还没动,肖·伊莱上前:"你说得有点道理,今天又不是比赛。"

塞缪尔军校的主力队员:"……"也不知道是谁,大赛入港口第一天就被甩了耳光,现在都忘了?

第二个上前的是吉尔·伍德,她站在肖·伊莱旁边。

昨天参加领奖仪式后,她便被塞缪尔军校的领队老师带去测试检查,结果显示她确实升级到了3S级。

从双S级升级到3S级,真真切切地发生在吉尔·伍德的身上。这件事也是昨天晚上会议开到凌晨的原因之一。

既然军校生中有人的等级进化了,足够证明防线之外的星兽进化不是数据错误。

人类和星兽的博弈要么此消彼长,要么互相进化增强,只是时间早晚的问题。

为了研究吉尔·伍德升级的原因,大赛以来,她的所有训练数据全部传到帝都星去了,那边的实验室接下来也会派人过来,对她进行一系列的测试。

"你们打算去哪儿?"金珂带着卫三几个人朝平通院那边走去,后面还跟着塞缪尔的主力队。

宗政越人的手紧握长枪,目光盯着金珂背后的卫三,赛场一败,他时刻记在心里。

卫三察觉有人盯着她,抬眼见到是宗政越人,随意移开视线,落在后面的小酒井武藏身上。小酒井武藏从极寒赛场出来后,脸色带着几分苍白,到现在似乎都没有完全恢复。

她看了一会儿，没看出名堂，也没发现有什么不对劲的地方。

路时白没想到达摩克利斯这帮人还真的黏上来了，不要脸皮吗？

"不如我带各位去逛逛。听说有个地方季慈曾经住在那儿五年，是西塔星的热门景点。"金珂说话时看着平通院的季简。

联邦五大军校各有来历，但基本核心都有一个机甲师。最先成立达摩克利斯军校的是鱼青飞，平通院则是由季慈一手支持建立起来的，帝国军校由公仪柳建立，后面曾居住在沙都星的鱼家独立出去成立了南帕西军校。

至于塞缪尔军校，则是由南建直设立。

鱼青飞一人打造整套轻型机甲系统理论体系，到现在所有机甲师所设计出来的轻型机甲，都建立在他的原理之上。季慈奠定了重型机甲的基础，南建直进一步完善了重型机甲。公仪柳则将中型机甲推向巅峰，到现在提起机甲单兵，同水平之下，驾驶中型机甲的单兵仍旧更占优势。

这四个人一直是联邦最受尊敬的机甲师，一度压过同时代机甲单兵和指挥的风头。

路时白："……"他们本来就准备去那里。

平通院的建校者故居，平通院每届军校生都会过来一次。

三所军校主力队就这么聚在一起，往西塔星季慈故居走去。

金珂落在后面，看向卫三："怎么样？"

卫三摇了摇头。

季慈故居离城市中心很远，不过西塔星有专门的旅游线路，三所军校的人一齐上了同一辆观光飞行器。

一上去，卫三不由得吹了一声口哨。

帝国军校和南帕西军校的主力队员全坐在上面。

第 158 节

观光飞行器一次性能容纳百人，结果五大军校的主力队员占据四分之一。

周围原本准备去季慈故居观光的游客，偷偷打量着这些年轻的军校生，已经兴奋得快晕过去了，纷纷拿出光脑悄悄拍照，发给各路亲朋好友。

星网上一小段视频开始迅速流传。

标题为："没什么特别的，不过是回家的必经之路"。

视频中，光脑的主人先是对准自己，随后掉转摄像头，在飞行器里从头走到尾，镜头晃来晃去，扫过飞行器上的人，最后坐下来。

"这叫没什么特别的？"

"一飞行器的军校生，还全是主力队的！说实话，博主这是误上了军用飞行器吧！"

"博主赶紧下来，普通人上了军用飞行器要被拘捕的！快点下来，换我上去！！！"

"什么神仙日子，呜呜呜，塞缪尔军校、达摩克利斯军校、平通院，还有帝国军校和南帕西军校，啊啊啊啊，这阵容！早知道我就不来帝都星旅游，去西塔星好了。"

"他们不用训练吗？为什么全部都出来了？没看错的话，这是西塔星的观光飞行器。"

"平通院的每届军校生到西塔星都会去季慈故居，至于达摩克利斯军校，听说每到一个星系都要出来逛一逛，之前几个星都留下了他们买买买的身影。但是其他几所军校也出来，不知道为什么。"

五所军校"联动"，军校生粉丝纷纷闻声而动，点进视频看情况。

这个发布视频的人，应广大星网观众要求，开通了直播，悄悄将镜头对准车上的军校生。

观光飞行器启动，达摩克利斯军校五个人分散开，穿插在塞缪尔和平通院的军校生之间，抢在几个人之前坐下。

霍宣山抢了高学林的位子，卫三把路时白挤开，自己坐在小酒井武藏右边，跷起二郎腿，单手搭在他座椅背上。廖如宁抢了季简的位子，坐在小酒井武藏左边，手搭在霍子安座椅背上。

"你们干什么？"路时白差点被卫三挤倒，转身冰冷道。

"这位子没写路指挥的名字。"卫三朝对面金珂旁边指了指，"不如你坐那儿，正好你们指挥和指挥一起交流，我们单兵和单兵交流。"

肖·伊莱作为被抢位子的人之一，毫不犹豫地在应成河旁边坐下。

喊，谁怕谁。

"要打起来了吗？要打了吗？！兴奋！"

"达摩克利斯军校太过挑衅了吧！"

"可惜帝国军校的人已经坐好了，不然说不定能见到达摩克利斯军校这几个人抢他们的位子，不得不说达摩克利斯就是莽。"

卫三手搭在小酒井武藏的座椅背上，跷起二郎腿，黑色皮靴的鞋尖对准他，还不时地上下晃动，她热情地打了个招呼："嗨！"

小酒井武藏面无表情地朝她看来，随即收回目光，正视前面，但他面前坐着的人还是达摩克利斯军校的人。

金珂抬手："嗨！"

小酒井武藏转向另一边，坐在塞缪尔军校主力队中间的霍宣山同样挥手打招呼。

"……"

对面的肖·伊莱看着都无语了，这帮达摩克利斯土匪！换作他一定"嗨"回去，对付不要脸的人，就要脸皮更厚。

偏偏，达摩克利斯军校的五个人没理他。

廖如宁为了保持一致，也对旁边的霍子安说了一声"嗨"。

"嗨什么嗨，你们是嗨族吗？直接打起来！"

"这届不行啊，往届结了那么大的仇早上手了，现在居然一起去景点玩？"

霍子安转头看了廖如宁一眼："你们达摩克利斯军校这届运气不错。"

廖如宁跷着腿，亲亲热热道："哥哥，这运气也是实力的一部分，没办法。要是实力真的强，也就不差运气了，您说是不是，哥哥？"

霍子安脸黑了一层："我不是你哥哥。"

"你不是比宣山大五个月？他叫你哥哥，我是他好朋友，也应该喊你一声哥哥。"廖如宁轻轻拍了拍背后座椅，"哥哥，你也别嫉妒宣山运气好，心放宽点，不容易老。"

霍子安："……"

另一头，霍宣山也找上了吉尔·伍德："西塔赛场打得不错，听说你可能进化了？"

肖·伊莱总算能找到自己开口的机会，语气中透着得意："她现在已经检测出来是3S级，我们塞缪尔军校全员3S级，也是夺冠的种子军校，现在只有南帕西最差劲。"

全然忘记自己在西塔赛场有多不情愿吉尔·伍德是3S级机甲单兵。

南帕西的人原本没被卷入，让肖·伊莱这么一挑事，高唐银冷笑："呵呵，全员3S级就能夺冠？我也没见到平通院拿过一次冠军。"

平通院的人："？"

宗政越人瞥向高唐银："即便不能夺冠，对付你们南帕西也轻而易举。"

高唐银："欺负我们倒是厉害，不知道谁第一个被挑出局。"

宗政越人紧握长枪，感知透过枪身，飞行器地面已经隐隐有开裂的迹象。

坐在车尾的应星决忽然出手，感知覆盖在宗政越人枪身所在地，缓缓道：

"希望阁主冷静一点,这里是观光飞行器。"

"刺激!虽然知道他们打不起来,但是这剑拔弩张的氛围,有种回到赛场的味道!还是五所军校一起。"

"欸,达摩克利斯军校主力队员的手怎么回事?全绑上了绷带。"

"你们没发现帝国军校的应星决手掌上也绑了?"

"在西塔赛场上他们受了伤吗?我怎么记得手没受伤过。"

"奇怪,真的都绑了绷带。"

卫三顺着声音朝应星决那边看去,他还是原来冷冷淡淡的样子,仿佛什么也没发生过,没有和达摩克利斯军校的人深夜交谈过。

路时白对宗政越人低声喊道:"阁主。"

在民用飞行器上闹事,他们下一场比赛不用比了。

也只能任由这几所军校的人打嘴炮,平通院的人不擅长这个。

"你们阁主脾气不太好。"卫三扭头对小酒井武藏套近乎,"我觉得你脾气挺好的。"

她离得这么近,观察他,依旧什么都没感觉出来。

要说丑……刚才看完应星决再回头来看小酒井武藏,确实有点。

小酒井武藏已经闭上眼睛,仿若老僧入定,根本不回卫三的话。

卫三不在意,原本也只是想要近距离观察他,没想直接就能发现什么。

她察觉到什么,抬眼朝霍宣山那边看去,对上吉尔·伍德的目光。

刚才吉尔·伍德在看着卫三,事实上,不止一个人,对面的肖·伊莱还瞪着她,另一边早坐在位子上的南帕西成员山宫波刃也在看着卫三。

吉尔·伍德十分自然地移开目光,没有再看过来。

倒不至于一道目光要怀疑什么,只不过卫三刚才想起昨天晚上应星决说的,当时不仅是她,还有其他的几道目光也落在他腰间试管上。

只能说最希望问题别出现在主力队中,否则对付起来会更难。

"本次目的地季慈故居已抵达,请各位旅客带好随身物品离开飞行器。"

五所军校的人下来,姬初雨的目光瞥过达摩克利斯军校的五个人,靠近应星决:"你的手怎么了?"

姬初雨今天一早起来便发现了,只是没有过问。应星决不喜欢有人对他的事过问太多,但见到达摩克利斯军校那一水的掌心绷带,还是没有忍住问了出来。

应星决解开纱布:"被匕首划伤了。"

他掌心的血还在流,姬初雨皱眉将纱布帮他裹好。

从飞行器上下来后,卫三视线就没从小酒井武藏身上移开,在应星决解开

009

纱布的那瞬间，他分明朝那边极快地看了一眼。

应星决的血……对黑色虫雾有极大吸引力。

卫三退开几步，和金珂走在一排，嘴微微动了动，压低声音："他有问题。"

第 159 节

季慈故居坐落在一片居民区中间，除了故居周围被围了起来，其他地方可正常通行。

五大军校的主力队成员下了观光飞行器后，跟着路标绕过一堵围墙，走到正门口，有一座季慈的等身白玉雕像。

底座一米，雕像本身大概一米六五的高度，短发长袖长裤，脸上带着笑，腰间有一个工具包，是到目前为止仍然最经典的空间折叠包，能装所有机甲师需要的工具。

"听说这个雕像是季慈还活着的时候，她自己找人做的。"廖如宁悄悄和卫三八卦道。

卫三站在季慈雕像前面仔细看了看："挺气派。"

"等以后我出名，也给自己弄一个。"廖如宁手搭在卫三肩膀上，想了想，"再给你搞一个。"

"我呢？"霍宣山悄无声息地站了过来。

廖如宁转头："你不知道自己找人做？还想搭本少爷的车？"

被区别对待的霍宣山："……"

"没关系，你找我，"金珂拍了拍霍宣山道，"我给你打折。"

"达摩克利斯军校的看这里！"还站在院子外的应成河对他们喊道。

四个人闻言齐齐回头，被应成河拍下一张合影。

"好了。"应成河低头看自己的拍摄成果。

卫三和霍宣山抢先冲了过去，看他拍的照片，落后一步的廖如宁和金珂只能挤在旁边看。

照片内前面是季慈的雕像，廖如宁和卫三站在最中间，他把手搭在卫三肩膀上，两人朝右侧转过头看着镜头。霍宣山和金珂则站得稍微偏了一点，金珂的手搭在霍宣山肩膀上，二人朝左侧一起转过头。雕像最边上站着被挤过去的平通院季简，脸上不太愉快，背景中还零散地站着各军校的人，比如塞缪尔军校的肖·伊莱站在金珂前面一脸不屑地抱臂盯着这边。应星决也入镜了，不过只有一个仰头看着牌匾的背影。

昆莉·伊莱也拿出相机拍照，正好拍到达摩克利斯军校五个人凑在一起看照片的样子，便走过去问他们要不要这张照片。

"要。"廖如宁立刻要她发给自己。

"那我们加一下好友？"昆莉·伊莱问道。

廖如宁瞄了一眼她的光脑："加什么好友，我们这个牌子的光脑可以直接隔空传送，你投过来就行。"

昆莉·伊莱一愣，低头将照片传给廖如宁。

廖如宁收到后转手就发到五人群里，然后抬头对昆莉·伊莱道："你的拍照技术不错，能不能帮我们再拍几张？"

"……呃，好。"昆莉·伊莱纯粹是一时好心，没想到最后沦为照相工具人。

廖如宁拉着其他人开始围着季慈的雕像，转来转去拍照。

达摩克利斯军校五个人净在雕像面前摆pose，其他军校的人已经让开了位置，站在旁边围观。

廖如宁直接跳在霍宣山身上，还伸手去揪应成河的头发，脚踢金珂。卫三蹲在前面，单手撑脸，生无可恋。

"喊，这就是达摩克利斯的军校生，一点都不稳重！"肖·伊莱嘴撇下来，酸溜溜道，"昆莉·伊莱也丢人，南帕西的居然给达摩克利斯的拍照。"

"我们南帕西的人分得清什么是赛场内和赛场外。"高唐银站在旁边不冷不热地道。

"既然你们感情这么好，怎么不一起拍？"肖·伊莱鄙视道，"当工具人倒是起劲。"

旁边南帕西的龙凤兄妹山宫波刃和山宫勇男闻言，一起走到雕像前，问达摩克利斯军校的人要不要一起拍照。

"当然可以。"金珂刚捶完廖如宁的脑袋，不着痕迹地揉了揉自己的手，并冲那边的高唐银等人喊，"高指挥，你们要不要一起过来？"

南帕西的人要和达摩克利斯军校的人拍照，昆莉·伊莱自然也要入镜，她朝周围看了一圈，最后将目光对准肖·伊莱。

"看我干什么？"肖·伊莱没好气道。

"堂弟，你帮我拍一下。"昆莉·伊莱道。周围其他军校的人别说打过招呼，连架都没打过，好歹和肖·伊莱打过架，又同是伊莱家的人。

"什么堂弟！"肖·伊莱已经快要跳脚，八竿子打不着的分支。

"只是拍一张照而已，你玩不起？"廖如宁转头问他。

"你才玩不起！"肖·伊莱骂骂咧咧地接过昆莉·伊莱的相机，给南帕西和达摩克利斯军校两队拍照。

早知道刚才就不搭理这帮人。

"你们站好，那廖什么往里面靠一靠。"肖·伊莱拍着拍着，忽然找到了一点乐趣。两所军校的人都得听他指挥，原来指挥别人这么爽吗？

"你们要不要一起？"卫三主动对平通院的人说道，热情地让开一个空位。

达摩克利斯军校的人这一刻看着都十分热情，招呼着平通院的人过来，霍宣山已经开始喊霍子安了，金珂则哥俩好地对路时白打招呼。

平通院其他人还是没有动。

卫三见状扭头对帝国军校那边的应星决喊道："应指挥，不如大家一起照一张？"

应星决抬步真的朝他们这边走了过来，背后帝国军校的人犹豫了一会儿，也跟着走了过去。

帝国军校的人已经过来了。平通院那边的略有迟疑。廖如宁干脆伸手拉过一直等着要和季慈雕像合影的季简，路时白只好扭头去看宗政越人。

宗政越人最后也走了过来，和帝国军校的人分开站在两边。

肖·伊莱不满了："你们联合排挤我们塞缪尔？"

"你们也一起站过来。"金珂招呼旁边塞缪尔军校的人过来，拜托旁边的游客来拍照，让肖·伊莱也过来。

最后五大军校的人全部站在一起，游客帮忙拍了一张合影。各军校站得泾渭分明，甚至个别军校主力队成员的脸摆得十分僵硬。

拍照的游客喊了一声："你们开心一点，肢体放松！"

"那我们换个位置。"廖如宁喊道，从后方挤了出来，蹲在最前面，"我在C位。"

肖·伊莱一听不服气了。比赛中就算了，现在拍照怎么还能让达摩克利斯军校的人抢先？

他也从边角走过来蹲在了最前面，试图挤开廖如宁。

霍宣山挤到平通院的人那边，要和霍子安一起，并主动喊霍剑，表示霍家人要站在一起合照。

金珂怂恿昆莉·伊莱去前面和肖·伊莱一起，他自己则去和姬初雨打招呼，说仰慕姬初雨已久。昆莉·伊莱犹疑了一会儿才走过去，最后蹲在廖如宁身边。

原本应星决和姬初雨站在一起，被金珂插进来，他顺理成章地往旁边移，最后移到了小酒井武藏身边，受伤的掌心不着痕迹地露了出来。

五所军校的位置彻底被打乱了，卫三不知道什么时候也站在了小酒井武藏的另一边，继续热情地对他打招呼："我们真有缘。"

小酒井武藏还是保持沉默，并不搭理卫三，却也没有转到另外一边。

"都站好了吗？"负责拍照的游客问。

"再等等。"站位被达摩克利斯军校几个人打乱了，有些人不想和旁边的人站在一起，又开始换位置。

"好了吗？"

"可以了。"

二十五个人，身上还穿着不同的训练服，交叉站在一起，总算没有那么僵硬，里面笑得最灿烂的人就是达摩克利斯军校的几个人。

游客便按下快门，定格了这一画面。

照片拍好后，五大军校的人立刻分散，仿佛待久了会怎么样。

廖如宁抢先过去要了照片，最后投送给各军校的人。

卫三低头打开他们的五人群，里面已经发了照片。她点开来，第一时间去看小酒井武藏，他站在自己和应星决中间，看似面无表情，仔细看，便能发现他的余光是向应星决看去。

卫三盯着看了许久，正要收回目光，才发现自己背后站着的人是吉尔·伍德，她站在自己和小酒井武藏背后中间位置，大概踮了脚，抬头对着镜头浅笑。

其他人早看完了照片，但二十五个人内，只有卫三一个人的光脑光明正大地打开着，挂在半空，所有人一抬头便能看见。

其他军校的人或光明正大地看，或用余光瞥，总之对这种光隐藏ID，却不隐藏内容的光脑感到一丝惊奇。

尤其卫三放大照片的动作被看得一清二楚，所有人都见到她盯着应星决看了半天，旁边同样被放大的小酒井武藏被众人自动忽视。

群内的ID全部打码消失了，但内容完全透明，连最上方的群名都还在。

"联邦未来五大巨佬"赫然出现在众人眼前。

一时间，其他军校的人，甚至不知道该感叹卫三盯着别人家主指挥看半天，还是达摩克利斯军校主力队的不要脸。

金珂咳了一声，杵了杵卫三，示意她把光脑关了。

卫三一关光脑，便见到其他军校的人纷纷移开目光，她想了想，明白过来："……"

照片拍完，各军校再次恢复成泾渭分明的状态，从门口进去之后，便分开参观。

"你们先过去，我去那边看看。"应星决和帝国军校的人走过一条长廊，指着季慈故居的书楼道。

"我们一起过去。"姬初雨转头看了看其他人道。

"不必,我过去看看,待会儿要去书楼买点东西。"应星决拒绝。

姬初雨皱眉,担心他一个人出去会有问题:"你是主指挥……"

"超3S级主指挥。"应星决补充道。

姬初雨还想说什么,被应星决再次打断:"我不会失控。"

"我不是这个意思。"姬初雨只好退让一步,"我们在前面的工作室等你。"

应星决点头,转身离开。

帝国军校的人站在原地半晌。

"主指挥,好像变了一点。"司徒嘉犹豫道。

姬初雨忽然低低笑了一声:"那是你从来没有了解他。"

应星决,帝国双星之一,或者说真正的帝国之星,向来心思深沉,他只会让其他人看到他想给人看的一面。

"我们先去工作室。"霍剑开口道。

应星决在书楼外围转了一圈,才走进去。

这里面摆放着的是季慈自己收集来的书,各种巨大书架被制作成奇怪的样子,头顶也有书架,全部摆满了书。已经有不少游客在里面,只不过所有人不允许伸手碰这些书,只能观看拍照。

应星决在书楼和其他人一样,打开相机,边走边拍,丝毫没有察觉身后有人靠近,或者说没有察觉靠近的人是谁。

"小酒你也在这儿呢。"卫三不知道从哪儿蹿出来,直接伸手搭在小酒井武藏的肩膀上,热情道,"我们俩真有缘。"

这时候前面的应星决已经回身看着他们。

小酒井武藏撇头看着自己肩膀上的手,脸抽动了一下,随即肩膀耸起,甩开她的手,往另一边走去。

第160节

"你们军校的人呢?"卫三盯着小酒井武藏走到另外一边,才转头问前面的应星决。

"在前面的工作室。"应星决目光从小酒井武藏那边移过来,"金珂他们不在这儿?"

"也去工作室了。"卫三打量周围的书,这里简直是个图书馆,什么杂书都有，她打开自己的光脑，假装在认真拍照，"你刚才故意的？"

"只是想更确认一点。"应星决低声道。

"他大概还不能控制好自己，或者……"卫三已经确定小酒井武藏有问题，往边上走，忽然转头看向应星决，扬眉道，"你诱惑力太大。"

即便卫三这么说，应星决依旧冷静自持，没有露出任何受到言语侵犯的神情。

"倘若他是近期才被黑色虫雾感染，最可能的时间节点便是极寒赛场受伤时，但不排除大赛之前已经被感染……这一切建立在黑色虫雾能感染人的前提下。"

应星决的声音忽然在卫三的脑海中响起，她下意识地皱眉。

"你的光脑，没有隐私。"应星决见她不悦，解释道。

卫三伸手摸了摸自己手腕上的光脑。

书楼负一层有文创店，应星决过来的原因之一也是准备去文创店，他和卫三顺着观看地标，转到负一层。

应星决走进光脑区，扭头问卫三要哪一个，光脑区内的光脑类型不多，表带上会有季慈故居的照片，颜色造型不同而已。

"要买给我？"卫三站在外面，奇怪问道。

他们俩不熟吧？

"算是为之前3212星的事道歉。"应星决缓缓道。

卫三喷了一声："光脑就不用了，我自己付钱，你待会儿请我们达摩克利斯五人吃顿饭。"

她走进来，挑了一款经典的白色光脑，要求有隐私功能。

店员热情微笑道："这个您放心，我们这里的所有光脑都有这个功能。现在这个时代，没有隐私功能的光脑早被淘汰了。"

还在用被淘汰光脑的卫三："……"她怀疑店员在内涵自己。

"多少星币？"

"原价六十万，我们打完折只需要五十万呢。"店员保持微笑，"我们的目标客户群体就是像你们这种年轻有为的军校生，相应的功能也要比其他普通民众的多，在外面至少需要七十万起步。最少可以用十年，保修十年！"

卫三直截了当道："你们分明把军校生当冤大头。"

店员愣住，这位还穿着军校生的训练服，怎么会这么抠？军校生一般刷卡都不带眨眼睛的。

"欸，这样，你九万卖给我。"卫三试图讨价还价。

店员立刻摇头："我们这是文创店呢，不还价的。"

卫三顿了顿，侧脸，伸手拉过旁边的应星决："这位，帝国双星之一，认识吗？"

店员扶了扶眼镜，盯着近距离的应星决，忽然脸红了，声音有点低："知道。"

卫三挑眉，朝应星决眨了眨眼睛，随后转头对店员道："让你们合影，还送签名，光脑九万卖给我。"

店员垂头，扭捏小声地说了一句话。

卫三没太听清楚，但见这情形八成可以了，她伸手就想拿柜台上的光脑。

被店员飞速抓住手，她鼓起勇气抬头，闭眼道："不行，帝国之星来了，也只能卖五十万。老板一直教导我们做一个有原则的人。"

卫三："？"

居然连帝国之星都不行？

卫三低头清点自己的余额，五十万的光脑也不是买不起，她单纯是舍不得。一个光脑五十万，当初她修台机甲才多少，军校生的钱不是钱吗？

在其他店里溜达的文创店老板听到这边动静，咚咚咚地跑过来，见到两人，忽然激动了，大喊一声："骚三，我是你的卫粉！"

声音之大，足够让负一层的人都听见。

卫三："……"

"老板，反了。"店员小声提醒道。

"哦哦，重新来一遍。"老板当场又喊了一遍，"卫三，我是你的骚粉！"

卫三："骚粉，你好，这光脑九万卖不卖？"

"卖！"老板斩钉截铁地道，把白色的光脑塞给卫三，又从柜台中摸出同款黑色光脑，推到旁边的应星决面前，"九万，买一送一。"

店员："……老板，你说做人要有原则，不能为美色所动。"

"没错。"老板点头，又热情地看着卫三，搓了搓手，"但这是卫三，我是她的骚粉！我们能合影吗？"

想着出卖帝国之星色相的卫三，反而靠自己成功买到了九万的光脑，还买一送一。

老板喜滋滋地和卫三合影，完全不在乎旁边站着的应星决，最后还邀请卫三帮忙题字，说是准备以后做个牌匾，挂在店门口。

"我好多年没看过赫菲斯托斯大赛了，今年冲着你去看的，达摩克利斯军校一定能夺冠！"老板兴奋道。

卫三："你说得对，总冠军一定是我们。"

完全被排除在外的店员和应星决站在一旁，店员小声问："我们能合影吗？"

帝国之星应星决礼貌拒绝："做人要有原则。"

店员："……"是老板不做人！

卫三和老板好一顿拉家常，就差没当场结拜，最后还是应星决喊卫三走，这才分开。

"还有这个光脑，别忘记了。"老板将黑色光脑递给卫三。

卫三接过来，扔给了应星决："送你了。"

应星决低头看着手心内的光脑，垂眸不知道在想什么。

"老板，谢了。"卫三挥手，"记得看我们比赛。"

"卫三放心飞，骚粉永相随！"魁梧的老板，顶着一脸络腮胡冲着卫三一顿猛比心。

卫三和应星决顺着出口离开，同时两人一人得了一台新光脑。

她低头捣鼓自己的新光脑，把资料信息全部导进去，有了隐私功能，不用再担心旁边其他人看到聊天内容。

"我们加个好友。"卫三全部捣鼓完，抬头对应星决道，"别再用感知在我脑子里传来传去的。"

应星决伸出手，打开光脑的隐私界面，让她看自己的通信号。

卫三扫了一眼，低头输入。

两人加上好友后，应星决重新隐藏自己的界面，给卫三发了第一条信息："小酒井武藏一直在后面跟着我们。"

卫三没有回头，而是给他发消息："你们军校的人在工作室？我带你过去，下次别一个人出来。"

谁知道黑色虫雾，进入人体后会发生什么变化，不过看样子智商不高。

应星决："好，大赛期间我会找到机会检查所有人的血。"

卫三皱眉，发消息给他："这个怎么检查？"

这么多人。

应星决："找借口，大体检测试便可。"

卫三收了光脑，和应星决并排站在一起，往工作室走去。

工作室是季慈故居最大的看点，里面有她在这里五年所有设计构建机甲的痕迹，还有珍贵的机甲构建手稿。

卫三原本和应成河他们一起冲过去看工作室，发现平通院那边少了一个人，才找了出来，一直找到书楼这边。

一进去，卫三就往达摩克利斯军校那边凑过去，应成河正看得如痴如醉，旁边还站着其他军校的机甲师。

也只有达摩克利斯这帮人，不是机甲师，还凑在一起，装模作样的好像看得懂一样。

金珂和霍宣山让开一个位置，好让卫三进来，五个人齐刷刷地盯着墙上的机甲手稿"如痴如醉"。

为了暂时隐藏卫三机甲师的身份，达摩克利斯军校这几个单兵和指挥在这边看得脑袋都大了。

应星决进来时，帝国军校的人也第一时间注意到了。

姬初雨和霍剑最先注意到他旁边的卫三，即便她直接朝达摩克利斯军校的人走去，也不难看出这两个人是一路走过来的。

第 161 节

原本应家和霍家关系更要好，往届应家的指挥在帝国军校时期，往往跟霍家的机甲单兵走得最近。不过到应星决这一代，因为他失控这件事，姬元德便将姬初雨放在应星决身边，导致霍剑反而只是作为主力队的一员，和司徒嘉同一个位置。

姬初雨向来对应星决有一种复杂的责任感，一是他大伯交给他的任务，二是这么多年相处下来，他将应星决当作最亲近的兄弟。

应星决对人向来保持距离，也只有他能离得近，只是没有想到西塔赛场会发生意外，让他被达摩克利斯军校那些人救走了。

不知道是不是错觉，姬初雨感觉应星决和达摩克利斯军校主力队员之间……仿佛无形中忽然多了一丝默契。

刚才分明是和达摩克利斯军校的卫三并排走进来的，若说之前没有交集，姬初雨完全不信。

姬初雨和霍剑对视一眼，显然都明白对方心中在想什么，只是他们不会去向应星决求证。

应星决并不在意他们有什么想法，安静参观季慈的工作室。

季慈的工作室内还有不少机甲材料，在五大军校的机甲师眼中并没有多贵重，最让他们感兴趣的还是季慈的机甲手稿，都不完整，看得出当时季慈对这些也不算重视，否则不会就这么扔在里面，一直到现在。

不过除了季简，其他军校的机甲师都看得极为入迷，毕竟各大军校流传下来的教学侧重点不同，像公仪柳教的机甲类型一定以中型机甲为主，其他类型机甲为辅。

游客一般进来只是图个新鲜，还有不少人带着自己小孩进来沾沾大师的灵气，希望自己孩子将来也能成为一代机甲大师。

　　五大军校的老师们一大早起来通知完主力队昨夜会议决定好的联合训练，又开始本军校内部会议。

　　项明化和解语曼连同其他老师，一开便是一个上午，等中午出去吃饭时，在食堂碰到其他军校的老师们，敏锐地察觉到今天的气氛有点不同。

　　一开始他们也没有放在心上，昨天夜里才开会决定要联合训练，今天气氛怪了点也正常。

　　不过很快，项明化发现每所军校老师就连吃饭都要浏览光脑，他问解语曼："他们怎么回事？全在看光脑。"不知道的，还以为联邦发生了什么重要的事。

　　解语曼低头也打开光脑，看热点新闻，一点进去，便见到一个标题"五大军校主力队合影"。

　　什么东西？五大军校主力队都还没开始联合训练，哪来的合影？

　　她点开新闻，居然真看见了五大军校主力队站在一起的照片，还不是以军校分开站的。

　　解语曼慢慢放下筷子，将光脑解开隐私，给项明化看："这帮人凑到了一起。"不光没捅破天，还一起拍了照。

　　自觉性这么高？知道要联合训练，先搞好关系？

　　项明化凑近盯着看了半天，最后指着照片里达摩克利斯军校的几个人道："八成是他们搞的鬼，你看看这几个人笑得多开心。"

　　说完，他又有点感叹，抛开大赛不讲，这些学生还是一群少年，原本就应该这么开开心心，到处游玩。

　　"这是去了季慈故居。"解语曼往下翻，居然看到了断断续续来自不同游客的直播视频。

　　之前的，解语曼没有先点进去，而是点开了正在直播的一个视频，现在观看数量众多，食堂里的老师们显然也在看这些。

　　"他们看什么呢？"项明化看着直播镜头里的达摩克利斯军校五个人。

　　其他军校的人随意走在工作室内，抬手拍拍照，四处转悠，只有达摩克利斯军校的人跟着应成河，一动不动地盯着季慈的手稿。

　　项明化摇头："瞎起哄，金珂看就算了，那三个机甲单兵看得懂？"

　　解语曼也不明白他们搞什么花样，不过这五人向来戏多。她目光在镜头转了一圈，落在应星决身上，诧异道："他手掌怎么也绑了绷带？"

　　项明化瞄了一眼："搞不好这帮小崽子故意学人家应星决。"

解语曼仔细想了想，发现项明化说的居然有七八分道理，也只有这个能解释六个人掌心都绑上了绷带。

镜头内，应成河走向下一张手稿的位置，达摩克利斯军校四个人立刻跟上，双手背在身后，也有双手交叉抱在胸口的，总之四个人看得无比认真。

旁边看手稿的鱼仆信接连扭头盯着他们看了好半天，显然无法理解这帮人在想什么。

等应成河走完了一圈，后面的廖如宁重重松了一口气，憋死他了。

"你光脑怎么换了？"金珂第一个发现不同。

"刚才在书楼买的。"卫三撸起袖子，"好看吗？九万星币。"

"书楼那边不是文创店？光脑卖这么便宜？"应成河扭头看过来问道。

提起这件事，卫三咳了咳，抬起下巴："老板是我粉丝，九万，买一送一。"

这个价位，帝国之星都拿不到。

"买一送一？"霍宣山闻言道，"还有一个四万五出给我。"

"没了，给了应星决。"卫三垂手。

廖如宁难以置信，酸溜溜地道："给了应星决？你为什么给他？他付钱了吗？"

卫三愣了愣："……当时老板把光脑推到他面前，我就给他了。"

达摩克利斯军校四个人都看着卫三，眼神中带着质问。

"……他说待会儿请我们吃饭。"卫三眼神闪躲。

"真的？"廖如宁心情好了那么一点点，"还算上道。"

霍宣山问她："新光脑有没有屏蔽功能？"

"有，这光脑原价六十万。"卫三摸着手上的光脑，珍惜道，"我一定要用满六十年。"

其他人："……"

季慈故居并不小，他们光是在工作室逛都逛了一个小时，其间卫三又几次往小酒井武藏那边凑，表面上嘘寒问暖的。

宗政越人阴沉的脸色一直没有好过，他认为卫三这是在故意挑衅自己。

逛了一圈，五大军校的人也准备去吃午饭，故居内便有一家主题餐厅，消费不低，大部分游客会出去吃。

五大军校的人打算今天参观完，自然不会再出去，全往这家餐厅走。

肖·伊莱突然喊了一声卫三，目光中带着洞悉和得意："你之前看的人不是应星决，而是平通院的小酒井武藏，你喜欢他！居然也不知道掩饰一点。"

达摩克利斯军校的人："……"

卫三经过一阵沉默，忽然捂着自己心口，低头："没想到被你发现了，喜欢一个人果然藏不住。"

其他军校的人："？"

帝国军校的姬初雨眼神中已经带上了嫌弃，卫三作为一个被他列为对手的人，居然……

小酒井武藏虽是3S级，但在姬初雨眼中，甚至还不如南帕西的那对龙凤胎。

镜头面前的老师们如鲠在喉，被卫三这一声惊天巨雷给震惊了。

当事人之一的小酒井武藏面无表情地看着卫三，丝毫不为所动，仿佛说的人不是自己。

季简有点冒火："你们达摩克利斯军校别太过分，另外麻烦塞缪尔管好你们队里的傻子。"

自认为猜中的肖·伊莱反应了半天，才明白过来季简在说自己，喊了一声："你才是傻子，怎么，嫉妒卫三不喜欢你？"

路时白："……"

"你们要吃什么，自己点。"应星决坐在靠窗的位子，扭头对达摩克利斯的人说道。

廖如宁立刻第一个过去坐下，拿起菜单，他得点最贵的。

现在轮到帝国军校的人一脸茫然震惊。

应星决已经让餐厅服务员拼成长桌，方便两所军校的人一起吃。

"主指挥什么意思？"司徒嘉低声问霍剑。

霍剑没有回答，直接坐了过去。

姬初雨只能也跟着过去坐下。

"主指挥，你当时和他们谈的交易，只是两场比赛资源的一半，不包括这个。"公仪觉总觉得应星决被胁迫了。

"你们主指挥平白得了光脑，请顿饭怎么了？"廖如宁一边点菜，一边对公仪觉道，"同样是机甲师，你小里小气的，是因为你姓铁公鸡吗？"

"……"公仪觉忍住掀桌的冲动。

卫三靠在椅子上，低头看着五人群里的消息，里面是应成河发的照片，他刚刚在看手稿的时候，都拍了下来。

两人在群里讨论得火热。

暗中讨饭："这一个部分中间的设计，我看着有点眼熟。"

成河大师："没看出来有什么特别的，这应该是机甲的肩部设计，大部分重型机甲脱胎于季慈的设计原理，所以你现在看她的设计，总能看到熟悉的轮廓。"

暗中讨饭："那倒是。你认为五所军校中谁的重型机甲设计得最好。"

成河大师:"霍子安,原本他的机甲和霍剑应该不相上下,都是霍家机甲师设计出来的,但后期霍子安有季简经手,会更有优势。"

暗中讨饭:"论实力,霍剑更强。"

成河大师:"机甲之间差距拉得没那么大,机甲单兵实力更重要,你兵师双修,应该更了解。"

暗中讨饭:"我对霍剑比较感兴趣,找机会打一架。"

应成河看着群里的消息笑了一声,回复:"我以为你对姬初雨更感兴趣。"

听见他的笑声,应星决抬眼扫过堂弟和低头明显在发消息的卫三,但很快移开了目光。

暗中讨饭:"没看他有多少表现,霍剑之前斩杀沙蛛的时候挺有意思。"

卫三发完消息,餐厅服务员已经开始上菜,她便关了光脑,刚拿起筷子,脑海中忽然闪过一幕,她知道自己为什么觉得手稿那部分眼熟了。

第162节

卫三曾经在黑厂拆过死神的机甲,当时她的注意力全被机甲手脚处淡金色的关节吸引,现在回想起来,肩部的设计结构和季慈的手稿很像。

不过,死神的机甲本身便是重型机甲,刚才应成河说了目前很多重型机甲身上都能见到类似的结构,可能是死神的机甲师将S级的机甲结构运用到A级机甲上。

卫三想明白了这点,但那种熟悉的感觉还萦绕在心头,仿佛这种结构她在哪儿还遇见过。

"我们都有机甲师传承的芯片,只有你们南帕西没有。"肖·伊莱嚣张又跋扈的声音从对面餐桌传来。

卫三顺着众人目光看去,发现服务生将塞缪尔和南帕西两所军校的人安排在一起。

"机甲并不一定靠芯片才能传承。"鱼仆信望着肖·伊莱,一字一顿道。

自从鱼天荷夺权后,他便一直处于低沉状态,整个人也一夜之间成熟起来。

肖·伊莱撇嘴:"是,你们南帕西最强,这么多年全靠老师口口相传下来。"

两所军校的人还在进行口舌之争,卫三的思绪已经飘远了,听见"芯片"两个字后,她终于彻底想明白那股熟悉感从何而来。

不单单是黑厂死神那台机甲,她还在鱼青飞的工作室见到过。

卫三上鱼青飞录制的课程,他总是一边讲一边干自己的,季慈手稿里关于肩部结构的那部分,就是鱼青飞当时在做的机甲肩部。

那时候卫三光注意鱼青飞在讲什么，对他手下的东西也只是瞟了一眼。

鱼青飞作为轻型机甲师的创始人，毋庸置疑研究的应该是轻型机甲，但这种肩部拉扯承受力照理不会出现在轻型机甲上。

"卫三，卫三。"

拼桌而坐的两所军校主力队成员，此刻纷纷看着发呆的卫三。她手握着筷子，悬在空中已经很长一段时间了，就像被别人定了身一般。

旁边应成河杵了杵她，没反应，坐在最外面的廖如宁连续喊了她几声，卫三才回过神。

帝国军校的人看着卫三，眼中都带着莫名其妙，不明白她什么意思。

卫三若无其事地继续夹菜，旁边达摩克利斯军校的人也仿佛什么事也没发生过，她甚至反问："……我脸上有东西？"

完美诠释了什么叫只要自己不尴尬，尴尬的就是别人。

"通知发下来了。"饭吃到一半，金珂提醒道。

众人纷纷打开光脑，果然所有人都收到一封来自主办方的邮件。

"通知：经各军区代表和军校老师商讨过后，从明日开始，所有军校主力队皆开始参加联合训练。在此期间，不得与本军校老师有任何开私课训练的行为。另联合训练期间，课上各军校可参与打斗训练，免除一切责任。"

看完通知后，各军校机甲单兵的心思活跃起来，打斗？岂不是可以报仇了？

霍宣山盯着通知最后一句，低声问金珂："免除一切责任？过往有这样的联合训练？"

金珂先是点了点头，随即又摇头道："很多年前几届大赛的军校生在紧急情况下有过，不过那时候所谓联合训练是要军校生直接上战场，所以不计生死。"

他们现在表面情况看似还算平静，如果没有黑色虫雾的话。

达摩克利斯军校的五人沉默地看着通知。他们担心一件事，是不是有人在背后推波助澜，想要借训练来除掉军校生。

"怕了？"肖·伊莱在对面冲达摩克利斯军校的人挑衅，"一起训练，你们就没那么多的好运，大家手底下见真章。"

"你一刻不说话，嘴巴就痒痒？"廖如宁扭头看着他，"需不需要我帮你按摩？"

肖·伊莱："……喊，谁怕谁。"他被打了一巴掌，难道还能被继续打脸？不可能。

自从通知出来后，卫三立刻感受到有几道视线落在她身上，不用抬头都能猜到其中两个人是谁，一个桌对面的姬初雨，一个隔壁的宗政越人。

谁看她都不在乎，现在一心吃饭，帝国之星请客，得好好薅一层羊毛下来。

通知是通知，但在达摩克利斯军校主力队员的心里，天塌下来都要继续干饭，尤其这还是免费的。

于是只见达摩克利斯军校主力队员埋头苦吃，对面帝国军校的人除了应星决还算正常外，其他人食不知味。

走之前，应星决站在旁边付钱，公仪觉起身，经过应成河身边："你们军校的人上辈子是饿死鬼？"

应成河看着昔日的小学同学，一本正经地道："一般感知越高，营养的消耗也越大，所以吃得也就多，还望多多见谅，我们也压制不了自己的实力。"

实力？恐怕是压制不住干饭的实力。

公仪觉眼中透着明晃晃的鄙视。

"应家就是不一样。"廖如宁凑在卫三旁边，八卦，"这么多钱，刷起来眼睛都不眨，有钱人真好。"

卫三："……好像你们之前也这样。"

"这怎么能一样！我现在已经在学习勤俭节约的优良品德。"廖如宁说着啧啧两声，"虽然他们家这么有钱，不过我保证应星决说不定要一辈子单身，谁敢喜欢他。"

霍宣山站在后面，缓缓对廖如宁道："其实你更可能一辈子都是单身汉。"

廖如宁丝毫不生气："单身汉挺好，我可以和我的机甲过。"

旁边等着应星决的帝国军校众人就差没把耳朵捂起来。达摩克利斯军校的人天天就在说这些没有意义的话，居然还能拿到两场分赛的冠军。

应星决结完账后，便和帝国军校的人一起出去，其他四所军校的人同样出去，继续逛季慈故居。

下午着重去的地方是季慈的材料收藏室，这里隔几年会有一场材料拍卖会，据说季慈生前同意过，得到的资金全部用于投入这里的维修保护。

整个故居都透着一股低调简单却又奢华的气息。故居表面看着简单，建筑使用的所有材料却是最好的。就连材料收藏室的地板，据说都是用上好的星兽骨骼材料打磨而成。甚至有人说，以后材料卖完了，可以直接撬开一块地板拿去卖，便可以维护故居三年五载的。

因为这些都是季慈生前吩咐好的，小道八卦没少拿出来批判她，说季慈此人实力虽行，却不足以和鱼青飞相提并论，太过自傲奢侈。

"这么大！"廖如宁一进去，便像个没见过世面的人，比旁边普通游客的惊叹还要夸张。

材料之全，数量之多，简直是机甲师的天堂，不过五大军校的机甲师见多了，除了极个别珍贵的材料，其他并不感兴趣。

卫三心中装着事，总想连接脑接口，进入鱼青飞的教学课程中，重新看一遍那块肩部机甲的结构，对材料室的兴趣并不大。

她随大流地往前走，不知道是不是因为脑子里一直在想着那个结构，卫三甚至有点产生错觉，连地上的影子都有那个结构的样子。

影子？

卫三脚步一顿，目光紧盯着地上的影子，不是错觉，这影子真的像肩部机甲那个结构的样子。

一个双扣螺旋状，这种结构是为了有足够的灵活度，同时减轻肩部机甲的内部重量，肩部机甲内其他部分则可以更大胆地设计。这种结构在轻中型机甲中基本没有，轻中型机甲有更好的结构选择。

卫三抬手假装整理衣领，微微仰头抬眼看向材料收藏室天花板，上面只是一排排灯。她微微侧身想要转头去看背后高处，肩膀却撞上了背后应星决的肩。

材料室人太多，挤在一起，这种程度的磕碰简直太多，卫三没有注意，更没有发现自己撞上了应星决，她视线落在外面高处的玻璃上。

这栋楼窗户全部采用浮雕玻璃，阳光透过玻璃照过来，有些表面浮雕太厚，便投射了影子过来，和灯重合之后，便印在地上。

只有一块地板上有那个结构的影子。

应星决顺着人潮往前走，不可避免见到前面卫三转头过来，他不知道她在看什么。

"前面有台阶。"应星决提醒卫三。

卫三听见声音，回神，才发现背后的人是应星决。

她转回头，抬脚跨过台阶，朝后面道："谢谢。"

"谢什么？"廖如宁一张脸突然冒出来。

应星决已经随着另一股人潮离开。

卫三："……"一转头见到廖如宁的脸，让她有一瞬间产生审美冲击。

廖少爷十分敏锐："你嫌弃我？"

卫三不承认："没有。"

走了一段路后，收藏室的走道才又空旷起来，达摩克利斯军校的人会合。

"我刚刚发现那边有个影子和季慈手稿的结构很像。"卫三低声道。

应成河扭头看向卫三："之前在餐厅你说的那个？"

卫三点头："还有几个地方我都见过，晚上回去我确认一下。"

在材料收藏室逛了一下午，除了卫三说的那个影子，其他完全没有任何异常。

五大军校的人返程的时候再一次坐上了同一辆飞行器，只不过似乎所有人都玩累了，或者说认清了事实，不再抵抗，回去的路上居然相安无事。

卫三一回去，便连接脑接口，进入鱼青飞的教学课程中，翻了半天，最后回到之前那堂课。

这一次，卫三没有听鱼青飞在讲什么，而是仔细盯着他手里设计的肩甲部位。

她蹲在鱼青飞面前，虚空比画那块肩甲部位的形状，这种配置根本不可能用在轻型机甲上，装上去反而让轻型机甲的肩部受到拖累。

只有一个可能……鱼青飞在做重型机甲的肩甲部位。

第163节

从教学课程中出来，卫三便见到应成河在旁边等着她。

"找到了？"

卫三点头："鱼青飞做过同样的结构。"

应成河和卫三上的教学课程不一样，他没在鱼青飞那儿见过，便打开之前拍的手稿照片："这种结构看不出来有什么特别的，重型机甲的肩甲结构太多了，这种结构不是最优解。现在机甲师用这种双扣螺旋结构一般都会进行改良，否则效果不佳。"

机甲大方向的原理是联邦那些大师定下来的，但这么多年过去，有些结构会做不少改动，以积极适应不断更新的材料。

应成河说得没错，一个结构说明不了什么，不过卫三之前在黑厂还见到过类似的结构，当时她所知有限，没学过S级以上的机甲知识，看不懂，现在回忆起来，死神的机甲很有意思。

"我想再去看看。"卫三忽然道。

"去哪儿？"应成河问。

"季慈故居。"

两人刚出门，客厅的三人就齐刷刷地盯着他们。

卫三主动招供："去季慈故居，早上一定回来。"

金珂："大半夜的，那边观光飞行器早没了。"

应成河："知道，我们想去材料室看看。"

廖如宁立刻起身："我也去。"

霍宣山戳穿："不单看看这么简单吧。"

卫三咳了一声："那你们去不去？"

"去。"霍宣山几人异口同声道。

大半夜的要想别人不知道，还是得悄悄避开演习场的摄像头。

五个人也算得上是轻车熟路，加上金珂这个指挥对演习场各种摄像头的方位，以及转动的间隔时间都把握得极准，他们很快从寝室大楼摸黑跑到演习场大门附近。

"不能翻墙吗？"廖如宁在背后，望着周围的高墙跃跃欲试。

"这又不是我们学校的墙，你一碰上去就会被发现。"金珂头也没回道。

"那我们怎么出去？"不能翻墙出去，廖如宁有点失望。

"我们只能从正门出去。"金珂对最前面的卫三道，"巡逻队和摄像头交叉后，有四秒间隙，你能开锁吗？"

应成河扭头震惊："开锁？！"

继迷你信号塔、喷火枪以及补船之后，优秀的机甲师还要会开锁？

"她以前在3212星修理家电，兼职开锁。"金珂理所当然地道，"技术相当不错。"

最前面的卫三伸出大拇指对着自己比画："两轮，八秒时间。"

五个人躲在阴暗角落里，一旦时间到，卫三便跑到大门，破解门锁。

应成河在角落里看得怀疑人生："……"他是不是也要去学一学这门手艺？

机甲师不能说不行！

三秒一到，还剩一秒时间，卫三便立刻跑了回来，刚好蹲下，那边摄像头便转了过来。

"那锁有点复杂，你们再等等。"卫三过来低声道。

来来回回弄了五次，他们才安全出了大门。

几个人一路走到外围，找到一辆出租飞行器，直奔季慈故居。

深夜照样有人值守，季慈故居的大门已经被锁了。

金珂掐时间，卫三开锁，最后成功进去。

他们到达材料收藏室后，没有走正门，而是从顶上翻了下去。

"在哪儿？"应成河问卫三。

卫三看着满地一模一样的地板沉默了："……"

当时被挤着往另一边走去，她还没来得及做记号。

"当时有光从外面照进来，浮雕玻璃和顶上的灯合在一起正好形成了那个结构。"卫三仰头看着一模一样的灯，完全不记得自己当时看的是哪盏灯。

"我出去打光照进来。"霍宣山道。

"跟你一起去。"廖如宁道。

两人重新出去，跑到材料收藏室外，打着光往玻璃上照，通信也连着。

"不对，往左移。"卫三看着地板上的影子，摇头道，"再抬高一点。"

移了半天，卫三终于隐隐看到一点轮廓，指着让应成河看。

"还要再移。"应成河对通信内的霍宣山道。

五个人专心致志，都快忘记他们是半夜偷着进来的。

"就在这儿。"金珂指着前面一块地板，靠近道。

卫三让外面两人举着别动，她蹲下来仔细观察。

"真的一样。"应成河打开季慈手稿照片道。

"撬开来看看。"金珂跟着蹲下来道。

应成河和卫三齐刷刷地看着他，一副被震惊的样子。

"看我干什么？你们来都来了，不撬开看看？"金珂伸手敲了敲地板，"这里自建成，地板没被换过。"

毕竟是珍贵的材料所制成，除非故居这边彻底没钱维护，才可能考虑撬地板，拿去卖钱。

指挥都发话了，两位机甲师立刻掏出自己的工具包，开始撬地板了。

金珂蹲在旁边看，慢悠悠道："从这敲地板的动作之熟练来看，你们俩不愧是机甲师，像我大概天生指挥的命。"

"你也就脑子能用用。"卫三鄙视道。

"好了，我这边开了口。"应成河用工具刀顶着地板一角。

卫三用力撬开自己这边一角，两人合力将地板撬松，她将工具刀放回包里："我搬开地板，你们俩让让。"

一米长的地板，厚度足足有二十厘米，抱起来不轻。

她轻手轻脚地将地板放在旁边地板上，转回头和两人看下面，里面还铺了一层石板。

应成河准备继续撬，被卫三拦住了："我来，你们站后面去。"

她小心翼翼地撬开这层石板，站在后面的金珂便道："里面有东西。"

卫三放下石板，和两人一起盯着下面的大盒子。

"这应该是季慈放的。"金珂道，"翻新的只有书楼那边，这里除了必要的清扫，没有任何改变。"

卫三没有抱出来，而是伸手下去，找到锁扣，就地打开盒子。

不得不说，这一刻，跪趴在地板上的三人，还有外面的两人，心都跳快了几拍。

这说不定是季慈前辈留下的什么大宝贝！

"这里面不会是一大箱机甲项链吧?"廖如宁杵了杵旁边的霍宣山,低声道。

霍宣山摇头,他也不确定,机甲师能留下的无非是机甲或者珍稀材料。

卫三打开盒子的那瞬间,五人的眼睛都没敢眨一下,生怕错过什么。

盒子被打开了,五人看清里面的东西后:"……"

盒子里什么都没有,只有一张皱巴巴的纸。

卫三难以置信地伸手抓起盒子里面那张泛黄的纸,上面粗糙地画了一个双扣螺旋图,下面还有一句话:恭喜寻到我墨宝。

"这字不是季慈写的。"金珂凑在旁边看了一眼便道,"工作室内季慈的字没这么潦草,风格不同。"

"让我看看。"应成河接过来,打着灯盯了半天道,"好像是……公仪柳的字。"

"公仪柳?"金珂靠近看着这张纸,伸手折了折纸的左下角,指着中间的水印图标,"这是帝都星一家酒吧的纸。"

"这你都知道?"卫三扬眉,低头看着纸上透光出来的"风酒肆"三个字。

金珂摇头:"这家酒吧五十多年前被烧毁了,我知道是因为帝都星的黑厂建在这家酒吧原址上。"

之前知道卫三在沙都星黑厂打黑赛后,他查过遍布联邦的黑厂背景,帝都星黑厂也是其中一个。

"这种盒子的手艺在公仪柳那个时代之前。"应成河仔细打量盒子之后道。

金珂:"这么说来,公仪柳可能将里面的东西拿走了。"

卫三仔细翻了翻盒子,没有找到什么暗藏机关,盒子里空空荡荡,只有这一张纸。

现在再看这张纸上最后的表情,透着一股欠揍的气息。

她把纸折叠放进口袋,从工具包里拿出一个本子,唰唰地写下一句话:前辈的爱送给你。

卫三撕下这张纸,放进箱子内,重新合上。

应成河看着她一系列的动作,忽然明白一件事,要想成为厉害的大师,首先得向大师们的言谈举止靠拢,以后他也必须随身携带笔纸。

"里面的东西居然被人拿走了。"外面的廖如宁叹气,"一箱机甲呢。"

霍宣山闻言:"……"什么时候就确定了里面有机甲?

"他们要出来了。"廖如宁灯也懒得关了,直接道,"我们在这儿等着。"

里面卫三将石板和地板全部放回去后,正准备和金珂、应成河他们出去,刚转身,忽然脚步一顿。

"怎么了?"应成河扭头问她。

卫三仰头望着那盏灯，最后示意两个人双手并拢，让她踩着跳上去。

霍宣山蹲下来把灯光对着天花板，好让卫三看得更清楚。

看卫三扒在天花板上，廖如宁心痒痒："我也想爬上去。"

卫三上去之后，低头看着所有的灯，造型都一样，她来回对比旁边普通的灯和那盏能重合窗户影子的灯，终于发现那盏特定的灯上有一个细微凸起。

她伸手按了按，硬的，仿佛只是这盏灯造型上的瑕疵。

卫三忽然对着这盏灯道："鱼青飞比你牛。"

卫三话音落下后，突然一道男声透过那个凸起传出来："放屁，我现在不承认了。"

金珂："？"

外面的廖如宁："比谁牛？"

霍宣山当初和卫三一起找到的紫液蘑菇，自然知道她说的什么："公仪柳。"

这道声音过后，灯管内壁突然打开，掉出一把六棱角钥匙，应成河下意识地伸手接住。

卫三也跳了下来："是什么东西？"

"钥匙。"应成河摊开手。

他们还未看清楚，外面突然传来一声暴喝："干什么的？！"

"快跑！"

廖如宁的声音透过光脑传给三个人。

"我们先溜出去，外面等你们！"霍宣山丢下一句，拉着廖如宁逃了。

第164节

"走了吗？"应成河悄声问道。

"嘘。"卫三示意应成河和金珂再往后退。

季慈故居除了材料收藏室内的材料还算值钱，其他地方象征意义更大，只有一支巡逻队。

巡逻队老远就见到玻璃反射的光，过来发现廖如宁和霍宣山在外面，立刻追了上去，但还有一半人留下，往材料收藏室这边走过来，想要排查有无可疑人士。

卫三几个人被逼得只能不断后退，幸好收藏室大，巡逻队一时半会儿还找不到他们。

"我们为什么不开灯？"巡逻队内突然有一个人问。

"……你去开灯。"应该是队长或是副队长之类的人道。

金珂四处找可以躲藏的地方，卫三一手拽着一个，趁着还是一片黑暗，快速蹿到另一个拐弯处，溜进其他房间。

灯一亮，收藏室大厅所有情况一览无遗，巡逻队的人还是敬业地四处查看，甚至有人开始往卫三他们藏身的那间房走去。

这时候外面传来特别凄惨的叫声，此起彼伏。

"糟糕，出事了！"巡逻队的人立刻集合往外走，刚才显然是他们的人在叫。

季慈故居大门外。

"继续叫。"廖如宁和霍宣山戴着黑头套一人扣住一个巡逻员。这还是当初在帝都演习场，半夜和卫三一起去偷袭肖·伊莱和总兵用的头套。

"你们也继续！"廖如宁又把刀子假装往自己扣住的人脖子上压了压，对着面前的四个人道。

巡逻队的人最高等级也不过是A级，明显打不过这两个人，又不能眼睁睁地看着自己的队友被打，只能瞪着眼睛胡乱尖叫。

"大声点。"霍宣山不太满意，"叫惨点。"

巡逻队的人："……"

"啊——"

"怎么叫得像痴呆了一样。"廖如宁也不满意，扭头和霍宣山吐槽。

不过很快里面的巡逻队赶了过来，霍宣山和廖如宁对视一眼，将手里要挟的人打晕，当然另外四人也没有放过。

等里面巡逻队的人赶过来，只见到了躺在地上昏迷不醒的六人。

材料收藏室。

"他们走了，我们也出去。"卫三示意金珂和应成河跟着一起往外跑。

三人躲躲藏藏地往外面赶，差点撞上抬着队友回来的巡逻队，卫三一把将两人拽下来，蹲在假山背后。

等巡逻队的人急急忙忙抬着人走过，卫三几个人才溜了出去，成功和外面的霍宣山、廖如宁会合。

"你们哪来的头套？"金珂问。

霍宣山和廖如宁齐刷刷地指向卫三。

"为什么他们有，我们没有？"应成河质问。

"这都是之前去敲闷棍的时候给的，以后我给你们俩买。"卫三朝季慈故居的大门看去，季慈的雕像还在目视前方，面带微笑，"我们先回去，不然天都亮了。"

五人紧赶慢赶，终于抢在天亮之前摸回寝室大楼。众人围在客厅桌子旁，盯着这枚六棱角钥匙半晌，最后廖如宁伸出手戳了戳："就这？"

卫三点头："就这。"

"材料收藏室那边没有可以打开的锁？"霍宣山问。

"没来得及看，不过应该不会在那边。"卫三拿起桌上的那枚钥匙，"八成里面的东西被公仪柳转移了。"

"我去调查一下风酒肆，看看能不能找到线索。"金珂道。

"那我找公仪觉套近乎。"应成河想了想道。

廖如宁："你们不是小学同学吗？现在他还理你？"

霍宣山杵了杵他，声音并不小道："别扎人心。"

应成河："……"

金珂："好了，还有两个多小时才训练，都去休息。"

钥匙交给卫三保管，其他人则准备洗洗睡了，奔波了一晚上。

早上六点半，五人准时起床，一顿操作猛如虎地刷牙洗脸穿衣服。

六点四十五后，出现在西塔演习场的食堂中，花了五分钟吃完早点。

六点五十二，五人匆匆忙忙抵达联合训练场，卫三手里还拿着两个水果。

帝国军校、平通院、南帕西军校、塞缪尔军校的人已经全部到齐，每支主力队都站得笔直，对面休息处坐着各校代表老师。

"我们站哪儿？"应成河问金珂。

"肯定是第一位。"廖如宁直接站在帝国军校队员的旁边。

今天第一天，所有人都在训练服外面套了自己的军校正装。

几个人松松垮垮地站了过去，互相转身整理对方仪表。

廖少爷的扣子集体往下挪了一个，军服全部歪了，应成河帮他全部解开，再重新扣上。

卫三扭过头打量霍宣山："帽子有点歪了。"

霍宣山抬手挪了挪："可以吗？"

卫三咬着手里的水果，抽空比了个手势，示意好了。

那边已经有老师不满地看了过来，不过达摩克利斯军校的几个人吃水果的吃水果，打哈欠的打哈欠，还有闲聊天的，只要没到七点，他们就不在乎。

几位老师过来，解语曼咳了一声，瞪着这帮小崽子，示意他们注意形象。

这才第一天像什么样子。

"老师，你嗓子不舒服？这个水分多，请你吃。"卫三主动分享。

解语曼："……"

她一把接过卫三手里的水果，低声警告："你们待会儿安分点。"

"老师，我觉得不行。"卫三声音不算大，但足够训练场这帮3S级军校生听得清清楚楚,"旁边姬初雨和宗政越人盯着我呢,肯定不会放过我。"

姬初雨:"……"

宗政越人确实想借着联合训练和卫三对上,但一直到刚才,从来没看过卫三一眼!

"好了,说正事,别耍嘴皮子。"帝国军校的训练老师朝卫三看了一眼,等解语曼站回来后,才道,"联合训练的事,领队老师都告诉你们了。从今天开始,一直到大赛结束,主力队都是联合训练,尤其是机甲单兵。所以,我丑话说在前面,教,我们会全力教,至于你们能学到多少,完全靠自己。学得好是本事,学不好……通知里最后一句话的意思,应该不用我再解释。"

这位老师说完后,另一位老师上前一步:"指挥和机甲师都出列,你们在旁边上课。"

每所军校有五位老师,指挥带指挥,机甲师带机甲师,这两类基本上是互相交流,也不能说老师一定比学生强。联合训练,主要是机甲单兵们,他们要面对所有军校老师的指导,了解不同武器的运用和老师的招式。

一位老师留在原地,其他老师则回到休息处:"南帕西军校山宫扬灵。"

"我知道她,3S级轻型机甲单兵,目前在第十军区供职,有一年带着南帕西军校拿过总排名第二位。"廖如宁和卫三说悄悄话。

"啪——"

一条鞭子突然出现,擦着廖如宁的耳朵,打在训练场的地板上。

廖如宁缓缓低头,坚硬无比的地板直接裂开了一道口,甚至还有鞭子纹路的痕迹,仿佛是高温烫上去的,周围没有任何裂纹。

原来所有军校的老师都这么暴力吗?

"我上课的时候,不喜欢有人说话。"山宫扬灵长着一张清爽温柔的脸,不听内容,说话语气也温和,"不用机甲,我们直接这么来,今天挑一个人和我对打。"

山宫扬灵举起鞭子点在廖如宁面前,等他上前后,鞭子继续往旁边移。

廖如宁默默地退了回来。

"你,出列。"山宫扬灵用鞭子把指着宗政越人道。

宗政越人握着长枪出列,两人面对面站在众人面前,其他人往后退,留给他们比斗的场地。

山宫扬灵最先出手,鞭子破空甩向宗政越人,带着一股不可抵挡的呼啸声。

宗政越人几乎想也不想,正面迎了上去,长枪伸出,想要缠住鞭子夺了她的武器。

能做主力队成员的老师,山宫扬灵自有本事。

她的鞭子缠在宗政越人的枪身上，按理接下来是力量的拉锯，但山宫扬灵的鞭尖居然还能随着她手腕而动。

三分之二的鞭子缠住枪，剩下的鞭子直接甩在宗政越人手背上。

"啪——"

鞭子甩在手背的声音和长枪掉落在地的声音重叠。

宗政越人低头看着自己瞬间流血的手背，难以置信。

"听说这长枪是你的命？"山宫扬灵温和道，"这么看来，你放弃了自己的命。"

宗政越人咬牙，弯腰伸手要拿起自己的枪，却被山宫扬灵一鞭子打开："要想拿回自己的命，得从我鞭子下过一道。"

接下来的时间，训练场不断响起鞭子抽打在身上的声音。

"这也太狠了。"廖如宁低头看着自己的鞋子，解老师好歹只是踢屁股，这位可是一鞭见血。

见血？

廖如宁抬头转脸看向卫三，发现她正盯着山宫老师看，估计是沉迷于打斗中了。

他再看向对面上课的金珂和应星决，全都没看这边。唉，这是多好的机会，能看到血。

廖如宁杵了杵霍宣山，示意他看着地板上的几滴血。

霍宣山低头给金珂发了一条消息，那边金珂看了一眼，杵了杵应星决。

应星决正要看这边时，对面老师发现了，让他们俩认真点。

宗政越人被越打越狠，狼狈不堪，最后也没能从山宫扬灵手下拿回自己的长枪。

"好了，入列。"山宫扬灵拿出手帕，慢条斯理地擦干净自己的鞭子，"下一位。"

"老师，我！"廖如宁主动举手。

山宫扬灵瞥了他一眼，抬起鞭子指着姬初雨："你，出列。"

一来就挑最强的两个机甲单兵，老师摆明了要挫一挫主力队员的锐气。

廖如宁眼睁睁地看着姬初雨走上前，一脚踩在那几滴血上："……"

第 165 节

姬初雨站出来后，演习场上便一片寂静。今天山宫扬灵摆明要让这帮学生不好过。她还顺便给五所军校的主力队员一个暗示：能被挑出来的军校生，都是实力得到她认可的，毕竟前有宗政越人，后有姬初雨，第三位……有人不由得暗中朝卫三看了一眼。

"你应该没有随身携带的武器，自己去那边挑一把。"山宫扬灵低头再一次仔细擦拭自己的鞭子，随口道。

没人对她的动作有异议，像宗政越人随身带着的长枪，有事没事也会擦着，更何况这沾了血的鞭子。

姬初雨走向演习场上的武器架，挑出一把刀站在她面前。

山宫扬灵擦拭完鞭子上所有的血，将手帕放进自己的口袋内："准备好了？"

姬初雨架起刀，示意她可以开始了。

在旁边一直盯着的廖如宁眼巴巴地看着山宫扬灵把手帕放进去，恨不得过去抢过来。

偏偏这几个人全部掉线，根本不关心血的事，廖如宁怒其不争，长长地叹了一口气。

"认真看。"卫三提醒他。

廖如宁："……哦。"待会儿训练完告诉他们，卫三肯定后悔！

第二场对打教学开始，姬初雨抢占先机，拉近两人之间的距离，试图让山宫扬灵的鞭子无法彻底施展开。然而这些老师之所以能来教学，皆有自己的本事。在被姬初雨压制后不久，她鞭子甩地，回弹入手，鞭身折叠，两次过后，鞭身出招时，变得和刀的长度类似，且鞭子没有了柔韧，反而极为坚硬，能和姬初雨的刀相互对抗。

鞭刀相抵的瞬间，鞭子又陡然变软，缠住刀身。

姬初雨陷入了思维困境，他认为自己用的武器是刀，之前宗政越人用的是枪，被同一条鞭子困住后，自己可以割开。

"啪——"

这次不是武器掉地，而是刀身被鞭子折断的声音，同一时间，山宫扬灵一鞭子抽在姬初雨肩膀上。

姬初雨眼中透着难以置信，低头望着自己手上只剩下一半的刀。

"啧啧。"廖如宁双手捂着眼睛，指缝开得特别大，"太惨了。"

姬初雨的招式被打乱，自尊心和刚才的宗政越人一样受到伤害，震惊之余，被山宫扬灵抽得更厉害。

在休息处围观的老师们，开始谈论。

"现在的小孩还是不太行，居然不知道山宫扬灵的名声。"

"别被她鞭子碰上武器，否则武器非毁即掉。"

"多打几场就知道了。"

"行了，入列。"山宫扬灵停手，低头重复擦拭自己的鞭子，"下一个……卫三。"

"偷她手帕！"廖如宁一下子兴奋起来，拉着卫三，凑近低声道。

"……能不能靠近都是问题。"卫三出列。

旁边没有被点到名字的军校生，脸色都不太好看，即便心中知道卫三实力不弱，也不愿意承认老师也这么看。

山宫扬灵上下打量她："我看过你在大赛中用的武器，会用鞭子？"

"会一点点。"卫三视线落在山宫扬灵的鞭子上，黑色的鞭子，一节一节，每一节上还有凹陷的纹路，不知道是不是和机甲上的武器一样，如果是，那凹陷处得设计东西抽出来才更好。

比起和山宫扬灵对战，卫三对她的鞭子结构更感兴趣。

"你自己去挑一根鞭子过来。"山宫扬灵道。

卫三闻言，慢吞吞地朝武器架那边走去。

武器架那边有不少鞭子，卫三手抚过所有的鞭子，最后选择了上面最细的一条。

"好了？"山宫扬灵将自己擦拭过后的手帕放进口袋，问道。

卫三点头："好了。"

话音未落，山宫扬灵便出手了。

这是第三次，每一次她出招的角度都不同，卫三抬手挥鞭，用的是刚才山宫扬灵抵御姬初雨的首招。

山宫扬灵眼中有惊讶，只是丝毫不影响她再次出鞭，卫三连连躲开，几乎被她的鞭子追着打。

每一次在山宫扬灵的鞭子快抽上卫三时，廖如宁便突然喊一声，十分高昂的音量。

"……闭嘴！"山宫扬灵扭头瞪着廖如宁，"下一场就轮到你。"

"好的，老师，等你。"廖如宁抬手比心。

卫三乘机偷袭山宫扬灵，对着鞭子凹陷处甩过去，两条鞭子缠在一起，她想要夺了山宫扬灵的武器。

山宫扬灵冷嗤一声，手腕一抖，鞭子凹陷处瞬间伸出锯齿形的刀片，将卫三的鞭子斩断。

鞭子一断，下一秒，卫三便被山宫扬灵抽中。

不得不说，这鞭子厉害，鞭鞭见血。

卫三被抽中肩颈处，立刻流血，远处正在训练的应星决第一时间转过头，看着她这边。

没有愣神,卫三被打习惯了,脑子里只有躲闪和反击,至于被抽中,掉面子这种想法,压根没有。

接着在场的人就看着卫三满场逃跑,试图用半节鞭子回击。

她的回击未成功过,鞭子也没少被挨抽,山宫扬灵一手鞭法出神入化,每一招都有所变化,卫三学都学不过来。

大概是后面山宫扬灵打厌了,让卫三入列。

"四十分钟。"霍宣山低头看了一眼时间,"比宗政越人和姬初雨长了五分钟。"

"老师,接下来是我吗?"廖如宁积极举手。

山宫扬灵瞥他一眼,呵呵了一声:"今天到这儿,下午有其他老师指导。"

她一边拿出手帕擦鞭子,一边扫过作为对手的三位学生:"论过招,姬初雨在我手下能过更多的招,只不过我有一件事不太明白。"

姬初雨和宗政越人看着山宫扬灵,等着她接下来的话,旁边的卫三有点走神,心中思索着刚才那根鞭子的结构,从鞭把到鞭尾,粗至细,这种结构更像是可以收缩的鞭子,不过刚才山宫扬灵一直没有用过。

山宫扬灵直直盯着卫三半天,见她还不回神,便直接点名:"卫三,你是不是还想被我打?"

走神中的卫三听到这一句,下意识地道:"好啊。"

"……"山宫扬灵不再理会卫三,继续道,"被我夺了武器后,你们那一副震惊的表情做给谁看?一招失利,后面所有的招式全不会了?以后到了战场,是不是被星兽打到一次,你们就投降,任由它们攻击?姬初雨你说说,为什么。"

姬初雨沉默良久道:"人和星兽不同。"

"有什么不同?还是说你们高贵的自尊心在作祟?"山宫扬灵说得毫不留情,"不会现在主流媒体夸你们是联邦的希望一代,就真以为自己是希望吧?在联邦这个地方,3S级机甲单兵……没什么了不起。"

这话让在场的3S级机甲单兵感到难堪,他们最大的骄傲,便是自己3S级机甲单兵的身份。

"3S级机甲单兵不只是相对其他等级而言,懂吗?"山宫扬灵收起鞭子,"在这里指导你们的老师,谁不是3S级?哪个人不是当年各军校的主力代表?你们还太嫩了。实力不够,脸皮来凑,至少要像卫三这种厚脸皮,被我抽中,知道及时逃跑,而不是愣在那儿跟个傻子一样。"

厚脸皮的卫三:"……"一时间不明白山宫老师这是夸她还是骂她。

山宫扬灵花了一段时间点出三个人的问题后,开始讲解自己刚才所有用过的招式，主力机甲单兵们听得极为认真。

中途，她问谁愿意再来和自己练手，做参照。廖如宁又积极举手："老师你刚刚说要让我下一个。"

唉，队友都不靠谱，只能靠他一个人。

山宫扬灵心中呵呵，指了指廖如宁旁边的霍宣山："你过来。"

廖如宁扭头看着同样举手的霍宣山："你！"

霍宣山哪有他机智，上去等于白上去。

山宫扬灵带着霍宣山一起示范，动作放得比较慢，纯粹是讲解，两人演示近身对打，不可避免地靠近。

"好了，今天到这，先下课。"一直到中午十二点，山宫扬灵才算讲解完。

围观的老师起身和山宫扬灵一起出去，另一边的指挥和机甲师们也结束了上课。

达摩克利斯军校的五人再一次会合。

"刚刚应星决怎么不看过来？"廖如宁操心道，"你们一个个都不上心，霍宣山你还和我抢上去的机会，本来我想偷那几块手帕的！"

霍宣山默默从口袋摸出三块沾了血的手帕："你说的是这个？"

廖如宁："？"

"靠你偷，当场就被老师发现。"霍宣山摇头，让卫三看手帕。

"看不出来，让应星决看。"卫三盯着三块沾血的手帕，她不确定是自己看不到自己血液中的黑气，还是看不到所有被感染的人。

霍宣山仔细地将手帕叠好，放了起来。

金珂打开光脑，忽然停住了脚步："我们上新闻了。"

廖如宁立刻探头："让我看看。"一定是在夸奖他们达摩克利斯军校扭转乾坤，勇夺冠军的事！

"各位观众朋友，我们现在正站在季慈故居大门雕像这个位置。据悉，昨天半夜有两个蒙面歹徒就在这儿挟持了巡逻队队员，逼他们做出匪夷所思的举动。接下来，我们去采访已经清醒过来被挟持过的队员，请大家继续关注。"

镜头一转，记者进入类似医疗室的地方，里面躺着几个人。

"请问歹徒他们的目的是什么？"

被采访的队员："他们在材料收藏室外，打着灯不知道在干什么，一定是贼，想偷东西！"

"请问你们现在身体还好吗？有没有受伤？"

038

"我……我不好！"队员一脸深受奇耻大辱的模样，"他们挟持我们，让我们尖叫，说、说喊得越惨越好。"

记者："……好的，接下来由我们继续调查这一挟持案件。"

镜头转了出去，记者走出来："观众朋友们，根据本台得到的消息，昨天晚上材料收藏室什么也没有丢失，甚至没有材料挪动位置。不过在歹徒被发现后，他们将一路上的监控全毁了。巡逻队的队员皆是A级单兵，能制住一半队员的两个歹徒显然在A级以上。众所周知，季慈故居材料收藏室没什么特别值钱的东西，大家拍卖纯粹当个纪念，拿回去收藏。所以本台猜测这两个蒙面歹徒一定不是为财。按照队员所说，他们强逼巡逻队员尖叫……"

一阵故意的漫长停顿之后，记者斩钉截铁道："观众朋友们，我们西塔星出现了两个A级以上的变态！"

两个"蒙面歹徒"看着光脑内播放的新闻："……"

"他才变态。"廖如宁不满道。

"哈哈哈哈哈！"旁边三个隐身新闻背后的人开始忍不住笑了。

卫三拍了拍他肩膀，真诚道："我能证明你心理不变态。"

第166节

西塔星这则新闻很快传开了，又牵扯到季慈故居，现在五大军校的队员还未离开，平通院的人就在西塔演习场，热度再上一层。

平通院上下都对这件事很重视，不像新闻记者认为的这两个人只是心理变态，他们更倾向于蒙面歹徒是来挑衅军校威严的。

不只平通院的人，其他看过新闻的军校生也这么认为，吃饭的时候都在讨论这件事。

达摩克利斯军校五个人虽然心虚，却不担心被发现，一路上，他们特意避开了监控器，应该没有人发现。

"今天训练得怎么样？听说卫三你被挑出来对打了。"项明化从一旁走过来，问主力队的人，他今天没去训练场，刚刚过来听其他老师说了一嘴。

"还行。"卫三随口道。

"接下来你们好好享受各位老师的指导。"项明化笑了一声，拿出一罐药，"我从井梯医生那边讨来的，没想到第一天就能派上用场，擦上去很快能痊愈。"

卫三接住，放在一边。

"先把药上了。"项明化指了指卫三脖颈上的一道伤口。

"等我吃完饭。"卫三不想现在擦，反正伤都伤了，不在乎这一会儿。

"行。"项明化往解语曼那边走了两步，忽然想起什么，提醒五人，"别胡乱出去，最近外面有两个心理变态的蒙面歹徒挑衅平通院，等我们抽完下一个赛场地点，离开这儿之前，你们最好安分一点，别闹出事。"

心理变态……变态……

霍宣山和廖如宁面无表情地盯着另外三人憋笑的样子。

"老师，知道了，我们一定不会和那两个蒙面歹徒有交集的。"金珂"认真承诺"道。

项明化虽然知道这五个人凑在一起就不靠谱，但是金珂单独出来说话，还是有几分可信之处的。

等老师一走，餐桌上便爆发出一阵压抑的扑哧笑声。

"我们明明是为了你们，才故意让他们惨叫，吸引剩下的巡逻队员。"廖少爷瞪着正在埋头憋笑的卫三，"还笑，都是你们的错。"

霍宣山问金珂："我们一路上没有被监控拍到吧？"

金珂点头："没有。"

当时他们在附近居民区下去的，离季慈故居还有很长一段距离，还绕着周围转了一圈。

但凡金珂能查到的公共监控器和私人监控器，他都带着几人避开了。

吃完饭是午休时间，这次，四人在帝国军校寝室大楼附近把守，卫三一个人揣着三块手帕迅速爬上了应星决的窗户。

因为提前发了消息，应星决的窗户没有关。

卫三唰的一下蹿上去，直接翻进了窗户，手插兜，想拿出那三块手帕，转头问应星决。

一转头，和房间里的人来了个眼对眼。

卫三："！"

房间内的人："……"

房间内站着帝国军校主力队所有人，还有一个陌生的中年男人，每个人脸上都带着巨大的震惊。

应星决视线落在卫三手腕的光脑上，他刚刚给她和金珂发了消息，说房间内有人，没想到她这么快爬了上来。

"你是……"中年男人问。

"这里是帝国军校的寝室大楼？我走错了，不好意思。"卫三丢完这句话后，立刻百米冲刺般翻出窗，落地就溜。

中年男人震惊，回过神后走近窗口朝下望去，半晌回头："刚刚那位是达摩克利斯军校的卫三？"

姬初雨目光盯着应星决，即便是这种情况下他依然神色冷静，看不出任何变化。

司徒嘉回神，冷笑道："达摩克利斯军校的人越来越胆大了，卫三居然敢光天化日之下偷袭我们的主指挥。"

刚替卫三想了借口的应星决闻言决定沉默，司徒嘉所说的理由比他的更妥当。

"还有这种事？"中年男人是新来的领队老师，上次那名姬氏家族的老师被换掉了。

司徒嘉脸色难看："第一次达摩克利斯军校的人就偷袭了塞缪尔军校的主力机甲单兵和总兵，虽然没有抓到证据，但众人都知道是他们干的。现在拿了两次分赛冠军，又想来害我们的主指挥。"

中年男人皱眉："这件事，我会和主办方汇报。"

"老师，这事不必闹大。"应星决缓缓道，"下次再来，我会让她付出代价。"

中年男人想了想，对方进来偷袭，也未必能成功，应星决作为一个超3S级指挥，更容易反杀。

"好。"中年男人同意，"继续讲讲接下来你们的规划……"

…………

卫三跳窗逃跑后，金珂等人半天才从各个方向慢慢聚拢过来。

"你爬得太快了。"金珂一过来便道，"应星决发了消息过来，说房间内有人。"

当时他们在下面直接捂住了眼睛。

"什么消息，我都上去了才发。"卫三这才发现自己的光脑也有消息，没有设置消息提示音，收到消息也完全不知情。

"你们什么时候加了好友？"金珂看着她打开光脑的动作，猜测道。

"昨天在书楼买光脑的时候。"卫三抬手摸了摸自己脖子上的伤口，"我一上去，房间里全是人，还有个眼生的中年男人。"

"那可能是帝国军校新换的领队老师。"金珂道，"临时过来，所以找帝国军校主力队的人谈话。"

"那你怎么解释的？"廖如宁问。

"能怎么解释，我说我爬错楼了。"卫三叹气，刚才那一回头，差点准备动手了。

——简直误入敌窝。

"算了，先回去上药，反正他们也不能拿我们怎么样。"金珂道，"我们只是

041

认错了大楼而已。"

另一头。

山宫扬灵回到自己房间后，想要掏出手帕，却怎么也找不到，只有空空的口袋。

她立刻打开门去找，并没有掉在客厅。

"找什么？"同套房的另外一位老师问道。

"没什么。"山宫扬灵直起身，拂过头发，露出一只耳朵，"耳环掉了。"

下午训练的时候，帝国军校主力队成员的眼刀子时不时就往达摩克利斯军校人的身上飞，尤其是卫三，被盯得死死的。

"你们抽签，下午有三位能和我对打。"解语曼拿出一个箱子，让他们上来抽。

司徒嘉上前，故意对着卫三撞过去，低声警告："下次再来帝国军校寝室大楼，小心有去无回！"

卫三脖子上的伤口刚擦完药，被他这么一撞肩十分不爽，直接抬脚踩在司徒嘉鞋面上："我下次偏要去，顺便把你们主指挥抢走。"

气死你们。

司徒嘉被踩得面目扭曲，想要踩回去。

"你们两个人干什么呢！赶紧上来抽签。"解语曼打断这两人的暗中斗殴。

卫三松脚，先过去抽签，空白签。

所有人抽完后，解语曼将箱子收了起来："抽中我在纸条上面写了字的站出来。"

廖如宁低头打开自己的纸条后，瞬间又捏回去了，殷勤地对旁边的霍宣山道："西西，我们换一张纸条，我这张是空的。"

霍宣山瞥向他："空的，为什么还要和我换？"

"我想要有字的。"

霍宣山拉开自己的纸条："我也是空的。"

廖如宁刚转头想对卫三说同样的话。

卫三："拒绝。"

廖如宁："……"

南帕西军校的山宫波刃和帝国军校的霍剑已经站了出去，手中各拿着一张写了字的字条。

解语曼走过去："二、三，还有一个抽到一的出来。"

十秒钟过去，廖如宁缓缓地从队伍里走出来，捏着一个皱巴巴的纸团。

解语曼看着他："纸团打开。"

廖如宁依言打开，上面赫然是"一"字："老师，我肚子疼，下一堂课再来行不行？"

解语曼呵呵一笑："我看你是屁股疼。"

第 167 节

"抽中'一'的最先来。"解语曼示意廖如宁进机甲。

"老师，我平时已经接受过老师您的指导，我觉得这么好的机会，理应先让给其他同学。"廖如宁试图让自己退回去，如果是第二、第三个上场也就算了，第一个上场，当着所有军校生的面被打，多没面子。

抽中的三个人，廖如宁、霍剑是重型机甲单兵，山宫波刃是轻型机甲单兵。

单兵类型不同，各自发展的路数也不太相同，比如山宫波刃，他招式更偏向于快、身法更轻。

解语曼虽然有点可惜没抽到中型机甲单兵，但要换人是不可能的。

"废话少说，进去。"解语曼道，"今天不要用武器，我要看看你们在失去武器之后的水平。"

廖如宁只好挪进机甲舱，准备开始对战。

同样是 3S 级机甲单兵，老师们在战场上已经待过多年，早已经将招式融入骨子里，很多时候基本不用动脑，直接条件反射。相比较起来，这些军校生还是太嫩了点。

廖如宁已经拼命回想解语曼过往的招式，想要稍微少丢那么一点脸，今天几乎将水平发挥到了极致。然而他照样被解语曼完全压制，分明是以前还没有使出全力对付他们，到现在实力还留有余地。

在面对解语曼的一拳时，廖如宁扭身轻盈得不像个重型机甲单兵。

只不过再轻盈，躲过了一拳，依旧挡不住解语曼的一脚。

众目睽睽之下，廖如宁眼看就要被踢个大马趴。

这一瞬间，廖少爷脑子里闪过很多，思考了很多。

就在即将着地的瞬间，廖如宁操控机甲双手撑地，避免了自己直接趴在地上的窘状，随即飞快跳起，疯狂输出，攻击解语曼。

只要招数出得快，其他人一定不会发现刚刚一摔，就算发现了，也很快就能忘记！

廖少爷深谙其中的道理，对着解语曼死缠烂打，一旦被踢，立刻疯狂回招。

"这打的什么？招式乱七八糟。"肖·伊莱嫌弃道，还以为能看出来什么。

解语曼当然知道廖如宁在想什么东西，不过她无所谓，随后两招将他制住，双脚踢在廖如宁膝盖上，让他跪下，再将手反扣在身后。

"老师，我输了。"廖如宁立刻道。

解语曼松开他："下一个。"

廖如宁收了机甲，一溜烟归队，小声问卫三："少爷我刚才那招马踏飞燕是不是很绝？"

卫三勉为其难地竖起大拇指："……绝。"

"虽然解老师一脚踢飞我，但那瞬间我如同飞燕般逃过了她的魔脚。"廖少爷摇着头感叹，"我这脑子不去当指挥，可惜了。"

旁边的霍宣山："……"

第二位是霍剑，同样的重型机甲单兵，只不过和廖如宁相比，他更像传统的重型机甲单兵，稳扎稳打，每一招都经过考量。

站在附近围观的其他军校的单兵们，神情严肃地望着他们对招，显然对解语曼的回招感兴趣，同时皆在心中思考自己对上霍剑该怎么出招，以便将来在赛场中能够有办法对付他。

至于达摩克利斯军校的三位单兵，眼中带着同情，很快他们就会领略到解老师打击单兵自尊心的"风采"。

两人近身战，霍剑牢牢把控着他们之间的范围，不让解语曼拉开距离。

解语曼左脚往外挪了一步，下一秒达摩克利斯军校的三人齐齐单手捂住眼睛，指缝开得很大，卫三还打开了摄像机。

霍剑下压上半身，扫中解语曼的腿，众人听到结结实实的一道金属相碰的声音。

他破了解语曼一招！

各军校的单兵们心中刚浮现这一句话后，仅仅眨了一下眼睛，场面就变了。

解语曼顺着他的力道斜倒，但一脚踢在了霍剑脑袋上，倒地的人反而成了他。

霍剑翻身而起，准备再战，解语曼另一只脚紧跟其后，踢中他屁股，重现刚才廖如宁的大马趴，且因为脑袋被踢晕，霍剑结结实实地正面趴下。

解语曼伸脚踩在霍剑背上："下一个。"

众位机甲单兵："……"

最后一个上场的是山宫波刃，他更擅长躲避，只不过仍然敌不过解语曼的飞腿。

反而因为一直在躲，被踢得最多。

山宫波刃被解语曼踩在地上，屁股生疼，关键是里子面子掉落一地，他干脆埋头贴在地板上，不起来了。

从来没有这么丢过脸。

"赶紧起来。"解语曼轻轻踢了踢，"别装死。"

其他围观的机甲单兵屁股一凉，总算明白刚才为什么廖如宁不想上场，无一不在庆幸自己没被抽上去。

"放心，所有人都会轮到。"解语曼微微一笑，"抽中签的人，下次就不参与抽签了。"

众机甲单兵："！"

山宫波刃起身，收机甲，低头快速归队，脸都没抬一下。

现在的军校生……解语曼见状，不由摇了摇头，脸皮都太薄了，不过没关系，她会帮他们练厚。

三个军校生试练后，解语曼便开始就刚才他们的表现一一讲解，这一讲便是一下午。

"好了，今天就到这儿，你们回去自己好好琢磨。"解语曼说完，转身离开。

廖如宁被打习惯了，刚才也不算特别丢脸，很快恢复，一下课就开始勾肩搭背。

但霍剑和山宫波刃第一次经历这种事，心理上过不去这一关。

"卫三。"

在离开训练场之前，霍剑主动喊住她。

卫三转头看他，犹豫问："……有事？"别是为今天中午翻窗的事来找她磕的。

"你刚刚录了解老师和我的视频，能不能传给我？"霍剑脸色复杂地问道。

卫三闻言，顿时松了一口气，就这？

"可以。"卫三顺便喊住山宫波刃，"波波，你的视频要不要？"

山宫波刃先是震惊她喊自己为"波波"，后又心动于卫三后面那半句，一时间竟站在原地，没有反应。

"给我传一份。"塞缪尔军校的肖·伊莱毫不犹豫地挤过来道，仿佛跟他们关系很好一样。

饶是卫三都被他这理直气壮的口气给惊住了。

肖·伊莱见她不回话，喊了一声："反正都要传，多传一份怎么了？我也想看看刚才解老师到底怎么踢他们屁股。"

这件事被再次提起，霍剑和山宫波刃的脸色更加不好看。

"那建个群，我发在里面。"卫三想了想道。

此话一出，走出去的和没走出去的，全回来了，连平通院的人也面无表情地回来加群。

"好了，你可以发了。"肖·伊莱数了数人数，五所军校的机甲单兵都进来了，但多了一个路时白，他颐指气使地道，"怎么还有指挥，卫三，你把这个指挥踢了，这个群只能有我们单兵。"

卫三："……你说得对，这个群不加指挥和机甲师。"

她抬手就把路时白给踢了出去。

路时白："……"

原本只想自己回看视频的霍剑，眼睁睁看着自己出丑的视频出现在群里，被机甲单兵们循环播放。

"放宽心。"卫三真挚安慰道，"后面每一个人的视频我都会录下，放进去，没有一个人逃得过我们解老师的无敌连环脚。"

众人："……"

下午训练场散了之后，晚上还有自愿的模拟舱训练，几个人训练完回来，就看见应星决和金珂站在客厅说话。

卫三："你就这么进来，不怕别人怀疑？"

应星决手上拿着手帕："所有军校的寝室大楼我都去了，你们是最后一家。"

"你串门看亲戚呢？"廖少爷下意识地道。

应星决只当没有听到，抬起手，示意他们看手帕："这三块手帕只有一块沾了黑气，其他没有异常。"

卫三走过来，拿起他说的那块沾有黑气的手帕："这块手帕上是我的血，左边这块上是宗政越人的血，右边手帕上是姬初雨的血。"

山宫扬灵抽中三人，所用的鞭节不同，手帕上留下的血迹也不一样。

"他这么光明正大地来，真的好？"廖少爷挤到金珂身后，对这个问题始终不放心，悄声问道。

"应星决整理了一份所有任课老师的资料信息，拿过来送给每一个指挥。"金珂让廖如宁看桌子上的文件，"顺便建了个指挥的群。"

"我要不要也建个机甲师的群？"应成河坐在旁边若有所思。

"他们俩暂时没有问题。"应星决道，"明天会抽下一个比赛地点，过去之后，我会找机会在大体检的时候观察其他人的情况。"

廖如宁已经站在桌子旁翻看应星决整理的老师资料，一边翻一边感叹："才几个小时，这么快就整理好了，金珂你不行啊。"

金珂："……闭上你的嘴。"

"通知联合训练后，我就已经在做整理，并不是今天才做好的。"应星决解释，随后道，"在你们这里我不好待太久，先回去了。"

达摩克利斯军校的五人目送应星决离开。

半晌，金珂开口："他是在炫耀自己提前准备的意思？"

"金胖子，你别酸了。"廖少爷"深沉"地摇了摇头，"这就是超 3S 级指挥的实力。"

金珂呵呵一笑："本来打算跟你分析和解老师的对战，怎么才能尽量避免被她踢。不过看来我没有这个水平和你讨论。"

"！"

廖如宁立刻跑到金珂背后，给他按摩："再厉害，西塔赛场还是我们拿第一位，这说明超 3S 级指挥也不过如此，最强的还是您！"

卫三坐下来，拿过那本整理好的文件，每一个老师的实力资料里都写得清清楚楚，有些信息应星决在上面做了手写笔记，字很漂亮。

第 168 节

第二天要抽下一个比赛地点，所以上午不用训练，但所有军校生必须穿上军服，七点赶到演习场。

"赶紧起床。"应成河最先起来，敲响所有人的门，"晚了，还剩六分钟。"

三分钟后，四个人齐刷刷地从房间出来，衣服鞋子胡乱套上，廖如宁手上还拿着一个漱口杯，他放下用过的杯子，和其他人一起往外冲。

"肖·伊莱在群里骂我们。"卫三边跑边把军服套好，顺便看了一眼光脑，发现机甲单兵群里发了消息。

廖如宁单脚跳着，弯腰将另一只脚上的鞋带绑好："让我看看。"

他一路蹦着穿好高帮皮靴，打开群，便见到肖·伊莱发的消息。

伊莱继承人："呵呵，每次都要最后一个到，以为这样就能吸引其他人的注意吗？@暗中讨饭 @霍西西 @廖少爷。"

霍西西："这不就吸引了你的注意？"

廖少爷："肖·伊莱你干吗总关注我们？是不是想来达摩克利斯？"

伊莱继承人："滑天下之大稽，你们达摩克利斯军校穷成那个鬼样子，傻子才去。"

就在达摩克利斯军校五人边跑边和群里的肖·伊莱发消息时，帝国军校的霍剑突然发出一条消息。

霍剑："宣山，你的名字是什么意思？把它改回来。"

霍西西："……这是昵称，挺好听的，我不想改。"

卫三和廖如宁在旁边哈哈大笑，群里和霍剑一样古板的人占了大多数，年纪轻轻的，却没有半点趣味，用的全是本名。

后面的消息，几个人没来得及看，他们已经赶到了演习广场。

霍剑皱眉望着衣衫不整的霍宣山，他对霍宣山谈不上了解，和霍子安相处的时间更久。

毕竟作为霍家唯一一个轻型机甲单兵，霍宣山和霍家人走得并不近。

但霍家人向来克己复礼，甚至霍宣山在离开帝都之前，看着也还像霍家人，怎么现在越来越离谱了？

帝国军校和达摩克利斯军校之间还隔着平通院，霍剑余光看得不是特别清楚，只见到达摩克利斯军校的领队老师朝他们走了过去，看样子是在批评他们。

项明化扫视五人，绕着他们转了一圈，伸手扯出金珂背后塞在裤子内衣服的一角："一次比一次晚，你们昨天晚上做贼去了？"

"老师，这次真没有。"卫三举手认真道。

"这次没有，哪次真去做贼了？"项明化闻言，立刻转到卫三面前。

卫三："……我说的是在学校翻墙那事呢。"

项明化仔细地盯着他们看了一圈："待会儿好好听着、看着，别……"

五个人齐声补充道："闹事。"

项明化："……"总感觉自己带了这一届后，头发都愁白了。

很快台上不断有人走动，下一个赛场地点要开始抽取了。

卫三站在主力队最后面，眼睛到处看，她在观察平通院的小酒井武藏。

单从外表来看，他和正常人没什么两样，原先因为受伤变得异常苍白的脸，现在也逐渐好转。

最重要的一点，除了之前在季慈故居时，小酒井武藏有过明显的异动，后面再没有试图故意接触应星决。

想到这儿，卫三不由得朝平通院隔壁看去，应星决站在最前面，身体站得笔直，却又带着雅致，不太像军校生，更像是礼仪得体的世家贵公子。

不过他似乎本来就是贵公子。

卫三脑子里天马行空地想着，忽然应星决回过头，直直地对上她的眼睛。

"……"虽然被抓住偷看，但卫三理直气壮地没有转移视线，反而继续看着应星决。

最先移开目光的人反而是应星决，他视线稍稍往旁边移了移。

没人发现两人对视的情况，因为应星决转头过来时，其他人也转头看向达摩克利斯军校旁边走过来的本星主事人。

西塔星主事人走上台，对着话筒，头一句话便是："很开心达摩克利斯军校能在西塔星拿到冠军。"

其他军校的人："……"

呵呵，往年其他军校在西塔星拿冠军的时候，他们可没这么说过。

主事人继续道："为表示庆祝，我们决定赠予达摩克利斯军校一部分变异植物茎液，这是我们西塔星人民的一份心意。"

此言一出，连下面站着的各位军校老师都在低声讨论。

突然搞这一出。

西塔星的人简直……不知所谓。

帝国军校新来的那位领队老师，找旁边要了一个话筒，敲了敲："请大家安静，既然这是西塔星人民的一份心意，我们大家都愿意看到达摩克利斯军校接受。不过，比赛规定，除第一次参赛外，所有机甲材料都必须在赛场内获得兑换，所以我建议主办方可以收存这份礼物，待本届大赛结束后，再送给达摩克利斯军校。"

他言之有理，台上的主事人也找不到拒绝的理由，反正是一份心意。

"好。"西塔星主事人同意。

"那麻烦您尽快抽选下一个比赛场地。"帝国军校领队老师礼貌道。

达摩克利斯军校的老师们没有提出反对，他说得没错，比赛规定如此。之前卫三也是因为从总兵替换到主力队，算成第一次参赛，才能换上新的机甲。像检测出进化成3S级的塞缪尔军校主力队员吉尔·伍德，要换3S级机甲，必须得花大量的资源去兑换材料才行。

光幕亮起，中间开始不断滚动字样，西塔星主事人喊了一声停，中间滚动的字样逐渐稳定下来。

"南帕西星。"

"是雨林赛场。"金珂偏头对后面的人道。

"往年相对比较简单。"应成河望着台上的光幕，"不知道今年怎么样。"

"不一定会简单。"金珂若有所思，"基本上赛场难度会随着比赛场次推移而逐渐加大，况且我们3S级太多，主办方会把比赛难度提高。"

西塔星这次就是一个例子。

西塔星主事人总结最后一句话："希望达摩克利斯军校在接下来的比赛中能保持好成绩。"

简直将其他军校对达摩克利斯军校的仇恨值瞬间拉高，也不知道他到底是故意挑拨还是真心祝福。

西塔星主事人下台后，鱼天荷和路正辛、习浩天走了上去，讲一些后续的注意事项。

"下一场是雨林赛场，我希望所有军校生都拿出十二分的警惕心。"鱼天荷看着下面的学生道，"这次西塔星你们已经比完了，我们特意将终点设在以前避开的位置，等去了南帕西星，类似的事不保证不会发生。"

"雨林赛场生物多样，除了星兽，你们要防备的东西更多，另外在这个赛场，我们不提供任何营养液以及食物。"路正辛面带微笑道，"主办方想要尽可能锻炼你们的生存能力。"

"喊，分明是想谋害我们。"肖·伊莱站在下面低声吐槽。

但台上的路正辛听到了，不光听到，他还点了出来："塞缪尔军校的肖·伊莱同学如果不满，可以直接退赛出局，相信你们学校还有人能顶上来。"

肖·伊莱闭嘴了。

下一个比赛地点出来后，当天下午所有军校便开始准备动身赶往南帕西星。

趁都在收拾行李，卫三在群里提问南帕西的机甲单兵，问他们那边有什么特产。

山宫勇男和山宫波刃都没有理她，过了半天，昆莉·伊莱才回复了一条。

昆莉·伊莱："虫子。"

卫三："……我想问吃的。"

昆莉·伊莱："嗯，是吃的虫子，很多。蒸虫子、炸虫子、清炒也可以。"

闻吃而来的廖少爷："虫子的百样吃法？"

昆莉·伊莱："也可以这么说。"

廖如宁开始在群里问昆莉·伊莱，南帕西星都有哪些虫子。

卫三已经不再关注群里信息了，她在和应星决发消息。

刚刚应星决发来一条消息，提前告诉她，抵达南帕西星后，他们会集体做一次大体检，希望之后她能带着他去放血液标本的地方观察。

暗中讨饭："为什么我们没接到大体检通知？"

应星决看着光脑上的消息，犹豫了一会儿，回复过去："主办方有我安排的人。"

卫三："……"

不愧是应家出身，连主办方里面都有他的人。

暗中讨饭："可以，你知道血液标本在哪儿就行。"

卫三突然想起一件事，又发了一条消息给他："你身边的护卫队是不是撤离了？"

如果那些护卫队还在，他们之前所有的行动岂不是全被知道了。

应星决："一直在我附近。"

暗中讨饭："？"

应星决大概知道她的意思，很快回复一条过来："他们潜意识以为只有我一个人，看不见你们翻窗进来。"

卫三盯着这句话半天，终于反应过来他什么意思。

暗中讨饭："那么多3S级，你能完全控制他们的思想？"

这已经不是超3S级一点点了。

应星决："他们待在我身边太长时间，不难做到。"

卫三给他发了一条："别用你的感知对付我。"

想了想又补充一句："比赛除外。"

这得亏是身体不好，要不是他身体出问题，恐怕帝国军校有应星决一个人在，他们就全输了，还是自动认输。

卫三关了光脑，走出房门，告诉几个人大体检和后面她要带着应星决去观察血液样本的事。

"我和你一起去。"霍宣山道。

被金珂否了："这次，卫三一个人去，人多了太明显，我们在后面帮他们打掩护就行。"

卫三点头："行。"

到了晚上，达摩克利斯军校生登上星舰，赶往南帕西星。

第169节

星舰起航，主力队的几个人各自回到自己房间内休息，卫三则连接脑接口，开始学习鱼青飞的教学课程。

因为季慈故居一事，她现在不光听鱼青飞讲课，还会注意他手上在做什么。

这一注意，卫三发现鱼青飞做的东西，她并不能很好地看明白，说是3S级机甲结构，看着也不太像，但有时候又觉得熟悉。

看不懂，她只能出来之后画在手稿上，想着以后学得更多就能明白了。

画好之后，卫三拿给应成河看过，他一开始也看不懂。

"我把你画的手稿导进光脑，进行了分解。"第二天，一晚上没睡的应成河敲开了卫三的门,"手掌这一部分可以分解成双S级和3S级的结构,两个叠加起来,所以一时间没有看懂又觉得熟悉。"

卫三看着机甲手掌拆分后的图形若有所思:"其他的结构呢?"

应成河摇了摇头:"我试过了,分解不出来,可能是其他未知的原理结构。"

卫三盯着被应成河拆解成各种形状的结构,也没看出个所以然,两人只能放弃,继续按部就班地学习。

只不过从西塔星到南帕西星这段时间,卫三和应成河都没怎么睡觉,一头扎进各种机甲教学和理论中,连吃饭都懒得去了,全靠金珂等人把饭送到他们房间。

项明化和解语曼中途还问了一句,为什么没见到卫三和应成河。平时总见到这五个人到处走动,突然少了两个人还挺不习惯。

金珂眼睛都不眨道:"成河帮卫三改机甲。"

老师们信了。

一直到南帕西港口后,项明化见到卫三和应成河两人顶着硕大的黑眼圈出来,欲言又止,最后道:"机甲的事别太急。"

应成河和卫三吓一跳,以为他们关在房门里天天研究机甲的事被老师发现了。

金珂挤到两人中间,双手搭在卫三和应成河肩上,对项明化道:"知道了,老师,我会督促他们俩好好休息的。"

达摩克利斯军校和平通院的星舰一同入港口,两支军队出来形成鲜明对比:达摩克利斯军校生爱喧闹带着生气,平通院那边除了脚步声,没有任何多余的声音。

从第一场到现在,每一所军校的气势已经发生变化。平通院现在的沉默已经不单单是出于军校风气习惯,更像是丧失了士气。

两个主力队之间的对比更是明显。

"刚刚接到通知,五大军校到齐之后,要进行大体检。"解语曼从星舰上下来,对项明化道。

"什么时候?"项明化扭头问。

"明天。"解语曼将上面发来的通知传给项明化道。

大体检这事并不稀奇,偶尔大赛中有个别场地环境发生变化,为防止军校生耗损过多,会提前进行调查,筛选掉那些身体素质不够好的学生。

项明化皱眉:"这是确定了雨林赛场难度会加大?"

"没有明说,不过八九不离十。"解语曼望着那些上飞行器的学生,"雨林赛场星兽种类多,关键里面还有其他生物,没一个好惹的,如果不进入机甲,又没有经验,很容易出事。"

"这半个月，所有指挥要补习雨林环境知识，学会识别雨林中大部分动植物，同时要学生存能力。"项明化心中叹气，半个月学习这些东西，绝对是一个庞大的工程。

············

各军校分配好寝室大楼和个人训练室后，皆收到来自领队老师关于大体检的通知。

达摩克利斯军校主力队在西塔星已经提前得知了，没有什么惊讶的情绪，卫三已经开始到处踩点了，其余四个人陪着当掩护。

在别的军校生眼里，就是达摩克利斯军校主力队一行人闲得到处在南帕西星演习场晃荡。

第二天，各大军校没有训练，而是在医务大楼排队进去体检。

体能、血液、感知三大项，全部要检查。

"据说这次大体检，还有一个最重要的原因。"

"什么原因？"

"你们还记不记得之前塞缪尔军校主力队的吉尔·伍德？"

"那个升到3S级的主力单兵？"

"听说她进化了。"

"对，这次大体检最重要的一个原因就是检测有没有其他人进化，或者有进化的特征。"

············

达摩克利斯军校主力队的人侧耳听着其他校队的人八卦。

廖如宁问金珂："那卫三怎么办？"

"老师那边会找机会替换。"金珂道，"还有井梯医生在，他会帮忙。"

"应星决没有来。"卫三扫视所有在排队的军校成员，发现他并不在帝国军校内。

金珂朝帝国军校那边看去，并不意外："他的检测报告会有专门的医疗队伍出具，不用过来和我们一起体检。"

主力队的最先进去检测，五个人轮流进去，卫三最后一个，医生是其他军校的人，旁边还有达摩克利斯军校的老师监测。

抽血的时候，卫三盯着医生手中的针管，像是要看出花来。

"同学，有什么问题吗？"医生下意识地问道。

"没事。"卫三摇头，她只是想看看自己的血，果然还是看不出什么问题来，这事估计还得应星决一个人来做。

抽完血，卫三放下衣袖，朝下一个检测室走去。

感知等级测试。

房间内有两个医生，一个记录，一个负责放学生进来，井梯就是那个负责放学生进来的医生。

"站上来。"低头记完一组数据的医生，抬头对卫三道。

卫三站上去，然后释放感知，检测仪器上显示一个极为显眼的S级。

记录数据的医生低头记下来，刚想让卫三下去，忽然想起什么，看了看那个S级的字样，又看着卫三："……释放所有的感知。"

井梯刚想替卫三解释，便见到她重新将手放在仪器上面，橙色显示器开始不断往上升，一直升到3S级为止。

"好了，下去。"记录数据的医生满意地看到3S级后，便让卫三离开，一边小声吐槽，"现在的学生一个个不老实，总搞幺蛾子。"

井梯："……"

他敲了敲光脑，示意卫三看。

卫三出去，打开光脑，便看到井梯医生发来的消息，问她感知怎么回事。

暗中讨饭："好像有点通了。"

井梯过了一会儿才回："？"

随后又是一条消息："晚上来211医务室找我。"

晚上她要和应星决一起去看血液样本，哪来的时间。

暗中讨饭："医生，我晚上有事呢。"

井梯那边还忙，等回复说明天，已经是一个小时之后。

卫三做完大体检后，金珂几人都在门口等着。

"好了？"金珂发给她一个平面图，"医务大楼的结构，不过应星决手里有比我更详细的版本，你跟着他就行。"

卫三低头仔细地收了起来："还是得看看，万一他把我丢在那儿，到时候我被发现了怎么办？"

霍宣山瞥了她一眼："平时也没见你不信他。"

卫三语重心长地拍了拍霍宣山的肩膀："西西，你还是太天真。只要还在大赛中，我们永远是对手，可以随时捅刀子。"

霍宣山："……"

所有军校大体检，花了一整天的时间，到下午才结束。

达摩克利斯军校主力队没去模拟舱，到处溜达，其他人见怪不怪。

不过这次四个人分开溜达，一直到半夜一点钟，霍宣山去找霍剑，应成河则特意邀请应星决一起出去，借口培养兄弟感情。廖如宁去了南帕西寝室大楼，找昆莉·伊莱，讨论特产虫子。

"达摩克利斯军校的人什么意思？"司徒嘉看着应星决出去，霍剑留在他们房间内，便去找公仪觉。

"他们不是三天两头地发疯？"公仪觉蹲在地上，拆机甲零件，头也不抬道。

司徒嘉："……大半夜主指挥和应成河出去了，会不会有事？"

"你有事，主指挥都不会有事。"公仪觉起身，将拆解完的零件一股脑装起来。

"话不能这么说，公仪，西塔赛场的事，才刚刚过去。"司徒嘉皱眉，"我们应该将主指挥的安危随时放在心上。"

"一个指挥一个机甲师，能发生什么危险？达摩克利斯军校那帮人再疯，也不会在演习场内出手。"公仪觉转身，"何况，你找我没用，姬初雨在对面房间。"

司徒嘉："……"他要是敢去找姬初雨，也不会出现在公仪觉的房间内了。

不过，想想，确实不太可能出现什么问题，再不济主指挥现在身边还有护卫队。

应成河和应星决出来后，带着他往达摩克利斯军校寝室大楼去了。

一开门，房间内只剩下卫三一个人。

应成河："金珂呢？"

"去找老师们谈话了。"卫三换了一套常服，鞋子也换了轻便的，她上下打量站在后面的应星决，从口袋摸出一个东西，朝他扔了过去。

应星决下意识地接住她抛过来的东西，低头望着手中的黑色头绳，抬眼看着卫三，眼中有丝疑惑。

"把头发扎起来，省得到时候跑起来麻烦。"卫三整理衣领，顿了顿，转头看他，"你会不会扎头发？"

"……会。"应星决抬手用头绳将自己长发绑了起来。

卫三视线扫过他露出来的那一截修长苍白的手腕，很快移开："你身体有没有问题？待会儿我们要爬楼上去。"

"不必爬楼。"应星决缓缓道，"我们避开人，走过去便可，监控已经处理好了。"

卫三："这个点，医务大楼门关了。"

应星决嗯了一声："我有钥匙。"

卫三："？"

这就是和应星决合作的好处吗？

第170节

大半夜，应星决跟在卫三身后，避开达摩克利斯军校寝室大楼走廊的监控。

卫三一边贴墙走，一边问："你为什么不把这里的监控一起黑了？"

"没有找到人。"应星决说得清淡，没有半点羞愧。

卫三走到拐弯处，背贴着墙，试探性地往前走了一步，立刻扭头示意应星决蹲下来，避开监控器。

两人刚绕过监控，往下走了一层，来到监控死角，结果又撞上了现在才训练回来的聂昊齐和丁和美。

站在卫三背后的应星决，手微抬，刚想控制这两个人，便见到卫三直起身，伸手往后一推，带着他一起贴在墙角内。

应星决微微皱眉，不解其意，这两个人分明已经看见了他们，卫三再躲在墙角阴影处也无用。

因为大体检占用了时间，聂昊齐和丁和美训练到深夜才回寝室，一路走过来还在讨论战斗技巧的事，结果刚走到楼梯上，迎面碰上卫三。主要也不是卫三，而是后面的应星决！

丁和美眼睛都瞪大了一圈。

但很快两个人迅速继续之前的话题，把卫三和应星决当成空气。

"学姐，刚才你说的那招，我还是有点不懂。"

"是吗？其实你碰上那招，只需要用火力猛攻就行。"

聂昊齐和丁和美边说边走，似乎完全没有见到墙角处藏着人。

等他们上楼之后，卫三才继续往前走，她扭头看着应星决："走了。"

两人走出寝室大楼，过了一小段路，应星决问卫三："他们看见我们了。"

"谁，你刚才看见人了？"卫三反问。

应星决沉默，他想起来刚才那两个人曾经和卫三在同一个小队。

所以只相处这么一段时间，便能够互相信任？

出了达摩克利斯寝室大楼后，两人一路上走得还算顺利，绝大部分人都已经休息了。

来到医疗大楼，卫三转身等着应星决过来："轮到你了。"

应星决走近大门，打开光脑，弹出一张虚拟卡片，他在门锁上轻轻刷过，大门便自动打开。

他们光明正大地走进去，卫三抬头看了一眼监控，红灯还亮着，明显还在工作。

"监控器那边的画面已经定格循环播放，不会有人见到我们进来。"应星决顺着她目光看去后，解释道。

"行。"卫三走在他身后，等着应星决带路。

他们俩来这里观察血液样本，有两件事需要确定。一是哪些人的血液有问题，二是卫三能不能看到血液中的黑色虫雾。

血液样本放在六楼，两人走在偌大黑暗的走廊中，卫三朝四周观察，并未因为之前应星决所说的话，而放松警惕。

应星决走到一间房门前，推门而入，转头看向卫三："进来。"

这里摆放着一个又一个大型冷藏箱和两张办公桌。

应星决走到1号冰箱前，拉开冷屉，里面有二十四支血液样本，他一眼便确定了哪支是卫三的样本。

应星决将那支试管拿起来，果然下方写着卫三的名字，他将那支试管放进口袋，同时从口袋中拿出另一支一模一样且还有血液样本的试管，放了回去。

卫三："？"

"你哪来的血液样本？"

"这是假的。"应星决若无其事道，他指着剩下的血液样本，"你能不能看出来？"

卫三摇头："不能，都一个颜色。"

应星决从中拿出另外一支试管，转过标签："这支是小酒井武藏的血液样本，我可以看到里面有黑色虫雾。"和卫三血液中的黑气有所不同。

他用感知覆盖在卫三眼睛上，再问她能不能看到。

卫三依旧摇头。

"你能见到单独的黑色虫雾，却见不到混合在血液中的黑色虫雾。"应星决确定道。

原本和他一起看血液样本的卫三，突然一手抢过他手中的试管，迅速放回原处，关上冷屉，另一只手捂住应星决的唇，瞬间带着人移到办公桌底下。

温热的掌心贴在他唇上，应星决愣住，甚至没有注意到外面的异常，被卫三直接带了下去。

两人藏在桌底下，卫三手指抵在唇边，示意他不要出声，随后才松开捂住应星决的手。

很快应星决便察觉有人在走廊中，他的感知蔓延出去，给对方下暗示，让其忽略这张办公桌。

"哒、哒——"

鞋子踩在地板上的声音，显得缓慢悠然。

声音还在不断靠近，最后停在了这个房间门前。

卫三确定这个人不是工作人员，周围的灯依旧没开，一片黑暗。

对方重复着刚才他们之前的动作，打开了1号冰箱冷屉，随后又继续往2号冰箱移，不断打开冷屉，还传来试管撞击声。

卫三和应星决藏身的办公桌靠着墙，看不到对方是谁，只能躲在下面，等这个人离开。

足足二十分钟，这个人把所有冰箱都打开后，不知道做了什么，随后才离开。

卫三半蹲在办公桌下，等了好一会儿，才从下面出来。

她弯腰伸手，要拉应星决出来。

别人的指挥，总要照顾一下。

应星决目光落在她的手心上，愣神片刻，犹豫地将手搭了上去。

卫三一把将人扯了出来："刚才事发突然，抱歉。"

不过刚才那个人来这儿干什么？总不能半夜来检查血液样本，听声音更像是在动手脚。

"你手上的划伤……不像训练受的伤。"应星决出来后第一句话反而是问卫三的事。

卫三低头看了看自己掌心的各种细小伤口，随口把锅甩到队友身上："应成河让我帮他拆机甲，所以受了点伤。"

"这些事应该由机甲师自己做。"应星决微微皱眉，"他之前不是这种性格。"

"你认为他该是什么样的性格？"卫三问道。

应星决一愣，堂弟的行事风格和之前在帝都星时完全不同，现在似乎才是他真正的样子。

"你看看其他的血液样本。"卫三拉开冰箱冷屉。

应星决沉默看去，接下来他们查看了所有人的血液样本，最后结论是，除了小酒井武藏的血液样本有问题，其他人完全没有问题。

太干净了。

"刚才那个人是来换血液样本的？"卫三问他。

"或许是。"应星决垂眸，从刚才那个人落地脚步声和呼吸频率，他可以判断出是一个成年男性，工作人员或者……军校老师，但有一点可以确定，"有人知道黑色虫雾的问题。"

卫三把最后一个冷屉关好，有点失望："血液样本没起作用，白来一趟。"

"不算白来。"应星决道，"确认了你的问题。"

两人从房间内出去，这时候又多了几分谨慎，担心撞上其他人。

卫三带着应星决回到她的宿舍，一进去，应成河便起身问："怎么样了？"

"除了小酒井武藏，其他人的血液样本是干净的。"卫三道。

"还好。"应成河先是松了一口气，又道，"小酒井武藏被感染，那之后……"

"不好。"卫三坐下来，"我们先进去样本室，后面有人过来，似乎把有问题的样本换走了。"

"有人换样本？！"应成河震惊道，"谁？"

卫三摇头："没看见人，监控也早就被覆盖了。"

她靠在沙发上，双脚搭在茶几上，仰头对上应星决的目光，想起来什么，踢了踢应成河的脚："送你堂哥回去。"

应成河想偷懒："堂哥，要不你自己回去？"

应星决从口袋拿出替换下来的血液样本，问卫三："这个我能不能带走？"

卫三随意挥手："拿去。"

"什么东西？"应成河问她。

"我的血液样本。"

"你……拿出来后，不就被人发现了？"应成河着急道。

卫三指了指应星决："他早准备了替换的，没事。"

应星决握着血液样本，朝两人点了点头，转身离开寝室大楼。

过了半天，霍宣山和金珂回来了，第一时间问情况，卫三把医务大楼发生的事说给他们听，说到一半她忽然偏离了话题："他没还我皮筋。"

一根皮筋能用一年，这还是卫三在3212星花"大价钱"买的，只剩她头上的一根，和应星决拿走的那一根。

心痛。

霍宣山和金珂完全不知道她在说什么，只有当时在场的应成河明白卫三的意思。

"我堂哥不会戴着这种东西出门，说不定回去就扔了。"应成河安慰道，"我赔你一根。"

"一盒。"

"行，一盒。"

四个人准备洗洗睡了，霍宣山终于反应过来："廖少爷呢？"

南帕西寝室大楼。

廖如宁大晚上找上门，打开门的人是高唐银，一点都不友好，语气冷淡地问他来干什么。

"我找昆莉·伊莱。"廖少爷对别人的阴阳怪气特别敏感，但有时候神经又大条得很，完全不在乎高唐银的冷淡。

"找她干什么？"

"找她玩。"廖少爷认真道。

高唐银："……"

正好昆莉·伊莱从房间出来，见到门外的廖如宁，她还没什么反应，就见到廖如宁热情朝她挥手。

"之前你说的那些特产虫子的吃法，能不能再给我讲讲。"

"……好啊。"昆莉·伊莱犹豫地看向高唐银。

"你们在客厅聊。"高唐银在"客厅"两个字上加重了语气，这才让廖如宁进来。

廖如宁一坐下就开始噼里啪啦报菜名，问一堆。

昆莉·伊莱听得一愣一愣的，最后只能从头一个一个解释。

客厅里南帕西其他主力队员都在，尤其是另外的龙凤兄妹一直盯着廖如宁，显然想看他要什么花样，但他仿佛真的只是来问本地特产和景点。

"你们要准备出去玩是吗？"昆莉·伊莱问道。

"对。"廖如宁斩钉截铁地道，"所有大赛地点，我们都要出去玩一天。"

山宫勇男在旁边嗤笑了一声。

廖如宁不以为意，反而热情询问她是不是也有什么需要补充的特产说明。

山宫勇男："……"

昆莉·伊莱望向旁边看书的鱼仆信，对廖如宁道："他是南帕西星本地人，比我更了解这里，你可以问问他。"

廖如宁瞬间起身，坐在鱼仆信旁边："鱼兄，你有什么推荐？"

鱼仆信皱了皱眉，翻了一页书，并不理会他。

廖如宁完全不介意，甚至凑过去和他一起看那一页书。

满页的机甲构建原理，廖少爷完全看不懂，但不妨碍他一张嘴叭叭。

鱼仆信烦躁地合上书，冷笑："这个时间节点还有心思玩。"

廖少爷犹豫了半天："你这么努力，南帕西也没有拿冠军。"

他纯粹从事实出发，但这话扎心。

不过鱼仆信似乎介意的不是这个，盯着廖如宁冷嗤道："你们眼中也只有这个了。"

第171节

正所谓用魔法打败魔法，廖少爷是谁，卫三的阴阳怪气都输给了他，区区鱼仆信的话根本造不成打击。

"唉，单眼皮，没办法。"廖少爷指了指自己的眼睛，又看着鱼仆信真诚道，"我觉得鱼兄你眼睛大，看到的东西肯定比我多。"

鱼仆信面无表情，语气冷淡："……我不是这个意思。"

廖如宁坐在他身边，双手拉住鱼仆信的手："我知道你的意思，别谦虚了。"

不管鱼仆信说什么，廖如宁都能曲解他的话，最后又重新绕回南帕西特产上面。被缠得烦不胜烦，鱼仆信为了摆脱他，只能快速甩出一堆特产名称，结果又被廖如宁问这些特产在哪里买比较划得来。

鱼仆信："……"

廖如宁待到最后，被赶了出去。

"那我明天再……"

"明天晚上我们训练，不回来了。"昆莉·伊莱直接道，她万万没想到廖如宁问题这么多，再待下去，天都亮了。

"行吧。"廖少爷有点可惜道，临走还来了一句话，"你们人真好。"

昆莉·伊莱："谢谢。"假如能重来，她坚决不在群里回复他。

…………

廖如宁走到达摩克利斯寝室走廊上，正好接到金珂打来的通信，问他怎么还没回来。

"他们太热情，我就多待了一会儿。"廖如宁关掉通信，推门而入道。

霍宣山呵了一声，摆明了不信。

"卫三你那边怎么样了？"廖如宁问道。

"不怎么样，出了点问题。"卫三大致讲了今天晚上遇到的事。

廖如宁坐在霍宣山旁边："这么说演习场内有人知道黑色虫雾的事？"

金珂点头："也不算意外，如果应星决在谷雨星调查到的那三个人真的是因为模拟舱内有东西才出事，黑色虫雾已经出现太多年，不可能没有人发现端倪。同时换句话讲，我们不知道有多少人被感染。"

"我今天去南帕西那边，鱼仆信说的两句话很奇怪。"廖如宁将之前听到的两句话重复说给金珂他们听。

"他这么说？"金珂皱眉，鱼仆信这话似乎意有所指。

达摩克利斯军校主力队的寝室内陷入一片安静，其中的谜团似乎越来越大，偏偏他们还不知道和谁说这件事。

"既然血液样本没用，我们只能先想办法挨个证明，先从五所军校的主力队开始。"霍宣山道。

"还有老师。"金珂道，"项老师不教我们，但是解老师会经常和你们对战，找机会至少能见血。"

"这一点，需要应星决配合。"卫三指了指自己眼睛，"我看不到。"

金珂："这点没问题，我们有时间去看你们对战。"

指挥和机甲师到头来还是要专注于主力队三位单兵的表现，头天是和老师交流讨论，后面会回归观察。

一晚上除了陷入更大的困惑中，几人并没有得到什么有用的消息。

第二天去训练的时候，几所军校的主力队员皆用复杂的目光看着他们。

现在达摩克利斯军校主力队就像交际花，到处去招惹，昨天晚上他们去南帕西和帝国军校的事，早上就已经传开了，其他军校不得不猜测是不是在结盟或者谈判了什么。

"今天是哪个老师指导？"卫三问金珂。

金珂摇头，联合训练没有给课程表，每天哪位老师来上，据说完全是随意。

就在众人目光还放在对面休息处老师们身上时，主解员之一的习浩天从训练场大门进来。他走到老师们那边，说了几句话后，便朝军校生们走过来。

"听说你们在这里联合训练。"习浩天扫了一眼所有人，"正好我主解员时间做太久了，也该活动活动，今天我来替你们老师上一节课。"

"刚才我问过了，本来你们这节课要上近身战，带机甲。"习浩天伸手指了指卫三，"那我也上近身战，你出列。"

卫三上前："老师，真打吗？"

习浩天笑了："不真打还假打？我知道你擅长学别人招式，不过别人的招式始终是别人的。没有形成自己的东西，到头来也只是皮毛。"

卫三不语，手背在身后，朝达摩克利斯主力队成员比了个手势。

来之前，他们已经商量好了，每一次和老师对战或者以后和其他军校生对战，要找到机会见血。

"进机甲。"习浩天说完，自己率先进入机甲。

棕白色的机甲站在训练场上，透着庄重，无一处不凸显力量感。

卫三的视线落在这台机甲的膝盖关节处，表面有不少细微的划痕，仔细看会发现是星兽用爪子留下来的。显然这台机甲饱经风霜，经历过无数次战役，但依旧顽强地存在。

跳进机甲舱，卫三没有开始自检，而是活动机甲手脚。比起机甲自动检查，她更喜欢自己感受，从一个机甲师的角度来看。

只不过习浩天并没有留给她足够的时间，直接挥剑而来。

他一剑挥下，和机甲浑然一体，几乎没有任何差别，这是多年积累下来的经验，每一次都能将武器性能发挥到百分九十以上，爆发时甚至能达到百分之百。

卫三盯着习浩天的剑，甚至有些痴迷于他挥剑的那一瞬间，这样的机甲单兵，对机甲师来说，绝对是最愿意为之构建机甲和武器的人。

她沉迷的一瞬间，习浩天的剑便更逼近一点。

等反应过来回击时，不算晚了，但绝对不早。

在习浩天眼中看来，就是卫三表现平平。

从第一场比赛到现在，习浩天对卫三，内心是复杂的。他的理智认为卫三没有什么太过出色的本领，各方面都比不上五大军校中顶尖的机甲单兵。只是卫三每次对战都不会输，甚至学别人的招式也极快，他又觉得卫三是个可造之才。

偏偏卫三不太争气，时而强，时而弱。

"反应太慢。"习浩天说完，剑身便往卫三机甲膝盖上狠狠一拍。

卫三差点被拍跪了，好在很快靠着另外一条腿强行支撑起来，然而下一秒，另一条腿也被拍中。

直接要跪下，千钧一发间，卫三上半身后仰，单手撑地，原本快跪下的腿伸直，横扫出去。

她的反应不可谓不快，只是有人更快，习浩天被扫中一条腿，瞬间跳起，脚用力踩上卫三的小腿。

饶是无常的机甲外壳强悍韧性好，通过感知传到大脑皮层的痛苦也无法避免。

旁边围观的廖如宁下意识地捂住眼睛，这一脚要不是因为无常外壳强，恐怕得断了。

卫三面无表情地用另一只脚踹了过去，习浩天跳开，手中的剑再一次劈过来。

她来不及抽出自己的刀，只能就地滚开，习浩天接连砍了五剑，卫三便在地上滚了五圈，最后一圈才终于拿出了须弥刀，抵住习浩天砍下来的第六剑。

卫三用力抵住，最后借助训练场地的摩擦力，用尽全身力气往前一缩，同时撤刀，习浩天的剑砍在地板上，周围全裂开了。

可见他用的力度有多大。

习浩天察觉卫三视线落在裂开的地板上："这些老师会手下留情，我不会，每一次对战你们必须拿出命来重视。"

这句话，正合卫三意，她还在愁找不到理由动手，既然要拼命对战，见血实在不算什么。

卫三双手握住须弥刀，随后拉成两把合刀，迎了上去。一把合刀对付习浩天的剑，另一把合刀全刺向机甲舱，不过习浩天挥剑的速度太快，她两把刀也奈何不了，反而被限制住了。

正在胶着时，习浩天抬脚踢向卫三腹部，她手中招式一顿，被习浩天抓住机会，接连几剑，刺中手臂、胸口。

"……"

不好！她的机甲外壳破了！

无常的外壳加了紫液蘑菇，一旦破了，要修补成原来的样子，势必还得要用紫液。

那一瞬间卫三的头皮都炸开了，满脑子是这些外壳需要用到多少紫液蘑菇。她甚至没想过习浩天实力多强，才能刺破无常。

卫三退后数步，习浩天紧追不舍，她扭头看着快追上来的人，脚踩上训练场墙壁，借力回转，正面对上他。

习浩天大概也未料到卫三有胆子正面抗击，出招少了分锐气。那一秒，卫三的合刀已经脱手在半空中变成扇形刀，砍向他。

从脸至脖子，扇形刀划出一道长长的伤口，还带着火花。

围观的老师学生们不由得倒吸一口气。

卫三的反击不只如此，她回身踩着墙壁再一次拉近两人的距离，合刀砍向习浩天。

习浩天伸剑抵挡，两人踩在墙壁上与地面呈平行状态，一刀一剑交叉，卫三不断前行，他不断后退，最后终于停住。

"有点意思。"习浩天惊讶于卫三的爆发力，正要给她另外的教训，忽然发现她挥刀的只是一只手。

卫三另一只手已经握拳朝习浩天的机甲舱打去。

一拳将他打飞，整台机甲撞在另一面墙壁上。

被撞的墙壁已然凹陷下去，习浩天挣扎着起来，却迎来卫三又一拳，直击面门。

"哐当——"

这是脑袋撞在墙上发出来的声音。

休息处的老师坐不住了，跑过来制止两人继续打下去，再打下去不管是习浩天动了真火，还是卫三拼命，这俩人得废一个。

习浩天从机甲舱内出来，不出意外，鼻子流了血。刚才卫三那一拳打过来，通过感知传到他脑中，那种压力痛苦导致流了鼻血。

卫三也被老师喊了出来，她第一件事便是朝帝国军校的应星决那边看去。

应星决对上她的目光，轻微摇了摇头。

第172节

习浩天接过旁边老师递过来的纸巾，捂着鼻子，抬手指了指卫三，表情十分不满意。

"归队。"解语曼对卫三道。

卫三快速回到达摩克利斯军校队伍中，对着金珂几人摇了摇手，表示习浩天没问题。

"刚才那两拳不错。"习浩天清理完自己，站在所有军校生面前，他倒没有觉得丢脸，不过还是对卫三不满，"前面为什么反应那么慢？你的机甲需要花时间充能量？每次前面表现都那么差劲。"

卫三低头不说话，一副很惭愧的样子，实际上只是心想，她前面在观察他而已。

没见过世面的机甲师就是这样，唉。

看到好的机甲和机甲单兵一起，就容易痴迷。

"行了，我再挑一个人，最好能打倒我，不然……"习浩天指了指塞缪尔军校的肖·伊莱，"我看你平时比赛最吵，你出来。"

肖·伊莱不服气："我再吵，能比得过达摩克利斯军校的人？"

"小子，废话少说，出列！"习浩天沉着脸道，达摩克利斯一群人都吵，哪看得出来谁最吵，塞缪尔军校队伍中一眼就可以看到肖·伊莱成天蹦得老高。

大概是因为和卫三打得夸张了点，习浩天再和学生对战，多了几分指导，少了真正对战的氛围。

"他刚才还说对战要拿出命来重视。"廖如宁悄声和卫三八卦道，"我看他就是想试你实力。"

卫三手中的摄像机还开着，她让廖如宁离自己远点，省得把他的声音录进去了。

虽然卫三打中了习浩天两拳，但不代表她赢了，如果不是老师拦住他们，很难知道最后输赢，习浩天也不是吃素的。

指导了一上午，习浩天终于满意了："下次再来找你们热身……"

他硬生生扭转过来："指导你们。"

等习浩天离开后，山宫扬灵站在最前面："前五天是老师对战指导，后面是你们之间训练，我们再指点，所以现在打起精神，记清楚老师们说的每一句话。"

"是！"

"行了，散了吧。"山宫扬灵挥手。

等这帮学生离开后，老师们各提交了一份表格，里面是他们对出列对战学生的打分。

"那个卫三习惯不好。"有老师和解语曼闲聊，"从之前比赛我就发现了，总要到后期才爆发。"

每个人都有爆发招数，比如拿姬初雨来说，他是个极为优秀的机甲单兵，每一招都处于平衡的优秀中，单独拎出来一招也优秀。对他而言，爆发意味着对手很强，和对手互相作用，最后的爆发力能震惊旁人。但不像卫三这种，前期平淡如水，然后突然拔高，跟吃了兴奋剂一样。

最关键的一点是对手并不处于爆发强悍期，卫三的爆发就显得莫名其妙。

"这个学生毛病多，我教了很多次，教不好。"解语曼顺着这位老师的话道，在她眼里，卫三这种情况是身体原因。

井梯医生测她感知一直都是 S 级，但实际卫三是个 3S 级机甲单兵，所以这种爆发，解语曼理解，肯定是卫三升上 3S 级后，实力爆发出来所致。

因为机甲被破坏而生气爆发的卫三，此刻正在食堂埋头吃饭。

"多吃点，到了雨林赛场，我们还不知道要吃些什么乱七八糟的恶心东西。"反正卫三听见"雨林"这两个字，背上就升起一股凉意。

"可是我听鱼仆信说他们这边的虫子味道都很好。"廖如宁小声道，"等这十天过去，我们就有时间出去逛一天了。"

"逛不了。"金珂没怎么吃饭，他还在强记雨林的各种生存手段，"我们准备去这里的黑厂看看，等比赛完了，我们再出去逛。"

廖如宁想了想道："没关系，说不定黑厂提供特色食物。"

卫三提前吃完饭，起身："我先去医生那边，中午不一定回寝室。"

几个人抬手挥了挥，卫三一下子跑远了。过了会儿，应成河也起身。

"你要去哪儿？"廖如宁抬头问。

"去拿个快递。"应成河道，"在网上买了东西。"

演习场内，所有人都埋头训练，不像军校有完善的店铺，一般人紧张都来不及，谁还有这个心思买东西。

"皮筋头绳？"金珂抬眼问。

应成河点头："一盒。"

等他走到演习场门口，便收到快递员的消息。

"你这个是恶作剧吗？"快递员紧张问道。

应成河："？"

"这个地址是南帕西重要基地，胡乱靠近是会被抓起来的。"快递员躲躲藏藏地在远处问道。

应成河和门口的巡逻队说了一声，开门出去，站在大门口："不是恶作剧，我拿快递。"

快递员犹犹豫豫地过来，抱着快递交到应成河手上，见门口巡逻兵没有动静，这才松了口气："你是比赛的军校生？怎么想起买东西？"

"有需要就买了。"应成河看着快递员，"为什么是人来送，不是机器？"

快递员："……这里没有接收点，机器人过不来，只能人来。"

多少年了，南帕西演习场基地根本没有人收过快递，公司当然不在这里建快递点，他被派过来的时候，还以为公司要故意谋害自己。

"你们南帕西有点严格。"应成河笑了笑。

他签收完快递，抱着一盒头绳回到寝室。

金珂看着半人高的箱子："……一盒？"

霍宣山走过去，掀开箱子，全是黑色皮筋头绳："你这一盒实在。"

卫三怕是要用一辈子。

"便宜。"应成河道。

还不知道有"一盒"头绳等着自己的卫三，此刻正坐在医务室，面对井医生的各种问询。

"你的感知为什么突然能升到3S级，之前测的等级一直是S级。"井梯一脸严肃地望着卫三。

"大概是医生你的营养液不错。"卫三想了想，竖起大拇指，"好喝。"

"……我认真问你，最近有没有感到异常？"

"没有，我挺好的。"卫三挠了挠脸，"今天刚刚把习主解打了两拳。"

井梯沉默了一会儿："看样子身体挺健康的。"

"我也这么觉得。"

井梯起身，示意卫三跟过来，走到一台感知测试机器上："你再测一次。"

卫三按照他说的，站了上去。

橙色光点一直往上升，超过S级，到了双S级的标尺上，随即忽然掉回S级，停了好一会儿，又升上双S级，如此来来回回，最后停在两者之间。

"S级半？"卫三看着仪表道。

井梯："……能不能让它升到3S级？像大体检那天一样。"

卫三："我试试。"

在她说完这句话后，过了几分钟，光点再次往上升，一直到3S级停下不动。

"井医生，这样可以吗？我有点累。"卫三道。

井梯低头看着光脑上那个随时记录卫三身体数据的表，平的，只有升上3S级的那瞬间，曲线鼓起了一个小包，很快又平了下去。

他抬头看着神志清醒的卫三："可以下来了。"

卫三凑过去瞄了一眼他的光脑："医生，你在看我数据？让我也看看。"

井梯解除光脑屏蔽动能，表格出现在她面前。

"看着挺正常，这一条是身体情绪波动的数据？"卫三若有所思，"像我这种冷静的人，不多见了。"

"是呢，应星决都没你平。"井梯重新坐回了自己的办公椅上。

"？"

卫三跟着过去："医生，说话不要带'呢'，听着怪怪的，我怀疑你内涵我。"

井梯不理她的玩笑，正经道："你感知等级应该是提升了……半级，能控制升上3S级是好事，说明你能掌控的感知越来越多了，后面再好好调理，可以继续往上升。"

卫三点头："知道了。"

井梯从下面拿出一箱营养液："营养液换了一点成分，这段时间你先喝这些。"

卫三一看粉红的营养液："这是……草莓味？"

"对。"井梯推给她，"里面新加的药材成分和其他口味相冲，我没时间研究，直接用了草莓，你忍忍，眼睛一闭就喝完了。"

卫三苦大仇深地盯着那箱粉色营养液，迟迟不拿。

"这个营养成分比之前的要浓，到时候去比赛不会出问题，你们这十天不会有3S级的专用营养液，出来早就算了，晚了你就麻烦了。"

"之前也没出问题。"卫三不想喝这个。

井梯直接把箱子关上："你感知提升了，之前的营养液不适合了，回去吧。哪那么多名堂，人家应星决喝的完全没加任何果汁。"

"他是他，我是我。"卫三低声道，"医生你变了，你不……"

"闭嘴。"井梯眼看着她的"爱"字要说出口，立刻打断道，"赶紧出去，不然我下一次加双倍草莓汁。"

卫三抬手在嘴边做拉链状，拎着箱子马上跑了。

等她离开后，井梯起身关上门，站在窗户前看了许久，一直到卫三背影彻底消失后，他才回到自己位子上，重新打开数据曲线，拉到刚才记录的曲线时间上。

过了许久，医务室才传来一声长叹。

这次去医务室没花太长的时间，还有午休的时间，卫三便回寝室了。

一回去，就碰到应成河正等着她。

"说好要送你一盒皮筋头绳，到了。"应成河往旁边让开一个位置，露出半人高的箱子。

卫三探头看着箱子里面堆得满满的头绳，满头问号："这，一盒？"

"怎么样？"

卫三竖起大拇指："成河，不愧是你，做人就是大气。"

应成河拍了拍自己胸膛："机甲师做人不能小气。"

卫三："……"怎么回事，总觉得今天老有人内涵她。

五天时间，学生和老师对战，再听讲解。上午无机甲对抗，下午机甲对抗，五所军校的人都被挑了一个遍，自然还有重复的学生。

卫三就是其中一个，她第二次是被平通院的老师挑了过去对战。

这次是无机甲对抗，卫三专门朝这位老师的面门招呼，老师一开始没转过弯来，以为只是她一种攻击手段。

结果等卫三打完一拳，还想继续打时，这位老师终于明白卫三是故意要打自己脸，一瞬间火大了，开始教训她，让卫三看看什么才是贴身近战。

至于卫三，她还沉浸在为什么这位老师鼻子没流血的震惊中，这是铁鼻子？

找到方法的第二次竟惨遭滑铁卢。

没等到老师鼻子出血，卫三先被平通院老师教训一顿，差点被老师打吐血。

"贴身近战被你打成这副样子，达摩克利斯军校的老师不教你，我来教你。"平通院的老师折着卫三的手臂，将她压在地上。

卫三脸贴着地板，忽然暴起，脚再次踢中老师的鼻子。

终于！

平通院老师下意识地松手，捂住自己的鼻子，血从指缝中流出来。

她朝应星决看去，他依旧摇头。

第173节

到了第六天，轮到各军校生对战，对战顺序由老师统一决定，每天上午三场无机甲对抗、下午三场机甲对抗，时间限制为一个小时。

早上所有人到齐之后，见到训练场墙上贴了一张对战表，老师们已经选了出来。

"卫三，你要和宗政越人、姬初雨打。"霍宣山站在最内圈，转头对外围的卫三道。

"我呢？"廖如宁立刻问道。

"你对手是习乌通和昆莉·伊莱。"霍宣山从里面挤出来。

"你和谁打？"卫三问他。

"吉尔·伍德和霍剑。"

显然老师挑选对战有其用意，但不得不说又猜中了一部分军校生心理。比如姬初雨、宗政越人最想对战的人便是卫三，现在抽中，绝对符合他们心思。

"老师们这是想要看好戏。"金珂从旁边过来，"卫三小心一点。"

霍宣山和廖如宁对手之间没有那么大的成见，卫三上一个赛场才让宗政越人出局，又抢在帝国军校前拔旗。

两个对手都不是那么好应付的。

"第一场是我和霍剑的无机甲对抗。"霍宣山道。

几个人看着霍宣山，最后分别拍了拍他肩膀以示鼓励。

"都看完了？"解语曼站在最前方，望着四散站着的军校生们，"归列。"

五所军校的人排好队后，她喊了霍剑和霍宣山的名字："你们出列，准备第一场比赛。"

两人一走出来，旁边山宫扬灵问霍剑："你觉得这场谁会赢？"

"我。"霍剑没有任何犹豫。

达摩克利斯军校主力队那边传来齐齐一道嘘声，显然对霍剑的话表示不赞同。

霍剑皱眉看向达摩克利斯主力队那边，这帮人每次站在一起一举一动都像极了乌合之众。

"闭嘴！"解语曼盯着带头的卫三，走过去，"安分点！"

这么多老师看着呢，万一霍剑赢了，霍宣山压根下不来台。

达摩克利斯军校主力队全闭了嘴，但卫三和廖如宁忽然下蹲，伸出一条手

070

臂朝霍宣山比了个大大的心，背后金珂和应成河则站在他们背后，画了个大大的心。

解语曼："……"算了，她早该明白，这帮学生没救了。

旁边其他军校生现在虽然对他们的行为感到震惊，但又觉得确实是达摩克利斯军校的人能做出来的事。甚至肖·伊莱扭头对高学林小声道："我上去，老师问，你们也给我这么搞一搞。"

高学林："……你放心，老师不会再过问这个问题。"

肖·伊莱犹豫道："不问也可以比画一下。"

南飞竹："疯了才学达摩克利斯。"

塞缪尔的人都不同意，肖·伊莱只能默默看着准备开始无机甲对抗的霍家人，内心深处有一点点说不清楚的羡慕。

他们都有队友陪着一起丢脸。

轻型机甲单兵和重型机甲单兵有自己的行为模式，霍剑出招利落，下手偏重，霍宣山则更擅长移动，一旦拉近距离便有些吃亏。

不过根据山宫扬灵的指导，拉近距离并不完全是坏事，轻型机甲单兵完全可以借助自己灵敏的身法抢占先机。

计时器一响，霍宣山竟然选择主动靠近，围观的老师们有些惊奇，据他们所知，霍宣山和霍剑虽都是霍家人，但两人并没有对战的经验，这时候选择主动出手，会更吃亏一点。

"看来他对自己实力很有信心。"山宫扬灵侧头对解语曼道。

解语曼笑了笑："山宫老师教得不错。"

率先出手的霍宣山一招并不成功，被霍剑抬脚踢开，两人距离拉得极近，霍剑横手做刀状砍在霍宣山腹部，他立刻侧身移开，同时伸手挡住霍剑的招式。

几乎瞬间霍剑又出一招，伸腿踹向他小腿弯处，霍宣山躲闪不及，结结实实挨了这么一踹，他单膝一弯，下一秒借着现有的姿态出拳，打向霍剑腹部。

周围观看的人都听见这道闷声，显然力度不轻。然而霍剑却没有任何表情，仿佛感觉不到疼痛。

"他肚皮是铁打的？"卫三蹲在旁边围观，摄像机一直录着，"上次和我对战的老师鼻子也是。"

"抗击打训练。"金珂和她一起蹲在最内圈，抬手摆正卫三的镜头，"霍家和平通院那边特别重视这方面的训练。"

卫三若有所思："这么说他们从小被打到大？"

"可以这么说。"金珂点头。

对战一场，长达一个小时，在这期间两个军校生差不多要用出自己绝大部分所学的招式。

霍宣山和霍剑之间的问题逐渐显现出来，一个力度有所减弱，一个速度有所放缓。

这种问题其实并不明显，但在3S级机甲单兵眼中，这足够致命。

现在就看两人谁颓势更明显。

霍剑暴起一腿将霍宣山带翻在地，最先取得压倒性胜利，此刻计时器只剩下了五分钟。

"你屁股后面有个洞。"摔在地上的霍宣山突然对霍剑道。

霍剑没想过霍宣山会骗自己，甚至听到这一句话时以为他已经认输了，转头去看自己的背面的裤子。

一眨眼工夫，霍剑被霍宣山绊倒，两人躺在地上开始打了起来。

"这招不错。"卫三立刻站起来，为了更好的拍摄效果，旁边应成河和廖如宁双手搭起人桥，抬起她。

镜头对准地面，霍剑出现重大失误，这时候已经被霍宣山脚踹脸。

"好！西西使劲踹他。"卫三坐在高处喊道。

廖如宁："打他，西西你就是霍家最强的！"

应成河感觉自己也应该要说些什么，思忖半响道："踹他那里！"

众人："……"

见卫三低头看自己，应成河一本正经地道："再训练抗击打，那里也一定是弱点。"

这时候霍剑膝盖前屈，击向霍宣山的腹部，夺回一半控制权，霍宣山开始乱打了。

不是说招式乱了，而是他开始搞三流伎俩，薅着霍剑的头发再出招。

卫三在镜头内清清楚楚看到霍剑那一瞬间脸色青了又黑，黑了又青，眼睛瞪得极大。可见心理受到多大冲击。

霍家是一个讲究武德的机甲单兵世家，即便霍剑此刻被压制，也豁不出去脸，做出和霍宣山一样的事。

百年霍家谁能想到会出一个不讲武德的霍宣山，太不要脸了。

"其实踹他那里更好。"肖·伊莱小声道，"反正都无耻了，干脆无耻到底。"

打架只讲输赢，这是取胜手段，难道对战期间还要和对手讲讲五美四德？

不过肖·伊莱还是喊了一声："臭不要脸的达摩克利斯人。"

072

这时山宫扬灵忽然出声："刚刚忘记说一件事了，对战有输赢积分，累计排名第一的军校可以提前一个小时进入赛场。"

此话一出，场内氛围立刻变了，别说无耻的招式，为了赢，再下作的手段也可使得。

就在霍剑处于人生艰难的抉择中，霍宣山已然做出了选择，他真的屈膝朝霍剑下身击去。

正如应成河所言，再怎么训练，始终有弱点，霍剑下意识地抵挡。

然而这一招不过是霍宣山的伪招，他真实的目的在头部，再次薅住霍剑的头发，用力往地板撞去。

霍剑只觉得鼻子重重地撞在了硬地板上，一阵发酸，生理眼泪不自觉流出来了。

廖如宁嘶了一声，甚至有点感同身受这份痛苦。

"时间到了。"计时器响起，解语曼关掉计时器声音，"停手。"

两人最后还互相踹了对方一脚，才就此分开。

霍剑强撑着没有用手去摸自己的鼻子，面无表情地站在霍宣山对面。

达摩克利斯军校的人下意识地盯着霍剑的鼻子，等待他流鼻血，可惜，等了半天，也没有见到一滴血。

"唉——"廖如宁夸张地叹了一口气。

卫三跳下来："抗击打训练看起来很厉害的样子。"

霍宣山浑身都疼，他也没占多少便宜，不过是出其不意，攻其不备，让霍剑看起来比较狼狈而已。

廖如宁马上上前，给他揉肩按摩，十分殷勤："辛苦了！"

霍宣山不太想说话，他都豁出脸皮下手了，还是没能让霍剑流血，如果不是时间到了，他再来一次，霍剑肯定熬不住。

山宫扬灵双手抱臂："这些可不是我教他的。"

解语曼挑眉："能打赢就行，招式只是赢的手段。"

"也就和人对战能这么讨巧，换上星兽试试？"有老师显然看不上霍宣山的这些招式。

"但现在不是和星兽对战。"也有老师欣赏他的做法，"随机应变在战场上是不可多得的好品质。"

"宣布吧，后面还有两场。"帝国军校的老师看着两位军校生道，"解老师你来。"

解语曼站出来："鉴于时间结束前，两人还有余力，我们从有效招数比较。

霍宣山有效招二十，霍剑有效招十八，达摩克利斯军校记一分。"

"你很好。"霍剑从齿缝里挤出一句话来。

霍宣山能理解霍剑的心情，但没办法他现在高兴，所以他承认："我也觉得我很好。"

霍剑盯着他："下一次，我不会再犯这种错误。"

"好了，休息半个小时，待会儿第二场。"解语曼示意他们全去休整。

卫三立刻往另一头休息处跑，准备抢位置，万万没想到肖·伊莱借着距离优势，抢在她前面。

肖·伊莱整个人横躺在长椅上，单手撑着："这里今天归我们塞缪尔军校。"

天天被达摩克利斯军校的占着，别的军校学员能站在一旁无所谓，他可咽不下这口气！

卫三："……"

她默默打开相机，拍下此刻肖·伊莱单手撑头，躺在长椅上的姿势。

"快点过来坐。"肖·伊莱拍了拍身下的长椅，对还在远处的塞缪尔军校的人喊道："天天被他们占便宜，我们也要争一争。"

高学林感到尴尬，如果不是定力强，他这时候就脸红了。

"我们过去坐吧。"吉尔·伍德道，"下一场就是肖·伊莱，二十分钟坐着休息总比站着好。"

塞缪尔一行人走了过去，在坐下的一瞬间，高学林忽然觉得尴尬一点也没事，坐着的确比站着要舒服，他们又做不出来像达摩克利斯军校的人一样，看对战时什么姿势都做得出来。

就在此刻，机甲单兵群里突然发出来一张图片，是卫三发的。

照片上赫然是躺在长椅上的肖·伊莱，下方两个字："来呀~"

这两个字配上刚才肖·伊莱得意的表情，再加上他的姿势，此刻逐渐变得销魂起来。

看到这张照片，肖·伊莱暴跳如雷，起身指着卫三："撤了！"

廖如宁抓住时机，坐上肖·伊莱原来的位置，并拍拍大腿，示意霍宣山坐上来。

霍宣山坐了过去，卫三对着肖·伊莱摊了摊手，示意他看周围的人："都已经看到了，撤回无效。"

肖·伊莱气愤地扫了一圈，果然其他军校的人都用异样的眼光看着自己。

肖·伊莱转身准备不和卫三这种人计较，结果便发现霍宣山和廖如宁坐在自己刚才的位置上，顿时眼前一黑："你们！"

平复完心情，肖·伊莱冷笑一声，打开相机，还特意设置了拍照声音，对着霍宣山和廖如宁就是一顿拍。

不就是拍照吗？这两个人比自己骚多了！发出去比自己更丢脸，要怪就怪卫三先对自己出手。

但很快肖·伊莱发现照片里廖如宁和霍宣山的姿势居然发生了变化，两个人甚至对着他比画，霍宣山还换腿坐！

简直岂有此理！

达摩克利斯军校的人已经没皮没脸了！

第174节

原先机甲单兵群只有卫三发视频，是一个正儿八经的学习视频群，然而从她发出肖·伊莱那张照片后，肖·伊莱开始回击，这个群开始变成斗图群。

肖·伊莱是一个睚眦必报的人，卫三拍照片，廖如宁和霍宣山又抢了他位置，所以但凡有机会，他的相机就开着，找各种刁钻角度，拍达摩克利斯军校主力队成员的照片，再配上骚里骚气的字，天天往群里发。

当然有时候会误拍到其他军校生，比如好好的一个无意识余光看人，被他拍成斜眼偷窥。再配上肖·伊莱的字，不但讽刺卫三等人，还有被误拍的人。

像宗政越人、姬初雨这种人可能不会搭理他，但有些人很在意，又不便明说，下节课或者改天就拍下肖·伊莱的丑图发到群里去。

那肖·伊莱当然不干了，他又不是故意的，这些人怎么这么小气？他都不嫌弃他们待在自己镜头内。

反击！必须反击，所有人都不放过。

肖·伊莱狠起来，连自己队友都不放过，丑图发、糊图也要发，找不到？那就修图，一定得要让所有人都猥琐地丑一遍。当然超3S级，他不敢惹，不主动恶意修图，但应星决自己非要跑到他镜头里，那就不关他伊莱继承人的事了。

其他人被肖·伊莱惹生气了，将火力对准他，因为他们经常站在一起看对战，很难避免拍到其他人，误伤在所难免。一来二去，群里就变成了大乱斗，谁都时刻开着个相机。

到第四天的时候，群里只剩下几个单兵没有主动发过图片。

伊莱继承人："喊，这几个人天天傲得和什么似的，姬初雨我还能理解，宗政越人天天板着张死人脸，浑身散发着怨气，还被卫三打败了，骄傲什么？"

肖·伊莱这段心路历程说复杂不复杂，就是所有人都被拖下水后，剩下那几个不合群的就显得异常刺眼，他打心底里排斥。

暗中讨饭："勿 cue（暗示）。"

伊莱继承人："呵呵，你改名叫'宗政怨人'好了@宗政越人。"

吉尔·伍德觉得再这么下去，肖·伊莱真的要惹出事来了，人家达摩克利斯军校主力队敢这么做，是因为有实力，他纯粹是脑子坏了。

所以她转头把高学林拉了进来。

高学林看到吉尔·伍德将他拉进群里，随便往上翻了翻，便见到肖·伊莱说的一些话。

塞缪尔主指挥高学林："？"

伊莱继承人："？"

塞缪尔主指挥高学林："肖·伊莱你在干什么？"

肖·伊莱半天没有回复，他通过群聊，去私信卫三了。

伊莱继承人："喂，你这个管理员怎么当的？指挥都被放进来了，你为什么还不踢掉？"

暗中讨饭："……你在教我做事？"

伊莱继承人："要不是你做不好，我才懒得教你做事。赶紧把进来的指挥踢掉，这个群不是他们该待的地方。"

卫三正贴墙坐着休息，看录下来的对战视频，根本不知道进来的指挥是谁，听肖·伊莱说话的口气，还以为是其他军校的主指挥。结果点进群里一看，发现居然是塞缪尔军校的主指挥。

暗中讨饭："？"

暗中讨饭："你让我踢你们自己的指挥？"

伊莱继承人："没错，这个群不适合指挥待，太邪恶了。"

暗中讨饭："……"

这么一瞬间，卫三实在佩服肖·伊莱的脑回路。不过指挥还是要踢的，说好了这是机甲单兵群。

卫三立刻行使管理员的权力，把高学林踢了出去。

还在等肖·伊莱回复，并准备对平通院解释的高学林："……"

高学林只能起身去找角落里的肖·伊莱，对着他就是一顿劈头盖脸地骂："我忍你很久了！你父母送你来上军校，是不是只记得测试感知等级，忘记了测智力？"

正庆幸自己主指挥被踢出去的肖·伊莱，先是被骂蒙了，随后理直气壮道："我要智力干什么？又不当指挥。"

"你！"高学林深深吸了一口气，恢复冷静，压低声音道，"达摩克利斯军校已经拿到了两个分赛冠军，今年只要他们保持这个水平，第三我们别想要了。"

帝国军校、平通院、达摩克利斯军校，这三所军校势必要瓜分前三排位。他们剩下的军校基本上没了机会。

肖·伊莱愣住："现在我们也是全员3S级，和他们又拉近了一步距离。就算达摩克利斯军校拿了第一，帝国军校拿第二，我们还可以和平通院抢啊。"

高学林闻言不由得冷嗤一声："你未免把我们实力想得太强了点。和平通院比？他们无论哪一方面都比我们强，怎么抢？"

"哪方面弱，补起来就行了，之前是因为吉尔·伍德拖了后腿，现在我们都是3S级机甲单兵，一起配合，总有机会拿到积分。"肖·伊莱朝达摩克利斯军校学员那边看去，"他们都能从倒数第一升上去，我们肯定也可以。"

"……"高学林看看单纯又自傲的肖·伊莱，感觉自己经常对成员分析的话全都白说了，"你现在得罪平通院的宗政越人，等到了赛场，平通院就会针对我们。"

肖·伊莱同样觉得高学林不可理喻："我就是在群里发了点图，说了点话而已。再者，我们和平通院本来就是对手。得不得罪的，他们不都是要对我们出手？除非你放弃第三，但是人家也不信啊。达摩克利斯都从来没怕……"

"达摩克利斯、达摩克利斯……你那么喜欢对比他们？不要忘记了谁在港口打了你的脸。"高学林看着他，"得罪宗政越人，他过来找你麻烦，我不会再带着队伍去替你出气。"

"不出就不出。"一听到被打脸的事，肖·伊莱就感觉很丢脸，他正色道，"我现在就能为当初港口一巴掌报仇。"

"肖·伊莱，你别轻举妄动！"高学林担心他冲动行事，这时候去和卫三动手，未经允许的对战，皆视为违反赛规，被发现一律出局。

肖·伊莱气势汹汹地低头，打开相册，找到他自制的卫三表情包，点开放大在高学林面前："我现在就打给你看！"

高学林："……"

他解除光脑屏蔽功能，放大给高学林看，被远处的廖如宁看到，立刻通知卫三。

达摩克利斯三位单兵蹿了过去，卫三："干什么呢？"

肖·伊莱："我们指挥说你表情包挺好的，刚才在群里看中了，所以我发给他。"

高学林："？"

"用我的表情包？"卫三上下打量这两个人，"可以是可以，不过得支付一笔费用。"

旁边霍宣山和廖如宁一边堵着一个，大有不给钱就动手的姿态。

"这里是训练场，老师就在附近。"高学林警告道。

卫三挑眉："所以呢？"

他们之间距离太近了，近到可以做一些手脚。

高学林脸色难看，达摩克利斯军校学员的狂妄以及旁边一动不动的肖·伊莱，都让他心中极为不悦。

"指挥，你给他们，这表情包挺好使的，单兵群都在用。"肖·伊莱怂恿道，"给了钱，你拿到指挥群里用。"

这样他也不用付钱了，肖·伊莱不禁在心中为机智的自己点赞。

高学林："……你们要多少，最多二十万。"

卫三心中咋舌，这群富家子弟就是欠她收拾，随随便便开口就是几十万。

"五十万，我们三个人表情包打包卖给你。"卫三指了指霍宣山和廖如宁。

高学林："……"

第175节

拒绝了卫三的"优惠套餐"，高学林还是被强行赖着花钱购买下卫三的表情包，因为他刚才看到了。

作为一名3S级指挥，高学林的智商毋庸置疑，但智商高不代表会讨价还价，这笔钱对他而言也不算多，更何况他认为达摩克利斯军校学员故意以此为借口，试图找麻烦，他花笔钱解决罢了。

"你们的运气不会一直好下去。"高学林转完钱对卫三道。

"我们运气好过吗？"卫三扭头问旁边的廖如宁和霍宣山。

"没有。"霍宣山道。

"我们明明一直倒霉。"廖如宁撇嘴。

卫三若有所思："高指挥一定是误会我们了。"

等他们走远之后，高学林才冷嗤道："紫液蘑菇、无相骨，还有极寒赛场的冠军，不都是运气好拿到的？"

肖·伊莱跟着他一起看着达摩克利斯军校那几个人的背影，不解："这些也不算他们的运气，谁能闲着无聊在赛场内寻宝，还有极寒赛场那时候我们都放弃比赛，其他军校拿到旗子也不会是冠军，只有他们抓住这个机会赖了一个冠军。"

高学林侧脸盯着他，面无表情："你的意思是他们靠着实力才得到这么多东西？"

肖·伊莱立刻摇头辩解："不是，我觉得他们分明靠的是无耻。"

"……倒可以这么说。"高学林赞同这个说法。

那边金珂过来找达摩克利斯军校的主力机甲单兵，给他们讲一讲接下来的对战。

"第八天有三场对战是我们达摩克利斯，上午廖如宁和卫三各一场，下午卫三还有和姬初雨的最后一场。"时间紧迫，金珂只能大致讲讲，"霍宣山已经赢了两场，廖如宁输了一场，因为对战中你们过于……懂的都懂，不用我说了。所以其他军校生会对你们俩产生极强的警惕，接下来无论你们做什么，他们都会有所防备。"

"出其不意的效果没了。"廖如宁唉声叹气。

"你那场出其不意也没赢习乌通。"霍宣山凉凉道。

廖如宁拍了拍自己的胸膛自信道："下次上机甲，我不信还输给他。"

"好了。"金珂示意他们先不要说其他的话，"等你和昆莉·伊莱对战时，不要放松警惕。另外，卫三这次和宗政越人无机甲对抗要小心，论无机甲对抗，姬初雨都不一定打得过他。我们这一批新生中，无机甲对抗的实力他最强。"

一般那种随身携带武器的军校生，都对这方面更为精通，南帕西军校的山宫扬灵也算是一个。

至于卫三……她随身携带的东西是小型工具箱。

"对上宗政越人尽力而为即可，至于下午那场和姬初雨的比赛，重点在于卫三你自己。"金珂认真道，"姬初雨背后还有个应星决，他一旦洞悉到你的问题，告知姬初雨，你基本就输了，所以要尽可能把自己的问题改过来。"

在他们分析接下来的对战时，帝国军校的人也都在听应星决的话。

"第八天下午最后一场是你和卫三的比赛。"应星决目光落在姬初雨身上，"有几个注意事项。"

姬初雨沉默听着。

"她招式章法多且杂，一个小时的限制时间对你更有利，别在最开始压着打，速度放缓，最后几分钟内是取得胜利的关键。"应星决缓缓分析道，"另外，除非时间快到了，已经没有挽回的余地，不然别伤她的机甲。"

"不伤她机甲？"姬初雨想问应星决，是不是被达摩克利斯那群人救过之后，便产生了感情，但最后他还是没有说出口。

应星决微微点头，长发松松垮垮地用一根黑色头绳绑好，有几缕碎发落在脸侧，阳光透过训练场高处的玻璃洒在他身上，长身玉立，只是口中的话却并不温和："一击即中，不留给卫三机会反击。"

姬初雨转着自己手指上的戒指，说自己知道。

第八天上午。

"昆莉·伊莱和廖如宁，第一场对战。"山宫扬灵站在训练场中间道。

所有军校生全部围了过去，而达摩克利斯军校鼓励自己队友的方法已经不只最简单的比心打气，现在他们随身携带着横幅，还有彩色丝条球。

等廖如宁一入场后，准备和昆莉·伊莱对战时，卫三和霍宣山一人拉一头，将"达摩克利斯军校最牛"的横幅拉开，大红的底色，配上金灿灿的字体，十分耀目。金珂和应成河一人手里拿着两个彩色丝条球，开始为廖如宁加油。

这些设备是用昨天从高学林那边坑来的二十万买的，加急件，几个人早上去演习场门口等了半天，才拿到快递。

老师们见到这场面欲言又止，但偏偏联合训练规定的只是各种对战，没有明文禁止不准学生这么搞。

廖如宁两场比赛都是无机甲对抗，上一场和习乌通对战已经输了，这一场他依旧选的是大刀。昆莉·伊莱选的是一对长爪，绑在手臂之上，她机甲的武器便是转日爪。

两人都选择了自己最擅长的武器。

"从你那天说积分开始，这些学生明显谨慎了不少。"有老师对山宫扬灵道，"原本还想看看他们在联合训练中锻炼自己的短处，用一用新的武器。"

山宫扬灵靠在墙壁上："能用精一件武器已经不易，要求不能太多。可以看看下一场卫三选什么，我看她武器用得多。"

说话间，廖如宁和昆莉·伊莱已经开始对战了。

廖如宁的大刀砍向昆莉·伊莱的左肩，她迅速抬起右手，长爪抵住大刀，两件武器之间，由于巨大的力量相互摩擦，迸发出火花来。两人目光相对，昆莉·伊莱的左爪直勾勾地对着廖如宁的心脏部位竖抓过去。

廖如宁被逼得撤刀抵抗另一只长爪，昆莉·伊莱原本右爪得空，再次朝他攻击过去，只不过这次的目标变成了廖如宁的头部。

大刀的刀把被廖如宁双手紧紧握住，用力横抬高，最后两只长爪都被他挡住。

可惜，昆莉·伊莱等的就是这一刻，她双脚一蹬，腾空狠狠踢向廖如宁的腹部。

应成河在旁边看得倒吸一口气，这一脚踹得太漂亮了。

踹中的那一瞬后，两人同时分开后退，廖如宁虽吃痛，却也没有伸手去碰，他目光紧盯着昆莉·伊莱，感觉整个人血液都沸腾起来了。

廖如宁向来更擅长机甲对抗，不过经过这次联合训练后，现在看来无机甲对抗也算有意思。

昆莉·伊莱率先出招，朝他抓去，廖如宁握刀挡住，同时预判她另一招，赤手抓住昆莉·伊莱的手腕，用力一扭。

围观的人清晰听见她手腕被卸的声音，昆莉·伊莱面不改色，抬腿攻击廖如宁，等他回击时，抓住机会后撤，在廖如宁追上来前，握住自己的手腕，接好手腕骨。

一个重型机甲单兵，一个中型机甲单兵，但两人此刻处于无机甲对抗，一时间势均力敌。

昆莉·伊莱转身猛然回掏，被廖如宁挥刀挡住，武器之间再次迸发出火花，因为距离近，甚至有零星火花溅到他们脸上。

她狠狠朝地一压，长爪带着廖如宁的刀压低，昆莉·伊莱下盘顺势降低，屈膝顶上廖如宁的手腕，剧烈的疼痛，加上昆莉·伊莱的长爪压制，一上一下，让他手中的大刀脱落。

昆莉·伊莱乘机将大刀踢开，大刀顺势朝人群中滑去，径直滑到卫三脚下。

卫三和周围的人全部往后退了几步，给两个人留出空间来。

廖如宁想拿回自己的刀，昆莉·伊莱自然不肯，始终拦住他的路，并乘此机会，疯狂攻击廖如宁。

失去了武器，廖如宁徒手对战武器完好的昆莉·伊莱，自然吃力。他没有办法，一把把自己衣服上的扣子全扯了，握在手中，对着昆莉·伊莱的脸、手、膝盖弯处打去，一共六枚扣子。

昆莉·伊莱没有躲开第一颗扣子，被打中肩部，手臂一滞。廖如宁抓住机会，左脚抬高，踢向刚才的位置，加重伤害。

在他想乘此机会去拿回自己大刀时，昆莉·伊莱已经回神，用另一只手挡住了廖如宁的去路。

廖如宁故技重施，但后面四颗扣子都被昆莉·伊莱躲过。

最后一颗扣子，他手指屈起，作势朝昆莉·伊莱弹去。

昆莉·伊莱一直在注意他的手势，预判下一步动作。在廖如宁弹手指的那一瞬间，便转移到另外一个位置。

只不过这招是假的，在她移动的瞬间，廖如宁另一只手抬起，最后一颗扣子在这只手上。

昆莉·伊莱强行改变自己的移动趋势，立刻骤停，但急速改变运动方向，不光对身体负荷大，攻击力也处于低效中。

廖如宁赶了上去，一脚踹在昆莉·伊莱身上，她重重倒地。

"有点意思。"路正辛不知道什么时候走进了训练场，和其他围观的军校生们站在一起。

卫三一转头便对上了他的视线。

路正辛和蔼地向她打了一个招呼："你们达摩克利斯军校的人都不错，知道利用手头所有的东西，这点不错。"

场内昆莉·伊莱在刚才那招中受到重创，甚至被廖如宁再次卸了手腕——两只。

在接下来的时间，她几乎连连败退。

"一个小时到。"山宫扬灵按下计时器，"停手。"

两人停手，廖如宁伸手拉起昆莉·伊莱，顺便帮她接上两只手腕。

昆莉·伊莱一时不察，脸都疼得变色了："……"

但廖如宁没见到，他顺手帮她接完后，转身急急忙忙地去捡扣子和大刀。

"这里没有针线。"等廖如宁归队后，霍宣山道。

廖如宁："……有没有胶水？"

"可以去医务室看看。"路正辛主动道，"你这招扣子武器，不错。"

廖如宁见到混在军校生中的路正辛愣了愣，随后道："我也觉得。"

急中生智，他廖少爷是有大智慧的机甲单兵。

"第二场无机甲对抗，廖如宁胜，达摩克利斯军校记一分。"山宫扬灵望着众人，低头在光脑上记了一笔，随即抬头道，"上午最后一场，卫三对宗政越人，十分钟后开始。"

卫三朝宗政越人那边看了一眼，光脑上的五人群开始响起来，金珂在里面发消息。

金家发财："卫三，你尽力而为，宗政越人现在就是即将爆发的火山口。"

暗中讨饭："知道了。"

旁边宗政越人已经恨不得用眼神杀了她，中间十分钟休息都等不了，提前朝中间走了过去。

第 176 节

"我看好你。"在卫三过去之前，路正辛突然来了一句。

卫三："？"

他这句话的声音不高不低，却又足够让所有人听见，宗政越人眼中的压抑之色越发浓重，卫三感觉自己一上去，就要被他打死了。

　　路正辛作为一个平通院曾经的主力队指挥，算起来是宗政越人的学长，说这句话存心给她拉仇恨值。

　　宗政越人有自己的武器，卫三要过去挑，她站在武器架前，站了一会儿，最后选择了鞭子，没有选刀。

　　站在旁边的老师们互相眼神交流，到底还是卫三胆子大，敢换武器。

　　"准备好了？"山宫扬灵站在计时器旁，手指按下按钮，"五秒钟倒计时。"

　　在一秒跳零的瞬间，卫三和宗政越人几乎同时一动，互相攻击。

　　长枪朝卫三刺去的瞬间，鞭子也发出破空声甩向宗政越人。

　　两人一个压低身体，一个腾空跃起，躲开第一招的攻击。

　　宗政越人在半空中，长枪借助上方的优势，再一次猛力刺向卫三。

　　因为速度太快，产生极大气流，长枪上的红缨猎猎作响，卫三被逼得半跪在地面上，直不起身。她的鞭子朝空中挥去，不是抵御宗政越人的长枪，而是缠住了他的双脚，并用力朝下一拉，间接破坏了武器攻势。

　　同时卫三在地上转了半圈，长枪直挺挺地插在离她眼睛一厘米处，散开的红缨甩在她脸上，瞬间便多了几条红痕，可见宗政越人这一枪的力度有多大。

　　更不用说枪头周围裂开的地板。

　　而此刻宗政越人被卫三的鞭子缠住双脚，从半空中被拉了下来，他落地想要挣脱开来，卫三用力扯住鞭子，借力从地面起身，并再一次拉紧束缚。

　　宗政越人下颌紧绷，看样子想要用蛮力绷开鞭子，且拔起长枪再次攻击她。

　　这时，卫三抬脚飞踢枪身，宗政越人收臂，缩短长枪长度，将枪头对准她的腿。卫三毫不意外，她直接翻身越过长枪，与此同时松开鞭子，转而乘机甩在宗政越人的屁股上。

　　平通院训练服质量挺好，这么重的鞭子甩上去，居然没有破。

　　卫三见状，不由得在心中感叹。

　　不过她这一鞭子不光让宗政越人炸裂，还让围观的师生们失了声。

　　这攻击，换成别人，最多是顺势而为。但攻击人换成卫三，很难不去猜测这是她故意的一鞭子，专门打在宗政越人屁股上。

　　廖少爷看得激动，他原地扭了扭，一脸感叹："这就是学以致用，传承师法！可惜我是第二场，不然也要学一学屁股攻击大法。"

　　附近听到他说话的昆莉·伊莱下意识地想象这个画面，神色逐渐变得严肃，达摩克利斯军校的人果然如其他人所说——不要脸。

宗政越人紧紧握着长枪，盯着卫三："你……今天给我死在这儿。"

对战有时间限制，但其他人在此期间，不得进行任何干扰，这就对应了当初通知的最后一句，伤亡不论。

卫三微挑眉，学着他的句式："你……今天给我破裤子。"

别说宗政越人了，平通院的主力队员听她这么说话，哪个不气得快要吐血，这分明是赤裸裸的人格侮辱。

可恨他们阁主不擅长应对这种语言刺激，硬生生被卫三气得青筋暴起，行动速度足足提升了一倍。

卫三挥鞭压制宗政越人，不让他靠近，利用一切机会，拉开两人之间的距离。

路正辛看着场内对打的情况，啧了一声，点评："这两人都是中型机甲单兵，卫三还是缺少宗政越人这种强悍的攻击力，在战场上宗政越人能发挥的作用更大。"

他站在达摩克利斯主力队附近，说着对卫三不太好的话，其他人自然不干。

霍宣山礼貌道："路指挥，这里不是直播现场，不必这么敬业，继续讲解。"

路正辛一愣，缓缓反应过来，自己被怼了。不过他还是保持好脾气，笑道："你说得对，我不说。"

帝国军校的人站在达摩克利斯军校队员对面，应星决盯着场中的卫三，她在拖延时间。

不知道为什么，卫三从来都先选择费时费力但相对简单的打法，能拖着打就这么打过去，实在不能才愿意认真起来。

"下午的比赛你尽量往后拖时间，最后面爆发。"应星决侧脸对姬初雨道，"最后五分钟，再拿出自己所有的实力。"

应星决不想给卫三爆发的机会，她该知道，有时候拖着只会让挽回战斗局面的概率越来越小。

"好。"姬初雨答应下来。

场中宗政越人也发现卫三始终不让自己靠近，他目光冰冷地看着她，手臂忽然举高，将长枪掷向卫三面门。

卫三躲闪不及，只能抬手挥鞭想要缠住长枪。

然而宗政越人并没有停在原地，而是在长枪被掷出去的那一瞬间，人也动了，朝着同一个方向奔去。

在卫三鞭子缠住长枪时，他已经来到长枪中间部分，伸手紧紧握住，并加力刺向卫三脖子正中间处。

她没有任何遮挡防护，鞭子缠在长枪上还未完全松开，整个人完完全全地暴露在宗政越人面前。

卫三左右前后都已经来不及躲开，一条腿立在原地，一条腿笔直抬起，和地面垂直，直接抬腿踹向长枪。

此刻，枪头已经碰到了卫三的脖子，她抬腿往上踹宗政越人的长枪，黑色靴底踹上枪身的那一刻，发出沉闷的声音。

长枪被踢向上空，卫三仰头，躲过枪头。而宗政越人同时抬腿，直接踹在她膝盖处。

卫三立在地上的腿一弯，直接重重地跪了下去，膝盖、另一条腿的脚底全部失去了知觉，感受不到疼痛，只有无尽的麻意。

在跪下的那瞬间，卫三手用力一甩，再次抽中宗政越人的屁股，发出响亮的一声。

这一根鞭子，仿佛活了一般，抽中宗政越人后，还缠向他的腿，被卫三用力一扯，将他带倒。

宗政越人来不及想自己屁股再次被抽中，挥着长枪，插在地板之中，撑住自己，同时蹬腿，抖开卫三的鞭子。

两人拉开距离，卫三抬头，脖子刚才被宗政越人的枪头刺中，有轻微的红肿，显然她躲得再晚一点点，脖子便会被刺出血。

宗政越人再次朝她冲来，长枪仿佛是他身体的另外一部分，与他的身体越来越契合，对卫三的攻势越来越猛，她几乎次次险过。

但只要宗政越人伤她一次，他的屁股便要替他付出代价。

宗政越人越打越愤怒，杀意越来越重，分明今天不分出个你死我活，他誓不罢休。

卫三也不再维持两人之间的距离，所有挥鞭的招式像瞬间换了一个人，不再随性。

"这……"站在休息处的老师们看着场中的卫三，又转回来看了看旁边的山宫扬灵，"她现在的招式好像是你的。"

山宫扬灵也直起身，不再靠着墙壁，盯着卫三挥鞭的动作。

满打满算，她教这些学生只有七个小时，不到一天，卫三居然将自己在对战和讲解时的招式全部学了去。

任何一个人看了，恐怕都以为卫三是她一手教出来的。

围观的军校生们同样震惊，更为震惊的人还是南帕西的山宫波刃。

因为他才是山宫扬灵一手教导出来的。

虽然卫三用的是山宫扬灵的招式，但山宫扬灵所有用过的招式基本都讲解

085

过拆招方法，宗政越人本身便是极为优秀的军校生，他同样学会了拆招。

山宫扬灵不由得笑出了声："两个人都学得不错。"

第177节

两人几乎是给周围的军校生们重现了一遍山宫扬灵的教导，一个出招一个拆招，目前处在一种僵持的状态。

还有十分钟，两人的比赛便会结束。

宗政越人身上的戾气越来越重，他太想取得胜利了。

"你们觉得谁会赢？"路正辛问旁边塞缪尔军校的学生。

"还有时间，现在变数比较大。"高学林模棱两可道，"卫三和宗政越人各有优势。"

但这两个人打到现在，有一件事十分清晰地显现出来：达摩克利斯军校和平通院的中型机甲单兵实力在前三，塞缪尔军校和南帕西军校差了一截。

若是放在以前，高学林肯定瞧不上达摩克利斯军校的人，在他眼里，往届的达摩克利斯军校只配拿倒数第一，现在他不得不承认，如今的达摩克利斯军校确实有争冠的实力。

又是一招，卫三的鞭子断裂，宗政越人的长枪被打飞，两人皆没了武器。

还剩下八分钟。

卫三把半截鞭子插在腰间，和对面的宗政越人一样赤手空拳，她一拳直击他的面部。将宗政越人的头打偏，几乎瞬间，他嘴角处便冒出血来。

宗政越人抬手抹了一把自己的嘴角，看着自己指腹上的血，目光越发冰冷。

两人互相朝对方跑去，飞起单腿踹向对方。宗政越人身高稍占优势，如果直接互相踢，卫三势必要先被踢中，所以她的目标一开始便在宗政越人腿骨处，抢得先机踢中。

可惜宗政越人居然速度加快了，比卫三计算的要快得多，最后她被他的腿踢中肩部，极重的力度将卫三踢倒在地，还未翻身起来，又被宗政越人朝腹部狠狠踢了一脚。

卫三疼得身体蜷缩，勉强单手撑地，想要起来。

她确实起来了。

被宗政越人抓住头发，一把拎了起来，他看着卫三因为生理疼痛变得苍白的脸，掐住她脖子，冷笑："真以为你这种人能和我相提并论？"

卫三双脚已经脱离地面，随着宗政越人掐住她脖子的力度越来越大，窒息感不断传向大脑。她双手去掰宗政越人的手,勉强给自己争夺一点呼吸空气的机会。

"你……不知道……"卫三原先苍白的脸又因为窒息感而变红,她断断续续道,"打架别……扯头?"

在"头"字说出去的同时,卫三腾空的双腿屈起,下一秒踢向宗政越人胸口,得以挣脱出来,她顺势在空中翻转一圈,最后单膝落地,双手撑在地面,头发因为被宗政越人抓住拉扯,已经乱了,散落在脸侧周围。头绳也在刚才翻转的时候,掉落在地。

卫三咳了几声,缓解刚才带来的窒息感,这才缓缓起身。

她朝前走了几步,弯腰将头绳捡了起来,戴在手上,拉着弹了一下,随即望向被她踢得接连后退的宗政越人:"看来你之前没完全发挥实力,还有五分钟,不如让我见识见识你这种人和我这种人有什么不同。"

宗政越人面沉如水,疾速朝卫三攻击而来。

他踢去一脚,卫三就还回来一拳,两人无论是身法还是速度上都比之前再次提升。

围观的另外两所军校成员的脸色越来越不好看,中型机甲单兵实力强到这个地步,加上其他主力队成员不会拉胯,前三无非就是帝国军校、达摩克利斯军校以及平通院,还有南帕西军校和塞缪尔军校什么事。

两人近身搏斗,宗政越人的招式确实更多,他专业系统地训练了这么多年,在无机甲对抗上,连姬初雨都不一定能赢得了他。

只不过短短一两分钟,但凡他出过的招,卫三便能学会,并同时举一反三运用在宗政越人身上。

"这几分钟,可比之前快一个小时的对抗有趣得多。"路正辛挑眉看着场中的两人道。

卫三的学习能力过于强悍,扰乱了宗政越人的心绪,导致他招式一乱。

抓住这一瞬间,卫三抓住宗政越人手臂,侧身用肩膀顶住他,用力将宗政越人摔在地上。

训练场地面发出重重的声响,到这儿还没完,在宗政越人想要起身时,卫三抬脚踩着他的手,面无表情地抓住宗政越人的短发,另一只手抓住他的裤子将他完全提了起来,并朝附近的墙壁摔去。

当然,有一件事她没忘,在宗政越人远离自己,撞向墙壁时,卫三抽出了腰间的半截鞭子,狠狠朝他屁股抽去。

裤子材质再好,也禁不住卫三的几道鞭,裤子几乎瞬间裂开,鞭子上还沾上了血。

卫三立刻丢下鞭子，内心反省，怎么没控制好力度呢？

不过她现在对山宫老师的鞭子材质更加感兴趣了，那鞭子甩在身上一次就能出血。

最后一秒跳过了，山宫扬灵立刻走过来："时间到。"

平通院的人迅速上前，准备去扶起宗政越人，被他拒绝了。

宗政越人撑着地面，他的手指被卫三踩断了，即便这样也还是一点一点地站了起来。

"阁主。"路时白将自己的外套脱下来，递给宗政越人，示意他裤子破了。

宗政越人依然没有接过来，这一天的耻辱他要永远记下来。

现在卫三正坐在应成河掏出来的折叠椅子上，喝着他递过来的营养液，享受金珂的擦药，廖如宁的捶腿，以及霍宣山的头部按摩。

山宫扬灵看着达摩克利斯军校队员夸张的样子："……"

她努力暗示自己，这些没有在规定上写出来，不用管，机械地说完话："本场卫三赢一招，达摩克利斯记一分。"

卫三嫌弃地喝完手中草莓味的营养液："下午还有一场，累了，我们早点回去休息。"

"那你躺一躺治疗舱？"金珂道。

"不躺，擦点药就行。"卫三指了指自己的眼睛，刚才差点没被宗政越人打瞎。

蹲着给卫三按腿的廖如宁，察觉到什么，抬头便见到不远处宗政越人看过来的冰冷眼神，便抬手朝他挥了挥，微笑："别再盯着卫三了，用机甲你输了，无机甲对抗你也输了。再强行用运气来解释也不行了，我们卫三就是比你强。"

宗政越人原本从西塔星开始，心中便积累郁气，原本以为这次能将面子挣回来，却未料到再次输给卫三，还被廖如宁刺激，一时气血攻心，直接吐了一口血。

"阁主！"

平通院的队员纷纷上前扶住宗政越人。

廖如宁吓一跳："……这不关我的事……吧。"

卫三起身："走了，我饿了。"

路正辛从旁边走过来道："卫三，我期待你接下来的表现。"

"好的，谢谢路主解。"卫三敷衍地客气了一句，便和队友们一起往食堂方向溜了。

等人快散得差不多了，帝国军校的队员还在训练场内。

"卫三的学习能力你看到了。"应星决对姬初雨道，"下午那场不要给她机会。"

姬初雨的视线落在快走出训练场大门的宗政越人身上，那种尊严被挑衅的感觉，他和宗政越人感同身受。

大赛前还是天之骄子中的佼佼者，随着比赛进行居然被一个寂寂无闻的人踩在脚下，任谁都会觉得受到极为严重的挑衅。

应星决还要去医务室进行常规的身体检查，便在这里和帝国军校的人分开。

等他走了之后，司徒嘉低声道："我之前还以为这段时间主指挥和卫三的关系好像走得比较近，现在看来也没有。"说不定是为了更好地找到卫三的缺点。

这四个人当中，姬初雨和应星决相处时间最长，霍剑次之，司徒嘉家族背景稍微弱一点，还是来到军校后打败了所有竞争者，拿到这届主力单兵一席，才能接触到应星决。

"他是我们帝国军校的主指挥，不会做出损害帝国军校利益的事。"姬初雨转着手指上的机甲戒指，"不过……他把卫三看得太高了。"

霍剑闻言："主指挥说的话，你不要忘记。宁愿看得高，也不要轻视卫三。"

姬初雨不语，直接走了出去。

留下霍剑在原地皱眉。

"这是新的营养液？"应星决问许真。

"嗯，改了一点成分，专门为这次比赛准备的。"许真将营养液推给他，"大概能撑七八天的样子，你入场前先喝了，在赛场不能拖到最后。"

应星决收下营养液："这种营养液，许医生学弟手中也有？"

许真摇头，诧异地问道："他要这个干什么？虽然我们合作，但是你的营养液，我不会让其他人经手。"

应星决垂眸："许医生，我先回去了。"

"好，这次检查没什么问题。"许真将检查报告往第一区那边传了一份，又传给应星决。

卫三忍着痛午睡，再醒过来，已经好了大半，或者说习惯了这份痛。

从房间内出来时，其他四个人已经在客厅等着了。

"走。"卫三活动手脚，打头往外走。

"老师们有点过分了，为什么要把你的比赛安排在一天，连个休息的时间都没有多少。"廖如宁抱怨。

卫三无所谓："反正都要打，再说有时间限制呢。"

如果把时间再拉长，她可能真的没办法一天打两场。

下午所有人都到齐，这次负责的还是帝国军校的老师，让他们先准备。

卫三坐在旁边一边看，一边等着最后一场的到来。

"这椅子不错。"卫三摸了摸椅子，再调整相机方位，转头看着四个同样坐在折叠椅子上的队友，"免费的就是好。"

"感谢高指挥的二十万。"霍宣山认真道。

路过的高学林："……"

第 178 节

下午是机甲对抗，对战双方需要用到各自的机甲，比起上午的无机甲对抗的阵仗更大，且多了一丝金属的冰冷。虽没有贴身搏斗的直观刺激，但机甲对抗却更加宏大。

明明最后一场就是卫三，她本人倒像没事一样，照样低头看着录好的视频。

"你们学校学生的心理素质不错，其他军校的差了点。"有老师对解语曼道。

解语曼朝达摩克利斯军校主力队看去，五个人半躺在椅子上，手边还有瓜子，一边嗑，一边互相聊天。

"……"

最后一场就是卫三比赛，这几个人这么悠闲，谁看了不说一声心理素质好。

说难听点就是缺心眼。

解语曼："等上战场能保持这么好的心态才算心理素质强。"

老师们虽然在闲聊，但心中各有想法，现在最紧张的恐怕还是解语曼和帝国军校的老师。

最后一场可以说直接关乎卫三和姬初雨在军区内部的地位问题。

如果卫三赢了，她的价值要再往上提一个档次。相反姬初雨赢了，他将再次捍卫自己是年轻一代中最强的机甲单兵地位。

在所有人准备开始时，第一区忽然来了通信，要求观看最后一场比赛。

帝国军校的老师说好，便拿出专门的飞行录像设备，连上光脑的镜头，开始直播给军区的人看。

第三场快开始了，达摩克利斯军校五人从椅子上站了起来。

"那是第一区的大佬们？"廖如宁偷偷瞄了那边老师光脑一眼，帝国军校的老师撤了光脑屏蔽功能，让其他老师也能看到军区那边。

霍宣山眼睛更尖："不只第一区，那边还开着通信，是其他军校的高层。"

"各军区都在看你们比赛。"金珂对卫三道，"好好打。"

卫三朝帝国军校那边看了一眼，扭头对金珂道："你没什么和我说的？对面应星决八成在说我的问题。"

金珂："……之前我发给你有关姬初雨的资料，你没看？"

"看了，我感觉对面应星决可能挖得更深。"卫三双手交叉抱住自己手臂，"有点怕。"

"呵呵。"金珂一屁股躺在椅子上，"你觉得他能力强，怎么不跟他？"

"多大的人，还吃醋。"廖少爷在旁边鄙视，"应星决本来就比你厉害。"

金珂："你们都嫌弃我，行，我这就走。"

他刚要起身，便被霍宣山一把按了下去："比赛要开始了。"

老师在喊卫三，她朝比赛场地走去，走到半道，转身对着四人比了个心。

幸好这时候不是直播，否则直播间的弹幕恐怕要炸了。

"准备，十秒倒计时开始。"最后一个字说完，帝国军校的老师便伸手按下计时器的开关。

两人进入机甲，无常的外壳已经修补好了，修的时候，卫三的心都快碎了，紫液蘑菇就这么多，用一点少一点。

一想到这次比赛可能让无常再次面临破坏的风险，卫三的心又在隐隐作痛。

应星决视线落在场中两台机甲身上，他不知道谁会赢，如果姬初雨愿意听自己的话，按照他的计划来，卫三不会有机会赢。

"我觉得姬初雨不一定会听你的话。"霍剑忽然对应星决道，"他对卫三心有不满。"

更确切地说是对应星决。

这么多年，并称为帝国双星，而现在应星决对卫三关注的时间太长了，姬初雨自然会心生不满。

"我知道。"应星决缓缓道。

霍剑气息一窒，是我知道，不是我知道了。

主指挥从一开始的目的或许不单单要姬初雨赢，还存在试探姬初雨的意思。

应星决的目光落在霍剑身上："我只负责指挥，是对是错，自有时间验证。"

霍剑低头："是。"他该知道主指挥永远会比机甲单兵要想得更深。

计时器倒数最后一秒跳完，卫三站在原地没有动，姬初雨也未动，两人互相等着，足足僵持了二十秒，姬初雨先动了。

他冲向卫三，即便快要靠近卫三也没有减速，只有右手搭在腰间，抽出太武刀，直握刀把，刀身贴着刀把，和刀把平行，横拉过去。

从姬初雨开始动起，卫三一直没有动，到太武刀靠近前，她才躲避这一招，同时抽出须弥刀朝他的小腿砍去。

察觉到刀气，姬初雨抬脚踢向卫三的手，试图踩断。卫三就地滚开，两人之间的距离再次被拉开，但姬初雨紧跟其后，太武刀砍向卫三的脖子，大有砍断之势。

卫三倾尽全力躲开，但那瞬间她能感受到太武刀划过机甲脖子而发出的声音。

这要是无机甲对抗，恐怕早出血了，不过这可比出血让卫三更难过，她流血还能恢复，机甲坏了……没有材料，她不能一直修。

卫三将须弥刀插在地板上，握住刀把，借力在地面转了一圈，踹中姬初雨的脚。两台机甲相撞发出巨大的金属碰撞声。

姬初雨挥刀砍向她的腿，卫三借势再次以刀把为圆心，就地转了一圈，远离姬初雨，起身的同时，拔出须弥刀。

旁观的廖如宁看得上头："这招有点意思，我下次得学学。"

应成河杵了杵他，示意廖如宁注意形象，对面老师还在通信直播，各区大佬都看着。

廖如宁从霍宣山那边一直指到最边上的应成河："我们，这样，哪里还有形象？"

四个人坐在这儿，手里还拉着条幅和彩色丝条球，和旁边站得笔直的其他军校生，对比明显。

应成河："……"说得也是，反正他爸妈没看见自己这个样子就行。

场内还处于胶着状态，看起来两个人势均力敌。

在两人距离拉近时，卫三的须弥刀已经变成了扇形刀，以手作把，每一次动手，都能在姬初雨的机甲外壳上留下浅浅的痕迹。不过她每划一次便在心中可惜一次，多好的机甲，可惜要对上她。

机甲舱内的姬初雨朝应星决看了一眼，很快收回目光，他向来把应星决所说的话奉为圭臬，这一次依旧认为应星决所说的计划没有问题，但他想要按照自己的方法来。

机甲是他的，也是他来驾驶，他会向应星决证明：姬初雨是帝国双星之一，名副其实。

姬初雨双手竖直握住太武刀，放在胸前半米的距离。

刚和他拉开距离的卫三："？"怎么突然感觉姬初雨在做法？看起来很虔诚的样子。

不过卫三还没来得及想太多，对面的姬初雨一动。

卫三："……"

姬初雨消失了，一台机甲从她眼前忽然消失了。

就在卫三站在原地时，背后传来破空声，是姬初雨的刀。她立刻转身，伸手用扇形刀挡住。

下一秒姬初雨抬腿踢向卫三，直接将机甲踢飞，卫三连人带机甲撞在演习场墙壁之上，砸出了一个巨大的洞。

卫三甚至来不及站起来，姬初雨再一次出现在她面前，速度快到周围众多3S级单兵无法彻底看清，只能见到他来到墙壁前，握刀砍向卫三。卫三被禁锢在小小的范围之中，勉力躲开他的攻势。

周围军校生的脸色都逐渐变得严肃，如果说上午卫三和宗政越人的无机甲对抗，让他们明白这两人的实力很强。那现在姬初雨则刷新了他们的认知。

这种速度，换上轻型机甲单兵都不一定能比得上，加上姬初雨身为中型机甲的优势，两者合一。如果在战场上对上，那么姬初雨根本是想杀谁就杀谁。

同时卫三的表现也再次令人诧异，饶是姬初雨这么强悍，她处境如此危险，机甲依旧没有受伤，每一次都堪堪擦刀而过。

卫三乘机将扇形刀变成合刀，一把刀挡住姬初雨的太武刀，另一把挑空，破开他的围攻之势，从而离开墙壁，回到训练场上。

姬初雨收刀转身，盯着卫三，他的速度再一次提高，消失在她眼前，这一次是正上方。

卫三在最后一秒察觉，仰头抬刀抵住姬初雨的攻击，他有上方优势，太武刀的刀尖甚至已经碰到了无常的额头。

姬初雨面无表情地加重手中的力度，太武刀的刀尖再一次加深伤害，卫三双膝一跪，却不是被他压倒，而是跪下卸力，躲了过去。

解语曼和达摩克利斯军校的四人看到卫三这一招，顿时紧张起来。

姬初雨的速度刚刚已经看到了，她这贸然一招，等于是完全将背部暴露给对方。

这是致命的错误！

果然姬初雨落地瞬间便来到卫三背后，她甚至还未站起来。

姬初雨的刀直接砍中她，太武刀的全力一击，无常背部被深深砍中一刀，差一点就暴露机甲舱。

要结束了。

在场大部分人朝计时器望了一眼，才过去了二十分钟。

机甲舱内，卫三大脑感受到那阵剧烈的疼痛，反而扬唇一笑。

比赛确实要结束了。

在姬初雨还在用力加重，想要毁掉卫三的机甲时，刀下机甲异动，忽然消失在他面前。

姬初雨冷笑一声，学我？

直接转身挡住卫三的攻击，太武刀和合刀相互交叉抵御。

"你……"姬初雨突然察觉到不对劲，卫三手中没有另外一把合刀。

她的武器……姬初雨低头朝自己机甲看去，一把扇形刀精准地插进他机甲发动机内，透过加强的防护甲，直接破坏了发动机。

在姬初雨愕然的一瞬间，卫三的合刀挑开他的刀，刺向他胸口，并拿回自己的扇形刀。

姬初雨瞬间回神，迅速躲开，只是发动机被破坏，他的行动力几乎瞬间丧失大半。

卫三腾空自上而下，两把不同形状的刀已经转为须弥刀，直直刺向姬初雨的肩膀。

姬初雨试图抵挡，但没有成功，卫三握着须弥刀插进他肩膀，最后落在他身后，伸出手探入刚才发动机所在的缺口，一把扯出姬初雨的能源。

这才是真正的结束。

第179节

卫三站在姬初雨身后，单手握着须弥刀插在终结者的肩膀上，另一只手绕过他的腰间，来到前面，扯出了里面的能源块。

此刻两人的姿势有点像卫三从背后抱着姬初雨，但周围的人并没有往其他方面多想，只剩下悚然。

就连第一军区坐在会议桌前的高层，脸色也极其复杂。

肖·伊莱看着失去动力的终结者，不由得咽了咽口水，卫三未免太邪性了，这还是人干出来的事吗？

别说其他军校生，连达摩克利斯军校的四人都愣愣地看着场中二人。

结束得太快了，从姬初雨爆发时，他们便有这个感觉，结果临到头忽然输赢颠倒。

"我们……赢了？"廖如宁问旁边的霍宣山。

"赢了。"霍宣山缓缓道。卫三最后两招几乎和刚才姬初雨用的一模一样，尤其是最后自上而下的一刀。

应星决凝重地望着卫三背后一道深深的刀痕,刚才她……故意露出背部空防,只为了等这一刻。

几个比赛的直播回放视频,应星决来回看了很多遍,他一直以为卫三对自己机甲过于重视。应星决观察到一个规律,无论卫三是校队时期还是后面成为主力单兵时期,只要有人伤了她机甲,她便会突然爆发,反而不是遇上危机才积极抵挡。

所以应星决要姬初雨拖时间,在后面快结束时动手,让卫三没有时间反应。姬初雨不听他的,应星决有心理准备,但未料到卫三主动以自己机甲为诱饵。

"啪啪啪——"

达摩克利斯军校四人突然齐齐鼓掌,随后举着横幅,掏出彩色丝条球晃着。

众人听见他们的动静,才算清醒过来,将自己的情绪藏好。

卫三松开他的能源块,同时拔出须弥刀,退开几步,随后单手放在肩膀之上,十分优雅地朝众人鞠躬。

"你背部破了。"应成河提醒。

机甲舱内的卫三:"……"胜利的兴奋顿时没有了。

从机甲舱内跳出来,卫三收了机甲,回到自己队伍里:"又得一分,奖励归我们。"

"紫液蘑菇目前只有这点,用完了怎么办?"应成河低声问道。

"刚才看他那架势,拖到最后无常肯定要受伤。"卫三道,"与其受不少伤,不如先挨一刀,快点结束。"

说这话的时候,卫三还是隐隐作痛,她的无常背后那么大一道口子!

"好了,姬初雨归列。"老师过来道,"第一次联合训练的奖励归达摩克利斯军校,提前一个小时入场。接下来还有两天,老师们会分别对你们这次对抗赛点评,今天先散了。"

第八天下午只剩下卫三和姬初雨最后一场机甲对抗战,结束后老师们便让所有人散了。

姬初雨从机甲舱内出来,和上午宗政越人的愤怒压抑不同,他眼中更多的是茫然。

明明快赢了,怎么一切……突然反转了?

其他军校生倒没有觉得姬初雨实力不够,反而是实力太够了,输得这么快,纯粹是卫三太邪了。

"把他的机甲修好。"应星决视线从对面卫三身上收回,侧脸对公仪觉道。

"是。"公仪觉点头道,随后过去对姬初雨道,"晚上我就可以帮你修了。"

姬初雨恍然抬头，对上应星决的目光："我……对不起。"

"她比想象中更难对付。"应星决淡淡道，"你小看了她，我也小看了她，是我们共同的错。"

听见他这么说话，姬初雨脑中一片空白，他第一次没有听应星决的话，便得到这种结果。

就在众人散得七七八八的时候，单兵群中突然有人@卫三。

伊莱继承人："你和姬初雨的视频呢？快点发到群里来，想藏私@暗中讨饭？"

霍西西："……"

廖少爷："你们自己当时不知道拍？"

伊莱继承人："建群目的就是发视频，就差卫三和姬初雨的了，搞快点。"

肖·伊莱喊了一声，用光脑录制还要随时跟着场内两人移动，谁有事没事到处乱跑，太有损他继承人的形象了。

群内其他人也想再看一看，姬初雨怎么输的。

昆莉·伊莱："能发出来看一看吗？"

吉尔·伍德："加一。"

卫三见状，便向金珂要了一份刚才拍下来的视频，发到单兵群中。

第一军区，某会议室。

"刚才那个卫三是怎么赢的？"某位坐在会议桌前的高层人士问道。

"她抓住了姬初雨快胜利时放松的那一瞬间。"对面的人道，"初雨还是嫩了点，心理素质需要提升，凭卫三的实力不应该能让他出局。"

有人反驳："我不觉得，卫三一个无名星出身的，能有姬初雨受到的训练多？他还是参加过战争的人，心理素质反而没有卫三强，说到底实力就是不够。"

"这只是一个意外。"说话的人下意识地朝会议桌最前面的人道。

坐在最前面的姬元德出声道："军校生是我们联邦未来的希望，每一个都是好的。"

众人不再多言。

连续这么多天联合训练，终于得到休息，卫三一回到寝室，便躺了下去。

"腿，让一点位置。"金珂拍掉她的两条腿，坐在沙发一角，转头对闭着眼睛的卫三道，"下午这场打得好，那个时机抓得很准。"

"我觉得卫三好像越来越强了。"廖如宁拉过一张椅子坐下，也对她道，"刚才姬初雨的速度已经够吓人了，可惜碰上你这么个变态。"

"先下手为强。"卫三不想意外发生，所以才主动用背后的空当来引诱姬初雨，"不过下次姬初雨肯定不会再放松，这招估计不好用了。"

霍宣山有些遗憾："宗政越人和姬初雨没对战，大概要下次联合训练才能见到。"

五个人或坐或瘫，过了好一会儿，卫三睁开眼："到现在第一次联合训练结束，我们只是排除了几个人没有被感染。"

"这事急不得，指不定有人就在观察我们军校生。"金珂道，"明天我们先去一趟南帕西这边的黑厂看看。"

黑色虫雾、季慈故居内找到的钥匙，还有医疗大楼出现在血液样本室内的神秘人……他们现在被各种迷雾缠着。

第二天开始放假，自由活动，其他军校的人开始按照自己的习惯继续训练，而卫三几个人则大摇大摆走出演习场大门。

正好撞上准备去训练场训练的塞缪尔军校主力队，几个人仿佛视察般对着塞缪尔军校学员挥了挥手。

"喊。"肖·伊莱撇嘴，十分看不惯这帮人的嚣张气焰。

不过等达摩克利斯军校主力队走了，肖·伊莱对高学林道，"是不是因为他们每次比赛前都会出去放松，少了点压力，所以实力才会不断进步。我们要不要也……出去溜达一圈？"

高学林面无表情地瞥了他一眼："你觉得可能？天天训练都打不过他们，你还想偷懒？"

肖·伊莱："……说说而已。"

另一头，达摩克利斯军校主力队已经戴上面具，走进黑厂。

他们在沙都星赢得了冠军，那边黑厂将卫三几个人的等级提高，不光能去地下四层，还能带两个人进去。

显然这两人的名额是为机甲师和指挥准备的，联邦主流还是五人小队制，即便是黑厂也不例外。

"先去吃点东西，一大早起来，我饿了。"廖如宁摸着肚子道。

他和卫三在前面打头，朝饮食区走去。

这里的黑厂结构和沙都星没有任何区别，连装修都一模一样。只要对沙都星黑厂熟悉，对这里便不会陌生。

五个人走进饮食区，廖如宁和卫三快速走到食物区。

"……这些是虫子宴？"廖如宁低头拿着食物夹拨拉几下盘中和果冻一样的东西，里面包裹着数条虫子，"呕。"

廖少爷光看着便觉得恶心。

卫三把他挤开:"这边是特色区,你还是去右边拿吃的。"

霍宣山夹起一个放在自己盘中,然后用筷子夹起来咬了一口,吃完:"味道还不错。"

廖如宁在旁边看了半天,等他们都夹完,还在犹豫。

"闭眼张嘴。"金珂对廖如宁道,等他照做之后,便将一条油炸过的虫子,放进廖如宁口中,"嚼。"

廖少爷忍着别扭,用力嚼了几下,咽下去之后:"还、还挺好吃,鸡肉杏仁味。"

"生长在雨林当中,幼虫被抓来之后,人工喂养杏仁,因其油炸之后,会散发出淡淡的杏仁味,故称'杏仁条'。"应成河读了读盘子前方墙上的字样。

廖如宁走到杏仁条面前,虽然样子还是不能接受,不过刚才吃过一根后,好像也没那么难接受。

五个人把所有口味的虫子都拿了一遍,这才找了一个位置坐下。

刚一坐下,卫三便见到门口走进来一个眼熟的人,是鱼天荷,她下意识地端着盘子往桌下躲。

其他人还没明白卫三的行为时,便见到鱼天荷从门口一路走过来,径直坐在了他们前面,只隔了几张桌子。

"……你戴着面具呢。"金珂踢了踢桌子底下的卫三,压低声音道,"她不知道我们是谁。"

卫三抬手一摸,还真是。

她这才从桌子底下钻出来。

"鱼主解怎么会来这种地方?"廖如宁盯着前面的人,问其他人。

霍宣山抬手撑住自己半张面具,低声道:"别一直盯着她看,小心被发现。"

五人准备敌不动我不动,安安静静吃完早餐,然而事情并不按照他们所想的发展。

门口又进来一个人,显然是来找鱼天荷的,不过他还没坐下,便看到后面的五人,专门走过来:"你们从沙都星来的?"

第180节

五人坐在桌子前,一时间无人出声。前面鱼天荷朝这边看了过来。

这个人为什么能看出来他们是从沙都星来的?

陌生男人笑了笑，仿佛知道他们心中的疑惑："你们三个人的面具，是沙都星黑厂那边专有的图案，我们南帕西这边没有这种面具。"

金珂抬眼看向卫三几人，果然从沙都星带来的面具和应成河刚才在大厅拿的面具有所不同。

"很少见到有沙都星那边的人来地下四层，你们几位是什么团体？"

金珂咳了一声，改变嗓音："您是？"

陌生男人恍然大悟："看我，光顾着问你们。我是莫信，南帕西黑厂地下四层的负责人。"

金珂起身，伸手握住莫信伸过来的手："幸会，我们是……打翻黑厂。"

莫信愣了愣，随后道："好志向。"

金珂："……我们团体名叫打翻黑厂。"

"呵呵，好名字。"莫信不愧是黑厂的负责人，很快就接受了这个名字，并客套地夸了一句。

"呵呵，哪里。"金珂互相客套。

前面的鱼天荷出声："打翻黑厂是之前在沙都星拿到分区冠军的团体队？"

五人背后一凉，鱼主解居然还知道这个。

金珂表面镇定，大大方方地问前面的鱼天荷："您看着有点面熟，请问您是……"

"当然看着眼熟，鱼师是本届赫菲斯托斯大赛的主解员。"莫信笑道，"只要你看过大赛直播，一定见过。"

"原来是鱼师，幸会。"金珂站在桌旁，对前面的鱼天荷主动打招呼。

鱼天荷朝他点了点头，算是打过招呼，又低下头看着自己的光脑。

"鱼师怎么会在黑厂？一般不都是像我们这种散学团体来黑厂？"金珂问旁边的莫信，随后又特意问道，"我这么问没关系吧？"

"没关系，这事在我们南帕西黑厂中早传遍了。鱼师军校期间在我们这里待过很长一段时间，当时帮助各团体修机甲。"莫信朝前面的鱼天荷看了看，转回头道，"鱼师的最高纪录，一周修了四十九台3S级机甲，到现在还没有人打破这一纪录。"

"原来如此。"

"对了，今天地下四层有比赛，是3S级团体PK（对决），你们如果想参加，可以随时报名。"

"好，我们待会儿过去看看。"

两人站着寒暄了一会儿，莫信这才转身回去。

金珂坐下来，忍住抹汗的动作，鱼天荷还在前面。

"一周四十九台机甲很厉害？"卫三小声问应成河。

应成河点头："刚才负责人说的四十九台应该不只是修复机甲外壳，四十九台机甲的损伤可能比较严重。"

鱼天荷一直没走。

五个人吃完饭，没敢一起出去，怕被鱼天荷认出来，最后只能分批走。卫三带着应成河出去，剩下的人过一会儿再起身离开。

走的时候，金珂特意改变了走路的习惯，走的时候背部还有点弯曲，总之和军校生扯不上关系。

等他们离开后，鱼天荷这才抬头："今天有比赛的事告诉他们了？"

莫信点头："告诉了，不过雨林赛场快要开始了，他们会去比赛？"

鱼天荷点开光脑，进入黑厂大厅，点开比赛奖品单："我出一罐极光液，你加上去。"

"极光液是？"

鱼天荷笑了笑："好东西。"

卫三和应成河在拐角处等着霍宣山几人，会合后，开始到处转。

"上次帝都星黑厂有没有查出什么？"卫三问金珂。

"没有，只知道那场大火之后，废弃了一段时间，后来黑厂买下了那一片土地，包括烧毁的酒吧所在地。"金珂把自己调查到的资料发到群内，"帝都星黑厂建成之后，大门入口正好在原先酒吧的位置。"

正是因为没有查到什么有用的信息，金珂才提议来南帕西看看，他没有去过黑厂，所以想先来看看这地方大概的样子。

"上次须弥金就是我们比赛得来的，不知道南帕西这边黑厂比赛有什么奖品。"卫三走到大厅，仰头看着上面各种比赛排位。

"之前沙都星是选拔冠军赛，南帕西今天的比赛应该不是。"霍宣山道，"奖品应该不会太丰厚，可能只是平常的积分。"

"刚才那个负责人说是3S级团体比赛，总会有奖品。"廖如宁一来这种地方就有点手痒，想活动活动筋骨。

金珂皱眉："今天只是来这儿逛一逛，别出幺蛾子。"

"知道了。"廖如宁有气无力道。

"极光液？"应成河跟着抬头看了一会儿，忽然指着一个光幕道，"这里居然有极光液。"

几人扭头去看他，显然不知道是什么东西。

卫三问应成河："极光液是什么？"

"可以用来当发动机液，是3S级机甲中最稀少的一类，我只听鱼青飞提起过。"应成河解释道。

"我没听他说过。"卫三嘀咕。

"极光液不易发生变化，用在3S级机甲上能够降低因为能源块减少而导致的频率不稳定性。"应成河道，"鱼青飞很喜欢把极光液放在发动机内，不过后来不知道为什么联邦基本找不到这种材料，书中也没有过多记载。"

应成河倒没有怀疑过什么，毕竟年代久远，很多材料都在不断消失，又有新的材料出现。

"既然如此，我们就去比赛，拿到这个奖品。"廖如宁搓手兴奋道。

金珂若有所思："这里是南帕西，鱼家的地盘，要说谁最可能有这种东西，非一个人莫属。"

几人立刻明白他的意思，他们刚刚才见到了鱼天荷。

鱼天荷在黑厂，那么极光液很可能出自她手。

"我们要不要拿下来？"卫三问道。

金珂看着旁边眼中隐隐期待的应成河，最后只能道："可以拿，但你们要小心，我们还要去比赛。"

三位机甲单兵立刻说明白，随后开始在大厅报名。

报名之后是抽签，他们抽中了轮空，直接和最后胜利团体比。今天一共有五场比赛，所有团体都是3S级单兵。

金珂翻着比赛名单，皱眉："南帕西黑厂这么多3S级机甲单兵？沙都星黑厂也这么多？"

卫三看了一眼："怎么可能，上次我们在沙都星黑厂比赛，就我们三个人是3S级机甲单兵。"

五场比赛，除了他们三人，剩下的人全是3S级机甲单兵，都快赶上五大军校3S级机甲单兵的数量。

"先过去等着，到时候比赛你们别受伤了，留着精力，我们还要去雨林赛场。"应成河嘱咐道，极光液虽然稀少，但雨林赛场的比赛才是他们真正要重视的。

"放心，我们要是在这里输了，也没脸回去了。"廖如宁揽着应成河道。

"别瞎说。"卫三从兜里掏出刚才在饮食区顺过来的糕点，扭头塞进廖如宁嘴里。

五人坐在等候区，准备看其他人比赛。卫三咬着糕点，四处打量，其实这里的装修和沙都星那边赛场一模一样，人虽然不一样，但地下黑赛的氛围都一样。

空气中还带着点淡淡的铁锈味。

正要收回视线，准备看擂台上的比赛时，卫三忽然看见一个眼熟的人。

"那是……"卫三杵了杵霍宣山，示意他往左下方第二排看去，"那个人是不是厉雀？"

霍宣山朝下看去，果然见到一个熟悉的侧脸："是她。"

卫三皱眉："她怎么在这儿？"而且仿佛正常人一样。

当初厉雀失败，从台上被抬下来的样子，卫三还记得，以为她机甲单兵生涯应该结束了。

现在居然还好好的吗？

"比赛开始。"

擂台上两个团体队已经开始了，卫三没有再关注下方的厉雀，而是看向擂台中间。

这还是他们第一次看军校生以外的3S级比赛。

第一场比赛看下来，两个团体队虽都是3S级，但表现相对而言，只能说一般。五人心中谈不上失望，毕竟这些人是散学单兵，并没有经过学院的系统教学，实力稍微弱一点，也在情理之中。

接着几场看下来，也是如此，3S级的单兵们配合不错，但相比他们军校生之间的差距肉眼可见。

"还是军校内学的比较多。"廖如宁托腮道，"刚才红队那招明明只要再快上一点，就完全能赢，结果拉扯这么久还输了。"

"感觉机甲不够好。"应成河扭头对卫三道，"我觉得他们机甲每次发挥都不够理想。"

卫三看着下台的两个团体队："更像是……单兵和机甲不够融洽。"

第181节

今天五场擂台赛，原本只有三场，四支3S级队伍比赛，两两PK，胜利队伍再PK一次，最后产生一个冠军团体。

因为"打翻黑厂"的突然加入，最后的胜利队伍还要再和他们比一场。

达摩克利斯五人坐在一排，齐刷刷地双手抱臂，单膝搭在另一条腿上，要不是脸和发型不同，像极了复制粘贴。

"刚才那招算是3S级单兵必会招式，但那个单兵发挥出来的效能最多只有百分之五十,效果有点差。"应成河看过之后,估算道。

"这么低?"廖如宁只看得出来对方实力差,至于机甲效能发挥百分比,这是机甲师需要关注的事,"我们新学的招式最低也要百分之七十才行。"

卫三盯着擂台上打斗的机甲,摇头:"不对,你看他们机甲手臂的舒展度,不像是只发挥出百分之五十的样子。"

应成河仔细看了一会儿:"可能他们的机甲和我们的有些差距。"

野路子的打法加上野路子的机甲设计,才造成单兵和机甲看起来不融洽的感觉。

"这场一结束,待会儿就轮到我们上台,到时候近距离接触看看。"卫三若有所思道。

五人坐在黑暗中,认真看着台上的比赛,却不知道有人也正在看他们。

"生怕别人不知道他们是一起的。"鱼天荷看着光幕上清晰可见的五人,衣服鞋子虽然不是军校训练服,但五个人居然还穿着一模一样。

"他们居然真的参加团体擂台赛。"莫信看着光幕上的五人,到底还是有些惊讶。

鱼天荷笑了笑:"换成其他军校,一定不会参加。"

先不说其他军校的机甲师未必知道极光液,即便知道,各军校指挥也不会愿意冒险为了一个本届大赛不能用的材料去参加擂台赛。

达摩克利斯军校情况不同,这五人感情明显比其他军校主力队要好许多,多半愿意为队友付出。

现在看来,果然如此。

"恭喜雾闪队赢。"裁判上来道,"休息一个小时,接下来是雾闪队和来自沙都星黑厂的'打翻黑厂'队最后一战,谁能赢得今日3S级团体擂台赛冠军呢?请拭目以待。"

第四场比赛结束,雾闪队去里面休息,顺便修补机甲,达摩克利斯几个人闲着无聊,四处打量。

卫三再次朝前排的厉雀看去,未料对方也转头朝他们看来,显然刚才听到裁判说的团体名称,知道他们来了。

厉雀没有做出什么挑衅的动作,但可以明显看得出来,她不但没有受重创,身上还多了一丝说不清道不明的底气。

卫三眯眼,当初疯狂成那样子,现在有什么底气?

在她沉思时,侧方走来一个人,将厉雀喊走了。

"看什么?"金珂放下脚,双手撑在大腿上,探头问卫三。

103

"之前在沙都星打比赛时碰见的一个对手,我原先以为她感知受创,现在好像好了。"卫三道。

"什么时候的比赛?"

"争冠的那场,她被抬下来的时候,有点疯。"

金珂皱眉:"记不记得你们那场比赛没有视频?说不定有这一层原因。"

"什么原因?"廖如宁转头问。

金珂摇头说不知道,过了会儿又道:"你们好端端的比赛视频突然全部下架,黑厂说自己的摄影机器出了问题。一般而言,除非遇见极寒赛场那种极端情况,摄像机哪里会出问题,还是所有摄影机器。"

几个人手中没有线索,所说也都只是猜测,不过很快比赛时间到了,卫三几人起身,在座位前活动手脚,最后低头将衣服扣好,这才一起往下方擂台走去。

卫三对雾闪队产生了极大的兴趣,已经迫不及待地想和他们比赛,赛铃一响,她最先挑了一个对手攻击。

整场比赛没有悬念,雾闪队和达摩克利斯三人根本没法比,但比赛时间不短。基本上霍宣山和廖如宁都是拖着对方打,卫三则更慢,甚至算和对手"势均力敌",没什么差距。

"这卫三……"莫信透过光幕看着擂台上的两支队伍,面色有点复杂,"遇弱则弱?"

鱼天荷轻笑一声:"不是,应该是打给应成河看的,她每一招都能让机甲师更好地预估雾闪队这位队员所用机甲的性能。等时间差不多后,她会直接解决对手。"

"那应成河岂不是会发现端倪?"

鱼天荷沉默地看着场中的比赛,她今天去饮食区,增加奖品,就是要他们看出端倪。

等卫三把对方试探得差不多后,便干脆利落地解决对方,旁边霍宣山和廖如宁见状,便快速将自己面前的对手弄下擂台。

局面变化太快,观众席一阵惊呼。

裁判最先回神,上来判输赢。

"记得给我们奖品。"廖如宁从机甲舱下来,透过面具,对裁判眨了眨眼睛。

"好、好的。"

三人下去找应成河和金珂。

"那几个人比看着还弱。"霍宣山道。

这话廖如宁简直不要再赞同:"我差点以为他们是双S级单兵,太弱了。"

"说不定他们就是双S级。"卫三留下一句，快步朝应成河走去。

廖如宁一愣："……西西，她刚才那句话什么意思？"

"不知道。"霍宣山跟着往那边走，看看卫三想要干什么。

金珂朝周围看了看，对几个人道："先去休息室。"

休息室。

金珂拿出屏蔽器放在一边，问他们："有什么发现？"

"先看看视频。"卫三让应成河将刚才录下来的视频放出来。

两支队伍的对战视频被放了出来，放了一会儿，卫三按下暂停，并放大："这里，他的攻击性能实际只有百分之五十七八左右，水平很低，但不确定是机甲还是人的问题。"

接着卫三继续播放，应成河这时抬手暂停在她破坏对方机甲外壳的画面。

应成河放大光幕内机甲外壳破损处，开口道："这里能看到一些机甲构造，正常3S级机甲没有用过类似的结构，我没见过，但有种熟悉的感觉，很奇怪。"

卫三坐下来："我见过类似的。"

"你见过？"应成河转头看向她，目前为止，他所学的3S级机甲内容还是比卫三多，不应当卫三知道，他不知道。

卫三低头从光脑中调出来两个结构："你看看。"

其他人，包括金珂看得都是一头雾水，应成河则来回看着卫三给的两个结构，并对照视频中机甲露出来的结构。

应成河最后似乎明白过来，有点坐不住，身体往后移了移，手忍不住摸了把脸："这是……双S级结构和3S级结构的复合？为什么这么做？"

卫三反问："你觉得呢？"

应成河不由得倒吸一口气，但他忽然反应过来，问卫三："你怎么会想到双S级结构。"

"因为……"卫三又放了一张，这次是画稿的照片，画稿右下角还有卫三的签名"穷"，"我画过类似的结构。"

应成河放大她的画稿，看了半天，他很快辨别出来："这是A级和S级的复合改造结构。"

他习惯设计构建3S级，对S级都没有太熟悉，更不用提A级，但有了前面的对比，猜都能猜出来。

卫三点头："我还没有试过，但光凭这种结构融合，不会有什么特别大的效果。"

廖少爷伸手在卫三和应成河眼前挥了挥："嗨，能不能顾及一下我们这些非机甲师成员？"

卫三抬眼："刚才和我们对战的团体，可能并不是3S级，而是双S级单兵。"

"不是？"廖如宁诧异，"但他们机甲分明是3S级。"

卫三看向霍宣山："你还记不记得沙都星的死神？"

霍宣山点头："记得。"

"我和他对打的那次，拆过他的机甲，死神机甲骨关节并不是A级材料，应该更往上一点。但因为他本身是S级，所以一定能承受得住。"卫三道，"我怀疑今天这些3S级单兵，他们用的机甲全是当初死神用的升级版。"

"你的意思是……他们在利用机甲越级？"金珂若有所思道。

应成河还是摇头："但是光凭这种结构融合就能让双S级机甲单兵操作3S级机甲，联邦不应该到现在都还未有人发现。"

"确实不能。"卫三赞同他的说法，"A级改S级都不行，除非有一种新材料，能打破这个局面。"

"鱼师在这里，这里面说不定有她的手笔。"霍宣山道。

休息室内一片沉默，假如这个消息是真的，未免太过惊人了。

金珂忽然皱眉："太容易了。"

其他人朝他看去，等着后面的话。

"从我们进来开始，到现在，得到的消息太容易，先是比赛，再是发现机甲的问题。"金珂问应成河，"不要卫三提醒，你能不能发现这个融合结构？"

应成河犹豫："至少要几天。"

3S级机甲师天生感知高，打基础学习的就是3S级结构，其他等级机甲原本便是后面才为了提升军队装备，拓展出来的类型，一般3S级机甲师会将其他等级原理当选修内容来学。

所以应成河要发现融合结构，需要反应时间。

"鱼师故意的。"金珂道，"她知道我们是达摩克利斯军校的人。"

"你是说之前饮食区，鱼师故意进来的？"卫三问。

"或许极光液也是她特意放上去的。"金珂收起屏蔽器，"我打通信问问她。"

既然如此，不如摊牌，看看鱼天荷打着什么算盘。

鱼天荷光脑响了起来，她看着号码，挑眉："这么快就发现了？"

说完，她挂断通信，没有接。

Weekly plan

Mon. 学习 ✓

Tue. 〃

Wed. 〃

Thur. 修理机甲 ✓

Fri. 比赛 ☆

Sat. 〃

Sun. 〃

冲，去找帝国之火，烧他头发！

第八章

雨林赛场

第 182 节

"挂了。"金珂看着光脑，又接连打了几个，统统被鱼天荷挂断了。

最后大概是烦他了，鱼天荷发来一条消息："已经晚上八点了，再不回去，我向达摩克利斯军校的老师举报你们打黑赛。"

金珂："？"果然她一早就发现他们了，所以为什么不接通信？

他正想发消息过去问，鱼天荷又发来一条消息："比赛结束后，我会上达摩克利斯军舰。"

金珂将这条消息转发到群内，抬头道："看样子，鱼师想要在星舰上和我们谈。"

"等他们奖品送过来，我们再回去。"卫三刚说完，休息室的门便被敲响了。

是工作人员送奖品过来了。

应成河过去接了过来，打开。

"这就是极光液？"卫三探头过来看，里面的液体在灯光下呈炫彩色，凑近一闻，有股清香味。

"我只听鱼青飞描述过，应该是。"应成河小心翼翼盖好，"虽然现在不能用，不过下一届大赛可以用。"

几个人紧赶慢赶，终于回到南帕西演习场，虽然心中的疑惑没有减少，不过白到手的极光液，还是让他们很高兴。

说来也巧，去的时候，他们碰见塞缪尔军校的成员，回来的时候，又被准备回寝室的塞缪尔军校的成员看到了。

南飞竹望着明显心情不错的达摩克利斯军校主力队，有些厌恶道："也不知道成天兴奋什么！"

"都拿到两个分赛冠军了，能不兴奋吗？"肖·伊莱撇嘴，要是塞缪尔军校能拿一次冠军，让他天天在训练场裸奔都行。

剩下几天时间，达摩克利斯军校主力队被项明化抓着疯狂训练。

项老师说了，已经专门隔了一天才喊他们去训练，就是满足他们每到一个星，便要出去玩一天的习惯。既然玩完了，就要抓紧时间训练。

主要是解语曼指导，和他们分析之前联合训练期间各军校队员的表现。

"对了，大体检的检测结果好像出来了，有几个学生，似乎有进化的倾向。"最后一天下午，临下课前，解语曼道。

廖少爷立刻"羞涩"地问："这几个学生当中是不是有我一个？难怪最近感觉自己进步特别大。"

解语曼："……呵呵，主力队除了吉尔·伍德升到3S级，其他人没有任何迹象表明能升级，那几个学生是校队内的，也不在我们达摩克利斯军校。"

"能检测出来升到什么级别吗？"卫三问道。

解语曼摇头："只是有这个倾向，不一定会升级。"不过万一真的有人升级成功，恐怕联邦历史理论要进行大改写了。

"好了，这事你们知道就好，现在专心比赛。雨林赛场你们要注意安全，不只是星兽，里面还有不少意想不到的毒物。"解语曼说完补充一句，"先散了，今天早点休息，明天要入场。"

…………

雨林赛场和之前的赛场程序上没有太大的区别，战备包还是要抽，只不过这里面没有食物，也没有营养液。另外由于在联合训练的对抗赛中取得第一，达摩克利斯军校队员可以提前一小时入场，再次抢占更多的先机。

按照顺序抽签，各军校拿到战备包后，开始准备入场，达摩克利斯军校队员第一组进去。

直播现场，各方记者都在面对镜头慷慨解说。

"达摩克利斯从一个倒数、即将要被淘汰出'五大'的军校，一跃成为赫菲斯托斯大赛总冠军的热门军校，这期间经历了多少，相信观众朋友们都看在眼里。"蓝伐记者握着话筒转身，让镜头拍着快要入场的达摩克利斯军校队员，"这一次更是在联合训练中取得优异成绩，得以再次提前进入雨林赛场。"

达摩克利斯军校主力队率先经过镜头，他们见蓝伐的镜头扫过来，立刻比心，对记者，对镜头。

蓝伐这次来采访的记者是一个人高马大的汉子，面对达摩克利斯主力队和后面校队齐刷刷的比心，一时间居然脸红了，也不知道是激动还是羞涩。

他努力继续补充道："当然达摩克利斯军校也荣登星网最受欢迎的军校，据说粉丝团已经超过了帝国军校。达摩克利斯军校曾璀璨过，更历经过星光黯淡，但我相信，我们相信，接下来将一起见证它再一次闪烁整个联邦。"

"那边记者好像在夸我们。"卫三对几人道,场外声音干扰太大,蓝伐媒体离他们也不近,听得不是很清楚。

"比赛完出来就能看到他们在说什么了。"金珂朝那边看了一眼,随后打头走进雨林赛场。

直播现场的观众们纷纷坐直,认真盯着达摩克利斯军校主力队的镜头。

全部军校队员一进去,首先入目的是一片参天大树,十分密集。

"机甲在这里不太好活动。"应成河打量片刻道。

金珂点头:"大型星兽应该也会相对比较少,大家先检查自己的领口、袖口和裤脚,确定是绑紧的状态。"

所有人原地花了一分钟时间,再次把自己全身检查了一遍,这才动身朝里面走去。

金珂进来前已经看完了地图,他选择了一条东南方向的路,离终点更近。

直播现场。

"看样子达摩克利斯军校决定将目光放在第一位,而不是尽可能地赚取资源。"路正辛望着达摩克利斯军校行进的方向道。

"毕竟帝国军校的主指挥允诺这场比赛的资源会分一半给达摩克利斯军校。"习浩天难得夸奖达摩克利斯军校生,"上场比赛做得不错,没有直接让应星决出局。"

路正辛沉吟道:"我倒觉得之前让应星决出局更好,这样帝国军校说不准连第三位都拿不到,那两所军校的积分现在就处于持平状态。"

习浩天不置可否。

达摩克利斯军校生们行进十分小心,这次指挥们要随时随地注意周围的环境,只有他们对雨林环境有所了解,必须要负责。同时还要观察附近有没有可以食用的东西。

"这个赛场肯定有很多蛇。"卫三忽然凑到廖如宁耳边道。

"哪里?哪里?!"廖如宁本来心就绷得紧紧的,一听到"蛇"字,整个人差点蹦起来。

卫三"好心"道:"我只是提醒你。"

金珂瞥了廖如宁一眼:"回去应该让老师帮你进行脱敏训练。"

"我不!"廖少爷光是想想那个场面,整个人都不好了。

他们进来几个小时之后,另一个方向传来帝国军校成功猎杀星兽的广播声和光束。

"动作挺快。"卫三抬头看着那道光束。

金珂同样抬头看着空中的光束:"他们要分我们一半资源,自然会选择星兽多的路线。"

分给达摩克利斯军校的资源会增多,帝国军校的资源也会跟着增多。

等到五所军校的人都进去之后,路正辛再一次点评道:"现在再来对比,帝国军校和平通院似乎沉稳了不少,以前那种过于骄傲的氛围消失了。帝国军校这次还换了新的领队老师,我甚至听说应月容曾给他们主力队打过一则通信,结束的时候,几个主力队员的眼睛红了。"

"上个赛场失去主指挥后,帝国军校表现得像盘散沙,确实该骂。"习浩天转脸问鱼天荷,"鱼师怎么看上场帝国军校的表现?"

"他们过于依赖应星决了。"鱼天荷看着镜头内各所军校的队员,"一所军校内有强者是一件好事,但其他人不能因为强者太强,而完全依赖对方。"

随着时间推移,达摩克利斯军校逐渐往雨林赛场深处走,太阳快落下山时,大部队终于在一条溪流附近停了下来。

金珂没有坐下来,他去校队巡视,看校队指挥们一路过来获取的食物,检查有没有问题。

大部分都是果子和野菜,这个赛场路边蘑菇不少,可惜有太多不认识的蘑菇,他们不敢吃,只能挑能辨别出来的果子和野菜。

霍宣山带着人在周围巡视,卫三和廖如宁则往溪边走,背后还跟着一串"尾巴"——都是等着他们检查完溪流安全后,去洗果子和野菜的。

溪流清澈见底,甚至能看到下面的鹅卵石,一片宁静。

卫三在岸边捡了几个石子,抬手朝溪水中扔,"扑通"几声后,水花溅起又回落,没有其他动静。

廖如宁则找了一根长棍,站在岸边,往水中戳,依旧没有问题。

"这水下有没有鱼?"卫三蹲在岸边,往下打量,只看见几株水草。

"我没看见。"廖如宁抬手挡了挡眼睛,望向溪水远处。

金珂已经转了一遍过来,后面更多人排队等着洗果子和野菜,他问卫三:"水能不能喝?"

卫三道:"等成河做好东西。"

应成河专门在比赛前学了怎么制作检测水质的小仪器,不得不说,机甲师就是一通百通,现在他已经接受了自己新的身份——百变手艺人。

应成河拿着自己做好的小仪器过来,检查水质,过了十分钟:"可以喝,过滤一下就行。"

所有人开始排成两队，一队洗果子和野菜，一队装水。

卫三和廖如宁在旁边守着，以防意外发生。

这帮军校生之前在比赛时都是喝营养液了事，哪里还会厨艺，基本上吃点果子，生吃野菜。

没有调味，直接生吃，这帮人吃得一脸扭曲。

其他军校的情况也差不多，只不过其他军校生都有偶像包袱，知道外面的观众和老师们，乃至军区的人都可能在看，所以吃东西时皆面无表情。

但达摩克利斯的人出了名的不在乎脸皮，吃到酸的、苦的、涩的果子和野菜，那叫一个千人千面。

达摩克利斯军校直播间的观众，一时间截图截到手抽筋。

第183节

卫三和廖如宁还站在溪边防守，金珂那边分装好了水后，送来果子给他们俩。

果子个头不大，粗细和拇指差不多，黄色表皮不少皱裂，一口咬下去爆开的汁水，全是苦的。

卫三先接过来，随手拿了一根，咬一口，再咽下去。

她表情太正常了，廖如宁压根没有多想，也跟着拿起一条拇指粗细的果子咬下去："呕！"

廖少爷面目扭曲，手抓着自己脖子，差点没晕过去，他弯腰把嘴里的果子吐了出来，虚弱地直起身："卫三，这么苦的东西你怎么不提醒我？！"

"苦吗？我觉得还好。"卫三低头看了看手中的黄色长条果，将剩下一半塞进口中。

金珂也拿起一条道："这个叫水玉果，味苦但营养价值高，清热解毒，水分多。少爷，偶尔吃点苦比较好。"

说罢，他自信满满地咬下一口："……呕！"

金珂强行忍着没有吐出来，但那股苦腥至极的味道徘徊在舌尖味蕾上，苦水流经喉咙，让他再次生理性作呕。

廖少爷双手交叉抱臂，挑眉看着金珂："偶尔吃点苦也不错。"

金珂："呕——"

哪怕咽下去之后，那股给味蕾造成极大冲击的苦腥味，迟迟消散不了。

金珂进来前的半个月一直都在记雨林中相关方面的知识，知道水玉果味道不好，但万万没想到这味道会如此……变态。

金珂和廖如宁看着面不改色吃着水玉果的卫三，不由对着她伸出大拇指。

"你味蕾坏掉了？"廖如宁看着她吃，都觉得一阵苦腥味泛上喉间。

"没有。"卫三叼着半根水玉果，"还在忍受范围内。"

这种味道和垃圾场那种腐烂腥臭的味道，可谓小巫见大巫。

金珂实在吃不下，他放了回去，挑出另外一批红色的果子："这个很酸，应该会好一点。"

廖如宁这次只咬了一小口，依旧被酸得一个激灵："这都是些什么野果，味道都这么刺激。"

"没办法，忍忍。"金珂闭上眼睛，把红色果子塞进口中，屏息快速吞了下去，他转身往休息处走去，背影都带着颤抖。

廖少爷："……"说不定终点没到，他就被这些野果子放倒了。

"吃不吃？不吃给我。"卫三吃完自己手中的问廖如宁。

廖如宁是没办法吃下去，除非快饿死了，他将自己的果子全部给了卫三，又重新拿回两个："待会儿给宣山吃。"

等霍宣山巡查回来，廖如宁朝他挥手，递过去两个果子："宣山，这个红色果子特别甜，水分又多。不过黄色果子有点苦，不太好吃。"

霍宣山抬头看着他和卫三，最后毫不犹豫选择黄色果子，放进嘴里。

"……"

"哈哈哈，都说了这个果子不好吃，你还不信。"廖如宁把红色果子塞给霍宣山，"给，这个甜。"

霍宣山强行咽下去，问卫三："这个甜？"

卫三既不点头也不摇头："不好吃。"

听见她这么说，霍宣山反而半信半疑咬了一口红色果子，酸得怀疑人生。

"都说了不好吃。"卫三扬唇，和廖如宁抬手在空中拍掌。

霍宣山："……"他已经能想象后面的路有多艰辛。

巡逻队互换休息和补充体力，霍宣山过来之后，廖如宁便带着另一批人在周围巡查。

卫三站在溪流旁，看向对面。

对面也是和这边类似的环境，树木丛生，还有兔子。

兔子？

卫三转身去找应成河："我要一把弓箭，对面有兔子，我去打几只过来。"

应成河："……稍等。"不就是一把普通弓箭，他手艺人会做！

"要不要我去？"霍宣山问道。

卫三摇头："我想顺便活动一下，你留在这儿守着他们。"

等应成河做好简易弓箭之后，已经过去十分钟了，卫三拿着弓箭走到溪边，眯眼看了半天，侧耳听了会儿，后退几步，加速跳跑，越过溪流水面。

刚刚踏上对面地面，卫三低头看了一眼，这边的土质似乎更软一点。

动物撞在草丛中发出的窸窣声，传到卫三耳朵中，她径直朝一个方向走去。

"卫三，别走太远。"对面金珂起身喊道。

她抬手朝后比了一个 OK 的手势，也不知道对面的人能不能看到。

卫三顺着声音一路追，但始终没有见到兔子的踪迹，不过她不想走太远，准备转身回去。

这里猎不到，下次再找机会，不过廖如宁几个人估计还得饿肚子。

卫三快速转身回去，正走着，她又听见了左方传来的窸窣声。

"……"

这里是有兔子窝？到处都有兔子。

卫三不认为发出声音的是同一只兔子，速度太快了，只能用不同的兔子来说明。

她站在原地，侧耳听了半晌，随后猛然拉弓搭箭射向某一个方向。

箭破空射向一处草丛，卫三清晰地听见射中的声音。

只不过当她走过去时，只见到光秃秃的箭杆插在地面上。

卫三皱眉，弯腰将箭拔起，除了箭头，上半部分的箭身也有划痕。

她用指腹摸了摸，这种划痕……像是掉进了荆棘丛中。

明明射中的地面什么也没有，她将弓箭握在手中，低头站在原地。

正在此刻，四面八方迅速爬来一条又一条的草棘，眼看要缠住卫三的脚。

卫三快步移开，踩在树干之上，最后蹲在粗大的树枝上。

她低头看向地面，草棘上面有些还有一朵又一朵的小花，甚至有些草棘慢慢卷成兔子的形状，若非亲眼所见，卫三一定想不到会有植物冒充动物。

所以刚才那一箭是射在了这种东西上？

原来没有兔子，卫三站在树枝上，借助头上的一根树枝，荡到另一棵树上。

就在卫三荡向第三棵树之时，她忽然卸了力，直接一头栽倒在地。

地面上无数草棘爬来，覆盖住卫三，用力缠绕。

直播现场。

项明化看到这一幕，整个人都傻掉了，完全不明白为什么卫三会突然倒了下来，这种错误连 A 级单兵都不会犯。

观众更是不明就里，纷纷看向台上的主解员。

三位主解员，其中鱼天荷是南帕西星人，对雨林赛场最为了解。

"这是迷幻草棘，最擅长团荆成兔，来迷惑猎物。"鱼天荷看向达摩克利斯军校的直播镜头，"刚才卫三伸手摸了箭身，上面大概沾到了迷幻草棘的花粉。一旦皮肤接触到这种花粉，人会迅速陷入昏厥状态，甚至一直到死都感到很快乐。"

镜头内已经能看见有血从裹紧的迷幻草棘中流出来，而对岸的达摩克利斯军校众人显然还不清楚发生了什么。

这一次连解语曼都有点坐不住了。

这东西不是星兽，只是雨林中的植物，现在卫三陷入昏迷幻觉中，根本发不出任何声音，对面的达摩克利斯军校队员基本察觉不到出问题。

"卫三能不能清醒过来？"习浩天问道。

"基本醒不过来，一般遇到这种迷幻草棘，我们会提前吃……"鱼天荷说到一半，忽然顿了顿，"看她运气了。"

习浩天诧异问道："怎么说？"

"我们南帕西有一种解毒丸，其中有一种重要成分就是刚才他们吃的水玉果。"鱼天荷盯着被迷幻草棘完全覆盖的卫三道，"我看卫三之前吃了不少，也许她能有一点意识，不过现在卫三受伤，迷幻草棘的花粉大量进入她的血液当中，所以很难说。"

离卫三倒下时，已经过去了五分钟，对面达摩克利斯军校众人依旧没有发现出了问题。

直播现场的达摩克利斯军校老师们脸色极为苍白，项明化更是紧张得满头是汗。

卫三倒下后，整个人陷入一团迷雾中，只是察觉到身体有微微的刺痛感，不明显，更像是过电的感觉。

心情前所未有地愉悦，无来由得快乐。

"……"

无常也没找到合适的发动机液，还有很多地方需要改进，她快乐什么？

卫三真的疑惑了，在她看来，这种发自内心的快乐，最起码得设计出一台好机甲才行。

奇奇怪怪的，卫三皱眉，又仿佛看见达摩克利斯军校夺得了大赛总冠军。

总冠军？

确实值得高兴。

115

高兴了一会儿，卫三忽然察觉一丝不对劲，大赛什么时候结束了，他们明明还有……还有几场比赛来着？

卫三感觉自己脑子转不动了，什么都想不太起来，只剩下快乐。

这种虚幻的快乐……太不够真实了。

她在比赛，分明是还在比赛。

卫三猛然睁开眼睛，却又不得不因为疼痛闭上，但那一瞬间，她知道了自己的处境。

那些草棘正缠在她身上。

匕首在她腰间，但双手全被草棘紧紧缠住，卫三闭着眼睛，深吸一口气，双手猛然挣脱开来，拔出腰间的匕首，割断草棘，挣扎着起身。

直播现场一阵惊呼，不光是因为卫三突然挣脱出来，更是因为她浑身上下，包括脸，都被勒出一道一道血痕，几乎看不清脸。

项明化根本喘不上来一口气，看着卫三跌跌撞撞地起身，他后移椅子，转脸背过去。

如果超 3S 级死在普通植物手中，也不知道是不是一种嘲讽。

镜头内，卫三手握着匕首，弓箭早掉了，一路朝对面溪流赶去，但越来越多的迷幻草棘朝她这边奔来。

卫三："……"

本来浑身到处都疼，还要这么狼狈地逃跑，她的心情实在谈不上美好。

卫三直接停了下来，转身面对后面追上来的草棘，用匕首插在旁边一棵树上，直接划开。

树中的汁水不断往地面流。

鱼天荷挑眉："她知道旁边的树。"

果然卫三下一秒蹲下来，点燃了这些汁水，或者说可燃汁液。

这些汁液还在不断往下坡流，带着火，流向草棘。

这东西加上火是这类草棘的天敌，带火的汁液沾上草棘，立刻开始迅速蔓延。这些草棘开始停止攻势，不断在地上翻滚，想要扑灭火，只不过无用。

卫三伸手接了一捧汁液，用力扔向还在不断逃跑的草棘，在扔出的瞬间，点火。

火花一旦落在草棘上，便能迅速点燃。

对面开始起火，有烧焦的味道，自然而然引起达摩克利斯军校众人的注意。

金珂立刻起身，走到溪边。

"我过去看看。"霍宣山见到廖如宁赶了回来，拦住金珂道。

正当霍宣山准备越过溪流时，卫三从对面林中跌跌撞撞地走了出来，浑身满脸的伤。

那些迷幻草棘的花粉已经进入她血液中，卫三眼中又开始变得白茫茫一片，无端的快乐再次涌上心头。

第184节

卫三努力睁开眼睛，但是始终睁不太开。

对面达摩克利斯军校众人眼睁睁看着卫三从坡上滚下来，一直停在了溪边，半只手搭进了溪水中。

霍宣山立刻跃过溪流，将卫三拉起来。

她还有点意识，推开他："让我自己来，看我冲过去。"

霍宣山："……"

他直接把人夹起来，再次跃过溪水。廖如宁赶过来："这是什么情况？"

"别碰她！"金珂看着卫三脸上和身上的伤痕，明白过来对面是什么攻击了卫三，立刻伸手挡住廖如宁。

"怎么了？"廖如宁一片茫然。

金珂闭了闭眼睛，再去看霍宣山："你把她放下，你们俩……"

话都还没说完，霍宣山便当场晕了过去。

他的手碰到了卫三身上沾染的花粉。

"所有人退开，不要靠近他们俩。"金珂微微抬头，观察风向，让众人稍微挪了挪位置，"卫三应该碰到了迷幻草棘，成河，你找找战备包内的解毒丸。"

每所军校抽中的战备包中都有解毒丸，这种解毒的药有几种，如果没有抽到相应的解毒丸，队员又危在旦夕，队友可以帮助出局，在飞行器上能得到救治。

"解迷幻毒的药没有。"应成河找了找道。

"算了，我记得塞缪尔军校那边抽到了。"金珂从战备包内翻出手套，找到一张细密油布料挡住脸后，又把自己外套脱了，裹住卫三，让她和霍宣山分开。

应成河也照做，扶着霍宣山坐起来，先把他衣服脱了下来，再刮除他手上可能沾到的花粉。

"要不要留下一点花粉？"廖如宁离着不远不近的距离道。

"留着干什么？"应成河仔细擦拭掉花粉，不让它们飞溅。

金珂扶着卫三靠在石头上，仔细帮她把脸上的伤口清洗处理干净，他转头对应成河道："花粉可以留下，或许找个机会能送给其他军校生。"

"行。"应成河答应,他望着对面还在逐渐消失的烟雾,"对面怎么办?"

"不用理会,那些迷幻草棘不会跃过这条溪水,先把卫三身上的伤处理了。"金珂帮卫三把脸上的伤处理完后,便将后面的任务交给了丁和美。

他摊开地图,准备找一个稍微安全的地方,晚上休息。现在这个地方对面有定时炸弹,谁也不知道夜晚风一吹,对面的花粉是不是会飘过来。

细密油布材质并不多,是之前没用完剩下的,只够几个人用,挡一挡花粉。

金珂走了走,觉得不太合常理,卫三身上沾了这么多迷幻草棘的花粉,血液中势必也混入了花粉,怎么居然还有意识挣扎出来?

他想了半天,最后回忆起迷幻草棘的解药成分,其中一种就是水玉果。

"成河,你还有没有水玉果,拿出来喂给宣山,汁水挤出来洗他的手。"金珂去问校队成员,有没有人还剩下水玉果,集合成一堆,塞给卫三吃,顺便挤出汁水,让丁和美涂抹在她伤口上。

直播现场。

路正辛:"反应还算快。"

习浩天摇头:"还是大意了,雨林赛场实在是一秒都不能放松。"

"平通院那边似乎也碰到了难题。"鱼天荷看向平通院队员那边,有队员受到林中黑蝙蝠攻击,中毒了,但解毒丸不够,主指挥带着一批人去找解药。

"解毒丸没有配备齐全,这帮军校生有的练了。"习浩天道。

等卫三伤口清理完后,所有人动身继续往前走。

丁和美带着卫三一起走。

半道上,金珂时刻注意着周围有没有类似的解毒草植,可惜并未找到。

不过霍宣山稍微清醒了,他只是手碰到了卫三血液沾染的花粉,又被喂了大量水玉果,才能这么快恢复意识。

他捂着头晃了晃,半天才彻底清醒过来,但还有后遗症,嘴角始终带着大大的笑容,好像很开心一样。

"卫三怎么了?"霍宣山问金珂。

"中毒了,你也染上了一点。"金珂看着他脸上的笑,"……你照照镜子。"

霍宣山:"?"他哪里有镜子。

旁边应成河大概知道他没有,热心地递上一面小镜子。

"为什么你会有这种东西?"霍宣山实在不解。

应成河咳了一声:"多了一块废料,就打成了镜子。"

霍宣山拿着镜子,借着昏暗的月光,看着镜子内笑得诡异的人:"……"

过了一会儿，卫三也醒了过来，她很快乐，又清醒地知道这快乐是假的，但不妨碍她上头。

"学姐，你长得挺好看的。"卫三吹了一道又长又响的口哨。

丁和美嘴角疯狂上扬，撩着无形的头发，克制道："是吗，我觉得自己长得一般。"

"不一般，好看。"卫三手搭在丁和美肩膀上，对她眨了眨眼睛。

"你醒了？"金珂听到声音，从前面走过来，"现在感觉怎么样？马上就到了能休息的地方，晚上好好休息。"

"胖子，你怎么瘦了？"卫三站到金珂面前，上下打量完后，突然双手张开，大喊一声，"我感觉非常快乐！"

"快乐！"霍宣山本来就不算彻底清醒，一听到卫三亢奋的声音，立刻也跟着喊了一声。

众人："……"

应成河走过来，问金珂："还有一点水玉果，要不要给卫三再吃点？"

金珂还没说话，卫三便蹿到应成河面前，同样上下打量，一把薅住他的长发。

"啧，硌手。"卫三嫌弃地松开手，"长得没帝国之火好看，头发也不行。"

应成河伸手要捂住卫三的嘴，这里正在直播！全星网都能听见她说什么！

卫三拍开应成河的手，灵敏地退开一步，一只手举起："冲，去找帝国之火，烧他头发！"

达摩克利斯军校主力队员："……"完蛋。

直播间观众闻言傻了。

"帝国之火……是我想的那个人吗？"

"帝国之星、帝国之火，卫三说的是应星决吧？"

"应家人都一头长发，这两人又是堂兄弟，面相还是有几分相似的。卫三刚才大概是把应成河当成应星决了。"

"所以卫三想烧应星决的头发？！这是她的真心话？"

"不过……原来卫三也觉得应星决好看吗？嘿嘿，他们两个我都喜欢。"

"应星决一个超3S级，能不好看吗？"

观众们向来看热闹不嫌事大，更何况还有各家媒体蹲守直播间，准备随时出劲爆新闻标题。

就在卫三这一声仰天长啸后，星网上各家媒体开始报道，将卫三这一段截下来，放小视频。

"卫三扬言要火烧帝国之星头发！"

"帝国之星变帝国之火？"

甚至还有八卦标题。

"卫三夸帝国之星好看，两人之间是否能擦出火花？"

…………

各种劲爆标题登上星网头条，一时间观众们疯狂涌进达摩克利斯军校直播间，又给蓝伐媒体创下播放量新纪录。

这件事甚至传到了远在帝都星的应清道耳内，底下应家人认为卫三分明是挑战应家人。

长发是应家人的标志，她要烧应星决的头发，不就是想向应家人开战？

应清道："军校生的口舌之争罢了，这种事不必再汇报。"

"……是。"

等人走后，应清道打开达摩克利斯军校的直播间，那个卫三已经没有再说话，手上拿着各种果子，低头安静地吃着，完全看不出嚣张的气焰。

旁边的金珂不停递果子过去，也不敢再和她搭话，生怕卫三再说出什么出格的话来。

雨林赛场不只有森林，还有山崖瀑布，各种环境集为一体，金珂要找的地方，便是岩石山腹，准备在那边休息一晚。

第185节

达摩克利斯队要驻扎的地方是石崖天然形成的凹洞，要想进去，必须先爬上去。只不过在爬的过程中，有可能会遇到石崖峭壁上的各种毒物，为防止意外发生，最先上去的一批是轻型机甲单兵，他们踩好点后，才让后面的人跟着上去。

本来这事一般交给霍宣山来做，但他清醒也只是人醒了，能动能说话而已。主力队只剩下廖如宁一个单兵神志清醒，所以最后他带着校队轻型机甲单兵上去。

廖如宁带着轻型机甲单兵，一方面要规划安全路线，一方面也要找到合适的凹洞，有些凹洞太浅，不合适。

现在天已经黑了下来，廖如宁踩在峭壁上，快速爬上去。前面还算顺利，有听见毒蝎子爬动的声音，他率先用应成河改造的迷你高温喷火枪攻击。

到了中间一段路，廖如宁没发现异常，手扒拉在一块凹陷石缝上，正准备更上一层时，他发现手感不对，那种软趴趴的触感，顿时让廖如宁头皮发麻，几乎瞬间联想到一种毒物——蛇！

廖如宁闪电般缩回自己的手，人都吓傻了，差点摔下去。

"你没事吧？"丁和美正好从侧面上来，见廖如宁半天没动，转头将电筒照在他身上。

廖如宁煞白着脸，抖唇道："有、有蛇！"

丁和美拿灯照了照："……或许你可以看看自己的手。"说罢她自己爬了上去。

闻言，廖如宁这才慢慢反应过来，感觉自己手指有一点点黏，还有一点点……臭。

不是蛇，是长条的大便，难怪他没有发现异常，毕竟大便是没有呼吸的。

廖如宁："……"

"这里有一个。"校队有人找到了合适的凹洞。

很快轻型单兵都往那个凹洞去，准备清理洞内异物，中、重型单兵顺着轻型单兵的路线迅速爬上去，随后扔下绳子，将机甲师和指挥拉了上去。

半个小时之后，凹洞被清理完成，达摩克利斯军校所有人坐在里面休息，校队的人很正常，但主力队三个机甲单兵"全军覆没"。

霍宣山看着很清醒，但脸上的笑，怎么看怎么奇怪，至于卫三，顶着一脸血痕，到处走来走去，看到长相好看的就开始吹口哨，尤其是对女孩子。

廖少爷则用水洗完沾了大便的手，陷入人生低谷，郁郁寡欢，时时刻刻地嗅着自己的手，总感觉上面还有一股味。

一时间达摩克利斯军校队员之间的氛围十分奇特，校队成员低着头，不敢去看主力队成员，因为他们不知道自己脸上表现出来的是同情还是笑。

金珂身为主指挥，现在算是彻底明白雨林赛场的诡异之处。

若再不打起精神来，他们别说拿不到冠军，能不能抵达终点都是问题。

凹洞是个好位置，占据天然的高度优势，金珂起身站在洞口，朝远处望去。

过了一会儿，亮起了两道光幕，分别是南帕西军校和塞缪尔军校发出的。

到目前为止，达摩克利斯军校队员还未碰到过星兽，不过从光幕上来看，他们甩开了其他四所军校成员很长一段距离。

幸亏凹洞有天然的防守条件，所以守夜的人变成了廖如宁和金珂外加校队单兵轮流。

卫三和霍宣山没有守夜，但也没有休息，两人一直处于亢奋状态。

应成河原本想着要他们休息，准备一棍子敲晕两人，但他一个机甲师，哪里是单兵的对手，更何况还是两个"快乐"且亢奋的单兵，卫三转身就夺了棍子，顺便把应成河敲晕了。

听见倒地的声音，众人朝这边看来："……"

金珂被惊醒，起身后在洞壁画了一个大圈，对卫三和霍宣山道："你们两个进来，在这里活动，不能走出来。"

他花了一分钟交给两人一张运动训练计划表，要求卫三和霍宣山按照计划照做。

"好的。"卫三拿着表扫了一眼，便踏进圈子内，开始下蹲。

霍宣山也跟着进去，一起开始训练。

见他们两个人认真履行计划表，金珂这才把被敲晕的应成河拖到一旁去。

另一头，帝国军校。

这次算是自比赛以来帝国军校队伍消耗体力最多的一场比赛，应星决不再大包大揽，将所有自己能解决的事，都一个人解决了，反而将事情往主力队和校队身上推，只有在即将要出问题时，才会接手。

"帝国军校先是换了领队老师，现在又改变了比赛方案，看来西塔星那场比赛对他们影响很大。"路正辛看着帝国军校的人，若有所思道。

"主指挥太强，强到队员过于依赖他，这个问题早点改变最好不过。"习浩天扫视直播镜头，"这次入场，南帕西和塞缪尔发挥还算稳定。"

最早进去的达摩克利斯军校主力队可以算是覆灭大半，平通院也有一批人中毒，帝国军校因为配合还处于磨合阶段，速度也不算太快。

反倒是另外两所军校没有遭遇什么状况，安安稳稳地斩杀了几次星兽。

凌晨五点，达摩克利斯军校的人醒来，开始整顿出发，卫三和霍宣山躺在圈内，也不知道是晕了过去，还是睡了过去。

最后要走的时候，廖如宁才喊醒了两个人。

卫三的伤口好了些，人也没有昨天那么兴奋，但还是肉眼能看出来有问题。

霍宣山可以随着一两天时间推移，逐渐清醒过来，但卫三血液内混进了太多的花粉，即便喂食了大量的水玉果，要想恢复正常，至少需要十天半个月。

如果不寻找到另外几种含解药成分的植株，在雨林赛场这一段比赛时间，卫三的战斗力明显会下降一半以上。

无论是对上星兽还是对上其他军校的人，达摩克利斯都会处于劣势。

更重要的一点是，假如卫三长时间处于这种状态，会产生后遗症，可能会上瘾。

金珂考虑再三，决定改变路线，先寻找含解药成分的植株，帮卫三彻底解除毒素。

他们一改变路线，直播现场的主解员和观众们便觉得可惜，原本拉开的距离，现在又在缩小。

达摩克利斯军校却没有任何异议，按照金珂的吩咐，全速往另外一个方向走。

这次霉运似乎围绕达摩克利斯军校，他们走了一上午，始终没有见到任何含有效的解药成分的植株。

连水玉果都没有再见到，而是其他的野果。

"今天再找不到，我们就在这儿等塞缪尔军校的人，找他们交换解药。"金珂对应成河以及廖如宁道。

旁边卫三闻言，抬头："不抢吗？"

金珂："……"这个迷幻草棘的花粉自带吐真功能？

中午的时候，达摩克利斯军校队员终于找到一种可以解迷幻草棘花粉的植株。

应成河将植株洗净之后，捣碎出汁，倒进大叶子内，让金珂和廖如宁分别喂给卫三和霍宣山喝。

卫三接过大叶子，直接喝了。霍宣山喝了一小口便想吐，被廖如宁按住头，硬灌了进去。

到后面，霍宣山的症状又好了一些，卫三依然没什么太大变化。

金珂没有找到其他迷幻草棘解毒植株，不过见到有解其他毒的草药，都会让人挖出来，随身携带着。

谁知道后面会不会还遇到其他的意外。

下午达摩克利斯军校的人终于碰见了星兽，动手的人是廖如宁和霍宣山，以及校队成员，卫三被金珂拦住不让上。

"等你清醒过来，再上。"

卫三只能守在应成河身边，四处走动。

斩杀完星兽，达摩克利斯军校的第一道光幕在雨林赛场内亮起。

应星决仰头看着那道光幕的方向，微微皱眉，那个方向不是他预料中金珂选择的路线，偏离了不少。

要么是金珂另有打算，要么是达摩克利斯军校那边发生了什么，导致金珂不得不偏离路线。

"主指挥，有人中毒！"校队内突然传来一道声音。

帝国军校主力队纷纷转身，朝后看来。

应星决走过去，望着躺下的几个人，嘴唇发紫，手脚抽搐。

"我们走得好好的，他们几个人突然倒下，变成了这个样子。"

应星决蹲下，检查了几个人的全身，终于分别在背部、颈部和手部发现划痕。

123

是剧毒物，划伤人后，立刻麻痹了他们，让划伤对象陷入无知无觉，等待毒发的时刻。

"我们来不及救了。"应星决收回手，按下这几位队员的出局键，上方立刻有小型飞行器飞下来，将伤员接走。

"帝国军校四名校队成员出局，重复……"

帝国军校其他成员顿时沉默下来，他们没毁在星兽手中，反而折在雨林赛场的普通毒物中。

应星决扫视众人："各指挥要随时注意周边的环境，提醒单兵和指挥。"

直播现场。

"比赛这种事，不到最后一刻谁都说不准，谁能拿到总冠军。"路正辛看着直播镜头道，"夺冠的热门队伍全部在雨林赛场上吃了亏，反倒另外两所军校的速度又一次加快了。"

"运气暂时好罢了。"习浩天道，"赛场后面还有很长一段路要走。"

"平通院那边也一直找不到什么解药，手里头的解毒丸也不适合解毒，现在只有塞缪尔军校手里的解毒丸能够救达摩克利斯军校和平通院的人。"鱼天荷盯着直播镜头，"假设下午过去后，还没有找齐含解毒成分的植株，我认为平通院和达摩克利斯军校会最先碰面。"

果不其然，在天一暗下来后，达摩克利斯军校和平通院始终没有找到齐全的解毒植株。

等到塞缪尔军校的光幕又一次亮起时，两所军校再次改变路线，朝塞缪尔军校所处方向走。

第186节

开局不利，导致达摩克利斯军校队伍再次改变路线，且因为原先的路线问题，他们没有先找到塞缪尔军校，反而碰上了平通院的队伍。

平通院的霍子安以及校队几个人中毒，被队友抬着。路时白见到达摩克利斯军校的队伍心中震惊，他们提前这么久进来，居然只到了这里，但他表面上仍然保持冷静。他视线扫过卫三……

卫三？

路时白定睛一看，对面那个满脸伤疤的人居然真的是卫三，他想了想自己之前听到的广播，达摩克利斯军校斩杀的也不过是几头双S级星兽，不至于受这么严重的伤。

相比之下，达摩克利斯军校的队员，除了卫三脸上的伤骇人，其他人表面上看起来一切正常。平通院的人一时有些惊疑不定，担心达摩克利斯军校是特意找事。

路时白急着找塞缪尔军校的人要解毒丸，不愿和达摩克利斯军校队伍起冲突，所以主动带着队伍往后退一步，示意他们先走。

金珂朝自己队伍看了一眼，随后往前迈了一小步，作势要往前面方向走。

见状，路时白微微松了一口气，只是意外撞上而已。

但下一秒，金珂便掉头往后跑，达摩克利斯军校成员也紧紧跟上。廖如宁像个老妈子，扯着卫三跑。

"他们也是去抢塞缪尔军校的解毒丸！"路时白瞬间反应过来，立刻道。

宗政越人最先追过去。

"赶紧跑。"金珂扭头看见平通院的人追了上来，再一次加速跑。

这是头一次有军校队员在赛场中往回跑，还是两所军校的人。

还在兢兢业业地斩杀星兽，小心翼翼观察周围环境的塞缪尔军校队员们显然不知道此时正有两所军校的队员朝他们奔来。

夜里，塞缪尔军校的人已经找到合适的地方停下休息。

"达摩克利斯军校昨天好像也没走多远。"肖·伊莱对高学林道，"我还以为他们上场的冠军加时，再叠加联合训练给的一个小时，会走得特别远。指不定我们才走到一半，他们就拿到冠军了。但路没走多远，星兽也没斩杀多少，嘁，扶不上墙。"

"没那么简单。"高学林双手交叉抵住下巴，若有所思道，"达摩克利斯军校可能在谋划什么。"

"他们能谋划什么？"肖·伊莱不屑，"反正也不关我们的事。"

隔着十万八千里呢，现在塞缪尔军校的人也就刚刚赶上南帕西军校队伍。

肖·伊莱去巡逻，他带着队伍在附近转悠，不知道为什么他就是觉得背后凉飕飕的。

"你看看我背后，衣服破了吗？"肖·伊莱抓住后面跟着的一个校队成员，问道。

"没破，好好的。"

"奇怪。"肖·伊莱向后探手摸了摸自己的背部，没发现什么异常。

原本金珂是根据塞缪尔军校光束亮起的位置，来推测出他们可能停留的位置，所以跑的时候毫不犹豫。

只不过后面平通院的人穷追不舍，他们烦不胜烦。

"就在前面。"霍宣山探路回来，他现在已经基本清醒过来了。

金珂点头："做好准备，所有人动作轻一点。"

在快要接近塞缪尔军校的巡逻队时，众人停了下来，霍宣山和廖如宁正准备暗中出手时，后面赶过来的平通院队伍故意发出巨大的响声。

"警备！"肖·伊莱立刻发出声音，提醒塞缪尔军校队伍。

"达摩克利斯军校这么偷袭别人不太好吧？"路时白特意说话声音极大，让塞缪尔军校的人听得清清楚楚。

"达摩克利斯军校？"

"说话的人是平通院的路时白。"

…………

平通院队伍赶过来，路时白正准备和塞缪尔军校以及达摩克利斯军校的主指挥打招呼，却未料到突然跳出一个人，挟持了肖·伊莱。

肖·伊莱被吓一跳。

从平通院那边发出声音后，肖·伊莱便处于戒备状态中，完全没想到竟然有人能破开他防护，还用匕首架在他脖子上。

一转头看见一张伤疤脸，吓得直冒粗话。

卫三被肖·伊莱吵得脑壳疼，凶神恶煞道："闭嘴！"

肖·伊莱听出了这道声音："卫三？！"

卫三微笑松手，和肖·伊莱打招呼。

这波操作，让人始料未及，肖·伊莱愣了愣，立刻想跑。结果卫三更快，一脚踹在他腿弯处。

肖·伊莱直接面朝自己军校的队伍，双膝跪下了，卫三又朝他背心来了一脚，他上半身整个被她踩在地面上，脸贴着泥，和大自然泥土的芬芳来了个亲密的接触。

原来……刚才背后一凉，在这儿等着他呢。

肖·伊莱不由自主地流下了悔恨的泪水。

达摩克利斯军校那边也未料到卫三突然蹿到那边，绑架了塞缪尔军校的肖·伊莱。

"你们想干什么？"高学林走过来，看着达摩克利斯军校和平通院的队员，目光在卫三的脸上停留片刻，又看向平通院那边被抬着的人，终于明白过来一点："你们想要解毒丸？"

"两颗解毒丸，一头3S级星兽。"路时白直接提出交易。

高学林不回他的话，看向金珂："达摩克利斯军校的人来找我们又是什么意思？"

"我们需要一颗解毒丸。"金珂道。

"你们的条件？"高学林问。

"塞缪尔军校给我们一颗解毒丸，我们便不杀肖·伊莱。"金珂指着卫三脚下的人道。

高学林被气笑了："你们达摩克利斯军校真会做无本买卖，不愧是收垃圾出身的指挥。"

金珂丝毫不在意高学林的话："既然你不在乎肖·伊莱，那先让他出局，我们再谈谈其他条件。卫三动手！"

"你！"高学林立刻喊停，"我可以给你们一颗。"

"我们呢？"路时白问他。

"一颗解毒丸，一头3S级星兽。"高学林提出条件。

"不行，按我们原来的说法给。"路时白示意背后的队员将中毒的人抬过来，"这里面只有我们主力队员值得用星兽兑换，其他人不值一头3S级星兽。"

"路指挥这话说得可真够令人寒心的。"高学林望着平通院那些校队成员，特意道。

宗政越人转身朝那些人看去，其中一个意识已经快陷入昏迷的校队成员，忽然按下出局键。

广播声立刻响起。

路时白重新道："高指挥今天不答应这个条件，我们不介意在这里和你们交流一会儿。"

"交流个屁！"肖·伊莱虽然被踩在地上，但还是坚强地发声。

卫三嫌弃他吵，脚踩在他背上再次用力，然后蹲下来盯着肖·伊莱，又掉头闭眼不看他："你这张脸……丑。"

肖·伊莱："……卫三，你欺负人就算了，请你不要伤害我的自尊心。白矮星人谁见了我，不说一声美少男！"

卫三拿着匕首，用刀尖在肖·伊莱脸上划来划去。

肖·伊莱顿时急了："快拿解毒丸给达摩克利斯的人，卫三她毁容了，心理都变态了！"

说完他又小声补充一句："不对，卫三本来就是心理变态。"

卫三虽然快乐，但听见别人骂她，本能还在，手用力朝肖·伊莱的头上一拍。

他再一次用嘴品尝到大自然泥土的芬芳，可惜不能，也不敢再口吐芬芳。

高学林看不下去了，拿出一颗解毒丸递给金珂："放了他。"

金珂接过解毒丸，朝卫三那边走去："卫三，把人放了。"

卫三不听，她好不容易抓到敌人，不放。

"……"

金珂准备将解毒丸强行喂给卫三，等她清醒过来就能放人了，但他忘记了应成河的前车之鉴。

他还没完全接触到卫三，便被她一拳捶中鼻梁。

金珂吃痛，捂着鼻子蹲了下来。

三所军校的人："……"

卫·真·六亲不认·三。

金珂蹲了半天，才起身，指着丁和美："你过来。"

她一过来，卫三情不自禁地开始吹口哨。

金珂把解毒丸小心按进果子里，递给丁和美，让她喂给卫三吃。

又是女孩子，又是吃的，卫三几下就把带着解毒丸的果子吃完了。

等了几分钟后，卫三终于恢复了理智，金珂让她放人就放人。

直播现场。

"卫三沾染了太多迷幻草棘的花粉，解毒丸吃下去，也还有一段时间才能彻底好。"鱼天荷道。

"是要多吃几颗解毒丸？"习浩天问。

鱼天荷摇头："不是，只要一颗解毒丸便可，她现在已经恢复理智，但这段时间内，她的本能还是会被扩大，比如……对着人吹口哨。"

路正辛闻言笑道："恐怕是对着美人吹口哨的本能。"

鱼天荷不搭他的话。

"如何，考虑清楚了吗？"路时白见到达摩克利斯军校队员已经拿到自己想要的，迅速离开后，便再次问高学林，身后的人已然做好战斗准备。

高学林万万没有想到今天晚上会遇到两支打劫的军校队伍，不过有一点他现在很高兴，达摩克利斯军校和平通院因为解毒丸，不得不返回，现在争夺名次，塞缪尔军校又多了机会。

"可以，希望你们记得自己的承诺。"高学林给了解毒丸。

塞缪尔军校抽到的解毒丸种类最多，虽然给了他们一些，但并没有太大的损失。

等平通院的人一走，肖·伊莱抹了一把脸，吐出口里的泥土："为什么要给他们？他们出局一个机甲单兵，我们胜算更大。"

"平通院的人都是疯子，惹不起。"高学林转身看着塞缪尔的队员，"大家也休息了一段时间，我们现在赶路。"

众人闻言，被抢的失落感一扫而净，目前为止除了帝国军校在最前方，其他军校都在附近。

塞缪尔有机会弯道超车！

第187节

"平通院？"司徒嘉听见那道广播声诧异转头，"出局一个校队成员？"

帝国军校主力队纷纷看向应星决，公仪觉问道："这个时候出局一个成员，平通院碰到了什么东西还是？"

应星决抬眼望向远处的光束："那个方向是塞缪尔军校队员所在。"

"塞缪尔？"公仪觉有些诧异，这是两所军校的人碰上了，平通院反而先有人出局？

应星决等了许久，始终未再次听见出局的广播声，便大致明白过来。

路线、战备包、光束和广播出现频率，这些综合起来，只能得出一个结论。应星决淡淡道："平通院找塞缪尔军校要解毒丸，他们有人中毒了。"

姬初雨朝应星决看了一眼，雨林范围太大，即便是3S级指挥，短短半个月时间，也不能将所有知识记住，中毒太常见了。

从入场开始，应星决放手，将压力分摊，但周围的环境有他兜底，帝国军校基本上只要斩杀星兽便可以了。

在雨林赛场，能和应星决比较的指挥，只有南帕西军校的高唐银。

"不知道他们是动手还是交易了。"霍剑若有所思道。

"都出局了一个人，肯定是动手了。"司徒嘉毫不犹豫道。

他们说话间，应星决已经坐下休息，他在想达摩克利斯军校的人在哪里。

到现在为止，达摩克利斯军校广播只出现过一次，且距离偏离了应星决的设想。

雨林赛场，威胁最大的是达摩克利斯军校以及南帕西军校，前者提前进入了赛场，后者了解赛场环境，稍不注意，自己的队伍就会输。

应星决无意识地拉着手腕上的黑色头绳，两天已经过去了，后面的竞争会越来越激烈。

"这是几？"廖如宁伸出一根手指，在卫三眼前晃了晃，被她一巴掌拍开了。

"别玩了，卫三你好好休息一晚上。"金珂走过来，"明天一早我们要开始赶路了。"

"抱歉，之前不应该去对面。"卫三也没想到会出意外，现在达摩克利斯军校的优势消失殆尽。

"是我把雨林赛场想得太简单了。"金珂坐在她旁边，递给卫三一支药膏，"现在还出不去，你先忍忍。"

卫三浑身都是伤，这时候用治疗舱是最好的，能恢复如初。可惜比赛时无法使用治疗舱，只能等比完赛出去。

"我没事。"卫三接过药膏，"不过，明天我们要往哪一边走？"

"最快的路线。"金珂道，只是和之前最快最简单的路线不同，这次变成最快但难度加倍的路线，"行了，你早点休息。"

卫三给自己上完药后，便睡在搭建起来的简易帐篷内。

——大面积的黑色，朝自己弥漫过来，如同黑色的血液涌满整个房间，压抑、黑暗……以及兴奋。

卫三站在空白一片的房间内，看着这些"黑色血液"逐渐涌过来，先是浸没了黑色作战皮靴鞋底，再是整个鞋面，黑色和黑色完美地融合在一起。

看着有些眼熟，卫三低头盯着还在不断升起的"黑色血液"，望着它不断翻滚，仔细盯着才发现这些"黑色血液"是一只又一只黑色小虫子融合而成。

"黑色血液"正在加速涌进来，慢慢淹没了她的小腿，随后是大腿。

退无可退，整个房间是密闭的，没有窗、没有门，只有卫三和不知道从哪儿涌进来的"黑色血液"。

她感觉到"黑色血液"快要淹没自己的口鼻，那种黏腻的窒息感……

卫三猛然起身，屈膝，单手撑着额头，从梦中清醒过来，她额头上已经布满了细密的冷汗。

不知道为什么好端端地会做这种梦，卫三也睡不下去了，出去守夜。

"怎么醒了？"霍宣山见她过来问道。

"睡够了。"卫三活动活动手脚，"我都不太记得中毒之后发生了什么，你记不记得？"

"记得。"霍宣山问她，"你不记得了？"

卫三摇头："想不起来。"

"可能是你碰到的花粉太多，需要一段时间整理大脑思绪。"霍宣山虽和卫三说话，但始终没有对周边放松警惕。

卫三见状道："你先去休息，换我来守夜。"

霍宣山点头："行，你累了找廖如宁换。"

深夜，直播现场静悄悄一片，观众席的观众也睡去了一大半。因为观看直播赛事的特殊性，观众席比较舒适，完全可以睡觉。

除非发生特殊情况，这时候还守着的主解员一般也不会再讲解了。

习浩天去休息了，留下来守着直播镜头的人是路正辛和鱼天荷。

两人沉默不语地盯着直播镜头，此时此刻，并不是所有军校的人都在休息，南帕西军校的人正在快速前行。

南帕西星本地人自小习惯这种环境，无论是主指挥还是校队成员，基本上对雨林中的有毒物都有所了解，所以在赛场的速度并不慢。之前因为被星兽拖住，才被塞缪尔军校的人抢先一步。不过现在已经超过塞缪尔军校的人，还在往前继续移动。

"目前的形势，四所军校队员的位置都差不多，只有帝国军校的人稍微靠前。"路正辛捂住话筒，隔着一张椅子，对鱼天荷道。

鱼天荷并不理会他，目光一一扫过所有的直播镜头，更确切地说是五所军校的人距离都差不多，帝国军校一路斩杀星兽，加上应星决有意地控制节奏，距离也没有拉得太开。

两天过去了，现在随时有可能是任何一所军校冲在前面。

路正辛一手捂住话筒，另一只手臂杵在桌面上，挡住自己说话时的嘴形："听说达摩克利斯军校那五个人在沙都星黑厂拿了冠军，卫三的那把刀是须弥金做的？"

"这些事情，最清楚的不就是你？"鱼天荷起身，"抱歉，换班时间到了。"

路正辛转头望着走下去的鱼天荷，目光复杂深沉。

第三天。

各军校一早便都听见了一条广播。

"南帕西军校斩杀 4 头 3S 级星兽，56 头 S 级星兽。"

达摩克利斯军校。

大部分人都被这道声音吵醒，迅速睁眼，卫三半坐在略高处，手中握着一把匕首，在削一根树条，朝光束看了一眼之后，便没有再看。

金珂仰头盯着那道光束："目前南帕西军校位置起码第二。"

"南帕西军校有主场优势。"应成河毫不惊讶道。

帝都星和沙都星作为前面赛场，其实有点吃亏了，难度一般，主场优势没有太大。

"这么多头星兽，南帕西军校的人一晚上没睡？"廖如宁走到旁边，摇头，"年轻人不好好休息，居然熬夜。"

帝国军校。

在广播响起之前，帝国军校队伍已经开始动身继续往终点走，只不过没有料到一夜之间，南帕西军校的人追得这么近。

应星决转头看过之后，便让他们继续前进，面上没有任何波澜。

"我们要不要做好和南帕西军校面对面的准备？"公仪觉问道。

"不过是南帕西军校，面对面他们一定输。"司徒嘉撇嘴。

应星决走在最前方，淡淡道："现在是第六场比赛，达摩克利斯军校还没有教会你，面对任何敌人皆需要谨慎的道理？"

司徒嘉："……是。"

他心中却在想达摩克利斯军校这么强，不代表南帕西军校的人也这么强。都第六场了，南帕西军校拿到排名积分也只是因为运气好。

平通院。

"霍子安醒了。"季简从帐篷内出来，准备告诉宗政越人，便听见广播，看到南帕西的光束在他们前方。

"这比赛真是……"路时白看见光束后，一把扯掉自己的单镜片，紧紧握着，吐出最后两个字，"麻烦。"

除去第一场比赛，后面的比赛越来越脱离他们的掌控，现在连南帕西军校都能来踩上一脚。

路时白身为3S级指挥，本应该时刻保持理智冷静，但现在他心中只有郁气，感到一阵无力感。

"南帕西军校走到我们前面去了？"霍子安昨天晚上满脸黑紫色中毒迹象已经恢复了大半，但身体灵活度还有待加强。

路时白深深吸了一口气："帝国军校和南帕西军校现在应该是第一第二，我们需要尽快和其他军校拉开距离。"

"赶路。"宗政越人在前面打头，带着平通院的队员继续往终点走去。

塞缪尔军校。

从昨天深夜被打劫解毒丸后，塞缪尔军校的人休息了一小段时间，早起赶路，天才微微擦亮，便听见南帕西军校斩杀星兽的广播。

"南帕西居然能走到我们前面。"肖·伊莱一脸不忿，"我们要加速超过他们。"

"原本南帕西就在我们前面入场，走到我们前面也正常。"吉尔·伍德道。

"喊。"肖·伊莱看着吉尔·伍德便嗤之以鼻，"升了3S级气质就是不一样，说话底气也足了不少。"

"这和 3S 级无关。"

听见吉尔·伍德还在说话，肖·伊莱便当着她的面，双指堵住自己的耳朵，完全不想听的样子。

吉尔·伍德垂头："幼稚。"

说完，她快速抬头，仿佛什么也没说过，走远了。

肖·伊莱一脸怀疑，今天吉尔·伍德走得有点干净利落，不会在心里偷偷骂他吧。

镜头拉高，各军校的人像一条条支流，从不同的方向向着终点"这片海"汇集。

每一所军校的人途中遇到险境不计其数，各种有毒带攻击性的动植物，甚至还有不少完全没有见识过的毒物。

"是不是要下雨了？"习浩天盯着直播镜头中雨林赛场的环境，忽然问旁边的人。

第 188 节

滴答、滴答——

大滴大滴的雨砸向树叶、荆条、地面……

只一瞬间，原本的万里晴空骤然转变为倾盆大雨。

雨打在脸上时，廖如宁吓一跳，立刻捂住脸，准备躲起来。

"这里不是谷雨星，雨水没毒。"应成河看了他一眼道。

"……"廖如宁放下手，为自己辩解，"一时间没反应过来。"

众人顶着倾盆大雨，继续往前走，卫三随手折了片大叶子，插在自己背后，算是给脑袋挡了一点雨。

"你怕脑子进水吗？"廖如宁凑过来问。

卫三也不回话，默默抬脚踩在廖如宁鞋面上。

湿润的雨水浸润大地，空气中弥漫着一股说不清道不明的生机，这种混着雨林清新空气的味道，几乎散发到了极致，闻着令人心生喜悦。

霍宣山用力深吸了一口气，整个人轻快了不少，快忘却倾盆大雨让他们训练服湿透，黏黏腻腻地贴在身上的不适感。

这么走了一段时间，大雨始终没有要停的迹象，泥土越发湿润松软，作战军靴踩在地面上，印出将近两厘米的脚印深度。

卫三快步走上前，靠近金珂："让所有人小心，有东西冒出来了。"

"东西？"金珂皱眉，"星兽？"

"不是，体积不算大，一大片冒出来。"卫三微微侧头闭眼，耳朝右边，"过来了！"

"噗——"一道古怪的声音传到卫三耳朵内。

"你是说这种东西？"金珂指着附近地面上忽然冒出来的一朵蘑菇。

金珂刚说完话，地面上又开始不断快速冒出蘑菇。

卫三："……"

"雨林中土质营养丰富，加上雨水的浸润，蘑菇就会像这样快速长出来。"金珂道，"不用去管。"

"长得还挺可爱的。"廖如宁打开自己的摄像机，对着冒出来的蘑菇录了起来。

霍宣山喊他："别拍了，快点走。"

众人没有再管这些蘑菇，不过蘑菇长得太快了，又密集，把路面都占得满满的。达摩克利斯军校队伍要走，只能踩在蘑菇身上。

这些蘑菇像是大雪过后的积雪路面，随时随地被鞋子踩扁。

队伍顶着大雨快速前进，被军靴踩扁的五颜六色的蘑菇，和松软的泥土混合在一起，又被雨水冲刷，最后空气中散发出一股蘑菇独有的气味。

直播现场。

习浩天问完那句话后，雨林赛场便开始下大雨，五所军校的人无一幸免，皆顶着倾盆大雨前进。

唯一一位没有被打湿的人，只有应星决，他用实体化屏障为自己一个人遮住了雨，没有管队伍中的任何一个人。

帝国军校的队员们心中不微妙是不可能的，他们当然知道应星决已经接到上面的命令，不能一个人护着帝国军校所有人，但现在大家很难不去回想，如果当初在西塔赛场没有把主指挥弄丢的话，现在他们应该会被应星决罩着。

"雨林赛场的蘑菇这么多吗？"项明化皱眉问解雨曼，只是达摩克利斯军校那边有无数蘑菇便算了，其他军校脚下的路也基本长满了蘑菇。

"整个雨林赛场都在下雨，蘑菇自然都会长。"解雨曼揉了揉胸口，她说是这么说，但心中总有一股不安。

主解台上，鱼天荷望着直播镜头，总觉得有什么被遗漏了。

"你干什么？"金珂盯着卫三问。

他们走着走着，卫三忽然开始吹口哨，又长又响，和之前见到好看的人吹出来的轻佻口哨声完全不同。这口哨声伴随着雨声,显得有几分诡异。

达摩克利斯军校所有人都开始注意卫三,金珂不得不停下来问她。

"我?"卫三手插在湿漉漉的衣兜内,看着十分无辜,"不干什么,就是很高兴。"

什么东西?

达摩克利斯军校主力队四人都看着卫三,觉得她状态不对劲。

"解毒丸没有用?怎么又开始高兴了?"廖如宁绕着卫三转了好几圈,完全不明白哪儿出了问题。

"别碰我!"

校队中突然有人大喊道。

"我只是扶你一把。"小队机甲单兵诧异地对自己同队的指挥道。

金珂快速走了过去:"发生了什么?"

机甲单兵:"指挥刚才差点摔跤,我伸手扶了一把。"

那个大喊的指挥抱着自己手臂,缩在一旁,状态有些神经质。

金珂盯着这个指挥,下意识地想起黑色虫雾感染的事,正要探究那个小队指挥,结果抬头吓一跳,所有人的眼睛都变成黑色,脸上带着邪笑。

不好!

那一刻,金珂心跳得快蹦了出来,呆立在原地。

不可能!

大脑中有另外一道声音在对金珂道,不可能,达摩克利斯军校不可能所有人都变成这副模样。

"金珂!金珂!"霍宣山过来,抓住他一边肩膀,用力摇了摇。

金珂快速眨了眨眼睛,再一次看向周围的人,这一次周围的人十分正常。

"你刚才怎么了?"霍宣山眼看着这几个人都变得怪异。

"不知道,出事了。我刚刚产生了幻觉。"金珂清醒过来,用感知去探测那个小队指挥,喊他醒过来。

但是校队内有好几个人也出现不同的症状,有人痛苦抱头蹲下,有人直接进入机甲,到处攻击。

"疯了。"廖如宁低骂了一句,同时进入机甲,将人压制住。

因为两台突然出现的机甲,达摩克利斯军校队伍四散躲避机甲。

同样的情况也发生在其他军校身上,无论是主力队还是校队,精神恍惚的人不在少数。

直播现场的人全部傻眼了。

完全不知道场面怎么会突然生变。

"雨水的问题？"习浩天下意识地认为是雨水造成的。

鱼天荷皱眉盯着镜头："雨林赛场的雨没有问题。"

"那就只剩下蘑菇了。"路正辛伸手一一指过直播镜头，"这里面的共同点除了雨水，只剩下蘑菇。"

"那些蘑菇没有问题。"南帕西军校的指挥老师起身道，"有毒蘑菇，吃下去才会死人，不可能碰都没碰就扰乱人心智。"

不久，主办方有人过来通知："高空中的飞行器中的工作人员也发生了类似的问题。"

习浩天摇头："连飞行器内的人都出了问题，只可能是雨水。"

"通知各大飞行器上的人，关闭空气循环，避免雨水伴随空气进入飞行器，进行舱内自主内循环。"路正辛对主办方的人道。

命令很快发送过去，半个小时之后，各大飞行器上不再出现类似的情况。

外场的人基本确定是雨水的问题。

鱼天荷不信，雨林赛场进入雨季，几乎每天都会下雨。这次雨水却能影响人的神志，她怎么也不相信。

她没有再看直播，而是找到直播回放，重新观察从下雨开始五大军校的表现。

达摩克利斯军校、帝国军校、南帕西以及平通院的人员，皆未看出任何异样，他们什么都没有接触，皆是忽然间队内有人出现问题。

下雨前塞缪尔军校的人正在努力往终点赶，他们走的是山路，路面上石子较多，大雨落下后，蘑菇生长的密度显然没有其他军校那边大。

鱼天荷眯了眯眼，对比塞缪尔军校和其他军校出现第一例问题的时间，发现塞缪尔军校出问题的时间比其他军校明显要晚。

最先出现问题的人是塞缪尔军校主力队成员肖·伊莱，他走着走着，忽然往前跑，还把训练服脱了，要不是吉尔·伍德出手把人打晕了，肖·伊莱最后一条裤衩都要被他自己脱掉了。

不过全星网的人还是看清楚了他裤衩的颜色，粉红色，屁股后面还有字——伊莱继承人。

鱼天荷："……"

她重新倒回去，这一次只看从下雨前到肖·伊莱脱衣服后，这段时间他做了什么。

幸而因为肖·伊莱是主力队成员的单兵，人又嚣张，出现在直播镜头中的频率比任何人都高。

镜头内，肖·伊莱只做了一件和其他队员不同的事，说了一句和达摩克利斯军校廖如宁类似的话。

塞缪尔军校的人在大雨中赶路，一些蘑菇从石子缝内冒出来，其他人只是一脚踩过去，只有肖·伊莱蹲下来盯着一只蘑菇："小模样长得还挺标致。"

然后他伸手把那只蘑菇掐断根部，塞在自己训练服胸前的口袋上。

十分钟之后，肖·伊莱突然发神经，想要裸奔。

鱼天荷皱眉，重新将视频倒退，定格在肖·伊莱蹲下看蘑菇的那个瞬间，截图。再去截达摩克利斯军校廖如宁拿相机拍蘑菇的瞬间。

两张截图对比，蘑菇都长得一样，平平无奇，甚至有点朴素，白灰色的伞帽和伞柄。如果仅靠鲜艳颜色来辨别就是有毒蘑菇的话，这种蘑菇，完全就是平常的无毒蘑菇。

鱼天荷看不出来这种蘑菇的品种，太普通了，普通到她根本分不清这种蘑菇和可食用蘑菇有什么区别。

但有一点，完全可以确定，问题出现在蘑菇身上，总不能廖如宁和肖·伊莱都觉得这个蘑菇长得可爱，明明这么一般，偏偏旁边的人还没有反驳这两人说的话，像是被什么迷惑了一样。

鱼天荷将自己的发现告诉众人，随后起身："我去找一下人，看能不能查出来这种蘑菇的来历。"

而此刻，雨林赛场内，像是传染病一样，各军校队员时不时就有人出现问题。上一个还在理智地帮疯狂队友的忙，下一秒自己也变了。

有人只是沉浸在自己的世界内，有人会疯狂攻击周围的人，甚至有人就地躺下，不走了。

五所军校的人陷入前所未有的信任危机中。

第189节

"疯了！"

水滴顺着廖如宁眼角滑下，配合他悲怆的语调，一时间分不清那是雨水还是泪水。

从第一个人出问题后，达摩克利斯军校的人接二连三开始出现各种问题，包括主力队员、霍宣山、金珂、应成河轮流着来。

比如现在霍宣山浑身湿漉漉地躺在泥泞的地面上，闭着眼睛一动不动，任由雨水冲刷。

别问，一问就是他在睡觉。

一个两个都要廖如宁去控制，至于卫三，她也不知道什么毛病，就蹲在旁边看好戏。

估计早疯了。

队伍拖拖拉拉往前进，现在廖如宁就担心碰上什么星兽或是毒物，他们这边刚好一疯疯好几个，战斗力直线下降。

廖如宁直接弯腰要扛走霍宣山，但他才一碰到霍宣山的手臂，就被拍开了。

"……你打我？"廖如宁怒了，今天非要带走霍宣山不可！

然后两个人原地开始打架，沾得满身泥浆。廖如宁还算清醒，控制自己不伤人，但在霍宣山眼中，他就是一个干扰自己睡觉的人，动起手来毫不留情。

"哪些单兵还清醒，过来帮我把他压住！"廖如宁只能向校队成员求助，丝毫不觉得多么丢脸。

最后，霍宣山被压在地上动弹不得，廖如宁将人绑了起来，拉着走。两人湿上加脏，再加一个破碗和一根拐杖，就能沿街乞讨了。

"你们在干什么？"金珂再一次从全员感染的恐怖场景中清醒过来，问廖如宁。

"你恢复正常了？赶紧想办法解决这破事，不然待会儿又傻了。"廖如宁急道，"现在整个队伍疯的疯，傻的傻，偶尔清醒过来，又恢复成之前的样子。"

"我们这个样子像是中了什么毒。"金珂的目光扫过达摩克利斯军校众人，这些人和他一样，陷入了自己的幻觉中。

"我们今天还没来得及吃东西，怎么中毒？"廖如宁心中着急，他们已经从第一梯队掉了下来，没想到又碰见这种破事。

"一定有一样东西我们都碰过。"金珂思考片刻道。

"不可能，各小队摘的野果子都不一定是同一种，更何况我们今天没有吃东西。"应成河说完，忽然蹲下来，从工具箱中摸出一把小铁锹，开始挖旁边的树根。

一开始金珂以为应成河有什么发现，但走过去，发现他只是单纯在挖土。

"又疯了。"廖如宁司空见惯道，正当他准备问金珂后续要怎么办时，金珂又开始僵在原地，看着他们一动不动，"……"

完了，整个主力队彻底只剩下他廖少爷一个正常人。

廖少爷承担不起这么大的压力，人都麻木了。

这时候卫三双手插兜，吊儿郎当地走过来。廖如宁警惕地看着她，生怕卫三发狂打他。

"要不要帮忙？"卫三叼着片随手摘来的树叶，问廖如宁。

廖少爷和卫三对视，半响，他明白了，这位就算疯了也还在"营业"。

138

"你帮我把这几个人带着，保护他们安全。"廖如宁靠近卫三耳边，小声道，"一个人一百万星币。"

卫三果然眼前一亮："成交。"

她找了一根用来做鞭子的藤条，先是绑在霍宣山腰上，又将金珂绑在同一根藤条上。两人自然挣扎，不过卫三一人捶了一拳鼻子，他们自然而然地安静下来。

"起来。"卫三踢了踢挖土的应成河。

应成河不理会，卫三直接脚踩在他铁锹上，将铁锹弄断。

他立刻起身，想要和卫三理论，可惜下一秒就被绑住。

卫三将三个人全部捆绑在一起，绕着走了一圈，然后用力一拉："走了！"

但凡三个人有一点挣扎，卫三就一拳打过去，毫不手软。旁边廖如宁不得不嘱咐，别太过了。

达摩克利斯军校的人慢慢往前走，偶尔有成员挣脱大部队，廖如宁便亲自过去追回来。

直播现场，达摩克利斯军校的老师们则看得心惊胆战，不是因为达摩克利斯军校进度落后了——现在每所军校的队员，连最熟知雨林环境的南帕西军校的队员也同样陷入类似的境况，且其他军校的学生攻击型更多——而是现在唯一清醒的廖如宁并不会带领队伍，他主动去追脱离队伍的军校生时，等于将队伍置于险境。

现在清醒的3S级单兵只有廖如宁一个人！

达摩克利斯军校的老师们还在担心自己的学生，观众席一片骚乱。

"怎么回事？"项明化皱眉看着观众席那边。

解语曼拍了拍他手臂，示意他看镜头："帝国军校那边。"

霍剑对姬初雨出手了。

"两人要内耗？"项明化诧异道，完全没想到霍剑会对队友出手。

不过并没有完全打起来，在他们出招不久，就被应星决用感知拦了下来，将两人弄晕。

"这种情况下要不要主动出局？"南帕西军校的领队老师道，"先暂停比赛也可以。"

南帕西军校的领队老师不想再被大众骂一次。

"不用暂停比赛。"鱼天荷过来了，路过各军校老师的座位，走上主解台，扶了扶话筒，"我已经查到是怎么回事了。"

她将收集来的资料放在光幕上："欲望蘑菇，每百年出现在赛场内一次，但因为其生长地不在历届比赛范围内，所以历届各军校生没有碰见过。"

众人一听便明白过来了，本届比赛的主力队实力远超往届，雨林赛场比赛范围进行了重新调整。因此才见到了这种欲望蘑菇。

鱼天荷继续解释："这种蘑菇孢子掩埋在土内，只有经过百年时间，才会一经雨水浸润，立刻生发出来。我刚才找到的资料上说，这种欲望蘑菇，擅长隐藏在众多其他蘑菇中，一旦被人折断，或者踩碎，伞柄中的一些特殊成分便顺着空气四处蔓延，引诱人产生欲望，或者放大人内心最在乎的一件事。"

习浩天盯着军校队伍走过的路面，无数蘑菇被作战靴底踩碎在泥水中，其中必然就有欲望蘑菇。

"现在这些学生怎么办？"习浩天问道。

"雨停之后，这些欲望蘑菇便会停止生长，只要各军队保持前行，后面会逐渐恢复。"鱼天荷扫过所有直播镜头，只是不知道哪所军校的队员能撑到雨停。

听到她解释后，观众就讨论起来了。

"引诱人产生欲望？霍剑想打姬初雨，两人之间有什么矛盾？"

"塞缪尔军校的肖·伊莱原来喜欢裸奔。"

"为什么达摩克利斯军校的霍宣山会躺在地上睡觉？"

"卫三看起来挺正常的。"

五所军校对比起来，达摩克利斯军校生所谓被引诱出来的欲望显得比较奇怪。

赛场内的雨下得没完没了，始终没有变小的趋势，各支队伍的路已经开始走歪了，因为各主指挥时不时被无限放大情绪，清醒的时间越来越少。

应星决从下雨开始的那刻起，便一直都在使用实体屏障，谷雨星的毒气他能屏蔽，这里掺杂了欲望蘑菇成分的空气，同样对他无效。

从队伍内的人出现问题后，应星决便已经在排除他们共同接触过的所有东西。排除到最后，只剩下他们一同呼吸的空气，反推过来，他最终将目光放在了脚底下无数被踩烂的蘑菇上。

3S级指挥拥有过目不忘的本领，更何况应星决是超3S级，他记得之前路过时，所有见过的蘑菇。

将认识的蘑菇剔除，剩下几种蘑菇不知道什么品种，但只有一种灰白色蘑菇，频繁地出现在路面上。

"总兵。"应星决停下来，让泰吴德去摘那种蘑菇。

泰吴德弯腰将蘑菇连根拔起，拿在手上："主指挥？"

应星决等了一会儿，见他没有任何异样，再低头看着脚下被踩碎的蘑菇，便让泰吴德将蘑菇拧断捏碎。

泰吴德依言照做，甚至将这个蘑菇快挤出汁来了，他还是没有任何异常。

直播现场。

鱼天荷先是感叹应星决的敏锐，同时又惊讶于泰吴德的表现，这个学生居然没有被引诱，还是说欲望蘑菇触发需要什么条件？

等她看到应星决伸手去拿泰吴德掌心中的碎蘑菇时，还没有反应过来，甚至并没有过多担心。

赛场内，应星决拿了一些碎蘑菇，用手指捻了捻，随即放在鼻子下方，轻轻嗅了嗅，典型的蘑菇香气，没有什么特别的。

"咚——"

应星决的心脏重重跳了一下，随后双手垂下，周边的实体化屏障逐渐消散，任由雨打在他头发上、衣服上。

直播现场的老师们齐齐倒吸一口气，这是中招了？！

"有意思，一个校队总兵没被欲望蘑菇束缚，反倒是超3S级的指挥被欲望支配。"路正辛看着这一幕，不知是嘲讽还是陈述。

帝国军校主指挥再次掉线。

应星决不再撑起实体化屏障，不再带着众人朝终点走去，不再搭理主力队任何成员。

泰吴德正常，但他根本不知道要怎么带路，再这么贸然往前走，遇上星兽，他们这帮人全得毁了。

最后帝国军校的队伍只能停下来，原地驻扎，完全正常的人没几个。

泰吴德是其中一个，他作为总兵调度校队成员还算成功，有攻击性的人被清醒的人看着，互相轮着来。

"有谁从来没有出过问题的？站出来。"主力队全线崩溃，现在能主事的只剩下泰吴德。

队伍中零零星星站出人来，不到二十个。

"好，你们跟着我，去铲除周围的蘑菇，尤其是刚才我拔的那一种。"

泰吴德带着一小队从来没出问题的人在周边巡逻并清理周围蘑菇，偶尔目光落在应星决身上，心中默默想：主指挥这样子看起来像是消极怠工。

第190节

帝国军校最先有人准备铲除蘑菇，稍微安抚了帝国军校老师们因为主指挥中招感到震惊的心，都在等着他们的军校生恢复过来。

但显然没有那么容易，他们一路走过来，一千多人的队伍，踩碎的欲望蘑菇太多了，混入空气中，加之空气是流动的，否则也不会让高空中各大飞行器内的人中招，一时半会儿，根本没办法避让这些气味。

唯一能解决的人，便是应星决，撑起实体化屏障，过滤掉空气中其他成分。

可惜应星决此刻坐在一旁，宁愿淋雨，也不升起感知。

泰吴德带着人清理完一圈回来，发现还是该出问题的出问题，半点没减少。

他无奈守着周围，感觉肩膀忽然重了不少。

上个赛场只是主指挥不见了，现在直接快要全军覆没了。

这比赛根本没法比下去。

泰吴德更不可能带着这不到二十个人去终点，他又打不过高阶星兽。

"清醒的机甲师有没有？"泰吴德站起来问道。

有三十多个人举手，但泰吴德还没说话，又有几个人放下手，显然是又开始"犯病"了。

"你们抓紧清醒的时间，争取把防毒面具做出来。"泰吴德说得理所应当。

清醒中的机甲师："……总兵你也中招了？机甲师只做机甲，不做防毒面具。"

泰吴德："？"

他看着那几十个满脸理所应当的机甲师，有点生气："防毒面具你们都不会做，当什么机甲师？"卫三还是个半吊子，什么都会做呢，还会修电饭煲！

机甲师们："？"

"人家达摩克利斯军校的机甲师还能修船板呢，你们就只会修机甲，手速还不如别人。"泰吴德阴阳怪气道，"亏我们以前还说要卫冕冠军。"

机甲师们："我们做！不就是防毒面具？"

泰吴德立刻勒令他们尽快想办法，利用手头的资源，做出防毒面具来。

所有人都有，当然不可能，但至少要给主力队戴上，只要他们清醒过来，帝国军校还有机会。

帝国军校的机甲师们开始互相琢磨着怎么做防毒面具，但经常有人一激动，鼻子一吸气，又开始"发病"，等好不容易有其他人清醒过来，还得重新解释一遍。

时间一点点流逝，防毒面具始终没做出来。

达摩克利斯军校队伍的行进速度居然是五所军校中比较快的一支。

原因有几个，一是他们的攻击型选手比较少，有几个攻击人的军校生不是机甲单兵，反而是机甲师和指挥。一犯病就开始蹿进机甲内，想要变成机甲单兵勇闯天涯。

可惜。

达摩克利斯军校所有机甲师和指挥的机甲，走的是超强防守路线，攻击能力约等于零。很快这几个人就被逮住，捆了起来。

剩下大部分军校生各自干着奇怪的事，还有人双手合十，单脚站立，不知道是在想什么。

另外一个原因是，卫三"犯病"了，但被廖如宁利用得彻头彻尾。

他最常挂在嘴边的话便是："一百万星币，干不干？"

卫三："干！"

绑人，打星兽……只要花钱，卫三就干，有时候还主动问廖如宁，需不需要帮忙。

比如他们一整天没有吃东西，金珂到现在还没从恐惧中醒过来，校队中清醒的指挥不够多，有时候路过一片野果树林也不知道能不能吃。

这时候卫三说自己认识，只要廖如宁给钱，她就指点迷津。

廖如宁："……你认识这种野果树？"

"认识，那个谁看书的时候，我瞄过很多次。"卫三保证道。

其实是在训练期间，金珂会在吃饭时看那些雨林知识方面的书，卫三有时候坐在旁边，会顺便记住。之前碰见迷幻草棘时，她知道那种可燃树液，也是在金珂看书时瞄到过一眼。

有些植物除了金珂，还真只有卫三知道。

"给，一百万星币。"廖如宁毫不犹豫道，反正出去后，等她清醒过来，他就不承认。

就这样达摩克利斯军校的队伍，居然还能在如此恶劣的状况下，继续前进。

"卫三？"金珂好不容易清醒过来，发现自己和霍宣山及应成河绑在一起，要她松绑。

"不行。"卫三微微一笑，"你是我的一百万。"

金珂："？"

旁边的应成河始终没有清醒过来，他双手朝前往下伸着，要去挖泥巴，被卫三打了手，依旧顽强地朝前方伸着手。

他，应成河！今天一定要挖泥巴！

帝都星某府，应成河父母看着自己儿子的动作，半响，应母终于想起来道："成河这是……还惦记着小时候我们不让他玩泥巴的事？"

世家子弟很早便要去测试感知，应成河被测出3S级后，被接到主家。

那边规矩森严，容不得胡来。但应成河智商全点亮在制作机甲上，其他方面完全还是孩子，所以当他要带着堂哥应星决一起去玩泥巴时，被他父母拦下来了。

自己玩都不行，还带着应星决去，应成河父母当然不让。

结果没想到应成河居然留下了执念。

金珂重新陷入呆滞状态，卫三拉着三个人继续往前走，走到一半停下来，对廖如宁道："那边有动静。"

廖如宁屏息侧耳听了一会儿，终于也察觉到不对劲："所有人，往左边走，有大批星兽追了过来。"

达摩克利斯军校正常人绑着不正常的人，一拖几，快速往左边赶。

此刻，不光是他们一所军校的队员，倘若镜头调成全景俯瞰构建模式，会发现五所军校队员所在的方位都有大批星兽在逼近。各军校自然也都逐渐发现异常，开始往其他方向移。

五所军校的人全在往一个中心靠。

一个小时后。

"我的天！"廖少爷傻眼了。

南帕西军校、帝国军校、平通院、塞缪尔军校的人全部都在这儿。

要不是他们行为狼狈，廖少爷真的以为其余四所军校的人要联合起来围攻达摩克利斯军校。

现在各军校还清醒的主力队员不多，帝国军校全军覆没，南帕西军校只有昆莉·伊莱，塞缪尔军校有意识的人是习乌通，平通院清醒的人只剩下小酒井武藏一个人。

小酒井武藏？

廖如宁克制自己的眼神，不放在小酒井武藏的身上，转身去看身后。他已经清晰感受到地面在动，有大批的星兽正在赶过来。

廖如宁看了一圈，其他军校的主指挥全都中招了，帝国军校的应星决则面无表情地站在附近，但他见过卫三这样的后，并不确定应星决正不正常："你们主指挥这是？"

"这种蘑菇让人变成现在的样子，主指挥闻过之后就中招了，你们有没有机甲师能做出防毒面具？"泰吴德拿着一朵欲望蘑菇道。

习乌通认得这个蘑菇，肖·伊莱之前把它别在自己上衣口袋内，然后就开始裸奔。

他立刻问塞缪尔军校的机甲师，有没有人会做。

得到的答案自然是不会。

五所军校中，只有达摩克利斯军校队伍中零星有人举手说会。

情况危急，众人必须结盟，各军校清醒的机甲师全部聚集在一起，拿出材料，试图跟着会做防毒面具的机甲师一起制作。

但大部分军校没有什么材料，加起来并不能做到五所军校的主力队员都有。

"这是聪明人都傻了，只留下我们这些四肢发达的人？"廖如宁扫视一圈，发现现在各校的主力队员没有一个脑子是好使的。

闻言，南帕西军校的昆莉·伊莱默默看过来。

"我脸上有东西？"廖少爷伸手摸了摸脸，问她。

昆莉·伊莱："……你队友也还是清醒的。"

她指了指卫三提醒道。

廖如宁看了一眼卫三："哦，她也傻了，就是表面看不出来。"

卫三听到他的话后，一拳打在廖如宁肚子上。

"一百万，一百万！"廖如宁吃痛，连忙道。

卫三这才停手。

旁观的泰吴德："……果然傻了。"

"如果能做出来防毒面具，先给战斗力最强的人。"习乌通盯着机甲师那边道。

"怎么评判战斗力最强？"昆莉·伊莱问。

她身为南帕西军校的人，自然希望自己的主力队员能最先清醒过来。

"之前联合训练，你们应该能看得出来最强的几位，比如我身边这位。"廖如宁微微一笑，拍了拍身边卫三的肩膀。

习乌通皱眉："她……听你的话，不需要防毒面具。首先一个应该给应星决，其次给平通院的宗政越人。"

"卫三听的是钱的话。"廖如宁嘀咕一句，随后道，"她确实不太需要。"

"那第二个防毒面具应该给我们主力单兵姬初雨。"泰吴德为自己军校争取利益，"我们主指挥和自己队伍内的单兵配合更好，能斩杀更多的星兽。"

习乌通选择宗政越人，无非是想借平通院牵制帝国军校。

星兽群已经越来越近了，连校队成员都能清晰地感觉到地面的震动。

"不用争，第一个面具做出来，先让应星决用，他和卫三配合。"廖如宁已经能看到远处的黑点，那是星兽来了，"不管材料多少，三个面具总会有，当务之急是解决星兽。"

机甲师那边已经在疯狂拼手速，这东西看着虽然没有机甲复杂，但没做过的人，速度实在无法提升太快。

达摩克利斯军校总兵小队的那位机甲师，以最快的速度做好第一个防毒面具，此刻星兽群已然逼近。

"卫三，接着。"那位校队机甲师将防毒面具扔给她。

"拿去给应星决，你们一起过来。"廖如宁已经进入机甲，往外围跃过去。

卫三："谁是应星决？"

廖如宁的声音远远传来："……你觉得最好看的那个。"

第191节

"欲望蘑菇不只能影响人，还能影响星兽？"习浩天看着五所军校的人被围堵在中间，下意识地道。

鱼天荷皱眉："往届也有欲望蘑菇生发，但里面没有聚集过类似的星兽潮。"

"往年这里也不是比赛区域，鱼师之前说过欲望蘑菇要是遭到破坏，其中的特殊成分飘散到空中，才会影响人。"习浩天道，"以前没发生过这种情况，应该是因为欲望蘑菇没有遭到大量的破坏，所以才没有聚集大量星兽。"

鱼天荷没有再否认，习浩天说得没错，造成目前这种局势的原因很可能就是这个。

赛场内完全清醒的人分散围成一个外圈，正面迎上星兽，后面高阶星兽马上就过来，他们急需主指挥，抵挡高阶星兽的精神攻击。

卫三手里拿着防毒面具，径直朝一个方向走去。

刚才她就注意到一个人，不过任务在身，要负责拉着那三百万，不让他们乱动，所以卫三便没有多看。

不过既然金主说要把防毒面具给她认为最好看的人，卫三毫不犹豫地朝之前见到的那个人走去。

大雨滂沱，所有人都浑身湿透，多多少少都带着狼狈，唯独他站在人群中，即便长发湿透，也好看得过分。

卫三大步走去，站定在他面前，盯着他眼睛，忍不住吹了一声又长又响的口哨。

"啊——"

直播现场，项明化喊完，双手捂着脸，用力搓了搓，现在赛场内情况危急，但他只想把卫三揪出来骂一顿。

雨林赛场，这才几天，卫三吹了无数次口哨，除去"发病"那次吹的奇怪口哨，其他全是对着相貌姣好的军校生吹的。就现在她对应星决吹的这一声，绝对是吹得最长最响的一次，贪念美色之心简直昭然若揭。

"肺活量这么大？"项明化低声咬牙切齿道，以前怎么没发现她除了是刺头，还是小色坯！

赛场内，应星决抬起黑色双眸并没有出声，只是安安静静地望着对方。

反倒是某人，对上他清透的眼睛，忽然有一点点不自在：睫毛像是被泪水打湿了一样。

卫三明知道那是雨水造成的，但下意识地联想到了眼泪。

不过她是一个负责任的人，金主交代的任务势必要完成得又快又好。

"戴上。"卫三将防毒面具递给他。

应星决垂眼看着她手中的防毒面具，然后抬头看向周围，始终没有伸手去接。

卫三坚持放在他面前，等着他接。

"卫三，一百万，你快点给应星决戴上！"廖如宁斩杀完一头星兽，转身对卫三这边大喊，"高阶星兽快来了！"

他叫应星决？

卫三第一反应不是只戴个面具就一百万，而是对面人的名字。

应星决听见自己的名字，依然无动于衷。

"得罪。"卫三拿起防毒面具，要帮他戴上。

应星决下意识地后退，被卫三拉住手臂，拉了回来。

防毒面具已经快盖上他半张脸，应星决偏脸试图躲开，卫三一把捏住他下半张脸，固定好，快速将防毒面具戴了上去，一套动作做得行云流水。

不过应星决在脸上被戴上防毒面具前，曾抬眼看向她，濡湿的长睫毛下，眼神平静，但不知为何卫三被看得忽然生出一丝愧疚。

到底还是一百万占据上风，帮应星决戴上面具后，卫三上前靠近一步，下巴几乎擦着他的颈侧而过，双手绕过他肩膀，帮应星绑好防毒面具的绳子。

随即卫三退后一步，看着应星决脸上戴好的面具，扬眉打了个响指，一百万到手！

不是戴上防毒面具，就能立刻起作用，应星决还未清醒过来，抬手便想扯掉面具。

"戴着。"卫三轻而易举抓住他双手。

赛场内的大雨丝毫没有减缓迹象，卫三双手握住应星决手腕，时刻盯着他。外圈那边几个主力单兵状态已经不太好，没有主指挥设立屏障，高阶星兽对他们进行的精神干扰，严重降低了单兵的行动速度。

之前在西塔赛场，帝国军校表现不够好，和失去主指挥屏障这方面关系不大，因为上个赛场，帝国军校所面对的星兽，只是一小群，即便是高阶星兽，也只有个位数。但现在面对的是星兽潮，高阶星兽不少，对主力单兵的干扰程度不断叠加，已经到了严重的程度。

"卫三，他清醒了没？"廖如宁反应越来越慢，抓住机会问道。

"什么清醒？"卫三不明白金主说的话是什么意思，还在努力思考。

下一秒，便察觉到对面的人在挣扎，卫三用力一握，转回头警告道："别动。"

"卫三，放开。"应星决已经清醒过来，目光仍然平静，但他显然已经回想起一路上发生的事，推测出现在的情况。

"你认识我？"卫三听见他喊自己名字，下意识地松了手。

她怎么不记得认识他，这样的人，照理说她见过一面，基本不会忘记。

应星决闻言看向卫三："你现在……"

他的话没有说完，便发现单兵的状况不好，直接站在原地，释放感知，帮外圈的机甲单兵设立感知屏障。

高阶星兽的精神攻击彻底被隔绝，单兵们顿时松了一口气，战斗速度也迅速提升回来。

"卫三，一百万，你和应星决守住那个方向。"隔绝星兽的精神攻击后，廖如宁的压力减轻了不少，指着卫三侧方那个位置道。

处于不清醒状态的卫三，最大的执念就是钱，一听廖如宁这话，立刻进入机甲，开始往外圈冲去。

目前五大军校中清醒过来的主指挥，只有应星决一个，但他的感知足够覆盖五所军校的单兵们，甚至游刃有余。

他帮助其他单兵建立感知屏障后，便将全部的注意力放在外圈的卫三身上。

直播现场。

"我没记错的话，应星决的实体化感知屏障可以挡住欲望蘑菇挥发的气味。"路正辛若有所思道，"他完全可以将众人纳入实体化屏障，这样所有人就能清醒过来，也不用再做防毒面具。"

习浩天反而赞同应星决现在的做法："目前看来，这些军校生还能够挡一挡，没必要直接让应星决出马，他做好一个主指挥的任务就好。"

应星决完全出手，反而剥夺了其他军校生接受实战锻炼的机会。

那边机甲师们急得满头大汗，时不时地还有人做着做着就不清醒了。

这时候，围在一起的五大军校校队机甲师中，有些人显现出了充分的冷静。

达摩克利斯军校总兵小队的机甲师，手速持续飙高，已经进入一种无我的状态中。

做完一个便递给旁边还清醒的人,拿去给机甲单兵们。

第二个拿到防毒面具的人是姬初雨,他花了几分钟清醒过来,等起身准备战斗时,发现自己主指挥正在和达摩克利斯军校的卫三,再一次联手。

"……"

姬初雨沉默地走到应星决旁边。

"你去守西南方向,待会儿其他两个人醒过来,你带着。"应星决照旧指挥。

姬初雨点了点头,朝西南方向跑去,瞬间进入机甲舱内,在外围和星兽战斗,行动间带着一股格外的肃杀之意。

随着机甲师最后一张面具做完,五大军校的主力队清醒了大半,纷纷加入战斗中。

"太多星兽了。"机甲师做完手中的防毒面具,抬头看向周围,喃喃道,"这些星兽也都疯了?"

星兽潮之所以被称为"潮",便是因为一旦处于这种状况中,星兽就如同潮水般,不断涌来,杀光一批,又有一批不断接近。

卫三去和星兽战斗了,霍宣山醒了过来,也加入她那边的战场,剩下金珂和应成河没有人管。

金珂还是老样子,一动不动,应成河低头看着绑着自己的绳子,开始试图挣脱,摆脱不开,便开始试图拖着金珂到处走,最后在内圈最中间停了下来。

这里的土最松软,挖出来和点水就能捏泥巴。

应成河想要蹲下来,但是金珂站着不动,费劲踢他半天,才让他跟着自己背对背一起蹲下来。

掏出铁锹,应成河开始挖泥巴,一团自己的,一团给堂哥的。

他挖了半天,突然发现有灰白色的软丝从泥土内探出来,应成河一铲子将其斩断。

雨还在下,外圈的单兵在战斗,内圈多是不清醒的军校生,有那么一瞬间,卫三和应星决处于一种整个世界进入慢放状态。

卫三还未反应过来,应星决出手了,他将实体化屏障个体化,分别笼罩在内圈的军校生身上。

应星决目光怔怔地看向一处,他晚了一步。

握着铁锹的应成河低头看看那根被铲断的灰白色软丝,又看了看扎在自己胸口的另一条灰白色软丝,觉得有点疼。

应成河不断咯血,有点不知所措地捂着自己嘴,但是又有血从胸口流出来。

两只手不够用。

正当应成河不清醒的脑中只想到该怎么去用手堵住，不让血流出来时，应星决已经来到他面前蹲下来。

"堂哥……给你。"应成河从旁边抓过一团泥巴，手中的血沾在泥巴上，他低声嘟囔几句，又借着雨水把泥巴上的血冲掉。

只不过这时候，应成河口中咳出来的血越来越多，他一边用手臂挡住脸，一边把泥巴塞给应星决。

应星决面无表情接过来，另一只手打开应成河的光脑，直接按下出局键。

"达摩克利斯军校主力队机甲师应成河出局，重复一遍，达摩克利斯军校主力队机甲师应成河出局。"

第192节

雨水混着血水，顺着须弥刀的凹槽流下，卫三扭头朝内圈看去，天地间仿佛一切静止，只剩下广播声在赛场内回荡。

霍宣山失神地看着应成河身下那一摊血顺着雨水往外扩散，手指僵硬，甚至没有发现侧方有星兽朝他攻击而来。

卫三皱眉，将手中的刀朝霍宣山侧方扔去："回神！"这些星兽拼了命地往内圈跑。

霍宣山咬牙转回头，不去看应成河那边，继续斩杀星兽。

自始至终廖如宁除了听到广播声，手中的刀顿了顿后，一直没有回过头，只是斩杀星兽的速度越来越快，招式越来越狠。

飞行器上的医疗队来得很快，直接扛着治疗舱下来的，就地开始帮助应成河清理伤口。

灰白色的软丝，足有成年人拳头那么粗，直接洞穿了应成河胸口，擦着心脏部位过去。

医生将软丝取出来，旁边的护士立刻将应成河抬进治疗舱。

"是变异菌丝。"医生离开前，对应星决说了一句。

应星决背对着他们，没有回头，只是在看周围。

无数变异菌丝从地面伸出，刚才没有应星决的实体化屏障，内圈的军校生全部得出事，就像应成河一样。

现在实体化屏障外不断有菌丝从地下伸出来，攻击人。

——地底下有变异的欲望蘑菇。

"所有人往外围走。"应星决对内圈开始逐渐清醒的军校生道。

被实体化屏障笼罩后,这些人差不多全部都清醒了过来。

包括金珂,他身上还有一捆已经松了的绳子。

金珂起身,晃了晃脑袋,一时间没太明白目前的情况。

地面上虽然被雨水冲刷掉不少痕迹,但仍然可以发现之前这里有过大量的血迹。

金珂莫名有不好的预感,他看了一圈,发现五大军校主力队的人,只少了一个人。

"成河呢?"金珂看着应星决,问道。

"刚才出局了。"应星决缓缓道。

金珂:"……他有没有事?"

毫无疑问,这摊血是应成河的。

应星决侧脸看着周围还在不断冒出来的菌丝:"进了治疗舱。"

金珂弯腰,双手撑着膝盖,大大喘了一口气,能进治疗舱就代表还有救。

"先往外圈撤退。"应星决道,他将实体化屏障覆盖住五大军校每一个人。

至此五大军校的人全部清醒过来,现在所有人全在往外围挤,主指挥权自然而然移到应星决手上,这一次,五大军校的人没有分散,而是只盯着一个方位,要杀出一条路去。

这时候达摩克利斯军校主力队机甲师的出局,只能暂时被压在心底,所有人的统一目标便是杀出一条路。

直播现场。

解语曼起身:"我去接应成河。"

项明化点头:"去吧。"

刚才出事的瞬间,别说赛场内的军校生们,连围观他们的老师们都没反应过来,一切发生得太快了,而且还是内圈所有的军校生遭受攻击。

换成平常清醒的军校生们,当然不会出事,这菌丝的生长速度虽快,但已经实战过这么多场的军校生们,早已经有了可抵挡之力。

然而当时内圈的军校生们都处于不清醒状态,别说抵抗,就算把刀架在他们脖子上,也不会遭遇任何反抗。

若没有应星决出手,内圈这些人恐怕都得出局。不,不光是出局。

飞行器上没有这么多治疗舱,遇到这种大批量军校生出事,势必有人得不到及时的医治。

"幸好应星决替应成河及时按下了出局键。"达摩克利斯军校一位老师感叹。

"这种把赛场范围扩大的行为，是不是太过危险了？"

"但是现在各区防护前线的星兽隐隐有进化的迹象，我们五大军校这届好不容易有这么多3S级军校生，不经过充分实战训练，到了战场上出事的概率更大。"

"确实，大赛还有这么多人守着，多数情况下可以控制。到了战场上，这些人除了本区，基本等于没有了后援。"

"我希望向上面申请更多的治疗舱。赫菲斯托斯大赛前期用无数军校生的鲜血，探究出来现在的比赛模式。现在情况发生变化，至少在治疗舱方面要跟上。不能在出现大面积伤亡时，军校生得不到及时的救助。"

现场的老师们纷纷开始讨论，已经开始和各军区联系，要在赛后开一场会议。

赛场内的情况越来越复杂。

因为没有了军校生的抵挡，另一边的星兽开始继续疯狂朝这边奔来，然而这些星兽并没有机会跑到军校生们这边，而是在半路被突然破土而出的菌丝刺穿身体。

"这些星兽……"肖·伊莱清醒过来时，身上的衣服已经被穿了回去，丝毫没有察觉到不对劲，他嫌弃地看着被吸光血液的星兽，"像是自觉上供的祭品。"

那些星兽被菌丝刺穿吸血的时候，没有丝毫抵抗。

"既然这种蘑菇能迷惑我们，自然也能迷惑星兽。"昆莉·伊莱皱眉，指着星兽不断倒下的那个方向，"我们能不能从那边过去？"

如果应星决的实体化屏障能撑得住的话。

说起来，除了达摩克利斯军校，这还是其他军校第一次受到应星决的保护。

其他军校的人此刻不由得在心中想，难怪上个赛场帝国军校在失去主指挥后，表现得那么差。

习惯了这种时刻有人兜底的感觉，谁也不会担心后面会发生什么，自觉当好一个可移动的棋子，安全又省心。

昆莉·伊莱的话正是所有人此刻的想法，用实体化屏障挡住变异菌丝，而不用对付星兽。

然而下一秒，众人脚下地面开始晃动……有什么大型的东西从地底下要冒出来了。

他们没办法再跑到对面去，路开始被不断冒出来的巨物挡住了。

"是那个蘑菇。"泰吴德隐隐看到灰白色的伞帽，便认了出来。

巨型变异蘑菇冒出来的速度极快，现在整个灰白色伞帽已经冒了出来。

"实体化屏障不能完全阻挡这朵蘑菇。"

应星决盯着那朵巨型变异蘑菇，实体化屏障不能完全过滤空气中密集到一定程度的东西，这朵蘑菇太过巨大，一旦其中能致人陷入不清醒状态的成分释放出来，将极大程度地挤占空气中其他成分，这种成分密度一大，实体化屏障会失效。

他盯着还在和星兽厮杀的军校生们，速度太慢了，来不及了。

不过眨眼间，巨型变异蘑菇已经连伞柄都长了出来，大概是吸食了大量星兽的血液，从地底下冒出来的菌丝越来越密，已经开始往他们这边蔓延。

这边的星兽也开始逐渐减少，巨型变异蘑菇肉眼可见地变强。

伞帽表面明明只是灰白色，却给人一种越发艳丽的邪恶之感。

星兽减少对军校队伍并不完全是好事，一旦星兽完全消失，巨型变异蘑菇接下来的目标就会完全变成军校生。

"所有完全清醒的军校生移在后面。"应星决道，"还有戴消毒面罩的人可以移到后面。"

廖如宁看着应星决："一旦再出现刚才那种情况，清醒的只有你一个主指挥，你能不能撑住？"

防毒面具只能匀出来一个给主指挥。

应星决没有回答他："平通院主力队在前面带着人走，剩下军校的主力队留下。"

没有人有异议。

连平时喜欢叭叭的肖·伊莱也没有出声。

平通院宗政越人走在最前面，开始在星兽潮中撕开一道口子，带着校队的人慢慢往前移动。

撕开的口子随着无数星兽继续朝这边涌过来，逐渐封闭。

看似五大军校的人和巨型蘑菇的距离开始拉远，中间还隔着一层星兽群。

然而，巨型变异蘑菇随着吸食的星兽血液越来越多，力量也越来越强，埋在地面之下的伞柄分化出越来越多的菌丝，又不断吸食更多的星兽血液。

直播现场。

有人上来对着三位主解员耳边说了几句话，随后三人一同站了起来，关掉话筒，一起走了下去，随之离场的还有各军校老师。

观众席上的观众见状，不由得议论纷纷，完全不明白发生了什么事。

这时候，所有老师和主解员站在会议室内，里面出现数个光幕，全是各军区的高层。

"巨型欲望蘑菇必须除掉。"十三军区的高层直接道,"让他们掉头回去。"

项明化抬头怒道:"必须除掉也应该是军方出面,为什么要让这些学生去?"

"他们在那边比赛,除掉巨型欲望蘑菇的人选,最好就是这些军校生。"十三区高层面色沉沉道,"从他们选择进入军校的那一刻起,性命便由不得自己,否则凭什么享受这么多资源?"

"欲望蘑菇被破坏后才会向空中散发特殊成分,我认为先让学生们离开,之后由军方出面除去。"第一区最高层姬元德缓缓道,"项老师说得没错,他们还只是学生。"

"我们刚刚调查到一份资料。"光幕内,十三区高层翻开桌上的文件夹,"巨型欲望蘑菇一旦有机会长成,会在两个小时内,伞帽裂开,向空中释放出无数孢子,这些孢子会在任何湿润潮软的地方快速生长,到时候所谓的特殊成分会到处释放。赛场的屏障只能阻挡星兽,无法有效抵挡空气中超浓度的成分。"

十三区高层顿了顿问道:"现在,还有谁有异议?"

会议室一片沉默。

距刚才巨型蘑菇冒头,早已过去一个半小时,这些军校生即便不战斗也躲不开。

观众席上的观众很快发现主解员和各军校老师们全部都回来了,但脸色都不太好看。

第193节

一道广播响彻整个雨林赛场。

"所有军校生注意,你们需要立即返回,在半个小时内处理掉巨型欲望蘑菇,防止其孢子扩散。"

才在星兽潮中撕开一道口,试图逃出去的五大军校生们听到广播后愣住。

"这东西叫欲望蘑菇?"廖如宁关注点明显歪了。

"这么厉害的变异蘑菇,我没有听过。"金珂皱眉,按理说未知的变异植菌类不会被记载在册,主办方那边应该也不清楚。

偏偏主办方知道这东西的名字,只可能欲望蘑菇曾经出现过,所以在某个地方有所记录。

广播又再一次响起,这次不再是各大飞行器内工作人员的声音,而是进行了二次转播,说话的人是鱼天荷。

"巨型欲望蘑菇长成时间只需要两个小时，所获得的养分越多，生长速度越快。军队来不及进去，你们距离最近，最适合出手。离你们最近的飞行器上的工作人员会带着防毒面具过来，大概十五分钟。只要你们能撑过这段时间，便能很快处理掉巨型欲望蘑菇。"

广播声顿了顿，随后又传来鱼天荷一声："祝诸位好运。"

卫三朝内圈看去，他们甚至不用跃过星兽，便能清晰看见巨型欲望蘑菇，它已经彻底长了出来。

"走了。"金珂带着达摩克利斯军校的人第一个掉头，往内圈走去。

其他军校也没有多言，全部统一转身。

"之前清醒的主力单兵负责斩断伞帽和伞柄，其他人在菌丝中开出一条路供他们进去。"应星决缓声道，"平通院挡住后方星兽。"

"你那些3S级护卫队不能出手吗？"肖·伊莱问他。

高学林："……"为什么感觉肖·伊莱的胆子越来越大了。

"如果那些3S级单兵也中招了，不但不能帮助我们，反而会阻碍行事。"金珂侧头看着肖·伊莱，"而且……我们还在比赛，外人不得干预。"

重回内圈比之前要容易，五所军校的队伍很快便走到巨型欲望蘑菇前面，中间那一段路，已经布满了从地底下冒出来的菌丝。

廖少爷最讨厌这种长条东西，偏偏植菌类一般就喜欢往这个方向发展，提升攻击力，现在看到这些廖如宁都快麻木了。

各军校指挥护着主力队打头阵，校队全部交给应星决统筹，负责抵御后方攻击的星兽。

卫三离开前，往后退了几步，挤到达摩克利斯校队总兵小队中，问总兵机甲师："我们的机甲材料都在你身上？"

总兵机甲师点头："主力队机甲师出局后，机甲材料会主动转到我这里。"

"行。"卫三快速道，"渡厄金全部拿出来，按照伞帽尺寸稍大一圈打，以防意外。"

总兵机甲师愣了愣，渡厄金是一种专门用在A级发动机外壳的材料，这种金属材料密封性极好，能防止发动机液被外界环境污染，而导致发动机出现问题。

"体积比较大，你分块拼接，最后再浇铸一层，另外下方还需要平板。"

总兵机甲师迅速反应过来："要密闭伞帽？"

卫三点头："对，平板中间空出一块伞柄那么宽的口，最好是折叠板，到时候直接从厚块板拉成一圈平板，能嵌在伞帽上，最后斩断伞柄，封住那个圆口。"

人为做一个完全密闭空间，防止孢子四散开来。

当然这种方法只是以防万一，如果能及时斩断伞柄，蘑菇伞帽便不会裂开释放孢子。

"渡厄金可以吗？"总兵小队机甲师有些犹豫地问道，"这种材料只是 A 级。"

"蘑菇没有攻击性，渡厄金的密闭性够强，这就行了。"卫三道。

更何况 3S 级所用的密闭性材料没有这么多，足够覆盖巨型欲望蘑菇伞帽。

卫三说完之后，跟着主力队成员，一起赶去清理菌丝。

这些菌丝被斩断后，复原的速度极快，主力队成员只能拼命砍断，打一个时间差，让那些清醒的主力队成员往前走，到时候斩断伞柄，让欲望蘑菇停止生长。

所有人的注意力都放在那朵巨型欲望蘑菇上，巨大的伞帽已经遮挡住天空的光线。

雨水打在伞帽之上，逐渐滑下来，形成水帘。

五所军校所有人头一次如此目标一致合作，比赛这件事暂时没有人去想，唯一的任务是去除欲望蘑菇。

卫三和姬初雨在最前方开路，廖如宁、习乌通和昆莉·伊莱，以及小酒井武藏走在中间，保存体力，其他单兵则在后面防止菌丝反扑，护住中间的人安全抵达巨型欲望蘑菇伞柄前。

这对卫三而言，并不算难。她擅长用鞭子，在西塔赛场海面之下更是对付过触手怪。这些菌丝，实在不难对付。

"这些菌丝是不是越来越多，越来越粗了？"霍宣山往四周看去，皱眉道。

话音刚落，平通院那边的星兽又是一大半被吸干净血。

"这个蘑菇需要半个小时才能成熟？"廖如宁总觉得下一秒这个蘑菇就要裂开了。

比起赛场内的人，直播现场的人看得更为清晰直观。

巨型欲望蘑菇的伞身已经停止生长了，只有无数菌丝还在不断往上冒，且在外扩，范围越来越大。

"这么下去，整个赛场的星兽都会被吸得干干净净。"解语曼头疼道，"到时候没有了星兽，只剩下五所军校的人，那便是军校生之战了。"

终点之战势必要变成混战。

"他们能安全解决眼前的事就够了。"项明化脸上还有未消散的怒意，"军区那边到底怎么想的，拿到这种资料为什么不早点通知我们，现在让那些孩子顶上。"

"军区那边可能也只是刚刚拿到资料，况且他们再小，也是预备军。"解语

156

曼望着直播镜头道,"好在这些蘑菇菌丝看着攻击性没有那么强。"

那些高阶星兽之所以那么容易被菌丝吸干净血,完全是因为受到了迷惑,现在军校生们大部分都被应星决的实体化防护罩护住,没有太大的问题。

只是赛场内,谁都未料到的意外发生了。

实体化防护罩忽然开始摇摇欲坠。

"怎么了?"金珂伸手扶住应星决,朝周围看了看,一旦防护罩散了……他们这些人基本全都要成为欲望蘑菇的养料。

应星决借着金珂的手臂站稳:"你实体化防护罩能不能分散笼罩每一个人?"

"你知道不可能。"金珂实力还没有那么强,他到底只是3S级指挥。

应星决已经撑不住了,进来前喝的营养液,本可以足够撑到他比完赛,但也许是吸入了欲望蘑菇的原因,营养液的效用被严重削弱。

"那就扩大实体化防护罩,让平通院和校队的人全部进来。"应星决额间布满细密的汗,冷白手背上青筋凸起,他强行撑着实体化防护罩,等着金珂。

金珂找到那种玄妙的感觉,成功释放出来实体化防护罩,一点一点扩大。

"继续。"应星决低声道。

金珂不断将感知转化,实体化防护罩的范围也逐渐增加。

应星决一直撑到他的防护罩范围能笼罩住外围所有人后,才终于支撑不下去。

"主指挥!"公仪觉扶住应星决。

金珂看着他闭上眼睛的那一刻,脑中空白了一瞬,随即咬牙将所有感知投入进去。

几千人挤在一起的范围实在太大了。

金珂将实体化防护罩放到最大,堪堪护住他们。这时候,他脑内像是被无数针扎般,鼻子、耳朵、嘴巴,甚至眼睛都开始出血。

"接下来怎么办?"校队内有人问道。

最强主指挥突然出事,现在能使用出实体化防护罩的主指挥也明显撑不了多久。

路时白朝周围扫了一圈,低头看着自己的手。

原本还想留招,现在看来,没办法了。

路时白抬手升起颤颤巍巍的实体化防护罩,帮金珂分担了小半压力。

这个时间段,赛场内的人已经无暇注意平通院的主指挥也会实体化防护罩,只有直播现场一些人有心思注意。

连台上的主解员都未讲解,只是看着那边试图接近巨型欲望蘑菇的主力队员。

157

"主力队那边没有防毒面具的人怎么办？"高唐银道，"要不要撤回来？"

笼罩在主力队身上的实体化屏障彻底消散，几乎瞬间，没有戴防毒面具的卫三、吉尔·伍德以及山宫波刃陷入之前不清醒的状态中。

宗政越人有防毒面具，他跨出两位主指挥设立的实体化屏障，带着一队清醒的校队单兵过去，要将吉尔·伍德和山宫波刃以及主力队机甲师带到屏障内。

"一百万。"廖如宁则故技重施，让卫三帮他们。

不清醒的卫三欣然答应。

众人："……"要是所有不清醒的人都像卫三这么容易应付就好了。

这时候，没有了平通院和校队队员除去一部分菌丝，外圈的菌丝更加嚣张，几乎转眼间，便将星兽潮灭得一干二净。

"伞帽是不是变大了？"肖·伊莱忽然指着上面的伞帽道。

卫三仰头看了看："……不是变大，是裂开了。"

他们离伞柄还有一段距离，且越靠近伞帽，菌丝越密集，几乎变成了一片白色。

"来不及了。"卫三将手中的两把扇形刀直接朝伞柄扔去，然而巨型欲望蘑菇显然能察觉到攻击，无数菌丝缠挡住她的刀。

霍宣山也用冰弓射出箭，有几支箭射中，只是对伞柄毫无伤害。

只有斩断伞柄，彻底切断输送营养的通道，才能阻碍蘑菇伞帽散开。

"过去多久了？"姬初雨问旁边的霍剑。

"十分钟。"

"不是说半个小时之后才会散发孢子，现在是什么情况？！"廖如宁看着已经开裂的伞帽，一时间不知道怎么办，等他们对付完那么多的变异菌丝冲到伞柄那边，斩断伞柄已经来不及了，欲望蘑菇的孢子早四处散开。

"实体化防护罩的原因。"霍宣山道，"没有那边平通院和校队斩杀变异菌丝，巨型欲望蘑菇吸收足够多的星兽血液力量，成熟时间再一次缩短。"

难道他们要眼睁睁看着欲望蘑菇释放孢子？

正当这些主力队单兵拼命往伞柄那边冲时，达摩克利斯军校总兵小队的机甲师大喊一声："卫三，这里！"

伞帽范围太大，总兵小队机甲师分块赶制，现在已经来不及合拢。

赛场内和直播现场的人就这么看着，达摩克利斯军校轻型单兵，顶着四块大型渡厄金飞起来，总兵小队机甲师站在最顶上，开始用熔化的渡厄金从顶端浇铸在四块渡厄金的缝隙间。后面还有好几个机甲单兵跟着。

别说直播现场的人，就连赛场内的军校生们都目瞪口呆地望着这个总兵机甲师。

这是什么操作？

材料是用在机甲上的，这是所有机甲师从入学起便接受的训练。谁能想到达摩克利斯军校生成天把材料用在各种奇奇怪怪的工具上。

众人就这么呆呆地望着他们顶着巨大的渡厄金伞帽往那边飞去，后面跟着的机甲单兵则负责清除那些菌丝，好让空中的人快速接近主力队。

卫三没有继续往伞柄那边冲，而是朝他们冲过来，接过一位轻型机甲单兵抱着的渡厄金折叠厚板，跳上去密封伞帽。

这时候总兵机甲师已经浇铸完最后一条缝隙。

轻型机甲单兵再一次顶着伞帽形渡厄金飞高，卫三远远看到巨型欲望蘑菇已经开裂，只剩下一层薄薄的膜，只要再拉开一点距离，那层薄薄的膜势必破裂。

一旦破裂，里面的孢子则会全部四散开来。

主力队单兵们已经接近伞柄，斩断菌丝，正好给了卫三他们机会。

卫三接过总兵机甲师手中的工具，一把拉下他，让轻型单兵松开手，直接用力一脚踹在渡厄金盖上，趁巨型欲望蘑菇彻底裂开、释放孢子之前，让渡厄金盖罩在蘑菇头上。

渡厄金盖直接罩在巨型欲望蘑菇头上，还转了转。

众人："……"

不知道为何，他们忽然觉得被罩住的巨型欲望蘑菇有点惨。

罩住的那一瞬间，众人提起来的心还没有完全放下。

这是……成功了吗？

"带他回去。"卫三把总兵机甲师交给轻型机甲单兵，自己往巨型欲望蘑菇那边赶。

巨型欲望蘑菇的伞帽已经彻底裂开了，被渡厄金盖笼罩之后，依旧会有孢子溢出来，从下方未密封的地方漏出来。

她手中的折叠板便是要做最后一道密封，不过还是要先接近巨型欲望蘑菇。

果然，巨型欲望蘑菇的伞柄未断，输送营养成分的通道还在，那种薄膜终究还是裂开了。

灰白色的孢子像雪一样飘洒在伞帽下。

"挡住菌丝，你带我上去。"卫三赶过去后，指着霍宣山道。

霍宣山转头，没有问为什么，直接跑向卫三，拎着无常，开始往伞帽之上飞。

孢子太多，密集到防毒面具都有些撑不住，卫三感觉自己的机甲内已经进了不少孢子。

孢子太多了，再不斩断伞柄，渡厄金做的盖子也没有用。

现在无暇想太多，卫三抱着板子，被霍宣山带上高处，停在蘑菇伞帽之下。她围着伞柄将板子拉开，直接安上渡厄金所造的盖子。

完美契合。

卫三绕着外圈，用渡厄金铸筑盖和板之间的缝隙，最后只剩下中间伞柄的那个圈口。

现在所需要的便是斩断伞柄。

但一接近便会遭到巨型欲望蘑菇的疯狂攻击，无数菌丝全部围攻过来。

第 194 节

伞柄断了。

在卫三还未靠近时，被山宫勇男斩断了。

营养输送通道断裂，巨型欲望蘑菇的裂口不再增多，连带伞盖一起缓缓朝地面倒下。

卫三来不及多想，孢子还在往外散开，在蘑菇伞帽逐渐侧倒往下时，她从脚边拔出匕首，快速追过去，将这段伞柄割断，把最后一块渡厄金糊在圆口上面，让孢子彻底没有出来的机会。

渡厄金可塑性强，一旦固定好，便形成强密封空间，这样的材料极适合保证内部东西不外泄。

同理也适合现在这种情况，护住蘑菇孢子不暴露在空中。

"南帕西军校主力队机甲单兵山宫勇男出局，重复一遍，南帕西军校主力队机甲单兵山宫勇男出局。"

广播突然响起，众人下意识地朝另一边看去。

因为巨型欲望蘑菇伞柄被斩断，所有变异菌丝已经全部不再动弹，失去了生机。

而刚才斩断伞柄的人便是山宫勇男。

她抢在所有人前面，率先接近伞柄，为了及时斩断伞柄，山宫勇男放弃了抵抗菌丝。

在斩断伞柄的同时，也被无数菌丝刺穿机甲，只来得及避开要害部位。

直播现场一阵沉默。

山宫勇男的选择是谁也没想到的。

最近的那台大型飞行器已经赶了过来，只是防毒面具作用不大了，现在要做的是带走山宫勇男，并且清理周围的孢子。

不光是地面上，还有军校生们的机甲，尤其是接近巨型欲望蘑菇的主力队，他们机甲内藏着不少孢子。

地面上的菌丝也被拔起来，被兑换处的工作人员带走。

卫三和廖如宁蹲在附近，金珂被霍宣山扶去休息了。

"兑换处的人所到之处，寸草不生。"廖如宁蹲在卫三旁边啧啧几声道。

卫三侧脸看着他，伸手："钱。"

廖如宁："……你等着。"

他起身去找工作人员要防毒面具，回来扔给卫三，让她戴上。

"戴，戴上就有钱了。"

卫三怀疑地看了他一眼，最后还是选择戴上。

过了一会儿，廖如宁问她："清醒了没？"

卫三："……"

"不知道成河有没有醒过来。"廖如宁叹了一口气，"等会儿我找机会去打听一下。"

卫三按了按额角："不是不能和我们交谈？"

"看看周围。"廖如宁凑近小声道，"这么乱，我们刚刚也算立功了，他们警惕心一降低，肯定会告诉我。"

这场出局了两个主力队成员，三个主指挥现在半死不活，关键是他们离终点还有一半的距离。

工作人员清理完菌丝和巨型欲望蘑菇伞帽，在原地建了几个大棚子，要军校生，尤其是主力队成员进去冲洗，避免身上还残留欲望蘑菇的孢子。

"这外面的渡厄金是我们达摩克利斯军校全部的存货，你们带走后，我们就没有了。"卫三进去之前对要收走密闭后欲望蘑菇伞帽的工作人员道。

工作人员："你们总兵小队的机甲师呢？我带他过去领。"

达摩克利斯军校的主指挥金珂还在那边休息，估计一时半会儿也站不起来了，对面这个又是机甲单兵，不懂这些材料。

工作人员想也不想，将人选定为校队总兵小队的机甲师。

"那边，我去喊他过来。"卫三道。

"我过去就行，你们不要乱走动，先去清理身上可能存在的孢子。"工作人员说完，看着卫三，欲言又止，最后还是问了出口，"你们……听说达摩克利斯军校为了省钱，要你们学生负责维修校内所有日常生活用品，是真的吗？"

卫三："？"

工作人员凑近了一点，低声道："不用装了，就你浇铸那个伞帽的姿态，不是经常干苦力的人，怎么会做得那么熟练？上个赛场还有人会修船板，报军区的时候，不如选择其他军区，比十三区有钱。"

卫三愕然抬头，只见到工作人员热情地对她眨了眨眼睛，做了个口形："不干苦力。"

卫三："……"这是拉拢？

各军校主力队成员都进去清洗了一番，换了衣服，还要接受检测，以防有孢子依附在身上。

根据上面的命令，在场军校生都可以有营养液喝，今天原地休息，暂停比赛。

雨已经停了。

工作人员还在清理地底下的菌丝和可能飘远的孢子，以及星兽的尸体，范围太大了，估计要等到明天才能清理完。

军校生们在附近驻扎的大型帐篷内休息，帐篷全部由工作人员提供，也算是特殊情况特殊对待。

救助员则在附近轮流守着，今天晚上让军校生好好休息一晚上，等明天处理完这里，比赛继续开始。

"还有哪儿不舒服？"霍宣山一进来便问靠在一旁休息的金珂。

金珂之前感知使用过度，造成各处出血，情况看着十分不好。

"我没事，再休息一段时间就好。"金珂虽这么说，但心情显然谈不上好，应成河现在出局了。

主力队少了一个人，这种感觉太差了。

"我刚才偷偷向工作人员打听了一下。"廖如宁从外面进来，有点高兴道，"他们说成河的情况稳定下来了。"

"醒了吗？"金珂立刻抬头问。

"还没，估计就这几天的事。"廖如宁扒拉着金珂，"那我们这次拿冠军回去，让成河高兴高兴。"

"应星决不知道能恢复多少，路时白和我情况差不多。"金珂慢慢分析，"南帕西那边出局一个重型单兵，现在只有塞缪尔军校反而没有太多损失。"

"这一次星兽潮过后，赛场内的星兽基本没有了。明天开始，我们需要拼的是速度。"霍宣山道，"五大军校可能要全部对上。"

"打就打，之前联合训练也不是没对战过。"廖如宁丝毫不怕。

达摩克利斯军校主力队四人围坐在一起，卫三坐在最角落里，一直没有说话。她在想欲望蘑菇要被运到哪儿去，怎么处理。

另一个帐篷内，南帕西军校。

"勇男为什么要抢在最前面？"昆莉·伊莱有点难过，"姬初雨那些人比她实力要高。"

"她不冲上去，其他人没有那么大的意愿，用出局来换斩断欲望蘑菇。"鱼仆信头抵在帐篷柱上道。

"我们军校本来实力便垫底，她一出局，南帕西基本没有夺名次的机会。"高唐银作为主指挥，对山宫勇男的抉择，完全无法理解。

"毕竟上面要求我们联合处理巨型欲望蘑菇，平通院的宗政越人也带着我们这些人回来了。"山宫波刃道。

"幸好达摩克利斯军校那边用渡厄金密封了欲望蘑菇，才不至于让孢子飞到其他地方。"昆莉·伊莱又有些庆幸道。

鱼仆信想到当时的场面，不由得冷嗤一声，他真的不知道达摩克利斯军校那帮校队的人成天脑子里都在想什么，居然能想出这个办法，还被他们歪打正着。

渡厄金在机甲师眼中，只用于发动机外壳上，而且还是那种低级材料，S级以上的机甲基本没用过。

看来达摩克利斯军校的机甲师不务正业的传言，并非空穴来风。

机甲师就应该把心思全部放在机甲上，否则……

"那个卫三我看她还挺会的，浇铸时有模有样。"山宫波刃回忆当时卫三的举动，极为利落。

昆莉·伊莱倒是不惊讶："卫三以前家境不好，我听廖如宁说她经常出去兼职，会修很多家用电器。"

这些消息还是之前廖如宁来他们寝室那天透露的。

"先好好休息，明天这边一结束，我们需要立刻赶往终点。"高唐银对失去山宫勇男耿耿于怀，不想听达摩克利斯军校这些人的事。

临时搭建的帐篷内逐渐安静下来，黑暗中，山宫波刃和鱼仆信目光对视，随即互相移开。

军校生们可以休息，工作人员却无法休息，兑换处的人将这里的东西一批又一批运上飞行器，等下一台大型飞行器过来后，他们便飞离，准备将这些东西运离赛场。

路上，兑换处的工作人员打开储存间，开始重复清点。

菌丝、各种星兽……

还有最重要的一个东西——巨型欲望蘑菇的头部。

"检查一下，看看密封状态好不好。"其中一个负责人嘱咐道，"在运抵实验室之前，不能让里面的孢子出来。"

几个工作人员过去检查，看了半天。

"密封状态完好。"

"确定好了？"负责人看着光脑上的清单，问道。

"好了。只是……"

"只是什么？"

"浇铸状态太好了。"

第195节

霍剑低头看着自己手中的3S级专用营养液，因为五大军校共同除去巨型变异蘑菇的功劳，所以工作人员今天提供营养液，给军校生补充体力。

只不过没有应星决所需要的特制营养液。

一走进帐篷，对上其他主力队员的目光，霍剑摇头，将自己手中的营养液分了下去。

"要不要让主指挥喝一点3S级的营养液？"司徒嘉问道。

"不能。"姬初雨说罢，捏断营养液开口处，仰头喝尽。

司徒嘉握着手里的营养液，望向姬初雨："3S级的营养液都喝不了吗？"

"他排斥大部分营养液，只能用特制的营养液。"姬初雨扭头看着还未醒过来的应星决，有时候他觉得超3S级实力不可逾越，却又经常见到应星决虚弱的一面。

这种复杂的情绪积攒多年，让姬初雨很难像其他人一样，完全仰视应星决，他更希望两人能处在同一地位。

以前也确实如此。

公仪觉犹豫道："之前西塔赛场，他们喂过3S级营养液，好像……也没事。"

他们指的是达摩克利斯军校。

姬初雨目光冷淡地朝公仪觉看去。

公仪觉没有注意到他的眼神，而是看向对面："主指挥，你醒了？！"

应星决睁眼，单手撑着地，起身，目光在帐篷内扫视一圈："飞行器到了？"

司徒嘉立刻点头："到了，他们正在清扫现场，防止有残留的孢子。"

"为什么蘑菇还是释放了孢子？"应星决瞬间在脑海中设想出几个可能，"你们没有撑到半个小时？"

"不是。"霍剑解释，"主指挥的实体化屏障撤了之后，平通院和校队全部进了金珂和路时白的实体化屏障，没有他们斩断菌丝，巨型欲望蘑菇吸收养分的速度加快，提前成熟了。"

提前成熟，但周围的人神色无异，显然在可处理范围内。

应星决视线落在周围几人身上，随后问："各军校伤亡如何？"

"没多少人出局。"司徒嘉见主力队其他人说话都不积极，干脆自己说，"只有南帕西军校的山宫勇男出局了。"

在应星决昏迷之前，他预测过后面的结果，现在的情况和他所预想的完全不同。

他也不再问了，只让司徒嘉从头讲一遍事情发展的情况。

听见达摩克利斯军校机甲师做出密封伞帽盖，应星决指尖搭在手腕上，无意识地轻轻拉着黑色头绳。

上个赛场达摩克利斯机甲师们修船板，他一开始并未在意，比赛出来后，更是听见传言说因为达摩克利斯军校太穷，所以学生们才学这种技能。

只不过后面应星决看直播回放，见到他们做的喷火枪后，并不认为达摩克利斯那些机甲师像传言中那样被学校环境所迫，才去学其他的生活技能。

更确切些，应星决认为达摩克利斯军校机甲师扩大了武器的范围。

无论是喷火枪，还是司徒嘉说的那个密封伞帽，归根究底都是一种对付变异植菌或星兽的手段。

这种风格让应星决无端想起一个人——卫三。

她从总兵时期的机甲，到现在所使用的机甲，都透着这种多变精巧的风格。

总兵时期的机甲是总兵机甲师负责，后来的机甲是应成河所设计，这么看来……

达摩克利斯军校换了指导机甲师的老师？

应星决垂眸沉思，只是达摩克利斯军校那几个新指导老师，过往风格也并非如此。

另外还有一件事，山宫勇男的出局很奇怪。

山宫勇男和山宫波刃两人一起才能勉强和其他军校抗衡，她一出局，双生子的优势被打破，南帕西军校便没有任何希望取得靠前的排位。

听司徒嘉的叙述，当时情况紧急，甚至宗政越人出手救了没有防毒面具的其他军校成员。

或许因为巨型欲望蘑菇已经开始释放孢子，所以山宫勇男才不惜牺牲以出局的代价斩断伞柄。

但应星决不信。

南帕西军校的人并没有太深的信念，向来走中庸之道，不会这么贸然行事。

"主指挥。"司徒嘉喊着应星决，见他抬头才道，"明天工作人员结束搜寻，我们要开始比赛，你现在感觉怎么样？"

"星兽潮已过，赛场内剩余的星兽不多，接下来是机甲单兵的对决。"应星决虽昏迷过去，只听司徒嘉讲了一遍事情发生经过，但掌握的信息却并不比其他指挥少。

唯一有一点，便是他未亲眼见到山宫勇男如何出局，否则便能察觉这之间有什么端倪。

达摩克利斯军校帐篷内。

卫三突然直挺挺地坐起来，盯着旁边睡着的霍宣山和廖如宁。

"你干什么？"金珂也没睡着，从她一起身便察觉到了。

卫三指着霍宣山和廖如宁："他们机甲有损坏。"

之前和星兽缠斗过，加上巨型欲望蘑菇那些难缠的变异菌丝，两个人的机甲多少都有损伤。

战斗当然可以继续，只是接下来面对的不是星兽，而是各军校的机甲单兵，任何一个细微之处，都可能造成失败。

直播现场，观众和台上的人都没有睡。

出局两个主力队成员，外加头一次有工作人员在赛中插手，无论从哪个方面，观众们都无法休息，反而有种莫名见证历史的兴奋感。

危机解除后，自然，主解员们开始理顺各军校目前的状况。

"南帕西军校主力队失去一位重型单兵，同时意味着他们的轻型机甲单兵实力大幅下降。而达摩克利斯军校主力机甲师出局了，意味着主力队员的机甲一旦出现问题，必然只有出局一条路。"路正辛道，"从当前状况看来，这两所军校失去了夺得排位的机会。"

"但赛场内星兽所剩无几，达摩克利斯军校主力队三位单兵保持完整，至少能打败塞缪尔军校，第三位还是能拿到的。"习浩天认为卫三他们还是能拿到排位的。

路正辛笑了笑："单纯从武力上比，达摩克利斯军校当然还有机会，不过……其他军校联手对付他们呢？我相信塞缪尔一定十分想要第三位。"

习浩天一愣："你是说塞缪尔军校和平通院合作？"

"平通院也能和南帕西军校合作，或者三所军校联合，对付帝国军校以及达摩克利斯军校，再分排位。"路正辛看着各直播镜头道，"这样一旦赢了，平通院拿第一。"

鱼天荷瞥向路正辛："路指挥这么肯定达摩克利斯军校一定会输？"

路正辛望着镜头内坐起来的卫三，以及醒来的金珂："你是机甲师，更能看出来这三个人的机甲有没有问题。现在其他军校主力队机甲师都在修复单兵的机甲，只有达摩克利斯军校主力队单兵机甲没人修。和有损伤的机甲对战起来，完好的机甲有多占优势，鱼师最清楚不过。更何况，其他军校完全可以在赶赴终点这段时间内骚扰损坏达摩克利斯军校主力队机甲，但他们却有机甲师帮助修复。"

鱼天荷心底承认路正辛说得没错，但她十分不喜这个可能。

"达摩克利斯军校要想赢也不是不可能。"路正辛挑起一个话题。

观众们纷纷竖起耳朵，等着听这个可能，连鱼天荷都正眼看他。

"怎么赢？"

路正辛微微挑眉，笑道："自然是达摩克利斯校方像之前一样，先在校队内藏一个3S级机甲师，用来解现在的危机。"

鱼天荷："……"

达摩克利斯的老师们："……"

项明化竖起耳朵听路正辛的讲解，放松身体往椅背靠去，学生没事就行，雨林赛场拿不到排名，还有后面的赛场呢。

"开个玩笑，想想也知道3S机甲师的稀少。"路正辛漫不经心地笑道，"所以达摩克利斯军校这次绝对拿不到排位。"

"在说什么？"解语曼刚从医院回来，正好听到路正辛后半段话，便问项明化。

听他复述一遍后，解语曼看着帐篷内那些学生，有些诧异："我怎么觉得他们一点都不紧张？"

按理说，主力队机甲师出局后，达摩克利斯军校这帮人也知道自己要面临什么。

但在镜头下，他们睡觉的睡觉，修机甲的修机甲，还有闲聊天的。

完全看不出这是一支即将拿不到排位的队伍。

167

项明化靠在椅背上:"你什么时候见他们紧张过?"

"……我看你也挺轻松的。"解语曼视线落在项明化跷起的二郎腿上,面无表情道。

项明化咳了一声,收回脚:"他们没事就行,之前都拿了两次分赛冠军,这次拿不到排位也就那么大点事。"

他说得也没错,解语曼坐下来:"应成河没事了,大概明后两天就能醒过来。"

两人一起看向直播镜头。

直播镜头内,卫三踢了踢霍宣山和廖如宁。

"起来起来。"

金珂并未阻止,场外路正辛想到的事,他也早想到了。

没有机甲师的主力队,基本成了一次性队伍。

卫三修机甲的能力,现在也没办法再藏着了。

"大半夜不睡觉?"廖少爷迷迷糊糊起来,这次好不容易有救助员守夜,不用他们自己巡逻,这么好的机会补觉,却被卫三一脚踹醒了。

"修机甲了。"卫三起身道。

"哦。"廖如宁跟在她后面,和霍宣山一起往帐篷中间走。

中间还有校队机甲师在维修机甲,见到卫三他们过来,便主动让出位置。

霍宣山先放出自己的机甲,三个人仰头看着他的机甲。

直播现场还有直播间的观众们都不明就里。

"哈哈哈哈,难不成达摩克利斯校队真的有隐藏的3S级机甲师?"

"怎么可能?我猜应该是让校队的机甲师帮忙修补一下外壳。"

"又不是糊墙,是个机甲师都能修,他们的机甲可都是3S级!A级机甲师根本没办法修。"

"达摩克利斯军校太惨了点,主力队机甲师居然就那么出局了,比赛都还没怎么开始呢。"

"他们这是在祭奠自己即将被损毁的机甲吗?再这么看下去,机甲也不会自动修好啊,不如早点休息,等着明天一战。"

"希望能出现奇迹,呜呜呜呜,我要达摩克利斯军校赢!"

…………

卫三走到校队总兵机甲师那边,向他要了自己需要的材料,然后开始熟门熟路地修理霍宣山的机甲。

之前在星兽潮中,霍宣山和廖如宁护着校队出去的路上,机甲上都有不少损伤,全是被陷入疯狂状态中的星兽划伤的。

他们的机甲外壳材料没有加入蘑菇紫液,无论是延展性还是牢固性都比不上无常,所以卫三需要把机甲外壳的凹陷处以及破裂处,全部修补好。

当然机甲内部结构还要检查是否稳固,但应成河出局,卫三手里头没有之前的数据。

所以卫三便让霍宣山进入机甲,让他按照她说的动作测试,只是几个基本的跑动、跳跃以及射箭。

卫三盯着他操控机甲的动作,读秒。

应成河测试他们数据时,卫三向来都在旁边,那些数据对一个机甲师而言,想忘都忘不掉。

卫三心中很快有了对比,但这还远远达不到完美,她让霍宣山出来,自己进入他的机甲,重新操控霍宣山的机甲,走动了几圈。

陌生的机甲对卫三而言不是问题,她只要感受机甲走动、跳跃时的协调性便可。

显然霍宣山的机甲有细微的损伤,应该是关节内部有问题。

卫三从机甲舱内跳下来,快速开始拆卸机甲小腿关节,果然里面有地方松了,甚至有裂纹。她快速换上替代关节,重新装上去后,坐在那儿,开始修补损坏的骨关节。

若事先不知道她是谁,无论从操作的熟稔度看,还是看她对这台机甲部件的掌控,百分之百的人都会以为卫三就是主力队的机甲师。

她甚至不需要连接光脑,只是让机甲单兵在面前操作,然后自己再上去演示一遍,便能知道问题。

直播现场。

路正辛:"?"

他默默抬手揉了揉自己眼睛,以为产生了幻觉,但放下手时,卫三还在修补机甲,连机甲外表的一道小划痕都被她弄平了。

鱼天荷心中的震惊不亚于路正辛,但她为了讽刺路正辛,面上强行保持冷静,缓缓道:"没想到,达摩克利斯校方真的还藏了一个3S级机甲师。"

路正辛:"……"

旁边习浩天目瞪口呆:"卫三是兵师双修?"

这个词太不常见,习浩天说出口时,甚至还带了一股陌生感。

路正辛:神经病,卫三那副样子还能兵师双修?!一定是装出来的。

他始终不愿意相信卫三是兵师双修,卫三从头到尾就是典型的机甲单兵,哪里像机甲师?

更何况她是无名星出身,从哪儿学的机甲知识?

偏偏卫三很快修补好了霍宣山的机甲,并让他测试机甲的性能。

路正辛朝达摩克利斯军校老师那边看了一眼,再次怀疑卫三身份造假。

从镜头内很明显可以看得出来,霍宣山的机甲被修好了,他出来时,对卫三点了点头。

"天呐!达摩克利斯军校真的还有3S机甲师!"

"卫三不光是这届最强的单兵,现在还是3S级机甲师,达摩克利斯军校有什么理由不拿冠军!"

"别说了,总冠军是我们达摩克利斯军校的!"

"啧啧,之前路指挥说话声有多大,脸就被打多肿。"

"不要试图挑衅达摩克利斯军校,否则分分钟打脸。"

"呜呜呜,果然没有追错卫三,卫三就是最牛的!"

"爱了爱了,新骚粉前来报到!"

…………

三架机甲,被卫三全部清修一遍,周围校队机甲师完全没有任何诧异,反而站在旁边围观她修补。

好像早知道卫三是机甲师。

"他们都在看我们,保持冷静。"项明化察觉到周围各军校老师的目光,伸手挡了挡脸,嘱咐旁边达摩克利斯军校的老师们。

等这些目光全部重新集中到镜头内时,项明化才装着若无其事,低声道:"卫三什么时候还学会了修机甲?!那群小崽子分明都知道,还不告诉我们。"

解语曼双手抱臂:"现在我们知道了。"

项明化心里头各种复杂的情绪都有,但嘴角总是不自觉上扬,他太高兴了。

"卫三什么时候学的机甲?"解语曼若有所思,也没人教她。

无名星出身,上军校前连A级机甲都没见过,怎么会修3S级机甲?卫三接触3S级机甲也只是从第二场比赛开始,只有可能是应成河教她。但这么短时间内,能学得这么熟练?

"谁知道。"项明化伸手压住自己上扬的嘴角,"卫三学东西向来快。"

"这倒是。"解语曼点头,有些人天赋就是高,何况卫三还是个超3S级。

达摩克利斯军校的老师们都高兴,显然其他军校老师心中情绪都极为不稳定。

竟然是兵师双修!

联邦史上也只有一个人有这个称号,偏偏这个人还是达摩克利斯军校的建立者。

他们达摩克利斯军校这是要彻底崛起？

各军校老师们的嫉妒心简直冒个不停，换成其他人兵师双修也行，为什么非要是卫三？

现在卫三的实力评估已经隐隐高于所有人，再加上个机甲师身份。

恐怕也只有帝国军校的应星决能与之抗衡。

酸，心中太酸了！

各军校老师一晚上盯着达摩克利斯军校直播镜头内的卫三，纷纷在心中把招生办的人大骂一顿，尤其是帝国军校的老师们。

要是当初卫三报了他们帝国军校，现在强强联手，谁还能打得过帝国军校？

可惜被达摩克利斯军校抢走了，就因为他们有学费贷款通道！

看着直播镜头内卫三修补，鱼天荷找借口离席，在一个安静的角落，打开光脑，不停点着。

第二天早上八点，所有工作人员忙碌一晚上，终于将附近所有的孢子清理完，等他们比赛之后，这边还要再进行二次清理，同时建立观测点，以防疏漏。

"工作人员正在准备撤离，请诸位军校生在半个小时后开始继续比赛。"

广播响起，卫三翻了个身，用手指捂住耳朵，她想睡觉。

昨天每个人只发那么点营养液，她喝完之后，感觉更饿了。

现在一点都不想起来。

但显然卫三没办法继续睡下去，因为准备撤离的工作人员开始拆帐篷。

达摩克利斯军校的帐篷一被拆开，雨过天晴后的初升太阳格外耀眼。

被阳光照在脸上，卫三伸出一只手挡住眼睛，然而周围传来的不停走动声，让她烦不胜烦，最后只能顶着一头乱糟糟的头发，猛然起身。

"别睡了，半个小时后就要开始比赛了。"金珂一早便和霍宣山一起去找可食用的东西去了，现在刚回来，他扔了一堆果子给卫三，"先吃点东西垫肚子。"

卫三随手把头发扎好，起身："早点比完，出去让成河请吃饭。"

"成河都先出局了，你还让他请？"廖少爷啧啧两声，"无情。"

"不管，他丢下这么一堆烂摊子，一定得请吃饭。"卫三抱着果子原地活动双腿。

达摩克利斯军校这边最后一起集合起来，其他军校的人早早已经从帐篷里出来，还帮着工作人员拆了帐篷。

工作人员整顿好，便把所有东西带上飞行器，撤离。

"诸位，半个小时已到，比赛继续进行。"

广播声一放，应星决便带着帝国军校率先离开。

"我们不在这里除掉他们？"公仪觉问应星决，"平通院这时候大概已经对达摩克利斯军校动手了？"

"我们的目标是拿冠军，平通院对上我们还不是输？"司徒嘉撇嘴，"为什么要去蹚浑水。"

"达摩克利斯军校一定会输吗？"泰吴德忽然问道。

帝国军校主力队成员虽诧异校队总兵的突然插话，但鉴于他之前在主力队全员不清醒的状态下带着队伍，还是回复了他一句。

霍剑转头看着泰吴德："达摩克利斯军校主力队失去了机甲师后，他们变成一次性机甲单兵，机甲损坏得不到及时维修，战斗力会受到影响，且一旦机甲损坏严重，便无法继续战斗。所以，这次达摩克利斯军校必输无疑。"

他说完，主力队继续往前走，自始至终应星决没有开口说过话。

泰吴德站在后面挠了挠头，嘀咕道："卫三不是会修机甲吗？"

况且凭借多年经验，他总觉得卫三那边从来没有绝对的事情发生，真要说绝对，赢还差不多。

"输"这个字，感觉就没办法用到卫三身上。

最前方的应星决，忽然脚步一顿，转身大步朝泰吴德走来："你刚才说什么？"

泰吴德愣住，半天才结结巴巴道："卫三她、她会修机甲啊。"

第 196 节

应星决转身过来，帝国军校主力队其他人下意识地跟了过来，听到泰吴德的话，最先问出声的人是公仪觉："什么意思？"

什么叫卫三会修机甲，这年头胡说八道也要有个度。

泰吴德眼神乱瞟，抬手摸了摸鼻子："就是……卫三会修机甲。"

应星决第一反应不是为什么卫三会修机甲，而是问泰吴德："你怎么知道？"

他甚至没有调查到卫三会修机甲，为何泰吴德清楚？

"……我们一个学校的。"泰吴德老老实实道，"卫三以前改造我们学校的机甲，老师都比不过她。"

"你们一个学校？！"司徒嘉抓住其中一个重点，"别告诉我，你也是3212星出来的。"

自从极寒赛场后，各军校都知道达摩克利斯军校主力队有两个从3212星出来的成员，一个无名星能出一个3S级的军校生已经算了不起，结果3212星出了两个。一个指挥，一个单兵，还全在达摩克利斯军校，导致这个编号深深刻在所有人心中。

泰吴德点头："我也是3212星出来的。"

"……"

司徒嘉一时没忍住，呵了一声，居然又是3212星人，个个都要比同层次人强。那个无名星到底什么来历？

对面这个泰吴德也是，帝国军校往届的总兵至少是S级，这么多年还是头一回有A级军校生当上总兵。

"3212学院？我记得你们学院没有A级机甲。"应星决望着泰吴德，缓缓道，"她会修B级机甲？"

应星决说猜测时，甚少用问句。

"对，卫三会修B级机甲。"泰吴德点头，又补充道，"她现在用3S级机甲，应该也会修3S级机甲。"

公仪觉闻言嗤笑道："3S级机甲和低级机甲属于两个领域，B级机甲这种东西都可以量产了，她会修不代表能修3S级机甲。"

真当谁都有鱼青飞那个本事？再则别人不知道，他作为公仪柳后人，在公仪柳的记录中了解到不少鱼青飞的事。

所谓兵师双修，必须先是机甲师。若先成了机甲单兵，感知精度会大大降低，无法构建精密的机甲内部结构。另外，绝大部分机甲师也无法承受机甲单兵的训练强度。

自鱼青飞兵师双修后，很多机甲师也效仿过，事实证明两个方面都发展，到最后无论是机甲师还是机甲单兵都走不远。

应星决沉思片刻后，抬眼深深地朝达摩克利斯军校那个方向看去。

之前自己推测达摩克利斯军校指导机甲师的老师换了风格，还有之前一些关于应成河设计机甲风格的不合理微妙之处，他始终捋不顺。

换个思考方向，如果不是呢？

如果改造血滴的人是卫三自己，甚至无常也是她构建设计的……一切不合理的事情都能重新得到解释。

"卫三怎么也不可能会是兵师双修，要她能修3S级机甲，我……"公仪觉越想越觉得离谱。

他后面的话被应星决打断："我们回去。"

"回去？"公仪觉急道，"主指挥，我们还是先赶去终点吧。"

之前极寒赛场被达摩克利斯军校那帮人硬生生赖了一个冠军，后面西塔赛场又被他们拿走了一次冠军，这次帝国军校绝对不能再失去第一位。

应星决垂眸："我们需要回去确认。"

到底是主指挥，在应星决明确命令后，众人便打消了其他心思，尤其在姬初雨和霍剑毫不犹豫地跟在他背后掉头往回走之后。

掉头之后，公仪觉悄悄落后几步，扭头低声问泰吴德："你是会指挥还是修机甲？"

泰吴德一脸茫然："啊？"

公仪觉："……你们3212学院的人都是双修吗？"

直播间的观众听到公仪觉这句话时，齐刷刷地发弹幕。

"哈哈哈，这是怕了？"

"刚才还信誓旦旦地说绝无可能，现在就开始打探，帝国军校的人……啧啧。"

"目前已知曾在3212学院就读的有三人，其中金珂学过机甲师，后转为指挥。卫三是机甲单兵出身，但昨天晚上修好了3S级机甲，这两人都学了两种，所以公仪觉认为泰吴德也有可能是双修。"

"3212学院很厉害吗？感觉里面出来的人比各个大星上的人还厉害。"

"放假准备带孩子去3212学院参观。"

"哇，我也要去3212星玩一圈，卫三在哪儿，我在哪儿！"

泰吴德也小声道："不是，我只是单兵。"

公仪觉："……"轮到他们帝国军校的3212星人就只会一门。

帝国军校的人原本便没有走多远，转身回去的时候，达摩克利斯军校和南帕西军校的队员已经被平通院和塞缪尔军校的人拦住。

"你们想干什么？"廖少爷"警惕"地用双手抱住自己，十分无辜柔弱地望着平通院和塞缪尔军校那边。

肖·伊莱被他矫揉造作的样子恶心到了，冷笑："你们主力队机甲师都出局了，现在干脆一起出局算了，反正你们感情好，不如早点出去陪应成河。"

"你这是在羡慕我们队感情好？"卫三诧异地挑眉问道。

肖·伊莱："……谁羡慕你们，要不要脸？废话少说，你们达摩克利斯军校今天就留在这儿。"

"不知道是谁废话多。"霍宣山低声道。

这帮人死到临头，还不输一句，肖·伊莱觉得烦死了。

平通院的宗政越人走出来，对卫三道："我们比一场。"

"有什么好比的，你两次都是我手下败将了。"卫三打了个哈欠，"再打下去，我觉得你会产生心理阴影。这样不太好，大家将来都是各军区的中坚力量，要团结。"

听到卫三的话后,宗政越人神色不变,只是将手中的长枪直挺挺朝卫三扔去。

卫三和廖如宁微微侧身,那把长枪擦着两人而过,最后落在他们中间。枪尾还在不停地颤抖。

"你们这么欺负人,是不是不太好?"卫三转脸看着宗政越人。

"比一场。"宗政越人重复道。

"行,不就是打架?我奉陪。"卫三话音刚落,迅速进入机甲,径直朝平通院队伍冲去。

就在赛场内外都以为卫三要攻击宗政越人,她却转而攻击小酒井武藏。

小酒井武藏看着砍过来的大刀,应激进入机甲,和卫三对上了。

宗政越人才刚刚进去机甲,他望着故意不和自己比一场的卫三,手指紧紧握起,提步就要去攻击她,却被紧随其后的霍宣山挡住了。

几乎瞬间,达摩克利斯军校三个机甲单兵同时出手,和平通院的单兵对上。

"他们……"季简看着达摩克利斯军校三架机甲不由得愣住,怎么会一点外壳损伤都没有,难道他们和南帕西军校做了交易?昨天晚上鱼仆信过去帮他们修补了机甲?

不,对面鱼仆信显然也处于愕然之中,几所军校的机甲师互相狐疑地看着,不知道达摩克利斯军校什么情况。

再仔细看卫三那几个人的机甲,完好如初,机甲在太阳光下简直熠熠生辉。

机甲师们处于一片震惊猜测中,南帕西军校和塞缪尔军校的主力单兵已经对上。

高学林听完旁边南飞竹的话,打量达摩克利斯军校那三个单兵的机甲,随后心中有一股雀跃升起。

无论达摩克利斯军校还是平通院赢,只要他们塞缪尔军校让南帕西军校主力队出局,雨林赛场保底第三位。

直播现场。

"路指挥认为接下来的结果会是什么?"习浩天侧头看着路正辛,"我觉得达摩克利斯军校会赢。"

"大概。"路正辛昨天晚上的那番话,今天已经被传到星网上,被大肆嘲讽。

"这次塞缪尔军校应该能赢南帕西军校,三个3S级单兵,对付两个单兵,其中一个还只是双S级单兵。"习浩天看着赛场镜头内已经对战起来的四所军校的队员。

自路正辛来了之后,鱼天荷解说的时间越发少,这次照样没有发表意见,其他人也逐渐习惯。

不过显然赛场形势千变万化，并不完全按照赛场外的主解员所预料的那样进展。

众人看来卫三完全是为了气宗政越人，所以随手挑了他旁边的小酒井武藏对战。

事实上，卫三的目标便是小酒井武藏。

从昨天解决完巨型欲望蘑菇后，金珂分析其他军校的行动时，她便将目标定为小酒井武藏，要见识一下这位被感染者，实力如何。

小酒井武藏的武器是连乌弓，和霍宣山的冰弓不同，他的武器更像是近战武器，没有箭，弓弩上带有齿纹，极为尖锐割手，稍稍被其碰上，便会被带起一大片血肉。弓弦同样锋利，速度快时，弓过头断。

卫三的须弥刀和他的弓弩齿纹对上，甚至无法砍断，反而带出了一连串的火花。

一时间，卫三的力量甚至被小酒井武藏压制，须弥刀不断后退，她的手臂被迫往自己方向折。

旁边围观的金珂皱眉，他也未料到小酒井武藏的力量比卫三还大。

现在看来，卫三应付得极为吃力。

正当所有人都在关注这些主力队单兵对战时，帝国军校队伍回来了。

应星决一到，便见到卫三全面被小酒井武藏压制，无论是力量还是速度上，他都更胜一筹。

压制超3S级？

即便这个超3S级没有及时得到营养液的补充，也不会被压制得这么彻底，小酒井武藏实力提高了。

应星决目光深深看向两人的方向，他之所以要回来，便是猜中卫三会对小酒井武藏出手。

"他们机甲真的修好了。"公仪觉盯着达摩克利斯军校三个主力单兵的机甲，发现他们行动速度和灵活性上完全没有受到影响，这只有一个可能，他们的机甲进行了维修。

公仪觉还是不敢相信，他宁愿相信达摩克利斯军校和南帕西军校合作了。

没错！一定是这样！

第 197 节

小酒井武藏的实力强到谁也未料到，明明之前所有人都认为卫三会赢。毕竟她曾经打败过宗政越人，甚至连姬初雨都败在卫三手里。

而现在情况却完全相反，卫三居然不敌小酒井武藏。

别说其他军校，连平通院的人都吃了一惊，尤其是宗政越人。他原本想要和卫三打一场，找回自己的尊严，结果现在小酒井武藏却快要赢了她。

明明小酒井武藏代表的是平通院，宗政越人却无法高兴起来，因为这个打败卫三的人不是他自己。

现在随随便便一个人都比他强？

宗政越人一时失神，被霍宣山射中一箭，他抬手用力狠狠折断腹部的冰箭，面沉如水。

"你的弓要戳到我的脸上来了。"卫三退无可退之后，抬眼道。

小酒井武藏双手握着弓弩继续用力，想要用上面的齿纹割裂她的机甲。随着两人之间的距离越来越近，他眼中闪过一丝贪婪。

"做人首先不能太过分。"卫三说完这句话，猛然抽开刀。

没了阻力，小酒井武藏的弓弩直接压向卫三，不过卫三在抽刀的同时，抬脚踢向他的腹部和膝盖。

那个瞬间，两人一上一下平行，卫三的须弥刀早变成了扇形刀，在交叉而过、翻身起来时，高速旋转的扇形刀飞向小酒井武藏，割裂了他的机甲尾翼。

那是轻型机甲飞行时的关键部位。

"既然没人教你……"卫三话未说完，小酒井武藏便瞬移到她面前，踹来一脚，但卫三被踹开的同时，伸手拉住了他的腿，用力一挥便将其抱摔在地。

机甲舱内卫三抹了一把鼻子下方的血，膝盖狠狠用力抵在小酒井武藏的腹部，单手握拳捶他的脑袋："打断人说话是一件不礼貌的事。"

卫三的手臂和地面呈九十度，直直朝下，手肘砸在小酒井武藏脖颈处，继续道："别在我面前拽，我看不惯。"

脖颈处遭受一击，机甲舱内的单兵会感到窒息，实力水平在那个瞬间会极大降低，但小酒井武藏反应极快，下一秒便屈膝攻击卫三，得空翻身而去。

表现不可谓不好。

卫三接连退后几步，扭了扭手腕，偏头看着附近和霍宣山对战的宗政越人，漫不经心道："你队友比你强多了。"

机甲舱内宗政越人下颌绷得极紧，招式又一秒混乱，他面对的是霍宣山，瞬间被抓住失误。

平通院和达摩克利斯军校单兵对战激烈，谁也不让谁，尤其是小酒井武藏和卫三，一招一式全冲着对方的致命点去。

"塞缪尔军校主力队单兵吉尔·伍德出局。"

突如其来的一道广播让众人惊住，下意识地朝塞缪尔军校和南帕西军校队员看去。

塞缪尔三个3S级单兵对南帕西军校两个单兵，怎么还有人出局？

众人定睛一看，发现让吉尔·伍德出局的人却不是南帕西军校的3S级单兵昆莉·伊莱，而是山宫波刃。

这下山宫波刃吸去了一大半注意力。

直播现场。

众人还处于不明就里的情况下，路正辛看向鱼天荷："山宫波刃的机甲改了？"

"什么意思？"习浩天刚才光去注意卫三和小酒井武藏的对战，根本没关注吉尔·伍德是怎么出局的。

"山宫波刃的机甲改成了3S级。"鱼天荷缓缓道。

"什么叫……"习浩天一时间没反应过来，他想了想道，"他不是双S级机甲单兵？而且对付变异菌丝也还是以前的水平。"

和达摩克利斯军校老师遇事全部装冷静不同，南帕西军校的老师们脸上的愕然隔着十米远都能看得清清楚楚。

显然南帕西军校的老师也不清楚怎么回事。

"大概是山宫波刃也和吉尔·伍德一样进化了。"鱼天荷道。

"比赛前大体检结果显示主力队成员除了吉尔·伍德，其他人没有任何进化的迹象。"路正辛盯着她道，"为何山宫波刃的机甲会发挥出3S级的威力？如果没记错，山宫波刃和山宫勇男的机甲是你设计的。"

鱼天荷低头理了理自己的披肩，才抬头道："差点忘记了，青袖和绿将是我设计的。"

正因为这两台机甲是同一个机甲师设计的，所以合起来的威力才能抗衡3S级单兵。

现在看来青袖的实力居然能单独达到3S级。

路正辛手指抵在唇边，不知道想起了什么，有种气极的感觉，眼中带着嘲意，肯定道："山宫双生子是3S级。"

此话一出，直播现场顿时一片哗然。

好好的双 S 级怎么就变成了 3S 级，山宫波刃和山宫勇男又不是卫三，自幼游离在军校外，他们俩测过无数次感知，经过无数次各方评估，所有的对战训练数据基本上算透明。

"路正辛在说什么？"项明化完全不敢置信，"这意思是本届五所军校的主力队员没有一个双 S 级？"

这叫什么事？

应成河早上七点就醒了过来，他不愿意躺在治疗舱内，坚持要出来看直播比赛，护士只好将人带出来，让他躺在床上休息。

虽然出局得莫名其妙，应成河心里不免有些失落，但同时又庆幸，庆幸出局的人是自己，而不是其他人。

他出局了，还有卫三，要是其他人出局，就彻底没有补救的余地了。

应成河靠在床头，一边捧着一杯营养液补充剂，一边看着直播。

听到路正辛说的那句话后，他直接把嘴里的营养液补充剂喷了出来。

和其他人单纯惊叹升级的事不同，应成河知道黑色虫雾感染的事，刚才小酒井武藏的表现充分证明了感染者的实力会提升。

应成河握着杯子，紧紧盯着鱼天荷，他没忘记比赛前在黑厂收到的信息，还有黑厂那些驾驶 3S 级机甲的双 S 级单兵。

难道青袖和绿将就是这样的机甲？

不对，如果真是这样的机甲，那么早十几年前这个技术便成熟了，而不是像他们在黑厂看到的那些不完全成品的机甲，实力极弱。

作为一名机甲师，应成河不由将目光放在另一个直播赛场内的镜头上。

能发挥出这么强的实力，说明青袖至少现在是一台实打实的 3S 级机甲。

双 S 级机甲变为 3S 级机甲，应成河也能做到，前提是这台机甲本身便是 3S 级机甲，被拆改成了双 S 级机甲。

"是又如何？"鱼天荷忽然抬眸笑了一声，"赛场没有规定不可以把双 S 级改造成 3S 级，他们用的材料还是之前兑换出来的。"

承认了。

众人心中顿时变得极为复杂。

塞缪尔军校那边的老师更生气了。这届什么情况？各军校的主力队员居然都在隐藏！只有他们塞缪尔军校在老老实实地比赛。

赛场内卫三只分了一秒钟时间给山宫波刃，之前装得倒是挺好，她的视线掠过南帕西军校那边，准备继续指导小酒井武藏重新做人，却在不经意间对上应星决的眼睛。他应该也是刚看完山宫波刃那边，才转开目光。

淡黄色的阳光穿过周围的参天大树的枝叶，浅浅洒在他脸上，卷长睫毛微微一动，便像蝴蝶翩跹。

卫三有一瞬间看愣了。

"砰——"

小酒井武藏一个拳头直接命中卫三机甲头部，把她一拳打倒。

卫三仰面朝天倒下时，心中只来得及浮现一句脏话。

不过她最后倒下，也不忘伸脚绊倒小酒井武藏。

卫三就地一滚，躲开他的拳头，整个人压在小酒井武藏身上，双手到处在他机甲身上摸索。

"本人的真正实力，你该好好见识见识了。"卫三微微一笑。

她机甲师的身份反正都已暴露，不好好干一番，对不起机甲师这个称号。

卫三一想到赛场内这么多3S级机甲，突然变得兴奋。

当初在黑厂"向生活低头"的威名，是时候让这帮人见识见识了。

从这一刻起，小酒井武藏明显感觉到卫三的招式变了，变得……奇奇怪怪。

更确切地说是她的招式几近于无，有时候甚至不躲开，反而迎着他的攻击上来，但小酒井武藏付出的代价是机甲这儿少一块，那儿少一块。

卫三没有什么称手的工具，最后只能用扇形刀来切割他的机甲。

小酒井武藏一开始压根不在意机甲外壳的损伤，对战难免有这种情况出现，但很快他发现有些不对劲了。

这些损坏的机甲外壳乍一看没什么大不了，但损伤累积到一定程度之后，机甲的灵敏度开始大幅下降。

小酒井武藏是机甲单兵，看不出门道，还以为是卫三之前的攻击对他机甲内部产生了什么影响。他开始拼命攻击卫三，想要在机甲出问题前，解决卫三。

"我信卫三能修3S机甲。"公仪觉突然道。

帝国军校主力队的人闻言，转头看着他。

"小酒井武藏右手臂腋下那块裂纹，还有大腿内侧那道伤口，这两个地方是我们机甲师经常动的地方，打开外壳后，下面一层有调动关节的地方。"公仪觉面无表情看着小酒井武藏机甲上的各种口子，上面每一道切口从机甲师的角度看，都堪称完美。

甚至卫三还是在战斗状态下，用那两把简陋的扇形刀做到的。

别说修3S级机甲，这时候有人告诉公仪觉，说卫三能设计构建出无常，他都信。

等等，无常这架机甲的风格根本不像是出自应成河之手，之前他还以为应成河去达摩克利斯军校后，改了自己的风格。

现在看来……

难不成，无常真的是卫三做的？！

第 198 节

机甲身上的刀口太过精妙，导致公仪觉不得不承认卫三有能力修补3S级机甲。但有一个人到现在还没有反应过来。

这个人是平通院主力队的机甲师季简，他一直在观察自己队伍中三位机甲单兵的状况，由于小酒井武藏实力突然变强，所以季简多分了些注意力过来。卫三造成的伤口，他当然能看得出来，只是他不像公仪觉已经提前知道卫三是一个潜在的机甲师，做足了心理准备。

因此看着卫三对小酒井武藏机甲造成的各种凌乱又精准的伤口，只以为是一种巧合，同时内心深处总感觉有哪儿不对劲。

"我觉得你做人不太行。"卫三躲过小酒井武藏的弓弩齿，手指直接顺着他手臂那个裂口插了进去。

在外人看来，卫三不过是用手指在里面胡乱搅动，但只有小酒井武藏察觉到那瞬间机甲开始不对劲。

感知断了，他无法再感受到那个裂口以下手臂的部位。

小酒井武藏本能地想要远离她，拉开两人之间的距离，只不过卫三又怎么会让他轻易离开，手指抽出，下一秒挥刀斩断他那只手臂。

平通院和塞缪尔军校的人看傻了，完全不知道为什么小酒井武藏不回手，任由卫三砍断了手臂。

机甲舱内的小酒井武藏眼睛瞬间被黑色全部覆盖，战斗力再一次直线飙升，逼得卫三连连后退。

"小酒井武藏身上的气息变了，你小心。"

应星决的声音忽然出现在卫三脑海中。

某个人莫名心虚，总感觉自己的隐私被应星决窥见了。

偏偏对方语调又极为严肃正经。

"被黑色虫雾感染后，实力可能会不断得到大幅度提升，你尽快让他出局。小酒井武藏在连续转身出招时，下盘稳定性会减弱，这时候出手最容易。"

卫三抬眼看着对面的小酒井武藏，听着脑海中应星决点出他弱点的声音，更心虚了，突然生出自己背着金珂做了坏事的微妙感觉。

毕竟金珂才是她的指挥。

手中的扇形刀用力一甩，变成了两把合刀，双手再合拢，变为须弥刀。卫三朝小酒井武藏冲去，原本作为一个轻型机甲单兵，他要躲过这招，轻而易举。只不过之前先是被卫三斩去尾翼，之后机甲灵活度降低，全力之下，居然才堪堪躲过她的一刀，机甲外壳依旧留下了一道浅痕。

小酒井武藏在机甲舱内喷了一声，疯狂朝着无常的机甲舱攻击，分明是要重伤里面的卫三。

不过现在才做这种事已经晚了，卫三冷眼看着他挥着弓弩头击过来，挥掌硬生生挡住，手指连同手臂都被震麻了。

小酒井武藏以为她失误了，接连挥弓弩过来，以弓作刀，想要以其人之道还治其人之身，割断卫三的手。却不料卫三并不是要挡弓弩头，反而顺着他的弓弦滑到他手腕处。

弓弦擦着她手臂，发出刺耳的刮擦声，间或有高速摩擦带起的零星火花。

看似漫长，实则一秒不到，小酒井武藏手腕被卫三抓住的那瞬间，便生出了一股挣脱不开的绝望。

"所以说，你就是欠教训。"卫三捏住他的手腕，使其失去手臂支配力，同时脚踢在他腿上。

正如应星决所说，小酒井武藏致命的缺点，便是在地面时，下盘做不到如同其他人一样稳。

3S级机甲对战，一个小失误便能输了全局，更不用说小酒井武藏不止这一个失误，完全是靠另外一种力量支撑。

现在被踢倒，正面扑在地上，最后一只完好的手也被卫三反向折在身后，几乎整架机甲都暴露在她眼中。

对于一个机甲师而言足够了。

小酒井武藏甚至还未挣扎完，便被卫三卸掉了能源灯。

没有了这个，直接被爆出局。

趁这段时间，卫三并不起身，能源块、防护甲……能用的全部拆了，那些他机甲上专门定做的就不要了。

可惜这是比赛，只能在这里面用，下一场拆卸的材料没办法用，不然卫三绝对不会放过小酒井武藏的机甲。

现在也只能拿一些通用的基础能源块。

不过卫三还是埋头把小酒井武藏的机甲拆得稀巴烂，用不着，看看也成。拆机甲是她人生一大乐趣，可以见到各种不同的结构，对机甲师提升有益。

殊不知她这个举动对"涉世未深"的军校生们冲击力有多大。

各军校的机甲师瞪大眼睛盯着卫三的举动，感觉自己的三观受到了严重的冲击。

尤其是平通院的季简，他抖着手指，指向卫三："你、你在干什么？！"

卫三不理会他，季简气不过，进入机甲冲过来，要和她理论。

路时白阻拦不住，眼睁睁看着季简冲了过去。

"我记得你们平通院的指挥和机甲师的机甲叫'界'，感觉很厉害的样子。"卫三站起身，一个勾腿抱摔，踩在季简机甲身上。

季简丝毫不怵，他对自己机甲的防御性有百分之百的信心。

卫三把季简连人带机甲翻来覆去看了一遍，还上手摸了一圈，仿佛在挑选一块上好的肉。

"啧。"金珂看不下去了，喊道，"卫三，你快点把那两个人弄出局。"

目标之一的路时白："……"

"再给我两分钟。"卫三手里没什么合适的工具，一时半会儿也确实破不了季简的机甲，和不死龟各方面裹得严严实实的不同，界这架机甲更协调轻盈，整个机甲光滑得仿佛是一体，无法找到有效的突破点。

卫三刚刚看了一遍，再完美也有薄弱点，她翻半天找到工具刀，一点一点磨开界视窗那边的缝隙。

季简傻了，他没想到一个单兵会精准找到这个地方，瞬间开始剧烈挣扎。

不过小酒井武藏都出局了，季简在卫三眼中，就是一头待宰的小肥羊。

卫三一边拆机甲，一边还要让季简心理防线崩溃，仿佛闲聊般："欸，我是不是忘了告诉你们，其实我对修机甲这方面还挺擅长的。"

季简无效的挣扎忽然停了下来，混乱的大脑精准地捕捉到卫三的意思，但始终不敢相信。

"不过我水平一般，最多也就是当当3S级机甲师这样。"卫三长叹一声，"听说这台界就是你设计的，季家人果然年少有为。不像我，设计不出来这么好的防御机甲，只能拆你的机甲。"

季简听到她这么说话，脑子充血，直接自己按了出局。

卫三诧异，刚好那边有人来带走小酒井武藏，她没办法再拆季简的机甲，扫兴地站了起来。

"……"

虽然四所军校的人还在对战，但感觉此刻莫名地安静，大家都在看着卫三。

自从卫三说自己是3S级机甲师后，平通院的人都愣住了，尤其是宗政越人。

当一个人略强于自己时，还有战斗欲，但卫三如果还是3S级机甲师，那他们两人便完全无法相提并论。

"塞缪尔军校主力队单兵肖·伊莱出局，南帕西军校主力队单兵昆莉·伊莱出局。重复……"

两个伊莱家的人同时出局。

在卫三准备去帮助霍宣山时，目光扫过即将离开的小酒井武藏那边，他看着倒和周围的军校生没什么区别，脸上同样的不甘和愤怒，只有她知道，刚才对战中，小酒井武藏的力量有多强。

超越了她所有交手过的人，不过小酒井武藏似乎还没办法合理完善地支配力量。

机甲舱内，卫三低头看着自己的手，这种人最好还是早点扼杀为好。

等到将来不知道会引起多大的祸患。

第199节

赛场内情况变得有些复杂，南帕西军校和塞缪尔军校主力队分别只剩下一个机甲单兵，现在还在对战的另外两所军校中，达摩克利斯军校以三对二占据上风。剩下一个围观的帝国军校。

实际上，各军校的主指挥已经频频朝帝国军校那边望去，他们不知道为什么应星决要带着队伍转身回来，或许只有金珂一个人能稍微理解。

应星决大部分时间，目光都落在小酒井武藏和卫三身上，大概是在观察感染者对战时的变化以及……卫三？

刚才卫三出手拆毁小酒井武藏的机甲，帝国军校那边的人虽然震惊，但却没有什么困惑，仿佛早知道卫三有这种本事一样。

金珂怀疑他们是不是提前知道了卫三能修3S级机甲，所以应星决才会掉头回来，想要亲眼确认情况。

"我们走。"应星决转身道。

帝国军校回来得快，走时也快，只剩下其他军校在原地对战。

"确定了？"路上，应星决问公仪觉。

公仪觉点头："达摩克利斯军校主力队的机甲不是其他军校机甲师修补的，

如果卫三不是那个动手修补的人，说明达摩克利斯军校队伍中还有一名3S级机甲师。"

但从之前对战中看，卫三分明精通机甲结构，再找其他借口根本说不通。

而且……公仪觉觉得卫三有强迫症，无论是廖如宁还是霍宣山的机甲外壳全部修补得和新的一样，一点划痕都没有。

一般在这种比赛中，机甲师很少做到这种程度，只追求快速修复并稳定好机甲状况。

"南帕西军校的山宫波刃是怎么回事？突然变强了那么多，还有平通院的小酒井武藏也是。"司徒嘉憋了半天，还是忍不住问了出来。

"山宫波刃的机甲改成了3S级。"公仪觉作为机甲师，看完对战后，便十分确定，"和巨型欲望蘑菇缠斗时，他的机甲还只是双S级，一定是昨天晚上被鱼仆信改造回来了。"

"改造回来？"司徒嘉不理解他这句话的意思。

"这么短时间内，不可能将一架双S级机甲改造成3S级，只可能是原本这架机甲便是3S级，经过拆除、更换发动机液，以及刻意维持，才会被我们当成双S级。"公仪觉更想知道已经出局的山宫勇男是不是同样的情况，如果是，南帕西军校那边图什么。

"主指挥，他们这样不犯规？"司徒嘉皱眉，感觉突然看不懂各军校的打算。

应星决目光直视前方，淡声道："比赛并未规定此类行为犯规。"

规定限制校队不能用高等级机甲，但没有限制主力队隐藏自己的机甲水平。

司徒嘉低声道："……为什么这些军校都在隐藏？"

平通院和南帕西军校单兵的实力突然增强，达摩克利斯军校更是存在兵师双修的人，只有帝国军校和塞缪尔军校还在原地踏步。

应星决在思考南帕西军校那对双生子的意图，一般隐藏是为了更好地赢得比赛，回顾之前的比赛，他们显然并没有这个想法。

有一件事让他同样在意，南帕西军校的人，似乎也不知道山宫波刃的实力，当时高唐银看向鱼仆信的眼神，分明在询问。

帝国军校的人一离开，高学林便对金珂和高唐银道："不如我们合作，让平通院和帝国军校出局？"

刚才帝国军校在这里，他不敢说，怕被应星决出手解决，现在正好他们离开，高学林便打好算盘，只要达摩克利斯军校出最大的力，怎么着，塞缪尔军校也能赢得排位。

现在南帕西军校和塞缪尔军校一样只剩下一个主力单兵，这个合作，绝对划算。"

金珂抬手屈起指头，吹了吹不存在的灰尘："高指挥太高看我们了，帝国军校那么厉害，我们不一定能打得过。"

"帝国军校现在已经往终点去了，如果我们能加入战局，帮助你们节省时间，"高学林视线落在宗政越人等人身上，"你们夺冠的机会又多了一点。"

金珂仔细看了看自己的机甲："高指挥这话说得有点道理，不过……"他抬眼朝高唐银那边看去。

"你觉得如何？"高学林问高唐银，"无论第二还是第三，我们都有积分。"

高唐银还在考虑，山宫波刃却直接对习乌通动手了。

习乌通作为塞缪尔军校中实力最强的中型机甲单兵，居然被山宫波刃几个快招逼得连连后退。

"不必合作。"鱼仆信上前一步，低声对高唐银道，"山宫会赢。"

高唐银偏头盯着鱼仆信："……你们之前合伙骗我？"

鱼仆信低声道："我只是照命令行事。"

"命令？我是你们的主指挥，在赛场上你们需要服从我的命令。"被人隐瞒的滋味不好受，尤其他们故意隐藏实力，导致前面赛场排名极低，高唐银吸了一口气，道，"再信你们一回。"

看着远处南帕西主力队两位成员在说悄悄话，金珂眯了眯眼。

果然下一秒，高唐银拒绝合作，任由山宫波刃和习乌通对战。

高学林："……"

当前，宗政越人被卫三和霍宣山围攻，霍子安则和廖如宁对战，这种情况下显然达摩克利斯军校这边胜算极大，再加上宗政越人心中遭受极大打击，招式不稳，输只是时间问题。

卫三一脚踹在宗政越人肩膀上，让出间隙，给霍宣山的冰弓攻击制造机会。

宗政越人长枪转动拨开霍宣山的冰箭，同时抬起另一只手挡住卫三的拳头，却不料她抬高手臂，横勒住他脖子，将他带倒在地。

两人靠近的那瞬间，卫三低声说了一句话，机甲舱内的宗政越人一愣，忘记反抗，被她摘了能源。

"平通院主力队单兵宗政越人出局。"

广播播出来，众人心中居然有种尘埃落定的感觉，再看从机甲舱内出来的宗政越人，这次意外地冷静，反而少了之前出局时的难以置信。

"欸，对战的时候要专心致志，不能分神。"卫三一边不停地拆除宗政越人的机甲,一边道,"越人兄,你这心理素质还需要再练练。"

等比赛结束后,她得改造机甲手掌,加些工具在里面,好拆卸别人的机甲,现在太不方便了。

听着卫三各种阴阳怪气的话,宗政越人内心却没有任何波动,满脑子只有她刚才那句话。

——注意小酒井武藏。

这是什么意思?

宗政越人盯着卫三,有一道声音在拼命喊着卫三是在离间平通院单兵,但刚才她的语气……

他不愿意相信卫三是好心,偏偏内心深处又不自觉去回想小酒井武藏从大赛开始到现在的样子,注意什么?她又知道了什么?

"你们谁帮我一把。"廖如宁被霍子安追得到处跑,两个重型机甲咚咚地跑来跑去,地面都在震动。

"来了。"霍宣山转身加入他们的战局。

结果不言而喻,二对一,差不多水平的3S级对战,自然是多数战胜少数。

"平通院主力队单兵霍子安出局。"

从机甲舱内出来,霍子安走到宗政越人旁边,一言不发。

"只是一场比赛,后面还有机会。"宗政越人说话声音嘶哑,显然并没有话语中那么轻松。

霍子安却一愣,这还是他第一次从阁主口中听见这种话。

主力队单兵全军覆没,在他们等待救助员接走的这段时间才是最折磨人的。

没有了主力单兵的庇护,校队被达摩克利斯军校主力队轻轻松松解决,一个又一个地出局。

尤其是路时白,遭遇了和季简一样的经历,被卫三按在地上,一顿狂拆。

他悲愤不已,坚强地反抗到底,然后……被卫三打了。

与此同时,塞缪尔军校的习乌通出局了。

卫三起身,和另外两人会合,盯着对面的山宫波刃。

"这么厉害?"廖如宁看着那边的山宫波刃,"他这手鞭子甩得不比山宫老师差,之前怎么输得那么惨?"

"我对上习乌通只有一半赢的机会。"霍宣山道。

现在山宫波刃打败了塞缪尔军校三位单兵,可想而知他的实力有多强,这还不算上之前出局的山宫勇男。

假如山宫勇男也如此之强,那南帕西军校实力必然大幅度提升。

这对兄妹藏得也太深了点。

"祝你们夺冠。"高唐银对金珂道,带着南帕西军校队伍缓缓退后离开。

直播现场。

"这次比赛还真是出乎意料,没想到南帕西军校居然还隐藏着这么强悍的单兵。"习浩天看着习乌通出局,愣了一会儿才道,"现在只看达摩克利斯军校能不能打赢帝国军校了。"

"他们在抢平通院的能源。"鱼天荷看着镜头内达摩克利斯队伍不放过任何一个平通院的人,显然要薅尽所有能源。

拿到平通院的能源后,达摩克利斯军校起码有大半路程可以使用机甲,全速前进。

"帝国军校的人不应该掉头回来。"习浩天道,"至少还有机会提前赶到终点。"

路正辛已经恢复冷静了,他靠在椅背上:"终点旗插在沼泽地中央,那片沼泽地面积广大,一架机甲的能源远远不够支撑到拔旗,至少需要两倍的能源块,但同时沼泽地内有巨鳄,一旦落下沼泽战斗,所损耗的能源会更多。拔旗所耗费的时间不会少,即便帝国军校的人赶到终点也依然要被追上,掉头与否都无所谓。"

比赛已经接近尾声,观众们都有点躁动,不光是因为接下来有排位之争,还因为其他几所军校单兵的出局。

各军校的老师也在议论,至于项明化,他正在低头给应成河发消息,手指在虚空中点得极为用力。

项明化:"说,卫三什么时候学的3S级机甲知识?"

应成河:"……老师,我现在胸口疼。"

项明化:"呵呵,那我过去帮你按按?"

应成河:"不用了,老师,我好了。老师,我困了,再见。"

项明化看着突然下线的学生:"……"等出来一定要拎着这群学生的耳朵,问问他们还有什么瞒着的。

"都出局了?"卫三看着平通院的人,问金珂。

"没了。"金珂扫视一圈,"原地休整半个小时,之后全速赶路。"

这半个小时专门留给各机甲师来修复单兵的机甲,达摩克利斯军校主力队,没有了主力机甲师,只能卫三上场,她一刻不停歇地给霍宣山和廖如宁的机甲检查。

虽然赛场外的观众都已经知道卫三会修机甲，但再看一次，依然觉得震撼不已。

这好好的机甲单兵，是怎么做到如此熟练地修补机甲呢？

第200节

此刻雨林赛场内只剩下三所军校的队员，其中帝国军校的队员走在最前面，并且已经接近沼泽地。

一望无际的沼泽地，泛着一股沉沉的死气，不断散发水腥味，远远望去才见到中间人工建造的悬浮台，上面竖着各军校的旗子。

"这只能让司徒嘉飞过去。"公仪觉望着悬浮台的距离道，"需要备用能源块。"

"下面有星兽。"应星决收回覆盖沼泽地的感知，缓缓道。

因为这边环境特殊，下方的星兽依存沼泽生活，即便上岸也走不了多远，所以之前才没有被欲望蘑菇迷惑，跟着一起过去。

"主指挥，我现在过去。"司徒嘉道，"飞高一点，应该能避免和星兽缠斗。"

应星决望着这片沼泽地，最终同意司徒嘉过去，他偏头看向另外两位单兵："你们守在这儿挡住后面来的人。"

"是。"

司徒嘉带上备用能源块，在沼泽地前，先操控机甲不断往上飞，但这个高度仅仅达到三十米不到，他发现上层空气多了一层黏絮，会阻碍机甲前进。

他立刻告知下方的应星决。

"和沼泽地保持在二十米。"应星决道，"上方是沼泽浮游物，尽量别接触，对机甲有害。"

要维持这个距离行进，对机甲单兵而言，需要保持极佳的平衡，不过司徒嘉作为一名被筛选出来的帝国军校主力队成员，这样的难度，他完全可以做到。

由于终点场地环境特殊，帝国军校的人只能在沼泽地旁边观看等候。

司徒嘉开始往沼泽地中心飞去，机甲平行于沼泽，只有一双翅膀在高频微幅度扇动，来维持机甲在空中飞行。

才行进不到三百米，便有一头满身污泥的巨鳄猛然从沼泽地内蹿出来，若不是司徒嘉反应快，往前猛蹿了一段距离，巨鳄长吻差一点咬上他的脚。

类似的情况不停发生，沼泽地内的巨鳄不止一条，几乎每隔一段距离便会跳出来一条，有时候为了躲避沼泽地的巨鳄，司徒嘉不得不后退躲闪，很长时间前进不了。

等到达摩克利斯军校的人赶到时，司徒嘉才行进到三分之一处，能源块已经消耗了一部分，只能庆幸刚才带了不少能源块，让他能继续前行。

"好多鳄鱼！"廖如宁仿佛没有见过世面，打开相机，开始到处找角度拍。

霍剑默默挡在他面前，不让廖如宁往前走一步。

"不是，霍同学，我拍个照片也不行？"廖如宁猛然往上蹿，直接双腿夹着霍剑的腰，双手举高光脑，对着沼泽地那些"活蹦乱跳"的巨鳄就是一顿乱拍。

还没拍完，就被霍剑伸手用力推开。

"停！"廖如宁抬头阻止霍剑进入机甲，"我不拍了行不行？"

与此同时，卫三也走到了姬初雨面前。

"你们怎么这么长时间还没拔旗呢？"卫三指着远处的司徒嘉道，"哎，他一个人多辛苦，你们就在这儿看着吗？"

姬初雨面无表情看着她，不让卫三往前走一步，手指已经放在自己机甲戒指上。

"欸，我们好好说话，不动手。"卫三做了一个停止的手势，用商量的语气，"你看我们单兵都在，打架一时半会儿也分不出胜负，再说就算打起来，一对一，你们也还是拦不住我们轻型机甲单兵过去。"

姬初雨不为所动。

金珂也走到应星决对面："终点了，不如大家都歇歇，就让两个轻型机甲单兵较量算了。"

他这话说得也没错，姬初雨和霍剑拦得下两人，霍宣山总要飞过去。

但应星决仍旧未放松警惕，他在想达摩克利斯军校是否联合了仅剩下一位主力单兵的南帕西军校。

这时，达摩克利斯军校的主力队成员统一朝右边看去，那种不是特意，好像只是被什么吸引了目光的样子，霍剑和姬初雨以为是终点台出了什么问题，即便没有转头过去看，也走了神。

那一秒走神，对面的卫三和廖如宁抬手就对着他们俩一撒。

金珂也这么做了，可惜应星决没上当，在他挥手的瞬间，便往后移开。

"咳咳！"金珂被自己一手的花粉呛住，抹了一把脸，"幸好吃了解药。"

应星决认出来他脸上的花粉："……迷幻草棘。"

再看帝国军校两位主力单兵，已然中招，全部吸入迷幻草棘的花粉，瞬间晕了过去。

甚至花粉随风飘到旁边校队所在位置，泰吴德吸了吸鼻子，直接一头栽倒。晕过去的人，脸上都带着快乐的笑容。

达摩克利斯校队成员一看，齐刷刷地往后退了一步，他们可没吃解药。

霍宣山立刻进入机甲，朝沼泽地的悬浮台飞去，和司徒嘉不同，他没有特意维持在某个高度，一边飞一边往下撒迷幻草棘的花粉。

那些"活蹦乱跳"的巨鳄全部倒下了，趴在沼泽地面上，陷入快乐的世界。

霍宣山轻轻松松地追赶前面的司徒嘉。

这事情要从塞缪尔军校出局讲起。

当时塞缪尔军校最后一个单兵出局，他们成了一头肥羊，南帕西军校放弃了争排名，准备只拿第三，所以直接退出了，但达摩克利斯军校从来不放过任何一只"羊"。

薅完平通院、薅塞缪尔军校，卫三逮着塞缪尔军校的指挥，从高学林那边不仅抢到了能源块，还抢到了大把大把的解毒丸。

这么多解毒丸，其实没太大用处，毕竟从卫三中招之后，金珂路上已经打起十二分精神来，不让队员中任何毒。

一路往终点赶，中间停下时，卫三又看见了"兔子"，这次她知道那不是真兔子。

"那花粉这么厉害，我觉得应该再弄点。"卫三起身拍着自己满包的解毒丸，"要让帝国军校的同学们快乐快乐，这样才显得我们友爱善良。"

众人一拍即合，吃下解毒丸，就去搞花粉，逮着那些花粉拼命薅，等他们离开时，迷幻草棘已经瘫软在地上，生无可恋了。

回到现在。

帝国军校主力队成员中招，霍宣山成功出发，现在变成了轻型机甲单兵之间的较量。

为了不让霍宣山替司徒嘉铺路，廖如宁也准备往沼泽地内奔，现在最大的危险——巨鳄全部趴在沼泽地陶醉在快乐中。

廖如宁也欢快地奔向终点。

应星决皱眉，准备使用感知攻击沼泽地内的两个单兵，却被忽然靠近的卫三一把抓住了手。

"主指挥怎么能打打杀杀呢？"卫三站在应星决背后，捏着应星决刚准备抬起的手腕，另一只手绕过他肩膀，用匕首抵在他脖颈处。

"主指挥！"公仪觉震惊地看着这个无耻的机甲单兵，居然对一个指挥出手。

卫三微微靠近应星决的耳侧，低声道："我知道应指挥感知厉害，还能攻击人，不过……你觉得是你的感知快还是我的匕首快？"

清浅的呼吸打在耳边，两人姿势又足够暧昧，偏偏应星决知道卫三真的敢

191

动手。

"用匕首还是不行。"卫三指尖握着应星决的手腕用力道，"不如弄断手，应指挥，你说好不好？"

应星决垂眸，他从背后的卫三身上明显察觉到了杀意。

两人这么僵持着，公仪觉甚至不敢乱动，生怕激怒卫三。

他们贴得太近了，主指挥一定没办法出手，公仪觉看了看沼泽地那边，又看着卫三这里，简直恨自己为什么不是单兵。

刚才应星决强行调动感知，又被压了回去，加上身体得不到营养液的补充，直接往后面倒。

"喂，你别耍诈。"卫三察觉到异样，但仍然没有松手，"我不会放手的。"

"晕过去了。"金珂走过来看了看，真是可惜，好好的超3S级指挥，身体出了问题。

"我没动手。"卫三对着旁边一脸悲愤的公仪觉道，"你们主指挥这是在碰瓷。"

公仪觉瞪着卫三："你放手！"

"不放。"卫三毫不犹豫拒绝，"万一他醒了又准备动手呢。"

"你！"公仪觉气得伸出手指指着卫三，"你、你……流鼻血了。"

闻言，卫三收回握着匕首的手，抹了抹鼻子下方，果然一手的血，她满脸问号，这时候流鼻血？

嗯，好像还有点晕。

刚想完一瞬间，卫三连带着应星决一起摔在地上，两人双双陷入昏迷。

一个机甲师和一个指挥的突然昏迷，顿时使两方军校的人，警惕地看着对方。

那边沼泽地里霍宣山已经超过司徒嘉，一路撒花粉过去，司徒嘉果然乘机跟在后面，但廖如宁也从后面赶来。

廖少爷踩在巨鳄头上、身上，跳过来，速度奇快，可见平时体能训练没偷懒。

在行进到一半时，霍宣山和司徒嘉已经飞到悬浮台。

悬浮台不大，他们便出了机甲舱，直接赤手对战。

霍宣山不急，他拖着司徒嘉，等廖如宁赶过来。

"你们……"司徒嘉朝沼泽岸边看去，怎么回事，主指挥一点指示都没有？

"别想了，你们主指挥肯定被卫三解决了。"霍宣山宽慰道，"你好好和我打一架，不用想太多。"

司徒嘉不肯，拼命往军旗那边走，霍宣山就是不让，两人在小小的悬浮台上不停缠斗，直到廖如宁爬了上来。

"嗨。"廖少爷扒在悬浮台上，伸出一只带着淤泥的手，对两人打招呼。

"嗨什么嗨，赶紧拔旗。"霍宣山突然没了之前的悠哉，"快点出去。"

他们吃糠咽菜这么多天，来沼泽地之前，卫三还在旁边报了一堆菜名，霍宣山早饿了。

"来了！"廖少爷双手一撑，上来直奔军旗。

司徒嘉也不夺旗了，拦着廖如宁的路，不让他去。

"你的对手是我。"霍宣山迎面一脚，挡住司徒嘉。

廖如宁立刻抓住时机，往前面蹿，拔下达摩克利斯军校的旗。

"恭喜达摩克利斯军校成功抵达终点。重复一遍，恭喜达摩克利斯军校成功抵达终点。"

广播一出，两人立刻停手，司徒嘉黑脸盯着霍宣山，转身去拔帝国军校的旗。这时候，另一边南帕西军校的人才赶来，山宫波刃飞过来直取军旗。

霍宣山和司徒嘉目光齐齐一凝。

刚才山宫波刃飞过来的动作，标准、快速，绝对在他们俩水平之上。

排名已定，比赛结束。

几人返回沼泽岸边，这时候才发现，卫三和应星决全部陷入昏迷中。

"这是两败俱伤？"廖如宁蹲在卫三旁边，问金珂。

"不是，卫三应该是之前对战的时候受了伤。"金珂又看向对面，"他们主指挥是体力不支。"

三所军校的队员成功抵达终点，拔下军旗，便在这里等着人来接他们出去。

第201节

本届雨林赛场发生的一切简直都让各媒体兴奋至极，先不说达摩克利斯军校的主力队机甲师无端出局，当时广播一播出来，立刻上了星网头条，全都在讨论达摩克利斯军校这次估计又拿不到排位积分。

从第一场到现在，不难看出达摩克利斯军校队伍行事无度，基本想怎么样就怎么样。

很多人开始在星网评论，认为达摩克利斯军校每一次能拿到冠军都是靠运气，极寒赛场完全是卫三强行赖来的排位。在西塔赛场，如果不是卫三意外带走了帝国军校的主指挥，显然也拿不到第一。

现在达摩克利斯军校的主力队机甲师意外出局，接下来别说第一，第三都够呛。

往届哪所军校失去了机甲师，还能有名次的？除非机甲师是在终点出的局。

这件事的热度在星网上只维持了不到一个小时，后面被巨型欲望蘑菇的出现打破了，各媒体将焦点全部对准了主办方要求军校生留下来处理巨型欲望蘑菇的命令上。

不知道从哪儿得到的小道消息，群众知道了这道命令是十三区下的。

"十三区是要所有军校生留下陪葬？"

"也不一定是陪葬吧，确实情况紧急，况且他们只需要支撑一会儿，会有人赶过来救援。"

"我明白了，一定是因为达摩克利斯军校此次夺冠无望，所以十三区要让所有军校的人都留在这儿，至少要消耗其他军校的实力。没想到十三区都是这样的人，失望。"

"以前还以为十三区的人都刚正不阿呢，现在看来也不过如此。"

"得了吧，以前都是装的，你看他们现在有了实力，达摩克利斯军校那些主力队成员多嚣张。"

…………

此类贬低的评论在星网上不绝于耳，直到后面达摩克利斯军校和其他军校合力将巨型欲望蘑菇头封闭起来，解决了孢子问题。

这时候蓝伐媒体，立刻做了一个达摩克利斯军校在赛场内的短片视频，将节奏拉了回来。

视频显然以达摩克利斯军校主力队为主角、其他军校吃瘪的瞬间，堪称打脸合集。

加上蓝伐那边特意推动，不说立刻转变舆论，也能吸引大部分网友观众改观。

但很快，网上有一股力量，就是要抹黑达摩克利斯军校以及背后的十三区。

都是做媒体的，不会不清楚这些看似理中客背后隐藏的计谋。

背后的主谋人不知道，但那些撰稿人……和红衫媒体有着千丝万缕的关系。

蓝伐媒体到底有达摩克利斯军校主力队的投资，当然要帮助自己的股东，全盘照收。带动舆论这是一个优秀媒体的本职工作，他们玩得起。

况且正好瞌睡遇到枕头，达摩克利斯军校的卫三居然还能修补3S级机甲，这可是全联邦史上第二个兵师双修的人。

说达摩克利斯军校靠着运气才拿到排名？你来试试靠运气当一个兵师双修的人。

蓝伐媒体当天深夜内部就有十几篇写好的稿子，全星网到处发，让联邦的人看看，什么叫实力。

实力就是达摩克利斯军校主力队失去一个机甲师,他们的机甲单兵还能当机甲师替补上去。放眼望去,哪所军校的队伍能做到?

最后蓝伐媒体还写了个抓人眼球的标题:"又一兵师双修出现在达摩克利斯军校,究竟是天命还是巧合?"

卫三兵师双修的热度挂了一晚上,到早上又被其他的人抢走了风头。

这次不是帝国军校,也不是平通院,而是一直平平无奇的南帕西军校,失去了妹妹搭配的山宫波刃居然是3S级机甲单兵。

到底是像吉尔·伍德一样,最近进化了,还是当初就开始隐藏实力?

不少媒体都开始翻山宫波刃以前的对战记录,试图寻找出来一些蛛丝马迹——什么也没查到。

山宫也是一个大世家,除了学校的常规训练,其他时间都在自己家族内训练,那些视频记录由山宫扬灵负责,媒体拿不到。

这几天,各大媒体简直日夜无眠,一茬又一茬的劲爆消息要报道,好不容易等到赛场内只剩下三所军校,还在想哪所军校会拿到第一排位,怎么看都是帝国军校要赢。

结果达摩克利斯军校又开始搞骚操作,薅了那么多迷幻草棘的花粉,最后往帝国军校主力队成员身上一撒,连沼泽地内的巨鳄都被下了迷幻花粉,轻轻松松拿到第一位。

赢是赢了,但星网又有人开始带节奏,什么"达摩克利斯军校每次夺第一都用了阴险手段,以小窥大,他们背后的军区显然也都是小人,现在只不过是藏不住罢了"。

怀疑的种子只要在人心中种下,很难彻底铲除,这时候站出来否认,只会让观众更加产生疑窦。

倒不如换一种手段。

既然你说达摩克利斯军校阴险,搞阴谋论,那我就做八卦新闻,组CP(人物配对)。比起那些不好的猜测,人们天然更喜欢茶余饭后讨论八卦。

"卫三和应星决谁更强?机甲单兵和主指挥的对战?"

标题下方是雨林赛场内卫三挟持应星决的那一幕,如果换作以前,这个姿势画面会唯美得像偶像剧。

可惜这次,好看的只有应星决一个人。主指挥眉目清朗,穿一身整洁干净的作战服,微微仰头,发丝稍凌乱,露出修长白皙的脖颈,被匕首抵着的一小块皮肤已经泛红。几乎紧贴着他的卫三却像是从另外一个野蛮世界来的人,满脸结痂的瘢痕,衣袖口还带着各种不明脏物,唇角带着笑,眼神却冰冷得出奇。

风一吹过，指挥的碎发便往后面单兵的脸上飘，加上周围沼泽地的恶劣环境。

整个画面简直像恶龙困住漂亮的高岭之花，将其留在地狱中，怪异又和谐，极吸引人注意。

这篇稿子一发出来，内容没多少观众看，图片却被无数人暗中保存了下来。

"呜呜呜，好香，这绝对是发糖了。"

"够了，他们还是孩子！"

"我不管，这对CP磕定了！！！"

…………

等达摩克利斯军校和帝国军校的队员从赛场内出来，这条新闻已经变了个标题，挂在头条上。

——"联邦双星的首次对决"。

很明显现在星网大方向认为机甲单兵中最强的人已经是卫三了，甚至把原本的帝国双星，特意改掉了。

一出来，媒体记者纷纷挤上来采访，这次目标太多了，帝国军校、达摩克利斯军校，甚至还有南帕西军校的几个主力队员。

原本昏迷的两人，被接到飞行器内后，都拿到之前各军校放上来的必需品，比如营养液。

应星决反倒醒得更快，卫三在飞行器上睡了一个多小时，等快到出口的时候才醒来。

三所军校的队员差不多同时抵达，媒体纷纷围了上来，最重要的目标便是兵师双修的卫三。

"卫三，你真的是无名星出身吗？"

"卫三，你什么时候开始学机甲知识的？听说从前几个赛场开始，达摩克利斯军校便同意鱼青飞的教学芯片外带，是不是那时候你就在学机甲了？"

"这么短的时间你真的可以学好机甲师并成为一名优秀的机甲单兵吗？请问怎么做到的？"

…………

卫三看着面前众多媒体，突然侧身指着帝国军校那个方向："快看应星决！"

媒体毫不犹豫地扭头看过去。

达摩克利斯军校主力队立刻溜走，校队也快速挤了出去。

转回头的媒体，看着空空如也的主力队位置："……"

四人一出来，便是看光脑有没有连上信号。

"成河现在还在医院。"金珂看着群内的消息，一个小时前，应成河发了定位。

"去看看他。"卫三打开定位看了看，抬脚就要走。

"先买点什么水果过去看望。"霍宣山道。

几人一致觉得他的主意不错，途中买了一筐水果，才坐上悬浮公交，赶去医院。

水果篮由金珂拎着，站在最前面。

卫三目视前方，手却悄悄摸进了篮子，原本只是想偷个香蕉，结果刚伸进去就碰到一只手："……"

她没有动，那只手也没动。

卫三用余光望着霍宣山和廖如宁，两个人神色自若，看不出来是谁的手。

谁也没动，结果此刻又有一只手摸了进来。

三人六目相对，最后默契地各自摸走了一个水果，悄悄在金珂背后吃了起来。

金珂："……"很难不知道有人在背着他偷吃。

廖如宁摸了一串荔枝出来，好心剥干净一个，喂给金珂吃。

金珂张嘴吃下去，也不问。

等到了医院，篮子还是那个篮子，面上的红布也还是那块红布，只是篮子轻了。

应成河已经可以自如行动了，他们进来的时候，他才刚刚从窗户边蹿到床上，一副虚弱的样子。

"你们来看我还带水果，太客气了。"应成河嘴上客套，手却接了过来，打开一看，仅存的一颗荔枝孤零零地"端坐"在篮子正中央。

应成河捂着自己胸口："……我心脏疼。"

"水果店老板说这颗荔枝集天地之精华，适合病人吃，保证吃下去心脏就不疼了，立刻活蹦乱跳。"卫三拿起那颗荔枝，剥开，塞进应成河嘴里。

应成河吃完："挺甜的。"

"能不能走？"霍宣山问道，"我们还没吃东西，待会儿那边还要去领奖。"

应成河看着四个人一身脏兮兮的："你们怎么过来的？"

"坐公交来的。"廖如宁把椅子上的衣服扔给应成河，"别装了，赶紧的，我们先吃点东西再回去。"

等应成河换好衣服从房间里出来，五人一起溜出了医院。

"山宫勇男也在这儿？"金珂问道。

"就在我隔壁，她伤口比我多，不过我那一下差点死了。"应成河有点不好意思，出来后，他看了直播回放，出局得有点尴尬。

"反正我们说好了，出来你得请客。"卫三道。

"行，我请客。"应成河走在前面，转身看着四人，"庆祝我们再一次拿到冠军。"

五人找到地方，一坐下来，应成河便把自己这几天收集到的有意思的新闻全部发到群里，还有一些直播视频。

"肖·伊莱……哈哈哈哈哈哈。"廖如宁看着第一个发出来的视频，"原来他内裤是粉红色的。"

"你不也是？"金珂揭穿道。

廖少爷："……别告诉我，你们没有粉红色。"

饭桌上忽然陷入一片寂静。

卫三吹了声口哨，安慰道："男孩子穿粉红色怎么了？时尚。"

在他们翻看其他军校出糗的视频时，其他军校也看到了之前达摩克利斯军校卫三和霍宣山沾染迷幻草棘花粉的视频。

应星决从赛场出来之后，便独自一人靠在墙边，低头翻着星网的往期头条。

里面有截取出来的不同视频，适合快速了解整个赛场发生了什么重点的事情。其他细节，后面他会重新仔细看一遍直播视频。

塞缪尔军校的视频，应星决基本打开一秒便退了出来，他目光落在达摩克利斯军校的视频上。

原来那时候他们落后帝国军校，是因为沾染了迷幻草棘花粉。应星决望着视频中卫三一个人往对岸走去，下意识地皱眉。

这一点是金珂没有掌控好局面，雨林情况特殊，不应该放任卫三过去。

后面看到卫三被迷幻草棘困住，应星决盯着视频，一直到她解脱开来，才微微移开视线，原来她脸上的伤是那时候留下的。

应星决侧脸看着自己肩膀，上面的血迹，是卫三留下的。

第202节

除去达摩克利斯军校的新闻视频，应星决重点看了一遍山宫勇男出局的视频。

很有意思，当时孢子已经散发出来了，山宫勇男突然拼尽全力斩断巨型欲望蘑菇的伞柄，十分不符合常理。

南帕西军校不是这种行事风格，再看他们主指挥高唐银，脸色愕然，显然和其他人一样，无法理解山宫勇男的行为。

应星决靠着墙，盯着一遍又一遍循环播放的视频，半响，他按下暂停键，放大一角。

这个镜头只拍到巨型欲望蘑菇的正面，多数人都在这一面，应星决望着那处被放大的地方，有一个人站在背面，小半边身体露了出来，但由于地面升起许多变异菌丝，挡住视野，只能看到衣服一角。

是小酒井武藏。

应星决重新看了一遍，这次视线一直跟着小酒井武藏。

当时除了平通院，其他军校的机甲单兵都在拼命靠近巨型欲望蘑菇，小酒井武藏一直在中间，快靠近时，他转到另一面去了之后，镜头基本没有拍清楚他在干什么。

应星决估算距离，小酒井武藏其实是最先靠近巨型欲望蘑菇的人，但他停在了那边。

山宫勇男便是从那一刻开始，猛然超越姬初雨等人，先行斩断伞柄，同时被菌丝刺穿机甲，被迫出局。

……因为小酒井武藏？

应星决捕捉到山宫勇男机甲曾朝小酒井武藏那边偏头看去，紧接着才动手。

"星决。"姬初雨打开门进来，手中拿着一个箱子，"医生拿过来的。"

应星决关了光脑，接过箱子，打开密码，从里面拿出他专用的营养液。

之前在飞行器上喝的营养液只有几支，这个箱子内是他两个月的用量。

"领队老师那边我去了一趟。"姬初雨没有转身离开，而是站在应星决面前道。

刚才姬初雨去找领队老师，是去认罚的，觉得自己疏忽大意，才中了达摩克利斯军校那帮人的招。

应星决抬眼看向姬初雨，缓缓道："军校没有拿冠军是我们所有人的问题。"

姬初雨闻言低头看着地板，最后抬头低声道："我觉得一切都变了。"

"……你该学会习惯，以后或许还会有更大的变化。"应星决说完之后便准备去换洗。

"我们之间也会变化？"姬初雨在背后问，"我一直以为我们是兄弟。"

应星决目光落在门把手上，淡淡道："和我有血缘关系的兄弟只有应成河。"

一直到应星决离开，姬初雨依然久久站在原地。

"那帮兔崽子跑哪儿去了，颁奖都要开始了。"项明化四处张望着，生气道。

"可能是去看应成河了。"解语曼道，"刚才有人说见到卫三他们几个人往外面走了。"

两位老师还在讨论主力队成员的去向，卫三和金珂几个人便推推搡搡地赶过来。

项明化："……你们一身臭汗闻不到？就这么出去晃悠？还有卫三，你就顶着这么一张脸出去，还想不想恢复了？"

"不差这么一会儿。"卫三摆手，"老师，等领完奖，我就去治疗舱。"

能躲一会儿治疗舱是一会儿，卫三虽然兵师双修，但依然不喜欢躺进治疗舱那种感觉。

"现在还有十分钟开始颁奖。"解语曼看了一眼时间，"去洗澡换衣服。"

达摩克利斯军校主力队五个人一下子跑了四个，只留下应成河一个人在这儿。

项明化瞥了瞥应成河，冷哼一声，别开头不再去看他。

应成河心虚，讨好地从怀里摸出一包小零嘴："老师，请你吃。"

项明化低头看了一眼，全是嘎嘣脆的虫子："……别想讨好我，别以为我不知道，你之前找那么多冠冕堂皇的理由申请外带教学芯片，就是为了让卫三学。"

卫三和应成河每次晚上都一起进进出出，当时他们还天真地以为应成河是在调整卫三的机甲数据，所以让卫三每天都过去。

结果……

项明化见应成河一副死猪不怕开水烫的样子，咳了几声，手握拳抵在唇边："机甲……卫三……"

应成河疑惑扭头看向他："老师，你说什么？"

项明化闭了闭眼睛，深吸一口气："我问你，无常是谁设计构建的？"

"哦，卫三设计的。"应成河自然道，"我设计的机甲风格又不是那样。"

甚至还做不到那么好，卫三对机甲的理解浑然天成。如果他算有天赋的机甲师，那卫三已经不能用有天赋来表达，她简直可以说是为机甲而生。

"……"项明化伸出一只手搭在应成河肩膀上，腿有点软，"真、真的是兵师双修。"

之前修机甲就算了，无常可是一架半完成态的机甲，项明化只要一想到卫三真正的等级，心脏就怦怦直跳。

他们达摩克利斯军校这之后如果回不到以前领头的位置才奇怪，他现在极为赞同蓝伐媒体的一句话——达摩克利斯军校的运气都在卫三身上。

"老师，真是兵师双修，卫三她比我厉害。"应成河道。

"能不比你厉害吗？也不想想她是……"项明化说了一半停下没有再继续说下去。

十分钟刚到，达摩克利斯主力队几个人便顶着湿漉漉的头发出来，其他人都是短发，只有卫三头发刚刚垂肩，所以她头上还有条干毛巾。

奖台上面颁奖嘉宾在说话，卫三站在下面，双手扒拉着毛巾快速搓几下。

"卫三，你看。"廖如宁找到一条新闻，"说你和应星决呢。"

一目十行，卫三啧了几声："哪家媒体写的八卦，我喜欢应星决？"

她用毛巾搓了搓头发，扭头看向廖如宁："你不喜欢好看的人？"

廖少爷真诚地摇头："皮相都是虚无，我父亲说了，只有实力才能得到人们的尊重和喜欢。"

卫三问旁边其他几个人："你们不觉得应星决长得好看？"

霍宣山："一般。"

金珂："也就那样。"

应成河："……我堂哥头发挺好的。"

几个人都不愿意正面称赞，他们也是精神小伙，自认为长得不差，怎么能去说别的人好看呢。

"达摩克利斯军校。"

奖台上已经开始喊他们上去领奖，卫三将毛巾搭在脖子上，跟着金珂几个人一起往台上走。

另外两所军校的人已经站了过去。

"相信大家看完此次雨林赛场后，一定会留下深刻的印象，严格意义上讲，我们也是历史的见证者。"鱼天荷朝卫三看了一眼，"今天，联邦史上出现了第二位兵师双修的3S级天才。"

被提到的人，正低头吹掉自己肩上发尾的水珠。

众人："……"

"正好，我们今天找到一个视频，是我们这位天才在大赛前，对自己……可以说是立下的目标。"鱼天荷面不改色道，"当时她还是以一个总兵身份发言。"

终于吹掉那颗水珠后，卫三心中才舒服了一点，她听到鱼天荷这句话后，心中立刻升起不好的预感。

果然下一秒光幕上亮起达摩克利斯军校之前的总兵发言视频。

卫三竖起大拇指说的那句"厉害啊"，终于从达摩克利斯军校传遍了整个联邦星网。

"……谁挖出来的视频？"卫三压低声音问旁边的金珂。

金珂面带微笑，挺胸抬头，嘴不动，只有声音出来："历届总兵发言都有录屏留证，主办方想要，老师们肯定会给。"

脸皮厚如卫三，尴尬几秒后，马上恢复如常，甚至竖起大拇指："达摩克利斯最牛！"

主力队剩下四人立刻跟上，齐刷刷地重复说了一遍。

五人笔挺地站在奖台上，一起笑着单手竖起大拇指的一幕被永久地记录了下来。另外露了半张脸的人是第二位的应星决，他正低头看着自己的指尖，卫三发尾上的那滴水珠，被她吹到应星决手指上了。

接下来是颁奖杯和奖牌。

鱼天荷手里拿着一块奖牌，走到卫三面前，盯着她看了一会儿，才抬手示意卫三低头。

戴奖牌的瞬间，鱼天荷和卫三擦肩而过，说了一句话："明天来黑厂。"

卫三微微挑眉，手指抚着奖牌，目光随着鱼天荷走到下一个人那边。

等她要转回头时，视线却和应星决对上。

卫三毫不避讳，甚至还多看了几眼，一直到应星决收回目光为止。

颁完奖后，是不可避免的采访。

红杉媒体现在已经换了个名字，但记者还是那几个记者，问出来的问题依旧针对达摩克利斯军校。

"请问卫三你是不是达摩克利斯军校酝酿多年的秘密武器？之前的一切都是伪造出来的背景？十三区非要所有军校生留下处理巨型欲望蘑菇，削弱其他军校的实力，对此你有什么想说的？"

卫三看着那个记者，舌尖抵在牙齿上，笑了："我想说，虽然你换了个媒体名字，这讨人厌的气味依然挥散不去。"

"请正视我们的问题，不要扯开话题。"这次红杉媒体的记者十分严肃道，完全不像之前那么窘迫，似乎得到了什么有力的支撑。

卫三看向其他媒体："你们再重复问一遍，我回答你们的问题。"

其他媒体犹豫片刻，立刻重复问了一遍。

卫三接过其他媒体的话筒："一、我卫三来自3212星，去年刚来沙都星，之前甚至没听说过达摩克利斯军校。本人读机甲单兵专业，不选择机甲师，是因为当初没钱。"

此言一出，一片哗然，连老师和其他军校生们都震惊了。

知道卫三以前生活环境差，没想到连机甲师专业都学不起。

"二、十三区做什么决定，其他军区应该有反对权。既然主办方让我们所有军校生留下处理，势必所有军区都同意了，别再把我们区单独拎出来。"

"我们区？卫三你已经决定加入十三区了吗？"有媒体抓住其中的字眼问道。

卫三蹲在奖台边缘，托腮看着底下的记者："十三区是达摩克利斯军校最强军校生未来的去处，我自然要过去。"

正当媒体记者还沉浸在严肃的话题中，蓝伐记者突然举手问："卫三，你对帝国之火有什么计划吗？"

卫三试图装傻："……什么？"

她不记得在赛场那段"快乐"的时光，也还没来得及看直播回放那段视频，注意力全在其他军校那边。

"他问你准备怎么烧我的头发。"应星决站在另一边，手中握着一个话筒，缓缓道。

卫三不自在地拍了拍膝盖，站起来："……好端端地为什么要对你头发做出这么令人发指的事，应指挥你一定是误会了什么。"

达摩克利斯军校主力队几个人望天看地揉眼，还有用力咳嗽的。

卫三朝金珂他们看去，显然不明就里。

廖如宁不停地在自己嘴边做拉链状。

"我等着你动手。"应星决站在远处，望着卫三道。

卫三："……"一定发生了她不知道的事情。

采访一结束，卫三便抓住金珂几个人问发生了什么。

"先别管这个。"应成河八卦地看着卫三，"什么叫穷，所以选了机甲单兵？"

卫三耐着性子快速说了一遍当年自己为贪便宜弄出来的乌龙。

"哈哈哈哈！"廖少爷虽然同情卫三小小年纪吃这么多苦，但还是没忍住笑。

"正是因为你报错了专业，现在才成了继鱼青飞之后的兵师双修天才。"应成河正经道，"这一切都是缘分。"

"为什么那些媒体知道帝国之火？"卫三问他们，"应星决好像也知道了。"

"你自己在赛场上喊着要去烧应星决的头发，谁能不知道？"金珂搜到视频发给卫三，让她看。

卫三点开看着视频内"快乐"的自己："……"

居然就这么自曝了。

冷静了半天，卫三才想起之前鱼天荷和自己说的一句话。

"鱼天荷约我们明天去黑厂见面。"卫三道。

"我们不是说比赛完要出去玩一天？"廖少爷还惦记着出去玩。

"我没说时间，我们晚上再去黑厂。"卫三也想放松溜达一圈。

第二天，鱼天荷一早便在黑厂那边等着，她以为达摩克利斯军校那几个人会一夜无眠，早上便会迫不及待地赶过来，结果从早等到中午，也没见到一个人。

至于她等的人，此刻正在南帕西市区中心一家最火的餐厅排队拿号吃饭。

"这家餐厅据说是本地人都喜欢来的店。"廖少爷之前去南帕西军校主力队寝室待那么久没白待。

"估计是虫子宴。"卫三问廖如宁,"你能接受?"

"人要勇敢挑战自我。"廖如宁十分自信道。

"山宫勇男出院了。"金珂看着光脑,忽然对几人道。

这次卫三"兵师双修"的事曝光出来,吸引了绝大部分人的注意力,山宫波刃的情况反而被掩盖了下去。

"我没看出来山宫波刃之前的实力。"霍宣山道,他的表现太像双S级单兵,和山宫勇男一起后,实力又得到提升。

"卫三当时你在场,对他的机甲怎么看?"应成河问。

"很正常且优秀的3S级机甲。"卫三回想,"不像我们赛前在黑厂看见的那些机甲。"

半响金珂才出声:"我刚刚去问应星决了,他之前也未发现山宫波刃的异常。"

"难道真的是进化?"应成河说完,自己都不信,吉尔·伍德当时也是在赛场内进化,但是机甲没有改造成3S级机甲。山宫波刃的机甲显然赛前已经改造完了,说明至少鱼仆信知道山宫波刃是3S级。

"另外,还有一件事。"金珂把刚才和应星决的谈话记录转发到群内,"他说小酒井武藏靠近了巨型欲望蘑菇之后,山宫勇男才猛然上前,无视出局风险,斩断伞柄。"

此言一出,几人瞬间陷入沉默。

目前已知小酒井武藏被黑色虫雾感染,而且至少几百年间,不断地有疑似超3S级因为这种黑色虫雾殒命,同时有人知道这件事。

"上次那个在血液储存室的人,不清楚是好是坏。"金珂皱眉,"假设有人已经知道黑色虫雾的存在,并且有一定的了解,我倾向于山宫勇男知道些什么,至少比我们多。"

山宫勇男和山宫波刃是一对形影不离的龙凤双生,加上两人在赛场时的表现,很难不让人猜测些什么。

"如果山宫波刃不是突然进化,隐瞒自己实力多年,且骗过这么多3S级,甚至连超3S级的应星决都看不出来问题,"金珂缓缓道,"我只想到一个可能。"

"他也是超3S级。"卫三补充道。

金珂点头:"山宫波刃是,山宫勇男的实力……或许也是同样的水平。"

"他们现在暴露出来,是不是有些事情已经无法继续隐瞒下来?"霍宣山往深处想了一层。

有些东西要开始逐渐浮出水面了。

几个人正在严肃讨论，卫三的肚子突然响了起来。

"……"

"轮到我们了。"金珂看了看排号机，"先进去吃饭。"

五个人说吃饭就吃饭，瞬间把刚才严肃的话题抛之脑后，甚至还在讨论吃完饭后，该去哪些地方逛。

南帕西黑厂。

"沙都星黑厂的人还没有过来？"鱼天荷扭头问身后的人。

"没有。"

早在想象那几个人脸上露出震惊之色的鱼天荷："……"

"现在几点了？"

"下午四点。"

鱼天荷重重地呼吸一口气："下午四点？那帮人还在寝室睡大觉吗？！"

"听说一大早便出了演习场。"一道声音从门口传来。

鱼天荷抬头："山宫扬灵，你怎么来了？"

第203节

从早等到天黑，鱼天荷手搭在光脑上，犹豫着要不要和卫三他们通信，最后还是决定不打，要维持一种高冷神秘的感觉。

"别等了，先去吃点东西。"山宫扬灵端着一个食盘进来，推给鱼天荷。

鱼天荷瞥向食盘中热腾腾的饭菜，犹豫片刻，还是没决定好。

"他们现在不会来的。"山宫扬灵打开光脑，放出一个媒体的直播采访，"达摩克利斯那几个人正在逛露天市场。"

这几天南帕西露天市场联合其他星搞活动，所以有生活媒体过去做直播采访，随机挑选路人，结果其中的路人就有达摩克利斯军校主力队那几个人。

别说，除了好看点，他们在镜头内和普通路人还真没什么差别。

直播中，记者正逮着金珂问对这届联合举办的露天市场有什么感想，作为一个到哪儿都要背资料的指挥而言，金珂清了清嗓子后，开始侃侃而谈，说的内容比记者了解的还多。

记者被唬得一愣一愣的。

鱼天荷："……"吃在嘴里的东西顿时不香了。

她在这里等了一天，这几个小兔崽子开开心心地在外面玩？换了其他军校的人，哪个不会赶早过来，想要知道真相？

205

"还不知道几点才会过来，你也不用坐在这儿一直等。"山宫扬灵关掉光脑，看向鱼天荷，"这次十三区那边哪来的资料？"

鱼天荷低头，筷子一顿："我没有给。"

"那可能是他们高层调查到的。十三区的人不好应付，一直把他们那群小崽子看得牢牢的，可惜……"山宫扬灵摸着自己腰间的鞭子，笑了一声，"这届达摩克利斯军校主力队自己找上门。"

鱼天荷抬头："之前你故意挑那些学生对战，发现了什么异常？"

山宫扬灵用指腹摩挲鞭身上的骨刺，轻飘飘道："没发现。"

"是没发现，还是不告诉我？"

"这种有什么好隐瞒的？"山宫扬灵移开手，放在桌面上，"之前联合训练挑了卫三、姬初雨、宗政越人三个人，原本想把沾血的帕子拿过去检测，结果帕子掉了。"

"掉了？"鱼天荷皱眉，"你没找到？"

山宫扬灵摇头，漫不经心道："后面还有联合训练，机会多的是。"

大体检程序多，能动手脚的地方也多，他们都动了几次，现在只能靠一个一个排除。

两人在会议室里又等了半个小时，达摩克利斯军校那几个人才终于姗姗来迟。

"我回避一下。"山宫扬灵起身走到会议室一堵墙前，不知按下什么开关，施施然走了进去。

鱼天荷整理了一番，侧身坐在会议桌最前方，单手搭在会议桌前，十分冷淡。

门被敲响。

"进来。"

最先是廖如宁探进来一个头，在门下的三分之一高度，随后紧跟着是金珂的头探进来，其次是卫三，后面跟着应成河和霍宣山。

五个人只有脑袋进来了，在门框处排成一列。

鱼天荷："……"

五个人探头进来看了一圈，才完全打开门进来。一进来，廖如宁嗅了嗅，肯定道："鱼师，你吃了雪条饭。"

雪条饭，南帕西星特色美食之一，饭内加了一种植物内虫卵，让饭闻起来更清香。

装神秘高冷的鱼天荷彻底破功："怎么现在才过来？"

"您没有约准确的时间，我们原本计划比赛完要出来玩一天。"卫三拉过椅子坐下，不着痕迹地伸手摸了摸自己坐的椅子，还是热的，刚才有人坐在这儿。

来会议室的这条路只有一条长长的回廊，如果刚才离开，他们一定会撞上。

卫三收回手，只当不知道，视线却再次快速打量一遍会议室。

"之前鱼师说上星舰和我们谈，怎么改成来黑厂了？"金珂坐在卫三旁边，离鱼天荷比较远。

这几个人坐的位置很有意思，卫三和廖如宁分开两边，坐在离鱼天荷最近的地方。应成河和金珂坐在卫三另外一边，最边上是霍宣山。

他们在警惕她，一旦有人出手，能以最快的速度动手，同时旁边的机甲单兵也能替指挥和机甲师挡住攻击。

"可能是我等不及了。"鱼天荷靠在椅背上，看向金珂，"你之前打电话过来，想问什么？"

金珂和卫三对视一眼后，道："上次黑厂比赛是鱼师故意引我们去参加的？那些人感知等级应该没有3S级？"

鱼天荷忽然笑了起来："我之前以为应成河这么快就发现了机甲的问题，现在看来，其中还有你们单兵卫三的功劳。"

"你们能让双S级操控3S级机甲。"卫三直接以下结论的语气道。

"是。"鱼天荷承认得爽快，"我们确实能做到。"

会议室一片安静，没有鱼天荷想象中的激动兴奋或者由低感知者可能和自己并肩带来的惊怒。

鱼天荷：……达摩克利斯军校这帮人真的难搞，再这么继续下去，恐怕引入不了正题。

"你们没有什么想要问的？"鱼天荷主动提示。

"有。"卫三举手问道，"你们构建设计这种机甲，应该有特殊材料，能不能问一下用了什么材料。"

"这个保密。"

卫三点头，表示理解，然后作势起身："那我们……"

"坐下。"鱼天荷以手抵唇咳了一声，抬头，"我知道你们的秘密，卫三——超3S级。"

卫三坐下来，无所谓道："应该没规定超3S级不能比赛。"

"鱼师的消息比其他人灵通多了。"金珂微微一笑，"其实比起你们黑厂的机甲，我更好奇鱼师为什么那次突然借着紫液蘑菇名义，夺了鱼家的掌管权。"

鱼天荷：这帮小崽子一点都不肯认输，罢了。

"你们确定想要听？"鱼天荷严肃起来，"听完之后，你们一旦把消息泄露出去，只有死路一条。"

"鱼师，我们嘴巴很紧的。"廖如宁抬手做拉链状，还对鱼天荷眨了眨眼睛。

"既然如此……"

会议室突然亮起一道光幕，上面是整理好的资料。

"这是联邦历年来在训练或大赛期间殒命的军校生。"鱼天荷一张一张放给他们看。

五人眼神互相交流，这些资料中有三个人十分熟悉，他们早已经看过了。

没等鱼天荷放到最后，几个人心中已经有了一个结论。

不过他们还是佯装不知情，耐着性子看到最后。

"根据我们手头所掌握的资料，一共27位。"鱼天荷面无表情放出最后一张统计数据，"23名单兵，4名指挥，这些人全是超3S级。"

达摩克利斯军校五人恰如其分地露出"震惊"之色，假装中也有几分真实。27名超3S级，这些人要么死亡，要么感知受损变为普通人。

"因为我们目前现有的检测技术不到位，所以没有人知道这些人是超3S级。但近年来兴起了一种理论，尤其是应星决的出现，证实超3S级的存在。"鱼天荷道，"是不是觉得超3S级很容易出问题？"

卫三举手："27名超3S级军校生中没有一名机甲师？"

"没有。"鱼天荷看着卫三，"不过，现在有了。"

脸皮厚如卫三，也开始转移话题："超3S级出问题，一定是因为我们身体容纳不了这么多感知。"

鱼天荷摇头："接下来我要说的事情，希望你们能冷静。"

达摩克利斯军校五人"乖巧"点头，都表示知道。

"这些人不是身体问题，而是被算计了。"鱼天荷关掉光脑，"星兽形态万千，大部分你们见到的都是一般变异星兽，还有变异植物，但有一种东西是无形的存在，只有超3S级才能看到。这些东西能感染任何人，低感知的人被其附身后，很长一段时间都不会察觉，也不会影响生活，但他们会听命于那些附身高感知的人。"

她特意留出一段时间给他们反应。

"这是什么东西？"卫三问鱼天荷。

"根据超3S级的人说，这是一种黑色虫雾，超3S级指挥的感知可以轻而易举地杀死未附身于人的黑色虫雾。"鱼天荷盯着卫三，"你既然是超3S级，应该看到过帝国军校应星决腰间的那根试管。"

卫三"诧异"地问道："应星决也是你们的人？"

"不是，我们也不知道他从哪儿弄来的。"鱼天荷想起应星决就是一阵头疼，达摩克利斯军校这几个人还能糊弄过去，那位……

"黑色虫雾长什么样子？都是黑色了，怎么还无形？"廖少爷劈头盖脸地问道。

"我刚才说了只有超3S级能看到，像你这种3S级，没有办法看到，所以这种东西对于你们来说是无形的。"鱼天荷淡淡道，"所以这种东西感染人后，会想方设法对超3S级的人下手。"

"所以鱼师告诉我们这些，是要保护卫三？"金珂问道。

鱼天荷："……差不多，我们希望你们加入进来，现在谁也不清楚联邦内部有多少人被感染附身，你们的任务便是发现清理这些人。"

她话语中带有的肃杀之气，丝毫掩盖不了，也没有那个意图掩饰。

金珂双手交叉，放在桌面上，缓缓道："27名超3S级殒命，还有告诉你们黑色虫雾的超3S级……从资料上不难看出超3S级自幼便有惊艳绝伦的实力，联邦史上这种厉害又出问题的人也算不上太多。"

鱼天荷不语，等着他继续说完。

"就联邦史最近的一位，众所周知厉害却误入歧途的指挥，应游津。"金珂抬眼冰冷地盯着鱼天荷，"鱼师，你是独立军。"

第204节

鱼天荷逐渐坐直身体，金珂果然不愧是指挥，这么快抓住她话语背后的含义。

"我第一次来时，调查过有关这里的资料。"金珂侧坐在椅子上，手肘搭在椅背后，抬头看了一圈会议室，"黑厂最早成立在星历5430年，当时只有帝都星一个地下黑厂，大概过了两百年也只是在几个大星上设立分部，直到二十年前，黑厂才野蛮式扩张，几乎整个联邦大星都有分部。"

"因为二十五年前独立军叛逃，而黑厂二十年前突然扩张，所以你认为我就是独立军一员？"鱼天荷有些啼笑皆非，"我在黑厂的事，联邦高层不少人知道。更何况……你们现在什么等级？"

卫三打开光脑看了一眼："L4。"

"L4？看来沙都星那边特意帮你们调高了。"鱼天荷继续道，"黑厂L5级人数不多，只有十名，这十名其实是我们联邦军区的单兵，他们很少比赛，一般比赛都是为了替军区内的机甲师争取稀少材料。"

"你是说军区的单兵在这里？还是最高等级？"廖如宁吃了一惊，早知道如此，他们也不用偷偷摸摸来了。

鱼天荷笑了笑："对，黑厂这边多数是散兵，不过他们有时候会找到好东西。军区那边的人想要，也只能靠着打擂台赛进来。到后面各军区都有人进来，升到L5等级。"

"原来如此，这么说黑厂背后还有军区的参与。"金珂表示明白。

"对，军区也算是黑厂背后的一股势力。"鱼天荷笑道，"否则地下赛没这么容易办下去。"

"军区高层都知道黑色虫雾这件事？"金珂放下手，整理褶皱的衣角，问道。

"只有极少部分的人才知道，不管你们如何考虑，这件事都要保密。"鱼天荷认真道。

"知道了。鱼师，现在晚上八点半，我们该回去了。"金珂看了一眼光脑道，"老师们问我们在哪儿呢。"

"行，我给你们几天时间考虑，到时候星舰上见。"鱼天荷起身送他们出去。

"人都走了，还站在门口？"山宫扬灵从墙后出来，"怎么不告诉他们真相？"

"先让他们一步一步接受，没必要全说出去。"鱼天荷靠着墙道。

山宫扬灵闻言笑了："你对你侄子够残酷的。"

鱼天荷将门打开到最大："你可以出去了。"

"那我走了。"山宫扬灵走出会议室大门，忽然转头回来，"你说卫三既是超3S级，又是兵师双修，是不是有可能构建出来超3S级机甲？"

"或许。"

"那我们需要好好保护她了。"山宫扬灵离开前低低说了一句。

等她走远后，鱼天荷才靠上墙壁，缓缓闭上眼睛。

五个人从黑厂出来，廖如宁扭头问金珂："项老师要我们早点回去？"

"没有。"金珂双手插兜，神色淡淡，"我随口编的。"

"那……"廖如宁没太明白现在什么情况。

"你们还记不记得凡寒星港口那个被鱼师打死的人？"金珂也不是真的要听他们的回答，而是继续道，"当时鱼师动作太快，没有任何心理障碍，直接枪杀对方。"

"因为那个人是独立军，攻击我们军校生。"廖如宁理所当然道，"不都说独立军无差别杀人，鱼师不直接枪杀对方，可能还会有其他人受伤。"

"不一定会。"霍宣山突然道，"死的军校生都是平通院的人。"

平通院……

卫三霍然抬眼:"你是说那些死的人和小酒井武藏一样,被感染了?"

"这么说攻击军校生的独立军反而是要消灭感染者?"应成河说完皱眉,"都要消灭感染者,为什么鱼天荷要杀了那个人?"

"那……"廖如宁左看看右看看,"鱼师到底是不是独立军?"

"是。"金珂肯定道,"没有人规定独立军扩张后的黑厂不能有军区的人过去,另外鱼师在转移话题时,眼睛眨快了。"

鱼天荷实在不适合撒谎。

廖少爷用本就不灵光的脑子想了半天,扭头看着他们几个人,什么也没看出来,只好开口问:"独立军不是无差别杀人?如果鱼师是独立军,那她也参与过那种屠杀整个星的活动?"

就凭他们无差别屠杀整个星的人,也不像好人,总不能一个星上的人都是感染者。

"离独立军脱离联邦已经过去二十五年,我们得到的消息,只可能是从联邦这边传出来的。"金珂道,"有些事还是要自己查了才知道。"

"会议室内有另外的人。"卫三想起一件事,说出来后,其他几个人都看着她,"我坐的那张椅子有人坐过,还有温度。"

"什么人特意躲着我们,不让我们见到?"霍宣山反应迅速。

见一次面,只确定了他们在做跨感知等级的机甲,回来反而多了另外一些疑问。

好在五个人都不是那种一天之间就想要把所有事弄清楚的性格。

半路上,卫三给应星决发了一条消息,她想起之前在凡寒星港口时,应星决也做过心理问询。

暗中讨饭:"凡寒星港口大楼死的那几个平通院军校生,你也看见了,有没有什么异常?"

她发了消息过去,等了一分钟应星决没有回复,卫三便和旁边几个人说话,早忘记了这件事。

一直到回到寝室,卫三刚关上房间的门,应星决的通信便打了过来。

卫三站在窗边,点开通信:"怎么了?"

通信光幕中,应星决一头长发已经绑了起来,比起之前多了几分利落,眉眼也罕见地犀利了些。

"消息。"应星决缓缓道,"你没有回。"

卫三这才想起来,自己发过去的消息,她点开信息栏,果然应星决发了几条消息过来。

她将手中拎着的特产放到桌子上："这个……静音忘记调回来了。"

应星决看着卫三，她脸上的瘢痕已经全部消失，大概昨天去治疗舱躺过了："要用感知才能看到，当时我站在楼上窗户前，没有用感知。"

当时他站在窗户前，只是想观察达摩克利斯军校的单兵，并没有特别注意其他军校生。

"为什么突然问这个？"应星决问她。

卫三一时没想告诉应星决，只是犹豫了一秒，甚至不到："只是突然想起来，所以问问。"

然而应星决依然看了出来："那几个军校生是平通院的人，你怀疑他们被感染了？如果被感染，独立军或许是故意杀了那几个军校生？"

卫三："……"

她有点想挂断电话了，应星决脑域开阔程度比金珂还强悍。

"我去见了山宫勇男和山宫波刃。"应星决望着卫三，淡淡道，"他们能察觉我的感知试探。"

应星决要真正试探3S级单兵，不会被发现，这就是超3S级指挥的可怕之处，近乎碾压。能察觉他的感知，非超3S级莫属。

不过，目前能完全无视他感知，并做出抵抗的只有卫三一人。

应星决要向山宫勇男和山宫波刃两人下手，虽费力却不是不可能。

卫三闻言皱眉："你是说……他们都是超3S级。"

应星决点头。

"他们是刚进化还是隐瞒了自己的感知等级？"卫三问应星决。

"暂时不清楚。"应星决道，"若故意隐瞒，他们需要一支水平极高的医疗团队，帮助他们压制感知等级，同时隐瞒的目的是否因为知道超3S级的事……我总结了一份名单，联邦史上那些可能是超3S级的军校生。"

他说完便传给卫三一张名单。

卫三随便看了一眼，发现上面的名字和她今天在黑厂看到鱼天荷给的名单几乎一模一样，只漏了两个人的名字。

"这是我按时间顺序找出来的名单。"应星决看着卫三平静的神色，忽然道，"你已经见过类似的名单，若是金珂总结了名单，会给我传一份，他没有。你们今天晚上去见了谁？那个人给你们看了名单？"

卫三："……晚上你都知道？"

不是，呸，卫三恨不得倒回去缝住自己的嘴巴。

应星决缓缓道:"你们出去被采访的视频,在星网热度第一,最后的时间在下午。"

加上卫三衣服未换,手中还拎着一个袋子,分明刚从外面回来。

卫三:"……"

以后得罪谁都不能得罪指挥,尤其是应星决。

某人心虚地咳了几声:"我累了,想睡觉,晚安。"

随即便此地无银三百两,快速挂断通信。

再通信下去,老底都要被应星决看干净。

应星决久久望着消失的光幕,思维极速转动,那些理不清的线团终于有线头逐渐被剥离、出现在眼前。

卫三挂断通信,便出来和金珂说这件事。

"不论你说不说他迟早会查出来。"金珂倒不在意,"应星决和我们一个阵营,你告诉他也没关系,有些事他看得比我清楚。"

"钥匙的事呢?"卫三问道。

"这件事就算了。"金珂伸了个懒腰,靠在沙发上,"他去看了山宫波刃和山宫勇男,应星决说得没错,如果要隐瞒压制等级,一定需要医术水平极高的医生,南帕西军校那边这么厉害的医生,好像……没有。"

"联邦目前最厉害的医生都有谁?"廖如宁刚冲进浴室洗完澡,带着一身水汽准备睡觉,听到两人说话,又挪了过来。

"最厉害的自然是应家那支医疗团队的领头医生——许真。"金珂想也未想道。

卫三坐在旁边道:"不应该是井医生水平更高?应星决营养液问题是他查出来的。"

金珂细数一系列许真的成就后说道:"井医生虽然也厉害,但综合来看,还是许真医生更强。"

第205节

赛后这几天,除了达摩克利斯军校大张旗鼓去外面玩了一天,整个演习场的氛围都有些奇怪。

南帕西突然多出两个3S级单兵,军校队伍士气大振。最低落的军校应当要数平通院,以前的优势逐渐消失,况且帝国军校还有个超3S级的指挥。

同时主办方和各军校老师们也安静异常,甚至没有人来检查山宫波刃或者山宫勇男到底是不是后面进化的。

"下个赛场抽取的时间定下来没有？"卫三握着一瓶营养液坐下来，这两天她天天拿着营养液牛饮，誓要将比赛那几天缺失的营养喝回来。

"还没有消息。"金珂手指不停地滑动光脑页面，"老师们最近好像都特别忙。"

他也在忙，正好不用去训练。

"都没人来找你。"廖如宁挤过来坐下，"好歹兵师双修，上面也没人过来表示表示。"

卫三懒洋洋地喝完手中的营养液，另一只手也在点光脑，更确切地说是答题。

魔方论坛的升级，她停了一段时间，现在有空，又捡起来刷题。旁边应成河也在做同样的事，忙着升级。

不过应成河时间向来比卫三多，他现在等级已经比她高很多了。

"像是暴风雨前的宁静。"霍宣山双手交叉握着，腿搭在另一边的沙发上，毫无生气道。

他话音刚落，客厅四个人便齐刷刷地盯着霍宣山，统一对他说了一句："闭嘴。"

经过长期而有效的认证，达摩克利斯军校的主力队五人组，全是乌鸦嘴。

好的不灵，坏的灵。

霍宣山抬起双手，示意自己闭嘴。

"我们是不是要答复鱼师了？"卫三问金珂。

"应星决怎么说？"金珂盯着光脑，问道。

卫三："？"

没等到回答，金珂转头看向卫三："之前的事，你没有和应星决说？"

卫三："……通信都挂了，这两天我忙着睡觉喝营养液，没联系过。"

金珂闭了闭眼睛，复又睁开："之前我们在黑厂和鱼师的谈话，你去告诉应星决，看他怎么说。"

卫三不情不愿地起身去房间，她营养液喝完了。

卫三一边摸出几支营养液，一边给应星决打通信过去。

对面接得很快，背景也是在房间，显然这两天帝国军校也没有人去训练。

卫三咬断营养液的盖子，仰头喝了大半管，才把那天晚上和鱼师谈话的内容讲了一遍。

应星决的神色丝毫没有变化，他已经猜中了大半。

"金珂让我问你怎么看。"卫三宛如一个无情的传话机，只对自己手上的营养液感兴趣。这些都是从霍宣山和廖如宁那边抢过来的，井医生给的草莓味营养液，她不喜欢，每天完成任务喝下去，之后就靠着其他口味的营养液充饥。

"联邦已经被各方势力渗透，无论是感染者，还是独立军，抑或是其他……"应星决垂眸，如今的联邦仿佛是一个筛子，到处是漏洞。

卫三站在床边，对准桌脚下的垃圾桶，轻轻将手中的空营养液管投了进去。见应星决停下说话，便抬头看他："然后呢？"

"你们必须答应。"应星决道，"无论鱼师背后的势力是什么，他们既然告知这件事，便没有想过让你们脱身。"

"3S级那么多，就因为我们去了黑厂，所以要我们加入进去？"卫三已经低头开了另一支营养液。

"卫三。"应星决忽然喊她的名字。

"怎么了？"卫三咬着营养液管口，含糊问道。

"你小心。"

卫三笑了，抬手朝内指了指自己："我，机甲单兵，小心什么？你一个指挥倒是要小心。"

得到应星决的回答后，卫三便挂断了通信，自己往客厅去传话。

几个人闲得厉害，第二天一大早便准备去训练场活动筋骨。

"我先去训练场待一上午，下午再去你那边。"卫三对应成河道。

"行。"应成河点头，和三个单兵分开。

金珂还留在寝室大楼，他说还有很多资料要看。

"怎么没人？"廖如宁看着空空荡荡的训练场，长叹一声，"都堕落了。"

难道这个时候不应该更加努力训练？

"项老师和解老师也不来找我们，突然有点寂寞。"廖少爷蹲在训练场中间，孤寂道。

霍宣山踢了踢他，示意廖如宁让开一点位置："老师们天天开会，没时间管我们。"

三人在训练场中间热身，随后互相"殴打"训练，一直到中午饭点，才算结束。

他们一走进食堂，整个演习场便突然响起极为刺耳的警报声。

"出什么事了？"卫三仰头看着演习场上空四处传来的声音。

几个人下意识地警惕起来。

这时候金珂的通信在群内响起，下一秒三个人都接通了。

"发生了什么？"霍宣山问金珂。

金珂皱眉紧盯着应成河的头像，没有说话。

215

过了漫长的一分钟，应成河才出现在众人面前："怎么了？"他刚刚在构建一个机甲模块，没听见声音。

"警报，有人失踪了。"见到他们都在，金珂松了一口气，"你们所有人去旗台广场集合。"

说话间，金珂已经从寝室内走了出来，这时候走廊上也有不少军校生听到警报声出来，他让所有人都跟着出寝室大楼。

果然，演习场开始有广播响起："紧急通知，所有军校生和老师全部在旗台广场集合。"

金珂一面下楼一面给通信中的几个人解释："演习场有不同种特定的警报声，刚才的警报声是在通知有人失踪，所有人集合。"

这些杂七杂八的信息都是主指挥要掌握的，其他军校和达摩克利斯军校一样，全部都往旗台广场那边跑去。

各军校集合速度十分快，很快队伍便整齐排列好。

"各军校检查自己队伍中缺少的人，包括老师。"

达摩克利斯军校队伍没有缺口，无人失踪。

卫三不着痕迹地往前往后晃了晃，喊了一声金珂："应星决不在这儿。"

金珂立刻朝帝国军校那边看去，果然主力队只有四个人，且面色难看。

"小酒井武藏也不见了。"霍宣山低声道。

几人愣住，一时无法明白现在的情况。

但有一点可以肯定，有人的乌鸦嘴又应验了。

五分钟后，各军校将情况报上去。

习浩天站在旗台下："11点32分，帝国军校发现他们主指挥失踪，11点37分，平通院上报主力队单兵失踪，目前我们怀疑有人挟持军校生。"

各大军校队伍顿时一片哗然，响起各种讨论声。

"安静。"习浩天厉声道，"从现在开始，救助员组成两队，分别从演习场的西东方向搜寻，老师们带着五所军校的人分开从南北方向搜。"

命令一下，所有人都开始四散，达摩克利斯军校和帝国军校从南面开始搜寻。

"什么情况？"廖如宁压低声音问道，"谁能对应星决下手，他不是还有护卫队？那么多3S级高手。"

卫三往四周查看："3S级高手抵不过一个超3S级，能带走应星决，自然能解决那么多个3S级高手的护卫。"

"不一定是被人挟持。"霍宣山忽然道，"小酒井武藏也失踪了，这两个人……"

"应星决不是傻子，"金珂打断，"不会做出那种损人害己的事。"

216

卫三已经溜到帝国军校主力队那边，她站在姬初雨旁边："你们主指挥什么时候失踪的？"

姬初雨到处搜寻，不理会卫三。

"习主解说是11点32分你们主指挥失踪，那他应该是在房间内不见的。这期间你们大概没有进去过。"卫三跟在姬初雨身后，"所以具体时间你们不清楚。"

"你想做什么？"姬初雨猛然回身，盯着卫三，"我们主指挥出事，达摩克利斯军校不是直接受益方？"

卫三："……不过是一个大赛而已，没必要结成仇人。"

姬初雨转回去，不再看她。

事实上，他们确实不知道应星决确切的失踪时间，客厅平时除了商量事情，没有人待。早上没有人去敲过应星决的门，还是中午姬初雨敲门，想要一起去食堂，才发现里面没有人。

按理说，应星决不在，不算什么，但姬初雨却发现床单弄皱了。

应星决出门前，决不会允许出现这种情况，姬初雨便意识到出事了，立刻上报。

演习场这边当然觉得奇怪，甚至觉得有些离谱，仅仅因为床单一角，姬初雨便认为应星决出事。

应星决可是超3S级指挥，身边还有那么多护卫。

但紧跟着平通院那边也上报军校生失踪的事，这才引起重视。

第206节

平通院那边，之所以确定小酒井武藏出事，是因为地面上有打斗的痕迹。

两个军校生失踪，且一个是联邦目前唯一的超3S级指挥，一个刚在赛场内表现出色，主办方和各军校将整个演习场翻了个遍，也没有发现任何踪迹。监控也查了数次，发现应星决和小酒井武藏进了寝室之后，便没有再出来过。

有人猜测他们是在寝室房间内失踪的，但也有人认为监控有漏洞，这些主力队员有一百种方式躲过监控，也有可能是在其他地方失踪了。

不过因为小酒井武藏的失踪，又给了他们缩短时间范围的线索。

平通院主力队寝室，上午七点便有人离开，到九点便全部都各自出去了，直到十一点季简想找小酒井武藏聊机甲的事，通信联系不上，问回来的其他单兵都说没看见，这才去敲门，无人应。

因为门没有反锁，季简直接打开，才发现房间内有打斗痕迹。

发生了打斗，若是晚上，其他人应该能察觉异常，但没有发现，所以只可能是在七点到十一点之间，小酒井武藏失踪了。

各军校集合后在演习场地毯式搜查了一整天，没有任何发现，只能先解散。但整个演习场的防护已经升级到最高等级，各大楼二十四小时有第九区调来的军区队伍巡逻。

达摩克利斯军校暂时没有人失踪，校队成员回到寝室后，主力队被留了下来。

"那边准备扩大搜查范围。"项明化看着五人，"在找到两人之前，下个赛场地点应该不会抽取。"

"扩大多少范围？"金珂问道。

"全境搜寻。"

金珂皱眉，全境搜寻要将整个南帕西星翻天覆地查一遍，不过帝国军校和平通院的主力队员都失踪了一位，两所军校背后的军区施压，南帕西星也必须拿出态度来。

"明天吧，明天你们可能会带队出去搜查。"项明化情绪也不太高，这几天他们都在开会。大赛前都预料到今年可能不会太平，怕独立军会对各军校生动手，但一直都是赛场内各种问题不断，结果到底还是出现军校生被挟持的事件。"姬元帅震怒，责令我们必须在三天之内找到应星决。"

在找到失踪的两位军校生前，晚上不知道有多少人无眠。

"怎么会失踪？"回寝室的路上，廖如宁还是想不通，"小酒井武藏就算了，应星决感知那么高，还有护卫队隐藏在身边，这样都能失踪？"

"之前应星决和卫三一起去医疗大楼，那些护卫队也没有发现。"霍宣山随口道。

"那劫持应星决的人得是个超 3S 级。"廖如宁摸着下巴，若有所思地盯着卫三。

卫三："……看我干什么？"

"你在打应星决的通信？"金珂靠过来，"能接通才奇怪。"

"试试。"卫三按下重拨键，"南帕西那对兄妹当时在哪儿？"

"就在寝室，没有出去，南帕西主力队都在，可以做证。"金珂已经打探过了。

"自己队伍可以包庇。"应成河语气不太好，"他们队伍中多了两个超 3S 级，如果除掉我堂哥，南帕西军校夺冠的可能性大大增加。"

金珂揽着应成河拍了拍他的肩膀："应星决不会有事，他可是超 3S 级指挥，明天我们就出去找他。"

第二天，上面果然下达了全境搜寻的命令，老师那边已经下达了完整的搜寻方案，各军校校队有大部分被派去检查监控，剩下的则跟着主力队去各地搜寻。

达摩克利斯军校队伍分配到几架飞行器，他们需要搜寻的范围在东城区。

飞行器内，金珂站在中间，拉出光脑上的地图，放大一块："这里是我们负责的区域，主要是居民楼和教育学校，这些地方今天我们要搜寻一遍，到晚上要去东城区边缘，这里有两个港口，一个是货运港口，另一个则是民用港口，这些地方，我们都需要去检查。"

众人表示知道，所有人光脑上都收到了一份金珂传来的东城区地图。

"下去。"在飞行器飞到之后，金珂和主力队带头下去，开始搜寻。

这件事没有通告，只有军校生知道，用的是其他理由搜查，居民楼还是正常进出。

卫三落在队伍后面，跟着他们往前走。一整天下来，人没找到，倒是发现了几个可疑的人，主动蹿出来，被他们抓住了，达摩克利斯队伍顺便做了几件好人好事。

"其他军校那边有没有发现？"卫三走到应成河身边，问道。

从昨天开始，应成河就在到处打听消息，半夜还和家里那边联系。

"没有，没找到任何踪迹。"应成河原本就懒得打理的头发，现在直接打结了，乱糟糟地缠在一起，脸色不太好看。

"港口那边已经戒严，每架起飞的星舰都会进行彻底排查，他们只可能在南帕西星上。"卫三安慰道，"我们一定会找到他。"

"嗯。"应成河依然眉心紧锁。

两人往左边搜查，最前面的金珂忽然转身回头，要求所有人集合，清点人数。

"发生什么事了？"卫三走到前面去，问他。

金珂清点完人数，松了一口气，才道："两个小时前南帕西军校那边有一位校队成员在搜查的时候失踪，就在刚刚塞缪尔军校两名校队成员失踪。"

霍宣山皱眉："当着主力队员的面？到底是什么人动的手？"

"也许是一个组织，但按照时间来看，也有可能是单独作案。那几个失踪的校队成员当时和主力队分开了。"金珂看着达摩克利斯军校队伍，"我们先上飞行器，去港口检查。"

"先去哪个港口？"卫三在旁边问道。

"民用港口。"

飞行器降落在东城区的民用港口处，达摩克利斯军校生快速从上面下来，整齐有序地跟着前面的主力队快速行进。

"卫三和应成河带着一半人去左边，其他人跟我去右边入口。"金珂分了两队，临走前嘱咐卫三，"看好校队成员。"

两支队伍分头搜寻，这一搜寻便是一晚上，到了十点，成功在原来的入口会合。

"没有发现异常。"卫三问金珂，"你们那边呢？"

金珂摇头："没有发现，港口运行也一切正常，还没到十二点，我们去货运港口。"

众人只能上飞行器，继续赶往下一个目的地。

路上，达摩克利斯军校老师那边连续打来几个电话，问他们现在的情况，要他们仔细小心，不要随意走散。

卫三坐在一旁，点开地图，放大货运港口的路线。

她盯着一块灰色的图标看了半天，最后搜了搜这个货运港口，才知道这是放集装箱的地方。

金珂接完通信过来："失踪的校队成员还没有找到，最迟明天第九区和第十区都会有人过来。之后便不用我们出来搜查了。"

原本队伍中氛围便有些凝重，现在又发生这种事，所有人心中越发警惕起来。而应成河，一直情绪低落，他总有一种不好的预感。

二十分钟后，众人抵达另一个港口，这边进出的人明显要比刚才民用港口少许多，更多的是大型飞行器。

"这里基本上都是集装箱，要放在星舰上，运往其他星。"金珂道，"港口边有大量集装箱，正在装箱的由其他人负责，我们需要去查停放在这儿的集装箱。"

"一个一个打开？"卫三问道。

金珂摇头："只要看外面便可，每个集装箱都上了锁，你们搜查的时候注意有无异常。如果有，可强行打开，同时联系港口那边查监控。先在这里等一分钟，港口那边会送微型飞行摄像机过来。"

这个摄像机给他们用来探查高空环境，更快速方便。

一分钟后，那边工作人员不光拿来了摄像机，还有强光灯。金珂接过后，便分发下去，带着他们走，应成河总是要冲在前面，几乎用跑的，一刻不停。

卫三跟在他背后，同时让校队成员紧跟着，集装箱数量庞大，加之现在是晚上，他们只能靠着上方投射过来的灯光才能看清楚路。

他们跑过一叠又一叠集装箱，没有发现任何异常，这边都是存放点，没有机器没有工人，极度安静。只有搜查队的脚步声和应成河越发沉重的呼吸声。

"成河。"卫三伸手拉住他,"你跟着霍宣山他们在后面,我……"

她话未说完,突然扭头朝后看去,一道强光扫过后面的队伍。

众人抬手挡住眼睛,还未反应过来,便只听见卫三的声音:"有队员被抓了。"

等强光散去,卫三早已经往左后方跑走了,只剩下其他人。

应成河立刻一把拿过后面校队成员手中控制的微型飞行摄像机,控制它往左后方飞,看着下方的场景,想要找到卫三。

"她在那儿。"应成河跟着跑过去。

"跟上。"金珂示意所有人跟着应成河。

…………

卫三拉住应成河时,已经潜意识中察觉到违和感,到说话时才反应过来那个违和感是后面有一道不同于他们军靴的脚步声出现,等她转头回去,原本队伍最后的一行已经少了一个军校生。

卫三努力分辨并追赶那道脚步声,面色极沉,有人居然在主力队存在的情况下,挟持校队成员。

她越走越偏,灯光也越来越少,集装箱的陈旧度也在加重。

——是废弃集装箱区。

卫三之前在飞行器上看地图时记得这块地方。

脚步声突然消失了。

第207节

那道脚步声消失,卫三只能停下来,往四周看去,废弃的陈旧集装箱表面油漆掉落,脱落处锈迹斑驳。

"人呢?"应成河第一个跑过来,问道。

"不见了。"卫三仰头看着附近的集装箱,随后闭眼侧耳倾听,试图找出对方。

但只有大批军靴踩在地面上的声音不断往她这边赶来,对方仿佛带着达摩克利斯军校那个校队成员凭空消失了。

没有听见任何其他的声音,卫三却闻到了什么,继续朝废弃集装箱深处探去,应成河立刻带着微型摄像机紧跟其后。

等金珂带着人赶过来时,只看到他们的背影。

血腥味,越往深处走,空气中弥漫的血腥味就越重。

卫三逐渐放慢脚步,停在一个集装箱前,锁已经断裂,铁皮还有破裂的痕迹。她不知道接下来会见到什么,但绝对不会是什么好场面。

"成河!"

在她停下时,应成河突然扔掉手中的遥控器,冲过去拉开集装箱的门。

微型飞行摄像机摔在地面的声音被轰然响起的集装箱门掩盖,应成河猛然拉开门后,站在原地没有动弹,那瞬间仿佛被凝固。

锈迹斑斑的集装箱内,大片大片的血迹,箱壁、地面无一幸免,断臂残躯泡在血液中。小酒井武藏、失踪的三位校队军校生,全部在里面,宛如垃圾一般,躺在血泊内,没有一个人身体完整。迎面扑来的血腥味令人窒息作呕。

应成河死死盯着最中间的那个人,他手中握着一把匕首,插在达摩克利斯军校刚刚失踪的军校生胸膛处。

"出去。"

卫三一把将人拉开,弯腰将手中的强光灯放在集装箱入口,缓缓朝里面走去,黑色军靴踩在集装箱内壁,鞋面瞬间被血浸没。

"把人放下。"卫三走到中间停了下来,"应星决。"

最中间的人坐在集装箱内,听到声音抬头迎着光看向卫三,满脸的血迹,一向打理得极好的头发散乱披在背后,垂在地面,发尾浸在血液中。

应星决其实看不清卫三的脸,集装箱入口的灯光晃着他的眼睛,但他知道对面的人是她。

他松开匕首,将人平放在地面上。

就在此时,整个集装箱亮如白昼,有两架小型飞行器赶了过来,从上面直直射过来的光线,让所有人清晰可见。

卫三偏头余光往后看了一眼,随即快步走向应星决,径直弯腰,以手做刀状,砍在他脖颈后。

集装箱外已经赶来了不少人,金珂带着的队伍,还有从飞行器上下来的人,现场脚步凌乱,而看到这一幕的人无不万分震惊。

应星决已经晕了过去,卫三抱住他的腰,将人带了起来。

"这些都是……应星决做的?!"来人面色极为难看,"他又发病了?"

卫三转身被灯光闪了眼睛,伸出另外一只手挡了挡,她眯眼看着对面的人,不认识,看打扮像是南帕西哪个军区的人。

"我们要带他走。"对方严肃道。

卫三嗯了一声,半揽着应星决往外走。

"我们要带他走。"对方见她直接往外走,再一次重复道。

卫三这时候才想起什么,道:"哦,我觉得跟你们一起去更合适。万一他……我还能帮着抵一抵，不然……"她指了指集装箱内部。

对方不为所动："不用，我们有人。"

"有人？3S级？"卫三停下来问他。

对方："……上校已经在路上。"

"没事，我正好闲着。"卫三指了指晕过去的应星决，"他打不过我，你们暂时没有3S级单兵，我和你们一起去。"

她说完，便朝着外面喊一声："医疗队有没有来？这里还有一个活人。"

这时候金珂立刻领着赶来的医生进来，将达摩克利斯那位军校生抬出去。

卫三半扶半揽地将人带出，强行要跟着一起上飞行器。

"霍同学，你手上拿的是什么？"从飞行器上下来的路正辛望着霍宣山背在身后的手，缓缓问道。

霍宣山紧紧握着手："没有什么。"

"是吗？"路正辛往旁边走了走，捡起地上的遥控器，抬头看向霍宣山，"微型飞行摄像机？有没有摔坏？我拿过去让技术人员看看。"

两人目光对视，路正辛微微一笑，伸出手，带着不容反驳的语气道："拿来。"

最后，霍宣山只能将手中的微型飞行摄像机给路正辛。

"金珂。"路正辛扭头对出来的金珂道，"你带着达摩克利斯军校的人回去，这里我们来处理。"

金珂朝集装箱旁边的应成河看了一眼："路主解，我们想在这里等我们老师过来。"

"随你们。"路正辛说完，便朝集装箱内走去。

而此刻，一架小型飞行器已经飞走了，载着应星决和卫三。

飞行器才飞出港口，便有人来接，是刚才说的上校。

新赶来的飞行器内，坐着整整齐齐两排南帕西军区的人。

卫三自然地跟着过去，里面的上校见到她愣住，问刚才在集装箱外的人："她为什么在这儿？"

"她说……"

卫三挤开旁边的人，半揽着应星决进另外一台飞行器，将他平躺地放在担架车上："我怕你们应付不过来，所以跟来了。对了，你们要带他去哪儿？"

不等那个上校说话，卫三突然点开光脑，打解语曼的通信。

对面很快接通。

"解老师，我们找到了应星决。我们现在要去……"卫三特意将光脑设置成公

223

开，镜头对着这架飞行器内所有人扫了一圈，"长官，你们要带应星决去哪儿？"

上校："……南帕西总医院。"

卫三点头，把镜头转回来："我们要去南帕西总医院，解老师你通知帝国军校那边过去，我记得他们主力队就在附近搜查。"

说完后，她才挂断通信。

"能不能让我坐一点，今天跑了一天了，有点累。"卫三走到左边中间，对两个军区的人道。

两人对视一眼，最终只能各自往旁边移一点位置，卫三毫不客气地坐进去，看着担架车上的应星决。

这个担架车仿佛特意为犯人量身定做，四角都有绑带，显然是用来固定躺在这上面的人的。

她又开始打应成河的通信："成河，我们校队的军校生怎么样了？"

"送进了治疗舱，你们现在要去哪儿？"应成河勉强从之前的冲击中回神，看着担架车上的堂哥，下意识地问道。

"南帕西总医院。"卫三往前挪了挪，问旁边的人，"有没有纱布和湿纸巾？"

旁边的人起身，拿了一个医药箱过来。

卫三没关通信，低头将医药箱打开，从里面拿出来湿巾，顺口对旁边的人道了一声谢，随后问道："你们来得真快，接到了通知？"

盯着卫三的上校忽然开口："我们负责接手这里的货运港口，正在半路上，接到通知，说你们找到了失踪的军校生，这才迅速赶来。"

"这样……"卫三扭头对光幕中的应成河一字一顿道，"放心，我会照顾好你堂哥。"

应成河："你别挂断通信，我看着他。"

"行。"

卫三扯出湿巾，一点点擦拭应星决脸上的血迹，用了七八片湿巾，才算将血迹擦干净，露出他原本的样子。

做完这些，卫三又开始慢条斯理地将应星决手上的血迹一点一点擦净。

站在前面的上校在和现场的人通信，卫三一边竖着耳朵听，一边帮应星决擦干净血迹。

等上校挂断通信后，飞行器内恢复到原来的极度安静中，卫三左看看右看看，最后扯出一张新的湿巾，撩起应星决垂散下来的长发，用湿巾裹着他的发尾。

洁白的湿巾瞬间变红，发尾的鲜血染在上面，扩散极快。

一路上，卫三就干着这件事，一包湿巾被她用完了。

南帕西总医院到了。

一下去，帝国军校主力队已经在医院门口等着。

姬初雨望着被抬下来的应星决，立刻上前："他怎么了？"

"他杀了所有失踪的军校生。"上校直截了当道。

姬初雨一愣。

卫三从飞行器上下来："上校，调查才刚刚开始，您就开始下定论了？"

"你不是亲眼所见？达摩克利斯一个军校生都差点死在他手上。"上校冷冷道，"更何况应星决有病，众所周知。"

卫三打了个哈欠："上校，挺晚了，不如我们进去。"

医院的医生早在这里等着，拉着应星决进去。

"许医生没来？"卫三跟在后面，问姬初雨。

姬初雨原本不想搭理她，但刚才那位上校的话，让他耿耿于怀。

"在路上。"姬初雨看着卫三，"上校说的是不是真的？"

"你和他相处这么多年，真的假的你问我？"卫三挂断通信，低头在群里发消息。

卫三发完消息，一抬头便见到医生们要拉着应星决进手术室，她伸手拉住担架车尾，微笑："他被我打晕了，没受伤。"

"我们要检查他现在的感知。"一位医生道，"如果感知紊乱，我们需要立刻进行干扰。"

"医生，我觉得你们不太专业。"卫三真诚道，"他们应家医生快来了，许真许医生你们认识吗？听说是联邦目前最年轻有为的医生。"

"如果病人现在出现问题怎么办？"医生扭头看着帝国军校的主力队成员。

"他还活着，没事。"卫三走过去，伸手探了探应星决的鼻息，"呼吸平稳。姬同学你觉得呢？"

姬初雨目光掠过旁边的上校等人，最后盯着卫三，伸手拉住担架车边缘："等许医生过来。"

第 208 节

姬初雨按住担架床说了这句话后，帝国军校其他主力队成员终于意识到什么，皆往前站了一步。

之前说话的医生朝上校看了一眼，对方点头："既然要等他们医生来，他出了什么问题不要怪我们南帕西。"

医生们立刻松开手,纷纷离开。

因为应星决身份特殊,又和那些死去的军校生有关联,虽不进手术室,但还是被推进了一间单独病房,上校和他的人守在外面,防止应星决离开。

卫三伸手拉过病床内的椅子,贴着地面划过,发出沉重的拖曳声,随后她坐在应星决病床前,跷起二郎腿。

看着她如此做派,姬初雨皱眉,显然对卫三极其不满,但同时他有太多问题想要问,又碍于面子和现在的情况,最终一脸隐忍,什么也没有说出口。

"我们在这里看着主指挥就行,你可以回去了。"旁边的司徒嘉也看不惯卫三,直接要赶她出病房。

卫三抬眼,随口编道:"不行,你们主指挥说要我陪在他身边。"

司徒嘉:"?"

这是什么鬼话?！

就在司徒嘉愣神时,卫三放下脚,身体前倾,伸手帮应星决理了理散在脸上的乱发,动作轻柔。

做完这些,卫三特意朝帝国军校几个主力队成员看去,似笑非笑,十足挑衅。

几个人不由得睁大眼睛,尤其是公仪觉和司徒嘉,瞪着卫三,像是觉得她侮辱了他们帝国军校的主指挥。

病房中气氛诡异,明明应星决是帝国军校的主指挥,离他最近的人却是卫三,其他人则分散站在房间内。

卫三低头看着群里的消息,达摩克利斯军校的老师已经带走了校队,金珂和应成河几人正往这边赶来。

过了一会儿,上校进来:"接到通知,许真医生的飞行器坏在路上了。"

姬初雨面色难看:"坏在哪儿了?"

许真医生的飞行器比普通飞行器要大几倍,上面装着各种仪器,只给应星决一个人用,关键时刻,这台飞行器是一个小型活动医院。她的飞行器现在坏了,普通飞行器根本无法装下那么多东西。

"里和中路,那边附近没有医院,最近的只有我们南帕西总医院。"上校道,"这里还能调度一台大飞行器过去,不过需要你们去两个人。或者你们等等,我联系维修人员过去。"

维修飞行器至少耗费数小时,还不如从总医院调度一架大型飞行器,将许真医生连带飞行器一起载过来。

卫三忽然笑了一声,抬头:"巧了,我们成河正赶过来看他堂哥,正好路上一道把许医生接来了。"

226

"光接许医生来没用，她飞行器上那些仪器得一起运过来。"公仪觉皱眉，"除非应成河还精通修飞行器，在一个小时内修好。"

卫三叹气："飞行器是不会修，不过……"

她低头看了一眼光脑："哦，他们已经接到了许医生，现在载着飞行器一起过来。"

上校："……载着飞行器过来？"

这些人哪来的大型飞行器？

不光是上校，帝国军校的几个人也对卫三的话产生疑问，能运载许真飞行器的势必是大型飞行器。金珂几个人平时出行最多能借小型飞行器，今天出去搜查的飞行器也只能载人。

卫三见他们一直盯着自己，在等解释，她微微一笑："里和中路有家大型飞行器专卖店。"

"这么晚关门了。"上校毫不犹豫道。

"这个……"卫三换了条腿搭，"打开门就好了。"

半响，上校才明白她的言外之意，一张脸青了又白："……你们打劫了专卖店？"

"付了钱怎么叫打劫？"卫三诧异道，"门的钱也直接翻倍转给了老板，老板肯定开心，这种大型飞行器卖一台，好几年不用开张。"

众人："……"

卫三抬手看了看时间："大概还有十五分钟，他们就到了，上校别担心。"

上校话也不说了，直接掉头走出去。

这一夜注定乱成一团，各军校的老师们大部分赶往东城区的货运港口，帝国军校的老师分成两队，一队赶来医院，一队也去了货运港口。

不去不行，所有失踪的军校生，除了当场被发现的达摩克利斯军校生算是活了下来，其他人皆死状惨烈，唯一一位据说是凶手的人便是帝国军校的应星决。

帝国军校不派代表过去说不通。

十五分钟后，达摩克利斯军校主力队会合，许真医生带着她的医疗队进来，在病房中要对应星决进行快速检查。

卫三这才起身，让开位置，走到应成河旁边，偏头朝金珂看去，两人互换眼神。

应成河盯着病床上的人，这一幕似乎和当初他看见堂哥发病的情景重合。

做完一系列检查，许真医生才微微松了口气："他没受伤，只是昏睡过去了，目前看来，他体内感知趋于稳定，具体的精细变化，还需要用专业仪器检

227

查,我要带他去我的飞行器上。"

应成河上前扶住担架车的一角,要跟着过去。

"许医生,你飞行器坏了什么?我帮你看看。"卫三开口道。

"突然发动不了,可能是动力源的问题。"许真医生看着她,"麻烦了。"

卫三微微一笑:"不麻烦。"说罢,她便跟着医疗队一起出去。

"她……"公仪觉指着卫三的背影,难以置信,"还会这个?"

房间内的人纷纷出去,准备转移目的地。

卫三一出去,便见到解语曼已经带着人过来了,在门口和上校讲话。

"你们要去哪儿?"解语曼扭头问道。

"许真医生要替应星决做详细的检查。"卫三道,"我过去帮他们看看飞行器坏了哪儿。"

"你还会修飞行器?"解语曼问出了其他人的疑问。

"我买了修理飞行器大全书,看看应该就能修了。"

公仪觉在后面听到这句话,撇嘴,原来是个连半吊子都没有的新手,居然大言不惭地靠着看书就能修?

"上校,你们要不要过去?"卫三目光落在对方身上。

"不必,既然有老师过来了,这里就交给他们,我们还要去货运港口。"上校和解语曼进行交接,临走前道,"应星决是杀害军校生的最大嫌疑人,希望解少将好好看住他。"

这是他第二次说这话,帝国军校主力队成员不在货运港口,不清楚事情情况,加上应星决众所周知的病,想反驳都不知道如何反驳。

解语曼没有正面回答他的话:"上校还是早点去货运港口。"

检查的时候应成河坚持要一起进去,其他人都被拒绝了,但应成河是亲属,最后许真只能同意他待在旁边。

霍宣山和金珂、廖如宁三人和帝国军校主力队的人一起站在外面。

两所军校的人站的位置泾渭分明。

之后帝国军校有老师赶了过来,他们也不清楚货运港口那边的情况,只能联系到达港口的老师。

帝国军校的人站在一边,低声讨论现在的情况。

"你手流血了。"廖如宁低头指着霍宣山垂在身边的手道。

霍宣山摊开手掌看,果然掌心被割了好几道。

从发现集装箱到现在,他们一路赶来,完全没有时间观察自己的情况。

"那边有医疗箱，你包扎一下。"金珂的眼睛扫过他的掌心，"刚才砸门的时候弄的？"

霍宣山摇头："在货运港口。"

他硬生生把微型飞行摄像机捏碎了，先不说摄像机在空中拍摄到什么，它掉落下来后，斜对着那个集装箱，不知道拍摄到了什么。

指不定就是证实应星决下手的证据。

原本他想藏起来，待之后再交给金珂，他们一起看看里面拍到了什么，但被路正辛发现了。

那瞬间，霍宣山毫不犹豫地将摄像机捏碎了，失踪的军校生中有小酒井武藏，便意味着事情不简单。应星决又是唯一的超3S级指挥，怎么也要护住。

一个小时后，几所军校的老师还有大赛主办方的人全部过来了，要求带走应星决。

"他还在做检查。"姬初雨挡在门口道。

"还有多久？"平通院的领队老师冷声问道。

正在双方僵持中，许真推开门："检查结束了，还要等结果。"

"我们要带走应星决。"平通院的领队老师直截了当道。

许真皱眉："他还没醒，至少……"

"醒了再杀人？"平通院领队老师打断道，"现在是强制拘留，所有军校商量后的意见，这是第一区下发的临时命令。"

来的其他军校老师都在外面，没有人说话，可见命令不假。

"带走。"平通院领队老师朝后面的人道。

这些人进去，和里面发生了冲突，应成河不让他们带走应星决。

"干什么干什么？"廖如宁蹿进去，霍宣山和金珂紧跟其后。

"别动手。"

"你们别碰我堂哥！"

"放手！"

"不放！"

"你们敢违抗命令？！"

"我不认识字！"廖如宁嚣张的声音清晰地传了出来。

里面一片混乱。

平通院领队从一开始接到消息便压着滔天怒火，到现在终于忍不住爆发，怒喝一声："全部带走！达摩克利斯军校主力队一个不留！"

得了命令，里面的人全部被压了出来，包括还昏睡的应星决。

解语曼在旁边围观，也没阻拦，只是不痛不痒地批评廖如宁和金珂几个人不尊师长。

"你们在干什么？"刚修完飞行器的卫三，带着一身油污进来。

平通院领队老师盯着她看了半天，最后一挥手："带走！她就在现场。"

第209节

达摩克利斯军校主力队五个人中，两个人因为是第一发现者，原本便需要带走，另外三个人则以寻衅滋事被抓走了。

加上昏睡中的应星决，一共六个人，全部被带走。

五个人分成了两间房，一间单独关着应星决，另一间关着寻衅滋事的霍宣山和廖如宁、金珂以及应成河。

至于卫三，她被叫去问话了。

"原来他们演习场还有牢房。"廖如宁四处打量周围环境，摸了摸栏杆，"这能不能掰断？"

"受到压力会自动报警。"金珂靠在墙边道，视线落在对面应星决那里。

他也没想到集装箱内会是那样的场，小酒井武藏死了，还有失踪的三名军校生。

金珂只是大致看了一眼，那些伤口不完全是器械伤害，甚至有些是硬生生拉扯断的。

"他什么时候醒过来？"廖如宁贴着栏杆，望着还在昏睡的应星决，"不是说没受伤吗？"

昏迷的时间也太长了。

"估计是累了。"应成河坐在唯一一张床上，抬头道。

四个人有一搭没一搭地说话，大多数是闲聊，上面的墙角有监控，这会儿估计有人看着。

"你是第一个发现应星决杀人的军校生，把当时的情况从头至尾说一遍。"塞缪尔军校的领队老师坐在卫三面前，问道。

卫三左看看右看看："老师，这里没有纸巾。"

塞缪尔领队老师："……我在问你话。"

卫三点头表示明白："老师，我不是犯人，有没有用纸巾的自由？手脏，我难受。"

"先回答我问题，不要试图转移话题。"塞缪尔领队老师厉声道，"现在有军校生死了！"

卫三坐直身体，突然双手握住对方放在桌上的手，将手上的油污擦在塞缪尔领队老师手背上，一脸真诚且带了点惊恐："好的，老师，这事情回想起来太可怕了。不过首先我纠正一点，我只是第一个发现应星决在集装箱内的人，没见到他杀人。"

原本第一个打开集装箱的人是应成河，但他被卫三拉开了，等其他人赶过来时，只见到卫三在里面，废弃集装箱区本来高处的摄像机就不太多，加上当时天黑的原因，最后就变成卫三是第一个发现且打开集装箱的人，应成河只是跟在后面。

塞缪尔军校的领队老师，被手背突然传来的黏腻感弄得浑身不适，迅速抽回手，又不好出去擦干净，只能把手往自己衣服上擦干净："接着说。"

"是这样的，我发现我们队伍中少了一个人，看到一个阴影闪过，所以我就去追。"卫三严肃道，"我们队的应成河跟在我后面跑，最后我们来到了废弃集装箱区，发现那个集装箱传来血腥味，接着我打开集装箱的门，在里面发现了应星决和我们队伍的成员。"

塞缪尔军校领队老师等的就是这一句话："你打开门后，看到了应星决用匕首刺进那个失踪的军校生胸膛是不是？"

"不是。"卫三立刻否认，"老师，当时集装箱里面那么黑，我没看清楚，只看到两个黑乎乎的人影。"

"你明明带了强光灯，怎么会看不清楚？"塞缪尔军校的领队老师猛然拍桌，喝道。

卫三诚挚地开口道："老师，我眼睛不行，要是眼睛好，见到杀我们军校成员的人，一定抓住他，带他来这里审问。"

其他领队还有主解员以及主办方来的代表都在外面看着，路正辛打开话筒，对着里面的卫三道："卫同学不用担心，你们摔坏的微型飞行摄像机，我已经找到高手，拿过去进行修复，相信明天便能找回当时的录像，到时候就能将凶手绳之以法。"

"……"卫三扭头看着左边的大镜子，"辛苦路主解。"

塞缪尔军校的领队老师敲了敲桌子，让卫三看着自己："你进去的时候，应星决是不是处于发病状态？"

"没吧。"卫三含糊其词。

"是或不是。"

"不是。"卫三靠在椅子上，"他要是发病，我拦不住他，毕竟我只是一个普通的3S级单兵。"

塞缪尔军校的领队老师皮笑肉不笑，将几张照片推到卫三面前："这些是惨死的军校生，对着他们再说一遍。你确定没有见到应星决动手？"

"没有。"卫三拿起照片，看着从集装箱拍来的照片，"不知道是不是应星决救了我们军校的人，如果是还得感谢他，可惜这几位军校生没有救回来。"

塞缪尔军校领队老师："……"

问询进行了一个多小时，卫三始终在打太极，塞缪尔领队老师问这个，她就答那个，旁敲侧击地烘托应星决是受害者。

外面的平通院领队老师好几次想要冲进去质问卫三，都被其他人拦住。

这里面怒气最大的还是平通院领队老师，他们以这种惨烈的方式折损了一位主力单兵，还是一名明显处于上升阶段的单兵。

任谁都会极其恼怒。

其他军校的领队老师各怀心思，甚至希望动手的人就是应星决，一旦如此，他势必会被禁赛，那帝国军校的实力则会被大大削弱，同时其他军校更容易拿得排位和积分。

卫三被放出来后，其他军校的老师都在盯着她，神色各异。

项明化过来挡住其他人的视线："时间不早了，你先去休息，有什么事明天再说。"

"知道了。"卫三也没过问金珂几个人，直接回到寝室。

她倒是休息了，被关起来的四人轮流守夜，一晚上没睡好。

幸而没有人进来，第二天一早应星决安全醒过来。

他一醒，廖如宁便发现了，立刻叫醒应成河："你堂哥醒了！"

应成河倏然起身，走到门口："堂哥，你怎么样？"

"无事。"应星决坐起来，他的脸色比昨天夜里好看了一些，大概是得到了休息，只不过脖子后面还有些泛疼。

他低头看着自己的手，没有血迹。

昨天夜里，他连指缝都浸染了鲜血，还有……

应星决偏头看着自己头发，发尾已经干了，但已经没有了血渍。

"你们校队的人怎么样？"应星决抬眼缓缓问道，他目光扫过对面，发现只有四个人，卫三不在里面。

"活着。"金珂坐在地上，"后面的事，我们也不清楚，和你一样待在这里。"

墙角上方的摄像机果然有人一直在看着，应星决一醒来，便有人进来要带他去审问。

"出来。"等应星决一起身，来人又有点恐惧，下意识地往后退了几步，最后过来的几个人，一起用电镣铐绑住他的手脚。

应成河在对面看得直皱眉："你们确定他动手了？现在就用电镣铐？"

打头的那个人冷声道："不确定，但上面为防他犯病，特地要求装上的，你有意见，可以向上面申诉。"

"我饿了，能不能放我们出去吃东西？"廖如宁突然蹿到门口，伸出手就要抓住对方。

"安静待着。"对方侧身闪过。

"那为什么他就能出去？我们只是和老师吵了几句，是我错了。求求大哥了，让我们出去吃点东西。"廖少爷毫无底线道，"戴电镣铐也行的！"

没有人理会他，押着应星决朝外面走去。

"我真的饿了。"廖如宁叹气。

昨天就没怎么好好吃饭，精神又高度紧张一晚上，现在好不容易应星决醒了，他们任务也算完成。

"去食堂吃饭。"金珂站起来道。

"怎么出去？"廖如宁看着牢门，托腮百无聊赖道，"卫三怎么也不送吃的来，还在被审问？"

应成河从兜里掏出工具，低头开锁。

几分钟后，"咔嗒"一声，牢门开了。

廖如宁眼睛睁大："这不太好吧。"说着他第一个蹿出去。

几个人出来，压根没人管，他们光明正大地走出去，真的直接去了食堂吃饭。

今天食堂的人更少，几乎没人。

四个人低头吃饭时，终于有人进来了。

"你们怎么出来了？"卫三跨进食堂的门，坐在他们一桌。

"饿了，没人给饭。"廖如宁上下打量卫三，"你回寝室了？"

卫三点了几样东西，还有打包的："回了，刚才帝国军校主力队几个人都过去了。"

"现在才去审讯室？"霍宣山问道。

"被拦住了，姬初雨去求了他大伯，才让老师同意他们进去。"卫三看着霍宣山绑了纱布的手，"路主解今天拿着修复的摄像机过去了。"

霍宣山皱眉："修复了？"

"捏碎了没用。"卫三摇头，"他找了个这方面的高手。"

"你进去的时候，什么感受？"金珂问她。

卫三摇头："只有血腥味，我看当时应星决确实不太清醒。"

像是刚醒过来一样。

他确实没有穿军靴，不过作为一个超3S级指挥，能操控人心，还有洁癖，特意将人残杀的可能本来便小。更何况……抛开其他人不说，小酒井武藏分明是感染者。

至于应星决所谓的发病更是无稽之谈，不过身体不好倒是真的。

卫三若有所思。

五个人吃完早饭，大摇大摆地往审讯室走。

卫三作为重要目击者，可以进去，另外四个人……

"我们要去关禁闭。"廖如宁背着手道。

守卫的人："……"

"咳。"项明化在背后咳了一声，"他们跟着我的。"

说罢，将几个人带了进去。

一拐弯，项明化便盯着金珂几个人："你们什么时候出来的？"

"早上。"金珂道。

"谁给你们开的门？卫三？"

"不是我。"卫三立刻否认。

廖如宁举手："老师，那个门它自己就开了。"

项明化当然不信，瞪了一眼金珂和应成河，领着他们往审讯大厅走。

里面站的人比昨天还多，帝国军校的主力队还有平通院的主力队，两所军校之间剑拔弩张，怒目而视。

事件中心的人正端坐在最中间，等待习浩天过来审问。

卫三挤进去，当着所有人的面，递给应星决打包好的粥。

"……"项明化转身对着墙，他什么也没看到，其他老师也看不见他。

平通院的主力队成员，南帕西一名校队成员，塞缪尔军校两名校队成员，全部死亡。

现在应星决可谓吸引了所有火力点，所有军校的人都想找回公道。

果然只有卫三这个刺头才干得出来这种事。

"这是你的营养液。"卫三坐在旁边，从口袋掏出两支营养液，"许医生给的。"

昨天晚上被带走之前，她偷偷要的。

"谢谢。"应星决接了过来。

第210节

所有人都盯着中间的应星决和卫三，一口气堵在喉咙，上下不得。

要说卫三做错了什么，没有。她不过是出于同学友爱，送了几支营养液和一碗粥。

但此时此刻，所有人都恨不得立刻审问应星决，找到他犯病的证据，定他的罪。

卫三这一举动，就像是在打脸。

帝国军校主力队几个人看着卫三的举动，心中也不是滋味，他们只顾着过来看主指挥有没有事，却没有想到这种小细节。

尤其在见到应星决真的喝下卫三送来的营养液时，姬初雨脸色瞬间变了。

除了那次在西塔赛场，应星决在昏睡中被喂过营养液，这是第一次他主动接过别人的营养液。

因为在营养液上出过问题，所以应星决从不接受除许真医生外的任何人给的营养液。

……他这么信任卫三？

姬初雨视线落在应星决身上片刻，又看向卫三，想嫉妒，却又突然产生一种无力感。

扪心自问，昨天晚上没有卫三，或许应星决真的出事了。

甚至当时没有卫三提醒，他会直接放任医生将应星决拉进手术室。

"这是修复好的录像视频。"路正辛和习浩天从另一道门进来，拿出一张卡，看着应星决，"应同学在进入审讯室前有什么想要说的？"

应星决静静地看着他，最终摇头。

"好，那请吧。"路正辛抬手，示意应星决进审讯室。

应星决起身，缓缓走进去，随后习浩天和路正辛跟着进去。

主审官是习浩天，路正辛负责出示一系列证据。

审讯室的门一关，只剩下一面大的单向玻璃，前面站的都是各军校的领队老师，还有主办方的代表以及第九区来的人。

剩下的军校生只能挤在一角看里面的录像镜头。

应成河率先挤在前面，不顾他人目光。

里面三人各自坐好，应星决一个人坐在一面，比起座位，他此刻更像是被所有人孤立针对。

"失踪那天上午你在哪儿？"习浩天问道。

"不知道。"应星决缓缓道，"我没有印象。"

"前一天晚上你在干什么？"习浩天换了一个问法。

"睡觉，之后便没了意识。"

"所以前一天晚上你入睡后便失去意识，开始犯病？"习浩天问道。

"我不认为我犯病了。"应星决脊背挺拔，坐在审讯室，仿佛即便面对所有人的质疑，他都能冷静面对。

"你没有犯病，为什么小酒井武藏以及那些失踪的校队军校生全部惨死？"路正辛翻完手里头的资料，抬头问道，"有谁能让小酒井武藏沦落到那种地步？"

应星决垂眸淡淡道："路主解认为我劫持杀害小酒井武藏的理由是什么？平通院不足为惧，若为了夺得总冠军，我也应该对卫三动手。"

路正辛微微一笑："所以说你前一天晚上失去意识，发病之后，才会找上了小酒井武藏，并在此之后抓了其他校队的人，并残忍杀害。"

"我没有病。"应星决抬眼，再一次重复。

路正辛不置可否，他将手里头的资料文件推给旁边的习浩天："早上从许真医生那边拿来的检查报告，上面显示你在这几天感知经过一次大爆发，显然身体承受不住这种磅礴的感知，足以证明你这段时间处于发病状态。"

此言一出，审讯室外的人有些躁动，姬初雨皱眉望着镜头内的应星决。

"应星决发病攻击人的样子，金指挥也见到过，他做出这种事完全有可能。"路时白转脸冷冷道。

金珂不知道还能检测到发病状态，他也不清楚许真那边的检测机制是什么，不过对路时白的话，他表示："你对我说也没用，我不是帝国军校的人。"

路时白："……"不是，你们一晚上尽心尽力护着应星决，还怕他饿了。

"安静。"鱼天荷转头对他们喝道。

几个军校生立刻安静下来，不再说话。

审讯室内。

习浩天翻完应星决的检测报告，抬头当着他的面，拨了许真医生的通信。

几秒后的等待，对面接通了。

"应星决的检查报告最终结果显示是什么？"习浩天问许真医生。

光幕中许真见到应星决，显然知道她接下来说的话会带来什么，神色凝重。

"许医生，检查报告已经在我手里，还请实话实说。"习浩天拿起报告资料道。

许真医生闭了闭眼睛道："……检查结果显示星决在这段时间感知处于极不平稳的状态，和以前两次发病状况相似。"

"也就是说他这次会像之前一样攻击他人？"习浩天问道。

"……是，但他前两次并没有这样……"许真显然知道了集装箱的事。

习浩天打断她的话："无论用什么手段，事实是三次有两次死了人，足够证明他发病造成的严重问题。"

许真医生无法辩解，最后习浩天关了通信。

"这是复原的录像视频。"路正辛将卡放进回放机内。

外面的霍宣山不自觉地摸着自己还缠着纱布的手，他白捏碎了，不知道路正辛从哪儿找来的高手。当时他明明见没人才捡起来的，路正辛突然出现在他背后。

众人盯着审讯室内的回放录像，从达摩克利斯军校到达货运港口后，这台微型飞行摄像机便开始运行。

只看到达摩克利斯军校的人在不停搜查，所有队形全部按照标准进行，没有半点松懈。一直到卫三上去拉过应成河，这时候她突然扭头往另一边追去。

应成河反应最快，一把抢过遥控器跟了过去，这时候微型飞行摄像机已经有些不稳。

越往里走灯光越暗，几乎看不清下方的情况，过了片刻，才拍摄到卫三闪过的身影，她肩膀上的徽章在黑暗中闪着光，后面应成河终于追了过来。

录像视频回放显示两个人停了下来，虽看不见他们的脸，但显然两人失去了追踪的目标。

就在众人还在想他们怎么去了废弃集装箱区时，卫三扭头就直直朝着一个方向走。

路正辛忽然按下暂停键，指着光幕道："这个时间段顺风，所以集装箱废弃区那边的血腥味顺风过来，被卫三闻到，可见集装箱内有多少血，那是四名军校生体内所有的血。超3S级指挥代表了联邦的希望，但不意味着手上沾满鲜血也能安然脱身。"

应星决安静看着光幕内的两人，仿佛路正辛说的不是他。

"路主解，先把视频放完。"习浩天对路正辛道。

视频继续播放，拍到卫三跑进集装箱废弃区，那边基本没有灯，相机逐渐拍得不清楚，模模糊糊的，直到卫三停下来，这时候应成河冲到她前面，遥控器被他扔在地上，飞行摄像机失去控制，摔了下来。

画面瞬间变得模糊晃眼，等恢复清晰后，卫三已经站集装箱内，而应成河则站在外面，背对着集装箱口。

这里拍摄得并不清晰，卫三的强光灯放在地面上只照到下面，小酒井武藏

237

和其他军校生的肢体散落在集装箱各处倒是照得清清楚楚，而应星决和另外一个达摩克利斯军校生则被卫三挡住了。

画面上只能看到达摩克利斯军校生的一双腿。

再之后，是赶来的两台飞行器，比强光灯还要亮，众人见到画面突然一亮，再定睛一看，卫三已经靠近应星决，抬手把他打晕。

这里即便路正辛再慢速放大，也只看得到应星决抱着达摩克利斯军校生，手并没有握在军校生胸口处的匕首上。

就凭这一点，他们无法确定是应星决动的手。

至于后面的事，众多达摩克利斯军校生和赶来的军队都看到了。

路正辛正想开口，审讯室的门从外面打开，帝国军校的领队老师举着光脑："应指挥的通信。"

习浩天抬头看向他的光脑，是应月容。

"这件事我已经知道了，光凭发病这个证据无法证明是应星决动的手。"应月容面无表情道，"他发病失去意识，特意从西城区到东城区挑选其他军校生？我认为这是独立军的阴谋，故意陷害我们唯一的超3S级指挥。"

"应指挥，不能为了帮应星决开脱，便把所有罪名都推给独立军。"路正辛意有所指道，"我们找到的证据中，从头到尾只有应星决一个人，反倒是应指挥有什么证据证明这件事是独立军做的？"

"那你们有明确证据证明人是他杀的？"应月容一边走上星舰，一边说道，"我会来亲自看守应星决，在事实查明前。"

路正辛点头："我同意，不过……我认为在查明真相前，应星决不能参加比赛。"

第211节

禁赛。

这个要求一提出来，审讯室外帝国军校的老师们立刻想要反对。

即便这几场冠军被达摩克利斯军校拿下，应星决依然是帝国军校拿排名最关键的人，现在禁赛，不就是想要打压帝国军校？

"往届在赛场外伤人的军校生直接出局，现在应星决可不只是伤人这么简单，难道禁赛都不可以？"塞缪尔军校的领队老师冷嗤一声，"帝国军校这么多年称王称霸，现在还要一手遮天，不如直接将总冠军颁给你们，其他军校也不用来比了。"

"帝国军校必须给平通院一个说法。"

"我们南帕西军校生的命不能白丢。"

从路正辛说出那句话后，审讯室外像是得到了什么信号，一下子炸开了，瞬间齐齐将矛头对准应星决，以及背后的帝国军校。

五所军校，除了帝国军校，只剩下达摩克利斯军校没有表态。

项明化并不想掺和其中，但其他军校非要点出来，说达摩克利斯军校的一名学生现在还生死未卜，强烈要求他也向帝国军校讨要说法。

"你这话我不爱听。"项明化黑着脸对说话的老师道，"我们学生虽然还没醒，但他性命无忧，过不了几天就能醒过来，别诅咒我们学生。"

其他人："……"现在是在说吉利不吉利的事？

"我的意思是应星决必须付出代价。"

"又没确定凶手一定是我堂哥。"应成河霍然起身，盯着说话的老师。

"别争了。"廖如宁伸手拉了拉应成河，让他坐下来，"老师们只是不想应星决参赛而已，至于真相是什么，他们不在意。"

"廖同学，注意你的言辞。"有老师警告道。

"老师，说这些话会被禁赛吗？"廖少爷抱住弱小的自己。

金珂坐在旁边，慢悠悠地加一句："比赛没有规定不注意言辞会受到惩罚。"

廖如宁叹气："那我还是不注意好了，束缚自我不好。"

旁边有些老师脸色已经青了，怪不得一直没军校愿意和达摩克利斯军校合作，他们军校从上到下都是一个德行，听不懂人话，分不清利益方，还喜欢阴阳怪气转移话题。

"好歹是你们的主指挥。"卫三坐在中间椅子上，抬眼望向帝国军校几个人，漫不经心道，"不替他说点话？"

司徒嘉很想撑卫三，所有老师都在这，主力队成员能说什么？但刚想说出口，才想起达摩克利斯军校主力队刚才就没有顺着这些老师的话，还阴阳怪气嘲讽一番。

而这些……原本便和达摩克利斯军校无关，甚至他们还是受害方。

"我希望老师们在查明真相前，不要直接将罪名扣在我们主指挥头上。"在卫三说完之后，霍剑一字一顿地对着在场所有老师道，随后朝他们郑重地敬了一礼。

"霍同学说得很对。"项明化煞有介事地点头，扭头扫了一圈所有老师，"凡事得讲证据，否则将来谁都可能被冤枉，我们做老师的，得以身作则。"

"……"

被达摩克利斯军校这一搅和，刚才群起攻之的情况只能逐渐回落。有些人在心中嘲讽，当年达摩克利斯军校走下坡路时，人家帝国军校可没少下绊子，甚至直接明面上把资源抢走了。

现在达摩克利斯军校居然还来充当好人，以为帝国军校会记得？天真！

这里的军校，哪一个不想吞并其他军校，扩大自己的势力？

达摩克利斯军校的人也不知道到底在想什么，真拿自己当道德标兵？

审讯室外吵吵闹闹，里面也没有停止争论。

应月容第一时间反对路正辛的话，但对方坚持现在应星决是最大的嫌疑人，且随时犯病，事实证明那些护卫队如今已经无法压制应星决，此事绝不能以无明确证据便一了了之。

"两天之后，我会赶到南帕西星，此事之后再议。"应月容只能退一步。

"那么……"路正辛朝应星决看了一眼，"在应指挥来之前，应星决暂时先待在这里。"

即禁锢应星决。

应月容同意了，但她要求许真医生一起过去。

通信结束，习浩天和路正辛带着应星决出来，审讯室外面还围着一堆人。

"我们会在此等两天，你们都回去，该训练的训练。"习浩天站在审讯室门口道。

"习主解，我有个建议。"卫三突然举手，从后面站了起来。

见到卫三，习浩天先是皱眉，后点头："你说。"

为什么他感觉有卫三的地方，就没太平过？

"我觉得有人在谋害我们联邦大好青少年！"卫三用一种十分严肃悲痛的口吻道，"小酒井武藏同学原本是多么优秀的单兵，眼看着要在我们这些人中脱颖而出，一颗新星冉冉升起，结果星坠殒命。我们联邦损失了一个极为优秀的人才……"

"说重点。"习浩天打断她的长篇大论，再听下去都要以为她在念悼词。

"是这样的，习主解。"卫三指着应星决，"这位勉强也算是我们联邦的优秀人才，万一有人对他下手成功，对联邦而言，又是一件惨痛的事故。所以我建议，在应月容指挥赶来之前，我们要加强对他的保护。"

"这点不用你提醒。"习浩天道，"我们自然会好好看着他。"

"习主解准备让谁看着？"卫三视线从帝国军校划过平通院，再到达摩克利斯军校，"我们这些人都是现成的，不过单独一所军校的人不太好，万一帝国军校的人想带着人跑，或者平通院的人为他们队员报仇，我建议每天几所军校一起看守应星决。"

习浩天瞥向卫三，他要是听不懂她的意思，这么多年也白活了。

卫三现在是把什么都摊到明面上来，不过……

"按你说的，通知下去，从今天开始，五所军校各派一名单兵过来，守着应星决。"习浩天同意了。

老师们纷纷离开，达摩克利斯军校把卫三留下，且有理有据。

廖如宁："我昨天没睡好，今天你守着应星决。"

霍宣山："我想念寝室里的床。"

卫三冲他们挥手，示意几个人可以走了。

不到几分钟，审讯室外只剩下看守大楼的人，还有帝国军校的姬初雨以及平通院的宗政越人和达摩克利斯的卫三。

路正辛离开前，和卫三擦肩而过，低声说了一句话：

你和应星决感情不错。

卫三转头看着快走出去的路正辛："路主解，我是一个团结友爱的好学生。"

门口的路正辛脚步未停，嘴角微微勾起一丝弧度。

这次应星决不再以犯人身份被关在昨天那间牢狱中，而是大楼内的其他地方，和正常的房间没有太大的区别。

房间内还有四所军校的单兵，塞缪尔来的人是习乌通，南帕西来的人则是昆莉·伊莱。

按理来说，宗政越人或许会对应星决产生怒意，至少会质问。但他从进房间后便未开过口，沉默异常。

站在窗口，防守那一处。

应星决拿了衣物，进浴室，姬初雨站在外面守着。

房间内一片安静，单兵们无人开口，这是他们第一次在赛外直面军校生的死亡，还是人为，谁都高兴不起来。

卫三一个人霸占整张沙发，直接躺在上面，有一搭没一搭地点着光脑，答着魔方论坛的题目。

"小游鱼申请加你好友"

右上角突然弹出一个通知。

卫三随手滑掉，继续答题，对方锲而不舍申请，她正答题答上头，看着心里烦，直接将人拉黑了。

拉黑完，继续心安理得地答题，她还差一点点就能升上L4级。

到现在已经涉及3S级机甲知识。卫三自从可以进入教学芯片，进步可谓一日千里，加上 3S 级机甲又是这段时间学的，正是熟悉期，她答题速度飞快。

不过要想升级，还得在论坛上公开发布机甲结构，卫三犹豫了一会儿，翻出她的手稿。

在进南帕西黑厂前，她便一直自己研究 A 级单兵可以使用 S 级机甲，但一直卡在几个地方。后来见到黑厂那些机甲后，她解决了其中一个问题。

卫三把这个机甲构建的结构数据全部发了上去。

严格意义上讲，这台机甲首先等级不符合，其次问题还没有完全解决，按规定发上去也没有什么用处。

不过卫三手里头没有其他机甲的构建数据，唯一设计的只有无常，她这几天也没心思重构其他机甲，随手就发了上去。

她顺便也在问答区，把自己的问题发出去，想着也许有什么大佬能看见自己的问题，并做出解答。

这些问答区，有些人问出来的问题确实精彩且刁钻，卫三有时候都会受到一些启发。

当她在论坛上兴致盎然时，应星决出来了。

明明现在应星决处境狼狈，四所军校的单兵名正言顺在一间房内监视他，他却丝毫不见失态。

应星决坐在床边，从今天白天整理带来的行李中拿出一个盒子。

他从盒子内拿出一团黏土，低头慢慢揉捏起来。

其他人："……"

卫三立刻对着他拍了一张照片，发到五人群中，并且 @ 了应成河。

暗中讨饭："@ 成河大师，你堂哥在玩泥巴！"

霍西西："能直播吗？我想看。"

金家发财："+1"

应成河扭扭捏捏地表示也想看直播。

卫三当即在群内开启直播，光明正大地对着应星决拍。

忽视房间内其他人，这两个人似乎没有任何自觉。

在卫三在线直播时，她光脑又弹出一个通知，还是魔方论坛。

这次不再是系统通知有人要申请好友，而是通知："小游鱼成为你的好友。"

卫三："？"

这破论坛还能强行加好友？

第 212 节

把人拉黑了，还能强行加上她好友？

卫三惊住了，重新点开魔方论坛，看着已经是她好友的小游鱼，发过去一条消息，还不忘记自己当初扮演的身份。

穷鬼没钱做机甲："你好，做机甲吗？我可以打折，家中有老小要照顾，经济困难，急需接单。"

小游鱼："……你哪来的老小？不是孤儿？"

这个人知道她真实身份？

卫三盯着对话框，试图挣扎："没听懂客人你说什么吗？下单吗？我对 A 级机甲特别熟，S 级机甲也能做，便宜好用。"

小游鱼："别装了，我是鱼天荷。"

"……"

穷鬼没钱做机甲："您的 ID 真别致。"

小游鱼："你的 ID 也很贴切。"

卫三抽空瞄了一眼那边玩泥巴的应星决，他手指修长，骨肉均匀，连捏泥巴这种事情，做起来都赏心悦目至极。

她看愣了一秒，还是光脑消息振动，让卫三回神。

小游鱼："加入我们的事情考虑得怎么样？"

穷鬼没钱做机甲："小酒井武藏的事是你们独立军做的？"

小游鱼："……你说话一定要这么直接？不是我们。"

卫三看着对面发来的消息，若有所思，独立军知道黑色虫雾和感染者的事，很难不把事情联想到他们身上。

小游鱼："为什么觉得是我们？"

穷鬼没钱做机甲："之前你说过超 3S 级能看到黑色虫雾，我觉得小酒井武藏被感染了。如果他是感染者，又不是独立军动的手，难道还有另外的势力？"

小游鱼："你知道小酒井武藏是感染者？"

穷鬼没钱做机甲："知道，我还知道吉尔·伍德也有问题。"

卫三这句话说得很有意思，她没说吉尔·伍德是感染者，而是"有问题"，这就在看听话人知道吉尔·伍德多少事了。

果不其然，在长达一分钟之后，鱼天荷主动暴露了。

小游鱼："她确实是我们的人，本来准备在下一个赛场动手除掉小酒井武藏，结果应星决先动手了。"

穷鬼没钱做机甲："这事不是应星决做的，他没有发病。"

在这件事上卫三无条件相信应星决，不光因为他是应成河的堂哥，还因为当时她看着血泊中的应星决，清晰知道对方的茫然，分明才清醒过来。

虽在外人看来他手握着匕首，刺在达摩克利斯军校生的胸膛上，但在她看来更像是应星决伸手想要替军校生捂住不停流血的伤口。

小游鱼："他和你一样是超3S级，且是感知更为敏锐的指挥。我知道他没病，但也许是他故意清除那些感染者。除了小酒井武藏，那几个军校生都是疑似感染者，只不过上次大体检没有检查出问题。"

卫三看着她这条消息后半句，忽然想起那次来医疗大楼的人，在血液样本储存室将所有样本冰柜都打开看了一遍，那时候调包了？

鱼天荷这么认定是应星决动的手，看样子不是她那边的人动的手。

卫三皱眉沉思，这件事能给哪些人带来好处？

各军校皆有损失，但不能排除有人丧心病狂拿军校生的命来拉下应星决。感染者的死亡，也是独立军的目标，他们也算受益。

穷鬼没钱做机甲："鱼师什么时候，从哪里知道我是超3S级的？没记错这是我们达摩克利斯军校机密。独立军已经渗透进各大军校了？"

小游鱼："卫三，有件事你可能弄错了，独立军从未离开过。"

穷鬼没钱做机甲："咦，为什么你能强制加我好友，这个论坛和你有什么关系？"

光脑前的鱼天荷一口气哽在喉咙间上下不得："……"说到现在才突然反应过来？

小游鱼："这个论坛的创办人是我，你觉得我能不能强制加你好友？！之前须弥刀还有无常的制造风格就和应成河以往的风格不同，但其他人更不符合条件，我原本以为是他特意改变的机甲构建风格，直到你暴露兵师双修的身份。"

魔方论坛的创立便是筛选一些愿意分享开源的机甲师。此类机甲师一般心中多善意，他们极易发现论坛能升级的通道，如此一步一步筛选出有善意且富有才能的机甲师。

到L4级便会有独立军这边的机甲师招揽，厉害的机甲师，则由鱼天荷亲自出面招揽，但这么些年，她也没亲自招揽过几个人。

"穷鬼没钱做机甲"这个账号之所以被她关注，自然不是因为等级，毕竟到现在卫三都还没升上L4级。

而是因为这个账号解答题目速度太快了，范围又极广，从第一次升级便引起了论坛管理者注意，之后每一次升级，"穷鬼没钱做机甲"所花的时间都打破了现有的纪录。

不过每次升级中间部分，对方都会停一段时间，甚至不上线。

论坛管理员经过讨论，一致认为可以将这个奇怪的账号推给鱼天荷。

鱼天荷一看，便知道这个账号背后的人必定是本届军校生中的机甲师，因为每一次对方彻底消失不上线的时间都是比赛期间。

魔方论坛号称保护用户隐私，但后台可以定位注册用户最初的地点方位。

鱼天荷轻而易举查到"穷鬼没钱做机甲"的位置在沙都星，毫无疑问，这个账号背后的人是达摩克利斯军校本届的机甲师。

一开始，鱼天荷认为达摩克利斯军校队伍中隐藏着什么厉害的机甲师，但几次赛场观察下来，没有发现任何机甲师符合。

达摩克利斯校队总兵小队的机甲师由于几次出色表现，曾经被鱼天荷观察过一段时间，但后面"穷鬼没钱做机甲"一上线，风格和以前应成河的机甲风格又开始无限接近。

因此，鱼天荷下结论：这个"穷鬼没钱做机甲"就是应成河，他一直在练习改变自己的机甲风格，不过那次在魔方论坛上无意识地暴露了自己以前的风格。

这个结论一直维持到了雨林赛场。

在这之前，鱼天荷几次犹豫要不要接触应成河，能将自己的构建风格彻头彻尾地改变，这种能力足可见他有多优秀。

那天晚上，卫三暴露自己会修3S级机甲时，鱼天荷的脑子直接宕机。

太多线索如穿针引线般快速串联起来，最后的结论让她一时半会儿接受不了，只能找借口下台。

当时鱼天荷在角落里立刻打开魔方论坛，看"穷鬼没钱做机甲"所有公开的机甲数据模型，再回忆一直令她惊艳的须弥刀和无常。

这种强烈的个人风格其实很好辨认，重要的部位完美得像艺术品，但变化却可以摒弃美观，只为攻击最大化。

也正因此，鱼天荷对应成河极为欣赏，不是谁都能将风格变化得如此彻底。

结果现在看来，这种极致风格分明是卫三的。

中间估计是应成河用了卫三的账号，以达摩克利斯军校主力队的感情，完全可能。

一个单兵，能设计出让机甲师都惊艳的无常和须弥刀。

作为兵师双修的后代，鱼天荷不应该如此震惊。

但当时她实打实地蒙了。

因为鱼天荷知道——卫三是超 3S 级。

从那一刻起，卫三成了独立军重点招揽对象。

也是巧合，这帮人之前训练期主动撞进了南帕西黑厂，当时她已经准备招揽这几个人，也省去了做其他动作。

鱼天荷坐在光脑面前，慢慢打出一行字："卫三，联邦现在岌岌可危，无数未知的感染者隐藏其中，星兽在进化，这届 3S 级军校生也比往届多，你作为超 3S 级能起到决定性作用。或许我们这个时代就要结束战争，可能是我们存活，也可能只有星兽活下来。"

卫三看着鱼天荷发来的一段话，抬眼看向对面专心致志捏泥巴的应星决，随后低头回复她："既然超 3S 级能在其中起到决定性作用，应星决也是其中之一，他比我脑子好用。你们不护着？高层应该也有独立军。"

足足过了两分钟，鱼天荷才发来消息："你同意加入独立军，我会保住应星决。"

卫三托腮看着对面的应星决，过了半响才给鱼天荷发消息："鱼师，你似乎搞错了一件事。我出于实用主义，建议你们保住应星决，没说拿我自己交易。"

光脑前的鱼天荷："……"

小游鱼："那你要怎么才同意加入独立军？"

穷鬼没钱做机甲："我再好好想一想，鱼师也想想能给我什么好处。"

卫三美滋滋打下这条消息，机智如她，不薅点独立军羊毛，不可能就这么同意。

小游鱼："……你知不知道无相骨是我们专门送到你面前的？"

第 213 节

无相骨……独立军送的？

卫三看着鱼天荷发的那条消息，回复她："鱼师，做人要厚道，我们花了大半资源兑换来的，怎么成你们送的呢？"

小游鱼："你以为系统那么容易出错？这么巧，无相骨流到那个仓库？"

穷鬼没钱做机甲："鱼师，这就是您的不对了，要给晚辈见面礼，怎么偷偷给呢？明天我就去告诉老师，说无相骨是你们送的，一定给回礼！"

鱼天荷："……"

告诉老师？不就等于暴露了她独立军的身份？

一看到卫三发的这条消息，鱼天荷心中被噎得慌，她分明想赖过去，故意装傻。

小游鱼："不用回礼，只要你加入我们，会有更多好材料。"

卫三："鱼师，我还要守着应星决，先下了。"

她并没有正面回答，虽然之前应星决认为他们可以加入，看看情况，不过卫三还不想这么早轻易答应。

和鱼天荷结束聊天后，卫三转头就把两人的聊天记录转发到他们群内。

一发过去，金珂和应成河就在群里@卫三，消息震动个不停。

卫三没看，因为应星决捏完黏土，喊了她一声。

"卫三。"应星决握着手中做好的东西，走到她面前，递了过去，"能不能帮我把这个送给成河？"

"不死龟？"卫三瞥了一眼他手中做好的东西，挑眉道。

应星决微微点头，他记得雨林赛场应成河怎么出局的，也记得自己没有及时救回堂弟，便打算捏一个黏土机甲送给应成河。

不死龟是应星决靠着记忆做出来的，至于其他一些细节，并不是那么清楚。

"错了。"卫三指着他手中泥机甲的一条手臂，"这里防护甲……"

感觉自己一时半会儿说不清，卫三直接起身走到小桌前，揪下一块应星决用剩下黏土，几下捏出正确的防护甲花纹，递到他面前："这样。"

应星决看着她手中的那一小块，又低头看了看自己做的，终于找到不同，便低头仔细地将手中的黏土机甲重新改过。

他站在原地，卫三扭头去看刚才桌上的泥巴，她突然也想捏机甲。

作为一个机甲师，她很长时间没有用实物构建设计过机甲，现在一下子手痒起来。

"你这些泥巴还要不要？"卫三指着桌上的那团黏土问。

应星决抬头和卫三目光对上，片刻后他缓缓道："你可以拿走。"

正合她意，卫三当即也不坐回沙发上了，直接扫视一圈房内，走到宗政越人旁边，拉过一张椅子，端坐在应星决原来坐的地方对面。

"你改完了吗？"卫三刚撸起袖子，想起什么问应星决。

应星决走了过来，坐在卫三对面，将泥机甲放在她面前："改好了。"

"行。"卫三打开相机，对着应星决捏的这个黏土机甲拍了一张照片，并发消息给应成河："你堂哥给你捏的小泥机甲。"

应成河："！"

应成河："给我的？！"

应成河："我现在就过去拿！"

照片一发过去，应成河的消息便炮弹似的炸过来。

247

卫三看了一眼，没回，她觉得回了也没有意义，今天应成河拿不到他堂哥捏的机甲，绝对睡不着觉。

她开始揉黏土，比起应星决，卫三做起这个简直得心应手，这些机甲结构仿佛一直存在她脑中，轻而易举就能复制出来。

应星决坐在对面安静望着，至于旁边其他几个单兵面色则有点怪异。

要知道他们今天过来守着应星决，其实每个人心中或多或少都有压力，都在猜测今后会怎么发展。比赛才刚刚过一半，他们居然要在这看守主力队中最强指挥。

结果现在看守的其中一个单兵和被看守的人面对面开始玩泥巴。

"为什么要做机甲单兵？"

应星决看着一架又一架栩栩如生的机甲在卫三手中出现，抬眼问道。

一、二……

卫三心中数着桌子上的黏土机甲，还有几片黏土，可以再做几个机甲。

这时候听见应星决的话，她揪下一团黏土，随口道："我没说过？当年报错了专业，不过3212星报预备单兵只要一千星币，受伤还有补贴，比较实惠就直接报单兵了。"

房间内众人："……"

因为这样才来抢他们单兵的饭碗？

"报预备机甲师需要多少星币？"宗政越人忽然开口问道。

卫三转身，手靠在椅子上，看向宗政越人："一学期五千星币。"

宗政越人很难形容自己心中的滋味，五千星币的学费，卫三居然上不起，转而去一千星币的预备单兵专业。

他平时一餐饭都不止这么多。

偏偏卫三上着一千星币一学期的课程，到现在单兵实力并不比任何人差，甚至她还会构建设计机甲。

"我的比你的好看。"卫三把自己做的黏土不死龟放在刚才应星决做好的机甲旁边，颇为得意。

这就是机甲师的艺术。

应星决看着两人做好并排放在一起的同款机甲，点头："嗯，你的好看。"

卫三低头继续做机甲，不一会儿忽然从窗边传来一阵喧闹声。

习乌通皱眉走到窗户前，推开窗往下看，他沉默了一会儿，对房间内的卫三道："……你们达摩克利斯军校主力队的人在下面。"

"这么快就过来了？"卫三走到窗边，上半身探出去朝底下的人挥了挥手。

"我堂哥做的泥巴机甲，给我！"应成河在下面喊，他旁边还有霍宣山、金珂几个人。

一支巡逻队拦着他们，神情严肃，不知道在交涉什么，应成河被两个人各拖着一只手臂，往外拉走了。金珂和廖如宁、霍宣山全部跟着走远了。

半响，金珂才打来通信。

"你能不能把那泥巴机甲丢下来？他一定要今天拿到。"金珂把镜头对准还在拼命挣扎的应成河，"外面的人不让我们进去，刚才应成河试图爬墙也被抓住了。"

卫三："……这时候爬墙？"

过往还能随随便便爬，这几天明显整个演习场都在戒严，不被抓住才怪。

"行，等着。"

卫三把最后一个头粘在了机甲身上，脱下外套，随便一裹："你让宣山过来接着。"

不一会儿，霍宣山便又站在了楼下，接住卫三扔下来的包裹。

"你们一人一个，应成河那个是他堂哥捏的，其他是我捏的。"

霍宣山比了个手势，表示知道。

卫三退回来坐下，继续她的工程。

明明一开始是应星决先动手，现在变成了她兴致勃勃地在这里捏黏土。

达摩克利斯军校主力队，除了无常没捏，其他都捏完了。卫三抬头扫了一眼房间间的所有人，最后决定给每个人来一个。

先从应星决的机甲开始。

卫三低头快速捏出黄金恺的机甲，她对这个也熟悉，当初都进了应星决机甲舱内。

"这个给你。"卫三捏好之后，推到应星决面前。

"谢谢。"应星决一愣，随即伸手拿起面前小小的黏土机甲模型，垂眸打量。

明明只是黏土做的，但每处都透着流畅的线条，精致又不失机甲的凌厉。

甚至……机甲舱还能打开。

卫三又做了四个黏土机甲，不过后面的机甲都只有外表，没有能打开的机甲舱。

"你们要不要？"卫三拿起做好的黏土机甲，从旁边的姬初雨开始，一直到最远的宗政越人，每个人手里都接到了自己的机甲模型。

四个人低头看着自己手上的黏土机甲，心中有种怪异的感觉。

他们从来没有以这种角度来看自己的机甲，看着……怪可爱的。

"笃笃笃——"

门外传来敲门声。

昆莉·伊莱走过去开门。

是负责巡逻整栋大楼的第九军区队伍。

"她刚才是不是擅自抛了什么东西给楼下的人？"对方毫不客气地指着卫三，问房间内其他单兵。

"长官，我没看见。"昆莉·伊莱收拢手指，背在身后道。

听到昆莉·伊莱的话，对方又对着其他三个单兵问了一遍："是吗？"

"是。"姬初雨第二个开口。

卫三背着门口，冲姬初雨挑了挑眉，他会为自己说话，这是她没想到的事。

"……我不希望看到有人玩忽职守，否则看守应星决的任务还是交给我们。"第九区军官说完这句才关上门。

等人一走，卫三吹了声口哨，对房间内几人说了句谢谢。

"守夜的时间确定一下。"宗政越人直接拉回话题。

几个人分配完守夜时间，便熄灯休息，只有两个守夜的人还醒着。

卫三守后半夜，她这次没躺在沙发上，而是直接躺在床边地板上闭眼休息。

也没有完全陷入睡眠中，只要有什么动静，她能立刻起身，站在床边。

夜越来越深。

黑暗中，应星决缓缓睁开眼，望着地板上闭眼睡觉的卫三。他其实不清楚自己失踪那段时间发生了什么。

一醒来便发现自己在一片血泊中，断臂残肢散落在周围，而他握着匕首，刺在达摩克利斯那名军校生的胸膛中。

那瞬间连他自己都在动摇，是不是真的失控了。

直到卫三找了过来。

他那时候并不清醒，卫三靠过来时却没有升起警惕心。

不知为何，在被卫三打晕的那一刻，应星决心中想的竟是幸好来的人是她。

应星决侧脸贴着枕面，轻轻闭上眼，薄被下的一只手虚虚握住那架黏土机甲模型。

睡过去前，他只有一个模糊的念头。

……黏土机甲模型加热烤一段时间，能更好地保存下来。

第 214 节

看守应星决两天后，应月容终于赶到了南帕西星。

应月容一来，看守的人率先撤退，她亲自过来带走应星决，强硬要求所有老师和当时在场的军区队伍代表一起开会商讨后面的处理事宜。

重要的人都走了，剩下他们这些军校生只能各回各寝室，各找各队友。

卫三也不例外，她一回寝室，便见到应成河失魂落魄坐在客厅内，喊他也不理人。

"什么情况？"卫三指着应成河，问从房间内出来的廖如宁。

廖如宁抬起下巴冲客厅茶几上的黏土机甲点了点，凑到卫三旁边，低声道："被他堂哥的泥巴感动了，从那天晚上就是这样，你是没见到，他一看到那个黏土机甲，瞬间就红了眼睛。"

闻言，卫三摇了摇头："我先去睡一觉，吃晚饭记得喊我一声。"

"应月容来了？"金珂打开房门，见到卫三，便问道。

"来了，这事大概几天就会出结果。"

金珂靠在门框上："她来了，最好的结果也只是将应星决临时禁赛。"

现在所有的证据矛盾又模棱两可，应月容才有可能将路正辛提出的永久禁赛改变，但即便如此，失去军校生的各军校依然不会放过这么好的机会，至少应星决一定要受到惩罚。

廖如宁撇嘴："一群人老大不小的，成天钩心斗角，还把心思摆在脸上，手段低级。"

卫三关门前听到他这话，顿了顿道："有时候，手段越低级越好用。"

像这件事，摆明了有蹊跷，各军校的人看不到？

他们看到了也当看不到，只有这样才能拉下应星决。

应月容来之后，开了一整天的会议，最终还是和金珂预料的一样，应星决临时禁赛一场。

这还是应月容据理力争来的结果。

小酒井武藏的离世，确实给平通院当头一棒，他们最希望应星决永久禁赛。

从会议室出来，应月容和应星决站在角落，周边有幻夜星来的军队守着。

"护卫队那么多高手，谁能避开他们劫走你？"应月容面无表情地问道。

应星决垂眸："不清楚，那天晚上我便失去了意识。"

251

应月容闭了闭眼睛，复又睁开："许医生检查到你发病的痕迹，星决……如果身体不行，之后可以不用继续比赛。"

"知道。"

应月容盯着他半响，最后只是偏头转身离去。

这么多年，外人只当应家风光，但实际上自从应游津叛逃后，他们应家便站在刀刃上。

好在应清道带着应家稳住了局面，原本他想让应家逐渐下滑隐藏起来，可惜应星决作为超3S级出世，重新将大众的目光吸引了回来。

每一个应家人只能继续拼命维持现有的状态，她这么多年一直断断续续地驻守幻夜星，也不过是为了让自己有一点话语权，来应付像今天这样的状况。

护住应家人。

走到一半，应月容正好远远看着达摩克利斯军校主力队的五人，几个人嘻嘻哈哈地打闹。

她忽然眯眼笑了：倒是有个应家人现在活得还算潇洒自在。

从食堂里出来，廖如宁问道："小酒井武藏什么时候下葬？"

"今天谈话结束，明天应该就能下葬了。"金珂道，"医生那边已经帮他们把身体缝好了。"

"等他们下葬的时候，我们去看看。"廖如宁挠挠脸，"被感染了也不是他们的错。"

"除了小酒井武藏，其他军校生都不太确定。"霍宣山摇头。

"我们学校那个受伤的军校生不是。"卫三笃定道。

如果是，应星决当时不会只是处于茫然状态，而是"发病"攻击人了。

消息通知下来得很快，第二天所有人都知道应星决会被禁赛一场。

除去平通院军校生极为不服，其他的军校生情绪还算稳定，他们的主力队成员没有受伤，接下来的比赛状态稳定，而帝国军校少了主心骨，绝对是一个好消息。

在消息通知完后，几位死去的军校生将会永久地留在南帕西星。

这是军校传统，没有回归故土一说，在哪儿死便葬在哪儿。

各军校自发悼念，只有少数人知道这些军校生或许早死了。

卫三几个人带着花过去，看着小酒井武藏等人躺在棺材内，即便缝合技术高超，但仔细看仍然能发现其中不协调的地方。

可见当时他们的死状有多惨烈。

达摩克利斯军校来悼念，未引起多大的骚动，无论是客套还是情面，他们能来，没有人表示异议。

直到帝国军校主力队带着花来悼念，平通院那些人看着站在最前面的应星决，怒了。

"你还敢来？"

"应家人就能随便杀人，只是简简单单禁赛一场？"

"离开这里！"

平通院校队成员十分愤怒，见到应星决弯腰将花献了过去，心情更是难以平息。

直到宗政越人喝止身后平通院的军校生，勒令他们安静："小酒井武藏不喜欢吵闹。"

众人这才安静下来。

应星决献完花后，站在旁边，久久注视这几个死去的军校生。

"走了。"卫三跟着前面金珂几个人离开，离开前扭头对应星决说了这一句。

应星决侧脸对上卫三的眼睛，最后朝平通院那边的宗政越人点了点头，随即便离开。

"真禁赛了，那下次比赛帝国军校有主指挥吗？"廖如宁好奇问道。

"有，上一届的3S级指挥。"金珂点头，"和我们这些指挥一个水平。"

"那下场比赛主指挥之间算是公平竞争了。"廖少爷若有所思。

金珂摇头："现在各军校实力要重新评估了，主指挥一个级别，但单兵……南帕西那边多出来两个3S级。我们唯一的优势只有卫三是兵师双修了。"

"下场指挥同等水平，单兵有超3S级，各军校目标只能放在主机甲师上，毁了主机甲师，队伍也差不多散了。"霍宣山道。

他一说完，几人齐齐看向后面的卫三——她绝对是目标之一，偏偏还是个强悍的单兵。

其他军校想要对卫三动手，还要想想能不能打得过。

"下一场你不比赛。"卫三特地落后几步，快和应星决并排了。

"嗯。"应星决缓缓点头，似乎这个对他没有太大的影响。

反倒是卫三真诚道："挺好的，反正你也不喜欢比赛，正好休息一段时间。"

大概立即明白了卫三的意思，应星决有些许窘迫，垂下的长睫毛颤了颤：她看雨林赛场的视频回放了。

应星决抬眼，刚想要说些什么，应成河便蹿到他面前。

"堂哥。"应成河扭扭捏捏看着应星决,眼里有点崇拜,又透着幸福羞涩,"你捏的泥巴机甲我收到了,真好看。"

旁边卫三转头看着远方,强忍着没笑出声,但是相机已经偷偷打开,对着应成河录了起来,回去得让他自己亲眼看看,他现在的模样。

"黏土。"应星决纠正他的用词,"那个是黏土,不是泥巴。"

"好的,堂哥。"应成河立刻改口,"黏土机甲,我就放在我床头,以后每天起床睁眼都能看得见。"

应星决看着堂弟,最后点头表示自己知道了。

"堂哥,你做得特别逼真!乍一看还以为出自机甲师之手。"应成河恨不得把他堂哥吹上天,"尤其是左臂的防护甲,简直和我的不死龟一模一样!"

应星决下意识地看向卫三:"左臂防护甲是她教的。"

应成河看也不看卫三,闭眼夸他堂哥:"她是机甲师,做得好不足为奇,还是堂哥你厉害。"

卫三瞥了应成河一眼,伸手扯住他打结干燥的头发,警告:"小心风大闪了舌头。"

不知道是不是欲望蘑菇放大了应成河心底的想法还是怎么样,到现在都还没恢复过来,对堂哥的崇拜感越来越明显了。

明明以前还能保持冷静。

应成河一把拍到卫三的手,义正词严道:"严肃点,我在夸我堂哥。"

"你继续夸,我先走一步。"卫三溜之大吉,转而去和金珂他们几个人分享现在"羞涩"的成河大师。

望着卫三离开的背影,应星决从口袋拿出黄金恺的黏土机甲模型:"这个做得比我做得好。"

"比我的好看。"应成河闭眼就夸,压根没听懂应星决的意思。

"是卫三做的。"应星决说完,小心将黏土机甲收了回去,他还没有来得及加热固定,"你队友快走了。"

"谢谢堂哥提醒。"应成河扭捏道,总感觉堂哥十分在乎自己。

等赶上金珂卫三几个人后,应成河才逐渐清醒,他走到卫三旁边:"你为什么做泥巴……黏土机甲模型给我堂哥?"

"那天晚上随手做的。"卫三道,"正好黏土有多余的,就一人做了一个。"

应成河有点酸溜溜:"我堂哥送了我一个,我本来要回礼做一个送过去,现在你做了,我送什么?"

堂哥还一直收着卫三做的黏土机甲模型。

254

他酸了!

卫三面无表情横了应成河一眼:"呵呵,以后有机会我还给你堂哥做真的机甲,酸死你。"

应成河:"!"

"不行,我堂哥的机甲我给他做。"

"你确定?应星决用 3S 级机甲,有黄金恺就行,为什么需要你做?"卫三指着自己,竖起大拇指,"他只需要我做的机甲。"

应成河酸了又酸,最后道:"你做也行,记得要给我堂哥做一架。"

以后他堂哥有超 3S 级机甲,防御力大概又能上一个台阶。

第 215 节

数名失踪军校生惨死这件事暂时告一段落。应星决作为重大嫌疑人,被禁赛一场,在接下来的一场比赛中,帝国军校将换上替补主指挥。

目前五大军校主力队情况发生变化,外界对他们的实力排名重新评估,帝国军校失去了他们最大的王牌,平通院主力队好不容易起来一个小酒井武藏,居然在赛场外被杀死。这两个原本大赛前被看好的军校,如今一个比一个狼狈。

反观剩下的三所军校,达摩克利斯军校一路翻盘,到现在积分已经快追上排在第一位的帝国军校。塞缪尔军校主力队原先双 S 级成员吉尔·伍德也进化成 3S 级。至于南帕西军校更是令人震惊,山宫波刃的机甲居然是 3S 级。

目前外界媒体都在猜测山宫波刃和山宫勇男是突然进化还是从以前便开始隐瞒,但各军校内部都知道是后者。

当年一直在说这两人的机甲是山宫扬灵出面请鱼天荷设计构建的特殊机甲,兄妹二人联手可抵抗 3S 级。现在再来看这句传言,很明显有问题。

联邦有 3S 级机甲师愿意做 3S 级以下的机甲,但绝大部分感知等级越强的机甲师,越不会往下做低等级的机甲。

机甲师界一直流传一个传统认知,高等级机甲师做低等级机甲会浪费感知和时间,不利于后续的发展。

除了青袖和绿将,鱼天荷从未设计构建过任何双 S 级机甲。

"这是山宫波刃在雨林赛场和其他赛场出手的对比视频。"达摩克利斯军校的指挥老师站在会议室,放了自己整理出来的比赛视频对比,"前面五个赛场看起来,他和山宫勇男都没有什么问题,绝大部分时间都是联手对付星兽,确实抵得上 3S 级。"

会议室内坐着几位老师还有主力队五个人，安静看着视频上的山宫波刃。

"我们先来分析山宫波刃，后面再来看山宫勇男。"老师放大山宫波刃和习乌通的比赛画面，"他在打败吉尔·伍德和肖·伊莱体力消耗后，依然打败了习乌通。"

习乌通是塞缪尔军校主力队中最强的单兵，无论是霍宣山还是廖如宁，和他对上都是一比一的输赢率。

"他这个水平不是把机甲改回来这么简单。"老师转头盯着光幕上回放的视频，"山宫波刃在雨林赛场这段的对战，让我想起一个人。"

此话一出，会议室所有人都扭头盯着靠门桌前坐着的人。

卫三正低头津津有味地看着自己的手指甲，耳边听着老师的讲解，半天没听到老师继续的声音，不由抬头看去，发现所有人都在望着自己。

"……"

卫三缓缓抬手挥了挥："嗨。"

"嗨什么嗨，认真听！"项明化训了一声。

"总之，我认为山宫波刃的实力可以排进五大军校单兵实力的前三。"老师继续放视频，"这是山宫勇男在斩断欲望蘑菇的画面，前后不到五秒。"

视频中山宫勇男骤然超过姬初雨和霍剑等人，手中的重宽刀朝欲望蘑菇底部砍去，划过空中时，那些试图阻拦的变异菌丝全部被拦腰斩断，但她的速度非但没有减缓，反而继续加快。

要知道之所以会有轻中重型机甲之分，最关键的一个原因便是这三种机甲的重量不同，机动能力会有所区别。重型机甲攻击力强，但速度较轻、中型机甲要慢。

而在这一幕中，山宫勇男作为一个重型机甲单兵的速度居然能超越姬初雨。

这足够表明山宫勇男的实力并不像以前表现的那么平平。

"山宫勇男在这之后立刻出局，所以我们也无法预测她的实力，但是她和山宫波刃是同胎兄妹，很难不去猜测他们两人水平会比较接近。"老师叹了口气，"目前局面对我们也算不上多好，帝国军校和平通院出事，南帕西军校又冒了出来。"

等各方面分析完，几个老师都出去了，只剩下解语曼和项明化，以及主力队的人。

"那对兄妹现在的检测结果呢？"项明化还等着曝出来他们的感知等级。

"没有。"解语曼道，"南帕西军校那边只说山宫勇男和山宫波刃不是进化。主办方现在也没有要各军校明确主力队的感知等级。"

"这是什么意思？"项明化不解，"两个3S级有什么不能……"

他话未说完，又扭头看了一眼卫三道："我承认雨林赛场山宫波刃那战确实厉害，但那一对兄妹总不能也是超3S级。"

会议桌前，五个主力队成员各自眼神飘散。

山宫那对兄妹还真是。

这可是应星决亲自盖章的。

"不用想那些有的没的。"解语曼道，"就算他们是又如何，依然受3S级机甲限制。"

"解老师，如果他们双S级机甲联手可以抵挡3S级……"金珂抬头道，"那两个3S级机甲便能叠加发挥出超3S级也说不定。"

更何况那两个人有心灵感应，这是太多同队人训练多年都不能得到的东西。

战斗力越强越是需要缩短反应时间。

解语曼："木已成舟，接下来你们好好训练。不过……你们几个是不是有什么事瞒着我们？"

会议室顿时一阵咳嗽、挪椅子声。

"好像有点感冒，头晕。"

"老师，快中午，我们要去吃饭了。"

"再见，老师。"

看着几个学生溜之大吉，解语曼双手抱胸："还真的有事瞒着。"

"估计又干了什么坏事。"项明化现在已达到心如止水的境界。

回到寝室，卫三和廖如宁各占据一张沙发，金珂只能坐在沙发扶手上，滑动光脑收集各处的信息。霍宣山则直接坐在廖如宁那张沙发中间，一屁股把他挤到里面去。

至于应成河，此刻正抱住他堂哥做的黏土机甲模型，爱不释手地摸着。

"我待会儿要去看我堂哥。"应成河小心翼翼地把黏土机甲模型装进盒子内，放好后，对卫三道，"你陪我过去。"

卫三躺在沙发上："我下午还要上鱼青飞的课，让西西或者少爷陪你去。"

"不去，我要在寝室看着金珂。"廖少爷一口回绝，他只想瘫在沙发上。

"我约了霍剑。"霍宣山也拒绝。

现在演习场虽然禁严，且应星决时刻有老师和监控轮流值守，但达摩克利斯军校五人这几天依然丝毫不让指挥和机甲师离开半步，他们现在都不睡各自的房间，晚上全在客厅休息。

"就去半个小时。"应成河对卫三双手合十道，他有点担心应月容会骂堂哥，

257

从小应月容就是应家第二不好惹的人物,极为严厉。

"好处。"

"我有一块不错的老式发电机模型,你要不要?"

卫三当即鲤鱼打挺,翻身起来:"哪个时代的,什么类型?"

应成河在光脑上传给她数据结构:"以前从旧集市收回来的,大概是鱼青飞那个时代之后的几百年,重型机甲发动机。"

卫三扫了一眼结构,发现看不懂,是种新结构,直接道:"成交。"

那个时代后几百年,流派混乱,各种全新结构不断,可惜都没什么厉害的传世,只是新,没有什么太有价值的东西。不过,卫三喜欢这样的新结构,能让她窥见对方的思路。

有时候对方思路走岔了,才导致后面做出来的部位没有什么作用,并不代表没有可取之处。

下午两人大摇大摆地往帝国军校那边走去,一路上遇到的人也多是成群结队,显然失踪单兵惨死的事件对所有人还是有影响的。

帝国军校寝室大楼门口有守卫,看见卫三和应成河,问他们来意。

"我们去看应星决。"在应成河还在纠结用什么借口时卫三已经先说了出来。

守卫立刻联系了帝国军校主力队寝室:"达摩克利斯军校的卫三说想要去看您。"

接到守卫短通信的应星决愣了愣,片刻道:"让她上来。"

全程没被提到的堂弟应成河:"……"

两人一起上楼。

"为什么他们住宿大楼看着总比我们好?"卫三一路走上去,有点酸,之前在其他演习场似乎也比达摩克利斯军校的大楼要好。

"往届或多或少都改造过。"应成河看着连地板都比达摩克利斯军校寝室大楼要亮堂的走廊道,"其他军校也比我们的好很多。"

卫三:"……"原来如此,还是他们达摩克利斯军校太穷。

两人走到帝国主力队寝室门前,应成河有点不好意思往前走了,他忽然想返回了。

"其实他和我也不太熟悉。"应成河已经开始往后退了,"要不我们过几天再来。"

"明天抽赛场,过几天都在星舰上。"卫三直接抬手敲门。

来开门的是应星决,他打开门,看着门口的卫三:"你怎么来了?"

卫三抬眼，感觉应星决气色比前几天好多了，她往旁边让开一步："你堂弟说要来看你。"

后面骤然对上他堂哥的应成河，当场表演一个脸红似苹果，干燥枯黄的头发紧张得恨不得竖起来。

应星决目光落在堂弟身上，侧身让开，对两人道："进来。"

两人一进去，才发现应月容也在客厅，应成河此刻恨不得打个地洞把自己藏起来。

来之前，一腔热血想要安慰堂哥，来之后，不仅发现他和堂哥好像关系也不太熟悉，而且应家的第二魔头也在这里。

就在他埋头想找个借口溜回去时，卫三已经大剌剌地坐在应月容对面唯一一张沙发上。

应成河："……"救命！

第216节

大概是他们来之前，应星决和应月容在谈话，所以客厅内没有其他人，都在房间内。

在应成河还在扭扭捏捏时，卫三已经坐在应月容对面，完全没有任何不自在，她甚至抬手冲应月容打了个招呼，随意的程度让旁边的应成河恨不得立刻拉着她跑出去。

"你们来这儿有什么事？"应月容抬头扫过卫三和应成河，眼中带着威压，仿佛下一秒便要开始审问犯人。

"担心应星决，所以过来看看。"卫三说完，觉得少了主语，容易产生误会，便又抬手指了指应成河，补充，"他。"

应月容视线移到应成河身上："不知道你和你堂哥感情什么时候这么好了？之前在西塔赛场不是嫌弃他拖后腿？"

雨林赛场都比完了，现在还提前面一个赛场的事？

应成河一时半会儿没反应过来，愣在原地。

"当时在比赛，他有自己的任务。"应星决主动开口道。

达摩克利斯军校的人没有直接让他出局，已经足够义气了，这个道理应月容自然知道，不过她还是问了出来，却未料到应星决会主动开口替他说话。

应月容忽然笑了一声，对应成河道："坐。"

应成河低头绕过来，坐在卫三旁边，脊背挺直，双手放在并拢的膝盖上：

"堂哥，你现在身体有没有好点？"

"许医生说没什么问题。"应星决拉过一张椅子坐在旁边，卫三现在坐的位置是他之前坐的地方。

"之前发现星决的人是你们两个？听说卫三一直陪着他，等到许真医生过去。"应月容即便是在说感谢的话，也带着冰冷的口吻，"既然卫三也是机甲师，我让人拿来一张材料表格，你们自己挑十件。不过本届大赛中用不了。"

有奶便是娘，此话一出，卫三差点冲上前双手握住应月容，她当即道："谢谢应指挥，那材料表格现在可以给我吗？"

应月容："……"

应成河："……"

"应指挥，卫三的意思是我们做的只是举手之劳，不用……"应成河试图挽回自己在应月容和堂哥心中的形象。

"不用重谢，给我们一人十件材料就行。"卫三立刻打断道，"对了，那天我帮你们许真医生修好了飞行器，还有在商场临时征用的大型飞行器……稍等。"

卫三当着三人的面给金珂打了通信过去，略带欣慰道："金珂，你快拉个账单出来，应指挥要赔偿我们的损失。她可真是个大好人！"

金珂当即噼里啪啦地报出来："破坏玻璃防盗门三百二十四万星币，大型飞行器六千三百万，还有一路上闯灯罚了两千星币。一共六千六百二十四万零两千星币，讨个吉利，不如赔偿我们六千六百六十万星币？"

卫三扭头问应月容："应指挥，您看……行吗？"

应月容："……可以。"

这点钱对她而言实在不多，但是心里怎么就那么不舒服？

应成河已经恨不得夺门而出，手在身后一直杵着卫三，他是来看他堂哥的，为什么现在像是上门讨债的？！

卫三在背后把他的手掰开，现场开始看起了材料表格，唰唰一连勾选十件材料，然后把表格传给应成河。

应成河面上虽然不好意思，但手却毫不犹豫地接过来，这些材料估计都是应指挥的私藏，全是好东西，应成河可耻地心动了，一分钟不到就选了十件出来。

看着这两个人的做派，应月容之前升起的那点心思也淡了。

说实话，送材料是真心，他们接了，那么之前的事便一笔勾销，不接，那么卫三还能和帝国军校或者说应星决背后代表的应家有所联系，利于将来发展。

"可惜。"应月容低声说了一句，抬头看着卫三，"那么星决也就不欠你们什么了。"

卫三听懂了，但她不在乎。

"你要喝什么？"应星决起身问卫三。

"都可以。"卫三靠在沙发上，当着应月容的面跷起二郎腿，刚得到十件材料，她心里高兴。

旁边应成河就有一点点酸，他堂哥没问他要喝什么，甚至都没有看他一眼。越想越酸，应成河扭头盯着卫三，目光似刀。

趁对面应月容低头发消息的瞬间，卫三抬手一把按住应成河的脸，挡住这位嫉妒者酸涩的眼神，硬生生地将他头扭到一边。

卫三朝应星决那边看了一眼，不由得啧了一声，他们冰箱里的饮料未免太多了点。

大户人家真好。

应星决站在吧台前，将饮料打开，倒在杯中，端着垫盘过来，将一杯橙汁放在卫三面前，又将冰糖梨汁递给应成河。

卫三除了草莓味营养液，没什么忌口的，接过来仰头一口喝尽。

喝完才发现这里面不仅仅是橙汁，居然还加了营养液，喝下去有种力量充沛的感觉。

"你还要不要？"应星决见卫三一口喝完，又若有所思地盯着杯子，便道。

卫三当即将杯子递给应星决，他从吧台直接拿着大瓶饮料走过来，给她倒满一杯。卫三喝完又递过来杯子，应星决便默默继续倒。

看着两人的举动，应月容眉头不由轻皱，这个卫三脸皮未免太厚了点，正常人谁会这么做？

再看应成河……

他垂头抱着那个装着冰糖梨汁的杯子，就差掉眼泪。

太感动，他太感动了。

多少年过去了，他堂哥居然还记得他喜欢喝的饮料。

应成河在心中暗暗感动到垂泪，已经自我陶醉到他堂哥其实看好自己，不过碍于要维持超3S级的高冷，所以才会对自己不冷不淡。比如自己……当初为了不给应家丢脸，也总是保持世家子弟的风范气度。

不过……现在他已经没皮没脸了。

应成河只顾着珍惜地捧着杯子，完全没看见旁边他堂哥端着瓶子已经在给卫三倒第五杯了。

"这一两天，可能会有媒体过来采访，我希望你们最好管住自己的嘴。"应月容半带着威压道，"星决发病两次，从来没有这么伤害过人，这次分明是有人

261

栽赃陷害。"

卫三仰头喝完杯中的橙汁："这话您和我们说也没什么用。"

应月容眉头未松，她刚想说话，便看见卫三指着应星决手中的饮料道："这瓶饮料送我，我就在媒体面前……"

卫三挑眉望着应星决，抬手放在嘴边从左拉到右。

应星决垂眸，唇边露出极浅弧度，低头将盖子盖好，把手中的瓶子递给卫三："现在可以保密了吗？"

第217节

卫三接过还剩下半瓶的橙汁，扬眉答应下来。

"那我们先走了。"她揪着旁边的应成河就要离开。

应成河捧着那个小杯子舍不得放下，里面还有他堂哥倒的冰糖梨汁！

"外加这个杯子。"卫三看着应成河没有出息的样子，抬头对应星决道。

"好。"应星决答应下来。

等两人出去后，应月容才收起身上带着的威压气势："他们这是来打探消息？"

"明天要抽下个赛场，主指挥已经选好了。"应星决拉开话题，"是上一届的3S级指挥，也是应家人。"

"这场你没去，也不算什么，正好让帝国军校这帮人醒醒神。"应月容始终对西塔赛场耿耿于怀。

卫三和应成河走出帝国军校的寝室大楼，应成河珍惜地捧着小杯子，准备拿回去和黏土机甲模型一起供着，结果一扭头发现卫三手里拿着一大瓶饮料。

"你哪来的？"

"应星决给的。"

"为什么给你？！"应成河看了看自己的小杯子，再看看卫三手中一大瓶，感觉自己吃了大亏。

"封口费。"卫三瞥了他一眼，"刚才你自己发呆，怪谁？"

应成河低声嘟囔了几句，卫三没听太清楚。

"应月容看起来对你堂哥还不错。"卫三想起刚才拿到的材料表格，全是好东西，有些还不是有钱就能买到的。

她一说起这事，应成河终于恢复清醒："我也有点意外，那些材料不是应家仓库里有的，有不少估计是从幻夜星那边弄来的，是应指挥的私人收藏。"

应月容向来铁血无情，尤其对待应家人，更是毫不手软，所以应成河才头脑一热，想要过去看看他堂哥。

但现在看来，她对应星决似乎不错，愿意出面替他还这个人情。

本来只是想去看看他堂哥，结果现在演变成上门讨债，还把人家的杯子顺出来了。

"他们的橙汁好喝。"卫三低头看着手中的饮料，有点后悔，应该要他们出一箱才对，居然只要了一瓶。

"是通选公司最新出的一种饮料，里面加了特别的成分，能迅速补充体力，是应家专门为帝国军校生设计的，只给他们，所以我们喝不到。"应成河对帝国军校那边还是比较了解的，当初报军校之前，学校的人百分之九十都会去帝国军校，他们经常去参观。

说实话，这么多年的发展，帝国军校几乎是方方面面碾压其他军校。

两个人一回去，受到了金珂的热烈欢迎。

"赔偿金到手了吗？"

"到了，应指挥现场转了。"卫三打开光脑，让他看转账记录。

"那架大型飞行器的钥匙还在我手里，等我们再拿到商场那边卖掉，又是一笔钱。"金珂算盘打得飞快，"到时候我们五个人出去吃大餐，不愁没钱！"

正在达摩克利斯军校主力队五个人陷入大餐的美好幻想中时，应星决打来通信。

"你还有事？"卫三接通后，直截了当地问道。

"嗯。"应星决大概刚好和应月容谈完话，还坐在原来的地方，他淡淡道，"刚才赔偿金给了你们，所以那架大型飞行器算我们的，你能还回来吗？"

卫三："……"

"不带这么抠门的，你们应家连一架飞行器也要拿回去？"廖如宁第一个跳起来反对！

"既然算账，便要算清楚。"应星决缓缓道。

卫三抬手一扬，光幕便移到客厅中间，五个人都能看到他。

"行，给你。"卫三坐下来，"我之前去修你们许医生的飞行器，发现了一件事，你想不想听？"

"许真医生的飞行器被人动了手脚。"应星决笃定道。

卫三："……"所以和脑子好的人打交道，确实很烦。

"这也算是有人要陷害你的间接证据之一，卫三留下了证据，你要想拿去，得给我们报酬。"金珂出声。

两个主指挥来回交锋，到最后应星决不光拿不走这架大型飞行器，还需要出报酬，条件是卫三将自己发现的证据交给他。

通信一挂，廖如宁便高兴道："他还想收回飞行器，结果又出了一笔。"

金珂掸了掸胸前不存在的灰尘，没有多高兴："应星决故意的，他一定猜到卫三留了证据。"

一开口想收回飞行器，为的就是引出后面的话，应星决把他们的性格摸透了。

"那架飞行器被人动手脚的证据，你交给应星决。"卫三双脚一搭，并不想管这些，和主指挥打交道就是麻烦。

"行。"

第二天一早，五大军校齐聚广场，准备抽取下一个赛场。

一上来，南帕西星的代表，先是对几个死去的军校生进行悼念，表示南帕西星这边的遗憾，之后才开始准备抽下个赛场地点。

"鱼师说的那件事，我们还没回应。"卫三看着台上，不动声色地对旁边的金珂道。

"能拖几天是几天。"金珂挺直脊背，双手背在身后。

鱼天荷也站在台上，旁边还有应月容，虽然三个解说还是原先的人，但应月容不再担任主解说员。

"停！"南帕西星代表转头看着光幕，将下一个赛场地点读了出来，"白矮星。"

——白矮星，塞缪尔军校大本营。

"什么运气，接连两次都是军校所在星。"廖如宁低声道。

"白矮星多风，很容易对机甲行动造成影响，另外机甲师在维修时也比较麻烦。"金珂道，"所以接下来的训练会在这方面加强，机甲师也要做抗风训练。"

"我们主力队还是联合训练？"霍宣山问。

金珂点头："没说就还是联合训练。"

各军校看到比赛星出来后，都在下面讨论，一扫之前沉闷的氛围，老师们也给足了时间，让他们说话。

其中，帝国军校现在的主指挥已经换了人，应星决不在其中，而是站在队伍和主席台之间，和那些老师并排站在一起。

之后南帕西代表下台，各方媒体一窝蜂地朝各军校主力队涌去。在此之前，应星决已经被应月容带走，旁边还有军区的人护着，没有媒体记者能靠近。

媒体记者只能采访帝国军校还在的主力队，还有其他军校的主力队成员。

"请问你们对小酒井武藏惨死这件事怎么看？"

"应星决发病造成这么严重的后果，一次禁赛就够了吗？"

"平通院对帝国军校现在是什么想法？"

……………

各种问题不断抛来，达摩克利斯军校五个人也被围得团团转，话筒和镜头主要围住卫三。

媒体目前得知的消息，只知道当时最先发现失踪军校生的人是卫三。

"请问你当时打开集装箱见到那一幕有什么感想？"

"没感想，里面一片漆黑，看不清。"

"你们不是带了强光灯吗？这样还会一片漆黑？"

卫三偏头，睁眼说瞎话："那就是我眼睛不好，看不清。"

记者："……"还能编点更真实的借口吗？

"现在大众都认为这一件惨案是因为应星决发病造成的，卫三你怎么认为的？"

"我认为有人在想方设法地谋害超3S级军校生。"卫三微微一笑道。

她这话一出，对面的记者全部哗然，因为卫三说的声音不小，连旁边采访其他人的媒体记者都忘记自己原本的问题，齐刷刷地看过来。

媒体记者哗然之后，迅速开始问卫三此话什么意思。

"卫三你是说这件事是对应星决设的局？"

"超3S级对其他军校的打击最大，是不是说明其中有其他军校的手笔？牺牲几个军校生来拉下应星决？"

"我没说过这个意思。"卫三意有所指，"除了五大军校，不是还有一个组织？"

不到一秒，立刻有记者反应过来："你是说独立军？！"

霍宣山站在卫三背后，压低声音道："鱼师的脸黑了。"

她这是要光明正大地把事情捅出来。

卫三摊手："之前在凡寒星，独立军闹事，说不准现在也是他们搞的鬼。如果制裁联邦唯一的超3S级，最受益方不就是他们？"

独立军这个杀伤力太大了，当年无差别屠星的事还历历在目。

更何况这么说起来，几个失踪军校生惨死的状况更像是独立军出手了。

"走了。"应月容对回头看着那边达摩克利斯军校采访的应星决道。

几个人一回到寝室收拾行李，鱼天荷的通信便打到卫三光脑上。

刚接通，对面鱼天荷压抑的怒气扑面而来："你什么意思？把这种事推到我们独立军身上？你们已经决定好不加入了？"

"没。"卫三慢条斯理道，"我光明正大地反独立军，也没人会猜到我会加入你们，这是策略。不过……这几位军校生真不是你们动的手？"

鱼天荷："我们动手只求一招毙命感染者，不会干出这种事。"

卫三抬眼看着鱼天荷，半晌道："鱼师，我们下午走，你来不来达摩克利斯的星舰？"

"去。"鱼天荷收敛自己的情绪，"我希望你们能尽快考虑。"

"行。"

在他们下午离开之前，各大媒体已经出新闻稿了。

现在有一大半舆论风向在讨论独立军，认为出手的是他们。只有独立军才做得出这种事，还能一箭双雕，让超3S级蒙冤。

至于蓝伐媒体更是趁势打出一个口号叫：爱护超3S级，人人有责。

得到不少民众的支持！

"什么玩意儿！"红衫媒体那边领导气得掀桌子，"现在立刻撰稿，因为是超3S级，所以做出这种令人发指的事都可以原谅？"

"主编，我们的流量全被蓝伐抢干净了。"

发出去也没多少人看。

主编："……"

第218节

下一赛场抽了出来后，各大军校基本开始收拾东西准备离开。达摩克利斯军校下午四点便整顿好，开始赶往港口。

到了港口，正好碰上塞缪尔军校。

"伊莱少爷，到白矮星记得带我们出去玩一圈。"卫三对着肖·伊莱喊了一声。

肖·伊莱面无表情盯着卫三，他最近消沉了不少，自从见到直播回放自己的"壮举"，在镜头内见到自己那条写着"伊莱继承人"的粉红内裤，整个人就陷入自闭中。

现在网上都在喊他"伊莱继承人"，肖·伊莱却一点也不高兴。

"你自己没光脑？去哪儿不知道搜地图？"肖·伊莱一开口语气还是十分冲。

"大家都是同学，你们又是本地人，肯定更清楚哪里好玩。"卫三完全不在意他的语气，就好像她从来没揍过肖·伊莱一样。

肖·伊莱："不带！你们就是毒瘤！谁挨谁倒霉！"

"不带就算了。"卫三掉头就上了星舰，果断的速度让停下来准备和她对着杠的肖·伊莱愣在原地。

"……"

众人上星舰之后，又有两架飞行器过来，是鱼天荷和路正辛，他们直接朝达摩克利斯军校的星舰走去。

"路正辛为什么也来我们星舰？"廖如宁趴在窗户上往外看，诧异道。

卫三刚拿出自己的本子，闻言起身站到窗户边："哪儿？"

"已经上来了。"廖如宁坐下，"刚刚我看他们一前一后走上来的。"

卫三把本子重新放回去："我去餐厅吃点东西。"

"我也去。"廖如宁举手跟着一起过去。

要去餐厅，必须经过舱口，势必会和鱼天荷、路正辛两人碰上面。

"我也饿了。"霍宣山紧跟其后。

等到出门时，五个人一起排队往餐厅那边走。

果不其然，五个人才走了一半路便碰上了路正辛和鱼天荷，旁边还有解语曼陪着。

"你们去哪儿？"解语曼看着几个人，"星舰马上要启程了。"

"饿了，去餐厅吃东西。"廖如宁捧着肚子道。

解语曼："……现在餐厅没开。"

星舰都还没启程，餐厅那边压根没开火。

五个人互相看了看，卫三"恍然大悟"："那我们回去喝营养液。"

"等等。"解语曼喊住掉头就走的五人，"这次路指挥和鱼师都在我们星舰上，住在你们前面的房间，别随便走动打扰了他们。"

"知道。"卫三点头，对上鱼天荷的目光，转瞬便挪开视线。

"没事，我平时睡得少，你们随意点没关系。"路正辛温和道。

但谁都知道他这温和都是浮于表面。

"对了，卫三，刚才井医生找你。"解语曼指着另外一头道，"刚刚井医生说你已经漏了两次体检。"

"最近忙，我忘了。"

"下次注意点。"解语曼带着路正辛和鱼天荷往前走。

"之前鱼师也来过一次这架星舰。"路正辛转头看向鱼天荷道，"说起来这也是我第二次来，十年了，达摩克利斯军校的星舰还是同一辆。"

鱼天荷没有理他。

267

"我们星舰没遇到过什么攻击，一直能用。"解语曼笑了笑道，"星舰也用不着一年一换。"

"这倒是。"路正辛抬手摸着星舰的内壁，"也挺好。"

两个人住在对面，只要有一方拉门而出，对面的人必然能知道。

鱼天荷虽有其他的想法，也只能先暂时压制。

她关上门，径直走到床边，从下方的柜子内抱出一床被子，仔细将其铺好，手顺势拉开拉链，正准备摸进去时，门被拉开了。

"这么快铺被子，准备休息？"路正辛站在门口问道。

鱼天荷扭头，手从被子内部抽出来："没人教过你敲门？"

"一时忘记了。"路正辛原本一只脚已经踩进来，现在又重新收了回去，他抬手敲了敲旁边的门，"这样可以吗？"

"有事？"鱼天荷冷淡问道。

"没什么。我只是想问一下，你觉得卫三作为一个机甲师，水平怎么样？"路正辛说得有理有据，"作为主解员，我想了解了解鱼主解对她的看法。"

"不清楚。"

"鱼师作为联邦最优秀的机甲师之一，看不出来？"

鱼天荷冷嗤一声："雨林赛场内，她不过是修补了3S级机甲，没有代表作，能看得出来什么？"

"不是说无常是她设计构建的？"路正辛靠在门上，慢悠悠地问道。

"是不是她设计构建的，你可以去问卫三，我不清楚。"鱼天荷摆明了不太想和路正辛说话。

路正辛大概是感受到了对方强烈的厌恶感，直起身往后退了一步："那我不打扰鱼师休息了。"

他说完将门拉上。

鱼天荷起身，将门扣上，站在门背后，听见对面进去的声音，又等了许久，这才转身回去，将被子内的一张纸拿出来。

"我觉得现在身体都好了。"

此刻卫三坐在井梯医生的医务室内，旁边还有四个人陪同。

"好什么好，你自己的身体数据还是一塌糊涂。"井梯说着皱眉看着其他四个人，有点嫌弃，"你们五个人是连体婴儿？干什么都在一起。"

"没办法，感情好。"卫三一本正经道。

井梯医生："……"

"对了，井医生。"卫三看着他又抽了自己一管血，"之前检测到我血液中有一种不明成分，现在查到了是什么吗？"

井梯低头将刚才抽取的血液保存好："没有，我怀疑可能是超3S级的特别之处。"

"不如，我找应星决要点血，你来比对比对。"卫三觉得应星决会愿意给。

井梯拒绝："不用，你血液中那个不明成分现在没对你身体造成影响，现在主要的心思还是放在你的感知上。"

"没关系吗？"卫三又问了一遍。

自从知道黑色虫雾后，卫三一直怀疑井梯医生说的不明成分便是应星决看到的黑气。

"没关系。"井梯笑了笑，"告诉你一个好消息。"

等卫三看过来后，他才道："根据现在的数据，你身体已经开始主动运转，吸收营养，营养不良的程度逐渐降低。"

"要换新的营养液？"

"不用，你先用着目前的这个。"井梯照样从脚下搬出一箱子营养液。

卫三嫌弃地看着那个箱子："井医生，草莓味的营养液真的难……"

她打开一看，发现营养液颜色变了。

"改了，这次没有加草莓汁。"井梯看着箱子内一排排白色的营养液，"原味，味道难喝。"

"原味也行，只要不是草莓味。"卫三将箱子关上，她现在只要一喝到草莓味的营养液，便想起当初在垃圾场吃的那些垃圾，算是留下了心理阴影。

"回去吧。"井梯医生起身把卫三那管血液放进一个盒子内，"等联合训练的时候，再来体检一次。"

五个人走出医疗室一段路，金珂才开口道："应星决血液成分如果和其他人不同，许医生应该会发现。"

"刚才井医生说可能是超3S级的原因，这样，许医生也不会到处说这件事。"卫三从箱子里摸出一支营养液，仰头倒进口中，被那股似腥非腥的苦辣味道冲得鼻子发酸，没忍住抖了抖。

"大概。"金珂总觉得哪里有点问题。

半夜，鱼天荷坐在房间内，低头看着手中的那张纸，这是一张标准完善的体检报告单。

她一字一句地看过去，最后目光落在结论那一行。

——暂无攻击力，无法鉴定意识是否被侵占。

第219节

星舰一路前行，众人难得有时间休息，不用去担心比赛，也不用训练，军校生们基本都窝在各自的房间内休息。

不过，卫三没有休息。

自从在雨林赛场彻底暴露她是兵师双修后，项明化和解语曼，还有那几个军区都没有人来问她情况，仿佛集体对这件事失忆了。

根据金珂的说法，是因为太过震惊，所以一时半会儿没办法接受，只好假装和平常一样，毕竟这些人知道卫三真实的感知等级。

但校队那帮机甲师一是不知道卫三是超3S级，二是之前卫三在极寒赛场已经表现出一点端倪，等他们知道后，唯一的心情便是原来如此。

所以上了星舰，不少人出于好奇找卫三讨教问题。

卫三闲着无聊，加上找的人过多，干脆集结众机甲师，带上应成河，开始答疑交流会。

会议室的桌子被当成展台，机甲师们把自己设计构建的零部件放在上面展示，提问。

这些机甲师全是A级机甲师，所研究的问题自然也是A级机甲，正好卫三对这个等级的机甲实操最多。

要知道，当初在黑厂，卫三想方设法地将那些在擂台上搜刮来的材料装在自己机甲上，各种问题都遇到过，为了让很多稀奇古怪的结构稳定下来，她在图书馆里把各种乱七八糟的书都过了一遍。

这么多机甲师，脑中那些奇异构思说出来，卫三大部分能给出建议，有个别问题她也不太明白，但旁边对3S级机甲知识了解更基础全面的应成河，可以回答。

这不只是两个高等级机甲师指导低等级机甲师的过程，更像相互交流，卫三和应成河也能从这些A级机甲师身上学到不少东西。

"卫三，这些都是你自学的？"总兵小队的机甲师在快要解散时问她。

"大概上辈子已经学了一部分。"卫三神道道地说完，又对他道，"你也不错，这么年轻，有些设计构思很出彩。"

总兵小队的机甲师差点没哭出来，人家自学成才，他苦学多年还是这个鬼样子。

不过，他真的不错？

等到了白矮星演习场，他要拿小队的单兵机甲练练手。

会议室的机甲师们渐渐离开，卫三坐在会议桌前，从口袋里摸出本子和笔，开始在上面写写画画。

"刚才总兵小队机甲师说的那个结构，把 A 级机甲的引擎运用到 B 级机甲上，能提升 B 级机甲 20% 的机动性能。"卫三边写边对旁边的应成河道，"我看可行，再进行完善，应该能够提升更多。"

"这种结构完善之后虽然不错，但也只适用 A 级以下的机甲。这些机甲原本感知操控只占一半，S 级以上的机甲，对感知的要求更高。"应成河觉得这个对他们意义不大。

"这是一种趋势。"卫三抬头道，"鱼师那边不是已经研究出来了？"

说起这个，应成河眼前一亮："我们加入之后，他们会不会告诉改造机甲的方法？"

"大概？"卫三翻过一页，"这两天鱼师没来找过我们。"

"她和路主解一起和其他老师在星舰上回忆往事。"应成河上午见到过当时鱼天荷的脸色，算不上多怀念，"估计是被路主解拖住了。"

星舰观察台。

鱼天荷站在几位陪同老师中间，听着路正辛在这里回忆过去，向来温和带笑的脸上闪过一丝不耐烦。

原本想着上星舰找机会和卫三几个人谈话，拉拢五人，偏偏路正辛插了进来。

"我记得当初我们平通院的星舰出了问题，所以临时分配到各军校的星舰上。"路正辛有点怀念地看着周围的设备，"我就是被分配到这里。"

"卫三在和机甲师交流？我过去看看。"鱼天荷完全不接路正辛的话，反正全联邦都知道他们是对头。

"鱼师，你毕竟是机甲师，私下和这些学生交流不太好。"路正辛丝毫不介意刚才回忆的话题被打断，但口中话语却在阻拦她过去。

"不过是作为一个前辈指导而已。"鱼天荷对上项明化的眼睛，"项老师，可以吗？"

鱼天荷愿意指导这帮学生，项明化巴不得，当即说好，自己则拉住路正辛继续回忆往昔。

路正辛："……"

脱离这些人之后，鱼天荷朝会议室那边走去，路上碰见学生打听卫三在哪间会议室。

她走到那间会议室门前敲门。

"进来。"是应成河的声音。

鱼天荷一进去，便见到卫三坐在会议桌前埋头写画，旁边应成河则在用光脑进行数据建模。

"鱼师？"应成河侧头看向门口，诧异喊道，他们之前还提到了鱼天荷。

"听说你们在和校队的机甲师互相交流，结束了？"鱼天荷走进来，带上门。

"今天的结束了。"应成河抬手把光脑关了。

卫三一直没抬头，她在帮总兵小队的机甲师改结构，鱼天荷走到她旁边，低头看着本子上的部件分解图，只一眼便顿住。

先不论实际构造如何，光是从她画图功底来看，都强过联邦绝大部分高级机甲师。

鱼天荷自己都不一定有她画得好。

再看她画的部件分解图，鱼天荷只消一眼便发现端倪："这是用在B级机甲上的引擎结构？"

卫三画完最后一笔，才抬头："对。"

鱼天荷坐了下来，压下心中复杂的情绪："之前的事，你们商量好了吗？"

卫三合上本子："鱼师，你放心，我们当然会加入你们，不过具体的事项还得金珂来和你谈。"

鱼天荷半点没放下心，这群小崽子一个比一个狡诈，滑不溜秋。

想当年，一知道联邦遭此大劫，多少人宁愿背上一世骂名，也要加入独立军。

"金珂快过来了，鱼师你在这儿等等。"应成河看了看光脑道。

"行，我在这儿等。"鱼天荷缓缓道，明明当初她掌握主动权，现在不知不觉被达摩克利斯这几个人牵着鼻子走。

大概十分钟后，金珂和霍宣山、廖如宁一起进来，卫三抱着本子出去了，谈判的事完全交给过来的金珂。

卫三站在门口，等总兵小队机甲师过来，把本子上画的那几张改良后的机甲部件分解图给他。

"改、改好了？"总兵机甲师接过那几张纸，磕磕巴巴道。

"你先看看，等到了白矮星可以试试，没用再来找我。"卫三指着纸上的分解图解释了一遍。

总兵机甲师收起惊讶，认真听着她的话，越听越兴奋，恨不得立刻落地，去工作室弄出一套来。

"大致就是这样，这只是一个环节，你要想 B 级机甲完全发挥出 A 级机甲的实力，还有很多东西需要改的。"卫三认真道。

"我知道。"总兵机甲师点头，"其他的部件我也在想怎么做。"

看着他走远，卫三低头翻开自己本子前面十几页，和总兵机甲师一样，她也想设计构建出类似的机甲，只不过还差点东西。

会议室内，金珂正在和鱼天荷交锋。

"你们作为未来的军区代表，需要担负起保护联邦的责任。"鱼天荷皱眉，"这不是可以交易的东西。"

"鱼师，我们表面虽然是交易，但所有的一切只是为了增强实力。"金珂真诚道，"我们实力强了，才好对付那些隐藏在联邦各处的感染者。"

"……说说你们的条件。"

"加入独立军后，首先我们需要知道各军校的自己人；其次鱼师在研究双 S 级机甲单兵使用 3S 级机甲，我们希望卫三和应成河能一起加入研究计划；最后独立军手里应该有不少好材料，希望你们能在我们需要的时候提供这些材料。"

鱼天荷盯着金珂半响："独立军的名单不可能给你们，只有在行动的时候，你们才会和相应的人取得联系。"

金珂丝毫不意外："后面两个条件，鱼师认为如何？"

"越级机甲的研究计划，我只能让一个人加入。"

"那选卫三。"应成河直接道。

鱼天荷转头看了一眼应成河："可以。"

"至于材料的事……"鱼天荷淡淡道，"有条件，只有你们在行动时损坏了机甲，我们才会提供相应的材料。"

"还有一个问题。"金珂双手交握放在桌面上，"应星决这件事，是不是独立军的手笔？"

"不是。"鱼天荷没有任何犹豫地回道，"小酒井武藏确实是我们的目标，我们原本准备在雨林赛场动手。应星决是超 3S 级，我们不可能会陷害他。"

一说完，鱼天荷就发现不对，但为时已晚。

"所以……"金珂微微挑眉，"其他军校队伍中确实还有独立军？能对主力队成员下手，只有可能也是主力队。南帕西主力队吗？"

鱼天荷："……还有没有其他问题要问？"

她话题转移得生硬，不过金珂也没有继续追问，他想知道的差不多都知道了。

出门前，金珂喊住鱼天荷："鱼师，下次还是找指挥来拉拢人更好。"

鱼天荷："……你现在也是独立军一分子，下次你去拉拢。"

等她离开后，卫三从外面进来。

"南帕西那两位确实是超 3S 级无疑，大概自小被隐瞒了等级。"金珂对卫三道，"山宫波刃和山宫勇男两人是独立军，另外根据之前鱼仆信的状态判断，我怀疑他也知道独立军和感染者的事。"

霍宣山靠墙而立："山宫勇男和山宫波刃要想从小隐瞒，必须还要一个在山宫世家中有权力的人，才能隐藏得这么好。"

几个人对视，立刻想起一个人。

第 220 节

山宫扬灵作为出色的 3S 级机甲单兵，又是主家出身，在山宫家中的话语权不言而喻。

只有她才符合所有条件。

"这么说，山宫扬灵也是独立军。"霍宣山道。

"鱼师为什么不劝应星决加入独立军？"卫三问金珂，"他是超 3S 级指挥。"

"简单，他是靶子。"金珂毫不意外道，"当初应游津突然叛变，相当一部分目光全部集中在应家，谁也没想到应家还能出一个更强的应星决。第一区那些高层绝对不允许再发生同样的事，在他身边安插了无数人，一旦独立军去拉拢应星决，无疑会暴露自己。"

最关键在于山宫扬灵是潜伏的独立军，她能在一开始便知道超 3S 级会引来什么，而应家人早已和应游津断了一切联系，从应星决超高感知被检测报告出来的那一天开始，他就是一个活生生的靶子。

"那谁故意陷害我堂哥？"应成河问，"总不能真的是几所军校联合拉超 3S 级下水。"

"不清楚，这件事无论从哪方面都说不通。"金珂也想不明白，为什么偏偏是应星决，偏偏是被感染的小酒井武藏，这件事从头到尾透着一股诡异。

"应星决这次不参赛，正好有时间调查。"卫三靠在椅子上，转了转指尖的笔，"以他的能力，应该可以查出来。"

提起调查，金珂想起一件事，他打开光脑，手指往前一滑，光幕立刻竖在会议桌前。

"之前让人调查 3212 星垃圾场附近那些喝过营养液的人。"金珂示意他们看向光幕，"一共八十三个人，按卫三当时的年龄划分，六十九个成年人，十四个未成年人，到目前为止只剩下十七个人还活着。"

"十七个人？"霍宣山闻言站直。

"这十七个人中，包括卫三。"金珂继续上滑，停在一张统计表格上，"这是历年垃圾场附近生存的人员，环境因素，这附近的人生存率本身不高，我统计了一下这十年的数据，死亡率波动一直在合理范围内。"

"死因是什么？"卫三问他。

"大部分是营养不良导致的各种病症。"金珂望着光幕上的数据，"少数是斗殴引起的伤口感染而亡。"

"所以那批被丢弃的营养液确定没问题？"应成河问道。

金珂摇头，滑出另一张统计表："这是营养液被丢弃的那一年的死亡率，直接翻倍了。后面几年没有这些营养液，所以数据重新回归正常，一起算才是正常波动。"

"全是营养不良？"卫三看着下方统计的死因，皱眉，"我喝的时候没什么感觉。"

"我更倾向于那批营养液有问题，应家那时候无人发现。"金珂看着光幕道，"不过没有证据。"

"其实……"卫三犹豫半天道，"我还留了一支营养液。"

金珂："？"

卫三扯了扯衣服，理直气壮道："当初为防自己返回赤贫状态，我在学院后门那棵树下埋了一支营养液。"

当时她可是从牙缝里才抠出一支营养液，偷偷埋在下面。

"待会儿我给师娘打个电话，让她帮我邮寄过来。"卫三道。

"这么重要的东西邮寄？"金珂对她的做法有点难以置信。

"太看重，反而被人发现端倪。"卫三无所谓道，"反正我们经常在星网上订东西，没人会起疑。"

"……也行。"

一出会议室，卫三就开始给师娘打电话说这件事，特地让师娘别告诉李皮，省得老师又开始批判她。

江文英在通信那头一口答应下来："行，我不告诉老李，小卫你有没有好好吃饭？"

"吃了。"卫三特地把脸凑到镜头前，"师娘，你检查检查。"

江文英看着卫三，忍不住笑："知道了，小卫你好好比赛。"

各军校星舰抵达白矮星时,最高兴的莫过于塞缪尔军校生,他们已经半年没回来了。

肖·伊莱第一个冲出来,他家里说了要在港口拉大横幅,给他加油打气。

果不其然,等他们一出来便听到各种呼喊的声音,全在喊肖·伊莱的名字。

甚至半空中还有数架飞行器挂着超大横幅,上面写着塞缪尔军校必胜,以及肖·伊莱的照片。

"伊莱家这么有钱?"卫三一下来看着半空中那些闪闪发亮的超大横幅,看着像是用了特殊材料。

"白矮星第一世家,有钱。"金珂抬头望着半空中的超大横幅,"伊莱家的人没几个脑子灵活的,就是运气好。"

卫三诧异地看向金珂,这还是她第一次听见他这么情绪化的表达。

"伊莱家没什么会打理财产的人,不过他们买什么涨什么。"霍宣山解释道,"买块地,下面都能全是星兽的残骸,价值立刻翻数十倍。"

达摩克利斯军校五人齐刷刷地盯着肖·伊莱那边。

空气中顿时弥漫着一股酸味。

什么叫土豪排场,今天达摩克利斯军校的人好好见识了一把,成百上千的豪华飞行器,不断盘旋在港口附近,只为了给肖·伊莱助威。

肖·伊莱得意地看向达摩克利斯军校那边:"你们沙都星绝对见不到这种场景,毕竟太穷了。"

卫三几个箭步蹿到他身边,把肖·伊莱吓一跳。

"干什么?你敢在这里动手?!"肖·伊莱下意识地退后,想躲开卫三。

当初在帝都星港口那一巴掌他还记得!

"伊莱兄,你这话就见外了。"卫三单手搭在他肩膀上,十分"亲热"道,"大赛都比了一半,我们都是好朋友,怎么能动手呢?"

"谁和你是好朋友?!"肖·伊莱肩膀一甩,试图挣脱卫三的桎梏。

"自然是伊莱兄。"

霍宣山和廖如宁几个人也挤了过来,亲亲热热地喊着"伊莱兄"。

众人:"……"

"伊莱兄,你家真有钱。"

"伊莱兄,你父母真好。"

"伊莱兄,你家一定有很多好吃的吧。"

达摩克利斯主力队围着肖·伊莱,在一片夸赞声中,最后卫三拍板:"伊莱兄,你要请我们达摩克利斯军校所有人吃饭?这怎么好意思?"

肖·伊莱："我……"什么时候说过这句话？！

话刚开头，他肩膀就被按得生疼。

肖·伊莱一分神，霍宣山立刻接下一句："既然伊莱兄都这么盛情邀请了，那我们也只能勉为其难地答应。"

廖如宁当即对着校队喊了一声，说肖·伊莱要请他们去伊莱家吃饭。

达摩克利斯校队那边顿了顿，随后齐声喊好。

五人立刻散开，卫三拍了拍肖·伊莱肩膀："广大媒体都看着呢。"

肖·伊莱站在港口出口处，心中忽然生出一阵悲凉感：就在刚刚，他在白矮星，自己的地盘，光天化日之下，被达摩克利斯军校这一伙流氓强盗敲诈了。

关键是他们已经走了出来，那些媒体都在拍照录像，把刚才的话全部录了进去。

肖·伊莱再次抬头看着半空中那些横幅，只觉得上面写满了"强盗"两个字。

"好了，别玩了，先去演习场。"项明化对五人道。

成功替达摩克利斯军校讹了一顿饭，卫三几个人心情好了不少，安安分分地上了飞行器。

卫三坐在窗户旁边，往下看去，正好见到帝国军校从出口处走出来。

下方的应星决若有所觉，仰头朝她这边望来。

卫三没有转移目光，反而直勾勾地看着他，应星决感知未免太敏锐了些。

最后在达摩克利斯军校飞行器离开前，应星决先移开视线，垂眸往另一架飞行器走去。

白矮星的演习场无论是设备还是大楼都不错，目前看来只有沙都星的演习场和谷雨星演习场比较陈旧。

"整个演习场全封闭，有激光网覆盖，你们要想出去，需要事先申请。"项明化着重提醒，"别想着偷跑出去。"

"老师，出去拿快递可以吗？"卫三举手，"我买了东西。"

项明化："……快递送来的时候你申请出去拿。"

"明天要开始联合训练，不过模拟舱你们有空可以自己去。"解语曼道，"稍后我会发训练表给你们，到时候你们自己安排一下时间。还有……应成河你需要进行抗风训练，也是和其他军校的主机甲师一起，做好心理准备。"

应成河点头："明白。"

各个事项吩咐完，所有人回到寝室休息。

卫三刚一坐下，便收到肖·伊莱的私人通信，她愣了愣，随后点开。

肖·伊莱一张宛如便秘的脸出现在光幕上，他看着卫三，别扭又不甘道："十天联合训练完，你们来我家吃饭。"

整个达摩克利斯军校队伍一千多人，他还真答应了。

卫三挑眉笑了："伊莱兄，舍得？"

"呵呵，当我伊莱家是穷鬼？不过是请你们吃一顿饭而已。"肖·伊莱不知道忽然从哪里得到了一种诡异的自豪感，"别说一顿，就是请你们吃到比赛结束都没关系。"

"你说的，我录屏了。"卫三当即道，"饭倒不用，你负责每天的甜点就行。"

肖·伊莱："……"能不能返回一分钟之前？他后悔了。

怕自己再被讹上，肖·伊莱直接挂断通信，不和卫三继续说了。

卫三关了光脑，不由得摇头，这个肖·伊莱恐怕是塞缪尔军校的智商盆地。

"明天联合训练，不知道山宫勇男和山宫波刃怎么表现。"金珂看着卫三道，"你稍微注意点他们。"

"知道。"

第二天一早，主力队在单独训练场集合，肖·伊莱直接躲着达摩克利斯军校五个人，生怕他们又来"伊莱兄"个不停，试图占他便宜。

塞缪尔队内成员，已经完全无视他的种种行为，只差割席分坐了。

Weekly plan

Mon. 特训 ✓

Tue.

Wed.

Thur.

Fri. 爬窗 ✓

Sat.

Sun. 比赛 ☆☆☆

第九章

玄风赛场

给应同学一个惊喜 ☺

第 221 节

训练场。

"你们即将进入玄风赛场,在那里,风无度且不可预测。所以接下来所有人会进行联合特训,由我带领。"站在各军校主力队伍面前的男人缓缓道,"自我介绍一下,本人霍楚。"

一听到这个姓,廖如宁立刻撞了撞旁边的霍宣山:"你家的人?"

"是塞缪尔军校出身的教官。"霍宣山站直道。

霍家在外,只分军校,不论姓。

"在特训前,先说好几件事。"霍楚视线扫过所有人,"一、特训分为无机甲对抗和机甲对抗,凡无机甲对抗,所有人皆一视同仁,无论身份;二、特训期间凡同一军校人不得联手;三、本次赛场前联合训练只有我一个教官,所以任何事我说了算。"

"教官,第二条什么意思?"卫三举手问道。

霍楚目光落在卫三手臂上,踱步走去,抬手便将她手臂上的军校徽章扯了下来:"这个意思。"

卫三再次举手:"教官,没明白。"

霍楚将手中的徽章抬高放在卫三眼前,随后松手。

下一秒被卫三伸手接住了。

"军校生,松手扔掉。"霍楚带有压迫性的声音传来。

卫三看着掌心的军校徽章,没有松手。

只那一瞬间,卫三旁边的应成河便被踢了出去。

卫三转头看着两米之远躺在地上的应成河:"你!"

"啪"——

她手上的军校徽章被金珂一把打翻。

"扔掉了,教……"金珂话未说完,也被踢了出去。

两个人躺在地上，半天起不了身。

霍楚目光对上卫三："从现在开始，所有人别想着强出头，有能力先护着你自己。"

训练场气氛顿时僵硬起来，就在所有人以为卫三会和霍楚直接对上时，她主动退后。

"好的，教官。"

"喊，还以为能有多义气。"肖·伊莱看着卫三说，莫名其妙一肚子火，"没种。"

"忘了说一句。"霍楚突然扭头对上肖·伊莱，一巴掌把人抡了出去，他收回手，"我不喜欢课上有人嘀嘀咕咕，从你们踏入训练场那一步开始，这课就算开始了。"

被打蒙的肖·伊莱捂着自己的脸：为什么都要打他的脸？

他只是一个如花似玉的男孩子而已。

宛如暴君的霍楚抬手一扬，原本站在训练场中间的南帕西军校主力队成员低头看了看地面，瞬间四散开。他们所站的位置升起了一道又一道高度不同的垂直光滑墙壁，到最后一共七道黑铁墙壁升起。

墙面极为光滑，甚至可以照出人影来。每一面墙至少高十五米，最高有二十五米，几乎接近训练场顶部的一半高度。墙面宽度随着高度增高而减少，依次排列。

这些墙面由不同的矩形连接而成，唯一不平滑的地方便是连接处的圆钉，只是这圆钉凸出来的高度仅有一毫米，几近于无，再者每一道连接处长宽至少在三米，一面墙上最多几道圆钉，单伸手不一定能碰到。

"半个小时，不得使用任何武器，爬完这七道墙。"霍楚低头看了一眼时间道，"爬不完的挂在墙上两个小时。"

联合训练期间，教官出什么任务，军校生都得受着，众人便等着霍楚说开始。

一分钟沉默，两分钟过去了，教官和军校生互相"神情对视"。

没人出声询问，怕一发声便被霍楚揍了。

训练场除了五大军校的人和霍楚，还有前一场带他们的老师以及应星决。

在这段安静的时间内，卫三朝围观的人中看去，正好对上应星决的眼睛。

应星决和她对视之后，视线移向墙壁那边，随即伸出手指轻点自己手腕。

卫三盯着他漂亮修长的手指看了半响，才突然反应过来应星决的意思。

她朝霍楚望去，不管了，大不了再挨一次打。

卫三猛然冲向第一面墙壁。

其他人还在诧异，直到卫三开始往上爬，而霍楚没有阻拦时，众人才明白比赛早已经开始。

霍楚一早便开始计时，却不说开始。

这什么坑人的教官？！

众人纷纷朝第一面墙壁跑去，卫三第一个到达，从远处助跑，跳高，伸手摸上第一道墙壁圆钉，借助那一点凸出来的摩擦力，想要继续攀高。

这时候山宫波刃第二个来到墙壁，他直接一个翻身横踩在光滑墙壁上，获得支撑力，伸手比卫三摸得还要高。

然而下一秒，不知道从哪刮来的一阵强风，硬生生从墙壁上擦过，这两人刚才借助速度和细微的摩擦力攀上的一点高度，瞬间被瓦解。

——两人被吹了下来。

卫三和山宫波刃重新落地，其他人也赶到了墙壁，不过这时候所有人都被这股风吹得睁不开眼睛。

甚至需要花费十成十的力气才能往前一步，稍一松懈便会被风吹走。

"……难怪之前进来觉得训练场特别空。"金珂难得爆了一次粗口，他作为一名优雅的指挥，没想到有朝一日会被风吹得面目全非，嘴都合不拢。

卫三朝后面达摩克利斯军校的人看了一眼，咬牙没去管他们。

霍楚还在附近盯着。

她仰头看着面前这堵光滑墙壁，直接原地跳起，指骨用力抠住上面的圆钉，用力到指尖泛白，才勉强在大风中控制住身形，不让自己掉下来。

卫三抠在圆钉上，单手支撑着自己，艰难从风中睁开眼睛，想要继续往上扒住另一道圆钉，但此刻圆钉突然回缩，彻底平了。

什么！这玩意儿会动？！

卫三眼睁睁看着墙壁变得光滑无比，而自己不断往下滑，重新回到原点。

"……"

其他军校也差不多面临着同样的情况，唯独塞缪尔军校的人，在大风中能保持住原有的行动。肖·伊莱已经爬到一半了，他攀住圆钉的时间十分短，几乎只是一秒，借力之后，立刻继续向前，周围的大风于他而言，没有那么夸张。

卫三仰头看着他的走法，试图找出其中的窍门。

在塞缪尔军校相继爬过第一道墙后，各军校的人几番尝试，轻型机甲单兵们开始艰难爬上去，但稍不留神依旧会被风吹下来。

有了他们的尝试，其他人也开始渐渐习惯风，也知道一旦触摸圆钉时间过长，会自动变平。

卫三已经将墙壁上圆钉所有位置记在心中，闭眼也能复述出来，她得了之前的教训,在攀上第一道圆钉时,立刻用脚踹墙,跳向第二道圆钉处。

"！"

卫三双手猛然松开圆钉,任由自己滑了下来。

她半跪在墙壁前,低头看着自己十指,上面每一处都被扎破了。

现在圆钉会伸出刺,和刚才完全不同了。

卫三仰头望着其他人,他们在圆钉缩平的时间范围内并没有遭遇突刺。

只有她一个人?

"可怕！"廖如宁也遭到了同样的事情,之前爬的距离清零,回到原点。

不是她刚才的位置,而是另一处圆钉。

这是随机,还是针对?

卫三和廖如宁对视一眼,再次起身,重新再来。

在爬到中间时,再一次遭遇圆钉突刺,卫三面无表情抽出手指,继续扒上另外一道圆钉,硬生生扛过了第一道墙壁。

在此期间,廖如宁倒是没有再遇上圆钉突刺。

等来到第二面墙时,塞缪尔军校只有肖·伊莱在半中间,其他人像是爬了又滑下来。

卫三双手在训练服上摸了摸,擦去十指上的血,朝第二面墙冲去。

第二面墙和第一面墙不一样了,首先是圆钉的位置更疏了,其次凸起来的幅度几乎看不见,最后是风。

风向时刻在变化,弄不清楚方向。

因此连塞缪尔军校的轻型机甲单兵肖·伊莱都无法迅速爬上去,他在墙壁半中间坚持良久,终于还是被一道反方向的风吹了下来。

卫三刚把自己送上去,墙壁忽然全部变平,风也停了。

"时间到,全部出来！"

是霍楚的声音。

在喊停的时候,一干机甲师还骑在第一面墙上。

众人灰头土脸地走出去,所有人不是头发乱糟糟,就是衣服领子被吹歪,总之没有一个人有好形象。

"半个小时到,所有人未完成任务,挂墙两个小时。"霍楚朝训练场中间看去,指着第一面墙,"所有人挂在上面。"

"教官。"司徒嘉道,"我们还没到半个小时。"

霍楚抬手,让他们看时间:"半个小时,我计了时。"

"你没说开始。"司徒嘉有点不服气。

283

霍楚一脚踹在他膝盖骨上："我给你们一个小时，能不能爬过七面墙？"

"挂墙上，两个小时。"

众人只能过去，顶着狂风，扭曲地扒在上面，宛如风吹的肉干，时不时有人从上面掉下来，又继续爬上去。

"这是什么训练，半个小时就开始惩罚了。"公仪觉感觉自己作为一个机甲师，受到了莫大的委屈。

正好他对面挂着的人是应成河，两个以前的同学面对面，稍显尴尬。

尤其公仪觉下意识地抱怨了出来。

至于应成河，他已经没有任何心力想其他了，一头枯黄的长发，像极了雷击现场，双手紧紧抠住圆钉，生怕掉下去。

"对了。"霍楚走过来，看着这群墙上的军校生，"圆钉会随机伸出突刺，你们自己小心，一旦掉下来，重新计时。"

众人："……"

卫三扒在圆钉上，朝远处的应星决看去，略带羡慕："早知道我也临时禁赛好了。"

她背后突然传来一道不屑的声音："喊。"

随后卫三被肖·伊莱一脚踹了下去。

卫三落地抬头："你找死？"

第222节

"教官没规定在墙上不能动脚。"肖·伊莱得意道，他为自己的机智感到相当满意，他成长了！

卫三本来就被风吹得头疼，这下把火力全对准肖·伊莱，她重新爬上去，不过这次换了只手，和肖·伊莱面对面挂着。

"我警告你。"肖·伊莱对上卫三还是有点心虚，"你在这里玩不过我。"

卫三也懒得开口，直接一脚踹过去，肖·伊莱当即往后一躲，手指紧紧抠在圆钉上，他贴在墙壁上，仿佛壁虎一样灵活。

"早说了。"肖·伊莱没被她踢中，顿时放下心，嚣张道，"这里最厉害的就是我。"

没有顾及他说什么，卫三察觉自己抠住的圆钉有异动，不是回缩，而是圆钉突刺要伸出来。

此刻四周能扒住的圆钉已经被各军校的人扒完了，原本圆钉便不多，这么多人全部要挂在墙上，可想而知的拥挤。

再不移开，突刺出来，又要刺破手指，卫三没了办法，对面肖·伊莱又在闲言碎语。

她直接松开圆钉，朝他扑过去。

肖·伊莱还以为卫三要打自己，自然开始晃着双腿，准备回击，结果她整个人都扑了上来，直接抱住了自己双腿。

"！"

肖·伊莱顿时大喊："你松手！"

他再强也禁不住再加一个人的重量。

卫三当然不会放开，霍楚刚刚说了，落地就要重新计时，她可不想再来一次。

"松开松开！"肖·伊莱双腿疯狂摆动，试图挣脱卫三，"我裤子要掉了！！！"

卫三坚定地抱着肖·伊莱的腿，圆钉突刺还没平下去："众所周知你穿着粉色内裤，不用激动。"

"胡说八道！"肖·伊莱双手使劲扒着圆钉，不让自己掉下去，"我今天穿的是黄色内裤！"

墙上众人："……"居然自曝自己内裤颜色。

"……行，我知道了。"卫三抱着他的腿，认真道，"你能不能别激动？再动我们俩都要掉下去。"

肖·伊莱顿时不敢动了，但他手指抠在圆钉上，已经到了极限，再这么下去也还是要掉下去。

卫三仰头看着圆钉突刺渐渐收回去，这才对肖·伊莱说："你把我甩上去。"

"你让我甩我就甩？"肖·伊莱还在嘴硬。

"不甩也行，我们一起掉下去。"卫三十分无所谓道。

"你！无耻！不要脸！"肖·伊莱破口大骂，但他确实快支撑不下去了，双腿用力往上一甩。

卫三乘机往上攀去，中途还借力揪了一把他的衣服，这才在狂风中重新回到原来的位置。

不过肖·伊莱这么一通操作下来，终于支撑不住，手指从圆钉处滑了下来，就在要掉下去的千钧一发间，卫三伸手薅住了他的头发。

下一秒，训练场内回荡着肖·伊莱凄惨的喊声。

"别叫了。"卫三看着扒回来的肖·伊莱，"吵死了。"

肖·伊莱双手扒在圆钉上，整个人挂在墙上，没有滑到地面上，但他现在并不高兴，面壁咬牙，挨千刀的卫三！

在狂风中，挂在墙上两个小时，指挥和机甲师根本无法坚持下去，自己队伍的人又不能插手，几次三番滑落原地后，这几个指挥连带机甲师纷纷调整了位置，穿插在各军校的单兵中间，只是不靠近自己军校的人。

像金珂和应成河便分别插在南帕西和帝国军校之间，一旦要滑下来时，对方两所军校的单兵会主动出手或出脚，帮他们抵一抵。

单兵也没办法在这么大的风中，坚持这么久，最长也不过一个小时，到后面照样滑下来，这时候又要靠旁边的指挥或者机甲师帮忙。

不过一不留神，很容易一起滑向原地，所有计时重新清零。

明明只是两个小时的惩罚，硬生生拖了一整天，所有人才彻底完成，从墙上下来时，这些军校生的手无一例外都在发抖。

这不同于以前，现在是在狂风中保持住一个姿势，所有力量都集中在手指处，各军校的人下来，直接瘫在地上。

就连向来顾着形象的帝国军校生们也都直接席地而坐，头发乱糟糟的也顾不上。

更不用提达摩克利斯军校，五个人直接躺在地板上，手指还在抖。

"教官太狠了。"金珂躺在地上，手指已经没办法再动，虚弱道，"说是惩罚两个小时，我们挂在墙上的时间快超过六个小时。"

"我饿了。"卫三比金珂他们先完成任务，已经躺在地上休息了一段时间。

所有人中最先完成任务的是肖·伊莱，他熟悉这种环境，加上又是轻型单兵，除了之前差点被卫三拉下去，后面只滑下去过一次，还是被另外一边平通院的路时白牵连的。

从被惩罚开始，这些人都没吃一点东西，体力消耗极大。

这时候，肖·伊莱从门口走过来，还夸张地打了个饱嗝，显然已经吃完东西回来。

他顶着一干人等羡慕嫉妒的目光，优哉游哉地走过，听到卫三说饿了，他"好心"道："食堂已经关门了，不过他们的油爆牛肉做得不错。"

"所以你回来给塞缪尔队员送吃的？"卫三目光落在他空空如也的双手上，问道。

肖·伊莱炫耀的话哽在口中，视线缓缓移向瘫坐在地上的塞缪尔军校队员，他们都在看着自己，显然对他送吃的这一件事抱有希望。

"……"

其实他只是想回来炫耀一下，顺便看看达摩克利斯军校这几个人狼狈的样子。

"看样子没有了。"卫三手撑着地板起来，走到肖·伊莱面前，拍了拍他肩膀,"下次别一个人吃独食,都是同学,你不给我们,至少要带给塞缪尔的队员,是不是?"

肖·伊莱连忙退后一步:"你别挑拨离间!我、我就是忘记了,油爆牛肉其实一般,不好吃。"

虽然塞缪尔军校的人知道卫三在下眼药,但对肖·伊莱自己吃饱,把队友忘到背后的行为还是产生不满,对他没一个有好眼神的。

就在众人准备回去之时,霍楚走到角落处,打开几个箱子,里面装的全部是吃食,还用了保温箱。

"先吃完再回去。"霍楚看着这些军校生道,"晚上的时间自由活动,你们可以去模拟舱。"

还去模拟舱,他们现在只想回去睡大觉。

众人在吃东西,肖·伊莱偷偷摸摸打开相机,把这群人狼狈的样子拍下来,但凡有人头发长点,都被吹得东倒西歪。

尤其是达摩克利斯军校的人,肖·伊莱找着各种角度偷拍,不过他不敢让卫三他们这些奸诈的人知道,不然又要被讹一笔钱。

到时候偷偷在论坛上散发出去,肖·伊莱连名字都想好了,就叫"扒一扒各大军校生的丑照"!

"你在拍什么?"一道清越的声音突然在背后响起。

肖·伊莱被吓一跳,扭头一看是应星决。

"你管我。"肖·伊莱扬着头,表示自己不屈强权的姿态。

应星决目光只在他身上停留一瞬,下一秒便对卫三道:"他在偷拍你们。"

肖·伊莱:"?!"

堂堂帝国军校主指挥,居然向其他军校告状?离谱!太离谱了!

"别胡说!我只是在给我们队员拍照留念。"情急之下,肖·伊莱灵机一动,把刚才拍下塞缪尔队员的丑照公开放大。

被拍到歪眼斜口的高学林停下吃东西,照片中面目狰狞地挠着头的吉尔·伍德也放下手中面包,面无表情地齐刷刷盯着肖·伊莱。

肖·伊莱理直气壮:"谁去拍达摩克利斯军校的人?"反正是队友,以后还要合作,他们不会真对自己出手。

卫三那帮人心狠手辣,指不定暗地里给他下绊子,还是选择得罪队友好了。

卫三和金珂几人对视一眼,算了,智商盆地名不虚传。

见他们不追究,肖·伊莱还来劲了,将矛头直指应星决:"你都禁赛了,多管什么闲事?"

他话一出，靠墙坐着的霍剑和姬初雨便立刻起身，盯着他。

肖·伊莱昂首挺胸："你们还想打架？"

"够了。"习乌通喝止肖·伊莱的挑衅行为，"你安分点。"

肖·伊莱撇嘴，到底还是不再开口找事。

一天的训练就是挂在墙上，晚上卫三几个人最终还是决定去模拟舱训练。

不光他们，其他军校的人似乎也憋着一口气，都去了模拟舱大楼。

这次的模拟舱是在一起的，三台模拟舱并列，旁边有指挥和机甲师看着。

这其实才是现如今模拟舱主流模式，单兵在其中训练，指挥和机甲师观察数据。不像在谷雨星，都是单间。

"应星决今天一直待在演习场是什么意思？"进了房间，霍宣山问道。

"观察我们。"金珂站在模拟舱开始调试数据，"他不参与比赛，但可以围观，但像这种模拟舱训练，应星决不能参加。"

"隔壁的模拟舱是哪所军校的？"卫三突然问道。

"是帝国军校的人。"金珂想了想道。

他们在最里面一间，只有一个隔壁。

卫三走到墙壁边敲了敲，对面听不到，她扭头对应成河道："我们在这里开个洞怎么样？"

几人："？"

"正好找他们聊聊天。"卫三又敲了敲墙壁道。

"你们开洞，别被外面的人发现。"金珂拉过椅子坐下，掏出一个屏蔽仪放在旁边道。

廖如宁看了看卫三，又瞅了瞅金珂："不是，好端端地开什么洞？不可以通信吗？"

"面对面说话，更亲切。"卫三神神道道地说道。

第223节

每一个房间墙壁都用了特殊的金属材料，坚硬异常，要想用暴力破除且不弄出大声响是不可能的。

不过，单兵无法做到，不代表机甲师不能做到。

机甲师碰过的坚硬材料太多，所以他们手中有不少切割工具，要在这道墙上开个洞还是简单的。

"这把刀，可以用感知操控切割大部分坚硬材料。"应成河摸出一把细条刀，伸到卫三面前。

廖如宁："……"居然动真格的？

卫三接了过来，打量完这把刀后，走到墙边，将感知灌溉进这把刀，覆盖在它刀刃上，再缓缓用力刺进墙壁，确实没有多大的响声，宛如刀进豆腐一般，悄然无声从这头穿到那头。

出于美感，卫三十分细致地划开了一个半圆门的形状。

由于墙壁密封的状态被打破，所以隔壁房间的声音也能传过来。

"你们在干什么？"一道带有怒意和莫名其妙的声音在隔壁响起。

房间里卫三几人动作一顿，面面相觑，这么快就被发现了？

时间倒回十五分钟前。

由于应星决被禁赛，帝国军校让上一届的3S级主指挥来替补，训练场结束训练后，几人稍作休整，便来到模拟大楼。

模拟大楼只有参赛者能进入，应星决只能先回去，他现在连住都不再和帝国军校主力队住一起，而是和军区的人待在一块，和其他军校的想法一样，他们自然是要透过模拟舱获得三位单兵的数据。

在主指挥调整好模拟舱的数据后，姬初雨、霍剑以及司徒嘉开始躺进模拟舱，就在舱面要盖上的那刻，姬初雨坐了起来，扭头盯着隔壁墙面。

其他人也下意识地跟着他目光看去，结果只看到了一把莫名其妙穿过墙壁的细刀刃。

"什么情况？"司徒嘉指着那把消失在眼前，随后又出现的刀刃，"隔壁发生了什么？"

这么明目张胆。

作为机甲师的公仪觉认识这种类型的刀，是他们常用的工具之一。

帝国军校的人看着这一幕，心思各异，但都愣在原地，眼睁睁看着隔壁从一刀慢慢开始不断切割，最后形成一道门的形状。

不得不说这扇门形状之标准，有如标尺画过一般，令人叹为观止。

就在这扇门开始往帝国军校这间房倒的时候，姬初雨伸手抵制，压着情绪问对面："你们在干什么？"

卫三贴着那条缝，冲对面的姬初雨打了一声招呼："晚上好。"

姬初雨的回应便是用力将这扇门推回去。

"还差个门把手。"应成河不知道什么时候掏出来一个把手，递给卫三。

卫三接过来，开始往墙壁上装这个把手："怎么有点弯？"

"是吗？"应成河凑过来，"我刚刚做的，弯了你再掰直一点。"

"做这种事情要注意细节。"卫三半蹲着快速把门把手装好。

隔壁帝国军校的人还以为推过去之后便算无事，准备走出去，敲达摩克利斯军校的门，警告他们别乱搞。

但下一秒，门直接从对面拉开了。

帝国军校的人："……"

搞什么？！

"真的变成了门。"廖如宁握着门把手来回推拉，试了几次，"挺好用的。"

姬初雨压低声音也掩饰不了语气中那股怒意："你们想做什么？"

卫三从对面走进来，扫了一圈果然没见到应星决，她道："我来看看你们训练。"

她这话说得莫名其妙，姬初雨想着卫三之前也算帮过应星决的忙，这才忍着没有动手。

"这位同学，各军校在模拟舱的训练是保密的。"帝国军校换上来的3S级主指挥浅笑道，"一旦被老师们发现，达摩克利斯军校会受到什么样的惩罚……更何况你们还损坏公物。"

这个主指挥也是应家人，脸上时时刻刻带着笑，但笑里藏刀，无时无刻不在算计。

卫三只看了一眼，便失去了兴趣，果然应家人还是应星决的头发最漂亮，看着手感最好。

"有点事情想和你们商量。"卫三直截了当道。

帝国军校的主指挥微微眯眼，在思考达摩克利斯军校来这边想要商量的事，但他还没来得及猜想，突然脖子一疼，整个人便陷入无边的黑暗中。

霍宣山缓缓收回手，看着倒在地上的帝国主指挥，手脚熟练地往他耳朵里放耳塞。

居然打晕了他们的主指挥，霍剑皱眉上前，想要对霍宣山出手。

"先别急着动手。"卫三找了个地方坐下，"应星决被监视这件事你们应该知道。"

听到她这话，帝国军校四个人这才稍微冷静下来。

应星决被临时禁赛后，还受到了全面监视，包括光脑通信。

"他发消息说你们都没问题。"卫三低头看了眼光脑道，"我勉强相信。"

"不是说被监视了？怎么发消息？"廖如宁靠近卫三，小声问道。

卫三抬手，露出自己腕上的光脑："他用的是之前在季慈故居送的光脑。"

当时应星决收下后，并没有用，不知道他怎么在受监视的情况下，不光用假身份注册光脑，还能给她发消息。

用这个光脑 ID 加卫三的时候，她还在星舰上，当时没有同意，卫三不太喜欢乱加人。

直到对方备注自己是应星决，卫三才同意加对方好友，第一句便道："证明。"

这句之后，到达白矮星的第一天晚上，卫三才突然接到一则通信。

她点开后没有出声，对面也没有出声，看不见人脸，光脑的位置大概在口袋内，黑乎乎一片，只有上方一点空隙光芒。

透着这点空隙光芒，卫三隐隐约约见到黑色长发和他特意低下来的下半张脸。

没过多久，两人的通信便被他主动挂断了，一直到深夜才发来一条消息："帝国军校主力队四人我已经确定无感染者，我希望你们能替我告诉他们感染者的事。"

这才有了刚才卫三开墙门的举动。

姬初雨望着卫三，一字一句问道："你要说什么？"

达摩克利斯军校五人互相对视之后，霍宣山问卫三："确定要告诉他们？"

几个人当中，其实最谨慎多疑的人不是作为指挥的金珂，反而是霍宣山。

卫三点头，扫过帝国军校的四人："小酒井武藏是感染者。"

此话一出，姬初雨迅速反问："感染者是什么意思？"

金珂在旁边解释了一番，从应星决身上携带的那管黑色虫雾开始说起，到主力队成员被感染的事。

当然隐去了他们几个人在其中的作用，只说是应星决主动告知的，把所有事情往应星决那边推，反正也差不多。

帝国军校这几位天之骄子，大抵心理素质还不够强，没有彻底锻炼出来，纷纷陷入世界观崩塌的状况中。

模拟舱安静得可怕。

半晌，姬初雨缓缓问道："星决一早知道，却先告诉你们？"

卫三蹙眉看向姬初雨："这么大的人，别总分不清主次，现在你最该问的是感染者。"

这位看样子还是缺少社会的毒打，小里小气的，一天到晚不知道计较什么。

"你们的意思是我们主指挥对小酒井武藏动了手？"霍剑最先冷静下来，语气凌厉地问。

"到底动没动手，你们不清楚？"卫三双手抱臂，略带不耐烦道，"以他的性格,能对人做出那种事?"

"我们只是告知感染者的事,你们要小心。"金珂道,"我们现在也不知道这些东西到底怎么感染人,光是血液感染的可能性也不高。否则之前在货运港口的集装箱内应星决和我们那位受伤的军校生不会安然无恙。"

霍剑没有看向金珂,目光反而和卫三对上,他觉得很奇怪。

应星决作为超3S级指挥,且去过真正的战场,行事手段向来果决,不会有任何拖泥带水之嫌。

卫三作为一个仅仅和帝国军校有对手关系的人,她和应星决相处时间算不上多,就算见面也多是在针锋相对,为什么她这么笃定不是应星决?

这么短暂的时间内,她自认为完全了解一个人的性格?

卫三低头望了望自己身上,没发现毛病,抬头对霍剑道:"看我干什么?"还以为衣服上粘到了什么脏东西。

霍剑:"……"

"谁还知道感染者的情况?"姬初雨平复心情后,问道。

金珂指了一圈:"目前军校生中只有应星决和我们知道,现在多了你们四个人,老师那边不清楚。感染者只有超3S级能发现,所以我们无法直接向外说出来。"

"等等。"公仪觉脑子转半天,终于反应过来,"感染者只有超3S级能发现?那我们主指挥的发病……是这个?"

"不是发病,那两个人都是感染者。"应成河不满道。

他不喜欢听到有人说他堂哥发病,明明不是。

姬初雨彻底愣住,星决没有发病,那两个人是……所谓的感染者?

"总之,应星决没病,高层中有人被感染,但无法确定。"金珂总结道,"现在不确定联邦有多少人被感染,也不知道这东西哪来的。现在我们要做的只有把未被感染的人一点一点召集起来,首先从我们主力队开始。"

"这件事我要告诉大伯。"良久沉默后,姬初雨想要给姬元德打通信。

卫三迅速上前按住他的手,姬初雨试图挥开,被她直接一个过肩摔,摔在了地上。

"放开。"姬初雨用力想要挣脱出来。

"冷静点。"卫三用膝盖压住他的背部,反扣住姬初雨的手,"我都说了这件事暂时谁也不能告诉。"

第 224 节

姬初雨还想试图挣扎，但他失了先机，被卫三压在地上，始终挣脱不开。

"劝你冷静一点。"卫三腾出一只手直接按在他头上，"姬初雨，我忍你很久了。"

金珂总觉得卫三一拳头要下去了，连忙过来："现在谁也不知道高层中谁被感染了，我们连自己的老师都没说。姬初雨，你贸然告诉姬元帅，只会让事情变得糟糕。"

"因为应星决没有病，所以你恼羞成怒？"卫三突然问道。

"一派胡言！"姬初雨猛然挣扎，"放开！"

卫三哼了一声，松手起身，略带一点嫌弃："没在你身上看到半点帝国双星之一的样子，鲁莽自负。"

姬初雨翻身而起，站在卫三对面，眼睛发红："现在不都说你和他是联邦双星？"

"你这是在嫉妒？"卫三忍不住笑出了声，眯眼望着姬初雨，"这么多人中，原来你最幼稚。"

姬初雨喘息地盯着她，目光凶狠异常，像是随时会扑上来。

"我说，"卫三就着模拟舱靠过去，散漫道，"在谷雨赛场时，我记得你很听应星决的话，怎么，现在不愿意听了？也对，你大伯一直让你守在应星决身边，是为了杀他。"

姬初雨嘶哑出声："我没有想过杀他。"

卫三低头看着自己张开的十指，上面还有血点，是今天训练留下来的，她抬眼缓缓道："既然他愿意把感染者这件事告诉你们，说明还信任你们。姬初雨你想辜负他的信任？"

房间内，霍剑看着卫三和姬初雨对峙，忽然产生一种奇怪的感觉：如果这么多年站在应星决旁边的人是卫三，而不是姬初雨，或许他不会不服气。

"……不想。"姬初雨哑声道，"这件事关系重大，只靠我们没办法解决。"

"哪儿那么多事。"廖少爷有点不耐烦道，"靠你大伯就能解决？万一姬元帅就是感染者，我们什么机会都没了。"

霍宣山咳了一声，提醒廖如宁别乱说。

"举个例子，反正你别想联系上面的人。"廖如宁板起脸看着姬初雨，"现在能帮应星决的就是我们，你要还是他兄弟，就别添乱。"

"他兄弟是我。"应成河不满道,"那是我堂哥,和姬初雨有什么关系?"

之前才被应星决否定兄弟关系的姬初雨听到两人的话,心上再一次被刺中一刀。

原来在所有人心中,都觉得他和应星决的关系够不上兄弟这一层。

"说正事,别扯到其他的地方。"金珂把话题拉回来。

这两个人说起话来气人的水平怎么越来越高了?

"……我不会告诉姬元帅。"姬初雨终于道。

"还算上道。"卫三直起身,挥手,"这事就到这儿,我们回去训练了。"

霍宣山弯腰把戴在地上主指挥耳朵上的耳塞重新取了下来,才跟着金珂后面往对面墙门走去。

等达摩克利斯军校的人关上那道墙门后,帝国军校四人陷入沉默中。

刚才只有姬初雨和霍剑说话,中途公仪觉插了一句,至于司徒嘉,此时此刻脑中已经乱成一团糨糊。

但四个人无一例外心中都有同一个想法:联邦乱了。

"我怎么了?"帝国军校的主指挥晃晃悠悠站起来,摸了摸自己的脖子,疼。

等站起来缓了半天,他才想起来是之前达摩克利斯军校的人动了手。

"怎么回事?他们怎么敢!"帝国军校主指挥愤怒道。

"他们已经回去了。"公仪觉扭头道,"学长,你来观察我们单兵的数据。"

帝国军校主指挥只好站在模拟舱前,看着三位单兵的数据,他还是对晕过去之后发生的事好奇:"达摩克利斯军校的人过来干什么?"

"没什么,过来挑事而已。"公仪觉随口扯道,"他们已经吃了亏。"

"是吗?"帝国军校新指挥没有怀疑,"我得去向主办方和老师反映,他们主动挑衅还破坏房间。"

"学长,还是别说了,我们和对方动了手。"公仪觉低头看着光脑道。

动手了?

帝国军校新的主指挥沉默下来,动了手,这件事只能瞒下去,否则一旦被发现,两所军校都要被取消比赛资格。

训练到深夜,达摩克利斯军校主力队才回到寝室,卫三洗漱完躺在床上,过了一会儿睁开眼,打开光脑,给应星决那台新光脑发消息:"告诉他们了。"

她也没准备得到应星决的回复,毕竟对方一直处于被监控的状态,每次都需要过一段时间,才会回复消息。

却未料到，才刚发过去，对方便回了一条消息："谢谢。"

暗中讨饭："你不是被监控中？"

应星决："嗯，我现在在被子里。"

卫三："……"

无法想象帝国之星的应星决如何躲在被子里发信息。

暗中讨饭："拜拜，晚安。"

应星决："晚安。"

第二天的训练，依旧是爬墙，但第一面墙，众人爬起来已经不是特别难。

表现最好的依然是塞缪尔军校的肖·伊莱，帝国军校今天表现普遍较差，其他军校有所进步，可惜在第三面墙花费时间太长，无法上去。

半个小时之后，依然是全员惩罚挂墙，不过这次不再是都在第一面墙上，而是停在哪面墙前，就在哪墙面上挂着。

各军校的人都分散了，卫三在第三面墙上，肖·伊莱则一个人在第四面墙上挂着。

他十分得意。惩罚时间，专门挂在第四面墙最高点，扒在上面，对第三面墙的卫三炫耀："你们达摩克利斯就是运气好，看看本继承人，这就是实力。"

卫三："喊！"

肖·伊莱听到她学自己的口头禅，先是一愣，随后大喊让她闭嘴！

"喊！"

"喊！"

…………

紧接着达摩克利斯军校各成员都对着肖·伊莱"喊"了起来，把他气得够呛。

第二天，一干军校生训练后的状态并没有得到好转，有些人因为手指过于用力，指甲都开裂了，只能去医务室找医生开药。

肖·伊莱也没有好到哪里去，以前在白矮星的训练没这么大强度，现在还是无机甲训练。

他一个人拿着药坐在楼道口台阶上，慢慢涂着。反正回寝室，塞缪尔主力队员都不理睬他，还在记昨天的仇。

"肖。"南飞竹也拎着药，推开楼道口的门，走下来坐在他旁边。

"你怎么过来了？"肖·伊莱看着他，问道。

塞缪尔军校的医务室在 16 楼，一般都有电梯可以下去，不走楼梯口。

"有点累了，想找人聊聊。"南飞竹放下药，对他道，"我先帮你擦。"

肖·伊莱不客气地把自己的药递给南飞竹，口中噼里啪啦地抱怨："吉尔·伍

295

德和指挥怎么还在生气？我都说了是想拍达摩克利斯军校他们的丑照，现在都发到网上去了，我们队的照片又没发。"

"主指挥只是不希望你闹事。"南飞竹低头帮他一边涂药一边道。

"喊，达摩克利斯军校的人天天闹事都没关系。"肖·伊莱十分不爽，"要是我能更强一点，直接把他们全部打趴下，打哭！"

"你想要变得更强？"南飞竹低声问道。

"当然想，谁不想？"肖·伊莱冷哼，"卫三不就是仗着实力强才这么张狂的？"

"总会有办法变强的。"南飞竹看着药膏在他指甲上化开，慢慢道，"只要你想。"

肖·伊莱盯着他，一脸郑重开口："当然会有！所以你也要争气，把我们的机甲想办法改得更好，光靠我一个人没用，你要加油。"

南飞竹："……"

第225节

"我帮你上药。"肖·伊莱看着南飞竹帮自己擦好药后，热情道，作为队友果然还是要互帮互助！

"不用了，我还有事。"南飞竹起身，掉头往楼道门走去。

肖·伊莱扭头看着他的背影，相当困惑：怎么突然就走了？感觉还有点冷淡。难道专门过来给自己擦药的？

越想越觉得可能，肖·伊莱心中莫名感动，别看平时塞缪尔军校主力队员总不爱搭理他，但实际上，还专门过来帮他擦药。

肖·伊莱起身追了过去，眼看着电梯要关，他伸手挡住门："等等我。"

电梯里只有南飞竹一个人，他手上还拎着袋子，里面还装着药。

"我帮你擦药，一个人多不方便。"肖·伊莱一定要对队友表现出关心，尤其是这位队友还在暗暗关心他。

"我说了，我还有事。"南飞竹说话语气有点重。

"知道，我没事，有时间。"肖·伊莱热情道，"可以跟着你一起去。"

说完，他一把抢过南飞竹手中的袋子，从中掏出药膏。

南飞竹用力闭了闭眼睛，努力压制自己心中那股冲动。

"你放心，边走我边帮你擦，这药膏很快就干。"肖·伊莱一边打开药膏，一边道。

"达摩克利斯军校那帮人仗着实力强为所欲为。"南飞竹转头看着肖·伊莱，

"你不觉得生气？那个卫三次次打你脸。"

"怎么可能不生气？"肖·伊莱捏着药膏，顿时怒火上脑，"卫三那个不要脸的，还要带着达摩克利斯军校那一群饿鬼去我家。"

"她不过是仗着实力比你强罢了。"南飞竹看着恼羞成怒的肖·伊莱，"只要你比她强，卫三绝不敢这么嚣张。"

"可不是，卫三就仗着她比我强。"肖·伊莱望向南飞竹，仿佛找到了知己，他一把牵起南飞竹的手，"以前我还以为你挺笨的，没其他军校机甲师厉害，现在才知道我误会了。虽然你机甲师水平一般，却看得明白。"

南飞竹："……"

"不过，你还是要努力搞好机甲。"肖·伊莱低头把一坨药膏涂在南飞竹手上，"我们塞缪尔主力队的机甲可都靠你维护。"

南飞竹勉强笑了笑："……我觉得你的实力不止于此，你想不想变强？"

肖·伊莱认真给南飞竹涂药："还是你有眼光，不像高学林和吉尔·伍德，老是看不起我，觉得我蠢。"

"你想不想变强？"

"谁不想变强？"肖·伊莱揪着南飞竹的手，低头眯眼仔细看着，奇怪道，"你这手……嫩了点。"

电梯门开了，南飞竹抽回自己的手，大步往外走，完全没有等肖·伊莱的意思。

"欸。"肖·伊莱两只手腕上各挂着一个药袋子，试图喊南飞竹把另外一只手擦完，"走这么快干吗？"

又不是达摩克利斯军校那帮饿死鬼投胎。

喊。

肖·伊莱双手插兜，慢慢往寝室走。

脑海中不断浮现刚才南飞竹的手，作为一个机甲师的手，未免太干净了点。

就应成河和公仪觉那几个机甲师，手上都有各种细小伤口，这些是机甲师长年累月地接触、切割各种材料，不小心造成的伤口，有时候来不及治疗，等痊愈又受伤，长期这么撕裂，所以会留下痕迹。

唉，南飞竹果然经常偷懒，难怪水平也就那样。

肖·伊莱自认为发现了南飞竹手干净的真相，不过作为一个关心队友的人，他一定不会直接说南飞竹懒，要迂回委婉！

"肖·伊莱在那儿转悠什么呢？"廖如宁杵了杵旁边的卫三，示意她往对面大楼看去。

卫三抬眼便见到肖·伊莱双手插兜晃晃悠悠地走着，便喊了一声："伊莱兄。"

对面肖·伊莱听到这个声音便浑身一激灵，下意识地想跑。

"欸，伊莱兄，你这是去哪儿？"廖如宁挡住肖·伊莱的路，"回寝室呢？不是你后面那个方向吗？"

他能不知道是后面的方向？故意掉头想跑而已。

肖·伊莱心中嘀咕，抬头往四周看，没发现卫三的踪影，猛然掉头就要往寝室那个方向冲。

"这不是我们伊莱兄？"卫三突然出现在肖·伊莱正前方，微笑朝他挥手。

肖·伊莱看了看，发现前后被卫三和廖如宁挡住了去路。

他站在原地，抬头挺胸："是我，怎么了？"

卫三抬手拍了拍肖·伊莱胸膛："没怎么，过来和伊莱兄友好地打个招呼。"

肖·伊莱视线不可避免落在卫三手上，除了最上面一节手指，是这两天挂墙受的伤，她手指其他地方也有伤。

喊，想不到她还挺勤快，训练这么长时间，还有心思去搞机甲？

南飞竹果然是最懒的机甲师。

肖·伊莱这么明显的目光，卫三想不注意都难，她低头看了看自己手，扬眉望着他："我手有什么问题吗？"

"你手有问题问我？"肖·伊莱头朝一边，双手交叉，看着十分冷酷。

唯一碍眼的是他手腕上两个药袋子。

卫三扫过里面两支都用过的药膏："你队友呢？"

"关你什么事？"肖·伊莱喊了一声。

"其实我一直对那时候在帝都星港口打你一巴掌感到歉意。"卫三真情实意道，"我们都是同学，将来指不定还要共赴战场，我怎么能对你动手呢？"

"你也知道？"肖·伊莱的头扬得更高了，心中想着卫三一定是被他冷酷的气质召唤回了良知。

卫三特意走近他："我一直都很后悔，总想对你说一句……"

她居然要对自己道歉吗？！

肖·伊莱越发昂着头，不去看卫三。

就算道歉，他也不会原谅！当着那么多人扇的巴掌，一句对不起就能算了？

最起码……得两句。

其实他觉得达摩克利斯军校也……也没那么讨厌。

卫三靠近肖·伊莱，她背对着大楼摄像头，对面的摄像头被廖如宁挡住了。

肖·伊莱还在看天，正思考等卫三说完对不起之后，他要怎么表现得完美大方。

卫三指间夹着小刀片，迅速在肖·伊莱的手上划了一刀，在他反应过来之前，快速从口袋摸出一张纸巾擦掉他的血。

"你干什么？"肖·伊莱只觉得手上传来一阵刺痛。

"我这么长时间，一直都欠你一句对不起。"卫三已经将东西全部放在自己口袋，双手握着肖·伊莱的手，"相信以后我们一定能成为好同学。"

"走开。"肖·伊莱一把抽回手，他低头望了一眼自己的手，嫌弃地瞪着卫三，"你手上是长刺吗？"

"抱歉抱歉，一时激动。"卫三真诚道，"当初是我不对，而且通过这两天的训练，我发现你确实挺厉害的，更想过来和你解开误会。"

卫三居然说他厉害！

肖·伊莱脸上差点没绷住冷酷的表情，他连忙喊了一声："算了，以前的事都过去了，你也知道我厉害，在赛场上我是不会让的。"

"我们当然知道，不耽误你回去了。"卫三让开路，"伊莱兄，请。"

肖·伊莱简直通体舒畅，脑子里七荤八素的，只记得卫三不光为以前的事道歉，还说他厉害，他就这么晕乎乎地往寝室走。

"我个人认为他不像被感染的样子。"廖如宁望着肖·伊莱消失的背影，摇头道，看着脑子太不好使啊。

卫三摸着口袋的那张纸巾："我们走。"

两人一路谈笑，往帝国军校那边的医疗大楼走去。

时间点掐得正好，帝国军校的主力队刚刚从里面出来，旁边还有应星决等人。

"别太劳神，这次你不比赛就当休息。"许真穿着一身白大褂对应星决道。

帝国军校主力队是来上药的，应星决则是来日常检查，正好一起出来。

"许医生，你的飞行器现在好不好用？"卫三主动过来打招呼。

许真愣了愣，才想起卫三是谁，五大军校中这种性子的人确实少见。

她笑了笑点头："托同学的福，现在飞行器没有问题，好像速度还快了一点。"

"好用就行。"卫三一边和这些人打招呼，一边快速从口袋掏出带血渍的纸巾一角，又以极快的速度塞回去。

全程只有应星决见到了。

她也只是为了给应星决看。

"金珂让我们早点去训练呢。"廖如宁在旁边故意看了一眼光脑道。

"那我们先走了。"卫三对着帝国军校主力队成员招手,视线顺势扫过所有人,最后对上应星决的眼睛,"明天见。"

应星决望着卫三,微不可察地摇了摇头。

两人这次直接往模拟舱大楼走,走到一半,廖如宁才问道:"怎么样?"

卫三挑眉:"没事。"

肖·伊莱没被感染。

"要不要拉拢?"廖如宁问道。

卫三摇头:"现在没必要,被他知道,反而可能会坏事。"

廖如宁认真想了想,觉得卫三说得极对,肖·伊莱这种经常无意识坑队友的人,确实很容易带来麻烦。

被测试完的肖·伊莱完全不知道发生了什么。

肖·伊莱兴高采烈地回到寝室,一进去就见到吉尔·伍德面无表情地越过他,坐在沙发上,和同样装作看不见他的高学林说话。

"……"

肖·伊莱有点恼怒,站在两人中间,不让两人对视。

结果两人直接挪了位置,继续说话。

肖·伊莱深深吸了一口气:"刚才卫三向我道歉了!"

客厅一片安静。

一定是被他抛出来的惊雷震撼了!

"这么说,我在大风下,机甲不能强行顶住?"吉尔·伍德沉思半晌才道。

"对。"

肖·伊莱:"……"所以刚才两个人是在思考?

第226节

白矮星演习场,第三天联合训练。

依然是无机甲爬墙,军校生中有人抱怨为什么不用机甲,霍楚只说了一句。

"爬不完这七道墙,你们别想用机甲。"

为了不再挂在墙上,众人铆足劲往上爬,尤其是肖·伊莱,他原本在这方面便比其他人强,经过前两天的惩罚训练后,手指渐渐习惯支撑自己身体的力量,计时一开始,便往前冲。

这七道墙上的结构都不一样,越往后越滑,难度越大,还有的墙会突然从墙体伸出东西攻击他们。

肖·伊莱冲在最前面，被打下来也咬牙往上爬，一面、两面……最终他越过了第七面墙。

这时候其他人还在第六和第四、五面墙那边。

他得意地冲到霍楚教官面前："我完成了！"

霍楚瞥了肖·伊莱一眼："站在旁边。"

肖·伊莱没多想，依言站在教官旁边，看着还在苦苦攀爬的其他军校生。

啧啧，平时都是轻型机甲单兵，看不出来，现在都知道他肖·伊莱的厉害了吧。

等了半天，越来越多的人翻过第七面墙，肖·伊莱才终于发现不对，指着那帮人道："教官，你怎么不喊停？"

霍楚转头面无表情地看着肖·伊莱："从你翻完站在这儿到现在，都已经过去半个小时，你现在才问？"

肖·伊莱愣住，随后低头看光脑上的时间，果然又过去了半个小时。

这还不算完，霍楚再次打击道："你翻完超时了五分钟。"

"教官，我……"肖·伊莱试图挣扎，"只是五分钟，他们都晚半个小时了。"

等所有人翻过来之后，霍楚喊他们集合。

"挂墙上两个小时。"霍楚把所有人在三十分钟计时结束的那一刻所在的墙面全点了出来，每个人都挂在结束时的那道墙面上。

肖·伊莱一个人挂在第七面墙，也是最难，且时刻有柱状物攻击的墙面。

第六面墙最挤，一干轻型单兵和卫三、姬初雨、宗政越人。

"你实力不错。"山宫波刃对卫三道。

他的语气更像是上位者对下位者的夸赞。

明显得连旁边宗政越人都看了过来，这种语调谁听了都不会舒服。

卫三仰头看了一眼自己扒着的圆钉，漫不经心地回道："谢谢夸奖。"

她居然毫不在意。

宗政越人盯着卫三，根本想不通她为什么能若无其事地说出这四个字，对方分明是瞧不起她。

山宫波刃宛如轻燕般贴在墙壁上，看起来根本不吃力，他闻言嘴角刚勾起一丝笑，卫三又开口了。

"不过你有点差劲，连肖·伊莱都比不过。"

山宫波刃嘴角上的笑停住，弧度缓缓下落，抬眼望着卫三。

眼看着第六面墙的气氛越来越凝固，隔壁墙突然传来一道声音。

"我听见了我名字，卫三，你是不是又在说我坏话。"

卫三仰头："怎么会？我在夸赞伊莱兄你实力高强，第一个爬完最后一面墙。"

果然冰释前嫌后，这卫三说的话都好听了不少。肖·伊莱听着心中舒坦，又想着卫三这回是在众人面前夸奖他，塞缪尔军校的主力队员们都听见了，更加高兴了。

肖·伊莱决定稍微表示一下："爬这种墙还是要讲究一点技巧的……"

整个训练场都充满了肖·伊莱激情高涨的讲解声，十分亢奋。

众人："……"

"能不能喊他停下来？"挂在第四面墙上的金珂看着高学林，有气无力道，"真的很吵。"

高学林扒着墙呵呵了一声："我可管不了。"也该让其他军校的人感受一下肖·伊莱的"威力"。

"闭嘴！"

最先忍不住的是山宫勇男，她隔着两面墙都被肖·伊莱吵死了。

"你又是哪根葱？"肖·伊莱先是一顿，随后骂道，"不要以为你哥哥现在变成了3S级，我就怕了你们南帕西。有本事你……你打赢卫三。"

莫名中枪的卫三："……"

挂在第五面墙上的吉尔·伍德皮笑肉不笑：这傻子居然还学会了祸水东引。

最后是在旁边的霍楚受不了，让所有人安静，否则更加时，这才得了安生。

两个小时的罚时，所有人还是会掉下来，到最后依然重新来过，好在众人已经比第一天好了些，彻底结束时，也只到下午五点钟。

从墙上下来的时候，个个头昏眼花。

"卫三。"山宫波刃下来便喊着她，"我们玄风赛场上见。"

"不在玄风赛场上见，我们在哪儿见？你还想幽会我？"卫三习惯性过嘴瘾。

山宫波刃笑而不语，和山宫勇男一起走出了训练场。

"他不吃你这套。"

肖·伊莱不知道从哪儿冒出来，看着那兄妹两人的背影，他一会儿觉得卫三吃瘪不错，一会儿又觉得山宫波刃这种无形的装腔作势更欠揍。

卫三瞥他一眼："我们很熟？"

肖·伊莱："？"

"昨天你才和我道歉和解。"肖·伊莱跟在她后面，"我们怎么也是同学，我支持你打败那个山宫波刃。"

"让让。"廖如宁从中间穿过，把肖·伊莱挤开，"你们塞缪尔军校的人在那边，往哪儿走呢？"

肖·伊莱看了看前面的卫三，又转头去看左后方塞缪尔军校的人，最后还是往自己军校那边走去。

"你怎么不跟着人家回寝室？"高学林低头按着自己发僵的手腕，嘲讽道。

"为什么要跟着别人回寝室？"肖·伊莱没反应过来。

高学林："……"是他天真了，居然期待肖·伊莱能听懂嘲讽。

"走了。"习乌通起身道。

塞缪尔军校主力队五人便前前后后走出训练场。

今天肖·伊莱特意走到南飞竹旁边，低声劝导："我看那个卫三都在努力训练修机甲，你要不要再努力一点？别偷懒了。"

南飞竹不知道肖·伊莱何出此言，但他不想和对方继续无休止纠缠下去，便道："我知道，不会偷懒。"

肖·伊莱看了一眼他的手，半信半疑道："别骗我，你手嫩得不像机甲师的手。"

前面的吉尔·伍德大概是听到他说的话，回头："南家有特殊的秘药，可以祛除瘢痕。"

"还有这种事？我怎么没听说？"肖·伊莱走到吉尔·伍德旁边，南家一直都在白矮星，伊莱家又是白矮星本地最强世家，没道理不知道。

吉尔·伍德："……大概是你专注训练，所以不知道。"

肖·伊莱瞄了一眼吉尔·伍德，以前没发现，她说话还挺好听。

"南建直的夫人是医生，据传她心疼自己丈夫的手长年累月受伤，所以才研制出一种秘药，能够愈合所有陈旧瘢痕。"吉尔·伍德解释道，"自那以后，南家的机甲师手上都不会留伤。"

这种秘药之所以只在南家，没有流传，最大的原因是那些机甲师更痴迷于机甲材料和设计，对这种兴趣不大。

"原来如此。"肖·伊莱恍然大悟，转头看向南飞竹，"那你没偷懒，只是天赋没其他军校机甲师强。"

南飞竹微笑："……"

食堂。

"你怎么还有兔腿？"廖如宁打完饭菜过来，看着卫三盘子里，馋道。

"窗口打的，剩我这最后一只。"卫三站在餐厅中间，来往还有许多校队军校生，她原本找金珂他们，却见到应星决坐在角落里。

"让我尝尝味道。"廖如宁直接用筷子从卫三盘中顺利把兔腿夹了过来，出乎意料地没遇到阻碍。

来不及多想，廖如宁先啃为敬。

卫三也没关注自己盘子里少的兔腿，拉着廖如宁往角落里走去："那边有位置。"

第227节

廖如宁咬着兔腿，跟在卫三背后，心想她今天居然没有对他动手，这可是仅剩下的一条兔腿。

"你今天怎么没去训练场？"卫三坐在应星决对面问道。

"军校生，不得私下交流。"应星决背后站着的人警告道。

"上面应该只是不让帝国军校生和他说话。"卫三放下盘子，单手搭在身后的椅背上，抬头挑眉，"我不是帝国军校的。"

昨天应星决在医务大楼门口和帝国军校主力队站在一起，几所军校立刻向上面要求，应星决不得和帝国军校生交流，以防他对队伍做出指导。

对方看着桌前两人，确实不是同一所军校的，还是竞争对手。

不过……

"军校生和应星决不得交流，这是命令。"

卫三啧了一声，拿起筷子："那我不和他说话，坐在这吃饭行不行？没规定我们不能坐一张桌子。"

监视应星决的人犹豫了一会儿，最终没有出声否认，命令的确没有这么说。

应星决抬眼静静望着卫三，他大概来得比较早，但面前的饭菜并未动多少。

"我以前在3212星没怎么吃过什么好东西。"卫三坐在对面，吃着吃着开始忆苦思甜。

"你以前居然这么苦？太可怜了。"廖如宁一边啃兔腿，一边同情道。

"当初吃不饱穿不暖。"卫三筷子挑着盘子里的饭菜，细说当年种种。

她故事说得冗长又繁复，负责监视的人听得都不耐烦了，偏偏达摩克利斯军校这两人都不挪窝，前面的应星决也没其他反应，完全不觉得对面的人聒噪。

"真的？死那么多人？"廖如宁"震惊"问道，但他筷子还夹着啃了一半的兔腿，和此刻状况完全不符合。

卫三在桌子底下踩了他一脚，对面廖如宁这才舍得把兔腿放下来。

"那个环境下，吃垃圾不在少数，死的人太多了，尤其我那几年。"卫三摇头道，"我的营养液都舍不得喝，到现在还留了一瓶。"

"留到现在早过期了。"

"我收着当是个纪念也行。"

在监视人的注视下，应星决自始至终没有开口说过一句话，只有对面的卫三和廖如宁在聊天。

说了一大堆没营养的话，监视人左耳进、右耳出，根本没有在意，只要他们不和应星决说话就行。

"金珂他们坐那儿呢，我们过去。"卫三扭头朝中间看了一眼，起身要离开，走之前还和应星决打招呼，"先走了，回见。"

应星决微微点了点头。

前后只打了招呼，监视人没有在意，站在应星决背后继续等着他用餐结束。

卫三离开不过几分钟，应星决便放下筷子，起身离开。

食堂中间，金珂几个人都已经吃得差不多了，卫三说的话太多，盘中的饭菜没怎么动。

她刚一坐下来，顺手牵羊地拿了旁边应成河刚买的饮料，几口喝完。

"告诉他了？"金珂问道。

卫三点头："我还没这么话痨过。"

"现在只等营养液到来。"霍宣山道。

卫三看了一眼光脑："营养液大概明天中午就能到。"

金珂皱眉："不过交给谁去检测是个问题。"

当年卫三埋下的营养液从3212星那边邮寄过来，交给井医生检测并不安全，怕会被达摩克利斯那边的人知道，但普通的医生更没有这个技术检测出来。

想必对黑色虫雾更了解的还是独立军那边的医生，他们或许能调查出来这个营养液到底有没有问题。

刚才卫三过去，告诉了应星决，他们调查当年的营养液还是有可能有问题，接下来要先看他打算怎么做了。

晚上五人从模拟舱房间出来，回到寝室。

"我们真的加入了独立军？"廖如宁有种不真实的感觉，"鱼师不来找我们，也不分配任务？"

"大概是现在没有任务。"应成河捧着从他堂哥那边拿回来的杯子喝水，慢慢道。

金珂看着半躺在沙发上的卫三道："她不找我们，但我们可以找她，你给鱼师打个通信。"

卫三起身，打开光脑，找到鱼师的通信，拨通过去。

响了许久，对面才接通。

"怎么了？你们是对比赛有什么疑问吗？"鱼天荷温和问道，仿若一个再正常不过的主解员。

"鱼师，我们确实有几个问题想问，不过不是比赛。"卫三这话一说，对面的鱼天荷便敛了笑意。

"什么问题？"

"你们如何辨别感染者？"

鱼天荷看着光幕中的卫三，良久才道："感觉。"

"感觉？"金珂在旁边听到这个词，第一反应便是不信。

"等你们见多了，便知道3S级以下的感染者比较容易感觉出来，那些人的眼神会让你很不舒服。"鱼天荷缓缓道，"至于3S级的感染者，感染时间短，或许能发现端倪，若是时间超过半年，基本上只有确定血液才能发现问题。"

"这样的话，你们想要知道高层之上有谁被感染，必须收集到他们的血液，最为简便的方法便是混入医生之中。"金珂道。

鱼天荷失笑："要混入那些高层的专用医生团队中去，没那么简单。更何况……你们似乎到现在都没有完全明白黑色虫雾的存在到底是什么。"

"所以我们才来问鱼师。"卫三道，"还望鱼师解惑。"

"黑色虫雾不只是感染人这么简单，一旦接受了它，人会逐渐被它吞噬。"鱼天荷面无表情道，"它会在吞噬融合中，渐渐知道宿主所经历过的一切，学习宿主这么多年所有的知识，最后它彻底替代宿主。"

"它成了宿主，会干什么？"卫三问道。

鱼天荷盯着卫三："和我们一样生活在这个世界。任何生物都有繁殖的欲望，它们也不例外。一旦有黑色虫雾彻底替代宿主后，它们便会开始着手让更多人成为感染者。这是两种生物之间的对抗，争夺这个世界。"

"我原以为我们是在和星兽争夺世界的空间。"霍宣山低声道。

"你这么说也没错。"鱼天荷移开目光，"谁又能说黑色虫雾不是星兽的一种，只不过它不光要这个世界，还要我们的皮囊和记忆。"

"只能靠超3S级来发现感染者？我认为这么多年了，或许鱼师那边已经找到什么方法。"金珂听了这么多，又把问题绕了回来，"吉尔·伍德怎么回事，为什么她似乎早发现小酒井武藏不对劲？"

鱼天荷扭头看向其他地方，没忍住笑了一声："你们还真是不依不饶，现在我不能完全告诉你们，不过有一点可以说。在黑色虫雾不断感染我们人类时，我们也在反击，并且找到它们的用处，至于吉尔·伍德，她只是听命于我们，提前知道感染者名单罢了。"

"独立军果然无处不在。"金珂低声说了一句。

"之前你说黑色虫雾像其他星兽一样。"卫三问道，"所以你们拿它来做什么，提升机甲？"

鱼天荷扭头朝门口看了一眼，道："好了，我这边还有事，答疑到此为止，你们安心比赛，有什么事我会通知你们。"

挂断通信后，鱼天荷松了一口气，这帮小崽子压到现在才问，也是够耐得住性子，不过全问在点子上。

风雨欲来，他们该做好万全准备。

"说半天也没说到底有没有其他方法确定感染者。"廖如宁靠着霍宣山道，"感觉这个东西太玄了，万一感觉错了，岂不是杀错了人？"

"既然当初在凡寒星，独立军突然动手，尤其是针对从极寒赛场出来的平通院军校生，说明医疗队中应该有不少独立军的人。"金珂分析，"我们的医疗队中保不齐也有独立军。"

"那卫三血液中的……"应成河突然道，"独立军会不会发现？"

"两个不太一样，应该没有发现，而且不是只有井医生一个人知道？"金珂看着卫三，"我们先拿到你那支营养液。"

卫三光脑突然振动了一下，她抬手看去，发现是应星决发来的消息。

"他让我们把营养液交给井医生检测。"卫三诧异道。

今天食堂她只透露了死去的人数异常，以及还留有一支营养液，没有暗示应星决会拿给谁检测。

"给井医生？"金珂想了想，"井医生能发现你血液中的问题，水平也不亚于许真医生，给他也不是不可以，只要能让他保密，不告诉达摩克利斯军校的老师还有其他人。"

卫三忽然想起什么道："项老师好像不知道我的血液有问题。"

按理说一般她的情况都要对项明化进行汇报。

"可能是想等研究出来再告诉老师，总之我们得找点井医生的把柄要挟才行。"金珂若有所思道。

井医生，不要怪他们不地道。

卫三低头看着光脑上的新消息，抬头道："喜欢许真医生算不算把柄？"

金珂："你怎么知道？"

307

卫三抬起光脑："应星决说的。"

"……大概也算吧。"

另一栋楼。

应星决站在窗户旁看向外面的夜空，一只没戴光脑的手放在口袋内，快速发完一条消息。

背后客厅站着四五个监视的人，还有两位老师坐在桌子那边，这几天他一直都处于这种环境中。

"星决。"许真医生拎着一个箱子过来，"这是新的营养液。"

"这半年营养液换得很勤。"应星决走过来，看着打开的箱子道。

许真笑了笑："确实，多亏了学弟的加入，他提醒了我不少东西，所以营养液研制有了很大进展，你这半年来身体情况不稳定，如果调理得当，或许能好一大半。"

应星决合上检查完的箱子，对许真道了一声谢。

第228节

第四天。

训练场中的七面墙不见了，只有霍楚一个人站在中间等着五大军校主力队成员。

"今天不爬墙了？"廖如宁下意识地问道，他以为他们至少要爬个五天。

"看样子有新的训练计划了。"应成河叹气，这还是他们机甲师和指挥头一回和单兵一样训练。

霍楚站在中间一动不动，整个人像磐石一样，并不理会周围到了的军校生，等陆陆续续所有人到齐之后，他才抬手打开光脑。

"单兵机甲对抗赛，三人一队，两队PK，一共五组，剩下一组第一局轮空，第二局在两组赢的队伍中抽签PK。"

他这么一说，各军校的单兵顿时兴奋，以为要团队合作，光明正大地和其他军校打一场。每次从赛场上出来后，他们心中或多或少都积攒了对其他军校的怒意，偏偏训练期间不能私下动手，憋到后面都熄火了。

没想到这次居然能团体对抗，众单兵面上不显，心下已经摩拳擦掌了。

"这是各团队名单。"霍楚将光幕放大数倍，好让所有人看清楚。

待看完后，所有人："？"

名单上面的团队并不是按照军校分的，更绝的是，连单兵类型都是乱分的，有一个队居然三个人都是轻型机甲单兵。

"教官，这个名单是不是分错了？"昆莉·伊莱举手问道。

"没有，这就是今天你们团队的名单，其他机甲师和指挥去对面训练。"霍楚指着训练场另一边道。

"今天？明天你们的名单可能还会变。"金珂走向对面前，对达摩克利斯军校三位单兵道。

指挥和机甲师都走了，这边训练场只剩下十五名单兵。

"按照名单分队站好。"霍楚不知道从哪儿拿出来一个抽签箱，"派一个过来抽。"

众人互相看了看，只能依言开始分队。

卫三和霍子安、吉尔·伍德是一个队，一个中型、两个重型单兵。山宫波刃那队全员轻型单兵，和司徒嘉以及平通院新替补轻型单兵一起，最完美的队形是宗政越人、肖·伊莱、廖如宁这队，还有姬初雨、霍宣山、山宫勇男那队。剩下的习乌通、霍剑、昆莉·伊莱则是一中型单兵、两重型单兵。

各军校的单兵混在一起，从抽签便开始争，有些队伍都不想上去抽，有些队伍都想上去抽。

"给你们一分钟，再不上来抽，直接算自动认输。"霍楚抱着抽签箱道。

他话音刚落，各队立刻选好了人，上前去抽签。

卫三那队是吉尔·伍德去抽的，抽中习乌通那队。

"宗政越人、肖·伊莱、廖如宁轮空。"霍楚看完他们抽的签道。

这队是肖·伊莱上去抽的。

卫三看着握着签的肖·伊莱，很怀疑前面几场高学林的立场，如果之前赛前抽签让肖·伊莱来抽，岂不是次次能抽中好东西？

她却不知道往届传统习惯都是队伍中最有话语权的人过去抽签，像这届达摩克利斯军校轮流抽签，还是头一回。

"拿到1号标签的队伍上前对战，其他人退后。"霍楚道。

是姬初雨那队和山宫波刃那队，完美队形对上全员轻型机甲单兵。

这次是机甲对抗，所有人上去之后，在教官说开始的那瞬间，立刻进入机甲。

因为有山宫波刃的加入，围观的所有人都看得异常认真，想要知道从雨林赛场出来后，他的实力会有什么变化。

山宫波刃对姬初雨。

作为中型机甲单兵，姬初雨的速度不可谓不快，然而山宫波刃是轻型单兵，且现在用的已经是3S级机甲。

这次有看头了。

"他速度在提升。"宗政越人低声道。

卫三闻言,看向场中的山宫波刃,突然打开光脑对周围的人道:"下注吗?"

围观众人:"……"

"你觉得谁会赢?"肖·伊莱想下注,犹犹豫豫地问卫三。

"我押姬初雨赢。"卫三道。

在肖·伊莱几人下注后,周围皆选了自己认为可能胜的人。

全员轻型机甲单兵会更吃亏,在姬初雨身为单兵前三的情况下,最后赔率居然还是山宫波刃略胜一筹。

显然不少人对山宫波刃的实力有所期待,也无可厚非,毕竟活生生的例子在这。卫三也是后面起来的,实力有多强,有目共睹。

"姬初雨必赢!"卫三笃定道。

"山宫波刃实力不差,我赌他赢。"宗政越人站在旁边道。

"姬初雨赢。"

"山宫波刃赢。"

两个人谁也不让谁,最后围观的人开始分成两波对喊。

姬初雨看着带头喊他名字的卫三:"……"

霍宣山抽空对外围的卫三喊:"我呢?"

"没你,我们只押他们两个。"卫三十分无情道,真的一点友谊都不剩。

对战中,山宫波刃确实和以往相比,实力大大提升,不再是那个需要和妹妹联手才能对付3S级的人。且他挥鞭角度相当刁钻狠辣,是长期压抑突然爆发的征兆。姬初雨作为大赛初始便被所有军校的单兵视为强敌的人,各种招式早被拿出来研究过,现在被山宫波刃压着打。

他速度快,山宫波刃的速度更快,还有体型上的优势,两人一旦距离稍微拉开点,姬初雨立刻被山宫波刃的鞭子抽中。

眼看着接下来姬初雨必输无疑。

"早知道押山宫波刃了。"肖·伊莱蹲在下面道,不过很快他又高兴了,站起来对卫三道,"恭喜你以后又多了一个对手。"

卫三无动于衷,反问:"你真认为姬初雨会输?"

肖·伊莱愣住,扭头看着场内,半天喊了一声:"别虚张声势,肯定是山宫波刃赢。"

姬初雨都被打得毫无还手之力了。

卫三不再说话,安静看着场内的两人对抗。

过了一会儿，宗政越人忽然道："山宫波刃要输了。"

肖·伊莱："？"怎么回事？刚才宗政越人押的明明是山宫波刃赢。

他瞪大眼睛，盯着场中这两人看，果不其然，看出一点门道来。

表面上姬初雨节节败退，但实则他在保留实力。反观山宫波刃，不知道什么原因，出手太快，收势不够好，积累的问题越发多。

现在姬初雨隐隐有反击回来的迹象。

别的人或许不清楚，卫三却再清楚不过了。山宫波刃作为一个超3S级，不掩藏自己的实力确实很强，但或许是之前要彻底瞒住所有人，所以山宫波刃一直在压着实力训练，现在突然爆发，反倒有些生涩。姬初雨从一开始便察觉到这细微的差别，所以一直示弱，没有让自己成为他的磨刀石。

而现在，机会来了！

在山宫波刃又一鞭子朝他甩来时，姬初雨一个侧身，伸手直接抓住他的鞭子，用力一扯，两人距离瞬时拉近，姬初雨挥刀猛然砍在山宫波刃肩膀上。

围观众人顿时嚯的一声，这可是实打实的伤害，刀面都砍进去一大半了，山宫波刃机甲绝对受创严重，尤其是那边手臂活动情况，大大受阻。

进步了。

宗政越人望着场中的姬初雨，比起以前的骄傲自狂，他学会了收敛。

"啧。"卫三站累了，也蹲了下来。

旁边蹲回来的肖·伊莱扭头见到她，顿时往另一边悄悄挪走，虽然最开始他们一起喊着姬初雨赢，但是他，还是很讨厌卫三！

"你干吗？"另一边蹲着的廖如宁转头盯着快要撞上自己的肖·伊莱。

肖·伊莱："……"糟了，两边都是讨厌的达摩克利斯军校的人。

"砰——"

机甲砸在地上的巨响吸引了所有人的注意。

是山宫波刃倒下了，他跌出比赛圈，输了。

姬初雨的机甲也没有好到哪里去，到处是鞭痕，防护甲上不少裂痕，但他还在圈内。

卫三视线往地上的机甲移去，这是初期，等山宫波刃习惯，后面绝对会更强。

"他输了，姬初雨赢了。"肖·伊莱在旁边掰着手指算，"雨林赛场我们都输给了山宫波刃，所以姬初雨能赢我们。卫三又赢了姬初雨……"

要死，卫三这么厉害？岂不是能打塞缪尔好几个？

肖·伊莱不由得偷偷盯着卫三看。

一队只剩下两个人，对方三人皆有战斗力，毫不意外这场比赛是哪支队伍能赢。

从机甲舱内出来的山宫波刃，第一眼不是看着姬初雨，而是看向卫三。从山宫扬灵那边得知卫三是超3S级后，他们兄妹对标的一直都是卫三，没想到这次不隐藏实力，反而被姬初雨打败。

丢脸，这是山宫波刃唯一的想法。

随后他低头紧握自己的机甲，还不够，这架机甲还不够他完全发挥实力。

"没关系，仆信说了，我们太长时间没有用3S级机甲训练，面对姬初雨这种，出现这种情况正常。"山宫勇男站在他旁边安慰道。

"卫三机甲也没有用多久。"山宫波刃低声道。

"她和我们不一样，你忘了，她会构建设计机甲。"山宫勇男无奈道，"机甲师和单兵对机甲接受和了解的程度不同。"

这样的卫三简直是无敌的存在。

众人需要花多年才可能和机甲达到最佳契合，偏偏卫三却能超越时间，凭借机甲师对机甲的了解，迅速掌握机甲。

"我知道。"山宫波刃眼睛微眯，还有时间训练，作为组织内第一批超3S级单兵，他绝不会输给卫三。

霍楚走过来宣布赢的队伍，立刻让第二组上来。

这组有卫三，按理说，应该是碾压式胜利，但是在对手队伍全攻她时，她两个队友不配合。

霍子安在沙漠赛场和卫三结仇，到现在还被分配到一个队，压根不想搭理卫三，至于吉尔·伍德，不知道为什么，对卫三也不喜欢。

"等等。"卫三对着习乌通三人道，"我先和队友说几句话，再来打行不行？"

习乌通、霍剑都不是话多的人，唯一善良一点的昆莉·伊莱好声好气道："不行，卫同学，我们正在比赛呢。"

卫三："……"一直以来，这个"呢"是她用来阴阳怪气别人的！

"我们是一队，你们不过来帮忙？"卫三躲过霍剑的攻击，乘机问两位队友。

"无所谓输赢。"霍子安冷冷一笑，"我只想看你倒霉。"

"……"

卫三看着围过来的三人，压根不动弹的两个队友，干脆喊了一声："那我这场认输，你们放我过去收拾队友。"

"不信。"习乌通毫不动摇。

"教官做证。"卫三指着场外的霍楚道。

对面三人犹豫，最终点头同意，放卫三过去。

第 229 节

"卫三,你什么意思?"霍子安万万没想到她会直接说认输。

"意思是我现在要打你们。"卫三说罢直接朝霍子安和吉尔·伍德冲过来。

这下子轮到霍子安和吉尔·伍德急了,原本只是想看卫三出丑再动手,未料到她来这一套。

现在场中一支队伍窝里斗,一支队伍站在旁边看戏,也算是头一遭。

"你真的不怕输?"霍子安躲开卫三的攻击,质问道。

"输了就输了。"卫三学着刚才他们的语气,无所谓道。

被迫无奈,霍子安和吉尔·伍德只能联手对付卫三,二打一,却偏偏占不到优势。

卫三下手又狠又黑,她招式本来就又乱又多,和沙漠赛场相比,简直一个天一个地。

也是,机甲都换了。

霍子安艰难地躲开攻击,被铺天盖地的桎梏压制得喘不过气来。

她太强了。

那种无力感骤然浮上霍子安心头,偏偏卫三这次不是求胜求快,没有用之前对付姬初雨那种拆卸机甲招式,而是实打实地对招。

训练场原先因为这场闹剧感到好笑的众人,脸上神情渐渐收起,周围安静下来。

卫三实力强,是公认的,毕竟能打败宗政越人和姬初雨,她的实力足够得到证明,但其一,她的机甲有紫液蘑菇的加成,其二,卫三取胜的情况基本是对他们机甲做了手脚。

观察那么多比赛,可以很明显地发现一件事,卫三不喜欢主动出击,而是观察,如今卫三机甲师的身份暴露出来,众人再一联想她之前的比赛,显然是吃了机甲师的红利,了解机甲弱点,有效拆除能源,才打败姬初雨。

在目前众人眼中,她的战斗力其实掺了点水分。

现在再看卫三对战霍子安和吉尔·伍德,往常的吊儿郎当,各种手段不见了,只有一把须弥刀。

仅靠着这把刀便压得两个人连喘息的时间都没有。

"卫三!"霍子安的头被她踩在脚下时,不由得怒吼一声,"你不要太过分!"

卫三嗤笑一声,弯腰抬脚。

霍子安立刻想要起来，结果卫三直接伸手再次按住他的头压在地面之上，发出重重的撞击声。

"我还能更过分点。"卫三像拍皮球一样，拍着霍子安的脑袋，"我用 A 级机甲都能让你着道，现在 3S 级机甲，还敢和我对着来？"

霍子安被不停撞在地面，头都快被撞晕了，话也说不出来。

吉尔·伍德想要乘机攻击她，卫三一脚把霍子安踢出圈外，正好对着宗政越人那个方向，留下一句："你们平遥院的人都这么能记仇？"

罕见地，宗政越人神色平静，没有任何波动。

站在圈内，卫三盯着吉尔·伍德，这才是她的目标。

进化后的 3S 级单兵，她很想真正见识一下对方的实力，和一直处于 3S 级的人有什么区别。

两人猛然互相攻击，卫三矮身躲开她的不动斧，瞬移到背后，挥起须弥刀朝她砍去。

刀划过半空，发出极尖锐的破空声，呼啸而过。

吉尔·伍德耳朵一动，脚步微转，手臂甩到不可思议的角度，不动斧挡住卫三的须弥刀。

挡不住！

在接触到须弥刀那瞬间，吉尔·伍德第一反应便是这个，她眯眼，做出要全力抵挡的样子，下一秒却突然往后撤，躲开卫三的这一刀。

卫三没有紧追上去，看着她动作，操控机甲的瞬移和骤停都算优秀，不比其他 3S 级水平差啊。

看来她进化得不错。

卫三握着刀柄，微微转动，瞬间朝吉尔·伍德冲去。

两人用的都是近战武器，一旦拉近距离，刀斧往来，没有一招是虚的。

作为重型机甲单兵，吉尔·伍德每一次挥不动斧的力度都极为强悍，卫三虎口甚至被震得发麻。

不过……也仅此而已了。

卫三的速度猛然加快，吉尔·伍德压根没有看清她的动作，明明之前还在对面，再转头只见到她站在自己侧方。

……怎么不打了？

吉尔·伍德诧异想道，卫三站在她旁边干什么？

"卫三，够了！"霍楚突然出声阻止。

教官在说什么？

吉尔·伍德有点迷糊，她转头朝霍楚那边看去，发现周围的人目光都聚集在一处，下意识地低头看去。

卫三的刀什么时候刺进来了……

"疯了吧。"肖·伊莱抬头看着吉尔·伍德机甲舱被插个对穿，吓住了。

联合训练而已，她真的敢动手。

等等，联合训练死伤不论，卫三居然真的敢乘机动手？！

不光是肖·伊莱，周围的人都被惊动了。

"没伤她的人。"卫三猛然抽出须弥刀，淡淡道。

机甲舱虽然被捅穿了，但吉尔·伍德确实没有受伤。

只不过单兵的感知一直连接着机甲，卫三这么一刀进去，就相当于在吉尔·伍德身上插了一刀。尤其机甲舱相当于单兵的心脏，吉尔·伍德已经晕了过去。

霍楚让人把吉尔·伍德带出来，看了卫三一眼，才宣布习乌通那队赢了。

卫三若无其事地走出来，完全不像刚刚才刺穿别人的机甲舱。

旁边的肖·伊莱也罕见地管住了自己的嘴，没有去惹卫三，不知道为什么他觉得卫三是想杀了吉尔·伍德的。

"这个角度掌握得不错。"最边缘的围观老师，看着吉尔·伍德毫发无伤地从机甲舱内下来，夸道。

"卫三今天下手过分了点。"

"之前不是都说了联合训练死伤无论？"解语曼虽然被卫三今天这突然的狠厉吓一跳，不过她的学生还是要护着。

应星决站在边缘最角落，安静地望着远处正在和廖如宁说笑的卫三，手指微蜷。

她情绪不对。

"接下来轮空那组上来抽签。"霍楚拿回两组胜利的签子，让肖·伊莱抽。

最后一组是宗政越人那队和姬初雨那队对抗。

这是头一次，宗政越人对上姬初雨，两人直接对上。

达摩克利斯军校的两个单兵都在场上，卫三也没有再搞下注，站在一旁看着。

这两队各方面实力上算势均力敌，比起前两组对打，看起来会更紧张一点。

卫三低头看了一眼震动的光脑，是应星决发来的消息，幸而是隐私状态，没人知道她在看什么。

应星决："刺吉尔·伍德之前你在想什么？"

他在训练场的休息处，和那些围观的老师站在一起，卫三知道，上午进来之前她见到了。

　　她没有回头，垂眼给他回消息："自然是打败她。"

　　应星决没有回复，显然他现在无法看到卫三发的消息。

　　场内宗政越人和姬初雨的对抗格外漫长激烈，两人皆拿出自己最好的状态。

　　对面还在训练的金珂分出心思瞄了一会儿，对旁边应成河道："宗政越人和姬初雨似乎都有进步。"

　　到底是天之骄子，一旦愿意放下骄傲，正视自己的问题，实力便能进一步提升。

　　这两人打得难分难舍，那边霍宣山先拉开和肖·伊莱的距离，来帮姬初雨了。

　　有了他的加入，姬初雨自然得到助力，压了宗政越人一头。

　　没办法，肖·伊莱只能主动和廖如宁合作，对付山宫勇男，他想着自己这边先赢，立刻去帮宗政越人。

　　只是他没料到二对一，山宫勇男居然能扛得下来。

　　"什么情况，你哥变强了，你也变强？"肖·伊莱不可置信地问道。

　　廖如宁挥刀挡过山宫勇男的招式："……你们指挥没和你说？"

　　肖·伊莱不明就里："和我说什么？"

　　算了，廖如宁也腾不出空和他说话，专注对付山宫勇男。

　　最后是宗政越人先没有扛住，姬初雨和霍宣山联手，的确够强。

　　轮空的这队输了。

　　姬初雨半跪在地面上喘气，没有霍宣山的加入，他要想打败宗政越人，机会对半开。

　　所有人都在进步……

　　他扭头看向圈外的山宫波刃，今天这场是自己算计好对方的弱点，下一次结果就不一定了。

　　"今天上午训练到此结束。"霍楚依然是原来的样子，毫无波动道，若不是之前喊卫三停下，众人可能真的以为他没有任何情绪。

　　训练虽然结束，众人却没有急着走，还等着机甲师来修理机甲的破损处。

　　卫三自己不动手，把无常的维修赖给应成河，要坐在旁边休息。

　　正好路过吉尔·伍德，她抬手打招呼。

　　吉尔·伍德退后一步，避开卫三的眼神。

　　卫三也不在意，往霍宣山和廖如宁那边走去，坐下休息。

　　"她什么情况？"应成河看着三架机甲，困惑了。除去赛场中，往常卫三哪次不是争着抢着要搞机甲，这次居然把无常丢给他来修。

"大概是累了，我先去帮她拿快递。"金珂说完便往外走。

应成河皱眉，觉得金珂说错了，他不知道身为一个机甲师的信念，机甲当前，决不会说累。

更何况，这就累了，那以前卫三根本不会拼命熬夜也要学机甲知识了，这位当初可是为了设计好用便宜的武器，把图书馆内的各种书都看了一遍。

应成河朝卫三那边看去，发现她已经闭上眼睛，靠在墙上睡着了。

真累了？

应成河只好埋头去修机甲，正好他对无常也喜欢，平时只有在赛场才有机会碰，今天多看几眼。

晚上休息沐浴时，应星决才有机会拿出另一个光脑，打开看卫三发来的消息。

他看完之后，垂眸片刻，才继续发了一条。

应星决："吉尔·伍德的数据我曾经看过，很普通的双 S 级，我找不到她进化的依据。或许你们可以从独立军那边入手，查清楚她的情况。"

他没有戳穿卫三的话。

第 230 节

中午金珂帮她拿到师娘寄过来的那支营养液后，他们训练到晚上十点才彻底有空。

正好借着检测身体的由头，去找井医生。

井梯已经习惯每次卫三过来，后面都要跟着一串人。

"先坐。"井医生抽空扭头道，他手里头还有点事要处理。

几个人挤在一张长椅上坐下，廖如宁直接坐在应成河和霍宣山的腿上，营养液从金珂那边传到卫三那儿。

井医生正好转头过来，看着卫三："手里拿着什么东西，这么神神秘秘？"

卫三起身，走到他桌子面前："井医生，有件事想请你帮忙。"

井梯坐下来，诧异问道："什么事这么神神秘秘？"

"检测这个。"卫三将手里那支营养液放在他面前，"不过井医生检测出来的结果不能告诉任何人。"

井梯视线落在桌面上的这支营养液，片刻后抬眼："我一个医生，为什么要有事没事地把检测结果到处宣扬？"

"我们只是不希望被任何人知道，包括老师们。"金珂走了过来，"井医生知道这支营养液？"

"通选公司 F-1376 批营养液。"井梯拿起这支营养液，"你们哪来的？"

这批营养液正是当年销毁的那批，按理说早被处理完了。

井梯扫了五个人一眼，把除卫三外的其余人排除，这四个人平时明显不会接触这种普通营养液。

"你哪来的？"井梯知道卫三以前喝过这批营养液，不过这都多少年了？

卫三随口道："以前怕饿，一直留着一支，结果没用上。"

她语气轻淡，好像在说一件再寻常不过的事，没有什么起伏，好像只是孩提期藏了一颗糖果这么简单。

井梯眼神闪了闪，最终答应下来："行，我会对这支营养液进行检测。不过你们为什么突然想起要检查这个？"

"以前新闻不是说这批营养液缺少营养成分？后来应星决又说这批营养液并没有缺，只是当时一起毁了。"卫三道，"但医生你检查我身体数据，依然发现营养不良，所以想看看这个营养液到底有没有问题。"

"行，我帮你查。"井梯把营养液放到旁边的盒子内，"先看你身体最近的数据。"

大概一个小时过去，井梯看着手中最新的身体检测数据，问卫三："对了，上午你干了什么？我看你情绪波动有点大。"

"情绪波动大？"金珂率先挤过来，"她在训练，和之前相比如何？"

"和之前的直线到底不同。"井梯把数据图翻给几个人看，上午九点半左右，卫三感知和情绪都在上升，幅度不算大，但确实动了。

正常人一天之中，情绪总有上下起伏，这种幅度的上升再正常不过，但卫三不是。

根据井梯几个月的观察，卫三每天的感知和情绪基本都是笔直笔直的一条，要么就是大爆发，像这种正常起伏实在罕见。

井梯关了光脑道："根据血液检查的结果，你身体在好转，有可能是这个原因。"

例行的常规检查结束后，五人才离开。

井梯则在医务室花了很长一段时间将卫三所有数据进行汇总，一直到了深夜，最后才起身打开盒子，将那支营养液拿出来。

这么多年过去，营养液最上面一层的标签早泛黄。

井梯摇了摇这支营养液，看着里面的颜色，低声笑了笑：所以这就是卫三讨厌草莓味营养液的原因？

笑完之后，井梯脸色又重新淡下来，既然她要检查营养液，那就帮她检查。

生活在那种环境，好不容易走到现在，他愿意伸手帮一把。

回到寝室，卫三见到应星决发来的消息，还在想怎么回复，外面有人敲门。

"是我。"金珂敲完门道，"进来了。"

"有吃的？"卫三放下手，扭头问金珂。

"都过了十二点，吃什么东西。"说完金珂把门关上，认真问道，"今天上午九点半左右，你是在和吉尔·伍德对战？"

"大概，记不清了。"卫三看着金珂，"你不是在做抗风训练，怎么还有心思关注我？"

"别扯开话题，卫三你平时什么样，瞒得过别人，瞒不过我们几个。"金珂瞪了她一眼。

"行行，是和她对战。"卫三承认道。

怎么一个两个都看出来了，应星决没继续问，金珂反而直接找上门质问。

"上午什么情况？"金珂盯着卫三，不放过她脸上任何神情，"你直接刺中机甲舱，我就觉得不对劲。"

卫三和人对战时，一般都喜欢先拖一段时间，观察对方招式和机甲使用状况，后面才偷懒破坏机甲部件，对她一个机甲师而言，既可以验证对机甲的熟悉程度，又能快速赢得胜利。

而不是上去真刀真枪地动手，最后还直接刺穿了对方的机甲舱。

再加上刚才医务室内数据检测波动的佐证，金珂才直接过来问。

卫三靠在桌子前，道："不太喜欢她。"

金珂一愣，随后问道："像以前的丑医生那样？"

"不是。"卫三摇头，"说不清，很复杂。"

原本和吉尔·伍德对战，卫三是想要看看进化后的单兵和使用越级机甲的单兵有什么不同，结果一打起来，她就开始不耐烦，心中不停地涌现出烦躁的情绪。

"按理说吉尔·伍德是他们那边的人，也不可能是感染者。"金珂皱眉道。

"刚才应星决给我发了消息，说找不到吉尔·伍德进化的可能性，让我们从独立军这边入手。"卫三抬手打开光脑，让金珂看消息。

"按照理论，进化一般会发生在顶尖那批人身上，吉尔·伍德确实奇怪了点。"金珂想了想，"或许是进化的问题，导致你对她感官不好。超3S级比其他人更敏锐。"

"你忘了一件事。"卫三提醒,"我血液里的黑气。"

"胡说八道什么。"金珂打断不听,"早点睡觉。"

"不是你非要我……"卫三下意识地跟在后面和他说,结果金珂直接打开门出去,啪的一声关上门,差点打中她鼻子。

卫三坐下来,过了一会儿才回复应星决,说知道了。

这几天训练,单兵除了爬墙就是机甲对抗,霍楚一直没出手指导,机甲对抗接连随机分配了三天,大部分单兵都和不同军校的人合作过,除了第一天卫三那场,队友打队友外,其他人还算配合。

机甲对抗的第三天,卫三又对上了吉尔·伍德,依然是快速解决对方,甚至这次直接割断了她机甲的头。

卫三握着须弥刀,有点急躁,显然她潜意识里对吉尔·伍德非常不耐烦。

"卫三,她都快输了,你下这么狠的手?"肖·伊莱站出来道,十分看不惯卫三的行为。

"技不如人,怪谁?"站在旁边的霍宣山直接回了过去。

在场的霍家人,包括教官霍楚:"……"达摩克利斯军校到底是什么大染缸,以前的霍宣山明明是个谦逊世家子,现在怎么这样了?

"本来联合训练死伤不论,吉尔·伍德还没死,就是死了,今天也是她不行。"廖如宁挤过来道。

肖·伊莱被两人堵得话说不出口,他自然知道规则,不过之前卫三都不会下这么狠的手,结果对上吉尔·伍德两次都这么狠,有一种既定形象的破灭,他才忍住没问出来。

卫三从机甲舱内出来,淡声道:"早打完,早吃饭。"

肖·伊莱:"……一天到晚就知道吃。"

"伊莱兄,我听得见。"卫三指了指自己耳朵。

明明语调用词都和以前没差,但肖·伊莱闭嘴了,不知为何,他觉得现在的卫三特别凶。

"行了,待会儿让你们机甲师修整,先集合。"霍楚喊道。

所有人排队站好后,霍楚才开口:"你们的训练到此结束。"

众人诧异,十天的训练期才过去了六天,还有四天。

"接下来四天,我和一众老师,会和你们进行团体的较量,同样组成随机队伍。"霍楚道,"好了,解散。"

说是解散，机甲师们都还留在这儿修整单兵的机甲。

吉尔·伍德被扶着坐到一边，她还没有完全从刚才的情况中恢复过来，靠在椅子上，低头伸手摸着自己的脖子。

她旁边站着塞缪尔军校的队员，显然在安慰吉尔·伍德。

"水。"霍宣山老远扔了一瓶水给卫三，才走过来和她一起坐下。

卫三若无其事地拧开瓶盖喝水。

达摩克利斯军校除了应成河在检查机甲，其他人都依墙而坐，卫三从口袋里摸出一支营养液，倒进嘴里，算是填了点肚子。

"还有四天训练时间，教官也没指导过我们，直接让我们和老师对战，未免草率了点。"廖如宁托腮道。

"这次训练不再是纠正单兵的战斗意识，而是培养团队合作。"金珂仰头道，他看了这么些天，已经看出了门道。

这训练团队合作不是和自己军校的队友，而是和其他军校单兵快速达成一定的默契。

金珂这次没有再问卫三的情况，只是和他们讨论接下来和老师对战的要点。

医疗室，井梯刚刚拿到完整的营养液检测单，前面几页都是测试营养液的元素成分。

显然这支营养液的成分没有少，完全符合营养液的标准。

既然营养成分不缺失，卫三喝了，怎么会营养不良？

井梯转身打开存储盒，里面还有半支营养液，他手撑在盒子上，或许……这里的仪器检测不到。

第231节

第七天。

军校生和教官之间的团体较量。

教官为首的自然是霍楚，他们要和五支随机分配的单兵队伍比。

这些单兵之前不是没和教官们对抗过，有时候老师反而会吃亏，但现在这种团体对抗还是头一遭。

第一支队伍便是卫三和姬初雨以及习乌通，全员中型机甲单兵。

这种单一机甲类型的团队比其他全员类型的团队要稍好一点，至少短处不会太明显，远近战都可以。

霍楚转头点了两个重型机甲老师过来。

因为老师们要上场，机甲师和指挥都不用训练，可以过来围观。

大赛已经比完了一半，所有单兵实力都有不同程度的进步，按理来说这时再对上老师，不会有以前那么吃力。但对抗赛开始后，卫三他们居然逐渐落入下风。

"三个人合作不习惯，又全是中型机甲单兵，配合起来没有以前方便。"金珂蹲在旁边，一边录着一边分析道，"教官在队伍内没有那么突出，但却一直带着另外两个人的节奏。"

这种团队合作时间太短了，稍不留神便有漏洞出来。一旦军校生这队熟悉教官的打法，对面立刻换了人。

比到后面，习乌通被挑了出去，姬初雨也即将被挤出圈外，至于卫三，她被霍楚按在地上，动弹不得。

无常机甲坚固，霍楚不怎么用武器，本身又只是比赛，他纯用招式和力度，压制卫三。

机甲脸贴在地上，机甲舱内的卫三瞬间感受到地板的冰凉，她透过视窗，望着远处围观的应星决。

作为一个超3S级被教官这么压着打，罕见地，她觉得此刻有点丢脸了。

"认不认输？"霍楚问道，他旁边多了一个人，是刚才对付习乌通的老师。

卫三还没来得及回答，便被霍楚抓起来摔在地上。

"……"

她都没说话，为什么就开始动手了？

卫三正要一个鲤鱼打挺起身反抗，姬初雨一只脚出线，与他对战的老师转头围了过来。

三个老师对她一个。

"……我认输行不行？"卫三不想打了。

她刚说完，霍楚一脚就踹了过来，就在卫三以为自己要飞出圈外时，另一位老师挡住了。

"你面对敌人就是这个态度？我听说之前你打赢了习浩天。"霍楚慢慢站在卫三面前问。

机甲舱内，卫三捂着肚子半天，才从那一脚中缓过来，不得不说霍教官每次动手都比之前的老师狠。

"教官，没打赢，我和习主解只是过了几招。"

"看你这个样子也能猜到，多半是要心眼赢了他几招。"霍楚站在卫三面前，

322

"起来。"

卫三依言要站起来，才刚站稳一只脚，霍楚便又踹了过来，她只能跪下来，双手撑地才不至于往前倒。

然而下一秒，霍楚的脚抬高，悍然踩在她肩背上，直接让卫三再次狼狈趴在地面上。

卫三趴在地上，自尊心倒是没有受挫，她只是在想刚才习乌通和姬初雨怎么被弄出去的。

但落在霍楚眼中，这位就是放弃反抗，没有一点战斗意志。

不爽。

霍楚现在心里对这个单兵十分不爽，明明实力可以，怎么像条任人宰割的咸鱼。

"起来。"霍楚再一次道。

"不起。"卫三理不直气却壮道。

霍楚朝旁边两个老师使眼色，接下来卫三被两个老师一人一只手臂抬了起来。

眼看着教官一脚要对着自己踹来，卫三再不能坐以待毙，被拉开的双臂猛然一振，甩开旁边两位老师。

就地往左边滚去，躲开了三个人的攻击。

"你出局了！"圈外的肖·伊莱对卫三喊道。

"……"卫三缓缓低头看着自己脚下，机甲的脚后跟踩了一半红线。

刚刚她是真的准备反抗，没有半点出局的意思。

半响，霍楚压抑声音道："滚出去，下一队直接上来。"

卫三只能收了机甲出来，刚一出来就被解语曼叫了过去。

"刚才被教官压着打什么感受？"解语曼问她。

"值得学习。"卫三说得光明正大。

解语曼摇头："他们三个人不是标准队形，但配合比你们好太多，所以才能压着你们打，这些都是以前在战场上用命换来的经验。刚才姬初雨如果找机会帮他最近的习乌通，两个人还能撑一段时间。不过你……刚才算是彻底得罪了霍楚，他最讨厌没有战斗意志的人。"

卫三："……"她刚才走神了，没注意到红线的位置。

"前几天，有老师说你表现不错，下手利落。"解语曼看着卫三，"我却觉得你前几天表现一般，卫三，拿出以前的状态。"

无论是当初的 A 级校队成员，还是升为主力队成员后，卫三一直都有一种松弛自如的状态，而不像现在这样，一时下手准快，一时又丧失战斗意志。

"过去看比赛吧。"解语曼心中叹了口气,"你看看接下来霍楚对其他人,注意观察他的收势。"

卫三依言转身走到圈外,霍宣山站在旁边拍了拍她肩膀,没有多话。

第一场的比赛时间就持续了两个多小时,霍楚和两位老师喘气的时间都没有,直接和第二队对上。

一开始卫三观察他收势还没发现多大问题,等到第三队上场,她才发现一些东西。

军校生的力度收不回来,泄力的地方太多了,反观霍楚和两位老师,每一次的招式后,力势都能收回来。

难怪到现在不休息,还能保持巅峰状态。

卫三渐渐正色看着场中的比赛,军区队伍向来被称为战争机器,明明是同样的等级,但军校和军区的单兵有着天壤之别。

或许这就是其中重要的一个原因。

五支队,整整一天的较量,对教官们而言,是一天的车轮战。但居然没有一队能突破他们防线。

个别军校生单兵强,但一个队不是只有一个单兵,还有其他人,一旦其他人被踢出局,接下来剩下的人面临的是三位教官的绞杀。

不是不知道要合作才能赢,但众人默契不够,总能被教官们找到弱点。

"差劲。"

对抗结束后,霍楚从机甲舱内出来,第一句话便是这个。

随后他视线落在卫三身上:"有些人大概是来混日子的,仗着有点实力,便以为能一直混过去。明天同样的团体赛,再让我见到有人不上心……"

霍楚冷笑了一声,其意思各自领悟。

解散后,卫三跟着金珂他们一起往外走,刚走到门口,便听到应星决的声音。

"对战开始喜欢观察的习惯你该改改了。"

卫三扭头对上他的眼睛,半点不惊讶应星决知道自己习惯,她诧异的是为什么他要当面说出来。

身后负责监视的人都已经上前,要阻拦两人视线对接。

"我没有和帝国军校的人说话。"应星决退后一步,淡淡道。

"达摩克利斯军校的人也不行。"负责监视的人一板一眼道,"我已经问过上面的人。"

"那我们不说了。"卫三朝应星决挥手,扭头往外走去。

负责监视的人："……"下次得问清楚如果和达摩克利斯军校的人说了有什么惩罚。

总感觉不能让应星决和达摩克利斯军校的人接触，尤其是这个单兵。

第二天的较量赛，原本霍楚准备好好教训一顿卫三，结果随机分配居然把达摩克利斯军校三个单兵分到了一起。

"他们队默契向来不错。"一名老师道。

"再默契也只是第一年的军校生。"霍楚看过他们的比赛，自然知道，不过这不妨碍他教训没有战斗意志的人。

想必一遇失败，对方又会和昨天一样放弃。

说到底，卫三不过是在赛场内没有遇到什么失败而已。

第232节

在和第二队对战完，轮到卫三那队时，霍楚特意换了老师，是完整的轻中型机甲单兵。

显然，霍楚知道达摩克利斯军校这三人凑在一起的默契，其他人不愿意配合卫三前期的习惯，但霍宣山和廖如宁这两人绝对会先为卫三争取一切机会。

所以这场比赛，霍楚不想给卫三任何机会。

联合训练最重要的目的便是要让这些军校生知道合作，而想达到合作最好的效果，个人势必要学会牺牲。像卫三这种毛病，不治，将来只会拖累他人。

果不其然，一上场，霍宣山和廖如宁便被另外两位老师拦得死死的，压根不给他们机会去帮卫三。

"优秀的单兵不光要个人实力强，"霍楚和卫三对立，刀刃在半空中相抵，他的话随之落耳，"还要学会配合队友。"

"教官，给个机会。"卫三语调散漫，如果能忽略她此刻屈膝抬高朝前用力撞去，倒像是闲谈，"让我配合队友。"

霍楚没有躲开，径直抬膝和她对上，训练场内圈瞬间发出机甲撞击声。

膝盖和膝盖的撞击，不用说，在场没人不知道这种酸爽感受，光是看一眼，便感同身受。

不过两位当事人，正在对战中，似压根感受不到这种疼痛，只在想下一招该如何用。

霍楚和卫三互相击中对方膝盖，收刀后退，霍楚一把刀戳在地面，另一条腿猛然扫向对面卫三的脑袋。

如果被踢中，她会陷入短暂昏厥中，卫三下意识地上半身侧偏，同时抬刀挡住他踢来的一击，再伸脚攻击对方下盘。

机甲舱内的霍楚冷笑一声，太嫩了，单单转守为攻还不够，他的刀由下至上猛然砍向卫三，在她试图抵抗时，他另一只手却比刀更快，直接将她击中。

教官全力一击，卫三不由得踉跄后退，勉力挥起手中的须弥刀，想要抵抗他紧随其后砍来的一刀。

电光石火之间，霍楚瞳孔放大，她挥刀的姿势不对！

"不好！"蹲在地上的肖·伊莱看着场中情形，不由得蹦出一句。

卫三的刀飞了，本来众人都等着她抵抗教官的一刀，结果她挥刀往后一扔，须弥刀变成扇形刀，砍中了背后和霍宣山对战的老师身上。

霍宣山擅用冰箭，远程攻击，所以老师一直拉近两人的距离，不让他发挥自己最擅长的一部分，场中另外两个军校生，一个被霍教官教训，一个是重型机甲单兵，根本不用担心。

这位老师专心对付霍宣山一个人，谁能料到场内还有个人直接扔刀过来，这难道不就相当于半个远程攻击？！

卫三这一扔刀打岔，霍宣山得了机会，直接近身反击，老师接连败退。

不过这也需要付出代价，卫三被霍楚硬生生砍了一刀，但她算准教官没有全力下手，无常承受下这一击，最多她人受点伤。

"卫三，接着！"霍宣山从老师身上把两把扇形刀拔出来，往她那边一扔。

卫三矮身就地一滚，接回自己的刀，她抬头看着霍楚："教官，你们的配合也不是无懈可击。"

"倒是会算计。"霍楚握刀竖立眼前，气势开始不断往上拔高，场中威压越来越重，"不过，也到此为止。"

两人相隔不远，明明旁边还有正在酣战的四人，众人的大半目光却被卫三和霍楚吸引去。

训练场窗外有只鸟飞过，似是被场中的巨响惊住，展翅逃开。

场中，卫三和霍楚已然交手数招，刀刀相对，没有任何机会可以耍技巧。

他力道太强了。

卫三不动声色地松了松手，以缓解阵痛。

…………

"出局了一个。"姬初雨看着被霍宣山压着打出线外的老师，明白场中卫三的打算了。

她从一开始就没有想和霍教官硬扛到底，霍宣山赢了之后，两人便能联手对付。

"这次不是个人秀，配合才有赢的可能性。"高唐银对剩下还未比赛的人道。

一般情况下场中二对一，那个"一"最终都会输，只不过时间早晚而已。但教官到底是教官，各种手段招式层出不穷，每一次眼看着卫三和霍宣山快联合险胜，霍楚又能从中破招。

"你们为什么还没完？"廖如宁累得够呛，他还以为卫三和霍宣山很快就能来帮自己，结果现在僵持不下。

"再等等。"卫三越打越兴奋，教官身上有太多可学的了。

不知道他是怎么做到让机甲发挥到百分之一百，却不损坏机甲的。

"确实有点本事。"霍楚抬手擦掉嘴边的血，看着卫三和霍宣山。

不愧是军区中公认默契最好的军校团队。往年军校这些年轻的学生因为出身够好，实力强，表面看着是一队，实则谁也不服谁，合作虽是合作，却不够默契。要经过生死，他们才能理解。不少人得到了军区，面对真正的战场才能找到这一点默契。

大赛的情况，各军区都在关注，毫无疑问，论团队，达摩克利斯军校绝对最合格。

现在看来……不只是合格而已。

霍楚越发力竭，拼尽全力，要躲过霍宣山的冰箭，同时避开卫三的攻击，最后他没有想到，卫三会用刀将霍宣山的冰箭打过来。

那支冰箭经过卫三加成，力度顿时翻倍，射穿了霍楚肩膀。

目的不是伤他，而是……让霍楚出线。

达摩克利斯军校赢了。

金珂见到霍楚被冰箭打得退后几步，半个脚后跟出线时，顿时双手鼓掌。

"喊，不就是运气好抽中了队友。"肖·伊莱不屑道。

"伊莱兄。"金珂扭头，"记得你要请我们全队吃饭的事，联合训练快结束了。"

肖·伊莱："……"

一群臭要饭的！

这场过后，霍楚没有急着下一场，而是宣布暂时休息。

"卫三，你跟我过来一趟。"霍楚直接点名道。

"教官该不会想乘机报复吧。"廖如宁在旁边低声道。

"不至于。"卫三跟着走了过去。

两人走到训练场最边角一处，确保其他人听不见。

"听说你兵师双修。"霍楚转头对卫三道。

"……是。"卫三不明白霍教官什么意思。

"昨天晚上有人告诉我,你喜欢观察机甲,所以一开始总是进不了战斗状态。"霍楚之前以为是卫三战斗意志不强,才会总是进不了状态,现在看来不是,而是这位潜意识里把机甲师看得比单兵重。

卫三沉默,事实上她一直没觉得这是个问题。

"教官,我会好好改正的。"片刻后,卫三真诚道,就差没举手发誓。

霍楚冷嗤一声,摆明不信:"他还说你这是老毛病。"

"他?"卫三愣了愣,在想霍教官说的那个人是谁。

"你别管这个。"霍楚瞥她一眼,"卫三,你要想明白一点,从进入战斗机甲那一刻起,你就是单兵,而不是机甲师。不若,还是趁早放弃当单兵,去当机甲师,相信也有军区会要。"

卫三想了想自己只做机甲师,而不用战斗机甲的情景,立刻道:"教官,我当单兵。开始反应慢的毛病,我会慢慢改正,和星兽对上的时候,绝不会这样。"

毕竟星兽都没机甲用。

霍楚盯着她看半响,最后压低声音:"你或许还没想明白,将来我们的战场在哪儿。"

卫三一怔,扭头看向教官,却见霍楚已经抬步离开。

他这话……什么意思?

休息时,场内又开始比赛了,卫三站在圈外,眼睛虽落在场中,但却没入心。

时间久了,金珂站在旁边戳了戳她提醒:"发什么呆?"

卫三扭头朝边上那些围观的老师看去:"今天应星决又没有过来。"

"病了。"金珂随口道,"在急救呢。"

卫三倏然看向他:"什么时候?为什么又病了?"

"早上我们刚来训练场的时候,好像是新的营养液排异反应。"金珂望着场内的比赛,在心中快速分析其他人的长短处,一边道,"现在不知道稳定下来没。"

卫三不好直接问出来,只能发消息问金珂:"又有人对他下手?"

金家发财:"没有,我猜是应星决借机会调查什么。你找他有事?"

卫三抬手不经意挡住下半张脸,低声道:"没有。"

医疗大楼。

应星决被许医生推进了手术室,身上放满了各种仪器的线。

"他暂时稳定下来了，你们先出去。"许真对手术室内所有人道。

"是。"助手们全部走出去，顺便将门带上。

许真站在应星决床边半晌，最后才缓步走到门口，侧耳听着外面的声音，确定没有动静后，才转头看向床上已经起来的人。

应星决面色苍白，伸手拔掉自己手背上的监测线，起身走到医疗垃圾桶旁，伸手将藏在里面的资料拿出来。

他靠在墙边，长发微凌乱，修长苍白的手指握着资料页，应星决垂眸扫过所有资料，最后视线落在一页。

"有人来了。"许真突然道。

应星决抬眼，随即将这些资料放回医疗垃圾桶内，走回床上，躺下。

许医生立刻帮他把所有监测数据线戴上。

"学姐，我听说新营养液出了问题。"井梯匆匆赶来，推开门，目光落在床上闭眼的应星决身上，"怎么会有这么大的排异反应？"

许真借着帮应星决拉被子的动作，将最后一根线装好："我也不太清楚，可能是他的身体还没有好到那个程度，新营养液能量过剩，导致吸收不了。"

"这样……他现在情况如何？"井梯靠近看着应星决的脸色，果然不好，连唇色都显得苍白。

"已经稳定下来了。"许真道，"你怎么突然过来了？"

"毕竟新营养液也有我参与的一份。"井梯叹气。

第233节

超3S级营养液的研制是一个新领域，许真在这方面没有任何参考，只能依据应星决的身体情况来研究，所以作为最先发现营养液有问题的井梯被她邀请一起加入团队。

他现在过来询问应星决情况也是合情合理。

许真看着躺在床上的人，心下转了好几个借口准备来应付井梯。

井梯站在旁边道："既然这次新营养液不好，那便要早点找到合适的剂量配方。"

"我知道，到时候还要请你一起帮忙。"许真点头。

"不过，新营养液已经用了几天，怎么会突然出事？"井梯问，"之前没有发现端倪？"

"……这几天没有喝过，你也知道他现在什么情况。"许真缓声道，"也不用去参加比赛。"

"学姐,到时候数据传我一份,我看看是什么地方出了问题。"

"好。"

井梯没有多待,确定是新营养液出了问题后,很快离开。

他一离开,躺在床上的应星决便睁开眼,起身。

"下次别拿自己身体开玩笑。"许真伸手扶他,"今天你过来,我真的以为……"

"许医生,我知道了。"应星决打断她的话,他专门到这里来,不光要看刚才那份资料,还需要调动人去查一些东西。

应星决手撑在床沿,垂眸看着白色的床单,今天卫三和霍楚会再一次对上,不知道她有没有改正以前的习惯。

"那我去门口守着。"许真道。

今天应星决被送过来的时候,她顿时想起当年的情形。

彼时,许真还是联邦第一军区最年轻有为的医生,却没有发现营养液的问题,还以为只是世家子弟娇气,后面出事的时候,她受到的打击不可谓不大。

最后几经辗转,许真决定退出第一军区,加入应家,成为应星决的私人医生,其中免不了带有当年的愧疚,同时应家人极为信任她。

从帝国军校那栋医疗大楼出来,井梯匆匆回到自己的医疗室,翻出之前给卫三的营养液。

这两人身体状况虽不完全相同,却都出了问题。所以井梯同意加入许真的团队,有一部分是想更快同步信息,帮卫三研制出合适的营养液。

现在应星决出了事,他很难不去想卫三的营养液也不行。

井梯看着保留的样本营养液,快速拨打卫三的通信。

"井医生?今天应该还没到例行检测的时间。"卫三诧异地问道。

"你喝了我给你的新营养液?"井梯严肃问。

"喝了,味道挺好的。"卫三对着井医生竖起大拇指,"喝完整个人都精神了。"

井梯没心思和她贫:"有没有觉得哪里不舒服?今天应星决出事了,新营养液没配好。"

这事,卫三刚才已经听金珂说了,她摇头:"我没事,大概是他身体不太行,我是单兵,不用担心。"

听见卫三说自己没感觉不舒服,井梯松了一口气:"有什么不对,记得立刻告诉我,不要嫌麻烦。"

"知道,井医生。"卫三专门走到角落里,"我那支营养液结果有没有出来?"

井梯手指压在桌面上的文件夹："还没有，你再等等。不过这营养液里面虽然有营养成分流失，但时间这么长也属于正常消耗，我可以肯定它被做出来时并不缺营养成分。"

果然，和之前应星决说的一样，这批营养液只是应家人找借口处理的，实则没有营养成分缺失的问题。

但3212星那批喝过营养液的人，死亡率却高。

"等检查出什么，我再联系你。"井梯说完，便直接将通信挂断。

光幕一下子便黑了下来，卫三缓缓扭头，看着不知道从哪冒出来的廖如宁："干什么？"

"我还以为你会和应星决通信。"廖如宁手里拿着两个水果，递给卫三一个，"居然是井医生。"

"应星决光脑都被监控了，我怎么打他通信？"卫三接过水果，随口道。

廖如宁低头传了一张清单给卫三："刚才肖·伊莱给我们的，说让我们自己选，看喜欢吃什么。"

卫三扫了一眼："没有不喜欢的。"

"既然如此，"廖如宁扯了扯衣服，正经道，"那就全选了，反正伊莱家看起来很有钱。"

接下来几天，众人依旧要和教官团体机甲对抗，每个人都感觉自己被针对了，但又找不出证据。

最后五大军校单兵终于达成默契，要想让教官吃亏，首先放下成见，主动合作。

当然想象是美好的，光这几天，默契压根不够，总容易反被教官教训。

在众多组合团队中，山宫波刃和山宫勇男的表现十分亮眼。这两人大概常年习惯合作，愿意配合他人，且实力进步飞快。

不，应当说是两人在逐渐恢复真正的实力。

各军校从雨林赛场出来后，便对这兄妹两人有所猜测，如今分明证实了这种猜测。

十天的联合训练结束，像是有一座大山压在大部分人心上。

然而，达摩克利斯军校的人心思都放在如何去薅塞缪尔军校肖·伊莱的羊毛上了。

来到白矮星的第十一天，达摩克利斯军校整个队伍早早起床，每个人脑门上都绑着一个红底黑色的条。

上面各种口号：放开吃！吃穷他！为前辈报仇而吃！

比起校队的绑条，主力队则更大手笔，直接弄来横幅和两个巨大勺子，上面都写了字。

横幅：干饭人，干饭魂，干饭只干伊莱家！

卫三和廖如宁各扛着足足两米的勺子，每个勺柄上写着一句话：就吃一口。

早上六点，达摩克利斯军校整队出发，率先来到塞缪尔宿舍大楼，卫三拿出大喇叭。

"楼上的伊莱兄，天亮了，你该带我们去你家吃饭了。"

有校队的人被大喇叭吵醒，迷迷糊糊地出来一看，就见到楼下黑压压一堆人，以为有人挑衅，连忙转身回到寝室，喊人。

结果清醒过来才发现达摩克利斯军校的人是来找肖·伊莱的。

肖·伊莱被高学林踹门抓了起来，责令他带着达摩克利斯军校的人离开。

"……现在才六点过十分，他们饿狼出世吗？"肖·伊莱套好衣服，走出来，看着楼下仿佛寻仇的一堆人，顿时吓清醒了。

等定睛一看，才发现这帮人个个头戴绑条，还有横幅。

"什么鬼东西，那么大的勺子？"肖·伊莱扒着阳台扶手，惊住。

再浓的睡意也消失了，肖·伊莱只能快步走下楼。

"你们疯了，哪有人一大早就要去别人家吃饭的？还懂不懂礼仪？！"

"伊莱兄，你这话就见外了。"卫三上前热情搭着肖·伊莱肩膀，"我们都把你当好同学，既然关系好，还要讲什么礼仪呢？那是对你的不尊重。你应该听听我们所有人的心声。"

肖·伊莱还没反应过来卫三最后一句话的意思，便见到她朝后面轻轻一抬手，随即达摩克利斯军校众人的声音响彻整栋大楼："饿饿！！！"

忍不了，还是叠词！

肖·伊莱再蠢，也知道丢脸这两个字怎么写，他的脸顿时涨红了。

"别吵了，我带你们去！"肖·伊莱直接让伊莱家那边开大型飞行器过来接人。

"记得飞行器上准备点心垫肚子，要最贵，不是，最好吃的那种。"金珂在旁边提醒道。

肖·伊莱："……"

经此一遭，他终于明白为什么以前老师要提点他，出门在外，不要露财。

一定是怕像达摩克利斯军校这帮无赖强盗会贴上来。

说今天准备招待军校同学，伊莱家确实下了不少工夫，所有食材餐具用的都是最好的。

因为当时肖·伊莱在通信中说话含糊不清，只说会请军校同学吃饭，没说哪所军校。

伊莱家的人自然而然以为是请塞缪尔军校的学生过来，当天晚上伊莱家的人还在讨论肖·伊莱这是准备请塞缪尔军校所有学生过来吃饭，是想打其他军校的脸，让他们羡慕。

为了造势，伊莱家的人还把本地所有媒体请来，准备全程直播，为了保证让更多人知道，让各大军校的学生都看到。他们还专门花了大价钱，请来星网上有名的媒体记者。

等肖·伊莱打来通信，说他们一早就要过来时，伊莱家的人反而更高兴，正愁不能体现他们家的财力，这么多人要在伊莱家玩一整天更好！

伊莱家的人立刻联系先行住在他们家的各大媒体记者，让他们准备干活。

确保飞行器一到门口，所有媒体镜头都要对准，把塞缪尔军校生们拍到，气势一定要足。

"你们家派头挺足。"卫三透过飞行器窗户，远远看下去，不由得感叹。

肖·伊莱低头瞄了一眼，惊住了，为什么还有这么多媒体记者？！

底下伊莱家的人，穿着华丽，气派十足，已经摩拳擦掌地等着塞缪尔军校的军校生到来。

他们横幅都准备好了！

大型飞行器缓缓降落，停下，门就要打开了！

伊莱家的人快速转头示意那些拉横幅的人准备。

飞行器的舱门轻巧地往左滑开，门被打开了。

伊莱家准备的横幅也瞬间被拉开，金光闪闪的一行大字：你们辛苦了！！！

舱门两边还站了两个负责放礼花的人，在舱门走出第一个人的同时，立刻释放，五彩斑斓的彩条从半空中纷纷扬扬落下。

卫三扛着两米高的巨大勺子站在舱门外，仰头看着这些彩条，再看着伊莱家大门口那金光闪闪的横幅。她不由得低头看着正好卡在肩膀处的那句'就吃一口'。

"……"

伊莱家的人未免太贴心了，还怕他们吃辛苦了？

而早已对准舱门的镜头，瞬时将这"感人"的一幕直播了出去。

第 234 节

肖·伊莱父母见到穿着达摩克利斯军校训练服的卫三，愣住了，揉了几回眼睛，站在飞行器舱门口的人就是那个在大赛前打他们儿子的人。

"停下，先停下！"肖·伊莱他爹想要让前面放礼花和演奏的人停下来，但附近声音太嘈杂，还以为他做手势是让他们更热烈一点。

一时间周遭更加热闹起来。

达摩克利斯军校的学生下来，看着横幅多少有点"感动"，纷纷挤过来要和他握手。

一开始肖·伊莱他爹还没反应过来，愣愣伸手和他们交握，但后面就觉得不对了。这帮年轻人手劲大，随随便便一个人握过来，都把他手捏得生疼。

到后面，他想收回手，但已经晚了，达摩克利斯军校生一个接一个，主动拉过他的手握，每个人都摇三下，十分亲热。

如果能忽视他们用的手劲。

等最后一个人握完，肖·伊莱父亲的手已经肿了。

偏偏这么多直播镜头对着他，还不能生气，只能忍气吞声地把人全部迎进去。

肖·伊莱的父亲落在最后面，瞪着不肖子："不是说请你们军校的所有同学吃饭？怎么变成了这帮人？！"

"……就是他们，我没说是我们军校的同学。"肖·伊莱心虚道，当时故意说得含糊不清，只是想骗家里准备，原本想着卫三他们在这里吃完一顿就走了，没什么大不了。

谁知道事情会变成这样。

"爸，为什么会有这么多记者？"肖·伊莱低头掩面问，雪上加霜也不过如此。

肖·伊莱他爹心虚看天："我怎么知道？大概是来看热闹吧。"

来都来了，总不能把人赶走，宴会要准备的各种东西都准备好了，也不能浪费了。

伊莱家的人直接躺平认输，干巴巴地开始招呼起达摩克利斯军校众人。

不得不说，不愧是伊莱家，出手大方，达摩克利斯军校生们真的甩开膀子开始吃，为了多薅羊毛，他们昨天就开始没有喝营养液，今天一早上都是饿醒的。

各种点心水果源源不断送过来，达摩克利斯军校生们吃得干干净净。

伊莱家的人，看着这些军校生：……这是饿了多久？

媒体记者对伊莱家请达摩克利斯军校生吃饭的事十分好奇，要知道这届之前,塞缪尔军校和达摩克利斯军校一直是死敌,连去了军区都还结仇,现在居然能走到一起?

有点八卦心的记者都带着镜头,跟着达摩克利斯军校主力队和肖·伊莱,直拍。

肖·伊莱他爹提心吊胆的,总觉得这次完蛋了,直播被星网上的人看到,尤其是白矮星民众看见,岂不是要骂伊莱家是叛徒?

为此,肖·伊莱他爹偷偷摸到角落里,捂着一只眼睛,登上星网和本地网看民众什么反应。

结果……

"活久见,塞缪尔军校这是有机会和达摩克利斯军校和好?"

"哇,他们和好了,那我就可以光明正大地粉达摩克利斯军校了!"

"肖·伊莱看着蠢蠢的,没想到却是塞缪尔军校这边最上道的一个。现在的情况确实不适合再敌对了。"

"要我说,本来五大军校就不应该这么针锋相对,有这个志气,去对付星兽不行吗?"

"伊莱家也算是破冰第一家了,希望以后会更好。"

……类似的评论不断滚动出现,肖·伊莱他爹捂着一只眼睛看完,不由得咦了一声。

怎么名声还好了起来?

另一边,达摩克利斯军校生特意把伊莱家准备的所有点心吃得干干净净。

往届伊莱家的人没少对达摩克利斯军校的人下狠手,如今只是被他们薅羊毛,星网观众都接受良好。

"伊莱兄,听说你们家里有一个大型工作室,里面全是顶级的机甲师。"卫三怂恿他,"我们都吃饱了,不如你带我们过去参观?"

你说参观就参观?肖·伊莱立刻想要拒绝。

结果他爹挤过来,摇着手同意:"当然可以,现在就让我们肖肖带你们过去参观!"

肖·伊莱捅了捅他爹的肚子,压低声音道:"他们是达摩克利斯军校的人!"

"达摩克利斯军校的人怎么了?你不要歧视出身。"肖·伊莱他爹义正词严道,"马上带小同学们去参观!"

肖·伊莱还想说什么,被他爹扒着脸推了过去。

一整天,达摩克利斯军校的人在伊莱家吃了三餐,把他们家走了一圈,到处参观完,最后心满意足地坐上飞行器离开。

肖·伊莱他爹送走这帮军校生，回头看着自己家，总感觉不太对劲。

之前参观工作室的时候，好像达摩克利斯军校的机甲师拿走了不少好东西，午餐过后，去机甲训练场时，那个叫卫三的，还薅走了七八架 A 级机甲。

虽然都是他答应了的。

肖·伊莱他爹捂着胸口，另一只手扶着柱子，一时间有点喘不过气，他是不是上当了？

他手上下摸了摸柱子，忽然觉得手感不对，凑近柱子一看，表面裹着的那层游金不见了。

"我的游金柱子怎么变成这样？！"

"刚才达摩克利斯军校的主指挥说上面花纹看着好看，您让他们直接刮走了。"管家在背后小声道，心中嘀咕，大手一挥恨不得直接把柱子砍下来送给达摩克利斯军校的人可是您。

肖·伊莱对他爹使眼神都止不住，还是达摩克利斯军校生退一步，说只要上面的游金。

肖·伊莱他爹倒吸一口气，感觉自己今天昏了头。

最后他把所有问题归咎在肖·伊莱身上：都是这个不肖子搞出来的事情！

"伊莱兄，今天谢谢款待。"卫三把从训练场薅来的各种机甲项链戒指缠在手上，"我先替我们 3212 星学院谢谢你家。"

臭不要脸！无赖！厚脸皮！

肖·伊莱在心中来回骂了几遍，最后犹犹豫豫，没抵住自己的好奇心："你们 3212 星真那么穷？"他还没去过无名星，只是听过。

"可不是，太穷了，就需要像伊莱兄这样慷慨解囊的人。"卫三在一堆链子中，艰难地竖起大拇指道。

肖·伊莱心中满意，但面上还是保持冷静："你们是有点惨，我们伊莱家也不是不能赞助一些机甲。"

卫三当即把手上的机甲项链戒指全部放好，从包里拿出本子和笔，唰唰写下一张机甲赠送协议，详细到赠送多少架什么样等级的机甲："伊莱兄，来，在这儿签个名。"

肖·伊莱愣愣接过来，再一次被卫三的不要脸刷新认知。

他看了看，这些机甲集中在 A 级和 S 级，甚至还有 B 级机甲。

B 级机甲居然也有人用，这可是伊莱继承人无法想象的事情。

肖·伊莱矜持道："这个名也不是不可以签，但你得加一条。"

"加什么？"

"大赛结束后，你得带我去一趟3212星。"

卫三没想到肖·伊莱的要求是这个，她当即答应下来："当然可以。"

"那……那你在最后面写上去。"肖·伊莱说完扭头不看达摩克利斯军校主力队成员。

反正都不要脸。

"加上去了。"卫三写完后又誊写了一遍，"一式两份。"

肖·伊莱接过来又仔细看了一遍，这才把这份协议放起来，心中对这帮强盗的怨气稍稍散了点。

联合训练后，是五天的自由训练时期，除去达摩克利斯军校全体出动，在肖·伊莱家打完劫，后面所有人还是在安安分分地训练。

这期间，卫三没有再收到应星决的任何通信消息，一直到比赛开始那一天。

卫三低头看了看自己的光脑，除了李皮老师和师娘偶尔发过来的问候，没有人发消息给她。

若不是金珂偶尔提起应星决在哪儿，干了什么，她还以为他彻底消失了。

"本届玄风赛场正式开始，各军校准备抽签。"

广播的声音传来，吸引所有人注意。

第235节

"平通院主力队换了一个上届的3S级单兵，帝国军校换掉了超3S级主指挥。"习浩天望着赛场外五大军校道，"现在的情况和大赛初期相比，似乎反转了。"

最被看好的两所军校实力纷纷被削弱，而最末尾两所军校反而升了上来，这绝对是大赛以来的第一次。

"我很好奇南帕西军校这次的成绩，听说这次联合训练后半程，山宫波刃和山宫勇男表现最好。"路正辛手指抵在唇边，似笑非笑，"指挥部那帮人在这届的分析算是栽了跟头。"

"没记错，你也是指挥部中的一员。"鱼天荷看着直播镜头道，好像并不是在讽刺路正辛。

路正辛不由想起前几次讲解被打脸的至暗时刻："……"

主解台上气氛僵硬，赛场外的各大军校已经开始进去了。

达摩克利斯军校作为上赛场第一，自然第一个进去。刚踏入玄风赛场，所有人便感受到那股强烈的风吹过来，脸都被吹变形了。

军校生们纷纷从口袋摸出一个带毛的帽子戴在头上，就孤零零一个简陋帽子，一个赛一个丑。

"他们哪来的帽子？"习浩天望着达摩克利斯军校这帮人，诧异问道，他记得战备包里可没这种东西。

往年在这个赛场看着年轻军校生形象大损，个个脸被吹变形，可是前辈们最喜欢看到的场面，也是星网经久不衰的乐事。常常有粉丝在网上对骂，一言不合就抛对方正主的丑照，玄风赛场可是丑照的重要来源。

虽然达摩克利斯军校生头上的帽子也丑，但他们的脸已经被帽子周围的毛边挡了大半，看不太清。

路正辛想了想，终于记起来上个赛场达摩克利斯军校金珂做的一件事，他们当时碰见了一群A级长毛星兽，后面没有兑换，还被兑换处说了一顿，讲现在的军校生成天不知道在想些什么。

原来是用在这里。

看样子这些帽子都是各小队机甲师手工制作，丑得五花八门，各式各样。

主力队的帽子都是应成河做的。他大概是从棉袄上获得的灵感，做出来的帽子仿佛是从袄子上切割下来的一样，他还细心地在每个帽子两边加了细绳。

这些东西都取材于之前那批A级长毛星兽，当时想着反正也兑换不了多少重要的材料，干脆就不兑换了。

"还、好、不、冷，只是、风大。"廖少爷想说话，但风太大，一张口就喝进去风，说话都变得迟缓起来。

众人顶着强风往前走，金珂挑了一条星兽多但近的路，带着队伍缓缓推进。

路上干净异常，没有什么枯枝碎石，显然是因为风太大，这些东西都被吹没了。

单兵还好，有些机甲师和指挥抗风训练没做到位，经常出现打滑的情况，有时候怪风一卷，人就跟着风跑，或者原地打转，只能让旁边同队的单兵看着。

金珂往后面看了看，大致知道情况，便将路线稍稍偏离了一点，尽量找能挡风的地方。

"接下来我们大概会经过一片怪柳林，那里很多怪柳，韧性极强，所以才能在玄风赛场生存。但正因为它们枝条长，会随着强风挥舞，所以我们过去一定会遭到攻击，大家小心。"金珂提前预警，"在这里不宜用机甲，很容易出现机甲卡顿的情况。"

"里面有星兽吗？"卫三问。

"有。"金珂道,"不过体积不会太大,只能靠我们自己了。"

闻言,队伍中的单兵齐刷刷拿出各自的武器。

应成河扭头盯着卫三手中的镰刀:"你什么时候又改了武器?"之前还在用匕首。

"最近觉得镰刀不错。"卫三转了转镰刀把问,"怪柳这么韧,能不能做材料?"

"……可以是可以,但不好处理。"

卫三举起手中的镰刀:"免费的材料,不要白不要。"

众人艰难行进,果然远远见到一片在狂风中乱舞的怪柳,那些柳条随风摇摆,甩在地上,发出啪的一声,再看地面,无数沟壑,显然是这些柳条的杰作。

"都小心。"金珂提醒道。

卫三一马当先冲了过去,脚步灵活飞快窜进怪柳林,手中的镰刀在日光下发着冷光。

这些怪柳枝条纹理粗糙,连枝干躯体都在随风飘荡,卫三一进去便开始不断躲避这些乱舞的怪柳,她闯进去观察半晌,最后选择一根粗怪柳条,上前直接抱住。

金珂等人一进来,便见到柳条尖上的一坨——卫三抱着柳条,被风吹得上上下下。

"……"

卫三手脚麻利,用镰刀割着柳条,太硬了,好在镰刀是用3S级材料做的,费了点时间终于把一根柳条割断。

她一边躲开其他柳条的物理攻击,一边观察柳条材质,最后认定只有柳条皮才有用。

不用完全割断柳条,只要扒掉柳条皮就好。

"有东西过来了。"霍宣山提醒道,"是秃头猴。"

秃头猴,体积只有半人高,是一种小型变异星兽。极为灵活,四肢发达,爪子锋利无比,入岩石如泥,因此才能在玄风赛场活下来。

在他话音刚落地时,数十只秃头猴便飞蹿进达摩克利斯军校队伍中,众人只看到阴影闪过,根本见不到秃头猴的真面目。

它们太快了,已经有人反应不及,受伤了。

卫三听见校队内发出来的吃痛声,把剥下来的柳条皮放进战备包中,掉头回到队伍中。

"我护着他们,你去校队。"霍宣山道。

卫三随即奔向校队,校队军校生还在努力保持阵型不乱,但秃头猴的攻击,已然让人受伤。

她眼角瞥到数只秃头猴身影闪过，手中镰刀猛然朝一个方向扔，只听得尖厉的吱的一声，果然打中了秃头猴。

卫三躲过甩来的柳条，借力飞跳，快速奔向那头受伤的秃头猴。

镰刀砍在它后颈处，饶是如此，这只秃头猴行动速度也仅仅慢了一点，它朝卫三猛然抓来，尖爪亮出来，比镰刀还要锋利。

卫三后仰躲过秃头猴的攻击，一脚踢中它脑袋，让其正好倒在下一根柳条甩中的位置。

秃头猴被踢中，脑子有一瞬间不清醒，落地等反应过来，柳条已经逼近，它躲无可躲，被硬生生抽中，哀嚎一声。

而此刻卫三又接近它，拔出后颈上的镰刀，直接一刀砍下。

这只秃头猴连再次嚎叫的机会都没有了。

卫三无暇关注已经解决的这只，转身便去对付其他剩余的秃头猴。

第236节

怪柳林相当棘手，军校生们要路过这片柳林，无法使用机甲，还要在狂风中面临柳条和秃头猴的攻击。

到现在不少人受伤，有躲过秃头猴攻击却不小心被柳条抽中的，还有躲过两者落地没站稳，被风刮跑的，总之队伍勉强才保持住阵型。

卫三作为主力队成员，负责的便是解决这些秃头猴，同时和校队中的轻型机甲单兵一起联手。

轻型机甲单兵在身体灵活度上更加有天赋，因此利用风的能力会更强，他们穿梭其中，替队友挡住秃头猴的攻击。

"左后方！"卫三正在和两只秃头猴纠缠，余光扫到旁边的单兵，不由得提醒道。

旁边单兵闻言当即侧身矮腰，躲过后方突然攻击而来的秃头猴，它的爪子由上至下抓来，落空后没有来得及收回去，地面被狠狠抓出四道爪痕，可想而知，这一爪子落在人身上，将是何其严重。

这些秃头猴并非单独行动，对付人有一定的模式，它们察觉到卫三比其他人强，居然想逃走，转而攻击其他人。

卫三看着两只逃开的秃头猴，只能转身追过去，实话实说，此刻观众在直播现场看到这一幕，并不多激动，反而充满了一种说不出的滑稽。

她帽子太丑了，又手握一把镰刀，这镰刀没有涂层，一点也不精美犀利，因为原生灰扑扑的材料，倒像是去割稻子的农人。

至于为什么不弄涂层，这要问金珂和应成河了。

自从见识过卫三在黑厂用的那架惨绝人寰的机甲，应成河和金珂一合计，发现原来不用涂层，其实也不会影响机甲和武器的性能，就尽可能减少涂层的兑换。尤其是主力队这边的供给，3S级用的涂层比A级贵太多，倒不如省下来兑换其他的。

周围的怪柳太多，长长的柳条多如头发丝，噼里啪啦地甩在地面上，秃头猴借着柳条掩护穿梭在其中，时不时伸出爪子去伤周边的人。卫三追到最后，身形越来越像秃头猴，任谁看了都忍不住想大呼一声滑稽。

这一招生生把直播现场的三位主解员看呆了，他们都知道卫三擅长临时学招，但万万没想到她还能去学秃头猴。

偏偏还极为有效，卫三学着秃头猴的蛇形走位，居然还真完美避开了周遭柳条的攻击，她招呼着周围军校生，让他们也学起来。

秃头猴动作太快，不好学，但是卫三目标大，众人纷纷效仿她的动作。

一时间，秃头猴反而成了他们走出怪柳林的关键一环。

秃头猴智力也不低，看着这群人类居然学起了它们，一时间怒不可遏，愤而尖叫，对着这群人类疯狂出手。

而此刻卫三已经逼近一只秃头猴，握住镰刀，手肘横拉，利落斩断它伸出来的一只爪子。

秃头猴撕心裂肺地尖厉一叫，倏然蹦高，另一只爪子猛烈朝卫三抓来。

在它跳起来的时候，卫三也同一时间跳起来，甚至高度都保持一致，九成九地模仿秃头猴，只不过她的镰刀是来收割它的命。

直播现场。

"秃头猴子没被杀死，也要被她气死。"解语曼有点满意道，往常只听说猴子模仿人，这些变异秃头猴绝对想不到有一天会有人去模仿它们。

简直是走秃头猴的路让秃头猴无路可走。

项明化摇头："幸好还算机智，做了帽子，不然在玄风赛场中待这么一段时间，他们得变成秃头人。"

兑换处其实有专门的帽子，但要花资源兑换，有时候军校生资源紧张，便舍不得兑换。

当年项明化参赛时就没有兑换帽子，从玄风赛场出来，风吹得头皮都在痛，四五天才算恢复。

"护着他们先走。"卫三和一批轻型单兵留下来挡住秃头猴，尽可能把它们拦在一块，让其他人先离开。

霍宣山领头开路，其他人跟着他后面走，走位和当初的秃头猴一模一样，蹦蹦跳跳，时而借柳条之力。

怪柳林足足有几十千米，众人走在其中，不光只是这一带有秃头猴，越往里走，秃头猴数量反而越多，经常隔一段路便集中攻击他们一次。

好在达摩克利斯军校队伍经过前一阵的慌乱不适应后，终于能勉力对付。

卫三守在后面，不断往前推进，走了一段时间，最前面开始停了下来。

路中间居然光明正大地站着四只看着体量更小的秃头猴和一群普通秃头猴。

"是3S级变异秃头猴。"金珂看着路中间那四只猴子，压低声音道。

卫三从后面悄然走到前面："我和宣山联手对付三只，剩下一只给少爷。"

金珂点头："小心，两边怪柳之间的间隙小了一半。"

"我怎么觉得这四只猴子，更、秃、了——"廖如宁刚开口说了半句，一阵极强的风从四面八方涌来，吹得他半张脸瞬间变形，后半句话的音调都拐了弯。

"大概这就是原因。"霍宣山说话时，风又停了。

这风果然玄而又玄。

校队负责对付普通秃头猴，主力队三位单兵则负责打头的四只秃头猴。

这四只秃头猴体量虽然更小了，但伸出来的利爪几乎比普通秃头猴长了两倍，还能自由伸缩，卫三用镰刀挡，还是吃了亏，被其中一根利爪划伤手臂。

没有机甲遮挡，观众可以把军校生的脸看得清清楚楚。战斗时，他们的神情被镜头照得极为明晰。

卫三右臂被划伤，训练服当场破口，血直接流了出来，显然伤口不浅。然而她神色一动未动，连眼神都没变过，仿佛早失去了痛觉。

镰刀从左手甩到右手，她毫不犹豫挥臂砍在秃头猴的身上，只听见哐当一声，这只秃头猴完全没有受伤。

反而卫三因为左手失去了抵抗物，生生被秃头猴的爪子刺穿整个手掌。

"嘶——"

直播现场的观众见到这一幕，下意识地倒吸一口气，替镜头内的卫三感到疼。

偏偏卫三还前进一步，被穿得更深了，秃头猴显然也没想到会有人这么疯狂，还把手掌主动往前送。

那一瞬间，卫三握住镰刀，将尖钩刺进这只秃头猴的眼睛，用力一拉，把它一只眼珠挖了出来！

两败俱伤。

直播现场，习浩天看着镜头内的场景："她为什么不做两把镰刀？我记得卫三两只手都能用。"

"大概是材料不够。"鱼天荷盯着卫三的手道。

直播台侧方，应星决站在角落，仰头看着达摩克利斯军校的直播镜头，眉心微皱：她不疼吗？

第 237 节

比起机甲对战，这种无机甲对抗更让人心中提着一口气。

单兵们对面依然是变异星兽，但他们却无法使用机甲，只能靠身体战斗，没有任何缓冲的余地。

因此观众们此刻见到的不再是机甲受损，轻描淡写地感叹单兵机甲，看到卫三鲜血淋漓的手，光是扫一眼便能想象该有多疼。

变异秃头猴被卫三砍中一刀，怒不可遏地冲着她龇牙嘶叫，刺中的长爪用力旋拧，想要见到这个人类害怕痛苦的神情。

然而对上这个人类的眼睛时，变异秃头猴不由一愣，那瞬间它强烈认为自己会死。

"你疯了？"

霍宣山双脚踹飞对面的秃头猴，抬起弓箭射中这头变异秃头猴的手臂，它吃痛，只能收回手，卫三掌心血液顿时四溅。

他带着怒意问道："不想要手了？！"

卫三握住血迹横流的手，微微转了转："没，那两只秃头猴冲你去了。"

大概霍宣山也无法接受卫三这种杀敌一千，自损八百的行为，动作突然凌厉起来，竟然将两只秃头猴压制住了。

直播现场。

"那只秃头猴……"习浩天看着伤了卫三手的猴子，若有所思，他怎么觉得这秃头猴气势突然降了下去。

"怎么了？"鱼天荷扭头问他。

"卫三能赢。"习浩天笃定道。

对战中，一旦有一方丧失斗志，势必会输，无论是人对人，还是星兽对人，都一样。

果不其然，赛场内，卫三用那只被刺穿的手握着镰刀，一直逼得那只秃头猴试图躲进怪柳的树干间隙中。可惜，卫三自然不可能让它逃走再折返攻击他

343

们。镰刀宛如索命道具，逼近秃头猴。

之前的秃头猴被伤了一只眼睛，现在下意识地护住自己另外一只眼睛，但，卫三已经错身而过。

秃头猴在彻底失去意识前，最后只剩下一个疑惑：这个人类怎么突然变高了？

直播现场观众席有零星鼓掌声，随即又爆发出一阵剧烈的掌声，卫三直接将这只变异秃头猴斩首了，一刀。

镰刀还在滴血，混着从卫三掌心顺指尖流下的血，缓缓滴入地面。

明明观众在赛场外，却仿佛闻到一股极浓重的血腥味，煞气冲天。

另外一边，廖如宁正和一只变异秃头猴纠缠不清，看样子暂时不需要帮忙，卫三先去帮霍宣山拦住一只变异秃头猴。

不知道是不是受刚才死去的秃头猴刺激，剩下这三只变异秃头猴狂躁起来，恨不得立刻弄死对面的三个人。

"我还能撑住。"霍宣山抬弓射箭，扭头视线落在卫三掌心，"先去包扎手。"

卫三没让开，直面变异秃头猴："伤都伤了，早点结束。"

达摩克利斯军校队伍并没有停留，而是在打斗中不断往前走，速度虽不快，但也在前进。

她坚持如此，霍宣山便不再说，专心对付秃头猴。

三人拦住高阶变异秃头猴，校队那边已经开始渐渐取得压倒性胜利。

没有机甲，不完全是坏处，作为超3S级的卫三反倒少了机甲感知等级的限制，第二只变异秃头猴命丧在她镰刀之下时，另外两位单兵也才刚刚取得几招胜利。

有了她腾出手对付，很快这四只高阶变异秃头猴皆被处理完了。

卫三低头，手肘夹着镰刀面，用力一抽，借着衣服把刀面上的血擦拭了七七八八。

她一抬头就见到金珂拿着治疗箱往这边走，卫三快速闪到他那边："出了怪柳林再处理伤口，你要停在这儿？"

"……"金珂从医疗箱内掏出纱布和止血创面喷雾扔给卫三，"先止血。"

卫三跟着他们往前走，一边朝自己手掌喷了药，将纱布用力缠在掌心处，才用力割断剩余纱布。

主力队几个人都没给她好脸色看。

"战斗中受伤不是常事？"卫三把药和剩下的纱布还给金珂，小声嘀咕。

金珂一把抢回喷雾和纱布，呵呵了几声，受伤是常事，但卫三这种主动撞上去，差点毁了自己手的还是第一次见。

众人清理完这批秃头猴后，继续往前进，但后续路上居然没再遇上其他的秃头猴。

"卫三身上都是那领头高阶变异秃头猴的血，这些猴子向来最狡诈，肯定闻到领头的血，不敢再出来了。"路正辛慢慢道，"他们可以平安走出怪柳林。"

如路正辛所言，达摩克利斯军校队伍平安是平安，只不过怪柳林能走的通道越来越窄，加上越来越频繁的怪风，让他们走得异常狼狈。

一张口想说话，嘴里便灌满了风，还要小心周围越发密集狂舞的柳条。现在队伍已经变成了双人并排，这样才能快速前行。

卫三落在最后面，一是断后，防止后面有星兽攻击，二是她还没放弃扒柳条皮的念想。有机会捉住抽过来的柳条，便会用镰刀割断一层皮，随即用力往后一拉，完整地剥下来。

别说，还挺解压，就是费手。

此刻其他四所军校也已经全部进入赛场，帝国军校因为上一个赛场还是应星决带，兑换的物资总那么恰到好处，他们完美的防风装备，帽子个个好看实用，还有防风眼镜。

其中最惨的还要数塞缪尔军校，当时主力单兵全部出局，后面也没有什么资源兑换，导致现在没有任何防风装备，不过好在这是他们的主场，稍微能忍耐一些。

在达摩克利斯军校队伍彻底走出怪柳林时，赛场内响起了南帕西军校成功斩杀高阶星兽的广播声。

居然比帝国军校还要快。

金珂抬头望着那抹即便是白日也能看得一清二楚的光幕，心下知道这次赛场，个个都是劲敌。

原本排在后面的两所军校，一所是在本地主场，一所主力单兵水平异军突起，现在达摩克利斯军校最大的优势便是第一个进入赛场。

"你觉得这次哪所军校能拿下第一位？"应月容不知从何处走来，站在应星决旁边问道。

周围负责监视的人虽阻止卫三等人和应星决交谈，但却不敢阻拦应月容，只努力将两人谈话内容尽量记下来，到时候能转述给上面。

应星决视线扫过直播现场数十块分割光幕，其中最大的五块光幕是各大军校主力队成员的镜头，最终他目光落在带有沙黄色军旗的光幕上："不知道。"

应月容微微皱眉，她还是第一次听到他直接说不知道，作为一个超3S级指挥，应星决判断时最常用的语句便是陈述句，即便无法确定，也能有八成的猜测。

不知道？

"你不认为帝国军校能拿第一位。"应月容仰头看着巨大光幕，"南帕西军校还是……达摩克利斯军校？"

"或许是南帕西军校。"应星决淡淡道。

应月容心中诧异，她有点怀疑自己听见的，转头对上应星决的眼睛，她余光扫过旁边站着的监视人员。

片刻，应月容背手和他一起看着光幕："那就看看到底是哪所军校能拿第一。"

大抵是帝国军校前面有应星决都失去了几次第一位，应月容现在竟然能心平气和地说出这种话，接受现实。和当初大赛第一次坐在主解台所言已经完全不同。

应星决黑色清深的眸子盯着一处光幕内的人，并不言语。

在旁监视的人也分析不出两名指挥之间藏着的交流，只能单纯记下他们说了什么。

无非在讨论哪所军校能夺冠的事。

赛场内。

"先在这儿停下休整，大家互相处理伤口。"金珂抬手示意众人在一处空旷处停下，"宣山你去侦察周围的情况。"

霍宣山点头，直接进入机甲，展翅往上空飞去。

这里没有了怪柳林那些随风狂舞的柳条和身手灵活的秃头猴攻击，只有干净的地面，没有一颗细碎的石子。

金珂弯腰伸手摸了一下地面，满手的黄泥灰尘，他直起腰提醒众人："动作尽量快点，这里可能有尘暴。"

不像沙漠赛场中的沙尘暴，被风卷起来的沙子还能抖干净，这种灰尘全是细小的黄泥，容易被吸进呼吸道。

估计又是一件棘手的事。

金珂抬手挡住阳光，往四周大致看了看，一望无际的地面全覆盖了一层浅浅的黄泥灰尘，这说明此处经常有怪风将灰尘吹走，不会累积太厚，但始终又会带来一层。

"轻点！"应成河伸手拍掉廖如宁的手，"你让开，我来。"

卫三坐在一处，手朝外搭在自己大腿上，这两人就在为谁来替她敷药争论："你们再慢点，我伤口要愈合了。"

此话一出，廖如宁和应成河纷纷抬头瞪着卫三。

廖少爷呵呵笑了一声："你现在痊愈给我看看。"

卫三："……"

不一会儿，霍宣山侦察回来："周围环境都一样，空旷没有遮挡物，暂时没见到星兽，今天可能走不出去。"

等众人休整完，达摩克利斯军校队伍继续前行，果然如霍宣山所说，所见之处几乎一模一样，没有任何遮挡物，众人一直走到天要黑下来。

"所有人在此驻扎休息。"金珂抬头看着快黑下来的天，他们连遮挡物都没有找到，在这里扎帐篷，估计大风一刮，帐篷就得塌，说不准一起来，人都被吹跑了。

"不如把所有帐篷连起来做个大通铺。"卫三从战备包内把之前剥来的柳条皮拿出来，"这个当绳子固定不错。"

金珂："……召集所有机甲师。"

直播现场观众们坐在位置上，明明白白地看着达摩克利斯军校的机甲师上演艺术缝纫，心中居然有一种果然如此的感觉。

第 238 节

要做大通铺，首先需要把所有帐篷缝起来，针线这种东西别说达摩克利斯军校没有，兑换处都没有。

因此，卫三分出几根柳条，一点一点薅成五毫米的"线"分发下去，至于针，只能由机甲师现场打磨出来，好在他们都有工具，倒是做得快。

针和线有了，接着全星网观众见识了一场数百人艺术缝纫的壮观场面，不说后无来者，至少是前无古人。

一个个席地而坐，腿上搭着要缝起来的帐篷布，握着针的姿势千奇百怪，但他们不在意，现在最关键的是把这些帐篷缝起来。

不过作为在技术上喜欢争强好胜的机甲师们，怎么可能就这么简简单单地放过任何一个表现的机会？

他们极为统一地在心中下了决心，一定要让自己缝的这块帐篷在众篷中大放异彩，独领风骚！

达摩克利斯军校机甲师们个个飞针走线，有些人甚至无师自通了各种缝针姿态技巧，双腿盘起，缝一会儿，便用针在头皮挠几下，要么试图用牙来咬柳条皮线。

当然用牙齿咬是咬不断的。

卫三就负责干这件事,帮所有机甲师割断柳条线。

虽然观众们都喜欢看机甲对战,或者像之前达摩克利斯军校在特定环境中赤手对付小型星兽,但架不住达摩克利斯军校这帮人现在的操作,总能把直播现场观众们的视线吸引过去。

明明眼睛在看其他军校对付星兽,心里却忍不住在想达摩克利斯军校的大通铺帐篷缝得怎么样了。

至于订购直播间的其他星网观众,则忙着录屏和截图,他们绝对是见证了历史,虽然这个历史有点滑稽。

等老了,可以和自己子女吹一吹:你说那个在赛场缝纫的军校?当时我可是看过直播的人!

机甲师不愧是技术流出身,即便是这种精细活他们都很快能办好,一个小时之后,一个巨型通铺帐篷缝好了。

单兵们过来将这张大帐篷拉开,数百名机甲师的"杰作"顿时出现在全星网观众的眼中。

观众第一反应:不愧是达摩克利斯军校!

一张大帐篷皮子,有多少条缝合处,便有多少风格的缝合线。

规矩点的,只是用线缝了自己的名字;不规矩的,仗着自己针线天赋强,居然在上面缝了达摩克利斯军校的旗子。有的人缝完不算,还在缝合处用针线缝了豪华房子的图案,暗示他们住的不是帐篷,这其实是房子。

缝一个小时缝出花来了,绣工都没你们能秀。

卫三从头到尾验收一遍,最后众人开始搭大通铺帐篷,支架全部用柳条皮绑好固定,最后剩余的数根柳条皮则在帐篷四角再做一次固定,绑在深深嵌入地面的支架上,确保大风吹来不会把大帐篷吹跑,至少能支撑一晚上不散架。

"受伤严重的先休息,后半夜再交替守卫。"金珂看着队伍所有人道。

大部分人都进了大通铺帐篷,用外套衣服垫垫就能睡上去,主要是里面没有了风,人也能正常说话,外面留着一小队人守着。

卫三作为重点被观察人员,被金珂强制要求先休息,她就地而眠。

外面除了呼啸而过的风声便没有了其他声音,大通铺帐篷内仿佛安静得和外面不是同一个世界。

同样是夜晚,其他军校也需要休息,只是他们的帐篷不太经用,没有达摩克利斯军校这种坚韧的柳条皮做线。不过即便他们先进入怪柳林,也想不到用柳条皮做线缝帐篷。

没有这些东西的其他军校,只能顶着风眯一会儿,时不时就要睁开眼睛看看自己身处何地,有没有被风吹跑。

倒不是没有军校搭帐篷,但这种帐篷不过一小时,便被风吹断绳子,塌了下来。

睡不好,没有帽子,日日夜夜被狂风吹,人虽没吹傻,但出去之后,头皮势必要疼数天。

"等这届比赛结束后,估计各军校的机甲师恐怕要学达摩克利斯军校缝纫这一招。"路正辛颇有意趣地道。

习浩天摇头,有点同情道:"要做这个,得进怪柳林,这批怪柳恐怕要遭剥皮了。"

经过一晚上休息后,达摩克利斯军校众人皆精神抖擞,和其他军校被吹得头疼眼疼完全不同。

"今天我们会往东南方向走,玄风赛场比前面几个赛场面积要小不少,如果中途多遇上几次星兽,时间被耽误下来,我们很可能遇上其他军校队伍。"金珂道,"根据这里星兽的密度,很容易被超过,大家打起精神来,争取速战速决。"

卫三手已经好了不少,早上换了一次药,如果之后的战斗都用机甲,基本上没什么关系。

"塞缪尔军校的速度一直在加快。"霍宣山往后面看了看道,"平通院同样不慢。"

五大军校的距离才一晚上就在无限接近。

众人加快速度顶着风赶路,后面数次有光幕升起。

南帕西军校。

"死了。"山宫波刃操控机甲从半空中稳稳落下,手中的鞭子即便在狂风中,也完全不飘,显然鞭子主人的感知一直灌注其中。

他从机甲舱内出来,余光瞥向旁边倒在地上死去的一群高阶星兽:"机甲右翼受损,仆信帮我修好。"

鱼仆信上前查看山宫波刃的机甲,低头看着光脑上的数据,下意识地皱眉:"受损率高达52%,你过了。"

机甲受损率保持在50%以下,机甲师维修起来会方便很多,一旦超过这个阈值,机甲维修起来不光费时还费材料。

"一不小心没控制住。"山宫波刃看着自己的机甲,"它的机动率跟不上我,下次注意。"

鱼仆信当然知道山宫波刃的感知等级，从那次鱼天荷夺权后，他赛后去质问，才得知惊天秘密。

鱼天荷是独立军，不光如此，连本届南帕西军校主力队中都有两个独立军。

那时候，他受到打击太大了，基本世界观轰然倒塌，一直跟着队伍浑浑噩噩地度过几个赛场，直到上个赛场比赛前，鱼仆信终于决定和鱼天荷一起，加入独立军。

后面自然而然知道山宫波刃和山宫勇男是超3S级，自幼，鱼天荷培养他，便是为了让他做两人的机甲师。

所以上个赛场前，鱼仆信按照以前鱼天荷的教导，把两人机甲重新改造回来，成为3S级机甲。

但这两人是超3S级，低一等级的机甲使用起来还是有限制。

想到这，鱼仆信不由得想起一个人：卫三。

也难怪鱼天荷一定要拉拢她进来，一个兵师双修的超3S级，比应星决还要珍贵。

第239节

赛场内，邪风肆虐，众人拖着沉重的脚步往同一个目标方向赶。

风太大了，平日里只需要一个小时的路程，现在需要两个多小时，且还是在没有任何星兽出现的情况下。

这一片空地没有任何遮挡，不像怪柳林，虽有柳条的无差别攻击，但柳树阻挡了大部分的风，所以为了不被风吹走，军校生们基本是手挽手一起往前走。

队伍内格外沉默，如非必要，没人开口说话，因为一张嘴，势必被风吹得满口灰尘。

太平静了。

金珂看着地图，他们现在离终点还有大半的路程，除去怪柳林外，一直都行走在这种环境中，又不能开口说话，走了两天，队伍越发沉闷。

其他军校大概也陷入类似的情况，除去第一天和第二天有光幕和广播出现，到第三天，仿佛一切都静止了，只有狂风灰尘能证明时间还在流逝。

玄风赛场的环境说复杂又不复杂，里面虽有多种环境，但状况是固定的。

如果从高空看赛场实时俯瞰图，会发现像现在这种毫无遮挡的平地横亘在整个赛场。所有军校要赶往终点台，势必要走一段这种路。

"还有——多久——才能——走出——去——"廖少爷憋不住问道，张嘴就喝了满口的风，他话多，这几天憋坏了。

金珂没有立刻回他，等风稍稍停下的空隙才道："很快就能到浮石林。"

这时候，达摩克利斯军校的人对浮石林还没有彻底的认知，只听见一个"林"字便想着进去之后风会被挡住不少。

半个小时后，众人仰头看着前面的景象："……"

"这会出人命吧。"廖如宁惊了。

"要到达终点台必须穿过浮石林。"金珂道。

每届大赛终点台并不固定，主办方会根据当时各军校综合实力，定好终点台的位置。这届军校生几乎是历届实力最强，难度自然相应地提高。

这浮石林就如字面意思一般，无数巨大石头飘浮在空中，形成一片石林。

这些浮石不是有特别的重力，而是被狂风吹起来的，可想而知前面的风力有多强。如果风一直都在，倒还算好，关键是这些风时有时停。

一旦风停，所有被吹起来的石头会立刻砸向地面，若躲闪不及，便会被砸伤。

"间隙大，机甲应该能进去。"霍宣山观察了一会儿浮石林道。

金珂点头："机甲可以进，不过重型机甲单兵要小心，你们机甲体积最大，灵活度也稍欠缺，如果风停石落，你们站在地面需要注意。这个时候各小队轻型机甲单兵要观察同队重型机甲单兵。"

一切沟通妥当后，达摩克利斯军校开始进入浮石林，所有人都在机甲内。

浮石林内的石头并非一直悬浮固定不动，稍小一点的石头一直都在随风移动，大一点的石头也在不停滚动，只不过因为数量庞大，所有石头都在动，才显得像一片石林。

看这一片浮石林，仿佛整个赛场内的石头都被搬到这边来了。

主力队打头阵，率先操控机甲进入浮石林，进去之后便发现周围的间隙比远远见到的要稍微大一点。

众人行进速度缓慢，都不太习惯这种环境。

卫三偏头躲过一颗被风吹起来的碎石片，双脚未停，走在前方，她旁边站着应成河。浮石林中的碎石极多，她抬刀挡住几粒小石头，对应成河、金珂道："升起龟盾。"

应成河和金珂照做，机甲前后两端猛然升起类似龟壳的盾牌，随即将头缩了进去，只留下一双脚在外面，远远望去，像是巨型乌龟竖起了身体，只有两只脚在外支撑，滴溜溜地走。

这还是直播现场观众们第一次见到不死龟升起龟盾，顿时被这造型惊呆了。

原来不死龟真的是龟形，以前观众们还以为这只是一种寓意。

不死龟进入龟形状态后，一旦遇到危险，只要趴地缩脚，防御力便增强百分之一百，现在这种状态，被石头砸几下不会造成太大的伤害。

　　卫三专心打量前面的路况，这些石头不光形状不一，连组成材质也有所不同，一些密度低、质量轻的石头全在最上空，有些飞得太高，只能见到一个黑点。

　　众人行进不到二十分钟，被金珂喊停了："前面有星兽。"

　　廖如宁四处看了看，只见到一片飞石，没有任何东西，不由得问道："哪儿？"

　　"石头上。"金珂感知覆盖周围，"是变异石蛙，注意大型浮石上，它们擅长和石头融为一体。"

　　所有人顿时提高警惕心，只是没人能分辨出来哪块石头上有变异石蛙，这里的石头虽内里材质的密度不同，但由于常年磨砺，外表的颜色都差不多。且浮石太多了，还在不断随风移动，根本看不清。

　　卫三双手握着扇形刀，猛然抬高，一把扇形刀飞出去，速度极快，砍在一块土灰色石头上，和意料中的刀会和石头撞出火花不同，扇形刀砍过去却是软的，墨绿色的黏液瞬间迸发散开。

　　扇形刀削中变异石蛙后，回旋飞回卫三手中，她低头看着扇形刀上的黏液，刚才砍中了它的舌头。

　　这时，所有人才对变异石蛙有了实质的认识。

　　"小心变异石蛙的舌头，它们体积一般只有两米到三米，舌头可长达十米，舌尖上的黏液有毒，能腐蚀机甲表层。若被黏液击中，务必避免同一部位再次被碰上，否则会伤害机甲内层。"金珂快速道。

　　众人听完他的话后，警惕心提到了最高点。

　　这种体积小的变异星兽比体积大的星兽麻烦太多了。

　　刚才卫三那一击，仿佛一个信号，有些变异石蛙耐不住，开始攻击底下的队伍。

　　长长的舌头从四面八方甩来，带着墨绿色明显有毒的黏液。单兵们各自对付攻击过来的舌头，不小心沾到甩过来的黏液，果然机甲表层开始腐蚀。

　　卫三和霍宣山直接跳高踩在石头上，这些石头无法承受他们机甲的重量，因此两人无法在上面停留超过五秒，便需要换下一块石头。

　　跳得高，便容易发现藏在浮石上的变异石蛙，卫三用扇形刀对付这些星兽，没有用刀近战。

　　这些黏液破坏不了须弥金做的刀，卫三飞速换着石头，在前方为下面的人开路。

　　变异石蛙并不发声，趴在石头上，土灰色的外表皮几乎和石头融为一体，甚至连伸出来的舌头都是土灰色的。

卫三刚刚斩断一只变异石蛙的舌头，还未收回扇形刀，那只石蛙口中便朝她吐出一大团墨绿色黏液。

这东西虽然对无常外壳造不成伤害，但卫三讨厌沾上这种腥臭仿佛带着硫酸的黏液，她直接顺势后倒，躲过这团墨绿色黏液，在后摔的过程中，才猛然翻身，举手扒住浮石，借着这一点点阻力重新站在另外一块浮石上。

直播现场。

"无常这架机甲的灵活度和力量似乎都比其他3S级机甲强。"习浩天扭头问鱼天荷，"我记得紫液蘑菇只对机甲外壳材料最有效。"

"可能无常内部结构做了改动，另外混合紫液蘑菇的机甲外壳，在同样的机动性能程度上能将质量降低百分之二十左右，相比之下，无常的总体质量也比正常中型机甲要轻，势必会更灵活。"鱼天荷解释道。

"原来如此。"习浩天点了点头，也算完成了替观众问出的问题。

浮石林内，众多轻型单兵都在借着石头跳跃，个别灵活度强的中型单兵也在上面和变异石蛙缠斗。

当然和最前面两位的速度完全没有办法比，霍宣山和卫三负责解决高阶变异石蛙，至于低等石蛙则交由后面的校队成员对付。

"3S级变异石蛙。"霍宣山站在一块浮石上，盯着前方对他们虎视眈眈的变异石蛙道。

到底是3S级轻型单兵，即便没有张开双翅，他能在石头上待的时间也比卫三长一半。

"两只，我们一人一只。"卫三双手握着布满墨绿色黏液的扇形刀道。

"是三只。"霍宣山低头示意她看着下面，有一只3S级变异石蛙在地面，已经开始和廖如宁对上了。

无须多言，两人已经选好了自己要对付的变异石蛙。

3S级变异石蛙光从表面来看，和普通的变异石蛙没什么区别，只有精神力的差别，但等它们伸出舌头后，便能发现完全不同。

它们的舌头分叉极深，近乎两根舌头，且能随时随地喷射出墨绿色黏液，而不用吞吐舌头。

卫三的扇形刀朝这头3S级变异石蛙扔去时，它会立刻吐出大团极黏稠的黏液，正好打中扇形刀，让其坠落。

"……"

卫三飞身跃起，只能伸手从黏液中抽出扇形刀，这时3S级变异石蛙两条舌头左右拦住她的路，想要将无常拉近。

星兽能以机甲材料为食，机甲外壳本就是星兽身上的材料，加上能源，对它们而言是大补之物。

这只3S级变异石蛙，想要靠黏液腐蚀掉机甲，再慢慢吞食。

卫三岂能如它所愿，抽出扇形刀，双手一合，变形成须弥刀，宽刀面直接挡住喷射而来的黏液团，有些黏液团被反甩在石头上，瞬间把一整块石头腐蚀完。

这头变异石蛙察觉到不对，才恋恋不舍地收回舌头。

卫三正准备乘胜追击，斩断变异石蛙的舌头，然而此刻风停了！

风一停，浮石林不再有浮石，全部直接下坠，变成落石，轰然砸向地面。

第240节

无数浮石一瞬间坠落，重重往地面砸去，一场声势浩大的石头雨在赛场内发生。

下方的军校生原本只用对付变异石蛙，但现在都在躲避半空中落下的石头，高空坠落且重量不轻的浮石砸在机甲身上，不亚于一次重击，何况高空中还有这么多石头。

众人皆使出各种手段，试图躲开高空坠落的石头，而那些变异石蛙早已经习惯这种情况，趁乱攻击军校生们。

霍宣山没有落地，直接展开双翅，往上飞。他机甲翅膀并不小，张开后的两只翅膀之间可长达十几米。上升时翅膀形成笔直的一字形，躲闪无数落下的石头，时而收单翅以通过狭窄的空间。

轻型单兵多继续往上升，而其他人无法长时间保持在半空中，跳跃高度有限。

卫三跟着脚下踩着的石头一起落地，刚站稳便见到附近有个校队单兵脚被石头砸了，闪躲速度受到极大影响，同时上面数十块石头还在往下落。

卫三猛然赶去，伸手将对方拉了过来，而此刻半空中依然有许多石头砸下来，她没有躲开头上的石头，直接握着扇形刀举高，快速且随意将石头砍碎。

石头多且密，因此受伤的军校生们不少，卫三要所有受伤的人向她这儿集合，有些机甲受损严重，行动遭到影响的人则被附近其他人一起架了过去。

"列盾。"卫三对身边的军校生道。

他们行动不便，但抬起手臂上的盾牌还是可以，卫三借盾牌当落脚点，踩在上面，将能踢开的石头踢开，一时踢不开的，她双手一甩，扇形刀直接变成了合刀,跳在半空中,把大型石头切碎。

越来越多的人往她这边聚拢,轻型单兵稳住后,也纷纷一起和卫三一样,将这些石头踢到周围去。

这一圈几乎形成了一个"真空地带"。

半个小时后,所有石头全部落在地上,浮石林不再,变成了落石地。

卫三收刀落在地上,看了一眼后面的校队成员,又往四周看去,却没有见到金珂和应成河,她皱眉间之前站在两人附近的廖如宁。

廖如宁转头指着背后两大堆异常高的石头山:"……他们在这里面。"

卫三过去踢了踢石头山:"还活着?"

"……活着。"金珂的声音从里面传出来。

随后两堆石头山上的石头缓缓往周边滚落,金珂和应成河从石头堆里爬了出来。

两人深谙不死龟的特性,反正不用跑,干脆直接趴下任由石头砸,反正不会受伤。

卫三和廖如宁一人伸出一只手,把两人拉起来。

"一般风停的时间不会超过二十分钟,在这二十分钟,我们加速前进。"金珂起身抖了抖身上的小碎石道。

"恐怕我们现在走不了了。"卫三朝之前来时的方向看去,缓缓道。

几人顺着她的目光看去,这才发现远处有军校赶了过来。

——是南帕西军校。

直播现场。

"这两所军校居然率先碰在一起,我听说山宫波刃在赛前说很希望和卫三对上。"习浩天望着两个重合的光幕道,"不知道他们会现在就对上,还是先赶去终点。"

"其他军校都在赶路,现在两所军校对上,恐怕不太划算。"鱼天荷道。

"也是。"

事实上,在赛场内永远不知道下一秒会发生什么。

南帕西那对兄妹,径直脱离队伍,直接朝卫三奔来,两人一同攻击她。

别说达摩克利斯军校众人骂一声神经病,连南帕西的主指挥高唐银都愣住了,她知道山宫波刃想要和卫三对战,毕竟在联合训练时,他已经无数次表现了出来。

但这还是他们兄妹第一次完全不遵守主指挥的命令。

直接脱离队伍是什么操作?

高唐银脾气再好，都不由得在心中暗骂一句，但为了维护自己主指挥的尊严，只能硬着头皮保持镇定，假装一切还在掌控之中。

然而为时已晚，那边山宫波刃的鞭子都已经抽了过去，和卫三对上了。

"二打一不合适吧？"廖如宁挡住山宫勇男的路道。

山宫勇男微微嘲讽："你不是我的对手。"

廖少爷不耐烦道："以前没发现你嘴这么臭。"超3S级了不起？

他只承认卫三一个人，或许……帝国军校的应星决也还行？至少有超3S级的担当。

不像这两人，只是明面上升到超3S级，就开始要挑战一切，炫耀实力。

另一边，霍宣山落地，要上去一起对付他们，被赶来的南帕西主指挥阻止了。

"金指挥，不如就让他们切磋切磋？全部人都对上，未免有点太费资源了，我们还没到终点。"高唐银客套道。

"既然觉得浪费资源，为何不让你们这两位停下？"金珂薄怒，在他看来现在对上极为不明智。

高唐银心中理亏，但她现在控制不了山宫兄妹，只能打肿脸充胖子："他们已经开始。"

到最后，霍宣山还是被金珂拦下来，对面还有个昆莉·伊莱，主力队全员单兵现在对上，显然不理智，更何况四周还有变异石蛙虎视眈眈。

两所军校队伍无法前行，只能在这里看着四人对战。

山宫波刃已经不再有当初联合训练的生涩感，鞭子仿佛是他身体衍生出来的一部分，卫三只不过是站在他鞭子范围内，便能感受到一种铺天盖地的禁锢感，似乎永远无法从中挣脱出来。

这种感觉比起当初对上山宫扬灵还要恐怖。

山宫扬灵鞭子的招式让卫三觉得是一把利剑，每一鞭子都带着凌厉辛辣，只不过这把"利剑"是软的，且比一般剑要更长更灵活。

而山宫波刃的鞭子……更像是一张巨大密集的网，似乎无论从哪都无法逃开。

卫三抬手擦了擦脸，机甲没有血，但她明显察觉到外壳受损了。

这种程度，她有点怀疑赛前联合训练，山宫波刃表现出来的水平是不是真实的。

再看旁边廖如宁和山宫勇男的对战，他们两人都是重型机甲，只不过，感知等级原因，山宫勇男可以持续长时间将机甲发挥到百分百的水平，而廖如宁不能。

几乎毫不意外，这两人中最终谁会输。

即便如此，廖如宁依然没有退让任何一步。

只不过直播现场的观众，稍微有点吃惊于南帕西这对兄妹的实力。

至于只是稍微吃惊，完全是因为大赛到现在意外太多了，从达摩克利斯军校崛起，平通院和帝国军校渐渐从夺冠热门上下来，他们已经是成熟的观众了，如今可以保持冷静了。

"你还敢分神？"山宫波刃注意到卫三的眼神，手中的鞭子速度更加快，几不可见，只剩下一道残影。

卫三躲开一次鞭子，侧身让开，却又撞上山宫波刃的鞭子，可想而知他的速度多快。

她握紧两把合刀，盯着对面的山宫波刃，偏了偏头，顶着鞭子冲到他面前，挥刀刺向山宫波刃的胸口。

山宫波刃下意识地退开，他需要和卫三保持一定的距离，才能将鞭子发挥到极致。

就是现在！

卫三原本就不是冲着山宫波刃去的，她目标是山宫勇男！

她骤然转身，一脚端向山宫勇男，对方最后一刻察觉到攻击，抬起手臂一挡。

这时候被压制在地上的廖如宁则得到空隙，一把掀翻山宫勇男，双脚用力踹在她腹部，将其踢开。

卫三趁势挥刀砍向山宫勇男，被赶来的山宫波刃挥鞭挡住，但这时候廖如宁已经站稳。

众人还在一边观望一边对付变异石蛙时，风起了——

玄风赛场别的没有，就是风多且强，起风的那一瞬间，地面上的石头已经开始颤动。

不到两分钟，已经有小石头开始被风刮了起来，众人的视线和空间再一次受阻。风起后，短短十分钟，场中所有石头再一次被吹了起来。

浮石林再一次出现在众人面前。

这给山宫波刃提供了极大的便利，他机甲体积原本便比中型机甲小，身形更灵活，同时鞭子能拐弯，这些都是卫三没有的优势。

卫三在地面，他升上空，握着鞭子从上至下朝她抽去。

风太强了，鞭子的破空声几乎被完全掩盖中，尤其山宫波刃顺着风抽来，卫三躲闪不及，便会被抽中，若是能躲开，也会发现对方其实已经抽中石头，掷过来。

合刀砍碎这些石头，卫三跳起踩在浮石上，不断借力走位，力图和山宫波刃保持同一水平位置。

不只有浮石的阻碍，卫三今天运气似乎不太好，周围变异石蛙时不时就要过来暗算她，连能源防护甲上都沾上了一堆墨绿色黏液。

"卫三，你在这里的弱势太大了。"山宫波刃不紧不慢道。

两人在浮石中间来回交手，下面的廖如宁再一次被山宫勇男压制，几乎完全落败，对方招招狠辣，再这么下去，恐怕廖如宁要出局了。

卫三用力一握，手中合刀朝山宫波刃掷去，在空中瞬间转变成扇形刀，绕过面前的石头，砍向他。

山宫波刃挥鞭打落这把扇形刀，再定睛一看，卫三已经下去了，挡在廖如宁面前，和山宫勇男对上。

随着山宫波刃落地，四个人都在地面上重新混战，一旦廖如宁扛不住，卫三便会一对二。

直播现场。

"这下糟了。"路正辛悠悠道，"卫三完全选择错了方向，廖如宁和山宫勇男对上，便是为了分开这对兄妹。现在兄妹联手，水平大升，卫三和廖如宁更不是他们的对手。"

果不其然，卫三同样的招式多了，早被山宫兄妹看在眼里。

兄妹两人联手几乎完全压制住卫三和廖如宁。

"卫三，我们分开。"廖如宁现在已经知道山宫兄妹的实力和联合训练时期有出入，但他们都对上了，只能咬牙撑着。

只不过，山宫兄妹却不给他们分开的机会，死死将两人锁在他们攻击范围内。

卫三盯着山宫波刃，在想他们的意图，两人是独立军，想必鱼天荷那边应该也告诉了山宫兄妹，他们已经加入独立军。

既然都是独立军，现在对上的意义是什么？

"卫三！"廖如宁看着山宫勇男将后背暴露给他时，先是诧异，随后一惊。

这两人想要绞杀卫三，让她出局！

两个超3S级联手，即便用的是3S级机甲，卫三也会吃亏。

比起后面廖如宁的惊讶，卫三同样理解不了。

因为她碰到了山宫波刃的能源护甲板，只要再用力破开，他就能出局。

而就在此时，山宫波刃直接压了过来，鞭子缠住卫三的手。

是的，就这么简单粗暴地压住卫三。

山宫勇男则紧跟其后，在卫三抽出山宫波刃的能源时，大刀同时抽破她的能源防护甲。

倒在地上的卫三只有一个想法：不好！大意了！

而此刻廖如宁的三环刀也已经砍中山宫勇男，他心中只有一个想法，要她出局。

事实上，从山宫勇男暴露后背时，她确实也没有办法挽救了。

廖如宁看着山宫勇男的能源灯熄灭，心中和卫三一样糟糕。

两人谁都没想到山宫勇男居然自杀式袭击。

他们到底知不知道还在比赛！！！

此刻赛场内响起三道广播。

"南帕西军校主力单兵山宫波刃出局。"

"达摩克利斯军校主力单兵卫三出局。"

"南帕西军校主力单兵山宫勇男出局。"

…………

光听广播都知道高空观战的工作人员有多吃惊，他们连重复播报的程序都忘记了。

半天才想起来失误，才又重复播报了一遍。

别说他们，两所军校的主指挥都呆在原地，脑中一片空白。

金珂满脑子回放刚才广播的内容，他从来没想过卫三会出局的问题。

高唐银已经低头抓住自己胸口的衣服，她心口疼。

这次进赛场前，外界都在看南帕西接下来的表现，认为他们又是一匹黑马。

但现在马失双蹄，还黑马？黑洞还差不多！

赛场内其他军校仰头听着广播，第一遍的时候，都在怀疑自己的耳朵。

等到第二遍，各军校内部已经沸腾了。

肖·伊莱："哈哈哈哈哈，卫三终于翻车了！南帕西也玩完了，难道这一次就是我们塞缪尔军校的天选之赛？！"

至于平通院和帝国军校，虽没有人对此发表意见，但脚下行进的速度却快了不少。

本次赛场内的军校水平要洗牌了。

直播现场。

"刚才什么情况？"项明化没忍住站了起来，卫三居然出局了。

台上，路正辛缓缓讲解："山宫波刃知道自己被卫三抓住致命点，便干脆和她一起出局，而山宫勇男则遂了她哥哥的意，放弃后背防守，只为了让卫三出局。这兄妹俩是狠人。"

鱼天荷嘴角下压："愚蠢！"

"确实过头了。"习浩天摇头，"'同归于尽'也要讲究时候，目前各大军校都没有意外损失，他们俩这么做，直接导致南帕西失去竞争的机会，达摩克利斯军校也只是失去一个单兵。"

现场议论纷纷，赛场内出局的三人还是得坐着飞行器出来。

单独出局的军校生会乘坐小型飞行器出来，卫三和山宫兄妹俩几乎同时抵达出口。

媒体纷纷涌上来采访三人，尤其是卫三。

"卫三，这是你第一次出局，请问有什么感想？"

"山宫波刃，你的实力突然提升这么多，是有什么诀窍吗？只靠着机甲升级就能和卫三对抗？"

"山宫勇男，你直接和你哥哥一起出局，只是为了让卫三也出局，有没有想过南帕西军校后面怎么办？"

旁边的山宫波刃和山宫勇男对视一眼，心中有点不满，他们也是第一次出局，怎么这些媒体都不问问他们的感想？

卫三站在话筒面前，也不答话，只是转身对山宫波刃竖起大拇指，随即翻转一百八十度。

媒体纷纷疯狂拍照，各种劲爆标题都想好了。

好不容易从媒体中挤出来，卫三躲过老师们的安慰，说要去洗漱。

她回到休息处，洗漱完，随手抽过毛巾擦了擦头发，没擦干，就从房间内出来，躲过所有人和监控，翻进南帕西军校主力队的休息处。

"出来。"卫三伸脚踹向一扇门。

门内水停，几分钟后，山宫波刃从里面走出来："你想要所有人都知道你在这里？"

卫三双手抱臂，嗤笑："你妹妹不是把外面的人支开了？"

刚才在赛场内，卫三之所以没有反应，让山宫勇男得逞，当然不仅仅是误判，还因为他靠在自己耳边说的话。

第 241 节

玄风赛场内风声极大，当时两人靠得极近，山宫波刃附耳低声说话，且把机甲内扩音关了，镜头根本收录不到，反正说话时机甲的嘴又不会动，没人看得出来。

"主力队还有感染者。"

山宫波刃一句话成功让卫三晃神，这才让兄妹二人得手。

"感染者是谁？"既然木已成舟，出局了，卫三也不再纠结，比起拿第一位，还是感染者这件事更为重要，毕竟关乎整个联邦。

"我们不知道感染者是谁，或者哪些人。"山宫波刃坐下来道。

卫三："……不知道你们把我弄出局？"

门突然被打开了，山宫勇男从外面走进来。

卫三目光落在后面进来的山宫勇男身上，这两个人是智障吗？就出于这个原因，用二对一的手法让她出局？

现在达摩克利斯军校和南帕西军校没一个得到好处的。

"别这么看我。"山宫勇男还没洗漱，身上沾了星兽的血和黏液，"我们俩和你一起出局有别的原因。"

卫三靠在墙边，示意他们继续说下去。

"独立军高层发来消息，说军校主力队内还有感染者，在比赛期间，场外会有其他感染者趁大家注意力都在赛场内行动。"山宫波刃看着卫三道，"所以我们必须先出来，以防意外。"

卫三舌尖抵在齿间，忽然失笑一声："在赛场内我们光脑通信都被屏蔽了，你们怎么得知消息的？还是在赛前就知道了，所以从联合训练期间就故意和我作对？"

"那倒不是，我是真想和你打一场，不过我们确实进入赛场内才收到高层发来的这条消息。"山宫波刃抬手露出自己的光脑，"我们的光脑能收到独立军那边的消息。"

闻言，卫三挑眉望着山宫勇男："之前在雨林赛场，你就是收到了消息，所以才会突然宁愿出局也要砍断欲望蘑菇？"

山宫勇男点头："你也知道小酒井武藏是感染者，欲望蘑菇似乎也被感染了，所以才能变异成巨型欲望蘑菇。根据资料显示，最大的欲望蘑菇只有上次雨林赛场的五分之一规模。这些是我们后面才知道的，当时我只接到命令，要斩断欲望蘑菇的根部，不让小酒井武藏接近它。"

"场外的感染者想要做什么？"卫三略过这个话题，继续问道。

山宫兄妹二人摇头，说不知道。

"不知道？你们高层没有发详细消息告诉你们？"

"首先，不是你们，是我们的高层。"山宫波刃指了指自己，再指向卫三纠正道，随后他起身，"独立军出于组织原因，很多人互相不知道身份，我们也不清楚有多少人是独立军，只靠着加密信道通信。我们这次收到的是最机密信息，无来源无署名，对方也只知道这些，才让我们先出来，以防万一。"

这话，卫三是信的。

独立军虽然在为联邦背负着所有，但这里面的人，不全都是善茬。

拿鱼天荷来讲，无论从哪方面看，都是好人，但当时在凡寒星港口枪杀独立军的时候，可没有半点手软。

这么做无非两点。一是摆脱嫌疑，让自己和独立军脱离出来；二恐怕是担心这几个独立军挨不住审问。

这些事情达摩克利斯军校主力队五人私下都讨论过，显然独立军内部隐隐有一种愿意牺牲一切，也要在这一场暗中进行的战争中取得胜利的想法。

见卫三沉思，山宫波刃也不打扰，只道："我先去直播现场，加一下好友，有时候消息会通知你。"

"加密通信？"

"……也行。"山宫波刃花了一段时间，帮卫三绑定好加密信道通信，才走出去。

兄妹二人，一个去看比赛了，一个进卫生间洗漱，卫三站了一会儿，翻出去，准备回演习场的寝室，先把营养液放在兜里，省得出事没营养液喝。

她现在靠着喝营养液，已经很久没有一激动就流鼻血了。

路上她也没有打开光脑看直播，不用想都知道现在南帕西军校和达摩克利斯军校一定处于迷茫状态，还是不看了，看了心梗。

寝室里没有人，只有她一个人，还怪冷清的，卫三摇头回到房间，翻出箱子内的营养液，一股脑儿全部塞进储物袋里。

卫三手里还留了一瓶，微微用力一拧，一边走出房间，一边仰头把营养液倒进嘴里。

她余光见到被应成河供在客厅的黏土机甲，忽然想起什么，快速打开光脑给山宫波刃发消息："你在直播现场？应星决在不在那儿？"

山宫波刃大概是在找应星决的身影，半天才回复卫三："应星决不在这儿，我打听了他今天没有过来。"

不在？

卫三坐下来，翻着比赛前几天的媒体镜头，果然很容易找到应星决的身影，到底是帝国之星，即便没有参加比赛，也备受瞩目，哪怕站在角落里，也依然有媒体在拍。

翻完之后，卫三发现应星决这几天都在直播现场，今天上午也在。

蓝伐有个八卦频道，除了主持人各种闲谈各军校，镜头还时不时就晃过去，对准应星决，显然知道观众的喜好。

卫三快进见到应星决在上午十点多的时候，低头看了看光脑，随后转身离开了。

那时候各军校还走在空旷路上，没兴趣看下去倒还算正常。

卫三视线落在那个被应成河供起来的黏土机甲模型上，良久起身，决定去应星决的住处看一眼。

即便那些监控的人不让他们接触，看上一眼就行。

整个演习场没有了各军校生队伍，连替补队员和各军校医疗队都去了直播现场，比赛期间吃住都在那边，这里显得有些空荡，基本上见不到人。

虽然没有人，卫三还是下意识地躲躲藏藏，悄无声息潜进应星决几乎算是被软禁的地方。

和想象中层层守卫不同，大楼里面也没有人。

不知为何，卫三心中忽然沉了下来，太松弛了。

她速度加快，顺着楼梯爬上应星决那层，耳朵贴在楼道门背后，没有人。

卫三迅速拉开楼道门，进入这一层，整条过道垫着厚厚的毛毯，她没有直接去应星决的房门口，而是开锁进了另一间房间，从这间房的窗户翻了出去，悄无声息地跳到应星决房间的窗户旁。

她从口袋翻出一面小镜子，放在窗户最下面一角，透过镜子，看房间里面的场景。

这一看，卫三知道山宫波刃得到的消息是什么意思了。

——场外感染者要对应星决下手。

房间内应星决倒在床边，毫无意识，那几个人，其中还有一个是联合训练时教他们的帝国军校老师。

这些人的眼睛都布满了一层灰色，显然整栋大楼都没有了正常人，他们完全肆无忌惮。

眼看着这些人要上前将应星决拖出去，卫三直接破窗而入。

她翻窗进来，显然把房间内一干人惊住了，他们完全没想到会有人进来，明明整栋楼的人都被调离开了。

"你们这么粗暴对待帝国之星，恐怕不太好。"卫三缓缓道，弯腰伸手将应星决一把捞起来，这么强的指挥，居然有朝一日倒在地上昏迷不醒，也不知道这帮感染者对他做了什么。

应星决失去意识，根本无力站稳，被卫三捞起来，扶着腰也无济于事，直接倒在她怀里。

而此刻，房间内的这帮感染者终于反应过来，一个个全部围上来。

卫三倒是有心把应星决放在床上，但这么多感染者，估计一不留神就被拖了出去，想了想还是抱着了事。

也幸好整层楼不高，无法用机甲。

卫三就这么半抱半搂着应星决和对面这些感染者动手，人数多不算事，这里面感染者水平大多不高，唯独那个帝国军校的指导老师实力强，3S级的中型单兵。

她为了护着应星决不被抢走，没少挨这个指导老师的拳头。

卫三直接转身用背挡住这个指导老师的一脚，硬生生被踢到窗边，她乘机带着他一起跳了下去。

"应星决，醒醒。"卫三扭头看着也跟下来的感染者，"再不醒，我把你头发烧了。"

昏迷的人完全没有任何意识，只倒在某个试图用言语威胁的人脖颈处，闭着眼睛，仿佛只是睡着了。

无常机甲挤不进两个人，卫三无法使用机甲，只能直接把人扛起来就跑，一边给山宫波刃通信："大事不好，你们快来，在演习场，这帮感染者要害应星决！"

真的是倒霉，什么事都能被她碰上。

直播现场的山宫波刃站了起来，和山宫勇男对视一眼，立刻动身赶往演习场。

讲解台上，路正辛余光瞥了瞥从观众通道口离开的山宫兄妹后，收回视线，安静地看着直播光幕。

卫三疯狂跑到一处停共享飞行器的场地，砸开一台飞行器的门后，把应星决塞进去。

幸好从赛场返程的路上，她把无常修好了，不然这次完蛋。

卫三进入机甲和这帮人对上。

原本几乎没有人的演习场，这时候突然不断涌出人来，不用猜，这些人全是感染者。

卫三看着越来越多的人出现，突然有点明白当年独立军的决断，平时他们没有暴露，谁能知道这些人其实已经不再是正常人。

这里面最强的人还是帝国军校的那个指导老师，卫三只要拖到山宫兄妹过来就行。

感染者们似乎也看出了她的意图，开始异常焦躁地攻击。

就一个3S级单兵，卫三还不怕，足够有能力挡住。

只不过这些感染者突然停下来了，像是得了什么命令一般，卫三还没来得及想是怎么回事，他们又开始动了。

第242节

整个演习场的正常人似乎都被调离走了，只剩下感染者，能有这个手笔调动演习场的人，想必对方应该是白矮星的中高层，胆子居然这么大，在光天化日下动手。

卫三扭头朝背后那台飞行器看去，应星决躺在里面至少目标能大一点，若是有感染者想要绕过去劫走他，也能第一时间发现。不过……不知道这帮感染者对应星决做了什么，能三番五次让他陷入昏迷中。

超3S级的指挥，这么好靠近？

她可是还记得应星决当初那种浩瀚宽广的感知探测范围，整个赛场都在他掌控中，无人能逃脱。

卫三再转头回去看着那些感染者，进入机甲的只有单兵，剩下的只是抬着头直勾勾盯着她，也没有其他的动作。

吓唬人？

卫三没有在意，心思都放在对面那个帝国军校3S级指导老师身上。她握着须弥刀，没有冲上去，只在一定的范围内活动，以便能完全护住背后那台飞行器。

这个被感染的指导老师确实强，只不过如今的卫三完全不再是大赛之初的单兵，对付3S级，即便是经验丰富老辣的老师，也能有还击之力。

但这人确实难缠，又不要命一般扑上来，卫三完全不能挣脱开，只能这么和他们耗着，一直等到山宫兄妹过来帮忙。

她的感知没有办法看到周围的变化，若是应星决此刻醒着，便能发现异常。

这些站在旁边直勾勾围观的感染者，所有被污染的感知都释放了出来，勾连在一起，朝卫三缠绕弥漫过去。

卫三在和被感染的指导老师打斗，根本没有察觉到这一点点异常。

也幸好，这次的直播现场和演习场相隔不远，山宫兄妹很快赶了过来。

他们从半空中的飞行器上跳下来，落地时已经进入机甲。

"这里交给你们了，我带他先走。"卫三一见到两人过来，直接收了机甲，朝飞行器跑去，挥手，"你们一定能行。"

"欸……"山宫波刃一转头便看着已然起飞的飞行器,这动作也太快了点。

虽说如此,山宫兄妹还是尽力帮卫三争取出一条离开的路。

卫三带着应星决一走,只留下山宫波刃和山宫勇男在这里对付这些感染者。

飞行器上。

卫三从口袋摸出营养液,准备喂给应星决。

他还在昏迷中,营养液要一点一点倒进去,不能速度过快,否则会流出来。卫三手指压在他喉咙附近,时不时伸手压一压,好让应星决吞咽下去。

她一心想着要把营养液喂给他,倒是完全没注意手经常会擦过应星决的喉结,次数多了,对方有一些异动,眉眼微皱,显然不太舒服。

"应星决?"卫三放下空了的营养液管,看着躺在椅子上的人,伸手在他眼前挥了挥手,对方没有半点反应,"你头发着火了。"

卫三伸出手摸上了应星决的长发,肆无忌惮地抓在掌心,冰凉顺滑,像极了上好的绸缎,另一只手拿出打火机,准备要烧他头发。

火都点着了,应星决还是没有醒的迹象,但看他生命特征分明平稳,并不像哪受伤的样子。

她收了火,手还下意识地握着他的发丝,慢慢揉捻,时间长了都被焐暖了。

"算了,先带你去看看。"卫三把座椅调成平躺模式,让他睡在这儿,自己起身站在飞行器最前端。

她设置的目的地是直播现场后楼,去那里找应星决的主治医生许真。

到达后楼附近时,来往很多飞行器,她的飞行器倒没引起注意,卫三为了保险起见,还是将飞行器扔到角落里,半搂着应星决走进了后楼。

为了不让应星决引起他人的注意,下飞行器前,卫三还特意帮他编了两条麻花辫,随即卷起来,用帽子盖好,以遮住大半容貌。

五楼走廊,许真夹着文件夹,低头看着光脑,她之前试图拨通应星决的通信,因为就在刚刚,她发现监控数据出现了爆发增长,这意味着应星决又一次发病了。

通信始终打不通。

许真急得从实验室出来,准备去报告,出来时,查看应星决的定位。

嗯?

许真看着光脑上的定位红点,应星决……就在这栋楼里?!

还未待她细想,路过的一扇门突然打开,把许真拉了进去,正当她想要挣扎时,突然传来一道声音:"别动了,应星决在这里。"

许真一愣,对方已经松开了她,一转头才发现后面的人:"卫三?"

卫三让开一步，露出左后方的病床："他在这儿。"

"怎么回事？"许真立刻上前检查应星决的情况，"我刚刚发现他的身体数据暴动，是不是又发病了？看样子幸好碰上你。"

还好是卫三这个单兵，碰上其他人，恐怕……

"胡说什么呢？"卫三双手抱臂站在旁边，"他人都晕过去了，你见过昏迷的人还能动手杀人？"

许真愣住："那……"

"这事有点奇怪，你能不能查出他昏迷的原因？"卫三没有和许真说太多，有什么费心的事，还是等应星决醒了之后再说。

"你先等等，我出去一趟，然后带你们去我的活动实验室舱。"许真整理了一番表情，这才拉开门若无其事地出去，从外面推来了一张推床。

和卫三合力把应星决放在上面，床单盖在上面，快速赶往活动实验室舱。

许真开始检查应星决身体，这期间，山宫兄妹给卫三发了消息，说感染者没有跟他们纠缠多久便散了，不过那些人的脸，都记下来了，以后会行动对付。

谁都不想现在这个时候暴露感染者，否则被感染的高层一定会缩起来，再也找不到。

"奇怪。"许真看着一系列身体检测出来的数据，困惑不已。

"怎么了？"卫三问道。

许真盯着卫三犹豫了一会儿，既然这位是星决相信的人，说出来倒也无妨。

"检测数据显示他确实发病了，和之前在南帕西星的情况一样。"许真皱眉，"但你又说星决是晕迷的状态。"

"那就是有什么地方做了手脚。"卫三想了想道。

"不可能。"许真立刻否认，"因为当年营养液的事，基本上所有事都是我一个人操办，即便是团队碰过了，我也会重新检查一遍。"

卫三抬眼看了许真医生一眼："总有你检查不明白的东西，除了药和营养液在你眼皮底下无法动手脚，这些检测仪器呢？"

"检测仪器有应家专人定期检查，不会……"许真忽然一顿，应家派来的人当然可信，是和她一样被挑选出来的，但还有一样东西从来没有被检测过。

卫三见许真医生这样子，便问道："许医生是想起了什么？"

"你说得没错，有一样东西我不是完全懂，只是在旁协助研发过。"许真医生视线落在应星决身上，她走过去，伸手摸向他后颈处，"微型实时监控数据机器，这个东西放在他身体里长达十年，没有人再动过。"

卫三闻言皱眉，伸手摸在自己腕骨处，她这里也有一个同样的东西。

"这东西能不能让他陷入昏迷中?"卫三问,"不用攻击,只要操控这种微型机器。"

"不知道,按理说这只是一个微型监控数据机器而已,但假如当年有人对这个微型机器动了手脚,我……发现不了。"许真有些压抑道,当年帮她一起设计这个微型监控数据机器的人是第一区机械处的好友,她完全没有防备。

卫三望着躺在病床上的应星决问许真:"为什么一定要放在他后颈处?"

"在后颈得到的数据最为准确,当时星决身体紊乱,容不得半点差错。"

这么多年都习惯了,谁能想到这种微型东西里面可能包藏阴谋?

"我要做个小手术,把这东西取出来送到应家那边去检测。"许真当机立断道。

手术时,卫三没有离开,她在录像。

万一这东西有问题,又有人不承认,应星决身上被泼的污水岂不是洗不掉?

确实是小手术,许真医生技术又高超,不到二十分钟便将微型监控数据机器拿了出来,她将这东西瞬间放进一个盒子内。

许真没有帮应星决缝合,而是在旁边拿了一小罐类似药膏的半透明东西涂抹在他后颈处,几乎瞬间,伤口便愈合了。

"这什么药膏?看着比治疗舱内的液体好很多。"效果这么好的药卫三还没见过,每次躺治疗舱对她而言都是一种折磨,单兵最讨厌那个液体的气息。

"这罐送给你。"许真递给卫三。

"这么一小罐,估计涂一只手就没了。"卫三低头看了看道。

"这个药很珍贵,即便是应家也只供应给星决用,而且一年也只有十小罐。"许真解释道,"不过和南家的特效药还差了点。"

卫三把药膏收了起来,顺便帮应星决翻了个身,撑着拍他的脸,确定从视频中能看得出是应星决动了手术,这才罢休。

"我要去把这个东西交给应家人。"许真对卫三道,"能不能再麻烦你留下来等星决醒?"

卫三随意道:"行啊。"反正做好事做到底。

不过,她问许真,要不要继续录像,以防有人会怀疑他们调包。

"也好。"许真打开自己的录像机,但没有收音,只对着她的手和掌心中的机器拍着,就这样走了出去。

等许真离开后,卫三打开光脑,她这人做事有个习惯,经常打开相机录像,尤其是发生重要的事时。

她低头滑了滑,点开一段只有十秒不到的录像视频,是之前卫三用相机对着小镜子拍的。

卫三拍得很有技巧，只拍到感染者们眼睛以下的部位和躺在地上昏迷的应星决。

这样既不暴露感染者的真面目，又能给应星决留下证据。

这段视频再加上如果那个微型监控数据仪器有问题，差不多能洗清应星决身上的嫌疑。

卫三一个人坐在旁边，身上气息逐渐发生变化，但她并未察觉。

这时候床上的应星决睁开了眼睛，和之前在集装箱的感觉类似，只不过少了漫天血腥味，他抬手挡了挡脸，缓缓起身，还不清楚现在的状况。

"醒了？"卫三听到动静，起身站在床边。

应星决放下手，仰头看着卫三，还未想明白她为什么不在赛场，而是出现在自己面前，下一秒便主动出手，用感知攻击对面的人。

"疯了？"卫三极讨厌被人无端攻击脑内精神，直接伸手掐着应星决脖子，将他重重压回床上。

她没有收力度，下手极重。

应星决对着卫三充满戾气的眼睛愣住，伸出修长干净的手指轻轻搭在她手腕上，没有挣脱的意思："你……比赛完了？"

"没有，出局了。"卫三松开他脖颈，退后几步，"抱歉，不过我之前就说过别动不动用感知攻击我。"

若是放在以往，卫三说自己出局了，应星决最先分析的一定是为什么，但现在他只在想一件事。

应星决用手撑着自己重新坐起来，赤脚站在地面上，静静看着卫三。

半响，他才道："你有没有照过镜子？"

卫三："好端端照什么镜子？"

应星决对许真的活动实验舱很熟悉，他上前，拉着卫三往一面镜子前站定。

卫三看着镜子中的自己，忽然怔住：镜中的人眼中煞气未消，可想当时对应星决出手是什么样子。

她分明只是不耐烦而已。

第243节

镜中人满眼的戾气让卫三感到陌生，她不喜欢这样的变化。

卫三有意收敛神情，转移视线，不由落在镜中后方应星决的帽子上。

之前帮他戴帽子的时候，为了不让帽子掉落下来，卫三特地固定了一遍，刚才许真急着帮应星决检查身体，并没有发现他头上戴了帽子，下意识地以为是手术帽。

而站在镜子面前，应星决心神都放在卫三身上，根本没有注意自己有什么变化，就这样，他一直戴到现在。

直到现在顺着卫三的目光，他才见到镜中自己戴着的帽子。

应星决犹豫一瞬，抬手将帽子取了下来。

卫三再想把他拉离镜子已经晚了。

镜中的人即便唇色苍白也难掩清俊，额间碎发微微散乱，眉目稳静从容，唯独不合时宜地出现了两条长辫子。

"……"

一时间整个空间内沉默又安静。

卫三有心缓解情况，张口道："其实挺好看的。"

刚说完，她便开始后悔，并试图继续解释。

"嗯。"应星决转身，"医生来了。"

卫三：……不愧是做指挥的，够冷静。

两人一前一后走出去，果然许真回来了。

见应星决醒过来，许真便准备和他说微型记录数据机器的事，结果看见他两条辫子直接愣在原地。

正好这两人又刚从镜子那边走过来，许真犹疑道："你们这是……"只是出去一趟，怎么连辫子都编上了？

当事人却完全不在意辫子的事，重新坐在病床边打断道："许医生，为什么我会在这儿？"

许真目光在两人之间来回打量，听见应星决问，这才解释："卫同学送你来的，说你晕倒在房间，我检查了一遍，发现你的状态和之前南帕西星的情况一样，但你这次处于昏迷状态，所以怀疑有什么东西误导了检测结果。脖子上的微型监控数据机器我已经取下来，送给应家那边去检查了。"

"我录了视频。"卫三手指在光脑上移了移，抬头道，"怎么处理，你自己看着办？"

应星决将视频一帧一帧看完，终于从线团中理出线头，上一次大概便是这么落入他人掌控之中。

他垂眸沉思，那些守着自己的3S级护卫队，在南帕西星一事发生后，便被联合投票表决撤离。

因为有人说极有可能就是护卫队暗中帮忙，才让应星决成功对那几个军校

370

生下手。

为此姬元德曾打过一次通信过来，表示护卫队的职责是监控应星决，防止其发病暴动，并不存在帮他一说。但联合投票表决，最终还是撤离了这支3S级的护卫队。

但上一次，这些感染者又是如何蒙蔽护卫队，将他带了出去？

…………

"只是昏迷，用不着治疗舱。"许真从箱子里拿出来几支营养液，"你喝这个，另外帮你输一瓶液调理身体状况，休息一会儿，应该能没事。"

应星决虽然醒了，但到底是什么导致他昏迷的还不能确定，卫三干脆没走，靠在旁边手术推车上，等他稍微恢复再离开。

等许真帮他弄好输液瓶后，临时有事离开，整个活动实验舱只有卫三和应星决两个人。

安静得甚至仿佛能听见输液瓶中的声音。

"你……"卫三指了指应星决的辫子，"头发不拆吗？"

她一抬头就能看见他两条辫子垂落在肩膀前，当时没觉得，现在看着应星决平静的脸，总觉得自己乘人之危欺负了他。

闻言，应星决垂眸，抬手拆发辫上的头绳。

见他两只手都抬了起来，卫三瞬间走到床边，按住应星决输液的手，"血会倒流，我帮你。"

"谢谢。"应星决从善如流地落下手，安静等着她帮自己拆发辫。

一个半靠在病床上，一个弯腰低头抬手帮忙把头绳取下来。

卫三把头绳放回自己口袋，抬手顺便帮他把两根发辫解开，若是应成河的头发，她一定从发根直接划到底，粗暴地把辫子分开，毕竟那位头发太糙，连自己都不珍惜，但现在手心里握着精心护养的头发，她便一点一点慢条斯理从发尾散开。

两人靠得太近了，甚至能闻到一股淡淡的熟悉的柑橘香，是达摩克利斯军校供应的洗浴液，在沙都星演习场曾经提供给各大军校用过。

应星决原本垂下的眼睫，此刻已经抬起，他静静地看着面前人的脸，输液的手指微微拽住床单。

卫三毫无所觉，她一边在认真帮忙解辫子，一边光明正大地上手摸他的头发。

应月容在收到许真医生拿过来的微型监控数据机器，快速安排信任的人检查后，这才找机会过来。

她推开门本以为会再次见到应星决不省人事躺在床上的样子，结果见到的却是卫三和应星决两人靠在一起……

一听到声音，卫三便扭头朝门口看去，正好两条辫子都解开了，她松开手里的头发，直起身退开几步。

"您怎么来了？"应星决披着微卷的长发，问道。

向来冷静的应大指挥，此刻居然一时无法说出话来。她虽没看清，只见到卫三弯腰的背影，但刚才两人暧昧的动作，加上卫三手都放在了应星决肩膀上，很难猜不出他们在干什么。

应月容视线落在卫三和应星决身上，这两个人怎么会……

不，难怪许医生说是卫三救了星决，分明是一出局便去找星决，所以才能撞见并救下了他。

"二姑？"应星决喊道。

应月容这才回神，她控制好自己的面部肌肉，力图保持绝对的冷静："机器已经拿去检查了，最迟晚上九点出结果，等结果一出，我会召开紧急会议。"

"另外……"应月容看向卫三，"希望你能为今天发生的事一同做证。"

"可以。"救人救到底，卫三直接答应下来。

但她爽快答应下来的话听在应月容耳朵里，又代表了另一层含义。

卫三看着应星决脸色好了不少，便道："我先去看比赛了，晚上需要做证再联系我。"

她一离开，应月容便想问刚才的事，但话到嘴边，见到应星决靠在病床上，熟悉的输液样子，最终还是将要说的话咽了回去。

她只是站在旁边问："要不要和你父亲说这件事？"

应星决摇头："解决之后再告诉父亲。"

走到直播现场，卫三在观众席找了一个空位坐下来，不一会儿山宫兄妹二人走来，坐在她后面。

"人怎么样？"山宫波刃仰头看着光幕，问卫三。

"已经醒过来了。"

"应星决超3S级暴露后，他一直都是活靶子。"外人看来山宫波刃似乎是在和山宫勇男说话，实则他是在和卫三交谈。

卫三靠在椅背上："你们隐藏下来的时候，没想过让他也隐藏起来？"

"太晚了。"山宫波刃缓缓道，"应星决比我们的感知还要强许多，他从一开始就和常人不同，隐藏不了。况且……自从应游津叛逃后，应家那些年一直处于高压监控中，我们只要一联系，势必会暴露。"

这三个人前后坐着观看比赛，很快落入达摩克利斯军校几个老师眼中。

"卫三怎么和山宫兄妹坐在一起？别到时候在现场闹出事来。"项明化皱眉道。

解语曼看过去，摇了摇头："卫三没那么冲动，先看比赛。"

一天还未过去，比赛已然开始发生变化，从卫三和山宫兄妹出局后，其他军校便开始加速前进，显然想乘机超越这两所军校。

南帕西损失最厉害，失去两个主力单兵，别说竞争冠军，连拿排位都成了问题，只要碰上其他军校，分分钟团灭。

高唐银简直咬碎了牙，偏偏始作俑者还是他们本队的单兵，她一直后悔，当时要顾着面子，再重来一回，她一定要拦住山宫波刃和山宫勇男。

至于达摩克利斯军校，也不用说，听到卫三出局时，无一不陷入震惊，但金珂特意观察了一个人的神色。

——鱼仆信太冷静了。

同样作为独立军，山宫兄妹做出这种堪称愚蠢的抉择，而鱼仆信却没有大的情绪波动。

金珂很难不去想这是一个有计划的行动。

他们要卫三出局干什么？

既然有所猜测，金珂情绪上便接受了许多。

主力队另外三人，见金珂没什么反应，便也快速收敛情绪，整顿出发，他们没有再和南帕西军校队伍纠缠。

倒是校队成员还处于低迷中，但是几人无法安慰，总不能说山宫兄妹是那什么军。

两所军校队伍默契地尽全力通过浮石林，互不干扰，随即分道扬镳。

卫三坐下来看时，达摩克利斯军校队伍已经走在悬崖峭壁上。

不得不说，当初的爬墙训练没有白练，赛场内风极强，峭壁上的碎石早吹掉了，只剩下平滑的崖壁，间或一点点缝隙。

军校生们收了机甲，一个一个快速通过悬崖峭壁，没有任何防护，只有一双手，奋力扒住崖壁上各种缝隙，即便指尖被磨破，也没有人退缩。

这些场景通过镜头全部播放给星网的观众。

这也是军校生占据联邦绝大部分资源，而没有普通人出来反对的原因之一。

军校生忍常人不能忍，时刻会失去性命，一毕业便会去战场，在那里更是九死一生。

金珂知道其他军校知道他们失去卫三后，会有所动作，所以才临时改道，走了一条最险的路。

从这里到终点，全部是悬崖峭壁。

而南帕西则选择了另一条便捷的路，准备尽快赶往终点。

晚上八点四十分，各老师接到应月容组的紧急会议，同时，卫三被叫了过去。

第244节

紧急会议的召开，让不少人都摸不着头脑。

三位主解员也被喊了过去，老师们或坐或站在会议室桌前，互相看了看，显然没有人知道发生了什么。

应月容和应星决还没有过来，卫三先到了。

她一进来，所有人的目光都聚集在她身上。

"卫三？你来这儿干什么？"习浩天第一个问道，随即他抬手示意她出去，"我们待会儿要开会，你先出去。"

"知道，我也是来参加会议的。"卫三说罢，扫了一眼周围，发现已经没有地方能坐下来，便干脆走到角落里，直接席地而坐。

至于脸面形象，不重要，她只想多休息一会儿。

习浩天被她一句话堵住，旁边项明化打算喊卫三起来，坐在他位置上，这时候应月容面无表情地走进来，应星决跟在她身后。

应月容从外面进来后，便直接站在会议桌最前面："今天晚上召集这个紧急会议是有些事要告知你们。"

众人耳朵听着应月容的话，眼睛却纷纷看着应星决，显然这些事必然和应星决有关。

应月容冷笑一声，目光如刮骨刀般扫过众人："我应家人无论如何，都由不得你们欺在头上。"

"应指挥，发生了什么事？"鱼天荷问道。

应月容直接放出卫三拍摄的那段视频："今天下午有人在房间内袭击了应星决，在被拖出去的时候，正好被达摩克利斯军校的卫三发现，这才逃脱危险。"

会议室众人看完视频，显然都有点迷惑。

有人发出第一个疑问："虽然没有看到完全的脸，但站在中间的人应该是你们帝国军校的指导老师，这和我们有什么关系？"

应月容抬手放出下一页资料，几个人的样貌资料全部出现在所有人面前，正好能对上刚才那些看不全脸的人。

除了帝国军校的那位指导老师，剩下几个是各所军校的人。

"……"

会议室一片寂静，谁都没想到会是这种情况。

塞缪尔军校的老师最先甩锅："这些都是大楼工作人员，没什么本事，最高等级的人也不过是S级，我严重怀疑是帝国军校的这位指导老师勾结他们，害应星决。"

应月容冷眼看着他解释："说完了？这几个人的事，我先不追究。"

"那你是想追究什么？"有人问道。

"我不追究，只想你们还应星决的清白。"应月容将那个下午拿到手检查的微型监控数据机器扔在会议桌上，"这东西埋在他后颈十年之久，为的是监控他的身体数据，以便了解应星决身体变化，但就在今天我们发现这里面多了一个不该有的东西。"

众人纷纷直起身，看着桌面上的东西。

"这个多出来的设置，能够远程操控他直接昏迷，造成监控数据上有发病的假象。"应月容在这帮人发疑问前，先放出应星决做取出手术的视频，以及让人拆卸检查的视频。足够让他们看清楚，没有造假。

"应指挥的意思是？"习浩天问道。

应月容关了视频："南帕西星上的事是一场阴谋，专门陷害应星决的阴谋，我要你们现在撤销对他的一切监控，在座各位当初的投票是在帮助暗中的人对付联邦未来的希望。"

"就凭这个东西？就能洗清他的嫌疑？"还是有人不同意，"我们死去的军校生的命不值钱？这么轻飘飘地揭过去。"

应月容猛然拍桌子，怒道："你们不想为自己死去的军校生找出真凶？只为了能刁难应星决？"

"应指挥，你这脾气发得有点奇怪，怎么看都是你们自己内部出了问题，怎么反倒怪起了我们？"有人不满道。

眼看着要吵起来，路正辛出声问道："应指挥有没有查出来对这个微型监控数据机器动手脚的人？"

应月容也在等帝都星那边的通信："已经有怀疑的人。"

经手的人只有两个，许真和第一军区机械处的主任。从检查这台机器时，应月容已经联系帝都星可信之人，去第一军区机械处先将人抓起来。

不过到现在还没有人回复。

她话音刚落，帝都星那边便有人打来通信。

应月容直接公放，让所有人都看到："如何？"

"指挥，机械处主任已自杀身亡。"对面的人低头道。

自杀身亡？显然不用调查，都知道这个人有问题。

会议室静了静，很快达摩克利斯军校的项明化开口："既然如此，应星决身边的监控可以撤了，还望应指挥早日查明幕后之人。"

"现在这些人都和帝国军校那边脱不了关系，和我们可没什么关系。"塞缪尔军校的老师嘴向下撇道，"我们也不过是按规章制度办事，还平白被你们帝国军校的人策反了几个人。"

"说不定是你们自导自演的罢了。"

即便明知道是有人在动手脚，有些人还是要嘴硬。

"这么说你的意思是达摩克利斯军校的卫三和我们一起做伪证？"应月容盯着说话的人，"不如你问问她？"

"我亲眼所见。"卫三主动举手。

扯上卫三，达摩克利斯军校的老师们势必要支持。

"应星决感知等级是超3S级，常人根本无法近身，能让他昏迷，只可能是在这个微型机器上做了手脚，况且上次在南帕西星之事，你我都心知肚明，此事蹊跷，摆明了针对他，现在找到了证据，大家最好接受，不要图一己私欲，去污蔑一个年轻学生。"

南帕西的老师也点头："确实，若是还有谁不信，可以将这个微型机器拿去重新检查一遍。"

对方只能改口道："那这次还真多亏了卫三，应星决才能洗清嫌疑，不然指不定又面临一次栽赃。"

突然有人举手问："卫三为什么会去应星决的房间？"

会议室内的人目光都落在席地而坐的卫三身上。

她掸了掸膝盖站起来："出局了，正准备休息，才想起应同学还在赛场外，一时生出同病相怜之情，不由得想要过去安慰，以表达同学之间的友爱。"

应月容双眼瞥过卫三：什么同学友爱，当着长辈的面扯谎。

"是吗？"路正辛幽幽道，"为什么我觉得那个录像角度方向像是在窗外偷拍的，我记得应星决房间不在一楼，卫三你怎么上去的？"

卫三："路指挥，你可能不懂我们年轻人之间表达友谊的方式。我爬窗，只是想给应同学一个惊喜。"

被暗讽年龄大的路正辛："……"呵呵。

第 245 节

会议室内，自从卫三说完话后，气氛有些许怪异。

毕竟在众人印象中，卫三爬窗展示同学友爱的事不太可能，去害人还差不多。

解语曼咳了一声，把话题转了回来："既然应同学被人陷害，我们还是要把重点放在查出背后之人的意图上。"

"另外还有一件事。"应月容双手撑在会议桌上，"监控人员一方面监控应星决，同时还有保护他的义务，但今天下午他们却全不见了。"

会议室议论纷纷，显然其中有蹊跷。

"应指挥查出来原因了？"路正辛问道。

"监控人员提前接到一份轮班调令离开。"应月容面无表情地拿出一张纸，往桌子中间一推，"你们发的调令。"

"调令？"有人喊道，"这不可能，我们都在直播现场看比赛。"

监控人员有三班，从第一天开始便已经互相认识，互相交接都知道对方，但今天他们接到由五大军校盖章的调令，提前离开，没有和人交接。

印章一直放在五大军校的领队老师手里。

项明化从收纳袋内拿出自己的印章："这印章我一直带在身上，没有拿出来过。"

"我也没有。"

"这调令我没见过，更没有盖章。"

…………

应月容目光落在调令上："印章检查过，是真的。"

众指导老师终于知道被人冤枉，有口说不清的痛苦。

"不过，想来应该是造假的印章或者曾经盗走过你们的印章。"应月容表示相信几位指导老师。

但她的相信是什么意思，会议室内的人都明白。

——要还应星决一个公道。

众人纷纷打圆场，指责幕后的人，义愤填膺地要找出凶手。

卫三靠在墙角边，看着这帮人来回拉锯，明明心知肚明，还要故作姿态，虚伪无趣。

她视线落在沉默站在对面的应星决身上，当指挥确实不如单兵和机甲师快意，后两者还有发泄的渠道，而主指挥不光不能发泄，还必须时刻保持极度的

377

冷静才能成为一个优秀的指挥。

或许是目光过于直白，应星决扭头朝她看过来，两人目光瞬时对上，卫三不由得一怔，但她没有移开视线。

毕竟卫三是个做什么都不心虚的人。

"好了，我们先回去。"应月容侧脸对应星决道，语调有一点加重，但她刚和众人拉扯半天，没人注意这点区别。

倒是卫三靠在墙角，望着两人离开，总感觉……刚才应指挥她转身离开前瞪了自己。

错觉吗？

怎么说自己也救了她侄子。

好人卫三有一点点迷惑。

但很快卫三没有多少想法了，因为项明化把她揪出去问话了。

"你爬人家窗户干什么？让你出局的是南帕西的山宫兄妹，你找应星决麻烦？"项明化点名道姓说得头头是道，让卫三一时间都不知道从哪儿回复。

"……这，我真的只是去表达同学之间的友爱。"卫三举手诚恳道。

项明化呵呵两声："真以为我不知道你们在帝都星大晚上爬楼打了肖·伊莱和校队总兵的事？"

卫三眼神四处瞟，试图解释："这是两回事，应星决一个超3S级，我怎么偷袭他？"

"果然是你！"项明化刚才不过一猜，立刻把第一场比赛前的事诈了出来，现在更相信自己刚才的猜想，卫三就是爬窗准备去打应星决的！

卫三："……"

"岂有此理！如果那些监视的人没有撤走，你怎么去揍他？"项明化盯着卫三，十分气恼，"被发现了，你也直接不用比赛了！"

卫三："……"到底该不该反驳？

"不过。"项明化叹了口气，"也幸好你过去了，否则不知道又要发生什么。"

"好了，先去赛场。"解语曼对两人道，"塞缪尔军校已经对南帕西军校动手了。"

玄风赛场。

自从南帕西军校和达摩克利斯军校主力队有单兵出局后，其他军校便已经开始计划了。

有些观众认为这两所军校合作最好，但实际上只要他们一合作，到时候极可能迎来其他军校的合作，排除掉达摩克利斯军校和南帕西军校，剩下的军校都有排位。

与其如此，倒不如分开走，还能有机会。

　　尤其是南帕西军校，在浮石林时，他们两所军校走在最前面，高唐银完全是在赌。

　　赌其他军校更想让达摩克利斯军校出局，赌他们能提前赶到终点。

　　事实证明，她只赌对了一半。

　　南帕西失去山宫兄妹，加上达摩克利斯军校卫三出局，顿时让其他军校松了一口气。

　　帝国军校和平通院都没有走悬崖那条路，前后选择走了南帕西军校。

　　高唐银没料到他们动作这么快，现在不敢正面对上，只敢带队躲起来。

　　帝国军校和平通院应该有所察觉，知道南帕西军校队伍就在附近躲着，但没有人停下来，而是选择继续赶路。

　　若是碰到达摩克利斯军校，或许还会停下来，但南帕西现在太弱了，这两所军校的主指挥认为没有必要出手，以免浪费时间。

　　但塞缪尔军校不一样，他们主力队有肖·伊莱，他最喜欢欺负弱小。

　　发现他们追上南帕西军校队伍后，高学林还没出声，他自己单人飞过去，直指南帕西军校的主指挥。

　　当然被昆莉·伊莱挡住了。

　　赛场内另外两所军校的队内成员还是完整的，高学林自然不可能看着塞缪尔军校也可能失去主力单兵，便只好带队过去和南帕西对上。

　　主解员和众位老师回来便见到这样的场景。

　　路正辛摇了摇头："南帕西军校好好一副牌，被打成现在这样。除非昆莉·伊莱也能爆发，不过看样子是不可能了。"

　　鱼天荷听着刺耳，冷笑一声不语。

　　"山宫波刃和山宫勇男还是太冲动了。"习浩天道，"尤其是山宫勇男，就算见到哥哥即将出局，也不能把自己后背完全敞开，看样子他们把老师这么长时间的指导全部都忘干净了。"

　　"年轻人，难免冲动。"路正辛笑着说，"以后慢慢就懂了。"

　　南帕西军校和塞缪尔军校遇上已经是晚上了，由于肖·伊莱突然攻击，两所军校直接对战起来。

　　只要南帕西军校没有出现和上次山宫波刃一样水平的单兵，这次赛场结果，不用看都能猜到哪所军校能赢。

　　"所谓天道好轮回，上次你们单兵把我们军校踢出局，这次该轮到我们把南帕西军校踢出局了。"肖·伊莱嚣张道。

昆莉·伊莱没有空和他说话，努力挣扎反抗，她要面对的是三个同等级的对手。

观众们不太愿意看这种单方面碾压的对战，有不少人将目光转移到其他军校镜头那边。

目前，走在第一的是帝国军校，其次是平通院，然后再是对战的两所军校，最后才是达摩克利斯军校。

达摩克利斯军校绕了最险的路，行进速度慢了下来。

他们现在已经过了峭壁，可以走在悬崖地面上，只不过一旦松懈心神，还是容易被风吹下悬崖。

"我们先停下来休息，第二天早点走。"金珂见到有一处适合驻扎休息，便让所有人停了下来。

"现在应该有军校走在我们前面。"霍宣山站在一旁道。

金珂抬头看了看漆黑的天空，现在没有任何光幕竖起来，不知道其他军校目前的情况。

但此刻他心神不完全在比赛上，而是在想场外最好别出什么事。

"塞缪尔军校这次走错了一步。"路正辛看着对战的直播镜头，忽然道。

习浩天也点了点头："逼得太狠了，昆莉·伊莱到底是一个3S级中型单兵，到现在他们还没利索拿下，接下来恐怕……塞缪尔军校得有人和她一起出局了。"

"看样子要么是肖·伊莱，要么是吉尔·伍德。"路正辛分析，"吉尔·伍德毕竟才进化没多久，或许昆莉·伊莱会想拉她一起出局。"

两个主解话音刚落，昆莉·伊莱便动了手，她死死抱住肖·伊莱。

"你干什么？！"肖·伊莱汗毛都竖起来了，"比赛而已，你也用不着自爆？！我们不是亲戚吗？！"

昆莉·伊莱突然放弃攻击，就这么死死固定住对手，太像准备自爆的人。

这把塞缪尔军校的单兵吓住了，肖·伊莱更是开始疯狂挣扎，这时候脑子里已经不是对战了，而是当年达摩克利斯军校那帮疯子的样子。

那可是大赛第一次有人把比赛看得比命还重要，后面，只要来参加大赛的军校生，没人不看那届比赛视频的。

昆莉·伊莱自然不想死，她不过是想带着塞缪尔军校一个主力单兵出局而已。

就在肖·伊莱失分寸时，她动手攻击他的机甲舱，重伤肖·伊莱，最后致他出局。

"你们只有两个主力单兵了，能不能拿到排位……"昆莉·伊莱话未说完，便被习乌通一刀砍在腰部，直接斩断能源部位。

但她的话还是传到塞缪尔军校所有人耳中。

塞缪尔军校和达摩克利斯军校主力队都只剩下两位单兵了，现在能不能拿到第三位成了问题。

"塞缪尔军校主力单兵肖·伊莱出局，重复一遍……"

"南帕西军校主力单兵昆莉·伊莱出局，重复……"

深夜，赛场内出现两道广播和光束。

金珂抬头看着光束，确定了塞缪尔军校如今的方位。

"伊莱家的人都出局了。"应成河从帐篷内出来，"这次比赛可能是主力单兵出局人数最多的一次。"

第246节

肖·伊莱和昆莉·伊莱出局后，塞缪尔军校的老师们气疯了。

当时达摩克利斯军校和南帕西军校一共出局三个主力队单兵，他们有多高兴，现在就有多生气。

只要稳扎稳打，至少第三位一定能拿到。

大赛中，一所军校主力队成员完整，对上同样队伍完整的军校，只要拖到有校队成员率先拔旗，就能赢。

当然前提是对手没有排名前三的主力单兵，但达摩克利斯军校的卫三都出局了！

他们塞缪尔军校这次在终点不就是稳赢？三打二！谁知道现在南帕西出局还要带走一个塞缪尔主力单兵，简直……气死人！

肖·伊莱一出来，等来的就是老师们劈头盖脸的骂声。

"谁让你这么嚣张的？现在出局，高兴了？"

"你就是欠教训！卫三怎么不把你打死！"

肖·伊莱："……关卫三什么事？"

"滚回去！"塞缪尔军校的指导拖着肖·伊莱从媒体记者中挤出一条路，"现在的单兵一个个无法无天，不听主指挥的话，想当年我们主指挥放个屁，我们都得用盒子装起来！"

肖·伊莱："……"这是骂他还是骂谁？

被拖到一半，他突然见到昆莉·伊莱也出来了。

"昆莉·伊莱！"肖·伊莱立刻挣扎地喊住她，"别以为我打不过你！"

"你还是想想塞缪尔军校拿不到排位后，怎么面对队友。"昆莉·伊莱抬手擦掉嘴上的血迹冷冷道。

她心情不太好。

之前山宫兄妹能为南帕西军校拿排位便罢了，结果他们就那么带着卫三一起出了局，导致现在南帕西军校别说争排位，连继续比赛都难。

从他们机甲升为3S级后，南帕西主力队其实便隐隐有了隔阂。

仿佛无形中有一堵墙，把她和高唐银隔绝在外，而山宫兄妹和鱼仆信则是站在另一面。这次在赛场内，山宫兄妹突然擅自行动，更加表明这三人在瞒着她们什么事情。

外人不知道，但感受到隔阂的高唐银和昆莉·伊莱知道他们绝不可能仅仅是冲动挑战这么简单。

昆莉·伊莱垂眼：现在既然出局了，便去坦诚问一问，虽然不一定能得到真相。

这次玄风赛场中几个被看好和被期待的军校主力单兵接连出局，到最后反而是平通院和帝国军校没有失去任何一个主力单兵。这种戏剧性的场面，让媒体记者们更加兴奋。

肖·伊莱和昆莉·伊莱出局后，塞缪尔军校不再纠缠，直接离开脱身。南帕西军校主力单兵全部出局，现在已经没有什么竞争力，再纠缠下去，只会让塞缪尔军校徒劳折损人员。

况且，离终点还有一段路，这期间保不准遇上什么星兽，虽然主指挥可以操控校队，但实力有限，一旦遇到多头高阶星兽，尤其高阶星兽往往会带着低阶星兽群，往常有主力单兵牵制高阶星兽，校队专心对付低阶星兽，所以主力单兵出局后，校队极易全军覆没。

当然也不是没有例外，达摩克利斯军校便有一届在几次比赛中，校队成员硬生生挨到了终点，拔得旗子，但次数也不多。

接下来两天，星网上都在乐此不疲地猜哪所军校能夺得第一位，以及第三位会被哪所军校拿下。

赛场内的战况也已经进入白热化。

几所军校都不想南帕西军校有机会到达终点，沿途，帝国军校、平通院以及塞缪尔军校都留下3S级星兽不除，只要南帕西军校路过，必然会造成成员大面积出局。

事实上，南帕西军校确实没有走到终点便出局了，只剩下另外四所军校。

达摩克利斯军校走得异常艰难，周围都是悬崖峭壁，动不动就怪风刮过，尤其是走峭壁时很容易有毒物，有些还是变异星兽，校队也有出局的人，最后他们从终点背后绕了出来。

正好平通院和帝国军校对上了，一地星兽的尸体，就在之前，两所军校才通力斩杀完终点台附近的星兽，连喘息的机会都没有，便直接开始对战。

霍宣山准备从后面悄然上去拔旗，这时候，塞缪尔军校也赶到了，立刻喊："你们这么偷偷拔旗不太好吧。"

此话一出，平通院和帝国军校的人纷纷缓了手。

现在四所军校的人都到齐了，站在终点台附近准备争夺三个位置。

现在情况很微妙，帝国军校和达摩克利斯军校的积分是40：36，如果达摩克利斯军校拿到第一，则将超越帝国军校，成为目前总分第一的军校。

整个赛场内，且不说达摩克利斯军校，平通院和塞缪尔军校都不希望帝国军校拿到第一。

如果帝国军校拿到第一，则和其他军校差距越拉越大，如此其他军校基本没有追上的机会，所以第一位无论是谁拿都比帝国军校要强。

"路指挥认为哪几所军校会联手？"直播现场，习浩天问道。

"平通院和塞缪尔军校素来没有积怨，之前也合作过，这次再合作的可能性很大，但达摩克利斯军校……难说。"路正辛经过这么多次，彻底明白一件事。

达摩克利斯军校，尤其是主力队，根本没有办法预测他们会做出什么来。

"帝国军校和达摩克利斯军校有没有可能会合作？"习浩天觉得如果是两方合作，比赛或许能结束得比较快。

赛场外几个主解员在分析解说，赛场内几所军校队伍也僵持不下，都在考虑接下来该怎么做。

观众席，出局的单兵们坐在一块，这次规模阵势格外壮观。

南帕西军校全员、塞缪尔军校的主力队单兵肖·伊莱、达摩克利斯军校主力队单兵卫三，以及帝国军校原本最大王牌指挥应星决，齐刷刷地坐在一块。

不知道的人乍一看，还以为他们还没去比赛。

周围媒体记者也都蠢蠢欲动，从前两天开始，只要赛场内有什么大动静，就试图在旁边围着问几个军校主力队成员。

不过没几个人有心情接受采访的，尤其现在处于关键时刻。

有媒体记者从后排一路试图采访过来，先是南帕西军校的主力队成员。

"请问你们认为哪所军校能拿到第一，哪所军校拿到第三？"

"只要塞缪尔军校拿到第四就行。"五个主力队成员，只有昆莉·伊莱开口。

她这话被前排的肖·伊莱听见，他扭头瞪着昆莉·伊莱："呵呵，我们绝对能拿到排位，第四一定是达摩……"

话未说完，肖·伊莱想起什么，转头看向最前排，果然……卫三已经侧耳过来了。

"一定是帝国……"肖·伊莱立刻换一个，但他余光又见到卫三旁边站着的应星决。

见鬼，差点忘记帝国军校真正的主指挥还在这里。

肖·伊莱再度改口："一定是平通院！"

反正平通院出局的只有校队成员，他不怕！

肖·欺软怕硬·伊莱十分佩服自己的机智。

媒体记者们已经把这些全部录下来了，全都能当素材播出去，星网观众最喜欢看这种八卦争论的东西了。

"肖·伊莱你认为谁能拿第一呢？"记者往下走了一排继续问道。

"肯定是我们！"肖·伊莱无脑支持自己的军校，虽然就是因为他冲动导致主力队缺少了一名单兵。

记者："可你们只有两位主力单兵。"

"还有那么多校队单兵，说不定就冲到前面去了。"肖·伊莱试图佐证，"当年达摩克利斯军校校队机甲师都能拔旗呢。"

记者："……"这没什么好骄傲的吧，当年逼得人家军校机甲师拖着一身伤去拔旗的人似乎就是同届的塞缪尔军校成员。

肖·伊莱简直就像其他军校放在塞缪尔军校的间谍。

记者继续往前走，卫三和应星决站在最前排。

由于位置问题，记者走下来之后，对上的先是应星决，他旁边才是卫三。两个人并排站在一起，仰头看着光幕，相隔有半米。

倘若不知道的人看来，还以为两人是一所军校的人。

记者脸上的神情也收敛了不少，想要尽可能稳重下来，到底面前是帝国之星。

"应星决，你认为帝国军校能在这次比赛中拿到什么排位？"

他没有回，甚至没有看记者，只是仰头望着赛场内。

已经有军校先动了。

塞缪尔的主指挥高学林选择和平通院交涉合作。

记者举着话筒，没有得到回应，这也正常。毕竟军校生们在看比赛，他们过来采访其实是打扰。

"预测的事情不一定准，比赛用不了多久就能结束，你很快就能知道结果。"

384

卫三转头看着记者道。

记者笑了笑："也是。"看来这两位也不打算说了。

等记者离开后，半响，应星决侧脸问卫三："你觉得谁能拿第一？"

"不知道。"卫三也无法确定，她自然希望达摩克利斯军校拿到第一位，不过从现在情况看，拿到第三便算是完成任务了。

应星决转过脸垂眸："这次谢谢。"

卫三望着光幕眉微挑，没有说话。

光幕传来的声音太响了，后一排的肖·伊莱对前排两人说的话听得不真切，只是在心中鄙视道：卫三和应星决这两人不厚道，背着队友在外面勾勾搭搭的，还说悄悄话。不像他就一个人孤傲地站在一排，坚决不和其他军校混在一起！

肖·伊莱盯着前排两个人，心中自豪极了，他抬头挺胸，恨不得塞缪尔军校的队友能看到此刻自己骄傲光荣的一面！

第247节

从高学林开口，众人都在等平通院的回应。

按理说，平通院要想争第一排位，和塞缪尔军校合作是最方便的，毕竟塞缪尔军校向来愿意供出第一位。

如果和达摩克利斯军校合作，保不齐后面反转。

平通院的路时白虽是主指挥，但目光频频看向旁边的宗政越人，显然在等他的意见。

"我们要不要合作？"宗政越人没有回复塞缪尔军校，反而问金珂。

嚄！

此话一出，场内场外的人都吃了一惊。

虽然平通院不和帝国军校合作，是怕比分差距越拉越大，到最后没了机会，但大家可都记得宗政越人一直在达摩克利斯军校面前吃瘪。

以宗政越人原来的性格，怎么也不可能和达摩克利斯军校合作。

"你们合作就算赢了，达摩克利斯军校愿意让出第一的位置吗？"高学林觉得宗政越人失去了理智。

难道玄风赛场的风把这帮人的脑子都吹没了？一个个神志不清！

然而这只是一个开始，姬初雨上前一步对金珂道："一起合作，先除了再说？"

塞缪尔军校的人："？？？"

什么情况，他们这么大支队伍在这儿，怎么就被所有人嫌弃了，都去扒着达摩克利斯军校。

金珂看了看两个提出要合作的军校，对宗政越人道："如何，要不要一起合作？"

直播现场。

肖·伊莱站在观众席没明白过来场中这几个有话语权的人在打什么谜语，双眼茫然，只能看见前排卫三嘴角忽然上扬一丝弧度。

他突然后背一凉，卫三每次这么笑，别人都没有好下场。

"这届军校生有点意思。"路正辛大概是看懂了赛场内几个人的意思，若有所思地笑道，"果然少年意气。"

肖·伊莱就等着主解员解说，路正辛这么一说，他更不明白了。

直到场内宗政越人答应下来，帝国军校、达摩克利斯军校以及平通院，齐齐对准塞缪尔军校，众人才彻底明白刚才这三位在说什么。

他们要先把塞缪尔军校赶出局，之后再来竞争。

"你们疯了？！"高学林万万没想到这三所军校居然直接要把塞缪尔军校排除出去，一瞬间脑子都蒙了，他试图游说姬初雨和宗政越人，"要让我们出局，塞缪尔军校至少也能拉下两个主力单兵，你们就这么平白损失战斗力，让达摩克利斯军校有可乘之机？"

一群人都疯了，先是南帕西军校，现在其他军校也疯了。

高学林甚至觉得现在是个梦。

宗政越人面无表情，隐隐带着俯视的口吻："如果你们能做到拉我们出局，就不是塞缪尔军校生。"

塞缪尔军校从成立起就是出了名的软骨头，随风摇摆，提起他们并不会留下什么印象，说起来最多一句：那个排位上升的军校。

相反，达摩克利斯军校最初是当之无愧的第一，后来排名越来越差，甚至一度要被除名，但留在大众心中的印象仍然是有疯子一样的坚守精神，从上到下都是不怕死的亡命徒。

看着三所军校慢慢围过去，站在观众席上的肖·伊莱指着光幕："……三打一？一群不要脸的人！"

闻言，卫三扭头看着肖·伊莱："塞缪尔军校三打一也没见你骂自己不要脸。"

肖·伊莱一时气愤上头，也不怕卫三了："你们是三所军校打我们一所军校的人，八个主力单兵！再说达摩克利斯军校的人都不要脸，指不定你们就趁着帝国军校和平通院不注意去拔旗了！"

"他们开始了。"应星决侧脸对卫三道。

听见他的话，卫三转回头看着光幕，便没有再和肖·伊莱说话。

宗政越人和姬初雨联手对付习乌通，霍宣山则和霍剑一起对付吉尔·伍德，显然三所军校没想留给塞缪尔军校一点机会。

其他主力单兵则直接冲进了校队，完全是单方面的碾杀。至于有着极好防御能力的机甲师和指挥，原本只是站在旁边。

毕竟单兵要破除他们机甲的防御，总需要费上一段时间。

但现在三所军校合作了，达摩克利斯军校的这帮机甲师，在应成河的带领下，开始"进攻"。

别的不说，论拆卸能力，达摩克利斯军校的机甲师无人能比，当然对方也是机甲师同样会拆机甲，但架不住三所军校合作，达摩克利斯军校去搞事，另外两所军校的校队机甲师和指挥则负责拖住塞缪尔军校机甲师。

一时间，主力单兵还不如校队机甲师在塞缪尔校队造成的杀伤力大。

"你们不要脸，都不要脸！"肖·伊莱站在观众席上看着自己军校的出局人数直线飙升，忍不住骂道，"只知道欺负我们学校。"

后排昆莉·伊莱："这才叫风水轮流转，你当初欺负我们多高兴，现在全报应在你们军校队伍上。"

肖·伊莱："……"

其实……他生气但又有一点点庆幸。

比赛前，他对他爹夸下海口，说这次在玄风赛场自己一定会拔下塞缪尔军校的旗子，结果还没到终点，他就出局了。

太丢脸了。

现在眼看着塞缪尔军校出局人数越来越多，差不多快全员出局了。这样回去他应该也不会太丢脸，反正整支军校队伍都被赶出局了。

肖·伊莱这么想想，心里又松了一口气。

"习乌通实力不错。"应星决微微仰头望着光幕镜头道。

"能在宗政越人和姬初雨联手下撑这么长时间，确实不错。"卫三双手抱臂，但她同时想起上一场习乌通对上山宫波刃的情况。

大概是猜到卫三在想什么，应星决缓缓道："雨林赛场，山宫波刃突然升3S级，无论身法还是招式皆变了，习乌通有一个心理落差的因素。"

山宫波刃当时占了巨大先机，所以习乌通落败得极快。

卫三望着镜头："这次习乌通依然要输。"

现在赛场内情况已经十分明朗了。

吉尔·伍德对上霍宣山和霍剑，输了，出局。校队的人数已经锐减一半，并且还在不断减少，现在只剩下习乌通等人还在苦苦支撑。

至于塞缪尔军校的主指挥，高学林……他正在到处逃，背后是应成河在追，势要拆掉他的机甲，让他出局。

金珂不知道从哪儿蹿出来，伸脚一绊，让高学林摔倒在地。

还未等高学林爬起来，金珂便操控机甲一屁股坐在他脑袋上。

众人："……"

金珂用拳头捶了捶高学林后背，但不死龟的攻击力几乎为零，也造不成什么伤害。

这时候应成河追了过来，他露出"阴森森"的笑："我很早就对你们的乌山甲很感兴趣，今天就借着这大好日子，让我看看你们机甲的内部结构。"

应成河的拆卸不以高学林出局为目的，顺便想让镜头外的卫三看看，不过还得防止高学林主动出局，他冲金珂使了使眼神。

金珂不太会下手，正好霍子安路过，他起身走过去招了招手："能不能让高学林先晕过去？"

虽然不喜欢达摩克利斯军校的人，不过现在还在合作，霍子安也不好撕破脸不理会。

霍子安走到还在挣扎的高学林面前，抓起他脑袋，"砰砰砰"地连续砸在地面几次，力度极大，地面都被砸出了深深的坑，看着反应，高学林被这种突如其来的震荡冲晕了，才收手。

"好了，估计能撑个五分钟左右，到时候你可以提前继续撞头。"霍子安直起身，若无其事地继续扫荡塞缪尔军校的校队。

金珂、应成河："……"所以这才是单兵不经意间流露出的真面目？

直播现场。

观众席第二排的肖·伊莱见到自己主指挥的惨状，有一点点心疼，差点飙泪：太惨了，幸好他早点出局了……不是，可惜他早出局，不然自己一定带着主指挥逃。

从应成河开始摸索拆乌山甲时，卫三便从口袋摸出本子和笔，她倒不是记不住结构，只是习惯在本子上记录下来。

卫三甚至不用低头，直接看着光幕，手下不停，勾勒出乌山甲被拆除的结构。

她在画的时候，没有关注到旁边应星决转脸看了过来。

应星决站在卫三旁边不远，很容易见到她本子上的内容，作为一个非机甲师，他或许没有那么了解机甲各种详细的结构，但指挥对机甲好坏有大致的认识，尤其她现在画出来和光幕上所见到的几乎一模一样，很难否认卫三作为机甲师的水平。

他视线从本子移到不停游转的笔尖，再到卫三的手指上停住，怔怔望着。

从来思绪不会停止转动的应星决，有那么一段时间不清楚自己想了些什么，只是指尖伸进自己口袋，那里面也有一本类似的纸质本。

他向来喜欢油墨浸在纸上的感觉，仿佛落在了实地，不像光网上虚无缥缈。

她也喜欢这种？

卫三快速把看到的有意思的结构勾勒出个大概，便暂时收了手。

察觉有异，她侧脸对上应星决的眼睛："有什么问题吗？"

应星决垂眸缓缓摇头："你的字很好看。"

卫三拿着本子塞进口袋，随口道："我是老派。"

联邦把那些喜欢迷恋过去物件的人叫作老派，卫三总不能说自己不是这儿的人，加上她也确实喜欢，便直接认下来了。

"……我也喜欢。"应星决指尖微微用力，要将自己的笔记本抽出来。

这时候后排传来肖·伊莱的声音，成功把他的声音压住："就卫三你还老派，人家老派都讲究礼仪稳重，你有吗？"

第 248 节

卫三转头去看肖·伊莱，幽幽道："老派不老派无所谓，其实我对你的机甲很感兴趣。"

肖·伊莱闻言，下意识地捂住自己脖子上的机甲项链："你不是有机甲？惦记我的干什么？！"

他已经预想到自己在赛场上被卫三压着，机甲被拆卸的壮烈场面。

早知道不多嘴了，刚才完全就是本能的顺口。毕竟这么多年欺负人的事做多了，行为习惯都刻在骨子里了。

肖·伊莱很后悔，卫三本来就不是好人，得罪她肯定倒霉。

"我觉得你挺老派的。"肖·伊莱当场改口，"……南飞竹技术不行，把我机甲修坏了，你还是别看了。"

反正南飞竹不在，他先打消卫三拆自己机甲的念头，再说，他也没说假话，南飞竹技术确实不太行，是这届五大军校最没有存在感的机甲师。

想起那次南飞竹在医疗大楼楼道口的话，肖·伊莱就有点鄙视，光怂恿他变强，南飞竹自己不知道再认真点，成天盯这个盯那个。

喊！

肖·伊莱屈服得太自然迅速，卫三便不再追究，回过头问旁边的应星决："你刚才说了什么？"

应星决一愣，随后微微摇头："塞缪尔军校的人快要出局了。"

卫三下意识地朝光幕镜头看去，塞缪尔军校的校队自不用说，好几个主力单兵在其中宛如大杀器，挨到哪块，哪块校队军校生出局。

眼看着习乌通也终于支撑不住了，他勉力强撑这么长时间，整架机甲已经破烂，狼狈不堪，看起来很惨。

不过整个塞缪尔军校中最惨的当数他们的主指挥高学林，金珂不是单兵，没办法精准判断让人撞晕的程度。

因此赛场内外的人便这么看着他操控机甲，抓住高学林机甲脑袋，不停往地面上撞。

砸一次问一句旁边应成河："晕了吗？"

应成河犹豫："晕了吧？"

不确定，那就再撞撞。

众人："……"

虽力度不大，但侮辱性极强。

好在习乌通快出局了，应成河的速度开始加快，到底是竞争对手的机甲，不用担心拆坏了什么东西，直接按自己兴趣来就行。

平时在赛场外可不能动手动脚，现在这大好机会不用不是人，达摩克利斯军校的机甲师们鸡贼得不行，拿竞争军校的机甲练手。

当然从这届之后，每每军校混战，各校机甲师们全都打鸡血似的冲锋陷阵去拆别人机甲，积攒经验，又是另外一回事了。

"塞缪尔军校主力单兵习乌通出局。"

这条广播一出，仿佛一个信号，还在场的塞缪尔军校生纷纷被出局，只剩下一个主指挥。

应成河拆着拆着就把高学林拆了出来，人还是昏迷的，但能源灯还一直保持着，他看了看剩下的结构，感觉也没什么特别的，这才伸手替塞缪尔军校主指挥按下出局键。

"这一幕为什么看起来有点眼熟？"廖如宁清理完自己负责的那块区域，转头见到被拆了出来的高学林，真诚发问。

"卫三的拿手戏。"霍宣山一看就想起来了，平时都是她把人拆出来。

两人凑在一块，看着救助员把高学林拖着，心中有那么一秒同情。

谁看了塞缪尔军校现在结局，不说一声可怜呢？好好的完整队伍，居然被三所军校围剿了。

算起来应该是在一个赛场和四所军校都交过手了。

直播现场，肖·伊莱看着这一幕，面上状似悲凉，心中却在想还好自己早点出来了，不然也像被拖垃圾一样，被救助员拖走了。

"塞缪尔军校全部出局，只剩下三所军校，现在不知道他们要怎么打？"习浩天望着光幕镜头道，"我很好奇他们还会不会合作。"

主解员还在台上分析，卫三侧头问应星决："你认为接下来会怎么发展？"

应星决目光从光幕镜头移向卫三，缓缓道："混战。"

既然说了是少年意气，清除塞缪尔军校后，接下来三大军校便会凭实力混战，而不是合作。

即非本校一律是对手。

果然，等塞缪尔军校生被全部带出去后，三所军校的军校生几乎下一秒齐齐冲向终点，只要不是本校的人，碰上就打。

要说谁吃亏，一时半会儿还真看不出来，达摩克利斯主力队单兵稍微上前，就有帝国军校的主力单兵拦住，如果帝国军校上前了，平通院的主力单兵又会插手，总之谁也别想多往前一步。

三校混战，你打我，我打他，他打你，单兵们全对上了，指挥们和机甲师自然也不能闲着。现在又不是打星兽，用不着顾及那么多，只要有手、能拔旗就行。

从刚才塞缪尔军校的状况来看，达摩克利斯军校的机甲师被其他两所军校的指挥和机甲师打上"高危"的标签。

场外观众只见到赛场内一片混乱，单兵们打斗还有点看头，机甲师们全部在那里试图一边往前冲，一边拆别人机甲。

至于指挥们，这种用蛮力的场面他们不太行，只能开启骂术，试图扰乱敌人心境。

"弱者用改造的机甲，还是弱者！你的刀能打吗？雕花的吧。"

"跟你们拼了！"

"放肆，敢碰老子机甲？！"

"……"

观众："……"

这就是所谓的少年意气？分明脑门被磕了吧！

他们要看指挥们运筹帷幄，机甲师们现场改造机甲，而不是和一群街头流氓一样打群架，骂街！

这帮年轻人还要不要脸了！！！

然而，出乎所有人意料，第一出现得极其迅速，连拿到旗的当事人都蒙了。

"……恭喜平通院成功抵达终点，重复……"

广播停顿良久，才响了起来，平通院先是长久地愣住，随后疯狂欢呼！

事情还要倒回十五分钟前。

三所军校主力单兵一共八个人，互相牵制，谁也不让一步。下面校队则大混战开始，至于主力队的主指挥和主机甲师则试图去拔旗，但自然都在互相阻挠。

在众人都没有察觉的时候，季简乘机摸走了校队的一把离子枪，别的不说，校队成员的热武器向来最多。

经过长久的谋划，季简终于找到机会，对着平通院的旗杆就是一顿猛扫，把旗杆底部打断。

旗杆底部连接着广播感应器，只要拔起来就会立刻响起来，算是一个非常简单粗暴的设置。

在今天之前，谁都是用手拔旗，从来没人想过把旗杆打断。

更关键的是，搞出这种做法的不是达摩克利斯军校，而是平通院。

整个联邦谁不知道平通院军校生是最爱装正经的人，都在防止达摩克利斯军校生搞骚操作，结果平通院的人先骚一步。

那面旗杆轰然倒下，没有摔在地面上，而是直接罩住了宗政越人的脑袋。

宗政越人的视窗整个一黑，完全看不到人，胸腹以下接连被揍了几拳，他用力一把扯下脑袋上的东西，刚想扔掉，才发现左右姬初雨和霍宣山的表情都不对，低头一看，才发现是平通院的旗子："……"

在所有人还未反应过来时，丁和美飞身而起，子弹接连打在达摩克利斯军校旗杆底部，抢得第二次先机。

"恭喜达摩克利斯军校成功抵达终点。"

此刻赛场内和赛场外陷入了一致的沉默。

可去你的少年意气吧，这届大赛心眼不多、没有骚操作的军校是赢不了的。

"下一场比赛的拔旗设置最好还是改一改。"习浩天僵硬道，他都已经在等三所老牌军校的人再次对抗，这么多年终于能见到了，结果就这？

鱼天荷硬生生地被他们的骚操作憋住了一口气，点头道："确实，比赛的一切设置要仔细修改一遍，别老让人钻空子。"

这种感觉就好像，无关人员都被清场了，大家等着爆发一波，你们却突然说比完了，一口被提上来的气怎么也咽不下去。

至于路正辛则摇了摇头："现在的军校生好的不一定学到，坏的一定学得飞快。"

他这话一出，不少观众目光下意识地去搜寻卫三的身影。

感受到众多目光的卫三："？"

她也没骚到想出这个方法啊，分明是季简天赋异禀，指挥和单兵都没他会想。

别说观众憋屈了，赛场内无论是主力队还是校队的军校生其实心中都有一点点憋屈，他们其实也做好了打一场硬仗的打算，结果……

但再憋屈，谁都憋屈不过帝国军校。

完全没有人反应过来。

谁能想到霸占多年大赛第一的帝国军校，居然还是小白花，太单纯了。

金珂抹了一把汗，虽然没拿到第一，但好在丁和美反应快，让达摩克利斯军校拿到了第二。

"兄弟，你够骚。"临走前，廖少爷对季简竖起大拇指，真心实意道。

果然机甲师的用途无穷大，还能玩枪耍心计。

"帝国军校和达摩克利斯军校居然平分了。"项明化笑了笑，也不着急，"41：41。"

解语曼视线掠过帝国军校主力队那几个人，皱眉："帝国军校这几个人过于平静了。"

当初拿第二都不服气的人，现在都已经落到第三，积分也被追上，姬初雨等人竟然还能保持淡定，有点转变太快了。

"大赛已经比了半年多，心境再不进步，恐怕以后也不会有提升。"项明化倒觉得帝国军校这几个人没什么不对，达摩克利斯军校都拿了几次第一，应星决又多次出事，再怎么也要学会稳重起来。

解语曼虽然知道理是这么个理，但内心深处，还是总觉得哪儿发生了变化。

393

图书在版编目（CIP）数据

我要上学.3/红刺北著.--北京：中国友谊出版公司,2024.5（2025.1重印）
ISBN 978-7-5057-5820-9

Ⅰ.①我… Ⅱ.①红… Ⅲ.①幻想小说—中国—当代 Ⅳ.① I247.5

中国国家版本馆 CIP 数据核字 (2024) 第 008215 号

书名	我要上学.3
作者	红刺北
出版	中国友谊出版公司
发行	中国友谊出版公司
经销	新华书店
印刷	嘉业印刷（天津）有限公司
规格	700 毫米 ×980 毫米　16 开
	25.25 印张　492 千字
版次	2024 年 5 月第 1 版
印次	2025 年 1 月第 3 次印刷
书号	ISBN 978-7-5057-5820-9
定价	52.80 元
地址	北京市朝阳区西坝河南里 17 号楼
邮编	100028
电话	（010）64678009

如发现图书质量问题，可联系调换。质量投诉电话：010-82069336

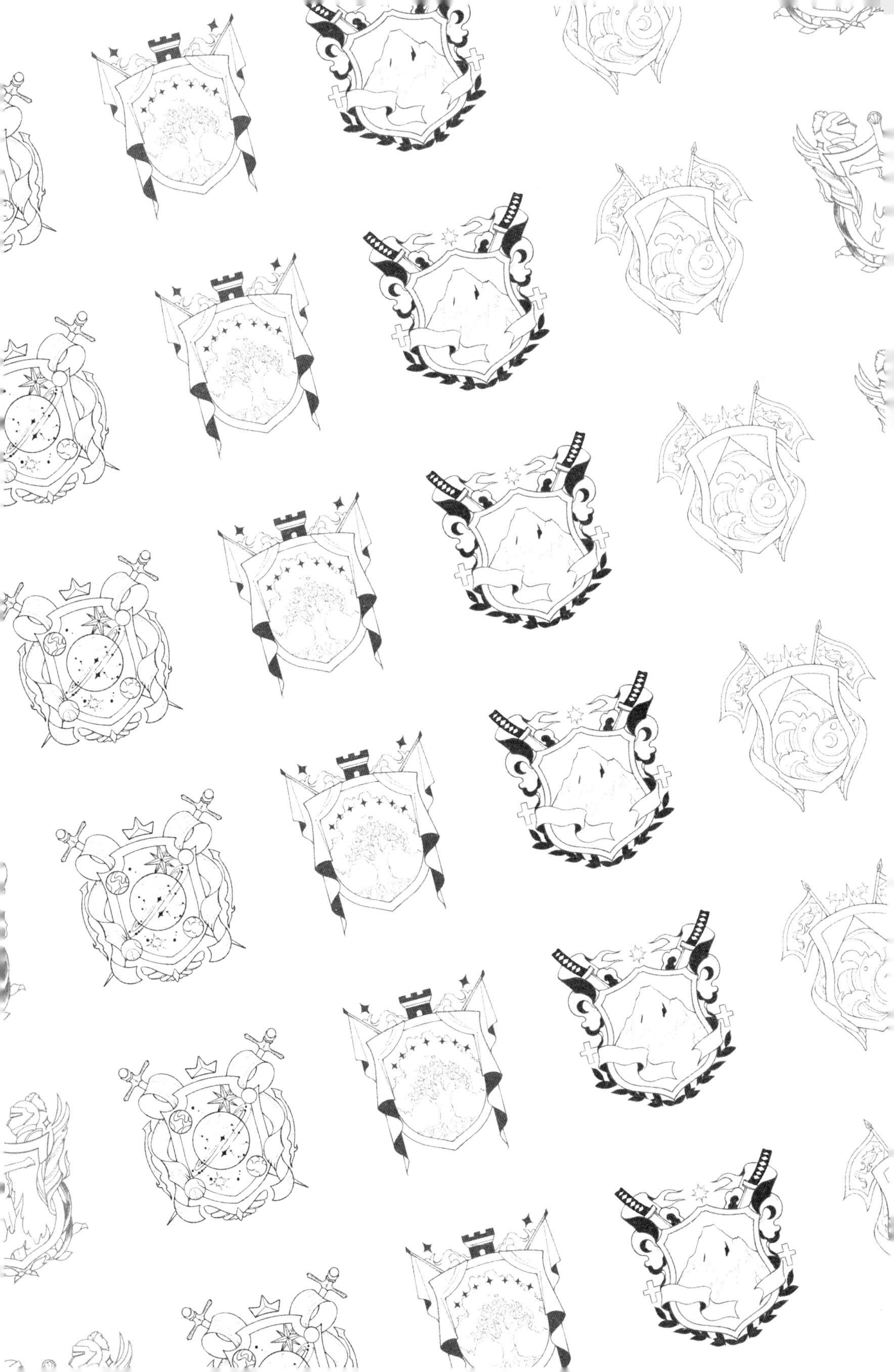

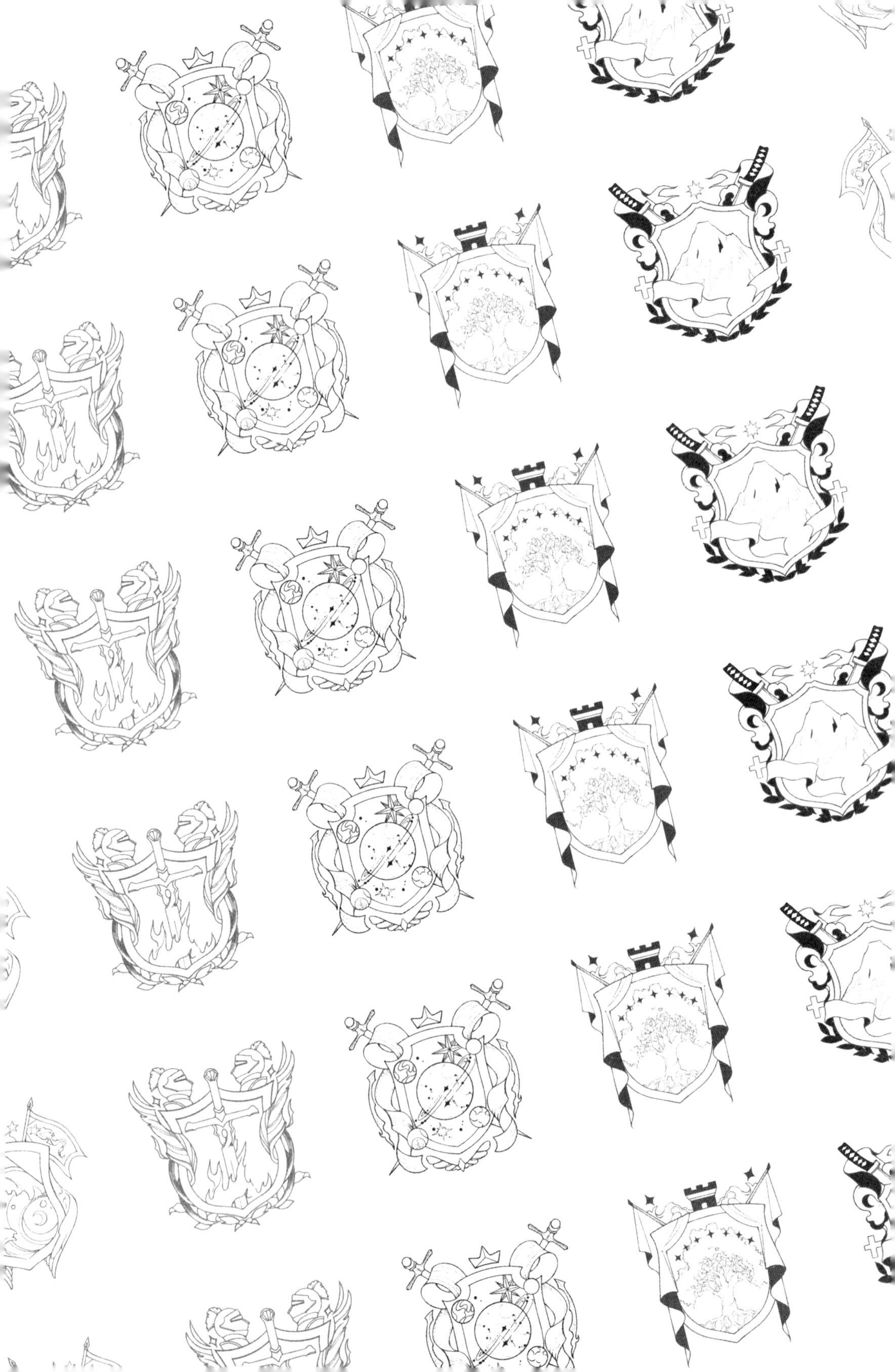